Samantha Watkins
ou
Les chroniques d'un quotidien extraordinaire

Tome 3 : Chaos

Aurélie Venem

Dyane, celui-là est pour toi.

Prologue

Je devais être en Enfer.

C'est ça. En Enfer…

La douleur que je ressentais ne pouvait être que celle que le Diable infligeait aux âmes damnées dans son antre souterrain, j'étais en train de payer pour toutes les fautes que j'avais commises dans ma vie. Naïvement, je pensais que mes bonnes actions avaient été plus nombreuses que mes péchés, mais il fallait croire que Là-Haut, on avait estimé qu'elles n'avaient pas été suffisantes pour les compenser.

C'est vrai que je n'étais pas toute blanche dans l'histoire…

J'avais été engagée malgré moi par un vampire pour devenir son assistante dans son travail d' « ange » du secteur de Kerington, grande métropole de Virginie où les loups les plus avides étaient sûrs de faire bonne fortune, que ce soit dans la légalité ou non. Bien que nos débuts, à Phoenix et moi, eussent été difficiles, j'avais fini par accepter ma situation, soutenant de mon mieux sa lutte pour préserver le Secret de l'existence de sa race ainsi que l'application stricte du Grand Changement, à savoir la décision

1

d'interdire les meurtres d'êtres humains dans les pays suffisamment dotés de moyens scientifiques pour découvrir la vérité sur la nature du monde. Cela ne me ravissait pas, évidemment, car de nombreuses personnes n'avaient pas la chance de vivre où il était appliqué, mais c'était tout de même un début, ainsi qu'une preuve de la volonté des Grands, les dix vampires les plus âgés et les plus sages de leur communauté, de faire évoluer leur espèce. J'avais compris que ceux qui m'employaient n'étaient pas des monstres assoiffés de sang omnubilés par le désir de massacrer des êtres humains, et qu'au contraire, ils les protégeaient... dans un certain sens. C'est pourquoi j'avais fini par apprécier mon travail ainsi que les créatures surnaturelles et pour le moins déconcertantes que je côtoyais.

Il y avait François, ex-mousquetaire français vertueux et fiancé en titre de ma meilleure amie Angela ; Talanus et Ysis, couple doublement millénaire dont l'un effrayait par son charisme sauvage de général d'empire, et l'autre décontenançait par sa beauté égyptienne alliée à sa capacité à lire autant dans les esprits que dans l'avenir, tout en retraduisant ses découvertes en des paroles sibyllines auxquelles personne ne comprenait rien ; Hedayat Javan, chef de la sécurité diurne dans la villa de ces derniers, dont l'accueil quelque peu musclé après mon accident de voiture avait précédé une cour assidue ; Egire, le chef des Grands, qui m'avait proposé de rentrer à leur service après que je l'eus impressionné malgré mon humanité...

En entrant dans le monde de la nuit, j'avais tout laissé derrière moi, et entamé une nouvelle vie dans cet attrape-cœur qu'était la petite ville de Scarborough. Mon employeur s'y faisait passer pour un vieil homme grincheux et malade souffrant d'une phobie sociale qui excluait tout contact avec les locaux et moi, j'étais sa petite-fille venue l'aider dans son quotidien après la mort de mes parents à l'autre bout du pays. Les habitants, bien que curieux d'abord, n'avaient pas cherché plus loin et m'avaient accueillie à bras ouverts. C'est ainsi que je m'étais constituée une véritable famille là-bas : il y avait Ginger Wood, tenancière de l'incroyable boutique de confiseries où je me fournissais en guimauves et chocolats, Danny Robertson, le chef cuistot et propriétaire du restaurant mascotte de la bourgade, appelé « Bon appétit chez Danny » et surtout, son fils, Matthew, qui avec Angela Schumaker, sa meilleure amie d'enfance, étaient devenus les êtres qui m'étaient les plus chers au monde.

Tous, vampires ou humains, m'avaient témoigné un respect et une considération que je n'avais jamais connus dans mon ancienne vie. Auparavant, j'avais toujours été le vilain petit canard, transparent et inutile, dont on piétinait sans vergogne l'insignifiance. Depuis mon arrivée à Scarborough, tout avait changé, j'étais appréciée, entourée, aimée. Ils faisaient partie de moi.

Et ce n'était rien comparé au plus important d'entre eux…

Phoenix…

Aydan Mac Kinley était mort cinq cents ans plus tôt en Irlande, après avoir vu sa famille massacrée par un lord anglais. Il renaquit de ses cendres (d'où son surnom) grâce, si l'on peut dire, à son créateur, Finn Jorgensen, le plus vieux vampire existant et véritable légende parmi les siens. Il était devenu, cinquante ans auparavant, le bras droit de Talanus et Ysis, leur « ange » chargé des missions les plus importantes, et avait décidé de mettre fin à son mode de vie solitaire en m'épargnant un soir que j'avais accidentellement découvert l'existence de son espèce. J'avais d'abord eu peur de lui…

Il y avait de quoi, en vérité ! Tout en lui inspirait la crainte et le respect, son charisme était si imposant qu'à chaque fois qu'il entrait quelque part, les têtes se tournaient sur son passage, détaillant la force invisible et pourtant palpable de cet inconnu au regard d'acier.

À mesure que nous apprenions à nous connaître, la peur avait laissé la place à du respect et de la gratitude pour m'avoir aidée à me transformer en la femme que je rêvais d'être : forte, confiante.

Puis, ce respect était devenu de l'amitié… Du moins, c'était ce que je croyais ! Il m'avait fallu près d'un an auprès de lui ainsi que de nombreuses occasions de côtoyer la Mort de près pour enfin m'apercevoir que ce vampire dont j'avais durement gagné l'estime avait pris la première place dans mon cœur.

Je l'aimais…

Tellement que je n'avais jamais eu si mal de toute mon existence…

Parce que cet amour ne serait jamais partagé.

En tant que vampire, sa vision de ce sentiment se bornait à un sortilège de confusion qui ne parvenait qu'à vous faire tuer. Phoenix avait bien retenu la leçon de la fin de son prédécesseur, Thomas Coltrane, dont la vraie mort avait été précipitée par son chagrin d'avoir perdu la femme qu'il aimait, une humaine. Il m'avait informée dès le début qu'il n'était pas fait pour ça, mais mon inexpérience de vierge trentenaire ne m'avait pas préparée, j'étais tombée dans le piège de sa perfection. J'aurais fait n'importe quoi pour lui…

D'abord, j'avais tout risqué pour empêcher son exécution l'année précédente, quand les Grands avaient estimé qu'il n'était pas allé assez vite à découvrir qui tirait les ficelles des disparitions de nombreux humains servant à alimenter un trafic de sang s'opérant dans la région. Ensuite, je m'étais engagée à l'aider à rétablir la paix entre les siens et un groupe d'humains se faisant appeler le Cercle de Mellindra, et qui avaient commencé à assassiner des vampires en réaction envers la vague de meurtres précédente.

Cette affaire m'avait amenée au bord du gouffre. En premier lieu, j'avais découvert que le véritable père de mon ami Matthew était le chef de ces gens et cela avait bien failli me coûter l'amitié de celui-ci ainsi que celle de Phoenix. Après, on me révéla d'où je tenais cet étrange lueur rouge qui apparaissait à l'occasion dans le noir de mes pupilles… Betty et Warren Watkins, le couple sans histoire qui m'avait élevée dans la petite ville de Kentwood et que je prenais pour mes vrais parents n'étaient pas si innocents ; ils avaient appartenu au Cercle et ma mère biologique m'avait confiée à eux juste après son accouchement pour me sauver alors qu'elle savait que ce n'était qu'une question de temps avant qu'on ne la retrouve pour la tuer. Je réalisai alors que je travaillais pour ceux-là même qui avaient fomenté l'assassinat de ma génitrice. Ce fut le choc de ma vie.

Malgré tout, j'avais choisi la voie de la réconciliation et servi d'intermédiaire entre vampires et humains dans les négociations visant à rétablir la paix entre les deux parties. Tout s'arrangeait enfin, et je commençais à entrevoir mon départ définitif de Scarborough…

En effet, le soir de mon anniversaire, après que Phoenix m'eût guérie d'une blessure grâce à son sang, j'avais perdu de nouveau la conscience de mes actes quand mes yeux devinrent rouges, et je m'étais retrouvée malgré moi dans sa chambre à tenter de le séduire. Il avait repoussé mes avances avec un tel dédain que j'eus l'impression qu'on me perçait le cœur avec des milliers de lames chauffées à blanc. Ça, ainsi que nos disputes incessantes m'avaient convaincue que je ne pourrais supporter de vivre près de lui, sachant que mes sentiments ne seraient jamais partagés.

J'avais donc décidé de le quitter après les négociations avec le Cercle. Il le savait et malgré sa désapprobation et la douleur réelle qu'il ressentait, il n'avait pas fait mine de me retenir. Je lui en voulais de me forcer à le quitter.

Mais je n'eus pas le temps d'en arriver là.

L'un des membres du Cercle, un fanatique ayant refusé de tourner la page de sa haine alors que la trêve avait été conclue, avait tiré sur Phoenix avec des balles en argent liquide. Intransportable et sans poches de sang à portée de main, il était condamné. Malgré mes efforts pour le faire boire à mon poignet, il avait fini par sombrer dans le coma, me laissant dans le désespoir le plus total jusqu'au moment où je m'étais souvenue de la légende de la mère de son peuple. Léthalée s'était sacrifiée pour que son fils, le premier vampire, vive...

Je n'avais pas hésité.

Peu importait que Phoenix ne m'aime pas, peu importait que nous ne puissions être ensemble, je l'aimais plus que ma propre vie. Le choix avait donc été simple.

Occultant de mon esprit la présence compatissante de François et Angela, lesquels ne m'auraient jamais laissé faire s'ils avaient su mes intentions, je m'étais ouvert la gorge avec mon couteau et avais placé ma plaie au niveau de la bouche de l'homme qui agonisait dans mes bras. Tout ce dont je me rappelais avant de ressentir la douleur infernale causée par mes péchés, c'était que des crocs me transperçaient pour abreuver leur propriétaire de mon fluide vital. Alors malgré le feu qui me consumait désormais, je ne pouvais qu'accepter. Phoenix s'était réveillé.

Il n'y avait rien à regretter...

Chapitre I : Le réveil

*

Mal. J'avais si mal.

La douleur était si atroce que j'aurais préféré retourner dans le néant que d'être punie ainsi.

D'accord, je n'avais pas hésité à tuer de sang-froid, enfreignant ainsi le premier commandement de Dieu. Mais tout de même ! Kaiko était une vampire hystérique à la tête d'un trafic de sang nécessitant l'enlèvement et l'exsanguination en masse de victimes humaines innocentes. Quant à Henry, il avait séquestré des enfants pour faire de même et m'avait avoué que les plus jeunes constituaient son mets favori ! Je ne regretterais pas de leur avoir percé le cœur avec mes lames, même si pour ça on me proposait de cesser de me brûler avec toutes les flammes de l'Enfer !

Car j'étais en Enfer, c'était évident ! Tout mon être n'était plus qu'un brasier incandescent, me portant au sommet de la plus abominable des souffrances. Ma gorge était en feu également, peut-être à cause de ces flammes qui me dévoraient, peut-être à cause de mes cris désespérés. Je ne le savais pas vraiment car j'avais beau être persuadée de hurler en permanence, je ne m'entendais pas. Il n'y avait rien d'autre dans mon esprit que cette souffrance absolue.

À part…

C'était étrange, je percevais tout de même quelque chose. J'étais seule.

Dans l'imaginaire collectif, l'Enfer est représenté comme une immense fosse souterraine où toutes les âmes damnées sont réunies pour endurer ensemble les pires atrocités pour l'éternité. Chacun peut voir le traitement de l'autre, ce qui en renforce l'horreur… quoi de plus logique pour instaurer un climat de terreur permanente ! Pourtant, mon expérience différait complètement de ce que j'avais pu lire sur le sujet.

Je subissais une torture pire que tout ce que j'avais pu connaître ou imaginer auparavant, mais j'étais indéniablement seule, sans même un démon pour ricaner au-dessus de moi en me disant que j'avais vraiment été une vilaine fille… Là, c'était comme si mon monde se limitait à mon propre corps. Ça n'avait pas de sens.

Je n'eus pas le loisir de m'appesantir plus avant sur la question car une vague de douleur, plus horrible encore que les autres, déferla sur moi, me faisant oublier jusqu'à mon propre nom. C'était si affreux que j'avais l'impression qu'on s'attachait à me dépecer morceau par morceau pour me rôtir ensuite quartier par quartier à l'aide d'un tison chauffé à blanc. J'avais beau m'époumoner à n'en plus finir, je n'entendais toujours pas ma voix, seuls existaient mon corps et la sensation qu'on s'acharnait sur celui-ci pour me faire définitivement perdre l'esprit.

J'essayais bien de me raccrocher à des souvenirs heureux pour détourner celui-ci de l'affreuse souffrance : le sourire d'Angela, les blagues de Matthew, la jovialité de Danny, la tendresse de François, le regard azuré de Phoenix…

Penser à lui n'était pas une solution car son visage me bouleversait tant qu'il me ramenait inévitablement à la douleur de mon présent. De plus, je n'arrêtais pas de m'inquiéter sur son sort : était-il en vie, mon sang avait-il suffi à le sauver ? Je préférais encore continuer à me faire torturer que de le savoir mort. J'avais si mal ! Aucune de mes stratégies ne fonctionnaient, les flammes me consumaient encore et encore, n'avaient-elles pas eu le temps de me réduire en cendres depuis le temps qu'elles s'attelaient à la tâche ?

Une nouvelle vague mit fin à mon interrogation, me poussant encore plus dans mes retranchements. Perdant tout courage, je suppliai : « Laissez-moi, par pitié ! Au secours ! » Je priai : « Mon Dieu ! Aidez-moi ! Détruisez-moi ! Annihilez mon âme, je ne peux plus le supporter! Pitié ! » Je pleurai : « Je n'ai pas mérité ça ! »

Au bout d'un temps qui me parut infini, à supplier de disparaître, je crus que j'avais basculé dans la folie car il se passa plusieurs choses. D'abord une autre vague m'atteignit de plein fouet et cette fois-ci, je pus entendre mon hurlement résonner autant dans ma tête que tout autour de moi, se répandant en écho dans ce lieu mystérieux où j'étais suppliciée. Jamais je n'aurais cru être capable de sortir un tel son, jamais je n'aurais cru qu'un être humain était capable de sortir un tel cri déchiré. C'est alors que l'univers se forma autour de moi et que je pris conscience d'un espace qui m'entourait.

Tout était noir, comme l'infini. Dans mon îlot de souffrance absolue, je pus discerner un point brillant se détachant de l'obscurité, se rapprochant de moi à mesure que la douleur enflait encore et encore au point que j'eus l'impression que j'allais exploser en milliards de particules d'un moment à l'autre. J'eus beau serrer les dents pour me concentrer sur ce point, je ne pus retenir un deuxième cri, plus intense et plus désespéré que le premier, si c'était encore possible.

Puis, plus rien.

La respiration saccadée, l'esprit pas encore remis de ce qu'il avait subi, je mis quelques secondes à comprendre que je n'avais plus mal. Effarée, je risquai tout de même un regard sur moi ; je n'y comprenais rien. Là où je m'attendais à voir de la chair carbonisée, il n'y avait qu'une peau immaculée, sans la moindre trace de blessure ni d'imperfection. Au contraire, elle semblait presque rayonner dans la nuit totale où j'étais plongée.

Mon attention fut subitement détournée par le point lumineux qui n'était plus qu'à quelques pas de moi. Éblouie, je me couvris les yeux.

- *Regarde-moi, Samantha Watkins.*

Cette voix…

Je l'avais déjà entendue à plusieurs reprises. D'abord pendant mon coma, puis dans un rêve où j'étais brûlée vive. Dès que je prononçai son nom, je sus que je ne m'étais pas trompée.

- Léthalée…

La lumière devint plus éthérée, exactement comme celle de la Lune dans un ciel dégagé, avant de se transformer en une silhouette humaine à la beauté sidérante.

La peau blanche de cette femme rayonnait exactement comme la lumière précédente, révélant la perfection de ses courbes, mises en valeur dans une robe blanche fluide qui lui arrivait aux chevilles. Ses cheveux blonds retombaient en boucles souples en bas de son dos. Elle paraissait n'avoir pas plus de vingt ans, mais son regard à la profondeur abyssale le démentait immédiatement, un regard qui m'hypnotisa en même temps que je le fixais avec effarement ; il était noir comme le mien.

- *Tu sais maintenant qui je suis.*

Elle me tendit sa main.

- Êtes-vous une hallucination ? Est-ce que l'Enfer a réussi à me rendre folle ? ne pus-je m'empêcher de demander en la laissant me relever.

- *Tu n'es pas en Enfer.*

Un gloussement hystérique m'échappa.

- Je suis au Paradis peut-être ?!

Léthalée ne releva pas mon sarcasme, elle se contenta de me sourire tendrement, en tendant sa main pour me caresser la joue.

- *Je t'ai menée ici parce que tu dois savoir que mes enfants sont menacés.*

Je lui reportai toute mon attention.

- *Bientôt, tu devras jouer le rôle pour lequel je t'ai choisie.*

- Quel rôle ?

- *Tu vas sauver les vampires de la destruction.*

- Quoi ?

- *Toi seule a le pouvoir de l'arrêter.*

- De qui voulez-vous parler ?

Elle ferma les yeux, ignorant ma question.

- *Vous rétablirez l'équilibre et sauverez la paix... Vous conduirez mon peuple vers une nouvelle ère, plus prospère que tout ce qu'elle a connu. Mais pas avant d'avoir vécu la période la plus sombre de notre histoire... pas avant de l'avoir tué.*

- Ce que vous dites n'a pas de sens ! Comment puis-je sauver ou tuer qui que ce soit ?! Je suis morte ! Je me suis tranché la gorge pour que Phoenix vive !

Elle rouvrit les yeux, un éclat rouge braqué implacablement sur moi, un sourire mystérieux sur ses lèvres purpurines.

- *Je suis si fière de toi...*

Elle secoua la tête, la lueur rouge disparut, tout comme son sourire.

- *Tu vas traverser des épreuves qui te paraîtront insurmontables, tu vas pleurer la mort d'êtres chers, et tu accompliras l'ultime sacrifice.*

Ultime sacrifice ? Ne venais-je pas déjà de me donner la mort pour permettre à Phoenix de survivre ? Et qui allais-je pleurer ?

- Je ne comprends pas.

- *Tu sauras le moment venu, tout comme le souvenir de notre rencontre s'imposera à toi quand il le faudra. La transition n'est pas terminée, tu dois repartir.*

- Quoi ? Attendez !

Trop tard ! Je ressentais à nouveau la douleur, laquelle grimpa à un tel paroxysme que je m'entendis hurler des paroles incohérentes tandis que ma conscience tentait vainement d'y échapper en se tapissant dans un recoin de mon esprit. J'étais sur le point de perdre la bataille pour garder un semblant de raison, j'étais en train de me consumer physiquement et psychologiquement. Le souvenir de la discussion avec Léthalée s'évapora, ne laissant à la place qu'un univers de souffrance et de désespoir infini.

*

- *Sam...*

Ce fut d'abord un son indistinct, puis un murmure.

- *Sam...*

Qu'est-ce que c'était ? J'avais l'impression de connaître cette voix... de connaître ce nom.

- *Samantha...*

La voix se fit plus forte, comme quelqu'un qui appelle une personne au loin. Est-ce que c'était moi qu'appelait cette voix de velours dont l'inquiétude transparaissait comme une lumière dans la nuit ? Une voix de velours... Pourquoi cette image résonnait en moi si puissamment ? Voix de Velours...

Phoenix !

Cette pensée fit céder la digue qui empêchait mes souvenirs de remonter à la surface et je fus subitement assaillie par une succession d'images et d'émotions violentes qui me crispèrent les entrailles. Je dus assimiler en ce qui me parut quelques micro-secondes, tout le contenu d'une vie et toutes les sensations, espoirs et regrets qui vont avec, jusqu'à ce que j'arrive à l'étape plus que déstabilisante de ma propre mort. Je me revis en train de tenir la lame qui devait sauver l'homme gisant devant moi, puis je ressentis à nouveau sa brûlure lorsque je m'étais entaillée la peau pour laisser mon sang s'en écouler. Enfin, je me rappelai également à quel point ses crocs dans mon cou m'avaient fait mal et que ce n'était rien par rapport à la torture que mon âme avait subie une fois libérée de son carcan physique.

Je fronçai mentalement les sourcils. Comment se faisait-il que la torture avait cessé subitement ? Je n'avais plus mal… Et surtout, comment se faisait-il que j'entendais Phoenix prononcer mon nom alors que je n'étais plus de ce monde ? Soudain, un froid glacial s'insinua dans mon cœur quand un soupçon se fraya un chemin dans mon esprit convalescent. Je me surpris à manquer d'air en réaction à l'angoisse qui m'étreignit la poitrine, et à secouer vivement la tête pour refouler l'évidence.

Phoenix était mort.

Il m'avait rejointe dans mon enfer personnel pour être supplicié à son tour. Je n'avais pas réussi à le sauver.

Je sentis une rage sourde naître au plus profond de moi, augmentant à mesure que je prenais conscience de la vérité, jusqu'à atteindre des proportions que je n'avais jamais connues de mon vivant, menaçant de tout engloutir sur son passage si jamais je la laissais jaillir hors de moi. Et je ne me fis pas prier.

Je me débattis violemment en maudissant Dieu, le Diable, la Nuit, la Terre et l'univers entier de m'avoir laissé croire que j'avais réussi à sauver l'homme que j'aimais, puis de me laisser un répit dans mes tortures afin que le supplice prenne une nouvelle ampleur avec cette information. Car c'était sûr ! Savoir Phoenix mort était un tourment qui me brisait plus que tout ce que j'avais enduré jusque-là, plus que toutes mes séances infernales réunies ! Il était mort ! Il était mort ! Il était mort ! Noooon ! J'aurais tout donné, j'aurais accepté de continuer à être martyrisée s'il avait vécu.

La douleur fut telle que je poussai un hurlement pire que les précédents, si violent et si désespéré qu'il parvint à me glacer aussi. Jusqu'ici, j'avais eu l'impression qu'aucun son ne sortait vraiment de ma bouche, mais à cet instant, j'entendis distinctement ce cri inhumain, si distinctement en fait que je ressentis immédiatement une violente douleur aux oreilles. Pour autant, ce ne fut pas cela qui me fit cesser...

- SAM ! OUVREZ LES YEUX !

Je sursautai et c'est à cet instant que je pris conscience que l'obscurité dans laquelle je baignais depuis mon pseudo-réveil n'avait rien à voir avec la mort. J'avais les yeux fermés et il suffisait que je les ouvre pour voir le propriétaire de cette voix. Je n'attendis même pas un battement de cœur, je m'exécutai.

Il se passa plusieurs faits troublants.

D'abord, j'avais vite refermé mes paupières quand les lumières de la chambre dans laquelle j'étais installée, la mienne en l'occurrence (je l'avais reconnue), m'avaient agressé la vue.

- Ouvrez les yeux, Sam. Vous y êtes presque, vous allez vous habituer.

Sa voix chaude et encourageante fit vibrer toutes mes cellules. Rien que pour revoir Phoenix encore une fois, j'avais réédité l'expérience et réprimé le réflexe oculaire qui m'était revenu, attendant que mon champ de vision s'améliore pour tourner la tête vers l'endroit où je le supposais.

Je fus littéralement estomaquée.

- C'est bien, Sam.

Il se tenait à ma droite, son regard rivé au mien, son expression soulagée trahissant encore l'inquiétude qui l'avait sûrement rongé quelques minutes plus tôt. Mais ce n'était pas son air éperdu qui me coupa le souffle, non.

C'était comme si je le voyais pour la première fois.

Tous ces détails qui m'avaient ravie avant ma mort, comme les nuances cuivrées dans ses cheveux bruns, ses mèches rebelles qui retombaient mollement devant ses yeux quand il se penchait, ou ses prunelles au bleu aussi profond que l'océan, m'apparaissaient désormais avec plus de force et de netteté qu'auparavant. Sa peau pâle semblait taillée dans le marbre le plus pur et sa bouche, aux lèvres délicates, capta mon regard par la finesse de ses traits ainsi que par sa merveilleuse teinte rosée. Il était la perfection incarnée.

- Vous êtes un ange… croassai-je, d'une voix qui n'avait plus l'habitude de s'exprimer par des mots.

Il me sourit franchement, m'éblouissant avec sa dentition à la blancheur immaculée, me bouleversant avec la tendresse que cela supposait. Mon Dieu… J'étais tellement retournée par cette vision que je débitai d'une traite :

- Vous êtes venu du Paradis pour me soutenir. Je suis tellement malheureuse de ne pas avoir réussi à vous sauver, mais vous voir ainsi… Cela me réconforte de savoir qu'en Haut on vous a donné une seconde chance. Je sais que si vous êtes là, avec moi, je supporterai mieux la brûlure de la torture. Et tant pis si je brûle pour l'éternité en punition de tous mes péchés ; car vous êtes là.

J'aurais voulu qu'il me sourie à nouveau, comme un ange gardien l'aurait fait, mais il se rembrunit.

- Vous ne savez pas ce que vous dites, Sam. Je ne suis pas un ange.

Comment pouvait-il dire une chose pareille ?!

- C'est vous qui ne savez pas ce que vous dites ! J'ai beau être en Enfer, je sais reconnaître un ange quand j'en vois un.

Il se passa la main sur le visage, comme pour s'armer de courage pour ce qui allait suivre.

- Sam… Vous n'êtes pas en Enfer, bien que je ne nie pas que ce que vous avez dû traverser vous ait convaincue du contraire…

Je le fixai, hébétée.

- Mais…

- Vous n'êtes pas morte, Sam. Enfin…

Il n'alla pas plus loin. Il se ferma subitement, fronçant les sourcils, semblant chercher ses mots, mais n'y parvenant pas.

- Quoi ?

Cette fois, je redescendis vraiment sur terre. Je réalisai qu'effectivement, j'étais dans ma chambre, dans notre château de Scarborough, et que je n'étais pas seule avec Phoenix. François était là également, et mon cœur se serra d'émotion quand je vis Angela derrière lui, tentant de cacher ses larmes avec un mouchoir, en vain. C'était fou comme elle reniflait bruyamment dites donc ! Et puis c'était quoi ce tambourinement venant d'elle et que j'entendais comme un fond sonore désagréable ? Elle n'avait pourtant rien dans les mains à part son mouchoir dégoulinant… Beurk…

Je fronçais les sourcils en la regardant quand Phoenix posa sa main sur mon bras pour attirer mon attention. Je tournai la tête aussitôt vers lui, oubliant le bruit ambiant, me concentrant uniquement sur sa personne. Pas besoin d'être perspicace pour comprendre que quelque chose ne tournait pas rond, il suffisait de voir sa tête.

- Sam, il faut que…

Je voulus passer une de mes mèches derrière mon oreille pour mieux l'écouter, mais ce faisant, un bruit métallique ainsi qu'une résistance à mon bras gauche me stoppèrent.

- Mais qu'est-ce que… ?

À mon réveil, je n'avais pas bougé, me contentant de parler à tort et à travers et de couver du regard le vampire à mon chevet, donc je ne m'étais pas préoccupée de mon état physique, surtout que je croyais encore quelques instants auparavant que j'étais morte. De fait, je pris le temps d'assimiler ma nouvelle situation.

J'étais bien sur un lit, mais non le mien. Celui-là n'était pas en bois, mais en fer forgé avec des barreaux aux pieds et à la tête. D'ailleurs, en y regardant de plus près, je constatai que le métal dans lequel il était fait n'était pas du fer forgé, mais de l'argent massif, et que non seulement la totalité du lit en était constituée, mais que j'en étais également recouverte.

En effet, mes poignets étaient reliés à des chaînes entravant mes mouvements de bras, et le reste de mon corps était immobilisé sur le matelas par une double couche de ces dernières. Je ne pouvais pas m'échapper.

Aussitôt, je me revis pendant ma séance de torture, incapable du moindre geste tandis que tout mon corps subissait une douleur inimaginable. Ma réaction ne se fit pas attendre.

- LAISSEZ-MOI ! RELÂCHEZ-MOI ! vociférai-je en me débattant furieusement pour échapper à une éventuelle nouvelle vague de douleur.

Phoenix saisit ma main droite et me la serra tout en tentant de me maîtriser. Bizarrement, il n'y parvint pas, ce qui galvanisa ma colère.

François fit un pas pour venir aider son ami, mais il n'en eut pas le temps. Sans que je me l'explique, je réussis à briser les chaînes qui retenaient mes bras, puis, à une vitesse inouïe, je fis la même chose avec celles sur mon ventre et mes pieds.

Phoenix avait estimé plus prudent de rejoindre François pendant l'opération et tous deux me bloquaient maintenant l'accès à la porte où se tenait une Angela sidérée et manifestement terrorisée par ce qu'elle voyait.

- Je ne vous laisserai pas me faire encore du mal ! Cette fois-ci je me battrai ! dis-je d'une voix forte en me positionnant face à eux, prête à leur bondir dessus en cas de besoin.

Les deux vampires se regardèrent, stupéfaits, avant de reporter leur attention sur moi. Phoenix leva les mains en signe de paix, on aurait dit que je lui faisais peur. Ridicule ! N'était-il pas censé avoir tous pouvoirs pour me torturer ?

- Sam, nous ne vous ferons pas de mal.

- Ah oui ? Alors pourquoi j'étais attachée, hein ? Vous vouliez encore me faire souffrir avec des méthodes plus raffinées que les précédentes ! Me brûler encore et encore ne suffisait pas, il faut maintenant que vous me punissiez avec les visages des gens que j'aime !

Phoenix secoua la tête et se passa la main sur le visage encore une fois. Il avait les traits déformés par l'angoisse et la culpabilité. Curieux, pour un démon.

- Sam, tu n'es pas en Enfer, dit François pour meubler le silence qui s'éternisait. Tu n'es même pas morte !

Je lâchai un petit rire hystérique.

- Et je ne me suis même pas égorgée peut-être ?!

Je vis mon employeur tressaillir et son visage se décomposer en une expression dévastée. François lui jeta un coup d'œil et poursuivit.

- Bien sûr que si, j'étais là si tu te souviens ! Et je te garantis que ça m'a presque tué de te laisser te vider de ton sang pour respecter ta volonté ! (Une pointe de colère perçait dans sa voix grave) Mais tu as réussi à sauver Phoenix, lequel t'a sauvée en retour ! Tu es restée inconsciente pendant trois jours, et pas un instant tu n'as été seule. Tu n'as jamais été en Enfer car tu es toujours restée dans ce monde, avec nous !

Une part de moi, la plus optimiste, avait envie de croire à son discours. François n'était pas un menteur et de toute façon, cette situation était tellement grotesque que même le Diable ne se serait pas donné autant de peine pour mettre au point cette mascarade. Alors il n'y avait qu'une solution : je n'étais pas morte.

Cette part de moi eut envie de se réjouir car ma raison, après avoir étudié le dossier, venait de valider cette théorie. Ok, je vivais… Mais quelque chose clochait.

D'abord, pourquoi m'avoir attachée sur ce lit ? J'aimais toutes les personnes présentes plus que ma propre vie donc je ne leur aurais jamais fait de mal. Et puis, comment avais-je fait pour me détacher ? D'accord, Phoenix avait dû me donner son sang pour me guérir ; en général, ça me rendait plus forte… mais pas jusqu'au point d'arracher des chaînes en argent d'une seule main… D'autre part, je me sentais vraiment bizarre depuis que je m'étais relevée. Debout, j'embrassais du regard la totalité de l'espace qui m'entourait et j'étais stupéfaite de constater à quel point ma vision s'était acérée. Je voyais tout nettement plus clair et aucun mouvement ne m'échappait, du trajet d'une larme solitaire sur la joue d'Angela, à un minuscule arachnide qui fuyait la scène en direction du couloir. Enfin, outre la vue, tous mes autres sens semblaient avoir démultiplié leurs capacités car je pouvais, de là où j'étais, sentir l'odeur de la lessive sur la chemise de Phoenix ainsi que son eau de Cologne, tout comme le shampoing à la pêche de François, le même que celui d'Angela.

Angela…

Décidément, elle avait quelque chose de particulier ce soir, je n'arrivais pas à savoir quoi. Ah oui ! Dieu qu'elle sentait bon ! Et… Bon sang de bon sang ! Ne pouvait-elle pas arrêter ce bruit désordonné et incessant provenant de sa poitrine ? Elle n'avait pourtant pas amené de caisson de basse miniature dans son chemisier fleuri !

- Sam… ?

La voix inquiète de Phoenix ne parvint pas cette fois à détourner mon attention de mon amie libraire. Je la fixais désormais comme si la réponse à toutes mes interrogations était gravée sur son visage. Il fallait que je lui parle. Ignorant les deux vampires en face de moi, je fis un pas en avant.

Aussitôt, François alla se mettre devant elle, la cachant à ma vue, et Phoenix s'interposa entre eux et moi.

- Non, Sam !

L'ordre claqua comme un fouet et à celui-ci, une curieuse sensation se fit ressentir dans toutes les fibres de mon être.

Je le regardai férocement, furieuse d'être dérangée dans mon enquête sur la provenance du tambour et de l'odeur entêtante d'Angela.

- Ôtez-vous de mon chemin ! Depuis que je me suis réveillée, je n'ai entendu que vos explications, à vous deux ! Je veux entendre celle d'Angela ! Pousse-toi, François !

- C'est hors de question !

Son ton venimeux ainsi que la vue de ses crocs qui m'étaient adressés, me percutèrent bien plus que son refus. Il agissait comme si je menaçais sa bien-aimée. Était-il devenu fou ?

Qu'est-ce qui leur prenait à tous ? Ils se démenaient pour me faire croire que j'étais vivante et quand enfin j'acceptais l'idée, ils se liguaient pour me déstabiliser encore.

- Sam, Angela va partir. Nous vous dirons tout une fois qu'elle sera rentrée chez elle, dit mon patron en détachant chaque syllabe, comme si j'étais une demeurée.

Pour qui, pour quoi, la simple idée qu'Angela disparaisse de mon champ de vision me mit dans une colère noire.

- Elle reste.

J'avais dit ça, simplement, sans hausser le ton. Mais François accentua encore plus son attitude protectrice, ce qui décupla mon exaspération. J'allais oublier tous les préceptes de la politesse en me préparant à lui dire d'aller se faire voir quand, dans ma bouche, la sensation de deux pointes appuyant sur ma langue se fit sentir.

Fronçant les sourcils, je cessai de me préoccuper d'Angela pour comprendre ce qui pouvait bien m'arriver encore et ce faisant, je dirigeai lentement ma main vers mon visage, sous les yeux paniqués de l'assistance que j'ignorai. Je fis franchir à mon index la barrière de mes lèvres…

À peine avais-je effleuré ces deux pointes douces et pourtant tranchantes comme le rasoir qui remplaçaient mes canines, que tous les éléments s'emboîtèrent dans ma tête. Je n'étais pas en Enfer, non…

C'était pire que ça.

*

Mon instinct prit le dessus.

Toutes les fois où je m'étais mise en colère avant ce jour me parurent alors risibles par rapport à la rage meurtrière et apocalyptique qui explosa soudainement hors de moi quand je pris la mesure de ce que mes amis m'avaient fait…

Je vis subitement mon monde devenir rouge tandis que je me ramassais sur moi-même, prête à bondir sur les proies qui me faisaient face. Dans le même temps, j'entendis un grondement grave et menaçant s'échapper de ma gorge, au fond de laquelle une brûlure me pressait de répondre à son appel : faire couler le sang. L'étincelle de raison qui subsistait encore dans un coin de ma tête se glaça à cette idée, mais une autre part de moi, la nouvelle, n'aspirait qu'à lui obéir. De fait, mes lèvres se retroussèrent sur mes canines en un rictus mauvais, annonciateur de désastre pour ceux à qui il était adressé.

- Nom de Dieu… jura Phoenix, alarmé par la tournure des événements. Elle va nous attaquer.

François se tourna vivement vers Angela.

- Sauve-toi, ne regarde pas en arrière et ne t'arrête que lorsque tu seras chez Matthew.

Mon amie avait toujours cette expression mi-effarée mi-terrorisée sur le visage quand elle hocha la tête avant de prendre ses jambes à son cou.

Pour qui, pour quoi, sa fuite me parut beaucoup plus importante que ma vengeance et tout à coup, plus rien ne compta à part la nécessité de la rattraper.

Je n'attendis donc pas que mon employeur tente de réamorcer le dialogue pendant que son acolyte se déplacerait en sournois dans l'optique de me maîtriser, et pris les devants. Je leur fonçai dessus.

L'esprit entièrement tourné vers Angela, j'eus vaguement conscience de l'étrange sensation qui me parcourut l'échine quand Phoenix m'ordonna en hurlant d'arrêter de frapper François, ordre que j'ignorai manifestement, puisqu'une seconde plus tard, je délivrai à ce dernier un coup de poing qui aurait décapité n'importe quel humain, mais qui, pour lui, suffit à l'assommer pour de bon. Je ne me rappelle également que très vaguement avoir poussé un feulement aux sonorités mortelles en direction de mon patron, lequel se jeta sur moi pour tenter de me plaquer au sol. Infiniment plus rapide, je m'écartai juste à temps pour lui décocher un coup de genou dans la poitrine, suivi d'un uppercut parfaitement exécuté, le laissant inconscient sur le parquet.

Mes ennemis gisant au sol, mon instinct de prédatrice me donna envie de rugir ma joie avant de se rappeler qu'ils n'étaient pas ma première cible. Aussitôt, je courus à une vitesse extraordinaire pour rattraper Angela.

Il ne s'était écoulé que quelques instants depuis sa fuite donc je la rattrapai juste avant qu'elle n'arrive à la porte, en effectuant un bond impressionnant par-dessus sa tête afin de lui barrer de mon corps l'accès à la sortie. Paniquée donc stupide, mon amie voulut tout de même forcer le passage, ce qui me fit rire amèrement. Elle avait oublié ce que j'étais devenue.

- Comme si tu pouvais m'échapper ! dis-je en la repoussant en arrière.

Je n'avais pas vraiment calculé la force de mon geste et au lieu de reculer de quelques pas, Angela fut carrément projetée à trois mètres de moi, finissant sa course contre un des murs du couloir. Sous le choc, l'un des tableaux tomba et se brisa sur sa tête, lui occasionnant une coupure sur le haut du crâne que, malgré la distance, je voyais comme si elle était sous mes yeux. La brûlure au fond de ma gorge s'intensifia encore à la vue du liquide rougeâtre qui en coulait, mais je l'ignorai.

La voir ainsi prostrée de frayeur sur le carrelage, avec tout un tas de débris autour d'elle, avait douché ma colère. La fureur laissa la place à la honte et à un immense sentiment de culpabilité.

- Angela, je… je suis désolée, dis-je en faisant un pas en avant.

Elle se mit à crier en se tenant la tête entre les bras et sa réaction acheva de me ramener définitivement sur terre. Horrifiée par ce que j'avais fait aussi bien à elle qu'à Phoenix et François, j'eus envie de hurler mon désespoir à la cantonade.

Au lieu de ça, j'abandonnai mon amie et m'enfuis en courant dans la cuisine. Là, harassée par le poids de la compréhension de ce qui m'arrivait ainsi que par le mal que j'avais fait et que j'aurais pu faire, je me laissai tomber sur le sol, dos au réfrigérateur, et mis mon front sur mes genoux, mes bras en protection tout autour. Si j'avais été humaine, j'aurais sûrement fondu en larmes, mais je n'en étais plus capable… Outre ma capacité à posséder un cœur battant, Phoenix, puisque c'était lui mon « sauveur », m'avait également ravi ce qui faisait de moi un être humain à part entière. Car un être humain, je n'étais plus, non.

J'étais devenue un vampire.

Mon Dieu…

Jamais je n'ai voulu cela ! *Jamais je n'ai voulu cela !* *Ils m'ont trahie !* Ces pensées tournaient en boucle dans mon esprit.

Il se passa seulement deux minutes pendant lesquelles je n'entendais, depuis le couloir, que les sanglots étouffés d'Angela, puis, le hurlement, bien que prévisible, me fit sursauter tout en m'écorchant les oreilles :

- ANGELA !!!

L'appel désespéré de François me fit l'effet d'un coup de poignard en plein cœur et j'enfonçai mes ongles dans ma peau pour ne pas crier moi aussi.

- ANGELA ! l'entendis-je encore, mais avec cette fois, une note de pur soulagement dans la voix.

Les bruits qui me parvenaient étaient si nets qu'on aurait dit que leurs retrouvailles se déroulaient à quelques centimètres de moi. J'imaginais donc sans peine mon ami mousquetaire bercer dans ses bras la femme de sa vie, laquelle, tout en sanglotant, ne cessait de répéter que ce n'était pas ma faute.

Alors même que je l'avais molestée et que j'aurais pu faire bien pire d'ailleurs, Angela me protégeait. Je ne le méritais pas…

Mes ongles s'étaient si bien enfoncés dans ma peau que je sentais le sang en couler sans que ça ne me provoque la moindre douleur. J'étais suffisamment malheureuse pour ne pas me préoccuper de ce genre de fadaises… C'était curieux ; physiquement, mon nouvel état me permettait de supporter des coups auxquels n'importe quel humain aurait succombé, mais moralement… Phoenix m'avait expliquée qu'en devenant vampire, on n'avait plus la même conception des choses ni la même conscience. Là, je souffrais pourtant férocement de tout ce qui venait de se passer.

Quelqu'un s'agenouilla en face de moi. Les nuances envoûtantes de sa fragrance crépusculaire ne laissèrent aucune place au doute, c'était Phoenix. Je me raidis, laissant échapper un feulement involontaire qui me fit tressaillir, mais qui ne l'empêcha pas pour autant de rester.

J'aurais pu fuir le dialogue, ou simplement le maudire pour ce qu'il m'avait fait et m'enfuir loin de tout cela. Ç'aurait été vain, je le savais.

Ma vie venait une nouvelle fois de prendre un tournant, et cette fois-ci, rien de ce que je pourrais faire n'y changerait quoi que ce soit.

J'étais devenue vampire, pour l'éternité.

*

- Pourquoi ? murmurai-je après avoir laissé le silence s'étirer deux longues minutes.

Je sentis Phoenix frissonner en réaction à cette question doucement accusatrice. Je l'entendis inspirer et expirer un air dont il n'avait pas besoin avant de me répondre d'une voix rendue rauque par l'émotion.

- Vous ne savez pas ce que ça a été… Quand je suis revenu à moi, la première chose que j'ai vue, c'est votre visage. Le temps d'une nano-seconde, j'ai cru que tout allait bien et que vous aviez trouvé un moyen de me sauver, puis, j'ai compris… (Il déglutit) C'était comme si je venais d'être foudroyé… Je vous avais tuée…

Sa voix se brisa, si bien que je ne pus m'empêcher de relever la tête pour l'observer. J'accusai le coup en voyant son visage ravagé par le chagrin causé par ce souvenir. Il prit une autre inspiration en fermant les yeux, puis enchaîna :

- François et Angela se sont précipités pour m'expliquer ce que vous aviez fait, mais je dois dire que je ne les écoutais plus, toute mon attention était focalisée sur votre gorge et je me croyais en plein cauchemar. Alors quand j'ai fini par me reprendre et que mes yeux se sont posés sur la lame que vous veniez d'utiliser pour me sauver, je n'ai pas hésité. (À cet instant, la lueur dans son regard se fit plus farouche, presque furieuse) Je sais que vous n'avez jamais souhaité rejoindre notre monde, mais j'ai fait ce qu'il fallait pour vous ramener, et je le referais sans hésiter, dussiez-vous pour cela me haïr pour l'éternité.

La fin de son discours m'ébranla.

La perspective de devenir vampire m'avait toujours horrifiée et il le savait, pourtant, Phoenix m'avait transformée quand même. J'aurais dû effectivement le haïr… Je me rendis compte que je ne pouvais pas.

Une part de moi, la plus forte, était contente de l'avoir retrouvé sain et sauf et ce, malgré la fin de mon humanité. Bien sûr, j'étais dévastée en pensant à tout ce que j'avais perdu : le soleil, la nourriture, les amis… Car à ne pas manquer, de par mon statut de nouveau-né submergé par toutes les pulsions auxquelles un jeune vampire peut être en proie, j'allais devoir tourner le dos à tous ceux qui avaient fait mon bonheur à Scarborough… J'allais devoir dire adieu à Matthew et Angela si je ne voulais pas les tuer…

J'aurais juré entendre mon cœur se fendre à cette idée.

- Toute cette souffrance… me lamentai-je en reposant mon front sur mes genoux.

Phoenix se risqua à poser une main sur mon épaule. Je ne fuis pas le contact, même si la décharge électrique que je ressentis me fit tressaillir. Pourquoi, depuis que je le connaissais, ce phénomène se produisait-il ? Étais-je à ce point liée à lui émotionnellement que toutes les cellules de mon corps réagissaient follement à son toucher ? Et pourquoi ma transformation n'y avait-elle rien changé ?

Sa main quitta mon épaule pour me caresser les cheveux, je me retins de justesse de me laisser aller contre sa paume en ronronnant. Mais qu'est-ce qui me prenait ?! Troublée, je m'écartai de lui, regrettant aussitôt mon geste en avisant son expression peinée, vite muselée par un contrôle de soi hors du commun. Son visage redevint indéchiffrable quand il s'exprima :

- Je sais ce que vous avez enduré pour l'avoir moi-même vécu cinq cents ans plus tôt. Les vampires ont beau se sentir supérieurs aux humains, pas un ne souhaiterait revivre l'horrible expérience de la transformation. C'est une torture beaucoup trop atroce à laquelle de nombreux appelés succombent. Je comprends que vous ayez cru qu'on vous avait précipitée en Enfer. Mais pour moi, l'Enfer… a été de vous tenir ensanglantée dans mes bras, en me rendant compte que je venais de prendre la dernière étincelle de vie en vous. Je ne sais pas ce que j'aurais fait si vous ne vous étiez pas réveillée tout à l'heure. (Sa voix se perdit à nouveau en un murmure) J'aurais préféré que vous me laissiez mourir plutôt que de vous sacrifier pour moi.

Il ferma les yeux, en proie semblait-il à la plus vive douleur. C'était plus fort que moi, je ne pouvais pas le laisser se sentir coupable. Ce fut à mon tour de le réconforter.

Je tendis la main pour lui caresser la joue et l'inciter à me regarder dans les yeux.

- Sans vous sur cette terre, je n'existe pas.

Je n'avais pas réfléchi à la portée de mes paroles, elles étaient sorties toutes seules. Néanmoins, je ne regrettais pas ces mots, aussi vrais que l'envie que j'avais de combler la distance qui nous séparait pour m'emparer de ses lèvres et les faire miennes.

Phoenix me fixait intensément, sans que je puisse déterminer s'il avait compris ou non le sens de mes paroles, puis il fit quelque chose qui me chavira jusqu'au plus profond de l'âme. Il prit ma main posée sur sa joue et déposa un baiser au creux de la paume, suivi d'un autre, encore plus doux, à l'intérieur de mon poignet.

Immédiatement, mon corps réagit en s'enflammant jusqu'à la plus petite parcelle, faisant bouillir mon sang à une température normalement impossible pour quelqu'un de mort-vivant, et même si ma vision restait identique, j'eus vite fait de comprendre que mes pupilles avaient viré au rouge incandescent, aussi vif que la brûlure voluptueuse qui me consumait jusqu'au tréfonds des entrailles (heureusement, mon patron ne semblait pas s'en être aperçu). Quelque peu paniquée par la brusquerie de mes réactions, ma raison me souffla qu'il valait mieux que je rompe le lien pour mieux m'habituer à ma nouvelle condition ou celle-ci aurait tôt fait de me ridiculiser en me poussant à suivre un instinct bien trop axé sur le désir que me provoquait mon employeur. Cependant, les picotements délicieux qui couraient le long de mon bras me firent oublier jusqu'à l'existence de ma raison.

- Samantha ?

- ROOOAAARR !!!

François, comme à son habitude, venait de gâcher notre tête-à-tête en débarquant dans la cuisine comme un boulet de canon et en allumant la lumière. Du coup, ça, plus le néon qui m'aveugla, me firent lui adresser un rugissement sauvage qui me surprit tellement qu'il me dégrisa d'un coup et que je plaquai mes deux mains sur ma bouche pour m'empêcher de recommencer. Notre mousquetaire en resta figé devant la porte.

Phoenix se leva et voulut m'aider à en faire de même. Bien que je me sentais la force de cinquante éléphants, je le laissai faire.

- Où est Angela ? demandai-je.

François allait répondre, mais je levai la main pour l'en empêcher.

- Attends ! Encore ce bruit…

Ah non ! Cette fois, je n'allais pas me laisser distraire, il fallait que j'en détermine sa provenance. J'allais contourner François pour me diriger vers l'origine de ce tambourinement continu que j'entendais marteler depuis le couloir et qui m'avait rendue folle dans la chambre tout à l'heure, mais il se positionna dans l'encadrement de la porte de sorte que je ne puisse pas atteindre mon objectif.

Je lui jetai un regard noir qu'il me rendit tout aussi bien.

- Tu ne vas pas recommencer… dis-je.

Il ouvrit la bouche, mais Phoenix le devança.

- Laisse-la passer, François.

Celui-ci le regarda comme s'il avait perdu l'esprit et ne bougea pas d'un pouce.

- C'est trop dangereux !
- Il nous suffira de la maîtriser.
- Comme si nous y étions parvenus tout à l'heure !

Je ne comprenais pas bien leur échange, mais je saisis l'allusion au moment où je les avais tous les deux envoyés au tapis après m'être débarrassée de chaînes supposées être impossibles à briser pour un vampire.

- Cette fois, on ne se laissera pas surprendre. Et puis je doute qu'on en arrive là.
- Comment peux-tu être aussi sûr de toi ?
- Je suis son maître.
- Ça ne l'a pas empêchée de me casser la mâchoire... et la tienne !

Oh ! Ainsi, outre le fait de les avoir assommés, je leur avais brisé quelques os. Une part de moi en était horrifiée, une autre jubilait tout en regrettant de ne pas avoir fait un meilleur score. Mais qu'est-ce qui n'allait pas chez moi ?

- Réfléchis, elle l'aurait déjà fait pendant que nous reprenions nos esprits.

Là, je ne voyais pas de quoi ils voulaient parler... Pourtant, ce dernier argument sembla faire mouche car François fronça les sourcils, réfléchissant à ses implications.

- D'accord, mais au moindre mouvement suspect, tu te débrouilles pour l'immobiliser. Tu n'auras qu'à lui casser les jambes.
- Hé ! m'offusquai-je.

Même si je ne voyais pas bien pourquoi il mettait tant de temps à se décider pour me donner la permission de vérifier d'où venait le bruit dans le couloir, j'étais néanmoins choquée par sa proposition. D'abord il me montrait les crocs, puis il me menaçait de m'estropier ! François avait décidément perdu la boule.

Fou ou pas, il s'écarta de mauvaise grâce de mon chemin, donc je ravalai mon insulte, lui fis un signe de tête pour le remercier et passai devant lui pour sortir de la cuisine. Phoenix et lui me suivaient de si près que, s'ils avaient été humains, j'aurais senti leurs souffles dans mon cou.

Je regardai d'abord du côté du bureau puis, l'ouïe affinée, je sus que le tambourinement venait de ma droite, du côté de la porte d'entrée. C'est là que je la vis.

Angela se tenait à l'autre bout du couloir, tremblante comme une feuille malgré le chaud manteau qui la recouvrait. Elle était restée alors qu'elle aurait dû fuir depuis longtemps le danger que je représentais.

Je sentis un immense sourire naître sur mon visage et oubliant les risques, je me précipitai vers elle pour aller l'embrasser. Du moins, j'avais commencé à me précipiter…

- Tu vas me lâcher oui, espèce de gros balourd ! m'écriai-je, furibonde, après un François qui m'avait attrapée par le col et tirée vers lui si bien que j'étais tombée comme une crêpe au sol.

Il s'assit sur moi, crocs sortis, pupilles luminescentes.

- Je ne te laisserai pas lui faire de mal !

Normalement, l'ardeur romantique quoique sauvage avec laquelle il protégeait sa bien-aimée aurait dû me faire fondre, mais depuis quelques heures, je n'étais plus la même.

- Change un peu de disque ! Ôte-toi de là ou dans deux secondes, je te casse le nez !

- François, peut-être devrais-tu… intervint Phoenix.

Trop tard.

Un coup de poing et un rapide mouvement de jambe plus tard, notre mousquetaire alla s'envoler contre un mur, le nez en sang.

Je me remis debout et jaugeai Phoenix du regard, attendant sa réaction. Il m'observait aussi, se demandant sûrement quelles étaient mes intentions. Puis, sans que je sache pourquoi, il hocha la tête à la positive.

Je n'attendis pas et courus vers Angela, laquelle restait pétrifiée en regardant en direction de François. Il s'était déjà relevé, bien sûr, mais je fus satisfaite d'entendre des bruits de lutte qui me firent comprendre que mon patron l'empêchait de nous rejoindre.

- LÂCHE-MOI, PHOENIX, ELLE VA LA TUER ! hurlait-il.

Je ne me préoccupai plus de ce qui se passait derrière et me focalisai sur mon amie.

- Angela... dis-je en m'approchant toujours.

En achevant les derniers pas qui nous séparaient, je pus confirmer mes soupçons quant à la provenance du tambourinement. D'abord rapide mais contrôlé, son rythme s'était envolé quand j'avais envoyé François dans les airs et atteignit des sommets quand je stoppai devant elle.

- Sam... ?

Elle regarda son fiancé par-dessus mon épaule, lequel était toujours en train de se débattre pour se dégager de la force herculéenne de son meilleur ami.

Tout à coup, je perdis brusquement ma confiance en moi face à elle. Et si elle me rejetait ? Et si elle détestait ce que j'étais devenue ?

- As-tu peur de moi ? finis-je par déglutir au bout de plusieurs secondes interminables.

- Le devrais-je ? dit-elle timidement.

Quelques secondes s'écoulèrent de nouveau tandis que nous nous observions. Puis, comme si le fil mystérieux qui nous retenait avait fini par se rompre, nous tombâmes dans les bras l'une de l'autre. Elle inonda mon T-shirt de ses larmes et je me mis à renifler bêtement tout en la serrant contre moi, en faisant attention toutefois à ne pas lui broyer les os.

- J'ai cru que tu étais morte ! Si tu savais comme j'ai eu peur ! J'ai supplié François de te soigner quand je t'ai vue t'ouvrir la gorge et je l'ai presque haï d'avoir refusé ! Je crois que j'aurais tué Phoenix s'il n'avait pas voulu te transformer !

Elle ne criait pas, mais sa voix, rendue plus forte par l'émotion, retentissait dans mes tympans comme un clairon de l'armée britannique. Pourtant, ça m'était égal. Angela était heureuse de me retrouver, et elle acceptait ce que j'étais. Je fermai les yeux de soulagement, parvenant aisément à mettre en arrière-plan la sensation de brûlure dans le fond de ma gorge, causée par la proximité d'un sang chaud et vivant très attrayant. J'aurais dû m'étonner de ne pas sentir mes crocs s'allonger, mais j'étais tellement contente que je ne m'en préoccupais pas.

D'autres s'en chargèrent pour moi.

- C'est incroyable. Comment as-tu deviné ?

François avait l'air abasourdi.

- Je n'en savais rien. C'était une intuition.

La voix de Phoenix, dont les sonorités graves m'apparaissaient désormais dans toute leur virilité, me fit frissonner de la tête aux pieds. Bon sang ! Il arrivait même à faire réagir mon corps à distance ! Y avait-il des effets secondaires indésirables au vampirisme en plus de ceux, nombreux, que je connaissais déjà ?

Je m'écartai de mon amie en lui souriant toujours, puis, sans lui lâcher la main, toisai François.

- Je ne lui aurais jamais fait de mal !

Il se passa la main sur le visage.

- Il y a quelque chose d'anormal.

- Hormis le fait de me réveiller avec des crocs et une envie de meurtre ? grinçai-je, sarcastique.

Phoenix prit la parole.

- Sam a raison, ça fait déjà beaucoup. Il vaudrait peut-être mieux que vous nous laissiez seuls.

- Quoi ?!

Angela et moi nous exclamâmes en même temps.

- Hors de question ! Je ne partirai pas ! C'est ma meilleure amie ! s'écria-t-elle ensuite.

Comme si cet argument ne souffrait aucune réplique, elle releva le menton en croisant les bras et défia Phoenix du regard.

Malheureusement pour elle, il en fallait beaucoup plus pour l'impressionner.

- Sam et moi devons parler de maître à élève. Ce que j'ai à lui dire ne vous concerne pas, je suis désolé.

Il s'était excusé pour la forme parce qu'il appréciait Angela, mais je le connaissais trop bien ; il n'était pas du tout désolé.

- Phoenix a raison, Angela, intervint François. Le créateur a le devoir d'initier son élève à suivre le chemin du monde de la nuit sans en enfreindre les règles. Il vaut mieux que nous les laissions seuls pour l'instant. Nous reviendrons demain.

Mon amie hésitait visiblement à partir, considérant peut-être cela comme un abandon.

- Ne t'inquiète pas. Je t'attendrai demain, dis-je pour la décider.

- Tu es sûre ?

- Phoenix veillera à ce que je ne fasse pas de bêtise.

Je lui offris un sourire rassurant, mais en prononçant ces mots, je réalisai que c'était la stricte vérité. Mon patron, ou devrais-je dire plutôt, mon maître, allait me surveiller étroitement pour m'empêcher de me transformer en créature sanguinaire avide de chair fraîche. La brûlure qui se réveilla dans le fond de ma gorge me rappela que c'était une probabilité à prendre très au sérieux.

Les deux amoureux finirent donc par me faire leurs adieux. Comme François s'excusa pour m'avoir attaquée deux fois, j'en fis de même, pour l'avoir roué de coups. Je les embrassai tous les deux, puis fermai la porte derrière eux. Je pris moi aussi une inspiration inutile avant de me retourner vers Phoenix.

- Et maintenant ?

*

- Suivez-moi.

Je lui obéis et lui emboitai le pas vers la cuisine. Il ne dit pas un mot jusqu'à ce que nous soyons arrivés.

- Asseyez-vous.

Je fronçai les sourcils en me disant que pour discuter de ma nouvelle vie, euh… mort, nous aurions été plus à l'aise dans son bureau. Je m'exécutai néanmoins, en jetant un œil par la fenêtre ; il faisait nuit noire, le four indiquait qu'il était plus de cinq heures du matin.

Je n'avais pas entendu le bruit caractéristique de la glissière permettant de révéler le double fond du réfrigérateur. Mon patron venait de piocher dans sa réserve de sang et s'attelait désormais à vider deux poches dans un grand bol qu'il mit ensuite quelques secondes à chauffer au micro-onde. Pouah !

Il vit mon air dégoûté, ce qui lui fit froncer les sourcils. Quoi ? Aurais-je dû baver d'envie ? Il ne dit rien jusqu'à ce que la sonnerie annonce la fin du réchauffage en question, attrapa le bol et vint s'asseoir en face de moi. Son regard perçant scrutait la moindre de mes réactions.

Sans un mot, il fit glisser le bol devant moi. La brûlure dans ma gorge s'intensifia.

- Sans façon, dis-je en levant les mains. Je n'ai pas faim.

Ses pupilles furent soudain envahies de petits éclairs blancs, signe qu'il tentait de maîtriser ses nerfs.

- Ce n'est vraiment pas normal, dit-il enfin.

- Pardon ?

- Vous auriez déjà dû vous jeter sur ce sang et en réclamer davantage, tout comme tout à l'heure, vous auriez dû profiter que vous aviez les mains libres pour vider Angela du sien. Je lui avais pourtant dit de ne pas rester là, mais quand elle veut, elle peut se montrer aussi butée que vous.

- Je ne l'aurais jamais mordue !

- C'est justement ça qui n'est pas normal. Un nouveau-né ne devrait pas être capable de faire la part des choses. Tout ce qui l'intéresse, c'est d'étancher sa soif de sang. Il n'y a plus ni amis ni famille, ni bien ni mal qui tiennent.

- Mais pourtant, vous m'avez laissée l'approcher ! Vous disiez avoir eu une sorte d'intuition !

Il posa doucement ses mains sur la table puis, sans que je m'y attende, ses pupilles s'enflammèrent.

- Je vous ordonne de boire ce sang, Sam !

Là encore, je sentis cette étrange sensation qui m'avait rendue furieuse dans la chambre pendant que je m'acharnais sur François... comme si quelque chose exhortait tous mes muscles à exécuter cet ordre tout en écartant ma volonté propre.

Je secouai vivement la tête.

- Qu'est-ce que vous êtes en train de me faire ?!

- Buvez !

- Non !

- Sam !

- Phoenix !

Il s'adossa à son dossier en soupirant.

- C'est bien ce que je croyais.

- Quoi ?!

Ses sautes d'humeur me donnaient le tournis.

- Voilà pourquoi vous n'avez pas tenté de tuer Angela à votre réveil : vous êtes émancipée.

- Je ne comprends rien à ce que vous dites ! m'énervai-je.

- En tant que nouveau-né, non seulement vous devriez être sous le coup de la soif de sang, mais vous devriez être également incapable de désobéir à un ordre de votre créateur... ce que vous avez fait par deux fois. Je ne vois qu'une explication : vous avez un parfait contrôle de vous-même, ce qu'aucun vampire ne peut généralement espérer avant une bonne centaine d'années.

Je restai coite. J'aurais dû me réjouir d'apprendre que je ne me comporterais pas en psychopathe obsédée par l'hémoglobine, mais je n'y parvenais pas. Difficile déjà d'avaler la pilule de ma nouvelle condition, mais de savoir qu'en plus j'étais encore une bizarrerie de la nature, ça me donna envie de plonger ma tête dans un trou et de n'en plus sortir.

- Vous êtes décidément très surprenante, Samantha Watkins.

Il n'y avait aucune amertume ni aucune joie dans ces paroles. Phoenix, visiblement, ne savait pas quoi penser. Et moi donc !

- Je suis désolée de vous décevoir, grinçai-je.

À coup sûr, il ne devait pas s'attendre à ce que je lui cause autant de problèmes quand il avait décidé de m'épargner le jour de notre rencontre. Je ne comprenais toujours pas pourquoi il avait fait ça, d'ailleurs. Ça n'avait pas de sens en y réfléchissant.

Je n'eus pas le loisir d'approfondir cette pensée car la décharge électrique qui me traversa quand il saisit ma main dans la sienne me fit carrément sursauter.

- N'allez pas vous imaginer que je suis déçu. Vous êtes là, c'est plus important que tout le reste.

Il n'avait pas lâché ma main… S'il prononça d'autres paroles après celles-ci, je ne les entendis pas. Mon monde se limitait à la douceur de sa peau, si agréablement tiède contre la mienne. Bon Dieu ! Ça recommençait ! Mon sang se mit à bouillonner dans mes veines, et je n'aspirais plus qu'à une chose, que Phoenix fasse remonter sa main le long de mon bras avant de m'attirer à lui pour me caresser de la tête aux pieds.

- Sam ? Quelque chose ne va pas ? Vos yeux sont rouges.

Argh ! Et mes crocs s'étaient allongés aussi ! Au secours !

Désespérée de la folie de mes hormones vampiriques, j'avisai le bol sur la table. Une idée me vint. Je me libérai de l'étreinte de mon patron, l'empoignai comme une bouée de sauvetage, puis, avant de changer d'avis, je bus plusieurs gorgées du liquide épais à la senteur métallique qu'il contenait.

- Sam ?

- En fait, je mourais de faim ! m'exclamai-je en reposant le bol.

J'espérais qu'il tomberait dans le panneau et qu'il n'associerait pas la couleur de mes yeux à la faim que j'avais… de lui.

Quoique…

Je regardai à nouveau le bol… et crus sentir le fantôme de mon estomac se contracter.

La seconde suivante, je l'attrapai plus violemment, et vidai son contenu sans me soucier de ce qui dégoulinait dans mon cou.

Cette fois, mes pupilles redevinrent rouges, mais je ne m'en préoccupais plus.

- Encore !

- Quoi ?

Je poussai un grondement menaçant.

- Encore !

Phoenix haussa les sourcils tandis que je commençais à lui montrer les crocs pour lui signifier qu'il avait intérêt à se dépêcher. Il s'exécuta cependant sans mot dire et me reversa l'équivalent de deux poches de A + que j'avalai sans discuter.

- Encore !

Il alla me resservir une dose quatre fois plus importante en rigolant.

- Finalement, vous n'êtes pas si différente de l'humaine que vous étiez. Votre appétit est aussi féroce qu'auparavant.

Je ne me souciai même pas de lui rugir à la figure, occupée que j'étais à aspirer jusqu'à la dernière goutte de mon breuvage. Quand je reposai le récipient cette fois-ci, je n'en redemandai pas. Je me sentais honteuse, bien que mon corps, ce traître encore, s'alanguissait du fait d'être totalement repu.

- Je… je suis désolée.

Je laissai échapper un petit couinement dégoûté lorsque mon regard dériva du sourire goguenard de mon employeur vers mon chemisier dégoulinant de sang. J'avais mangé comme un cochon !

- Ne vous excusez pas. Votre faim dévorante me rassure, au contraire. Parmi toutes les questions que je vais me poser sur les conséquences de votre transformation, je pourrai balayer celle de votre régime alimentaire. Au moins, nous pourrons nous fournir dans le même supermarché.

Son ton léger me rassura.

- Dites-moi ce que je dois savoir.

Il reprit un air sérieux et se lança.

- En vous transformant sans demander l'autorisation préalable de Talanus et Ysis, je suis allé à l'encontre de toutes nos lois. Il va falloir jouer serré pour que ça ne s'ébruite pas, donc vous devrez rester au maximum au château, au moins le temps que je fasse circuler le bruit que vous êtes mourante et que, de fait, j'ai demandé la permission officielle à mes chefs de secteur de vous guider dans notre monde.

- Vous les avez mis au courant ?

- Oui, je leur ai téléphoné.

- Et comment a réagi Ysis ?

Phoenix fronça les sourcils.

- Je n'arrive pas à comprendre cette femme. Elle a failli m'arracher la tête quand je vous ai laissé dépérir après votre première entrevue avec le Cercle de Mellindra, et je m'attendais vraiment à ce qu'elle débarque ici pour achever le travail en apprenant ce qui vous était arrivé, mais elle s'est contentée de me remercier et de m'ordonner de la tenir au courant de l'évolution des choses.

Contrairement à lui, la réaction de sa supérieure hiérarchique ne me surprenait pas. Bien qu'un peu flou, le souvenir de notre conversation sur ce que Léthalée lui chuchotait sur moi dans ses rêves refit surface. Elle avait prédit que je deviendrais l'une des leurs.

Je frissonnai. Un autre souvenir, plus récent celui-là, et surtout associé à la douleur atroce de la transformation, tenta de se faire aussi une place dans mon esprit, mais mon patron reprit la parole et mon attention se concentra sur lui.

- Bref, il est important qu'on pense que nous suivons les règles pour qu'on vous accepte. Cela fait vingt ans que Talanus et Ysis n'ont pas autorisé une transformation et ce ne sont pas les demandes qui manquent.

- Je comprends.

- En attendant votre « entrée dans le monde », si je puis dire, je testerai vos capacités et vous formerai au combat.

- N'est-ce pas ce que vous faites depuis un an et demi ?

Il eut un sourire énigmatique.

- Vous n'êtes plus humaine, Sam. La donne a changé.

- J'ai remarqué.

Il ne releva pas la sécheresse de ma voix et enchaîna :

- Nous mettrons à profit ce temps pour comprendre jusqu'à quel point vous êtes différente des autres nouveau-nés et nous tâcherons de nous en accommoder pour faire de vous une vampire à part entière.

J'acquiesçai en hochant la tête. De toute façon, je n'avais pas trop le choix sur le programme.

- Dès que nous pourrons, nous irons voir Ysis pour qu'elle détermine si votre filiation avec les frères De Castelcourt va effectivement représenter un danger que les Grands voudront éliminer. En attendant, il faudrait éviter que vous vous mettiez trop en colère comme cela s'est produit dans la chambre tout à l'heure ; vos pupilles se sont illuminées… en rouge.

Je frissonnai une nouvelle fois. En découvrant ma véritable parenté, j'avais découvert la tragédie qui allait avec. En effet, quelques siècles plus tôt, mes ancêtres français, deux frères de la petite noblesse, avaient été transformés en vampires, mais quelque chose dans leur sang les avaient rendus fous. Ils avaient commencé par se débarrasser de leur maître, puis avaient régné comme de petits rois sur leurs terres. Comme ça ne leur suffisait plus, ils s'étaient rendus à un sommet entre les Grands et leurs chefs de secteur de l'époque et avaient fait un carnage, notamment grâce à l'étendue de leurs pouvoirs : l'un contrôlait le feu, l'autre, le plus puissant, était télékinésique. Il fallut toute la force combinée des Grands et de tous les vampires présents pour en venir à bout, ce qui en horrifia plus d'un… D'où la décision d'éradiquer tous les membres de leur lignée pour que leurs gênes ne se transmettent pas, au risque que d'autres parmi leurs parents soient transformés en monstres démoniaques. Heureusement pour moi, le père de mes aïeux avait eu un enfant hors mariage avec une servante et l'avait fait fuir en lui faisant jurer de se protéger, elle et ses descendants. J'étais la dernière en vie.

Du moins jusqu'à ce que Phoenix prenne tous les risques pour me ramener à lui…

- Vous croyez que je vais devenir folle moi aussi ? Si les Grands l'apprennent…

- Je ne laisserai personne vous faire du mal.

J'en fus émue.

- Merci…

- Il vaudrait mieux aussi faire croire à vos amis de Scarborough que vous êtes souffrante. Vous n'avez peut-être pas tué Angela, mais je ne veux pas prendre de risques. De plus, vous n'êtes pas encore habituée à votre nouvelle condition et il suffirait que vos yeux s'illuminent ou que vous brisiez une table à mains nues pour qu'ils s'interrogent. Le temps venu, si j'estime qu'ils ne courent aucun danger, je vous laisserai côtoyer les humains à votre guise.

- Je comprends, dis-je en bâillant.

Malgré mon intérêt pour ce qu'il disait, je me sentais de plus en plus fatiguée. Mes paupières devenaient de plus en plus lourdes.

- Une dernière chose. Souhaitez-vous toujours être mon assistante ?

Sa question me prit complètement au dépourvu.

- Vous ne voulez plus de moi ?

Il secoua la tête à la négative.

- Ce n'est pas ça, c'est juste que… je n'ai pas oublié qu'avant que je vous transforme, vous aviez l'intention de me quitter. Je n'ai plus le droit de vous laisser partir maintenant… Je sais qu'à cause de moi, vous êtes soumise à une nature à laquelle vous n'avez jamais aspiré et qui, en plus, vous oblige à rester prisonnière de ce château que vous vouliez fuir… Je ne peux réparer le mal que je vous ai fait en vous transformant contre votre volonté, mais je peux vous accorder cette distance que vous réclamiez en vous libérant de vos obligations d'assistante.

Je le fixai, les yeux exorbités en raison du choc que sa proposition me causa.

J'étais un vampire nouveau-né, c'était vrai, et par conséquent, malgré ma soi-disant émancipation, je devais rester sous le contrôle de mon créateur au moins cent ans d'après les lois du monde de la nuit. Après l'enfer que j'avais vécu en tentant en vain de cacher ma détresse de le laisser indifférent chaque jour durant, j'aurais dû être désespérée...

Mais non.

C'était comme si la question ne se posait pas.

Incroyable ! Ma nouvelle nature n'avait pas changé mes sentiments, au contraire, elle les avait renforcés. Mon désir de lui était intact et il lui suffisait de me regarder ou de me frôler pour me faire frémir d'envie. Quelques temps auparavant, cela m'aurait embarrassée au plus haut point, mais cette nouvelle nature avait aussi des points positifs : mon cœur ne s'emballerait plus à chaque contact et mes émotions ne seraient plus jamais trahies par mes joues en feu. J'étais plus forte, plus rapide physiquement, et surtout plus lucide et plus vindicative émotionnellement. Je savais exactement ce que je voulais et ce que je voulais, c'était Phoenix...

Alors le voir ainsi, guettant ma réponse avec cette lueur d'incertitude dans la profondeur hypnotique de son regard bleu, scella ma détermination.

Ma décision était prise.

- Il n'y a plus de distances qui tiennent.

J'avais sélectionné mes mots avec soin afin de creuser les fondations de ce qui serait le plus grand défi de toute ma vie... Lorsque j'étais humaine, je m'étais finalement laissé gagner par la déception et le désespoir amoureux parce que je n'avais aucune confiance en moi, de fait, en le quittant, j'allais abandonner la partie sans me battre. Plus maintenant. Plus maintenant que l'obstacle de mon humanité n'était plus.

Car j'étais décidée à séduire Phoenix...

*

Pour l'heure, celui-ci n'avait pas remarqué ma nouvelle ligne directrice ni n'avait compris le sens caché de ma phrase. Il se contenta de m'offrir un sourire timide si éblouissant d'innocence que je faillis en tomber de ma chaise.

- J'en suis heureux, Sam.

Tu n'as pas idée... pensai-je en me frottant les mains mentalement.

Je m'apprêtais à lui offrir le sourire le plus radieux que j'avais en stock, mais ma tentative fut avortée à ma plus grande honte par un affreux bâillement qui prit le dessus et qui fit éclater de rire mon interlocuteur. Zut ! Pour la séduction, ça démarrait mal !

Bon sang ! Qu'est-ce que j'avais encore ?! Mes paupières se faisaient de plus en plus lourdes ! À cette allure, dans deux minutes, si je n'y prenais pas garde, j'allais m'effondrer sur la table de la cuisine en ronflant !

Je me levai.

- Je... j'ai eu assez d'émotions pour ce soir. Je vais me coucher.

Arrivée à sa hauteur, il me retint par la main.

- Il est hors de question que vous dormiez dans votre chambre.

Sa raideur soudaine m'indiqua qu'il était très mal à l'aise, mais malgré tout déterminé.

- Où voulez-vous que je dorme ? m'étonnai-je.

Il y eut un court silence.

- Avec moi, dit-il simplement.

Il ne m'avait pas regardé, c'était peut-être mieux d'ailleurs. Qu'est-ce que je raconte ?! Heureusement, car sinon, il aurait vu mes pupilles recommencer à s'illuminer de rouge comme des phares arrière de voiture ! Refermant prestement les yeux pour reprendre le contrôle, je priai pour qu'il n'ait pas vu mon reflet dans la fenêtre.

Inspire, expire...

Il veut que je dorme avec lui ! Nom de nom !

Inspire, expire…

Allongés côte à côte, presque à se toucher… Mais tais-toi donc !

Inspire, expire…

Est-ce qu'il sera nu ?

Aaaargh !

Inspire, exp…

- Sam ?

J'ouvris un œil.

- Alors ?

Il n'avait rien dit concernant la couleur de mes prunelles. J'ouvris le deuxième.

- Pardon ?

Phoenix leva les yeux au ciel.

- Il y a des choses qui ne changeront jamais… souffla-t-il en m'entraînant avec lui dans le couloir.

Comme nous entrions dans le bureau, je freinai des quatre fers.

- Je ne veux pas dormir avec vous ! C'est… euh… gênant !

Il actionna le mécanisme d'ouverture de la salle secrète.

- Ce n'était pas une requête, c'était un ordre de votre créateur.

- Ne vous prenez pas pour Dieu mon père ! Je suis émancipée, c'est vous qui l'avez dit !

Il leva encore les yeux au ciel, mais cette fois en marmonnant dans ses moustaches une prière pour lui donner la force de me supporter.

- Hé ! m'écriai-je quand il me poussa à l'intérieur.

Furieuse, je laissai sortir mes crocs et lui grondai à la figure.

- Cessez de faire des manières, Sam, dit-il en ignorant ma rébellion.

- Vous ne pouvez pas me forcer à rester ici si je n'en ai pas envie ! Il me suffira de vous envoyer valser dans les airs comme tout à l'heure !

Ma provocation fit son effet, elle eut raison de son calme. Ses yeux brillèrent. Du moins, ce fut tout ce que je vis avant de me retrouver sur le lit, allongée sur le dos avec Phoenix sur moi, lequel m'écrasait de tout son poids et me tenait les bras au-dessus de la tête tout en pointant la lame d'un couteau au niveau de mon cœur. Je n'avais rien vu venir.

- Leçon numéro 1. Être trop sûre de soi peut se révéler être une erreur fatale.

Il était en colère. Le feu bleuté de ses pupilles irradiait la puissance mortelle que rappelaient ses crocs qui me menaçaient de leur morsure. J'aurais dû être effrayée… Mais cette nouvelle part sombre en moi me faisait voir les choses différemment.

Jamais je ne l'avais trouvé aussi beau… aussi sauvage…

Et il était couché sur moi…

- Je suis à vos ordres, maître…

Il n'y avait aucune ironie dans mon murmure. Au contraire, il sonna de manière si sensuelle à mes oreilles que je m'en étonnai moi-même.

Ses pupilles se chargèrent d'une nouvelle intensité tandis qu'il haussait les sourcils, puis, soudain embarrassé, il s'écarta de moi pour s'asseoir sur le lit et reprendre une contenance. Ma moitié angélique rougissait intérieurement de l'avoir gêné, l'autre, la perverse, ricanait grassement.

- Je ne veux pas avoir besoin de vous donner d'ordres, Sam. Vous êtes mon amie (ma mini-moi dépravée se mit à grogner) et je vous considère comme mon égale. Si je vous demande de dormir avec moi, ce n'est pas par plaisir (cette fois, mon rictus mauvais ne fut pas intérieur)… non pas que ça me gêne (se reprit-il), mais nous ne savons pas encore à quel point vous avez la maîtrise de votre soif de sang, on l'a bien vu tous les deux dans la cuisine. Je n'ai pas envie de me réveiller demain et d'apprendre que vous êtes allée faire un tour à Scarborough pour combler un petit creux avant que le jour se lève.

- Oh…

C'était pour ça, alors. Il avait raison, mieux valait prévenir le danger que de réparer les pots cassés. Et puis, si je me mettais à tuer des gens, il n'y aurait rien à réparer. Je ne pourrais pas le supporter… plutôt m'exposer au soleil.

- Je vais chercher quelques affaires et je reviens.

Je n'attendis pas sa réponse et allai dans ma chambre chercher un pyjama passe-partout (pas question de débouler en nuisette, une fois m'avait suffi) et mes affaires de toilette. Là, je bâillais à n'en plus finir, me traînant d'un meuble à l'autre comme si le poids du monde reposait sur mes épaules. J'étais épuisée, si bien qu'il me fallut mobiliser mes dernières forces pour me changer.

Je dormais presque quand je revins dans la pièce secrète et je n'eus même pas le loisir de m'extasier devant le corps parfait de mon employeur, vêtu simplement d'un pantalon de pyjama noir parce que ma vision rendue floue par la fatigue ne me le permit pas.

- Je suis… si fatiguée, dis-je en trébuchant sur la chaise où je venais de poser ma trousse de toilette.

- C'est normal, en tant que nouveau-né, à l'approche du jour, vous ne pouvez pas résister à l'appel du sommeil.

Je l'entendis à peine, ni ne le sentis me rattraper au moment où je m'effondrais dans les bras de Morphée. Je ne le sentis pas non plus me border ni m'effleurer le front de ses doigts si doux.

Je sombrai, tout simplement.

Chapitre II : Renouveau

*

- Bien dormi ?

- Mmh ?

J'eus quelques difficultés à ouvrir les yeux, mais quand ce fut fait, mon esprit assimila la présence de Phoenix, accroupi face à moi, prêt des pieds à la tête, tenant une grande tasse de sang frais.

Mon premier réflexe fut de me reculer en faisant une moue de dégoût devant cet affreux breuvage qu'il me tendait, puis, je me rappelai les événements de la veille et ma nouvelle nature. La brûlure dans le fond de ma gorge se réveilla, tout comme mon estomac qui se contracta.

- Comment se fait-il que mon estomac réagisse à la faim ? Je croyais que j'étais morte ? demandai-je en prenant mon petit-déjeuner et en l'avalant d'un trait.

- Nos organes ne fonctionnent plus comme lorsque nous étions mortels, ce que vous ressentez n'est qu'une réminiscence de vos anciennes sensations. Bientôt, il ne restera que ce feu dans votre gorge pour vous indiquer qu'il vous faut vous nourrir.

- Ce n'est pas très agréable.

- Personne n'aime avoir faim.

- C'est vrai.

- Comment vous sentez-vous ? me questionna-t-il en reprenant ma tasse vide.

- Je ne sais pas… Quand j'ai ouvert les yeux, j'ai cru que j'étais encore humaine.

Je lus la contrariété et la culpabilité sur son visage.

- Ça passera.

- Je ne sais pas si j'arriverais à m'habituer.

Dormir dans son lit n'avait pas occulté le regret de ce que j'avais été. J'étais partagée entre le soulagement d'être encore de ce monde et pas en Enfer où j'avais cru être au départ, et la terrible amertume de ce à quoi j'avais dû renoncer pour en arriver là.

- Perd-on son âme, lorsqu'on devient vampire ?

Auparavant, quand je me posais la question, je prenais mon patron comme référence et ma réponse était invariablement négative. Mais là, il s'agissait de moi. Je n'étais pas plus croyante que ça, mais je trouvais injuste d'être condamnée à la damnation éternelle pour avoir pris un autre chemin que celui qui mène tout droit au Paradis ; chemin que j'avais pris contre ma volonté en plus.

La voix de Phoenix, empreinte d'une douceur soudaine, me rappela au réel.

- Je n'en sais rien, Sam. J'espère sincèrement que non, ne serait-ce que pour savoir la vôtre encore sauve et pure, mais je ne peux pas l'affirmer. Alors j'agis selon ma conscience, en fonction de ce que je sais du Bien et du Mal.

- Vous êtes un homme de bien.

Il me sourit gravement.

- Même si je vous ai une nouvelle fois volé votre vie ?

- Vous aviez de bonnes intentions.

Il baissa la tête, puis, me regarda à nouveau, l'air malheureux.

- Pourrez-vous me pardonner ?

Mon cœur se serra. Cette partie de moi qui l'aimait ne pouvait pas lui garder rancune de ce qu'il m'avait fait subir, mais d'un autre côté, le souvenir de la douleur associée à la transformation était encore trop présent, trop atroce, pour que j'accède totalement à sa demande.

- Il va me falloir du temps, murmurai-je.

Je souffrais de lui infliger cette déception, mais je ne pouvais pas lui mentir. Viendrait le temps où je digérerais tout cela… En attendant, il me fallait prendre mes marques.

- Qu'avez-vous prévu pour moi ce soir ?

Cette diversion sembla réussir son pari : le distraire des moroses pensées qui lui avaient assombri le visage quand je lui avais donné ma réponse. Il afficha son air mystérieux et me dit de but en blanc :

- Un entraînement.

Je grimaçai.

- Déjà ? Je viens à peine de renaître !

Phoenix se releva.

- Je veux tester vos capacités le plus tôt possible. Il est primordial de connaître vos points forts et vos points faibles avant de vous présenter au reste de la communauté afin de décourager quiconque souhaiterait vous peindre une cible dans le dos.

- J'en avais déjà une, je vous rappelle.

Je faisais allusion à la tentative de meurtre ratée de Victor Haggis, quelques semaines plus tôt. Juste avant, il s'était donné la peine de m'expliquer qu'une personne me haïssait suffisamment pour avoir commandité mon assassinat. Non seulement je m'en étais tirée avec des coupures et un bras complètement retourné (très douloureux), mais également avec la peur qu'on attente de nouveau à ma vie.

- Celui qui en est à l'origine aura une sacrée surprise s'il réessaye à nouveau, car ce ne sera plus aussi facile qu'avant de vous faire disparaître.

Je le toisai sévèrement, ce qui le fit rire encore.

- Je rectifie, ce n'était déjà pas facile… (Je me rengorgeai) Il est vrai qu'abattre une tête de mule aussi coriace se révèle être un défi de taille !

- Hé !

Il se laissa donner un petit coup de poing dans l'épaule qui, à notre grande surprise, le déséquilibra. Dire qu'avant, quand j'y mettais toute ma force, ça ne lui faisait pas plus d'effet qu'une pichenette !

- Hum…

Il reprit son sérieux tandis que je regardais encore mon poing, l'air perplexe.

- De toute façon, Talanus et Ysis vont vouloir voir de quoi vous êtes capable et n'hésiteront pas à utiliser des moyens drastiques pour obtenir satisfaction.

- Ils ne vont quand même pas me torturer !

Phoenix haussa les épaules.

- Qui sait ? Et puis, vu comment Ysis avait l'air excitée au téléphone quand je lui ai annoncé vous avoir transformée, je doute cette fois-ci qu'elle s'interpose entre vous et Talanus.

Flûte ! Ce qu'il ne savait pas, c'était qu'Ysis avait prévu que je devienne un vampire, donc il avait raison, elle ne pourrait que vouloir voir de ses yeux si Léthalée m'avait rendue spéciale. Grrrr ! Je n'allais pas pouvoir y échapper ! D'autant que ce serait elle, à coup sûr, qui me pousserait dans mes retranchements pour assouvir sa curiosité de divinatrice surnaturelle en manque de reconnaissance. Décidément, Phoenix avait raison, il valait mieux que ce soit lui qui me teste plutôt que ses supérieurs.

- D'accord. Je vais faire un brin de toilette et je vous rejoins en bas dès que je suis prête.

Une lueur mystérieuse brilla soudain dans son regard bleu.

- Je vais tout préparer.

Quand il partit, je fus gagnée par un mauvais pressentiment tenace concernant la tournure de cette séance d'entraînement. Pour qui, pour quoi, je supposais qu'elle ne me plairait pas…

J'avais raison.

*

Je passerais l'épisode où je rentrai dans la salle d'entraînement et que je vis mon employeur torse nu. Inutile de me ridiculiser encore en décrivant comment mon sang se mit à cogner contre mes tempes et ma bouche à saliver plus que de raison.

Pour reprendre une contenance, j'avais tout de suite commencé une série d'étirements qui me permirent d'oublier un peu mes hormones débridées. Je savais que Phoenix m'observait, mais j'avais réussi à occulter ce fait de mon esprit pour rester concentrée.

- Je suis prête, conclus-je.

Il s'avança lentement vers moi, tous les muscles tendus pour m'indiquer qu'il s'apprêtait à me bondir dessus. Aussitôt, mon instinct de conservation me fit réagir en me faisant adopter une posture défensive, tout en guettant le moindre de ses gestes. Nous nous mîmes à nous tourner autour, chacun cherchant la faille de l'autre.

Au moins vingt secondes s'écoulèrent sans que rien ne se passe.

Puis il frappa.

J'avais vu le mouvement de son pied d'appui au dernier moment, ce qui me permit d'éviter son poing de justesse. Celui-ci passa si près que mes cheveux le frôlèrent et qu'un « Wisss » très net, caractéristique du bruit d'un corps en mouvement rapide, résonna dans mon oreille droite. Si son coup m'avait percutée, j'aurais été plus que sonnée et en tant qu'humaine, j'aurais fini décapitée.

- Vous n'y êtes pas allé de main morte ! m'offusquai-je.

« Wisss » !

J'eus tout juste le temps de me baisser pour éviter un coup de pied que je mis à profit pour tenter de lui balayer l'autre jambe et le faire tomber.

Raté ! Il avait réussi à anticiper mon geste.

- Dans un combat à mort, il n'y a pas de galanterie qui tienne ! railla-t-il. Montrez-moi ce que vous avez dans le ventre !

Il venait de terminer sa phrase qu'il me sauta dessus et me fit basculer sur le tatami. Certes, nous étions collés l'un à l'autre, mais ça n'avait rien de romantique. Nous roulions tous les deux sur le sol en nous frappant sauvagement, chacun voulant prendre le dessus sur l'autre. Une part de moi aurait préféré retenir mes coups dans cette bagarre, mais une petite voix intérieure s'en délectait et ne cessait de m'encourager avec des « Vas-y, écrase-lui le nez ! » ou « C'est ça ! Plus fort sur la droite ! Ouééééé ! » ou encore « Est-ce qu'il mord quand il embrasse ? ».

Au bout d'un moment, ne supportant plus cette supportrice mentale dopée aux amphétamines, je perdis un instant ma concentration. Cette erreur me fut fatale car Phoenix s'engouffra immédiatement dans la brèche et par un mouvement qui me prit totalement par surprise, il m'envoya voler dans les airs et m'écraser contre le mur en face, duquel se détachèrent deux épées qui tombèrent au sol dans un fracas épouvantable.

Allongée et voyant encore trente-six chandelles, je le vis me surplomber.

- Règle numéro deux : on ne peut être déconcentré qu'une seule fois. Après, on est mort.

- Je m'en souviendrai.

Une seconde plus tard, Phoenix s'étalait sur le dos, fauché par ma jambe droite. Je ne lui laissai pas le temps de se relever et me jetai sur lui avec l'une des épées qui étaient tombées à côté de moi. Il tenta bien d'esquiver mon attaque, mais je fus plus rapide.

Résultat, je finis assise à califourchon sur lui, l'épée en position pour lui trancher la tête. Il était à ma merci.

Ses pupilles étaient zébrées de blanc, preuve qu'il était en colère de s'être fait surprendre, et il regardait l'épée que j'appuyais volontairement sur sa gorge avec comme l'envie de la couper en petits morceaux avant de la jeter au feu.

Grisée par la victoire, la première depuis notre rencontre, je me penchai lentement vers lui pour savourer ce retournement de situation.

- Qui est trop sûr de lui à présent ? murmurai-je à son oreille.

Il tressaillit.

Je me redressai et jetai mon arme un peu plus loin pour observer son visage. Mal m'en prit car il saisit de nouveau sa chance et nous fit basculer si bien que je me retrouvai couchée sous lui, ses crocs à un millimètre de mon cou.

- Je crois que c'est encore vous, dit-il sur le même ton.

J'aurais dû m'esclaffer avec lui, mais le problème, c'était que je ne l'écoutais plus. Bon Dieu ! Ça recommençait ! Mes hormones étaient encore en train de vouloir prendre le dessus sur ma raison et déjà, j'enroulais mes jambes autour de sa taille pour le sentir davantage pressé contre moi.

- Je pourrais vous briser les os en serrant encore… m'entendis-je prononcer d'une voix rauque peu féminine tandis que je passais mes bras dans son dos, prête à lui lacérer la peau de mes ongles.

Horrifiée par mes paroles et par le sursaut de ma victime qui me regardait maintenant avec un mélange de suspicion et d'étonnement, je m'acharnai à reprendre le contrôle de mon corps et forçai mes membres à redescendre au sol et y rester cloués. Phoenix en profita pour se relever, tout en m'étudiant comme un scientifique devant un rat de laboratoire.

- Vous êtes décidément très surprenante…

- Je suis désolée, je ne sais pas pourquoi j'ai dit ça.

- Ne vous excusez pas. En situation réelle, ça aurait été exactement la chose à faire.

Je lui lançai un regard noir. Il aurait pu au moins être troublé par cette position comme moi je l'avais été, et non continuer dans le rôle du prof qui n'a pas conscience de l'effet qu'il fait à son élève. Parfois, je me demandais s'il n'était pas un peu idiot...

- Je voudrais tenter une expérience, dit-il soudain.

Il disparut de mon champ de vision un instant, puis revint avec plusieurs chaînes en argent.

- Asseyez-vous.

Sans me demander la permission, il s'attela à les enrouler autour de mes jambes ainsi qu'autour de mes bras, placés le long du corps.

- Qu'est-ce que vous avez en tête ?

Le contact avec le métal était glacé et désagréable. S'il voulait me montrer à quel point on se sentait vulnérable enchaîné de la sorte, il avait réussi. Vivement qu'il m'enlève tout ça.

Quand il estima que son œuvre était accomplie, Phoenix se recula.

- Très bien, dit-il, l'air satisfait.

- Très bien ? Je suis ficelée comme un rôti, je ne pourrais pas me gratter le nez si ma vie en dépendait, et vous, vous trouvez ça très bien ?

- Essayez de vous libérer.

- Vous plaisantez.

- Pas du tout.

- Dois-je vous rappeler que ce sont des chaînes en argent ?

Il ignora ma provocation.

- Ne discutez pas et faites-le.

Je le foudroyai de nouveau du regard en pestant mentalement contre son sadisme. Ça ne lui avait pas suffi de m'envoyer au tapis, il voulait me voir me tortiller inutilement pour se moquer de moi. Il me le paierait cher.

Cependant, pour assouvir ma vengeance, il fallait bien que je m'exécute, par conséquent je tentais d'ouvrir jambes et bras, en espérant ne pas trop me ridiculiser, et surtout, en attendant qu'il comprenne que c'était vain et qu'il valait mieux qu'il me détache.

- Mettez-y du cœur, Sam.

- Qu'est-ce que vous croyez que je fais ?!

- Vous brassez de l'air. Tout à l'heure, à votre réveil, vous n'aviez pas autant de retenue pour vous libérer.

- Vous pouvez parler ! Dès qu'on en aura fini avec ces idioties, je vais me faire un plaisir de vous enchaîner aussi !

- Commencez déjà par vous sortir de là. Vous parlez mais n'agissez pas !

Son attitude patiente, bras croisés sur la poitrine, et son sourire narquois me hérissèrent tellement que j'en oubliai mon immobilité et cherchai à lui sauter dessus. Évidemment, je ne parvins qu'à m'écraser lamentablement sur le sol, ce qui le fit éclater d'un rire franc et fort.

- Allez, Sam ! Je suis sûr que vous avez des ressources cachées, hormis celle de me faire rire malgré vous !

Cette fois, ma fureur atteint un seuil critique et ma vision, améliorée par la soudaine coloration écarlate de mes pupilles, me montrait chaque endroit où il serait drôle de mordre mon patron.

Une seconde plus tard, libérée de mes entraves, Phoenix dut jouer des poings pour s'éviter de multiples coups de crocs qui ne l'auraient certes pas blessé à long terme, mais bien amoché tout du moins.

- Sam ! Je suis désolé de m'être moqué de vous ! cria-t-il en se baissant pour esquiver un coup de pied. Arrêtez de vouloir me mordre !

Il parvint à m'envoyer rouler au sol jusqu'à l'autre bout de la pièce, et ma rage décuplée comme je me remettais debout, prête à revenir à la charge, je ne vis pas assez promptement le revolver qu'il venait d'aller chercher et qu'il brandit dans ma direction.

Le coup de feu retentit.

Je glapis de surprise…

… Et écarquillai les yeux quand j'ouvris les mains que j'avais posées sur mon ventre par réflexe ; elles étaient maculées de sang !

- Vous m'avez tiré dessus… dis-je en m'effondrant au sol.

Je fus soudainement emportée par un tourbillon d'émotions qui m'immobilisèrent dans cette position. J'étais d'abord horrifiée de m'être comportée comme une bête enragée, ulcérée que Phoenix n'ait pas hésité un quart de seconde avant d'appuyer sur la détente et surtout, sidérée de ne ressentir aucune douleur au niveau de ma blessure.

- Sam !

Phoenix s'approcha prudemment.

- Vous avez osé…

- Je suis désolé, mais vous ne m'avez pas laissé le choix. Et puis de toute façon, il fallait que je sache…

- Savoir quoi ? Que vous étiez une brute sans aucun égard pour l'élève transformée contre sa volonté ?!

Il fronça les sourcils.

- Aurais-je dû vous laisser me vider de mon propre sang ?

- Un prêté pour un rendu !

- Ce n'est pas drôle, Sam !

L'éclat de ses prunelles me prouvait qu'il n'appréciait pas le cours de la discussion.

- Avez-vous au moins la réponse que vous cherchiez, professeur Nimbus ?

Sans se préoccuper de mon sarcasme agressif, il souleva mon T-shirt.

- Ne vous gênez pas, surtout ! m'écriai-je en lui administrant une méchante tape sur la main.

- Ce que vous êtes restée prude !

S'il savait ce qui trottait dans ma tête en permanence quand il me touchait, il ne dirait pas ça, cet imbécile !

- Je voulais voir si votre blessure s'était refermée. C'est le cas !

Je m'assis et la regardai à mon tour. Mon T-shirt blanc était à mettre à la poubelle (entre le trou et le sang) mais ma peau était aussi lisse et douce que s'il ne s'était rien passé.

- Vous sentez-vous affaiblie ? Vous vous êtes effondrée…

- Non. Je suis tombée parce que le choc m'a arrêtée dans mon élan.

- Je n'en reviens pas…

- Quoi ?!

- Ce n'était pas une balle ordinaire. Vous êtes immunisée contre l'argent.

Choquée, je regardai encore mon ventre.

- Incroyable, renchérit mon employeur.

- Oh non ! Ce n'est pas vrai !

Je me mis debout, allai chercher un couteau dont la lame en argent faisait bien dix centimètres, puis je revins m'asseoir près de Phoenix.

- Poignardez-moi ! dis-je en lui tendant l'objet en question.

- Pardon ?

- Poignardez-moi ! Il y a erreur, je ne suis pas immunisée, je suis comme vous ! Poignardez-moi !

La perspective d'être un phénomène de foire m'horrifiait. Je ne voulais pas sortir du lot, je voulais me fondre dans la masse de mes pairs. Phoenix devait se tromper et j'allais le lui prouver.

- Vous vous êtes libérée par deux fois de chaînes en argent supposées indestructibles et la balle de mon revolver ne vous a pas rendue moins forte ! Que vous faut-il de plus ?

La colère et la peur me firent lui arracher le couteau des mains. Il m'arrêta.

- D'accord ! D'accord ! Vous êtes si entêtée ! Où ?

- Le poumon !

Ce serait atrocement douloureux. Ça devrait faire l'affaire.

Phoenix n'attendit pas que je change d'avis et s'exécuta. Je m'écroulai au sol.

Il me regarda avec un air interrogateur, pourtant, après une douleur aigüe mais fugace, je ne ressentais rien. En soufflant, je retirai la lame de la plaie, comme si je l'enlevais d'une plaquette de beurre. Un instant, je me dis que c'était une énorme blague et que ce couteau et ce pistolet n'étaient pas en argent. Phoenix avait peut-être voulu me jouer un tour…

Mouais… Laisse tomber. J'étais immunisée contre l'argent.

- Est-ce que je resterais en vie si on me perçait le cœur ?

Il se passa la main dans les cheveux.

- Je le pense.

Je relevai l'arme pour le vérifier.

- NON !

Phoenix s'était rué sur mon bras pour m'arrêter dans mon élan et m'arracha le couteau de la main en me regardant, les yeux exorbités et le souffle court.

- Vous êtes folle ?!

- Vous avez dit que je devrais survivre !

Ses yeux s'embrasèrent sous l'effet de la fureur.

- Je n'en sais rien ! Et je vous interdis de tenter l'expérience ! Je peux supporter votre colère, mais pas votre absence ! s'écria-t-il en me secouant le poignet comme pour en disloquer l'articulation.

Je le fixai tout à coup, cherchant à discerner le message caché derrière cette déclaration. Comme lorsqu'il m'avait dit que j'étais adorable quand j'étais en colère quelques semaines plus tôt, sa phrase avait été prononcée trop vite pour être réfléchie. Elle venait donc du cœur.

- Que voulez-vous dire ? murmurai-je.

Même s'il cherchait à se recomposer un visage impassible, sa fureur était encore visible sur ses traits, tout comme la gêne provoquée par la prise de conscience de la portée de ses paroles.

- Que vous êtes insupportable, rien de plus.

Je sentis mes lèvres se retrousser en un rictus mauvais qu'il feignit de ne pas voir, occupé qu'il était à essuyer la lame du couteau sur son pantalon. Il m'énervait.

- Que devrais-je dire de vous ?

Il releva la tête.

- Vous me farcissez la tête avec la nécessité de connaître mon potentiel pour le maîtriser et quand je veux aller au bout de ce potentiel, vous m'en empêchez !

- Sam !

- Vous ne savez vraiment pas ce que vous voulez… et pas que dans ce domaine ! achevai-je en me levant en direction de l'escalier menant au rez-de-chaussée.

Il grogna et m'attrapa de nouveau par le bras.

- Que voulez-vous dire, Sam ?!

- Dans votre bibliothèque, vous avez une belle collection de dictionnaires anciens ; je vous conseille d'aller y jeter un œil ! répondis-je sèchement.

Cette fois, il me tira brutalement, et je me retrouvai collée à lui, presque les yeux dans les yeux.

L'éclat d'acier réapparut et m'éblouit.

- Je sais exactement ce que je veux de vous !

Sans me laisser démonter par cette proximité soudaine, je soutins son regard et lui opposai le mien.

- Et que voulez-vous de moi ?

Je voyais ses narines frémir, preuve qu'il commençait à perdre son self-control.

- Déjà que vous restiez en vie.

- Comme c'est touchant…

Mon ton acerbe, associé à un mouvement sec mais vain pour me libérer de son étreinte, augmentèrent son mécontentement.

- Et que vous cessiez de me défier en permanence.

- Où serait le plaisir alors ?!

Je marchais vraiment sur un fil et il suffisait d'un faux-pas pour que Phoenix ne me le fasse regretter. Toutefois, maintenant que j'étais lancée sur la route de l'insolence, je ne comptais pas m'arrêter.

- N'allez pas trop loin, Sam.

Nos visages n'étaient plus qu'à quelques centimètres l'un de l'autre, et mon employeur me tenait fermement les bras le long du corps pour m'empêcher de m'échapper. Ce qu'il ne savait pas, c'était que j'étais exactement là où je voulais.

- Sinon quoi, soufflai-je, vous me tirerez encore dessus ?

Il me montra les crocs.

- Cessez ce petit jeu, il ne m'amuse pas du tout.

Au moment où je prononçais les mots qui suivirent, je sentis mes pupilles redevenir rouges :

- Je ne joue pas.

Phoenix tressaillit puis augmenta encore la pression de son étreinte en comblant lentement les derniers centimètres qui nous séparaient. Aussitôt, ma voix perverse intérieure se mit à pousser des hennissements victorieux et ma température interne atteignit celle d'un volcan sur le point d'exploser. Toutes mes cellules se préparèrent au contact à venir et je dus fournir un effort colossal pour m'obliger à rester immobile.

Une de ses mains venait de quitter mon bras pour glisser dans mes cheveux quand :

- Sam ! Phoenix ! On est là !

Je faillis pousser un nouveau rugissement de frustration en entendant la voix d'Angela qui nous prévenait de leur arrivée, à elle et François. Ce fut comme un électrochoc pour mon patron. Il me lâcha et s'écarta brusquement de moi en fronçant les sourcils. La seconde suivante, son visage ne trahissait plus aucun sentiment et il se détourna pour faire du rangement dans la salle d'entraînement. C'était redevenu un mur imprenable.

- Rejoignez votre amie, Sam. Il serait dommage de la faire attendre.

J'inspirai, expirai. J'avais envie de le gifler... non pas pour m'avoir ligotée ou tiré dessus, mais pour ne pas m'avoir embrassée alors que je ne demandais que ça.

Inspire, expire...

Prise d'un soudain découragement, je l'observai un instant. Il me tournait le dos, par conséquent je pouvais nettement admirer le spectacle de ses muscles roulant au rythme de ses mouvements, tout comme celui de la cicatrice que Finn lui avait faite et qui lui rappellerait jusqu'à la fin des temps à qui il appartenait.

En tout cas pas à moi... pensai-je en réprimant une larme fantôme.

Je montai donc les marches à contrecœur et rejoignis François et Angela dans le salon.

- Mon Dieu ! Mais tu… tu as été blessée ! s'exclama mon amie.

Je me jetai en travers du fauteuil, les jambes sur l'accoudoir et attrapai un des verres de sang préparés par François à notre attention.

- Ce n'est rien, c'est Phoenix qui s'est dit qu'en guise d'entraînement, il serait amusant de me tirer dessus avec des balles en argent.

- Quoi ?! s'étranglèrent-ils chacun.

Je vidai mon verre d'un trait et me levai.

- Je vais prendre une douche et me changer. Angela, je vais avoir besoin de toi pour m'aider à choisir ma tenue.

Elle opina du chef et me suivit sans attendre vers le premier étage. Nous savions toutes les deux ce qui allait se passer dès que Phoenix franchirait les portes du salon.

- Comment as-tu osé ?!

Les portes se refermèrent et les deux vampires baissèrent le volume de leur dispute afin que je ne l'entende pas. Phoenix allait se faire passer un savon par saint François et c'était bien fait pour lui ! Quant à moi, j'allais profiter d'une vraie conversation entre filles sans que des oreilles trop concernées par nos dires n'écoutent aux portes.

*

- Je n'en reviens pas qu'il t'ait tiré dessus !

Angela avait parlé plus fort pour que je puisse l'entendre depuis la cabine de douche, mais mes nouveaux pouvoirs me faisaient l'entendre comme si elle hurlait à deux centimètres de mon tympan.

Je grimaçai.

- Ne parle pas si fort, je t'entends.

- QUOI ?

Aïe ! Et zut ! soufflai-je. Le bruit du jet d'eau et la porte entre nous ne lui avaient pas permis d'entendre ma réponse.

- JE VAIS BIEN !

- AH !

En rigolant, je continuais de me savonner, savourant la chaleur de l'onde bienfaitrice qui ruisselait sur ma peau en une caresse agréable. Puis, une fois propre et enroulée dans une serviette, je sortis de la salle de bain. Angela était occupée à fouiller dans mon armoire en s'extasiant sur la qualité des tissus que Phoenix m'avait achetés à mon arrivée au château.

- Ton patron est peut-être un salaud, mais il a sacrément bon goût ! dit-elle en allant se regarder dans le miroir avec une robe noire aux manches en dentelle finement ouvragée.

Je m'esclaffai en allant piocher dans mon tiroir à sous-vêtements. Elle posa la robe sur le lit et alla ouvrir la porte de la penderie que je n'utilisais jamais.

- Ah ! Effectivement…

Elle regardait les robes et les hauts que j'avais classés dans la catégorie « hors de question » et manqua hurler de rire en attrapant par l'élastique une culotte en satin au tissu microscopique.

- Je comprends pourquoi tu as laissé ça de côté.

J'avais menti à François tout à l'heure en prétextant que j'avais besoin de l'aide d'Angela pour choisir ma tenue ; c'était un prétexte pour une discussion purement féminine. Si elle l'avait compris, je me doutais que son fiancé, en raison de son manque d'expérience avec le beau sexe, n'avait pas tiqué. J'en étais donc à boutonner mon chemisier blanc associé à un jean slim noir et des ballerines, quand je la rejoignis devant l'objet du délit.

- Je t'en fais cadeau, comme ça, tu pourras faire frôler l'apoplexie à François lors de ta nuit de noces.

Elle rosit, ce qui ne l'empêcha pas d'aller fourrer la culotte dans son sac à main avant de s'asseoir sur mon lit.

- J'ai tellement hâte d'épouser cet homme que j'en rêve toutes les nuits…

Son sourire béat m'émut. Leur amour, à ces deux-là, était grand et sincère. Pourtant, pour qu'il soit éternel, il y avait encore une marche à franchir, et pas n'importe laquelle :

- François t'a-t-il offert l'immortalité ?

Ma question la fit sortir de sa torpeur béate. Elle fit la moue.

- Je crois qu'il a peur que je n'y survive pas.

Je hochai la tête. François ne survivrait pas sans Angela, ses réticences étaient parfaitement compréhensibles et me rassuraient. Je ne voulais pas qu'elle souffre.

- Et puis…

Elle hésita et me regarda avec appréhension.

- Dis-moi, l'encourageai-je en m'asseyant à ses côtés.

Ses yeux se remplirent de larmes.

- Je n'ai pas oublié ce qui s'est passé pour toi… Je crois que je ne l'oublierai jamais…

- Que veux-tu dire ? m'étonnai-je.

Un sanglot se fraya un chemin hors de sa bouche.

- Tu as crié… si fort… si longtemps.

Je la fixais, surprise au plus haut point par ce qu'elle venait de m'apprendre et en même temps horrifiée par ce à quoi elle avait assisté.

- Tes hurlements me hanteront pendant longtemps, j'en suis sûre. Je n'ose pas imaginer à quel point tu as dû souffrir.

Une boule se forma dans ma gorge. Non, je ne voulais pas m'en souvenir, la douleur était de celles qu'on voudrait oublier pour toujours même en sachant qu'elle resterait gravée au fer rouge dans mon esprit.

Je détournai la tête.

- J'ai peur de ne pas être assez forte pour survivre à ça. François doit le penser aussi.

Malgré l'impression d'oppression que je ressentais, il m'était intolérable que mon amie se dévalorise ainsi. Je lui saisis la main et la serrai.

- Personne ne l'est... Et pourtant nous sommes là.

- Tu es bien plus forte que je ne le serai jamais.

- J'ai supplié pour que mon âme disparaisse afin d'échapper à la douleur une fois pour toutes. Comme je me croyais en Enfer, si un démon était passé par là, je me serais jetée à ses pieds pour la faire cesser. Je ne suis pas aussi forte que tu sembles le croire...

Un lourd silence tomba entre nous.

- Je suis tellement désolée pour toi, Sam.

Je hochai la tête à nouveau.

- Il n'y a rien d'autre à faire que d'accepter, murmurai-je en me levant et en m'arrêtant devant l'armoire.

Mon regard tomba sur la robe argentée et si courte que j'avais mise l'an passé pour faire la tournée des discothèques avec Phoenix, lorsque nous étions sur la piste des trafiquants de sang chinois. Le souvenir de cette soirée s'imposa dans mon esprit et je me revis dans cette tenue, en talons hauts et coiffée et maquillée pour la circonstance ; j'étais vraiment sexy.

Un déclic s'opéra en moi.

La seconde suivante, je me déshabillais devant une Angela un peu décontenancée.

- Qu'est-ce que tu fais ?

- Je prends les choses en main.

- Pardon ?

- J'ai pris une décision récemment et je compte bien tout mettre en œuvre pour m'y tenir, dis-je en enfilant la robe argentée.

- Quelle décision ?

J'allai chercher mon rouge à lèvres et mon eyeliner.

- Je me suis rendu compte que quitter Scarborough était le symbole même de la faiblesse de caractère dans laquelle je m'étais jurée de ne plus retomber. Désormais, je suis un vampire et je dois donc me comporter comme tel, à commencer par obtenir ce que je veux… Et je veux Phoenix.

D'abord figé, son visage se transfigura quand il fut traversé par un immense sourire.

- Tu vas t'offrir à sa vue dans cette robe ?

- Évidemment ! Après tout, s'il avait choisi tous ces vêtements affriolants, c'était pour me voir les porter, non ?

Ses yeux s'agrandirent.

- Les sous-vêtements aussi ?

- Les sous-vêtements aussi !

Elle se mit à battre des mains d'excitation puis fonça vers la salle de bain pour aller me chercher ma brosse à cheveux et des épingles.

- Tu te maquilles, je te coiffe ! J'ai vraiment hâte de voir sa tête quand tu vas débarquer dans le salon ! Tu me laisseras passer en première que je jouisse du spectacle en V.I.P. !

Je souris. Je me rappelais parfaitement de sa réaction la première fois que j'étais descendue habillée de la sorte. J'avais alors mal interprété son mutisme de statue de sel et cru qu'il me jugeait trop ressemblante à une prostituée. Ce n'était pas le cas, évidemment, mais je n'avais pas mesuré à l'époque l'importance que j'accordais à son regard sur moi. Et puis, quand enfin il avait fini par s'exprimer, il n'avait pas pu prononcer deux mots que cette ordure de Karl l'avait interrompu pour me gratifier d'un de ses commentaires graveleux et aussi nauséabonds que lui.

Pendant l'opération, Angela et moi fûmes donc extrêmement concentrées et ce ne fut que lorsque je contemplais mon reflet dans le miroir, que nous rompîmes le silence.

- Tu es… époustouflante ! s'exclama mon amie qui me regardait, chose qui m'embarrassait un peu, avec un respect mêlé d'admiration.

Mon maquillage foncé accentuait le noir hypnotique et surnaturel de mes yeux tandis que le rouge de mes lèvres leur donnait un aspect plein et gourmand qui était un véritable appel au baiser.

Angela avait remonté mes cheveux en chignon, à la base duquel elle avait laissé s'échapper quelques mèches auxquelles elle avait donné une forme torsadée en les enroulant avec ses doigts. Enfin, même si mon premier essayage de cette robe quelques mois plus tôt avait été une réussite visuelle, je ne pouvais qu'être estomaquée par la différence entre ce reflet et celui que je voyais en cet instant. Le sang d'Ysis m'avait remodelé le corps dans ses proportions idéales et j'avais cru humblement qu'il ne pourrait jamais être mieux. Je me trompais car les effets du vampirisme accentuaient les points forts de ma silhouette dont toute les imperfections avaient été gommées au profit d'un extérieur sans défaut, parfait pour impressionner et attirer les humains dont j'étais devenue malgré moi la prédatrice.

- Tu crois qu'il aimera ? demandai-je, subitement prise d'un accès de timidité.

Angela me regarda avec tendresse.

- Il tombera instantanément amoureux de toi en te voyant ainsi. Sinon, c'est le vampire le plus idiot de la planète.

J'eus un petit rire nerveux.

- Allons-y.

En descendant l'escalier, j'avais l'impression de ressentir mon cœur battre à nouveau car je le sentais cogner comme un fou dans ma poitrine, mais je chassai vite ma peur arrivée dans le hall, pour me préparer psychologiquement à ce qui allait suivre. Phoenix allait-il être indifférent, allait-il se jeter sur moi, allait-il simplement me dire que j'étais belle ?

Déjà, j'entendais Angela qui prétextait que j'avais oublié quelque chose dans ma chambre pour expliquer l'avance qu'elle avait prise sur moi.

Je pris donc une grande inspiration, me redressai, et rentrai dans le salon en affichant un masque de calme et d'innocence en contradiction avec l'anxiété et la satisfaction perverse que je ressentais réellement.

- Me voilà déjà plus présentable !

Phoenix fut le premier à me voir et sa réaction combla mes attentes.

- Je t'assure que je ferai ce qu'il faut pour que personne ne conteste son… intégration… et… je…

Complètement abasourdi, il n'acheva pas sa phrase car toute son attention se concentra sur chaque détail de mon apparence et comme avec mes sens plus affûtés je vis qu'il en était arrivé à la limite entre ma robe et mes cuisses, j'effectuai un demi-tour sur moi-même qui, je le sentis, fit remonter le tissu encore un peu plus haut, à la limite de mon derrière.

- J'avais envie de me rappeler le bon vieux temps, dis-je en le regardant par-dessus mon épaule, une main sur la hanche. Est-ce qu'elle me va toujours bien ?

Phoenix écarta son col de chemise avec son doigt, comme s'il avait trop chaud. J'ignorais Angela qui s'était reculée en tentant de réprimer son fou-rire, en même temps qu'elle entraînait un François tout étonné avec elle.

- Euh… C'est-à-dire que…

Je fis de nouveau face à mon employeur et avançai vers lui d'une démarche sensuelle. Arrivée à sa hauteur, je haussai les sourcils en le regardant droit dans les yeux.

- Quelque chose ne va pas, vous ne dites plus rien… Vous ne me trouvez pas jolie ? demandai-je en faisant une moue qui attirerait son attention vers mes lèvres purpurines.

Ses prunelles étaient zébrées de petits éclairs blancs ; il luttait visiblement contre une brusque montée émotionnelle. Si seulement il pouvait oublier de se contrôler et m'emporter sur ses épaules pour après m'embrasser furieusement !

- Je croyais que ce n'était pas votre genre, finit-il par murmurer.

Mon sourire narquois déclencha une nouvelle série d'éclairs dans ses pupilles.

- J'ai bien changé de nature… pourquoi ne changerais-je pas de style vestimentaire ?

- Nous n'avons pas prévu de sortir. C'est un peu habillé, non ?

Je haussai les épaules.

- Déshabillé, je dirais… Et j'aimerais bien sortir.

Cette fois, la lumière de son regard s'intensifia complètement.

- C'est hors de question. Vous savez très bien pourquoi, dit-il sèchement.

- Et combien de temps devrai-je rester enfermée ici pendant que circule l'affreuse nouvelle de ma mort ?

Mon sarcasme était sorti avec une légère note d'agressivité. Sa retenue m'agaçait, la discussion commençait à s'envenimer.

- Quelques semaines. Il me semblait que vous étiez d'accord avec ça, hier.

- Eh bien, je ne suis plus sûre d'avoir envie de rester cloîtrée avec un homme qui sous prétexte qu'il est - et ça m'écorche les cordes vocales de le dire- mon maître, n'hésite pas à me tirer dessus avec des balles en argent en guise d'expertise de mes capacités !

- François ! Angela ! Sortez de cette pièce, s'il-vous-plaît !

Il avait fait claquer son ordre comme un fouet tandis que le feu métallique de ses prunelles s'était embrasé pour me transpercer de son ire dévastatrice.

Les intéressés ne se firent pas prier et François nous informa qu'ils seraient dans la bibliothèque en cas de besoin. Je réinterprétai sa phrase en « Crie si tu veux que je te sauve de ses griffes ».

Lorsque la porte se fut refermée sur nous, Phoenix, toujours aussi furieux, fit un pas vers moi. Je reculai. Il en fit un autre, je reculai encore ; et ainsi de suite jusqu'à ce que je me retrouve collée au mur et qu'il y plaque ses deux mains de chaque côté de ma tête de sorte que nous nous trouvions dans un face-à-face où je n'en menais pas large.

- Cessez de me provoquer, Sam !

Bien que mes genoux aient quelques difficultés à me porter, j'étais décidée à l'affronter.

- En quoi est-ce que je vous provoque ?

S'il me disait que mon nouveau choix vestimentaire le mettait dans tous ses états, je ne répondrais plus de rien.

Contre toute attente, il prit un air malheureux.

- Cessez de me harponner sans arrêt sur ce que je vous ai fait subir avec vos remarques ! J'ai déjà du mal à me regarder en face, alors ce n'est pas la peine d'en rajouter. Vous ne pourrez pas me faire sentir plus coupable que je ne le ressens déjà !

Complètement abasourdie, je ne répondis pas tout de suite. De toute façon, je me sentais soudain si stupide que rien ne me venait à l'esprit. En le titillant, je voulais provoquer une réaction chez lui, certes, mais en aucun cas je n'avais voulu accentuer son sentiment de culpabilité.

- Ça n'a jamais été mon intention... finis-je par articuler misérablement.

Il ferma les yeux, inspirant pour reprendre le dessus. Cela me fendit le cœur en deux.

La seconde suivante, je passai mes bras autour de son cou et je l'attirai contre moi, trop bouleversée par son propre abattement pour penser encore à ma colère d'avoir été prise pour cible ou celle d'avoir de nouveau raté mon entreprise de séduction.

Toutefois, je ne pus ignorer le feu qui s'empara de toutes les cellules de mon corps lorsque Phoenix me rendit mon étreinte et me serra contre lui à m'en briser les os. Paniquée par ce nouvel accès de folie hormonale, je me demandais que faire.

Il valait mieux que je mette de la distance entre nous ou je risquais de laisser mes mains agir à leur guise. Bon sang !

Doucement, je m'écartai de lui, non sans ressentir toutes les fibres de mon être protester contre cette décision. Voilà, j'allais peut-être pouvoir enfin avoir une conversation normale.

- J'ai cru qu'en m'habillant de la sorte, je paraîtrais plus forte et plus sûre de moi afin de vous prouver que je serai de taille à entrer dans votre monde. Je voulais vous impressionner… pas vous blesser. Être vampire n'a, semble-t-il, pas arrangé ma maladresse, dis-je avec un pauvre sourire.

Même si j'avais quelque peu déguisé la vérité, ma déclaration n'était pourtant pas un mensonge. Je voulais que Phoenix me voie enfin comme une femme digne de son amour et non plus seulement comme son amie humaine dont il se sentait le devoir de la protéger. Évidemment, j'avais encore tout fait échouer.

Je lâchai un petit rire sec et amer. Quelle idiote…

- Vous n'avez rien à me prouver, Sam.

Phoenix me fixait étrangement.

- Vous n'avez pas besoin d'user d'artifices pour me convaincre que je peux avoir confiance en vous… Même si…

Sa main alla replacer une mèche qui s'était échappée de mon chignon derrière mon oreille, avant de glisser sur mon bras pour s'emparer de la mienne. Brusquement, je serrai tant les lèvres pour m'empêcher de haleter de plaisir qu'elles ne devaient plus former qu'une fine et ridicule ligne rose sur mon visage.

Même si… ? Que voulait-il dire ?

Il porta ensuite ma main à ses lèvres et y déposa un baiser léger qui manqua cette fois me faire défaillir.

- … Même si je dois reconnaître que dans cette robe, vous êtes éblouissante.

C'en était trop.

Je m'embrasai de désir.

Nom de nom ! Y'en avait ras-le-bol à la fin ! Ne pouvais-je donc pas le laisser me toucher sans être en proie à des visions incroyablement érotiques de nous deux ? Ne pouvais-je donc pas m'adapter à mon nouvel état tranquillement, sans avoir peur à chaque instant de me transformer en furie nymphomane ? C'était déjà suffisamment difficile comme ça !

Je refermai promptement les yeux pour l'empêcher de déceler mon trouble et dans un mouvement brusque, je m'éloignai de lui. Son revirement, de la colère à la tendresse, me perturbait tellement que je décidai de vider les lieux en quatrième vitesse avant de commettre l'irréparable, à savoir lui sauter dessus pour lui arracher ses vêtements.

- Je suis contente que ça soit réglé, alors. Je vais chercher François et Angela ! m'écriai-je comme je passais déjà la porte, le laissant planté là, sans comprendre les raisons de ma débâcle.

La montée des marches se fit à une vitesse phénoménale, et ponctuée d'un certains nombre de jurons que je ne répéterais pas eu égard aux éventuelles jeunes lecteurs susceptibles d'être intéressés par ce récit. Arrivée à la bibliothèque, j'ouvris la porte à toute volée et fis sursauter les deux tourtereaux qui s'y trouvaient, plus occupés à se galocher comme des adolescents sur le divan qu'à réellement s'inquiéter de mon sort.

- François, il faut que je te parle ! dis-je, sans me préoccuper de leur air gêné à tous deux tandis qu'ils remettaient de l'ordre dans leurs vêtements débraillés.

- Est-ce que tout va bien ? Il ne t'a pas fait de mal quand même ? demanda-t-il.

J'eus envie de lui faire remarquer que si vraiment il s'était posé la question, il ne se serait pas retrouvé à moitié couché sur sa fiancée à lui explorer le palais avec sa langue et qu'il serait resté à proximité du salon en bravant courageusement les ordres de son ami.

- Non, évidemment. Angela, peux-tu rejoindre Phoenix, je n'ai pas envie qu'il nous rejoigne, j'ai besoin de poser quelques questions à l'élu de ton cœur.

- Tu es sûre que ça va ? dit-elle en avisant mon expression troublée.

- Oui, c'est juste qu'il se passe quelque chose et que j'ai besoin des conseils d'un vampire.

François ouvrit la bouche, sans doute pour répondre que mon maître était un peu là pour ça, mais Angela, qui savait quelles avaient été mes intentions en débarquant en mini-robe argentée, lui donna un vigoureux coup de coude qui le dissuada de formuler sa réplique à haute voix.

- Prenez votre temps, je vais lui dire que François est en train de t'assommer d'un nouveau sermon, il sera irrité, mais je ne pense pas qu'il interviendra au risque de subir la même chose.

- Hé ! s'exclama l'intéressé. Vous ne diriez pas que je suis insupportable si vous vouliez enfin vous rendre compte, tous, à quel point j'ai raison !

Angela, qui était déjà à la porte, se retourna pour lui envoyer un baiser et sortit.

J'allai refermer la porte derrière elle, puis, en proie à la plus vive agitation, je me mis à faire les cent pas.

- Peut-être que si tu commençais par me dire ce qui s'est passé en bas, tu arriverais à me confier ce qui ne va pas, dit-il au bout d'une minute de silence pesant pendant lequel je tentais de mettre de l'ordre dans mes idées.

Peine perdue.

- J'aurais presque préféré revenir à moi en monstre assoiffé de sang ! Comment veux-tu que je puisse un jour apparaître en public si je n'arrive même pas à subir sans broncher un simple contact sur la main ?! Si ça continue comme ça, je vais devenir folle et faire quelque chose qui risque au mieux de me faire perdre son amitié, au pire de nous faire tuer tous les deux si les Grands me voient dans cet état !

Je continuais mon va-et-vient en imaginant ces derniers s'étouffer de rage en voyant qu'une descendante des De Castelcourt quelque peu dépassée par ses hormones, évoluait librement dans le secteur de deux de leurs sujets les plus loyaux.

François finit par me bloquer la route et m'attraper les bras pour m'immobiliser.

- Mais de quoi parles-tu ?

Je le foudroyai du regard, en ayant envie de le maudire d'être aussi idiot. Pourquoi fallait-il qu'il m'oblige à formuler tout haut ce qui me donnait envie de mourir de honte ?!

- Pourquoi est-ce que je ne peux pas être une fois pour toutes comme tout le monde ? Pourquoi faut-il toujours qu'il y ait quelque chose qui cloche chez moi ? Pourquoi mes pulsions n'ont-elles rien en commun avec ce qu'un nouveau-né est censé éprouver ?

Mon ami mousquetaire fronça les sourcils.

- Si tu n'es pas assoiffée de sang, alors qu'est-ce qui… ?

Je le fixai, l'air de le considérer comme le dernier des crétins.

- Oh !

Je levai les yeux au ciel. François était certes pur comme moi, mais il avait plus de trois cents ans ; il aurait quand même pu percuter plus vite.

Il se passa la main dans les cheveux, preuve de la montée de son embarras.

- Est-ce que… ça te fait ça… avec hum… tous les hommes ?

Ce fut à mon tour de mettre quelques secondes à comprendre sa question.

- Argh ! m'écriai-je, horrifiée, en lui assenant un violent coup de poing dans l'épaule qui le fit reculer d'un pas en grimaçant. T'es malade ?!

Il ne manquerait plus que ça ! François ne put réprimer un soupir de soulagement.

- Bien sûr que non, espèce d'idiot ! Ça ne se produit qu'avec Phoenix !

Rassuré quant à l'état de notre relation toute amicale et sans aucune ambigüité, il reprit.

- Dis-moi ce qui t'arrive.

Je me remis à faire les cent pas.

- Ça va me rendre dingue ! Je ressentais déjà comme un courant électrique qui me traversait de part en part dès que Phoenix me touchait quand j'étais humaine, mais là, même sans un contact direct, il suffit que j'entende sa voix pour que ça déclenche chez moi des réactions thermonucléaires qui me mettent au trente-sixième dessous. Chaque fois qu'il me serre de trop près, mon corps semble vouloir prendre le pas sur ma raison et tenter des rapprochements que je ne peux lui autoriser sans risquer de compromettre notre relation actuelle.

- Comment définirais-tu cette relation ?

Je soupirai.

- Pour l'instant, je parlerais de statu quo. Phoenix se sent affreusement coupable de m'avoir tuée tout comme il se sent coupable de m'avoir transformée même si pour ce dernier point, il le referait sans hésiter. D'autre part, il est déterminé à m'entraîner pour faire de moi une vampire respectée. On dirait plus un scientifique concentré sur son expérience qu'un homme face à une femme éperdue de désir pour lui. J'ai beau tenter de garder mes distances, dès qu'il est dans les parages, c'est comme si toutes mes cellules réagissaient à sa simple présence en criant « *Maison, maison, maison* » ! Ça, plus l'acclimatation à mon nouvel état, je suis complètement déstabilisée. Qu'est-ce qui ne va pas chez moi, François ?

Autant la colère perçait dans ma voix au début de mon discours, autant à la fin, je l'implorais.

Cependant, sa réaction fut complètement inattendue. Il éclata de rire.

- Holà, holà ! Du calme, Sam ! Je ne me moque pas de toi !

Il s'était vite calmé en voyant mes lèvres se retrousser sur mes crocs et ma position changer pour adopter une posture bien plus dangereuse.

- Ce que tu éprouves est tout à fait normal.

Je me redressai, surprise.

- Ah ?

Il sourit.

- Angela va devoir s'excuser quand elle saura à quel point mes sermons étaient fondés.

- Mais de quoi tu parles ? m'impatientai-je.

- Tu te rappelles un jour que je voulais t'ouvrir les yeux, avoir nié catégoriquement aimer notre ami commun…

Je serrai les dents.

- Et alors ? On sait tous deux que j'étais idiote et aveugle. Où veux-tu en venir ?

- Eh bien, autant, avant, tu pouvais refuser tant que tu voulais l'évidence que maintenant, ça t'est juste impossible parce que ton corps te trahit. Tes réactions physiologiques sont tout ce qu'il y a de plus normales pour un vampire dans ton état.

- Dans mon état ? Je suis malade ?

Il s'esclaffa encore.

- Si on veut. Mais cette maladie-là n'a rien de mortel même si elle est incurable.

Il commençait sérieusement à m'énerver avec ses énigmes.

- Mets-toi à table, François, ou je sens que je vais finir par aiguiser mes crocs sur ta carotide !

- Ce que tu peux être impatiente !

- François !

- D'accord, d'accord ! La raison pour laquelle tu sens que ton corps ne t'appartient plus et qu'il semble vouloir se fondre en Phoenix, d'où tous tes petits tracas liés à tes pulsions, c'est que tu es incontestablement sous l'influence de l'Amour Absolu.

- …

J'avais ouvert la bouche, mais aucun son n'en sortit. L'Amour Absolu ? La seule chose que les vampires redoutaient plus encore que la vraie mort ? À savoir la fin de leur indépendance de cœur pour ce lien unique entre deux âmes destinées l'une à l'autre pour l'éternité ?

Quand François avait commencé ses explications, j'avais eu peur de devoir encore ajouter une énième anomalie à la liste déjà longue de mes bizarreries, néanmoins, jamais je n'avais envisagé que toutes les fois où ma peau devenait un brasier incandescent au simple contact de celle de mon employeur, elle ne faisait qu'exprimer charnellement une émotion que je savais ancrée au plus profond de mon âme. Même si je savais que j'aimais Phoenix, je n'avais pas un instant pensé que cet amour, commencé à l'état d'humaine, allait se poursuivre d'une manière incroyablement plus puissante en tant que vampire. Car c'était évident. Le besoin que j'avais de lui maintenant n'avait plus rien à voir avec celui que j'éprouvais avant. Là, c'était comme si la Terre ne tournait que pour lui, comme si chaque battement de mes cils n'était dirigé que pour lui. Il était le Tout qui conditionnait mon existence, il était l'autre part de moi-même ; et la raison pour laquelle je ne me sentais pas comblée, c'était que l'objet de mon amour n'y avait pas encore répondu… s'il le faisait un jour…

Je me forçai à avaler ma salive, bien que je n'en avais en théorie pas besoin.

Tout était si clair soudain… et pourtant si compliqué ! Car malgré l'importance de cette information, elle ne me menait à rien tant que je n'arriverais pas à savoir si mon nouveau statut était capable de faire pencher la balance des sentiments de mon employeur en ma faveur. Par ailleurs, cette révélation venait confirmer ce que j'avais toujours su : sans Phoenix, je n'étais rien.

- Tu en es sûr ? demandai-je tout de même, par acquis de conscience, bien que je connaissais déjà la réponse.

- Oui. C'est ce que j'éprouve pour Angela, à un degré moins important, bien sûr.

Je haussai les sourcils.

- Tu as peut-être tous les atouts d'un vampire émancipé, mais tu restes un nouveau-né. Ton statut te rend donc plus réceptive aux effets de l'Amour Absolu.

Dépitée, j'allai m'asseoir. C'était ça où m'écrouler sur le tapis.

- Je n'arriverai plus à le regarder en face…

François vint s'accroupir à côté de moi.

- Laisse à Phoenix un peu de temps. Je ne suis peut-être pas un spécialiste des femmes, mais je crois avoir compris ton stratagème de ce soir.

Je poussai un soupir à fendre l'âme, encore honteuse de ma tentative de séduction ratée. Il m'offrit un sourire amusé et posa ses mains sur mes épaules.

- Même si ça n'a pas abouti, tu dois continuer dans cette voie.

Je le regardai, sincèrement surprise.

- Tu as beau dire, je reste persuadé que mon ami t'aime depuis bien longtemps, mais qu'il n'a jamais osé se l'avouer, en partie à cause du fait que tu étais humaine. Maintenant, en théorie, il n'y a plus d'obstacle entre vous hormis son incapacité chronique à exprimer ses sentiments. (Il leva les yeux au ciel) Que veux-tu ? Il n'a jamais su le faire depuis trois siècles que je le connais ! Pour le moment, sois l'élève efficace et calme qu'il attend que tu sois, puis, quand il commencera à baisser sa garde, tu pourras lui faire entrevoir l'amante qu'il a toujours rêvée et qu'il ne tiendra qu'à lui d'obtenir.

Bouché bée, je considérais François comme un extraterrestre. Pour quelqu'un qui, soi-disant, n'y connaissait rien aux femmes et à l'amour, on pouvait dire qu'il avait de la suite dans les idées !

- Tu as bien vu que je n'étais pas douée, comme séductrice, je suis vraiment nulle ! Je n'y arriverai jamais !

Il sourit encore.

- Je crois que le problème n'est pas de le séduire… Pour ça, tu l'as déjà rendu et depuis bien longtemps irrévocablement amoureux de toi. C'est juste qu'il te faudra du temps et de l'obstination pour qu'enfin il l'admette.

- J'aimerais être aussi optimiste que toi, je ne parviens pas à voir les choses de la même façon.

- C'est parce que tu n'as toujours pas complètement confiance en toi. Ça viendra.

Je le laissai me prendre les mains et m'aider à me relever.

- Viens. Phoenix va se demander ce que nous faisons et finir par croire que je suis un rival potentiel.

Il me fit un clin d'œil.

Nous sortîmes dans le couloir en direction des escaliers.

- Tout ira bien, Sam. Je ne me fais aucun souci pour toi, tu es bien plus forte que nombre de vampires que je connais.

Cette déclaration m'alla droit au cœur et me rasséréna suffisamment pour me permettre de revenir au rez-de-chaussée comme si de rien n'était, jouant mon rôle de la parfaite élève respectueuse de son maître. François avait raison, j'étais forte, et surtout, je n'étais pas seule. Et pour la première fois depuis mon réveil en tant que vampire, je me sentais vraiment bien.

*

Une semaine s'écoula pendant laquelle Phoenix alla répandre le bruit de mon agonie à ses congénères de Harper Hill, recueillant un nombre de marques de sollicitude à mon égard qui m'avait laissée pantoise quand il m'en fit part. Il semblait que Hedayat Javan avait été particulièrement affecté par cette nouvelle et était l'un de ceux qui s'étaient aussitôt proposés pour appuyer toute demande éventuelle de mon employeur auprès de Talanus et Ysis pour me transformer en vampire. Mes nuits à moi se déroulaient dans une routine relative. Je dis relative car même si mes activités se répétaient, elles n'avaient rien de monotone.

En effet, subissant les effets du sommeil des nouveau-nés, je ne me réveillais en général qu'une heure après Phoenix, lequel avait inversé nos rôles puisque désormais, c'était lui qui m'attendait avec mon petit-déjeuner à l'hémoglobine dans la cuisine. Pour le coucher, c'était aussi frustrant car j'avais beau lutter de toutes mes forces, je n'arrivais pas à empêcher mes paupières de se fermer toutes seules à l'approche de l'aube, laquelle m'emportait dans un véritable coma dont je n'émergeais que grâce à la plus farouche des volontés.

De fait, aurais-je voulu profiter de sa perfection à mes côtés dans son lit, que mes espoirs auraient de toute façon été déçus. Dès que j'ouvrais un œil, il n'était pas dans la pièce secrète, mais d'ores et déjà prêt à l'entraînement impitoyable qu'il m'obligeait à suivre pendant des heures et des heures.

J'eus même l'impression d'être de nouveau en période de formation car il avait estimé qu'il serait préférable de revoir l'ensemble des techniques de combat que j'avais apprises pendant que j'étais humaine, pour voir comment je les maîtrisais maintenant que je ne l'étais plus. Au bout de trois jours, force lui fut de constater que je n'avais en rien perdu mes capacités et qu'au contraire, elles s'étaient démultipliées pour toutes les disciplines, y compris au lancer de couteau avec lequel j'avais eu tant de mal à me familiariser. Par ailleurs, j'avais fini par véritablement me vexer car d'une certaine manière, même si elle visait à découvrir mes aptitudes vampiriques, ces séances de combat de débutant m'infantilisaient d'une certaine façon.

Alors que l'aube du quatrième jour approchait à grands pas et que je commençais déjà à sentir la fatigue, au lieu de répéter l'enchaînement de karaté qu'il venait de me montrer, je mis à contribution tous ceux que je connaissais déjà dans une série d'attaques qui l'obligèrent à se défendre. À l'issue de ce véritable ballet de coups mortels que j'avais initié et auquel je l'avais obligé à participer, Phoenix, le nez en sang et les vêtements lacérés laissant deviner de nombreuses plaies sur sa peau de marbre, décida qu'il valait mieux abandonner les révisions et passer au niveau supérieur. J'étais bien d'accord avec lui.

Il avait donc commencé à m'apprendre des techniques de combat rapproché entre vampires, destinées à immobiliser son adversaire pour mieux pouvoir le décapiter. Il s'étonnait quand même de voir qu'à chaque fois qu'il parlait de cette méthode d'exécution, je ne pouvais réprimer une grimace de dégoût, et il ne pouvait s'empêcher d'être impressionné quant à ma capacité à résister aux appels du mal que les nouveau-nés comme moi n'arrivaient pas, en principe, à endiguer. C'était vrai que l'idée de décapiter quelqu'un, même un ennemi, me répugnait ; j'avais parfaitement conscience de la notion de Bien et de Mal et même pour un ennemi, je trouvais que cette façon de faire était barbare. Néanmoins, chose que j'avais préféré taire à mon mentor, je ne pouvais pas non plus faire abstraction de ce petit coin sombre en moi qui se régalerait à l'idée d'arracher la tête de la première personne qui s'en prendrait à moi ou à ceux qui m'étaient chers.

D'ailleurs…

François et Angela venaient chaque soir passer un peu de temps avec nous, en général avant les entraînements qui duraient bien trop longtemps pour une humaine qui devait se lever le lendemain pour accueillir les clients de sa librairie. J'aimais ces moments à quatre où j'avais parfois l'impression d'oublier ce que j'étais devenue, même si à chaque fois que je posais mon regard sur le verre de sang qui m'attendait sur la table basse, ma nouvelle condition se rappelait à mon bon souvenir.

C'étaient de bons moments entre amis…

Mais il restait Matthew…

Angela s'était chargée de faire circuler à Scarborough la nouvelle que mon grand-père et moi étions partis en vacances pendant quelques semaines, dans une région isolée du nord du Canada. Cela nous servirait plus tard pour expliquer un peu les changements de mon apparence ; ainsi, l'accentuation de ma pâleur serait due au manque de lumière de l'hiver polaire, ou ma nouvelle silhouette s'expliquerait par les longues randonnées dans la neige, par exemple.

Tout le monde avait accepté cette excuse sans rechigner sauf une personne, évidemment. La dernière fois que j'avais vu Matthew, il m'avait proposé de m'aider à rendre supportable la fin de mon employeur qui agonisait dans mes bras. Phoenix avait demandé à Angela et François de garder le secret de ma transformation pendant au moins quelques jours, le temps pour moi de m'adapter un minimum à ma nouvelle situation. En fait, je le soupçonnais de vouloir m'éviter un trop grand choc émotionnel selon la façon dont se comporterait Matthew quand il apprendrait la vérité. Comment réagirait-il en sachant ce qui s'était passé ? Que penserait-il de moi maintenant que je n'étais plus humaine ?

En plus, appartenant au Cercle de Mellindra, dont le but était de préserver l'humanité des vampires, il faudrait vraiment que notre argumentation soit solide pour qu'il comprenne que ma mort était un choix et non une exécution. Phoenix conscient, n'aurait jamais accepté mon sacrifice et aurait préféré mourir ; il me l'avait dit. Et il faudrait que Matthew l'entende si nous ne voulions pas qu'il convainque son père de raviver la flamme de la guerre contre ma nouvelle race.

Ces questions me tourmentaient chaque fois que j'y pensais.

Vint un jour où la confrontation arriva.

Un soir, alors que je venais à peine de terminer mon petit-déjeuner au A +, mon téléphone portable et celui de Phoenix sonnèrent en même temps. Cela s'était déjà produit et en allant décrocher, j'étais persuadée que j'aurais affaire à Ysis, tandis que Phoenix parlerait avec Talanus. Quelle ne fut pas notre surprise d'entendre chacun dans le combiné de l'autre, la voix de François et Angela.

Tous deux paraissaient particulièrement nerveux et en me concentrant sur la voix de mon amie, je fronçai les sourcils. Elle était si affolée qu'elle n'arrivait pas à mettre de l'ordre dans ses explications. Je me tournai, étonnée, vers Phoenix, et le vis raccrocher. Visiblement, François avait su transmettre l'information de manière claire et condensée.

- Matthew arrive, dit-il.

Ok. On ne pouvait pas être plus limpide.

- *IL ARRIVE ET JE NE L'AI JAMAIS VU AUSSI FURIEUX !*

J'éloignai le téléphone de mon oreille en faisant la grimace. Dans la panique, Angela avait encore oublié de ne pas crier pour se faire entendre.

Toutefois, mon tympan abîmé passa très vite en arrière-plan quand l'information finit par se faire un chemin dans mon esprit.

- Mon Dieu…

- Matthew a bien vu qu'après chaque coucher de soleil depuis quelques temps, nous prenions la direction du château, tout comme il a bien compris que nous lui cachions quelque chose. Il est venu tout à l'heure et nous a sommés de lui dire la vérité, notamment de lui expliquer pourquoi tu ne répondais jamais à ses appels. C'est ma faute, Sam… J'ai craqué, je n'ai pas pu le laisser dans l'ignorance, c'était injuste pour lui ! Je suis désolée…

Tendue à craquer à l'idée de la confrontation à venir, le soupir de résignation de mon employeur me fit sursauter.

- Cela devait arriver de toute façon.

Il me prit le téléphone des mains.

- Ne vous inquiétez pas, Angela. Il fallait bien qu'il le découvre un jour et il vous en aurait voulu si vous ne lui aviez rien dit. Nous l'attendons.

Mon ouïe très fine me permit d'entendre le petit cri étranglé d'Angela.

- Qu'allez-vous lui faire ?

C'était ça, elle avait peur que Phoenix s'en prenne physiquement à son meilleur ami. Le souvenir de leur mésentente devant les grilles du château, après que Matthew m'eût embrassée sans mon accord, s'imposa à moi… Il y avait quelques risques, en effet.

- Moi, rien. Sauf s'il nous met en danger en faisant perdre à Sam son contrôle d'elle-même. Dans ce cas, je n'hésiterai pas à le jeter dehors.

J'entendis distinctement le soupir de soulagement d'Angela même si de mon côté, j'étais loin d'éprouver la même chose. Comment ça, s'il risquait de me faire perdre le contrôle ? Phoenix avait donc peur qu'une parole malencontreuse me pousse à les attaquer tous les deux ? Pourtant, depuis le début de la semaine, nous avions eu quelques prises de bec et à aucun moment je ne m'étais retransformée en prédatrice assoiffée du désir de punir l'importun qui avait osé me manquer de respect. J'avais même réussi à mettre en application les conseils de François et à garder la tête froide de sorte que mes yeux n'étaient pas redevenus rouges d'un désir bien différent de celui que craignait son instigateur.

- On vous tient au courant, à bientôt.

Il raccrocha et nous nous retrouvâmes à nous observer mutuellement, chacun guettant les réactions de l'autre, dans la même interrogation quant à ce qui allait suivre : comment se finirait cette confrontation avec Matthew ?

- Vous croyez qu'il me haïra ? ne pus-je m'empêcher de demander, le malaise lié à l'attente grandissant en moi.

Il alla se poster devant la cheminée et me tourna le dos.

- Je pense que c'est surtout moi qu'il aura envie de tuer. Après ce que je vous ai fait, je peux difficilement lui en vouloir.

Mon cœur se serra, mais ce fut la colère de le voir se rabaisser ainsi qui l'emporta.

- Cessez de culpabiliser, je serais morte de toute façon si vous n'aviez pas pris cette décision.

- Je n'aurais pas eu à la prendre si vous n'aviez pas commis cette folie…

Il déglutit ; il n'arrivait pas à mettre des mots sur ce que j'avais fait. J'allais lui faciliter la tâche.

- Pour vous sauver, je me serais tranchée la gorge un millier de fois si cela avait été nécessaire! (Il tressaillit) Quand allez-vous comprendre que vous méritez qu'on se sacrifie pour vous ?!

- Pas vous ! (Il s'était voûté un peu plus sous le poids de ses démons) Je ne veux pas… Je…

Il se retourna et dans un mouvement si rapide qu'il en devint flou même pour moi, il me rejoignit et m'attrapa par les bras pour m'obliger à le regarder dans les yeux.

- Promettez-moi de ne jamais plus recommencer, Sam !

Son regard enfiévré aurait pu me faire fondre, mais il n'en était pas question. Je secouai la tête à la négative.

- Pourquoi faut-il toujours que vous me désobéissiez ?! Je suis votre maître et je vous ordonne de ne plus vous mettre en danger juste pour me sauver !

Je le repoussai brutalement et fus surprise de le voir être obligé de rétablir son équilibre.

- Vous n'êtes pas mon maître, mais mon am...i ! (J'avais failli lâcher une énormité commençant par « a » et finissant par « mour ») Je ferai ce qu'il me semble juste, que ça vous plaise ou non !

- Vous n'êtes qu'une indécrottable entêtée !

- Et vous, une mère-poule paranoïaque !

Il se redressa et me toisa de toute sa hauteur, les narines frémissant d'indignation d'avoir été insulté de la sorte. Pour un vampire, se faire traiter de mère-poule ou de cœur-tendre était à mettre sur le même plan que les pires des insanités des humains.

- Je vois que même dans une situation de crise, nous sommes incapables de discuter sans que ça dégénère en une bataille linguistique.

Sa voix, tranchante comme du rasoir et aux sonorités mortelles, déclencha en moi un frisson de volupté qui me traversa de la tête aux pieds. Et c'était reparti ! Sa colère avait le don de faire ronronner de plaisir la sadique perverse qui sommeillait en moi et que je croyais avoir appris à contrôler depuis quelques jours.

- Je vous laisse gagner cette manche, dis-je en quittant le salon pour aller me passer un peu d'eau froide sur le visage.

J'avais remarqué que ma mini-moi dévergondée n'appréciait pas spécialement les basses températures et que je recouvrais plus facilement mes esprits quand je me rafraîchissais le corps.

Je revins ensuite dans le salon et m'installai dans le fauteuil en attendant d'entendre la sonnerie qui annoncerait l'arrivée de Matthew. Phoenix contemplait toujours le feu en silence.

Quelques minutes plus tard, j'oubliai notre dispute quand on sonna au portail en klaxonnant fort bruyamment également.

Mon employeur actionna la télécommande d'ouverture des portes et je sus, grâce à mes nouveaux sens, qu'une voiture se garait brusquement dans l'allée, dont les gravillons s'éparpillaient sous la violence de la manœuvre.

- Je vais l'accueillir. Surtout, ne bougez pas d'ici, Sam. Et quoi qu'il arrive, gardez votre calme.

Phoenix me quitta juste après ces recommandations. Tu parles ! J'étais tellement nerveuse que je m'étonnais que les accoudoirs du fauteuil n'aient pas encore été arrachés de leur socle tant je les broyais.

Soudain, des voix me parvinrent.

- OÙ EST-ELLE ?

- Elle est dans le salon, mais tu devrais…

- FERME-LA ! Si tu es là, à me parler quand la dernière fois que je t'ai vu, tu étais à l'article de la mort, c'est que ce que m'a dit Angela est vrai ! COMMENT AS-TU OSÉ, ORDURE ?!

- Je l'ai fait parce qu'il le fallait, imbécile ! Et je n'ai pas à m'excuser devant un moucheron tel quel toi !

Phoenix ne criait pas, mais les intonations de sa voix laissaient deviner son humeur massacrante. Dire qu'il venait de me dire de garder mon calme !

- TU L'AS TUÉE ! MAINTENANT DIS-MOI OÙ ELLE EST ET DÉGAGE DE MON CHEMIN !

Un grondement s'éleva depuis l'entrée. Ça se gâtait.

- JE SUIS LÀ ! m'écriai-je, pour étouffer dans l'œuf la bagarre qui se profilait.

J'entendis des bruits de pas précipités se rapprochant.

- SAM !

Quelques secondes plus tard, Matthew passa la porte de la salle à manger contiguë au salon ; je m'étais levée de mon fauteuil. Il s'arrêta net en me voyant et malgré la distance, je le vis nettement avaler sa salive dans le vain espoir de chasser la boule d'émotion qu'il devait avoir dans la gorge.

Le temps qu'il se ressaisisse, Phoenix m'avait rejointe et s'était posté à mes côtés, l'air de quelqu'un prêt à en découdre au moindre problème.

- Je ne peux pas le croire…

Matthew me fixait intensément, semblant chercher avec effroi le moindre signe extérieur identifiant le monstre que j'étais devenue. Je ne cherchai pas à fuir l'examen. Son visage livide exprimait le choc, l'incrédulité, l'accablement, et enfin la colère. Tout ça en une seconde. J'étais tétanisée.

Il se décida finalement à s'avancer jusqu'à s'arrêter à un mètre de moi, sans cesser de me dévisager de la tête aux pieds, l'air profondément atterré.

- Tu es vraiment devenue…

Sa voix se brisa tandis qu'il achevait sa phrase :

- … un vampire ?

Tendue au maximum, je n'osais pas ouvrir la bouche de peur de le faire fuir et me contentai de hocher la tête en guise d'assentiment. L'expression dévastée que mon ami afficha alors me crispa les entrailles.

Néanmoins, je n'aurais jamais pu m'attendre à ce qui suivit :

- Pourquoi as-tu fait ça, Sam ? Tu avais toute la vie devant toi !

Je jetai un regard en coin du côté de mon employeur avant de reporter mon attention sur lui pour lui répondre :

- Je n'avais pas le choix.

Cette fois, ce ne fut plus le chagrin qui l'anima, mais une authentique haine qui flamboya dans ses prunelles et qui me fit frissonner tandis qu'il foudroyait du regard le vampire qui restait muet à mes côtés.

- Bien sûr que si, tu l'avais ! s'écria-t-il. Et pourtant tu as préféré perdre ta vie, ton âme et tout ce qui faisait de toi une personne pour… lui ?

Son sous-entendu réveilla mon côté sombre qui n'appréciait pas qu'on s'en prenne à sa dignité. Même vampire, je restais quelqu'un. Entendre le contraire de la bouche de mon meilleur ami était inacceptable.

Redoutant une réaction violente de Phoenix, je lorgnai de son côté, mais fus rassurée en le voyant rester de marbre, bien que les éclairs bleutés dans ses pupilles démentaient son calme apparent. Malgré mon trouble et mon stress, je compris. Il était certes présent, mais il me laissait mener la discussion avec Matthew, sans interférer.

Je ne l'en aimai que davantage et trouvai la force de faire face à son accusateur.

- Tu aurais peut-être préféré que je le laisse mourir ?! répliquai-je, acide.

- Il était déjà mort, je te rappelle ! (Je pinçai les lèvres pour ne pas lui cracher au visage) Et toi, tu avais toute la vie devant toi ! Tu en avais une de vie, ici ! Avec les habitants de Scarborough, avec Angela, avec moi !

- Phoenix aussi est mon ami ! Je ne pouvais pas l'abandonner à son sort !

Il ricana, d'une manière grinçante et cruelle qui me donna envie de le gifler.

- C'est ça ! Un ami ! (Il secoua la tête avec amertume) Dire que tu le préfères encore après tout ce qu'il t'a fait endurer ! Finalement tu n'es pas celle que je pensais ! Je te croyais plus intelligente que ça !

Cette fois, l'insulte fit son effet ; je sentis la colère m'envahir et mes crocs commencer à pointer. Moi aussi j'avais quelques arguments blessants à lui opposer :

- Alors c'est ça ! C'est encore et toujours ça ! Tu n'arrives pas à supporter que je place ma relation avec Phoenix au-dessus de la nôtre ! C'est encore ta jalousie qui te pousse à me lancer des horreurs à la figure ! Tu veux que je te dise ? Ce n'est pas tant ma transformation en vampire qui te met en rage que d'enfin comprendre que toi et moi, ça n'arrivera jamais !

Tremblant de tout son corps sous l'affront, Matthew me transperça d'un regard furibond.

- Peut-être que tu as raison, peut-être qu'une partie de moi espérait encore te voir me revenir. Mais c'est terminé… J'aurais pu t'offrir tout ce que ce type (il leva le menton vers Phoenix) ne pourra jamais te donner : l'amour, les enfants, le bonheur, le salut. Au lieu de ça, tu as préféré y renoncer pour sauver un monstre… Et tu es devenue comme lui…

Cette nouvelle insulte, pire encore que la précédente, associée à son expression de profond dégoût à la vue de mes crocs désormais complètement sortis, me fit l'effet d'un coup de poing à l'estomac. Mais au lieu de me plier en deux de douleur, je me redressai de toute ma hauteur en toisant Matthew avec toute l'indignation et la fureur que je ressentais au plus profond de moi.

Un sifflement rageur résonna dans le brusque silence qui avait suivi la diatribe de ce dernier, m'indiquant que si mon sang bouillonnait dans mes veines, une autre personne était sur le point de combler les quelques pas qui la séparait de Matthew pour verser le sien.

Je levai sèchement la main pour arrêter mon patron, sans lâcher mon ami, ou plutôt ex-ami des yeux, lesquels s'étaient complètement embrasés du rouge de la colère.

- Eh bien nous ne sommes pas si différents en fin de compte, car tes paroles te rendent aussi monstrueux que moi ! (Je ricanai, mais la blessure qu'il venait de m'infliger était parfaitement audible) Tu vois, il ne te reste plus qu'à te faire transformer, car pour la cruauté, tu as déjà fait la plus grande partie du chemin ! Je crois que nous n'avons plus rien à nous dire, conclus-je. Tu peux partir, je ne te retiens pas.

L'air soudain incertain, Matthew fronça les sourcils. Peu m'importaient ses états d'âme ! De toute façon, ce bref instant d'hésitation laissa la place à une détermination sans faille, celle d'un homme amer décidé à blesser un être cher au moins autant que ce dernier l'avait blessé.

Sauf que je n'avais jamais cherché à faire du mal à mon ami, sa conduite était profondément injuste et elle me meurtrissait la chair de manière intolérable.

Il me dévisagea longuement, gratifia Phoenix d'un dernier regard assassin, et se détourna pour prendre le chemin de la sortie.

Avant de quitter la pièce, il s'adressa une dernière fois à moi.

- Sache que tu étais la personne qui m'était la plus chère au monde. Je pleurerai le souvenir de ce que tu as été en tâchant d'oublier ce que tu es devenue. Phoenix t'a ressuscitée pour faire de toi un monstre comme lui ; il aurait dû s'abstenir.

Foudroyée sur place et saisie d'horreur, je n'eus aucune réaction si ce n'est celle de sentir quelque chose se briser au plus profond de moi.

Tout juste sentis-je le courant d'air provoqué par mon patron quand il se précipita à une vitesse effarante vers Matthew pour l'attraper par le col de son manteau en l'invectivant de toutes les manières possibles et dans toutes les langues de sa connaissance, et le traîner de force vers la sortie. J'entendis un cri de douleur et un bruit sourd que j'associai aussitôt à la chute de quelqu'un sur un sol dur. Phoenix venait de jeter mon ami dehors, au sens propre du terme.

Il le menaça ensuite des pires sévices si jamais il osait s'approcher de moi à nouveau et quand sa voiture quitta définitivement le domaine, il cracha un dernier juron avant de claquer la porte d'entrée du château si fort que les murs en vibrèrent.

Il revint ensuite vers moi pour me demander si j'allais bien, mais comme après le meurtre de Kiro et sa famille, j'étais incapable de produire le moindre son ni le moindre geste.

Non…

C'était pire encore…

Je venais de perdre mon meilleur ami.

*

Notre dernière dispute avait certes été violente et Matthew avait mis du temps à me pardonner le fait de lui avoir caché ma véritable identité ainsi que les origines de sa famille. Pourtant, même au pire de notre mésentente, j'avais toujours gardé l'espoir que les choses s'arrangeraient entre nous… un jour ou l'autre…

Là, il venait de franchir une ligne qui brisait cet espoir. Pas de son côté, mais du mien.

Ce que je ressentais... eh bien, c'était au-delà du chagrin ; j'étais envahie par le dégoût. Dégoût de la jalousie persistante de Matthew, dégoût d'avoir senti en lui l'envie que Phoenix soit mort de ses blessures, dégoût quant à sa dernière accusation...

M'avait-il traitée de monstre par dépit amoureux ou parce qu'il le pensait vraiment ? M'étais-je à ce point trompée sur lui en admirant sa sagesse et sa grandeur d'âme ?

Il venait de me dire qu'il aurait préféré me voir morte que transformée en vampire...

Pourrais-je un jour lui pardonner ?

J'étais si indignée et si profondément blessée que je m'étonnais encore de ne pas avoir perdu le contrôle et de fait, de ne pas lui avoir fait ravaler ses paroles en lui fracassant le crâne sur le carrelage.

En vérité, ce n'était pas tant ma moitié vampire qui fulminait, que les restes de mon humanité et de ma conception de l'amitié. Je me sentais tellement trahie dans les sentiments que j'avais pu porter à Matthew que je n'avais plus jamais envie de le revoir.

- Sam...

Phoenix essayait désespérément de capter mon attention et me regardait avec compassion. Cela m'exaspéra et me fit sortir de ma torpeur.

- Je vais au sous-sol m'entraîner. J'ai besoin d'être seule.

Il me dévisagea avec inquiétude et s'apprêtait à m'informer de sa désapprobation, mais je parvins à me soustraire à lui en m'éclipsant vers la salle d'entraînement.

Là, je mis je ne sais combien d'heures à passer mes nerfs dans le sport et ne m'arrêtai de bloquer, tirer, feinter, frapper, que lorsque j'éventrai le sac de sable d'un coup de pied rageur. Je pris alors de quoi nettoyer et quand ce fut fini, je montai les marches de la cave en vue de rejoindre la chambre secrète de mon patron.

Il ne devait pas faire jour avant plusieurs heures. Peu importait, j'étais décidée, en ouvrant les yeux la prochaine nuit, à enterrer tout ce qui avait trait à mon ancienne amitié.

Je marchais donc d'un pas résolu vers le bureau et ne m'arrêtai même pas pour écouter aux portes du salon la conversation téléphonique qui s'y déroulait.

Cependant, il m'aurait été difficile de ne pas entendre quelques bribes de l'orage qui avait lieu dans cette pièce :

- Je me fous qu'il se soit senti trahi, Angela ! S'il avait eu le moindre dessous de jugeote, il aurait compris l'importance de garder l'information secrète ! Nous jouons tous nos têtes dans cette histoire ! Si la rumeur selon laquelle j'ai transformé Sam sans l'accord préalable de Talanus s'ébruite, il devra se conformer à la loi et la faire exécuter ! Et devinez à qui on ordonnera d'accomplir cette tâche ? (…) Bien sûr, à moi ! Dans ces cas-là, on demande au maître de réparer son erreur en tuant l'élève qu'il a créé, et il est hors de question que j'exécute Sam ! (…) Il ne dira rien ? Vous en êtes sûre ? Tout comme Sam et vous étiez sûres que ce type était la pureté et la gentillesse incarnées ! Laissez-moi rire ! (…) Oh, ça va François ! On ne t'a pas sonné ! D'ailleurs si tu avais réservé à Matthew la moitié des fichus sermons avec lesquels tu nous as abruti le crâne, peut-être que ce crétin sans cœur n'aurait pas vidé le sac de sa jalousie avec autant de cruauté ! (…) Cesse de dire que mon point de vue est biaisé ! Tu n'étais pas là quand il a dit à Sam qu'elle était devenue un monstre et qu'elle aurait mieux fait de ne jamais se relever d'entre les morts ! (…) Oui, Angela ! Il a dit ça ! (…)

Je n'entendis pas la suite car j'avais passé mon chemin pour actionner le mécanisme d'ouverture de la pièce secrète donnant accès à la chambre de Phoenix. Là-bas, je pris le temps de me doucher longuement, en me frottant fort, comme pour enlever de ma peau la souillure des horreurs que mon ancien meilleur ami m'avait crachées à la figure.

Une fois en pyjama, je m'installai dans le lit et fermai les yeux pour tenter de trouver le sommeil.

Peine perdue...

J'enrageais contre mon incapacité à contrôler cette faculté toute simple de dormir. À l'approche de l'aube, je n'arrivais pas à résister aux appels de Morphée et je lui tombais dans les bras systématiquement malgré mes efforts. Là, je voulais trouver l'oubli dans le repos, mais ça m'était impossible ! Dire que les humains n'avaient qu'à prendre un somnifère pour régler le problème ! N'y avait-il pas des médicaments « spécial-vampires » que je pourrais prendre pour obliger mon être conscient à sombrer dans le néant ?

J'avais beau me tourner et me retourner, je n'arrivais à rien hormis m'énerver encore plus.

C'est à ce moment-là que la porte s'ouvrit et qu'on alluma la lumière.

Phoenix me fixait, debout, bras croisés sur la poitrine.

- Il faut qu'on parle.

Puérilement, je lui tournai le dos et rabattis les couvertures sur ma tête. Je n'avais rien à lui dire.

- Non.

Les couvertures disparurent aussi sec et volèrent à l'autre bout de la pièce.

- Hé !

Phoenix enleva sa veste, défit sa cravate et jeta le tout sur la chaise près de l'armoire. Il déboutonna ensuite les deux premiers boutons de sa chemise et remonta les manches de celles-ci le long de ses bras pour être plus à l'aise. Comme hypnotisée, je n'avais pas perdue une seule miette du spectacle et fus presque déçue quand il s'assit sur le lit sans aller plus loin dans son effeuillage.

- Il faut que je sache dans quel état émotionnel vous êtes pour savoir comment gérer la situation au mieux.

Sa remarque fut salvatrice car un peu plus, et je passais ma langue sur mes lèvres tandis que mon regard était encore centré sur l'aperçu de corps parfait que sa chemise ouverte laissait entrevoir. Je me repris.

- Comment voulez-vous que je me sente ? dis-je en détournant la tête.

Phoenix m'attrapa doucement le menton pour me forcer à lui faire face.

- Comme quiconque serait déçu par son meilleur ami.

Je tiquai.

L'année dernière, Karl Sarlsberg, le meilleur ami de « l'enfance » vampirique d'Aydan Mac Kinley, s'était avéré être un assassin doublé d'un traître assoiffé de pouvoir trop englué dans sa jalousie envers la réussite de ce dernier pour mener à bien sa propre existence. De fait, fatigué d'être sans cesse comparé à son « frère », il avait fini par le haïr et tout faire pour le faire exécuter par les Grands.

Phoenix avait eu beaucoup de mal à se remettre de cette épreuve et je savais qu'aujourd'hui encore, cette blessure n'était pas guérie.

Bien que celle que Matthew m'avait faite n'était pas aussi grave, elle était suffisamment profonde pour qu'il soit le mieux placé pour comprendre ce que je ressentais.

Toute velléité de rébellion oubliée, mon regard se perdit dans le vague tandis que je laissais Phoenix m'attirer à lui.

- Je n'aurais jamais cru ça de lui, murmurai-je.

- Moi non plus.

Je relevai la tête et le fixai, surprise.

- Vous le haïssez !

Il haussa les épaules.

- C'est vrai, et plus encore maintenant. Mais auparavant, je reconnais que malgré l'aversion que je ressentais à son égard, je le respectais. Après ce qu'il a osé vous dire, je le méprise.

Le mépris… C'était pire encore que la haine…

Mépriser quelqu'un, c'était lui nier la plus petite once de respectabilité. Matthew était-il méprisable ?

La réponse était simple. Ce soir, il l'avait été.

Je me blottis contre le torse puissant de mon employeur, lequel m'attira avec lui sur les oreillers dans une position bien plus confortable que la précédente. Couchée contre lui, j'appréciais la douce tiédeur de son bras passé autour de mon épaule, et la caresse de son menton dans mes cheveux. Son parfum envoûtant me transportait déjà dans une torpeur délicieuse.

- Je ne sais pas si je lui pardonnerais un jour et ce sentiment me fait peur car il ne me ressemble pas.

- Pourquoi dites-vous cela ? me demanda-t-il en me serrant davantage contre lui.

Je fermai les yeux, impressionnée par la capacité de son corps à détendre, par un simple contact, toutes les cellules du mien.

- Je n'avais jamais eu d'amis avant vous tous. Perdre Matthew, c'est comme si je perdais un membre de ma famille. J'en souffre… terriblement. Mais pour autant, je n'ai pas envie d'essayer d'arranger les choses. Il est allé trop loin.

- Vous n'avez rien à vous reprocher, Sam. Au contraire, malgré les atrocités qu'il vous a dites, vous avez gardé votre calme. Je suis très impressionné ; moi, j'ai perdu le mien.

- Au moins vous ne l'avez pas jeté contre les arbres de l'autre côté de la route.

Phoenix lâcha un petit rire à l'évocation de cet épisode particulier de notre histoire commune.

- J'aurais dû y penser tout à l'heure, s'esclaffa-t-il.

- J'ai cru qu'après notre explication, il tournerait la page et que tout redeviendrait comme avant entre nous. Je suis bien naïve.

Phoenix reprit son sérieux. Sa main pressa davantage mon épaule.

- Il vous aime. Il ne peut s'en empêcher, même si cet amour est unilatéral.

Une soudaine bouffée de désespoir m'envahit… Je savais ce que Matthew devait ressentir…

- Je sais que je ne devrais pas, mais je me sens quand même coupable.

- Il n'y a pas de raison. Vous avez été franche avec lui, il va devoir accepter... toute la situation.

Je soupirai en me blottissant contre lui. Une grande fatigue m'enveloppa tout à coup et mes paupières commençaient à devenir de plus en plus lourdes.

- Tout ça est tellement déroutant, dis-je, mes yeux se fermant d'eux-mêmes.

- Quand vous dormirez, j'appellerai Talanus et Ysis pour leur demander officiellement la permission de vous transformer, comme ça, dès que ce sera possible, je vous emmènerai à Harper Hill. Voir du monde vous fera du bien.

- Ils vont encore tous me regarder comme si j'étais un phénomène de foire...

- Ils seront curieux, certes. Vous êtes un phénomène, Sam, mais pas un phénomène de foire. Faites-vous un peu confiance, tout ira bien.

Le sommeil menaçait de m'engloutir dans les secondes à suivre.

- Vous me le promettez ? croassai-je.

- Je vous le promets.

Je me sentis sourire involontairement.

- J'ai confiance en vous...

Et je m'endormis.

*

Six autres semaines s'écoulèrent. Phoenix avait eu l'accord officiel de Talanus et Ysis pour ma transformation et il était désormais de notoriété publique que l'assistante de l'ange des vampires du comté de Kerington en était elle-même devenue un.

Il fallait simplement me laisser le temps de passer le premier cap théorique de la soif de sang, à savoir celui où plus rien n'existe au monde à part l'envie de se repaître du sang de tous les humains sur des kilomètres à la ronde et que seule l'autorité du créateur est capable de maîtriser. Après cette étape difficile, il me faudrait une bonne centaine d'années pour être sûr que je contrôle suffisamment ces instincts pour ne pas aller égorger n'importe qui, au risque d'éventer le Secret.

Bon… Ça, c'était en théorie… ce que tout le monde croyait…

En pratique, je végétais.

Vu que je n'avais envie de tuer personne…

J'avais des occupations avec les entraînements impitoyables de mon patron qui me prenaient une bonne partie de mon temps, sachant que ce n'était pas grand-chose comparé au fait de devoir museler les déchaînements hormonaux qui menaçaient de m'engloutir dès que ce dernier me serrait d'un peu trop près. Enfin, Angela et François venaient nous rendre visite tous les soirs peu après le coucher du soleil et rendaient mon isolement forcé plus supportable grâce à leur présence apaisante.

En effet, en leur compagnie, j'oubliais presque la blessure que Matthew m'avait infligée et pour laquelle Angela m'avait confié qu'elle n'avait jamais été autant en colère contre lui. Elle lui avait même claqué la porte au nez un jour qu'il en avait eu assez de laisser des messages sur son répondeur et qu'il avait décidé d'aller lui parler. Elle n'arrivait pas à lui pardonner ce qu'il m'avait dit. Mais je la connaissais trop bien. Angela portait bien son nom puisque en plus d'être une femme au physique parfait, elle était magnifique à l'intérieur. C'était un ange ; un ange qui finirait par pardonner à Matthew car sa nature généreuse et son âme pétrie de bonté ne pouvaient faire autrement.

Toujours est-il que je n'en pouvais plus de rester enfermée en permanence de peur qu'on découvre que mon self-control extraordinaire était dû en partie au fait que Phoenix m'avait créée avant la date officielle, un peu comme dans le cas d'une grossesse extraconjugale qu'il faudrait cacher pour faire croire à tout le monde que l'enfant était bien celui du couple marié.

Non pas qu'on doive me considérer comme la « fille » de Phoenix ! Heureusement pour moi, mon créateur ne m'avait pas transformée dans cette optique et avait bien insisté sur une base relationnelle équivalant à celle d'un maître avec son élève. Cela ne me plaisait pas non plus, mais c'était déjà ça.

Bref, cette situation m'énervait à mesure que les journées, ou plutôt devrais-je dire les nuits se succédaient, et je me demandais combien de temps j'allais encore conserver mon calme avant que je ne me mette à tout casser dans le château.

Phoenix avait remarqué ma nervosité croissante et m'exhortait à la patience. D'après lui, mes efforts seraient récompensés quand on m'autoriserait à évoluer librement dans le monde dont il m'avait ouvert les portes. En attendant, je devais lui obéir à la lettre pour nous garder tous deux en vie.

Je m'étais donc résignée à suivre ses consignes en tâchant de museler mes instincts de prédatrice avide de liberté qui me hurlait sans cesse à quel point cet enfermement lui était intolérable. Un vampire n'était pas fait pour être cloîtré entre quatre murs, peu importait la taille de ces derniers. J'étais dans une prison dorée, certes, mais une prison tout de même, et je détestais ça.

Cependant, un soir, Phoenix reçut le coup de fil que nous espérions tant l'un comme l'autre.

Nous étions convoqués à Harper Hill…

*

- Mon Dieu ! Je suis tellement stressée que je ne sais même plus comment je m'appelle ! dis-je en fouillant comme une folle dans mon armoire à vêtements à la recherche de la tenue idéale pour mon « entrée dans le monde ».

Une robe bustier ? Trop clinquant. Un tailleur pantalon ? Trop déprimant. Un chemisier avec une jupe de style années trente ? Trop moulant. Au secours !

- Samantha.

- Quoi ! m'écriai-je, au bord de la crise de nerfs.

- C'est comme ça que vous vous appelez : Samantha.

Je me tournai vers Phoenix. Il regardait mon ballet de danseuse ivre morte, appuyé sur le chambranle de la porte, et arborant son sempiternel sourire narquois qui me hérissait le poil. Mais pourquoi lui avais-je demandé son avis sur mon choix vestimentaire ?!

- Si c'est comme ça que vous m'aidez, vous feriez aussi bien de déguerpir avant que je ne m'énerve !

Il s'esclaffa :

- Quel caractère !

Je lâchai un grondement menaçant.

Il leva les yeux au ciel et vint dans ma direction.

- Poussez-vous.

Par pur esprit de rébellion, je le toisai en levant le menton, mes canines dépassant déjà leur taille normale, tandis que mes yeux se coloraient de rouge.

- S'il-vous-plaît, dit-il en poussant un soupir à fendre l'âme.

Satisfaite, je me décalai suffisamment pour lui laisser libre accès à mon armoire.

- Voyons…

Pendant qu'il se concentrait sur mes vêtements, je ne pouvais faire autrement qu'admirer son profil rendu plus irrésistible encore par l'air sérieux qu'il arborait. Je n'avais jamais remarqué auparavant la petite ride d'expression qui apparaissait au-dessus de ses sourcils froncés sous l'effet de la réflexion. Après tout ce temps passé ensemble, et surtout passé à le détailler de la tête aux pieds, je pensais avoir fait le tour de sa personne physique (côté caractère, je savais pertinemment que l'éternité serait encore trop courte pour me permettre de comprendre cet homme). Pourtant, force m'était de constater que je découvrais encore des choses sur lui… Merci à mes nouveaux pouvoirs d'oiseau de nuit…

- Ceci, ça ira parfaitement bien.

Je quittai ma rêverie pour voir Phoenix me tendre un ensemble tout simple : un tailleur pantalon noir avec veste assortie, un chemisier en satin rouge dont le col retombait en deux grandes bandes qu'on pouvait attacher pour en faire un nœud, et des escarpins noirs vernis aux talons *Louboutin* si hauts que je n'avais jamais pris le risque de les enfiler auparavant.

- Le rouge est la couleur qui vous va le mieux.

Il s'était raclé la gorge au milieu de sa phrase, signe adorable que l'embarras le gagnait, et m'avait fourré les vêtements dans les bras.

- Je suis partante pour l'ensemble, mais les chaussures…

- Vous n'êtes plus humaine, Sam. Vous ne risquez ni chute, ni crampe.

- Vous oubliez que je suis toujours maladroite.

- Et vous que vous êtes capable de réduire en bouillie quiconque ricanerait dans la perspective peu probable que vous trébuchiez.

Je réfléchis.

- C'est vrai, dis-je en souriant franchement à l'idée d'être capable d'administrer une bonne volée à celui qui oserait se moquer de moi.

- Alors c'est entendu, je vous attends en bas.

Il allait s'éloigner de moi, mais je le retins par le bras, prise d'une soudaine angoisse.

- Tout ira bien, n'est-ce pas ? demandai-je, consciente du tremblement de ma voix.

Il m'offrit un sourire rassurant.

- Ne vous inquiétez pas. Je serai là tout le temps.

Et il me quitta.

L'esprit bouillonnant et le corps ultra-tendu par la peur de la suite des événements, j'eus quelques difficultés à m'habiller et je dus faire de gros efforts pour me calmer suffisamment afin d'être capable de me maquiller sans me peindre tout le visage.

Je choisis une valeur sûre, le noir de mon eyeliner pour intensifier mon regard, et pris le parti de la discrétion avec un gloss transparent. J'accessoirisai le tout avec le collier argent/zirconium de ma mère et les boucles d'oreilles assorties de Matthew (j'évitai de penser à lui en les mettant), en sachant que le trèfle de Keira Mac Kinley était à l'abri des regards, sous mon chemisier.

Quand je m'étais réveillée en vampire, le choc avait occulté tous les menus détails de ma résurrection. Or, à un moment donné, j'avais fini par m'apercevoir que je portais à nouveau ce collier, que mon patron mourant m'avait redonné juste avant que je ne m'ouvre la gorge pour le sauver. Il me l'avait sûrement remis autour du cou pendant ma transformation. Il tenait donc vraiment à ce que je le porte ; il pensait que sa sœur l'aurait voulu… Il ne me quitterait donc jamais.

Je me regardai dans le miroir.

Saisie par le reflet de cette femme dont la féminité, mise en valeur par la tenue, le maquillage et le chignon sophistiqué, ne pouvait gommer l'aura de mystère et de danger qu'elle irradiait, j'en vins à me demander comment j'avais pu devenir à ce point différente de la Samantha Watkins bibliothécaire effacée d'un lycée public de Kentwood que j'étais avant. Je n'étais peut-être pas ravie d'être un vampire, mais pour rien au monde je n'aurais voulu remonter le temps et ne pas emprunter la ruelle qui me conduisit à Phoenix. Que serais-je devenue sinon ?

« Cruella » Angermann aurait continué à me harceler, le vieux gardien, Hank, que je connaissais depuis l'enfance, ne se rappellerait toujours pas de mon existence, et aussi peu d'élèves fréquenteraient ma bibliothèque aux murs décrépis et aux chaises vieillissantes.

Alors non.

Je ne devais pas craindre mon introduction à la villa de Harper Hill et au monde des vampires. Je ne devais pas montrer ma peur à qui que ce soit. Pour lui.

Je finis de me préparer en vérifiant mon armure mentale, pleinement décidée que j'étais à faire honneur à celui qui m'avait offert une chance de devenir quelqu'un de meilleur, et que j'aimais de toute mon âme.

Un dernier regard au miroir et je sortis de ma chambre pour rejoindre en bas le vampire qui tentait de maîtriser sa nervosité en faisant les cent pas dans le hall et qui, en me voyant étrangement si calme et prête, me récompensa d'un sourire qui me donna l'impression de sentir mon cœur cogner à nouveau dans ma poitrine.

- Tout se passera bien, dis-je, à mon tour souriante et rassurante, en le laissant me guider vers la Camaro qui nous emmènerait à mon premier bal des débutantes…

Une fois n'est pas coutume, j'avais tort.

*

Comment expliquer à quel point ?

Peut-être en commençant depuis notre arrivée à la villa…

- Mon Dieu… murmurai-je.

Même s'il voulut être discret, j'entendis nettement Phoenix déglutir, contredisant les paroles qui suivirent :

- Ce n'est rien. C'est normal que la villa attire du monde aujourd'hui. Ce n'est pas tous les jours qu'un nouveau-né est présenté à la communauté. Et puis, ce ne sera pas votre premier bain de foule.

- Vous parlez d'une foule d'au moins trois cents personnes d'après les voitures garées un peu partout dans la propriété ?! Ça pour sûr, c'est une première !

Il ignora mon sarcasme, ce qui m'alarma plus que la vue de ses épaules s'affaisser à l'idée de ce qui nous attendait. Je n'avais jamais vu autant de bolides rutilants de ma vie. Pour un peu, les immenses jardins de Talanus et Ysis auraient pu être confondus avec une concession de voitures de luxe géante. C'était n'importe quoi !

Et ce n'importe quoi était pour moi…

Je commençais à sentir fondre mon armure de détermination et mes genoux se liquéfier sur mon siège passager.

- Tout ira bien, Sam, dit Phoenix en arrêtant le moteur.

- Vous l'avez déjà dit. Qui essayez-vous vraiment de convaincre, moi ou vous ?

Nous sortîmes de notre véhicule.

- Surtout, contrôlez votre nervosité et les paroles qui sortiront de votre bouche. Je n'ai pas envie qu'on me coupe la tête parce qu'on vous considère mal élevée.

Je voulus répliquer, mais le claquement de sa portière, si violent qu'elle émit un grincement de désapprobation tirant plus sur l'agonie, m'en empêcha.

Il fronça les sourcils en évaluant les dégâts.

- Qui est le plus nerveux des deux ? Peut-être pas celle qu'on croit !

Il retroussa ses lèvres en un rictus mauvais.

- Taisez-vous et faites ce que je vous dis. Je vous ai expliqué comment cela allait se passer donc normalement, vous ne devriez pas commettre de faux pas.

- Je sais, je sais. Je vous suis jusqu'à la salle du trône (il me fusilla du regard), je veux dire d'audience, et je fixe votre dos jusqu'à ce que nous soyons arrivés devant Talanus et Ysis qui vont se lancer dans un discours de bienvenue officiel avant de nous entraîner en privé pour avoir une conversation plus officieuse sur ma qualité de sujet à leur service. Cette entrevue sera ensuite suivie d'un cocktail où je devrai montrer à tout le monde que je suis capable de me retenir de sauter massacrer tout ce qui bouge sans pour autant faire preuve de la moindre faiblesse, au risque d'attirer les tentations, déjà nombreuses je le sais, de me peindre une cible en plein cœur ou en pleine tête.

- Tout juste. Je pense qu'on peut y aller.

- Je pense que je vais vomir.

- Vous ne le pouvez plus.

- Une chance pour vous.

- Vous êtes vraiment impossible.

- La preuve que non puisque je suis là.

- Sam, je vais vous…

- PHOENIX, SAMANTHA JONES !!!!

Mon employeur n'eut pas le loisir de finir sa menace parce qu'avant même que nous tendions la main pour attraper les poignées, les portes s'ouvrirent en grand, nous plaçant devant l'enthousiasme un peu trop débordant de Max Marroney, dont le cri de plaisir avait dû retentir dans les oreilles des convives les plus éloignés de l'entrée comme s'ils étaient à cinq centimètres de nous.

- Marroney, salua de la tête un Phoenix aussi aimable qu'un iceberg.

Un peu décontenancé par cette réponse, l'intéressé se tourna vers moi en quête d'un accueil plus chaleureux.

Ce n'était pas que je n'en avais pas envie.

Même si dans le monde humain, ce type était un trafiquant de drogue réputé effroyable, chez les vampires, il était plutôt sympa. Mais bon…

Je fis comme mon patron m'avait ordonné, je restai les yeux braqués sur son dos et ignorai l'importun, comme tous ceux qui essayèrent d'attirer mon attention tandis que nous remontions l'interminable couloir menant aux chefs de secteur du comté de Kerington.

J'en avais déjà fait l'expérience une fois, il y a longtemps.

Mais là, c'était l'horreur.

Il y avait des centaines de gens qui se poussaient pour mieux m'apercevoir dès qu'on arrivait à leur hauteur, et j'arrivais à entendre leurs commentaires de frustration de ne pas avoir réussi à être aux premières loges dans la grande salle. Tout le monde m'épiait, tout le monde m'observait, tout le monde m'étudiait. J'avais l'impression d'être un animal qu'on faisait défiler devant un parterre de prédateurs qui regardaient quels morceaux ils voudraient dévorer. J'étais tout bonnement terrifiée.

C'était toutefois hors de question que je le montre.

C'est ainsi que je suivis Phoenix, le dos droit, le menton levé, le regard acéré, sans jamais me laisser aller un seul instant à l'envie qui m'avait prise de trembler comme une feuille. Phoenix était mon créateur, nous jouions gros ce soir et je comptais bien lui faire honneur en emportant la mise, à savoir une intégration sans défaut dans ce monde où l'on maintenait sa place et sa vie par sa force et sa valeur.

- *Elle ne lâche pas Phoenix du regard, il a dû lui donner des consignes...*

- *En tout cas, elle a fière allure. Elle n'est pas aussi impressionnante que son créateur, mais m'est avis qu'elle a un sacré potentiel...*

- *Je n'aime pas son tailleur, ça fait trop strict. Elle aurait pu mettre une robe un peu décolleté, ça aurait fait chic avec ses Louboutins.*

- *Elle est plutôt pas mal, j'aime bien la chemise. Ça met ses seins en valeur.*

- *Tiens, j'ai cru voir un éclair rouge dans ses yeux.*

Houlà ! Il valait mieux que je me reconcentre sur mon but avant de commettre un impair.

Ce fut ainsi jusqu'à mon arrivée dans la grande salle où notre entrée fut (enfin) accueillie par un silence respectueux.

Tous les gardes avaient mis leurs plus beaux costumes, les personnes présentes étaient toutes sur leur trente-et-un, et tous me détaillaient de la tête aux pieds tandis que je serrais les dents pour continuer à le supporter.

Toutefois, quand Phoenix s'écarta pour que ses chefs puissent également me contempler, je sentis ma détermination fondre pour laisser la place à une envie irrépressible de faire demi-tour pour m'enfuir en hurlant.

Talanus et Ysis tenaient parfaitement leur rôle de chefs de secteur vampiriques avec pas moins de deux mille années au compteur car j'avais beau les connaître désormais, ils m'impressionnaient tellement qu'ils m'effrayaient, l'un comme l'autre. Tous deux debout, Talanus irradiait la puissance et le danger tandis que sa compagne, dans son aura de mystère, devait donner des frissons dans le dos de toute l'assistance. Élégamment vêtus de noir, costume pour l'un, robe longue pour l'autre, leur charisme écrasait littéralement celui de toutes les personnes réunies dans la villa.

- Avance-toi.

Cet ordre, puisque c'en était un, ne fut pas énoncé avec force, pourtant, toutes les cellules de mon corps se mirent en avant pour lui obéir dans l'espoir de ne pas attirer les foudres de celui qui l'avait formulé.

Je m'avançai donc vers Talanus, non sans avoir jeté auparavant un petit coup d'œil inquiet en direction de mon créateur dont le visage impassible ne me fut d'aucun secours. C'était à moi d'être à la hauteur, pour nous deux.

À deux pas du général romain, je stoppai et baissai la tête en signe de déférence pour respecter le protocole que Phoenix m'avait appris. Un nouveau-né devait apprendre à respecter ses maîtres, s'il voulait garder sa tête.

- Samantha Jones, reprit Talanus d'une voix suffisamment forte pour être portée jusqu'en dehors de la salle, eu égard à tes états de service en tant qu'assistante humaine auprès de notre ange, états de service qui ont impressionné les Grands autant qu'ils nous impressionnés, Ysis et moi, il t'a été accordé un honneur que seuls quelques rares humains peuvent se voir attribuer aujourd'hui par l'un des nôtres, à savoir la vie éternelle. Tu devras t'en montrer digne.

- Oui, Maître, dis-je selon la formule consacrée.

- Le don que t'a fait Phoenix, ton créateur, est exceptionnel, mais il s'accompagne également de nombreux devoirs auxquels tu devras obéir. T'engages-tu à suivre l'enseignement et les ordres de celui qui t'a initiée jusqu'à ce qu'il te juge capable d'être libérée de son influence ?

- Oui, Maître.

- T'engages-tu à respecter la voie hiérarchique qui t'oblige à répondre devant Ysis et moi de tes actes ?

- Oui, Maître.

- T'engages-tu à respecter nos lois ainsi qu'à préserver le Secret de l'existence de ta nouvelle race au risque d'y laisser ta propre vie si besoin ?

- Oui, Maître.

- Si tu ne respectes pas ta parole, la sentence prononcée contre toi sera la mort. L'acceptes-tu ?

- Oui, Maître.

- Que le créateur s'avance ! tonna Talanus.

Je n'osais pas regarder, mais le frôlement que je sentis sur ma gauche m'indiqua que Phoenix s'était posté à mon côté.

- Ange Phoenix, tu nous as demandé d'accorder la vie éternelle à ton assistante humaine agonisante, et nous te l'avons accordée. T'engages-tu à montrer la voie à ton élève de sorte d'en faire un vampire sain et respectueux de nos lois ?

- Oui, Maître.

Sa voix grave et sérieuse déclencha un frisson qui me parcourut le dos. J'aurais tout donné pour pouvoir le regarder à cet instant. Mais je n'en avais pas le droit ; je devais me montrer humble et soumise.

- Dans le cas où ce nouveau-né mettrait en péril le Secret par ses agissements ou encore s'il enfreignait les lois garantissant la stabilité de notre communauté, t'engages-tu à mettre fin à sa vie personnellement ?

Je me raidis.

- Oui, Maître.

Pas la moindre hésitation dans sa réponse. Je savais bien que devant une foule de vampires qui n'attendait qu'un faux pas de sa part, il ne devait pas faire preuve de la moindre faiblesse, mais sa détermination me chagrina.

- Regarde-moi, Samantha Jones.

Je m'exécutai, bien qu'un peu de mauvaise grâce en raison de la frayeur que ce général d'empire m'inspirait.

- Dorénavant, tu appartiens à la communauté des vampires de Kerington, sous l'autorité conjointe d'Ysis et de moi-même ainsi que celle de ton créateur. Bienvenue parmi nous.

Un tonnerre d'applaudissements et de cris enthousiastes suivit cette conclusion et même si je souriais, je me dis que j'aurais vraiment aimé être humaine à cet instant pour m'évanouir et ne plus avoir à être au centre de l'attention générale, du moins consciemment.

Talanus leva ensuite les bras, geste qui fut interprété et exécuté à la seconde puisque d'un coup, le silence retomba sur l'assistance.

- Il reste certains détails dont nous devons parler en privé avec la nouvelle initiée et son guide. Nous vous rejoindrons dans quelques minutes. En attendant, des cocktails vous seront servis aux buffets prévus à cet effet. Merci à tous.

Après de nouveaux applaudissements, Talanus et Ysis descendirent de leur point de vue en hauteur et se dirigèrent vers la porte donnant sur leurs appartements contigus à la grande salle. Lorsque cette dernière fut fermée et que nous nous retrouvâmes tous les quatre dans la tranquillité de leur bureau, je m'autorisai enfin à me relâcher.

Étrangement, ce fut le général romain qui fut le plus expressif car il alla s'asseoir sur son fauteuil en soufflant de soulagement.

- Eh bien, ça s'est plutôt bien passé.

Ysis vint s'asseoir sur l'accoudoir et il lui prit aussitôt la main.

- Vous avez été parfaite, Samantha Watkins, dit-elle.

Phoenix m'entraîna sur le divan où je m'assis.

- Heureusement que votre ange m'a préparée en amont. Néanmoins, je ne m'attendais pas à voir autant de monde, j'ai eu l'impression d'être une bête de foire.

Ysis sourit en entendant l'analogie.

- Les vampires sont bien plus curieux que les humains et ce n'est pas tous les jours qu'on intronise un nouveau-né, que ce soit dans ce comté ou partout ailleurs.

- En gros, vous offrez à vos sujets un dîner-spectacle gratuit qui vous paye en retour d'un regain d'autorité. C'est par conséquent un beau coup politique.

Ce fut au tour de Talanus de sourire.

- Vous voyez que votre insertion dans notre monde sera aisée, puisque vous en comprenez déjà les rouages.

- Merci du compliment.

- Maintenant que nous avons diverti notre public, intervint Ysis, il est temps d'aborder les choses sérieuses. Nous ne pouvons nous permettre d'être trop longtemps absents de la fête.

Plus personne ne sourit. La princesse égyptienne me regarda droit dans les yeux.

- Phoenix nous a parlé de vos capacités étonnantes avec l'argent.

Je fronçai les sourcils.

- Rassurez-vous, reprit-elle, je n'ai pas l'intention de vous demander une démonstration dans l'immédiat (je tiquai sur ces derniers mots). Si nos convives vous voient avec des vêtements tachés de sang, ils vont se poser des questions. Non. Je veux savoir si vous recelez d'autres pouvoirs.

- Elle est bien plus forte qu'un vampire ordinaire, dit Phoenix.

Effectivement, je l'avais envoyé dans les airs à plusieurs reprises et je lui avais cassé la mâchoire, à lui comme à François.

- Ce n'est pas suffisant, tous les nouveau-nés ont une force plus conséquente que leur créateur.

- J'ai déjà combattu des nouveau-nés, elle les surpasse tous.

Talanus haussa les sourcils de stupéfaction, mais Ysis resta de marbre et me fixait toujours. Ça commençait vraiment à me mettre mal à l'aise.

- Ça ne veut rien dire. Ce qui m'intéresse, c'est l'héritage des De Castelcourt ; je veux savoir jusqu'à quel point il coule en vous.

- Comment ? demandai-je.

Ysis commença à faire courir ses doigts le long du bras de son compagnon, dont les yeux furent soudain zébrés d'éclairs jaunes. Après tout ce temps en couple, sa compagne lui faisait toujours autant d'effet.

- J'ai vu de quoi ces deux frères étaient capables, il y avait de quoi s'enfuir en hurlant, croyez-moi. Pourtant, je me suis battue avec les Grands et tous ceux qui avaient assez de courage pour affronter ces monstres, et je me suis approchée suffisamment près pour remarquer quelque chose.

Elle se leva et s'avança vers moi. Je me tortillai sur le divan, avec l'envie d'en décamper pour éviter son contact, malheureusement, je tins bon et elle s'arrêta devant moi pour m'attraper le menton et relever ma tête pour plonger son regard dans le mien.

- Leur puissance atteignait des sommets lorsque leurs yeux s'enflammaient complètement d'un rouge incandescent et annonciateur de dévastation.

Ce fut plus fort que moi, je m'arrachai à elle et bondis hors du canapé.

Phoenix se leva également et vint se placer à mes côtés. Ysis m'observait toujours.

- Je ne suis pas comme eux ! m'écriai-je, autant pour me défendre que pour me rassurer…

Mes yeux à moi aussi s'étaient embrasés de la sorte…

Je ne voulais pas basculer comme eux dans la folie ou être dévorée par la soif de pouvoir au point de massacrer tout le monde pour parvenir à mes fins.

- Pour apprendre à contrôler ta puissance, il faut que tu en aies au moins une idée. Je sais que tes pupilles devenaient rouges à l'occasion, quand tu étais humaine, mais maintenant que tu es l'une des nôtres, ton pouvoir a dû se renforcer. Tes yeux en sont le meilleur indicateur, que ça te plaise ou non et justement, si tu veux éviter que ceux-ci ne se colorent d'écarlate devant un Grand qui a survécu à sa rencontre avec les De Castelcourt, tu vas vite devoir apprendre à contrôler ça aussi.

Et zut ! Ses arguments étaient logiques et imparables. Si un jour je croisais un Grand, tous feux allumés, il ordonnerait certainement de me faire couper la tête ainsi que celles de toutes les personnes de cette pièce.

- Ses yeux se sont complètement illuminés à son réveil quand elle a découvert qu'elle était devenue un vampire. À mon avis, la colère est le déclencheur.

Phoenix en était arrivé aux mêmes conclusions que moi et jouait franc-jeu. Je le foudroyai du regard. C'était à moi de décider ce que j'allais dire, d'autant que ce qu'il ne savait pas, c'était que la colère n'était pas le principal catalyseur. Mes yeux se coloraient systématiquement quand il me serrait d'un peu trop près, éveillant en moi des sentiments que j'avais du mal à refouler, chose que je m'étais bien gardée de lui avouer.

- Je crois que j'ai une meilleure idée.

Je sentis mon sang bouillir dans mes veines. Le sourire en coin d'Ysis ne voulait dire qu'une chose : elle savait. L'année dernière, elle avait lu dans mon esprit que le déferlement hormonal que j'avais subi en buvant le sang de Phoenix avait coloré mes yeux en rouge. Elle s'en souvenait, c'était certain. Alors qu'est-ce qu'elle avait en tête ?

J'eus la réponse un instant plus tard :

- Embrasse-la.

- ...

- ...

Ni Phoenix, ni moi, ne fûmes capables de prononcer le moindre mot pendant plusieurs secondes.

Quand enfin, le choc s'estompa suffisamment pour me permettre de raccorder mes neurones, ma première réaction fut de fixer ma supérieure hiérarchique en retroussant les lèvres sur mes canines menaçantes, avec une lueur meurtrière dans le regard.

- Certainement pas, feulai-je.

Ysis haussa les épaules.

- Bien essayé, mais tes yeux restent noirs. Si tu es capable de garder ton calme, comme Phoenix nous l'a dit, le seul moyen de vraiment te faire sortir de tes gonds serait de s'en prendre à la personne qui t'est la plus chère au monde…

Cette fois, le grondement qui m'échappa témoignait de l'envie qui m'assaillit d'arracher les crocs de la femme qui osait émettre l'idée de s'en prendre à l'homme de mes rêves.

- Ah ! Tu vois, tes pupilles deviennent déjà rouges ! Mais comme je te l'ai dit tout à l'heure, je tiens à mes meubles et je n'ai pas envie de devoir tout racheter parce qu'il t'aura pris l'envie de tout saccager en essayant de nous tuer, Talanus et moi ; surtout que tu y parviendrais peut-être.

J'allais répliquer que l'idée me plaisait assez, mais Phoenix me coupa la parole.

- Si la colère est le déclencheur, je ne vois pas pourquoi vous me demandez de l'embrasser. Même si cela lui déplaît, (je faillis hurler de rire en entendant ça ; comme si son baiser risquait de me dégoûter !) je doute fort que ce soit suffisant pour vérifier la force de ses pouvoirs.

Ysis me jeta un coup d'œil en affichant un petit sourire narquois qui me donna envie de lui arracher toutes ses dents.

- Je compte justement sur le fait que cela lui plaise.

Phoenix en resta muet. Quant à moi, je me contenais tellement pour ne pas exploser de rage que je pouvais entendre mes molaires grincer.

Talanus décida d'intervenir avec son tact habituel.

- De toute façon, ce n'est pas négociable. À partir du moment où il en va de notre survie, vous n'avez pas à discuter. Vous avez vos ordres, obéissez.

- Mais je…

- Ça suffit, Samantha Watkins ! tonna-t-il. Dois-je te rappeler que tu viens de prêter serment ? Maintenant, cesse de faire des manières et comporte-toi comme un vrai vampire, non comme une vierge effarouchée !

Même s'il ne connaissait pas ma vie privée, je fus incroyablement blessée par l'analogie qu'il avait utilisée. Et puis, je n'avais pas passé ces dernières semaines à travailler durement mon self-control pour me retrouver dans une situation ubuesque où on m'ordonnait de faire ce à quoi je m'interdisais de penser. C'était injuste.

J'aurais voulu pouvoir pleurer !

- Être vampire ne signifie pas aller à l'encontre de sa dignité ! Je n'embrasserai personne pour satisfaire vos petites expériences ou vos lubies sexuelles ! m'écriai-je, au bord de la crise de nerfs.

J'étais allée trop loin.

Talanus gronda soudain férocement et fit deux pas dans ma direction avant d'être arrêté en route par sa compagne, qui le repoussa sévèrement.

- Paix, Talanus.

Elle se retourna ensuite vers moi, avec une expression beaucoup plus douce que ce à quoi je m'étais attendue :

- Je ne veux pas porter atteinte à ta dignité ni à celle de Phoenix, crois-moi. Pourtant, je dois absolument savoir si mes soupçons quant à ta puissance sont fondés ou non afin que je puisse comprendre le plan que la Nuit a prévu pour toi.

- Léthalée ? Elle vous parle encore ?

Elle hocha la tête.

- Pas aussi fréquemment qu'avant ta transformation, mais elle m'a visitée pendant mon sommeil aujourd'hui et c'est elle qui m'a demandé de te mettre à l'épreuve.

Je sentis tout à coup une migraine poindre. Ce n'était pas un mal de tête ordinaire, j'en étais à jamais libérée, mais plutôt comme une pression à l'intérieur de mon crâne qui cherchait à attirer mon attention sur quelque chose d'important à propos de la mère de tous les vampires.

- Sam, je pense qu'elle a raison.

Je regardai Phoenix avec effarement, oubliant par là mon mal de tête. Comment pouvait-il dire cela ? S'il avait oublié les fois où sous le coup de l'échange de sang, nous nous étions embrassés, moi pas. D'autant que là, nous serions lucides tous les deux. Comment parvenir à le regarder en face après avoir partagé un tel moment d'intimité sous la contrainte et la surveillance de ses chefs, moment qui au contraire de moi, ne l'affecterait en rien, vu qu'il n'avait pas les mêmes sentiments à mon encontre ?

- Je n'ai pas envie que vous m'embrassiez contre votre gré ! m'emportai-je un peu rapidement, en le foudroyant de mon regard rouge. Pour qui me prenez-vous ?

Mon employeur se figea et à ses mâchoires crispées ainsi qu'à ses pupilles zébrées de blanc, je compris qu'il me cachait quelque chose qui le faisait bouillonner à l'intérieur.

Mais il se reprit aussitôt.

- Là n'est pas la question. (Mes canines appuyaient fortement sur ma langue désormais) Ysis est la seule personne ayant côtoyé les De Castelcourt à savoir qu'ils sont vos ancêtres, elle a raison de vouloir savoir jusqu'à quel point leur parenté vous affecte, surtout en sachant quel sort on vous réserverait si ça s'apprenait et qu'on estimait que vous êtes une menace pour notre communauté ! Un baiser n'est pas cher payé pour notre sécurité !

Sa façon de voir les choses me donna l'impression de me faire poignarder à nouveau.

Il dut voir l'amertume dans mon regard. Il me saisit les mains.

- Ne comprenez pas mal mes paroles, Sam. Tout ceci ne me plaît pas non plus, et je ne considère pas ce baiser à la légère. Pourtant, vous ne pouvez pas m'en vouloir de placer votre vie avant votre dignité… Je tiens trop à vous.

Ses derniers mots, associés au contact de ses mains sur les miennes, achevèrent de faire s'effondrer ma détermination. Mes yeux reprirent leur couleur originelle. Je savais depuis le début qu'ils avaient tous raison, mais j'avais tellement peur de mes réactions que j'aurais tout donné pour ne pas qu'il me donne ce baiser dont j'aurais rêvé en temps normal.

Je baissai la tête et soupirai. Plusieurs secondes s'écoulèrent pendant lesquelles personne ne disait rien, où l'on guettait ma décision.

- Très bien… Mais je décline toute responsabilité si les choses ne se passent pas comme vous l'espérez.

L'avertissement était clair. Je n'avais aucune idée de ce que je ferais en cas de réussite ou d'échec, tout ce que je savais, c'était que je ne sortirais pas indemne de cette nouvelle épreuve, peut-être la pire depuis que j'avais appris que j'étais un vampire. Pour le reste, je m'en fichais, ils n'avaient qu'à se débrouiller…

*

- Ça va aller, Sam.

Son chuchotement si mal assuré ne fit que m'augmenter une tension déjà à son zénith. J'étais sûre que je tremblais.

Un coup d'œil par en-dessous à l'homme qui me faisait face et je compris que je n'étais pas la seule. Phoenix était tendu à craquer.

Une inspiration subite me fit regarder mes pieds. C'était plus facile que de me confronter à lui. Mais à peine lui avais-je échappé qu'il m'attrapait délicatement le menton pour me forcer à l'affronter.

Mon Dieu…

Comment pouvais-je réussir à me contrôler s'il me contemplait avec cette profondeur dans le regard ? Je ne devais pas le regarder, je…

Trop tard.

Il me tenait désormais à sa merci. Prisonnière de ses deux océans de sagesse, plus rien n'existait au monde hormis nous deux.

Le temps s'était arrêté, l'espace s'était réduit à nos deux corps prêts à se toucher. Plus rien ne comptait.

Parce que c'était lui, parce que c'était moi…

Sa main quitta mon menton pour glisser en une lente et douce caresse contre ma joue ; je frémis et fermai les yeux. À mesure que l'inévitable se rapprochait, et malgré mon stress, je sentais mon corps épouser la volupté qui s'en était emparée et ma volonté s'égarer dans le désir qu'il m'inspirait.

- Regardez-moi, Sam.

Je me mordis la lèvre. Sa voix seule près de mon oreille suffisait à déclencher en moi des assauts hormonaux furieux que je tentais tant bien que mal de canaliser.

- Regarde-moi…

Le tutoiement, ainsi que son autre main qui me parcourait désormais la chevelure, me firent m'exécuter. Cette fois, mes prunelles étaient passées au rouge profond, je le savais. Mais ce ne serait pas suffisant.

Phoenix combla les quelques centimètres qui nous séparaient en m'attirant à lui doucement, sans cesser de me caresser le visage et les cheveux avec une lenteur et une tendresse qui faillirent me faire ronronner de plaisir.

Enfin, le moment tant redouté arriva.

Il s'inclina vers moi.

Les yeux écarquillés, le fantôme de mon cœur soudain réveillé pour me donner la sensation d'un tambourinement assourdissant dans ma cage thoracique, je vis l'écart entre nous se réduire jusqu'à cet instant où mon univers bascula tout entier dans la plénitude infinie.

Nos lèvres venaient de se toucher.

C'était comme si on m'ouvrait les portes du Paradis. Tout mon être n'appelait qu'à une chose, y rester éternellement parce qu'il avait compris que c'était là qu'entre tous les lieux possibles, j'étais chez moi : dans ses bras.

Cette fois, je n'étais pas sous l'effet de l'empreinte ou de l'échange de sang. J'étais lucide. Je fondais… littéralement.

Et quand son baiser s'intensifia, chargé d'une tendresse qui me bouleversa, je me dis que si j'étais foudroyée maintenant, je mourrais comblée…

J'avais laissé mes mains agir à leur guise et pendant que je savourais la caresse de la langue de Phoenix autour de la mienne, mes doigts fourrageaient dans ses cheveux comme j'avais toujours eu envie de le faire. Ma peau était parsemée de picotements là où il me touchait et je dus retenir mes hanches d'onduler lorsque Phoenix fit courir son index le long de ma colonne vertébrale jusqu'au creux de mes reins.

Quand il me serra plus encore contre lui, un gémissement de bien-être m'échappa et j'oubliai jusqu'à l'existence de nos spectateurs…

Malheureusement, eux ne nous avaient pas oubliés.

- Hum Hum…

Ce fut lui qui mit fin au baiser en m'écartant doucement de sa personne. J'eus l'impression qu'on m'arrachait l'âme…

À cet instant, je n'aurais su dire à quoi il pensait, mais je voyais parfaitement l'éclat anormal dans ses pupilles ; visiblement, je n'étais pas la seule à être perturbée.

Et il semblait que ce n'était pas assez.

- Ça ne va pas, Phoenix, dit Ysis. Tu es trop doux. N'oublie pas ce qu'elle est. Malgré son self-control hors du commun, elle reste un nouveau-né soumis à ses pulsions. Tu ne dois pas la séduire, mais faire en sorte qu'elle te désire… (Je tressaillis) Tu as eu des centaines d'années et sûrement des milliers de maîtresses, tu sais quoi faire pour cela.

Je savais qu'Ysis avait dit cela sans mauvaise intention, pourtant, je reçus sa dernière phrase comme un coup de poignard en plein cœur qui refroidit immédiatement mes ardeurs. Talanus et elle étaient dans mon dos donc je ne les voyais pas. Par contre, je ne pouvais passer à côté de la lueur mortelle dans les yeux de mon patron.

- Je sais ce que j'ai à faire et en l'occurrence, de votre côté, vous feriez bien de vous taire !

- N'oublie pas à qui tu t'adresses, ange ! grinça Talanus.

- Laisse, s'interposa Ysis. Quant à toi, mets-y du tien !

Cette fois, Phoenix montra les crocs à sa supérieure hiérarchique et gronda son exaspération avant de reporter son attention sur moi.

Atrocement gênée par ce qui venait de se passer, j'hésitais entre me rouler en boule par terre ou m'enfuir en courant, de fait, je ne parvenais qu'à fixer les motifs du tapis sur lequel nous nous trouvions.

Phoenix me releva alors à nouveau le menton pour me forcer à lui faire face. Je crus sentir mon cœur faire un bond dans ma poitrine quand ses yeux s'éclairèrent plus que la normale et je le laissai m'attirer à lui.

Son second baiser fut encore plus incroyable et mon corps se détendit bien plus vite qu'à son étreinte précédente.

Mais alors que mes mains venaient de retrouver le chemin vers sa chevelure, les siennes descendirent très lentement de mon visage à mon cou, puis, vers mes bras et mes hanches, qu'il plaqua contre lui. Sa main droite alla ensuite assurer sa prise dans mon dos tandis que les mouvements de sa langue autour de la mienne commençaient à me donner le vertige.

Je sentais le désir de lui monter de plus en plus et ma volonté de garder un minimum de contrôle s'effriter. Je l'embrassais avec une ardeur dont je ne me serais jamais crue capable et je commençais à étouffer tant ma température interne s'envolait.

Je crus défaillir lorsqu'il quitta ma bouche pour dévorer mon cou de centaines de baisers passionnés et que sa main droite jusqu'ici sagement positionnée, souleva mon chemisier pour se glisser dessous et avoir accès à ma peau. Le contact de ses doigts me brûlait en même temps qu'il me transportait de plaisir et à plusieurs reprises, j'entendis un petit gémissement s'échapper de ma gorge.

D'ailleurs, en plus de ses lèvres à cet endroit, je sentais aussi le frôlement de ses canines qui me fit bouillir le sang à l'idée qu'il suffisait d'une pression pour qu'elles percent mon épiderme et en fassent couler le liquide qu'il préservait. Si j'avais eu accès au cou de mon employeur, je n'aurais pas pu résister à l'envie d'y plonger mes crocs pour le goûter complètement.

Imaginer cela eut pour effet de déclencher mon premier dérapage.

Je voulais toucher Phoenix et sa chemise m'en empêchait. En un éclair et un bruit de boutons arrachés plus tard, j'avais une vue complète de son torse sublime que je pouvais contempler en me léchant les lèvres tout en laissant mes doigts le parcourir, savourant une peau soyeuse protégeant des muscles puissants qui roulaient sous elle.

Ma concentration fut toutefois mise à mal par les pupilles de mon partenaire qui, sous l'effet de mes caresses, s'illuminèrent d'un blanc immaculé et éblouissant. Un instant plus tard, Phoenix m'avait attrapée par les hanches, soulevée contre lui, et portée contre un mur qui nous servit d'appui pour reprendre notre étreinte par un baiser si torride qu'il vint à bout de mes dernières résistances.

Les jambes croisées autour de lui avec plus de force encore qu'un étau, j'ondulais des hanches pour mieux sentir le contact de son bassin, ce qui contribua à déclencher une véritable explosion par-dessus l'incendie qui ravageait déjà mon bas-ventre depuis que nos lèvres s'étaient pressées l'une contre l'autre. L'une des mains de Phoenix me broyait littéralement une cuisse, mais je m'en fichais royalement car l'autre avait, comme par magie, dégrafé mon soutien-gorge, électrisant follement cette zone au passage.

Quelque chose se passa.

Par accident, l'un de mes crocs égratigna la langue de Phoenix qui saigna dans ma bouche.

Si la situation présente était déjà difficilement maîtrisable, ce qui suivit prouva que ni l'un ni l'autre, ne contrôlions plus rien.

Mon moi vampirique s'était réveillé aussitôt qu'on avait mentionné l'idée d'un baiser entre mon employeur et moi et heureusement, ma raison avait eu le dessus pour préserver mon honneur face aux trois personnes présentes dans la pièce. Il aurait été malvenu en effet, de sauter immédiatement à la figure de Phoenix pour l'abreuver de marques de désir.

J'avais eu plus de mal à le tenir en laisse par la suite, mais force me fut de constater qu'à cet instant, mon moi raisonnable n'avait plus voix au chapitre. C'était terminé à partir du moment où mes sens perçurent les quelques gouttes du sang de mon partenaire dans mon palais.

De fait, après un grognement bestial et possessif, j'avais plongé de nouveau en lui si fort que nos dents s'entrechoquèrent et que je me mis à sucer sa langue avec une voracité et une détermination implacables. S'il fut choqué, Phoenix ne s'en dégagea pas et après une seconde seulement de flottement, je me retrouvai plaquée à nouveau le dos contre le mur, et les bras au-dessus de ma tête. C'était une véritable lutte de pouvoir qui venait de s'engager, chacun voulant posséder l'autre à tout prix.

Sa veste s'envola derrière lui quand il la retira violemment pour être plus libre de ses mouvements et il ne broncha pas quand, prise d'un soudain regain de violence, je réduisis sa chemise en lambeaux pour me permettre d'avoir accès à ses épaules dénudées. Au contraire, comme je lui enfonçais mes ongles dans le dos, Phoenix s'écrasa un peu plus contre moi en laissant échapper un grondement de profonde satisfaction.

Un mouvement plus tard et mon soutien-gorge tomba par terre, sans que je n'ai senti le moindre frôlement.

L'idée que ses doigts avaient failli toucher ma poitrine me fit gronder de frustration et sans cesser de dévorer sa bouche, je lui saisis sa main et la plaçai là où mon chemisier était sorti de mon pantalon. Mon espoir ne fut pas déçu car aussitôt, le chaud glissement que je ressentis au niveau de mon ventre m'annonçait que j'allais bientôt découvrir l'effet d'une caresse d'homme à cet endroit.

Chaque cellule de mon corps n'était plus qu'un brasier incandescent qui me ravageait l'esprit de milliards d'assauts de sensations voluptueuses. Ce moment, si intime, était si torride que je me demandais si je n'allais pas bientôt me consumer de désir. J'en voulais encore plus, je le voulais en moi...

- PHOENIX ! SAMANTHA !

Nous nous immobilisâmes de concert en entendant ce cri. Mes ongles avaient cessé de s'égailler dans le dos de Phoenix, et la main de ce dernier s'était arrêtée juste en dessous de mon sein droit.

Nous tournâmes ensemble la tête vers l'origine de ce bruit désagréable, en sachant que l'un comme l'autre irradiions la pièce d'une forte lumière qui blanche, qui rouge écarlate.

Je fronçai les sourcils en avisant les deux personnes qui nous fixaient avec le pareil air d'effarement mêlé d'un soupçon d'amusement.

Je vis ensuite l'horreur se peindre sur le visage de Phoenix exactement comme elle avait dû se peindre sur le mien, laquelle tripla d'intensité quand nous nous rendîmes compte de la position respective de nos mains.

En un éclair, Phoenix me reposa au sol sans ménagement avant de s'écarter de moi en direction du mur d'en face. Une seconde plus tard, il avait envoyé son poing dans celui-ci, lui occasionnant un trou d'une taille considérable.

Quant à moi, j'avais beau m'être pris la douche la plus glacée de mon existence, cela ne m'avait pas pour autant libérée de l'emprise que ma part vampirique avait sur moi.

Soudain, mon champ de vision s'étrécit pour ne plus y compter que celle qui était responsable de tout ce gâchis : Ysis. Non seulement elle nous avait obligés à nous mettre dans cette situation impossible, mais, et c'était sûrement ce qui rendait ma part sombre la plus folle de rage, c'était elle aussi qui nous avait interrompus.

Redressant le buste pour la toiser avec toute la haine que je ressentais à cet instant précis, je fis quelques pas en avant pour l'avoir bien dans l'axe au moment où je choisirais d'agir.

Mal à l'aise, Talanus vint se placer aux côtés de sa compagne. Peuh ! Comme s'il m'inspirait la moindre inquiétude !

- Samantha Watkins, dit Ysis en levant les mains en signe de paix, je sais que ce que je vous ai demandé n'était pas simple et vous vous êtes acquittée de votre tâche au mieux. J'ai vu ce que je voulais voir et je peux vous promettre que jamais plus je ne vous redemanderai une telle chose.

Quelque chose bourdonnait dans ma tête et semblait faire crépiter l'air autour de moi. Je fixais toujours ma future victime avec un calme glacial que démentait la rage meurtrière qui couvait dans mon esprit. La tension dans la pièce atteignait son paroxysme.

- Sam ! intervint Phoenix. Non !

Mes lèvres se retroussèrent sur mes crocs pour accompagner le feulement d'avertissement destiné à l'homme derrière moi, cependant que l'éclat de mes yeux se renforçait au point d'atteindre le seuil critique qui avait déclenché la bagarre à mon réveil.

Un silence de mort pesait entre nous tous.

L'atmosphère était si épaisse qu'on aurait pu la couper au couteau.

C'est alors que je bondis.

Heureusement pour Ysis, son ange avait anticipé mon mouvement et il me sauta sur le dos pour me plaquer au sol avant que je n'écorche vive sa supérieure.

- Talanus ! Aidez-moi ! cria-t-il.

Sans hésiter, le général romain se jeta sur moi et m'attrapa les jambes tandis que Phoenix retenait mes bras pour m'immobiliser.

- Lâchez-moi ! Lâchez-moi ! Je vais la tuer ! vociférai-je en braquant mon regard meurtrier dans celui d'Ysis.

Cette dernière s'était assise sur sa chaise avec un air de profonde concentration, comme si ce qui se déroulait sous son nez n'avait pas la moindre importance.

- Sam !

- Lâchez-moi !

- Il faut vous calmer, on savait que ça pouvait mal tourner !

- Elle n'écoute rien, qu'est-ce qui se passe ? demanda Talanus.

- Elle est émancipée, elle n'obéira qu'à la raison !

Comme pour le contredire, j'entrepris une ruade pour le désarçonner.

- Lâchez-moi, je vous dis !

- Sam ! Votre intronisation n'est pas terminée, vous risquez de tout gâcher si vous ne retrouvez pas votre contrôle !

- Phoenix ! dit Talanus d'une voix rendue haletante par l'effort. Elle est trop forte, je ne vais pas pouvoir tenir encore bien longtemps !

- SAM ! Avez-vous vraiment envie de nous faire tous tuer ?!

Dans mon univers rougeoyant, une étincelle de raison parvint enfin à se frayer un chemin jusqu'à mon esprit. La soirée de mon entrée dans le monde des vampires n'était pas terminée, effectivement. Si je débarquais dans la grande salle en mode cataclysmique avec les cadavres des deux chefs de secteur dans mon sillage, il était juste de penser que le mouvement de panique généré serait rapidement suivi d'une intervention des Grands pour nous détruire, moi et mon créateur. Je n'avais pas le droit d'en arriver là.

Je cessai de me débattre en signe de reddition, chose qui fut correctement interprétée puisque Talanus et Phoenix s'éloignèrent prudemment, en restant sur leurs gardes au cas où j'eusse changé de tactique.

Une fois debout, je fusillai Ysis du regard, laquelle avait de nouveau reporté son attention sur ma personne.

- Vous êtes satisfaite ? crachai-je avec hargne en faisant un geste de la main pour lui montrer les résultats de son expérience.

Mon soutien-gorge gisait un peu plus loin, la chemise de Phoenix était lacérée de toutes parts, et mes yeux reprenaient lentement leur couleur originelle tandis que le sentiment d'avoir été humiliée comme jamais s'imprimait en moi au fer rouge.

Ysis adopta un air compatissant.

- Je suis désolée, vraiment. Mais c'était nécessaire pour que j'évalue l'étendue de votre héritage. Je n'ai jamais voulu vous blesser.

- À d'autres ! Talanus a eu au moins l'honnêteté de ne pas chercher à se dédouaner quand lui aussi a voulu « évaluer » mes aptitudes après mon accident !

La princesse égyptienne fronça les sourcils.

- Ça me navre que vous me pensiez si insensible. J'ai toujours voulu vous protéger au contraire et je…

- Bref ! la coupai-je. Puisqu'il semble que ce petit exercice ait été un succès, il me semble juste de vous demander de nous dire ce que vous en avez conclu.

Ysis soupira, puis :

- Vos yeux se sont illuminés comme ceux de vos ancêtres, peut-être même davantage…

- Ce qui signifie ? demanda Phoenix.

- On ne pourra pas être sûr tant qu'on ne la verra pas à l'œuvre, mais je dirais qu'elle recèle en elle la même puissance que ses aïeux, voire même une puissance bien plus grande encore.

Malgré ma colère encore bien présente, je frissonnai à l'énoncé du verdict. Ce pouvoir si terrifiant que je semblais posséder allait-il s'exprimer par la destruction ? À commencer par celle de ma raison ?

- Je commence à me dire que vous auriez dû me laisser mourir là-bas…

Je m'étais adressée à Phoenix, lequel me montra ses crocs.

- Jamais !

Nous restâmes quelques secondes ainsi, à nous observer l'un l'autre, moi tentant de chercher une faille dans son expression me permettant d'interpréter sa déclaration comme j'aurais aimé qu'elle fût réellement, lui prenant un air sauvage me mettant au défi de répéter une nouvelle fois ce que je venais de dire.

- Votre destin était de toute manière de devenir l'une des nôtres, nous interrompit Ysis. Maintenant que c'est fait et que nous savons quel est votre potentiel et le danger qu'il peut représenter pour nous tous si les Grands en ont vent, il faut faire profil bas en attendant que les événements qui nous permettront de comprendre la finalité de tout ceci se produisent.

Un lourd silence tomba dans la pièce.

Des jours sombres se préparaient, mais nous étions tous incapables de dire en quoi ils consisteraient, ni quand ils surviendraient.

Découragée, j'allai ramasser mon soutien-gorge et ce faisant, une image bien trop fugace pour que je l'appréhende complètement passa dans mon esprit. J'aurais juré avoir vu une femme blonde habillée de blanc me tendre la main...

- Il va falloir que vous me prêtiez une chemise, Maître.

Cette constatation, dite sur un ton neutre quoique légèrement sec, provoqua chez moi une envie de me réfugier sous le tapis.

- Suis-moi. Nous n'avons déjà que trop traîné.

Comme Phoenix et Talanus quittaient la pièce, j'allai devant la vitre de la bibliothèque pour y voir mon reflet. En soupirant, je remis mon soutien-gorge et tentai de réarranger ma coiffure en réprimant de mon mieux les assauts furieux des souvenirs liés aux événements qui s'étaient produits dans cette pièce quelques instants auparavant. Il fallait que je me concentre.

- Je ne vous comprends pas tous les deux.

Raté.

Je me tournai vers Ysis qui me dévisageait avec perplexité depuis le mur où Phoenix avait creusé un trou avec son poing. Le divan me sembla tout à coup plus adapté pour la discussion qui allait suivre.

- Pourquoi continuer encore à faire comme s'il n'y avait pas plus que de l'amitié entre vous quand il est clair et depuis longtemps que ça n'a jamais été le cas ?

Je soupirai encore. Inutile d'essayer de mentir, Ysis avait fait un tour dans ma tête et connaissait tout ce qu'il y avait à savoir sur mes sentiments envers son ange.

- Que voulez-vous que je vous dise ? Le problème, à l'évidence, ne vient pas de moi.

- Le problème vient de vous deux. Si Phoenix est aujourd'hui le meilleur ange en exercice au monde, c'est parce qu'il s'est toujours tenu sur ses gardes et n'a jamais montré la moindre faiblesse. Je me doute bien de la raison pour laquelle il te tient à l'écart, mais il est clair qu'à ce stade, son comportement relève du ridicule. Quant à toi, ton inexpérience n'arrange pas les choses. (Mon taux d'agressivité augmenta) Tu as sûrement eu des tas d'occasions que tu n'as pas su saisir et alors que je vous offre sur un plateau la possibilité de vérifier chacun l'étendue des sentiments de l'autre, vous vous comportez comme si on vous avait fait subir la pire des tortures.

- Ne vous attendez pas à ce que je vous remercie pour votre bonté, il ne faut pas pousser.

- Visiblement, vous êtes tous les deux incapables de sauter le pas. Ce n'est pourtant pas compliqué, après ce que vous venez de vivre, d'en déduire que vous êtes faits l'un pour l'autre !

Je me mordis la lèvre pour retenir un juron.

- Peut-être eut-il été sensé nous laisser le découvrir par nous-mêmes, dans un cadre sain où personne n'aurait eu à ordonner à Phoenix de m'embrasser pour vérifier que je n'allais pas déclencher la fin du monde.

Ysis vint s'asseoir à côté de moi, semblant réfléchir à mes arguments.

- C'est juste, mais au final, combien de temps aurez-vous perdu à rester malheureux chacun dans votre coin ?

Je ne dis rien.

- Réfléchis à ceci : l'éternité n'a aucun attrait si on se refuse à vivre sans son Amour Absolu.

Même si l'arrivée de mon patron et de Talanus mit fin au sermon d'Ysis, ses paroles m'avaient littéralement pénétrée et je dus faire un énorme effort pour cacher la bouffée d'amertume qui me gagna lorsque Phoenix entra dans mon champ de vision, incarnant le symbole même de la perfection.

- Il est temps d'y retourner. Êtes-vous prête ? me demanda le général romain avec une douceur dans la voix qui me surprit.

Je hochai la tête.

- Je suis prête.

C'est ainsi que sans avoir échangé la moindre parole sur ce baiser avec l'homme qui se tenait silencieux à mes côtés, je suivis les chefs du secteur de Kerington dans l'arène où se déroulerait mon intégration au monde de la nuit.

*

- *Je m'appelle Ethan Grimm et je suis ravi de vous rencontrer. Jusqu'à votre renaissance, j'étais le plus jeune vampire de la région... Talanus et Ysis ont autorisé ma maîtresse à me transformer il y a vingt ans car...*

Ah ?

- *Je suis Felicity Sall, si vous avez besoin d'articles de bureau, je peux vous faire des tarifs préférentiels vu qu'un partenariat avec vous et Phoenix élargirait ma renommée dans le monde des vampires...*

Hein ?

- *Je suis Carson Beckman, voici ma carte... Vous savez que vous pourriez poser nue pour notre calendrier des plus belles femmes du monde des vampires ?*

Non mais !

- Je m'appelle Benny. Vous pourriez dire à Phoenix que je le trouve très sexy ?

Arrgh !

Tel un tsunami, les convives de ce bal de la débutante (moi), m'avaient déferlé dessus pour assouvir leur curiosité, chacun voulant connaître mes impressions sur ma transformation ou prendre une photo souvenir comme si je portais un costume de Mickey et que nous étions à *Disneyworld*. Certains ne se gênaient pas pour passer outre mon refus et s'appliquaient à me mitrailler avec leurs appareils photos ou leurs téléphones portables.

Toutefois, il fut un moment où ce tintamarre me fit monter la moutarde au nez, surtout quand l'une des personnes présentes autour de moi en profita pour me pincer les fesses.

En une fraction de seconde, j'attrapai les doigts du pervers en question, un vampire incroyablement grand et musclé qui devait faire plus de deux mètres de haut, et le tirai brutalement devant moi. Sans laisser le temps aux spectateurs de réagir ni à moi de me laisser impressionner par cette véritable armoire à glace, je brisai chacune de ses phalanges en ignorant ses cris de douleur, ou ses tentatives pour se dégager, et quand il mit un genou à terre, tenant toujours sa main blessée, je lui dis :

- Ose encore me toucher sans ma permission et je te promets que la prochaine fois, je t'arrache la tête !

Mon public, quelque peu secoué par ce spectacle, s'était un peu écarté et formait désormais un cercle autour de nous.

Je regardai une dernière fois l'homme qui tentait encore de se justifier, avant de me focaliser, les crocs apparents, sur chacun de ceux qui m'entouraient, gravant leurs visages dans ma mémoire. Mon expression dut les mettre mal à l'aise car j'en vis plusieurs sortir du cercle.

- Qu'on se le dise, je ne permettrai à personne de passer outre les limites de la politesse pour s'adresser à moi.

Un mouvement sec et un craquement suivis d'un cri de douleur plus tard, je me frayai avec facilité cette fois-ci un passage dans la foule des vampires qui s'écartaient pour éviter de se trouver sur mon chemin, en pointant du doigt le pervers à qui je venais de briser tous les os du bras.

L'aura de colère qui devait se dégager de moi me permit d'avoir la paix un moment car elle dissuada les curieux de venir à nouveau m'embêter alors que je me dirigeais vers le buffet.

- Sang, s'il-vous-plaît ! dis-je d'une humeur massacrante, en foudroyant du regard un importun qui jugea préférable d'effectuer un repli stratégique à l'autre bout de la grande salle.

Phoenix avait intérêt à avoir une bonne raison pour m'avoir laissée seule dans la cage aux fauves ! Il me le paierait !

- Quel cocktail puis-je vous servir, Mademoiselle Jones ?

Je me retournai vers le serveur auquel je n'avais très impoliment pas prêté attention à mon arrivée. Toutefois, cela aurait été stupide de m'excuser après le divertissement que je venais de proposer.

- Que me proposez-vous ? demandai-je gentiment, pour me rattraper.

- Ma spécialité : gin, vodka, citron, et sang bien sûr. Simple mais efficace.

- Vendu.

Tandis qu'il s'activait déjà, je cherchais dans la foule où pouvait bien se cacher mon employeur. Peut-être près des trônes...

- Voilà, Mademoiselle Jones.

Je saisis le verre qu'il me tendait et en bus une gorgée.

- Comment vous appelez-vous ?

- Johnny, Mademoiselle Jones.

- Eh bien, Johnny, vous devriez ouvrir votre propre bar. C'est délicieux.

Il sourit franchement, me dévoilant ses canines aiguisées.

- C'est déjà fait. J'officie ce soir parce que j'ai été réquisitionné par Talanus et Ysis quand ils se sont aperçus que votre entrée dans notre communauté avait attiré plus de monde que prévu.

Ce fut à mon tour de sourire.

- Je vois. Et je suppose que chez les humains, vous êtes l'heureux patron de plusieurs enseignes qui ne connaissent pas la crise.

- Bingo ! dit-il joyeusement, en me gratifiant d'un clin d'œil.

Ah, les vampires et l'argent ! À croire qu'en perdant son âme, on gagnait un sens inné pour les affaires !

- Je vous laisse, il est temps que je retourne en piste.

Il hocha la tête.

- Content de vous avoir parlé, Mademoiselle Jones. Si vous allez dans un de mes bars, il y aura toujours une boisson gratuite pour vous.

- C'est gentil. Au revoir.

- Au revoir.

Je m'éloignais du buffet pour aller du côté des trônes de nos hôtes quand une voix chaude et terriblement sensuelle m'interpella.

- Ravi de voir que vous avez toujours de bons réflexes, Mademoiselle Jones.

La façon dont mon nom avait été prononcé, à la fois lente et caressante, fut suffisante pour me faire frissonner de la tête aux pieds. Je n'avais pas besoin de me retourner pour savoir à qui j'avais affaire.

- Hedayat Javan, je suis heureuse que ce ne soit pas vous qu'on ait envoyé pour le faire. Cela m'aurait coûté de vous prouver que mes réflexes sont toujours opérationnels.

Son rire déclencha un nouveau frisson voluptueux sur tout mon corps et lorsqu'il vint à ma hauteur et que je pus admirer sa mise impeccable ainsi que son sourire ravageur, je ne pus qu'être sûre que si mon âme n'était pas entièrement tournée vers Phoenix, j'aurais immédiatement pris la main de cet homme pour l'entraîner dans une chambre où nous nous serions adonnés à la plus délicieuse des débauches.

Avant ma transformation, j'avais déjà ressenti ce pouvoir d'attraction sexuelle que ce prince persan exerçait sur la gente féminine. Comme les autres femmes, j'avais été immédiatement interpellée par sa peau exotique, ses yeux sombres en amande, son sourire sexy et à ma plus grande honte, son incroyable entrejambe toujours mise en valeur par des pantalons bien trop serrés à cet endroit. Devenue vampire, mes hormones ressentaient ce pouvoir à sa puissance maximale, ce qui, par conséquent, démultipliaient mes envies secrètes jusqu'à un taux critique. Toutefois, je n'éprouvais aucune crainte.

Effectivement, l'homme le plus sexuel que j'aie jamais rencontré avait beau se trouver devant moi, avec, à l'évidence, l'espoir toujours vivace de me séduire, mes pensées les plus débridées n'étaient dirigées que vers une seule personne, laquelle, toujours hors de mon champ de vision, ne perdait rien pour attendre.

- Samantha, je vous trouvais d'une beauté stupéfiante avant votre transformation, mais je dois dire que celle-ci vous a magnifiée. Je ne trouve pas les mots pour vous dire à quel point vous êtes sublime.

Avec un sourire charmeur, il me saisit la main et la baisa. Je serrai les dents pour ne pas me mettre à hennir stupidement. Décidément, ce type avait un véritable don pour déclencher des vapeurs aux femmes.

- Cessez de jouer les séducteurs et dites-moi plutôt comment vous allez.

Il se redressa, sans lâcher ma main.

- Je vais mieux maintenant que je vous sais en bonne santé. Je me suis inquiété pour vous.

- Phoenix me l'a dit. Ça m'a touchée.

Il releva ma main vers sa bouche et y déposa un autre baiser, bien plus long que le précédent. Je me crispai.

- C'est vous qui m'avez touché, Mademoiselle Jones… Avec la flèche de Cupidon…

Horriblement mal à l'aise, je lui retirai ma main d'un mouvement brusque, en regardant de tous les côtés si quelqu'un écoutait notre conversation.

- Hedayat… Ce n'est pas vraiment le moment…

- Vous a-t-on déjà dit que vous étiez à croquer quand vous étiez embarrassée ? me susurra-t-il à l'oreille.

Je m'écartai de lui doucement, mais fermement, ma décision prise.

- Ça suffit, Hedayat. Je vous apprécie beaucoup, mais vos efforts sont inutiles… Je reconnais que vous êtes très séduisant mais…

Il haussa un sourcil.

- Laissez-moi deviner… Phoenix ?

Je le fixai, droit dans les yeux.

- Oui.

Il soupira, moitié amusé, moitié dépité.

- Je le savais bien de toute façon. Mais on ne peut pas m'en vouloir d'avoir tenté ma chance car parmi toutes les femmes que j'ai rencontrées dans ma vie, peu pouvaient vous être comparées, tant dans la beauté physique que dans celle de l'âme.

- Je suis désolée, j'espère que ça ne remet pas en question nos relations amicales. Ça me peinerait.

- Bien sûr que non. Je me contenterai de vous désirer de loin.

J'aurais préféré une autre réponse, mais il semblait que je devrais me contenter de celle-ci. Les vampires avaient une façon toute à eux d'exprimer leurs sentiments alors maintenant que je faisais partie de leur monde, je ne devais pas m'en formaliser.

- J'ai quand même le droit de vous faire un câlin pour vous montrer que je suis content de vous revoir parmi les morts-vivants ?

Il afficha un sourire innocent, mais je ne m'y trompai pas, ce qui m'amusa. Peut-être que moi aussi je commençais à adopter leur mentalité.

- D'accord pour un câlin.

Il m'attira pour me serrer contre lui. Évidemment, au bout d'une seconde, la main qui se trouvait dans mon dos commença à se diriger plus bas.

- Bas les pattes ! dis-je en m'esclaffant et en reprenant mes distances.

- Tu as entendu la dame, Hedayat…

Je manquai sauter au plafond de peur en entendant cette voix de velours aux accents mortellement dangereux.

Phoenix nous fixait, Hedayat et moi, avec une colère froide trop bien contenue. Ce qu'il nous offrait et qui nous terrorisait ne devait être que la partie émergée de l'iceberg ; je le connaissais trop bien.

- Talanus et Ysis veulent vous présenter aux chefs des secteurs de La Nouvelle Orléans et de Dallas ; ils ont fait le déplacement jusqu'ici pour vous voir.

Il me fallut un instant pour retrouver l'usage de la parole.

- Hum… J'arrive tout de suite.

Me tournant vers mon interlocuteur perse :

- Euh… Au revoir, Hedayat, dis-je en hochant la tête vers lui.

Il m'imita, en y ajoutant le geste de la main typiquement oriental.

- Au revoir, Samantha et… bonne chance, dit-il avec un sourire énigmatique pour Phoenix.

Je lui fis les gros yeux. Pour moi, ce sourire n'avait rien de mystérieux puisqu'il faisait allusion à notre conversation précédente.

Heureusement, même s'il fronça les sourcils, mon patron ne prit pas la peine de demander des explications au chef de la sécurité diurne et se contenta d'avancer vers les trônes.

- Que me veulent ces gens, à votre avis ? lui demandai-je en le rattrapant.

- En tout cas, pas la même chose que Hedayat Javan !

Son ton glacial me fit l'effet d'un coup de poing. Je n'avais vraiment pas besoin qu'il soit en colère contre moi.

Cependant, je n'eus pas le temps de m'expliquer avec lui car nous arrivâmes à destination. Talanus et Ysis buvaient leurs cocktails en compagnie de deux autres vampires, l'un petit et trapu, l'autre grand et maigre, dont l'allure maladive était démentie par la taille démesurée de ses mains, lesquelles auraient pu être comparées à celle d'un boucher sous stéroïdes.

- Mademoiselle Jones, dit Talanus. Je vois que vous avez su dompter la masse des curieux avec brio. Mes félicitations.

Je lui répondis par un sourire. J'étais heureuse de savoir qu'on ne m'en voulait pas d'avoir estropié l'un des convives. De toute façon, il semblait que c'était ce qu'on attendait de moi.

- Je vous présente Clark Temple et Grégory Chess, nos homologues de La Nouvelle-Orléans et de Dallas. Ils étaient curieux de vous rencontrer.

Après les hochements de tête d'usage, Grandes Mains, alias Grégory, fut le premier à m'adresser la parole.

- Je suis heureux de vous rencontrer enfin, Mademoiselle Jones. Le récit de vos exploits a après tout, fait le tour du monde des vampires.

- Hum… Je ne sais pas quoi dire si ce n'est… merci.

- À dire vrai, je voulais être le premier à vous offrir un travail dans mon secteur, à Dallas, dès que votre période de formation auprès de Phoenix sera terminée, mais il semble que Clark ait eu la même idée que moi.

- Effectivement, dit ce dernier.

Prise au dépourvu par cette double proposition, je haussai grandement les sourcils, ne sachant que répondre.

- En vérité, reprit Chess, j'aurais également aimé que Phoenix se décide enfin à accepter mon offre de faire de lui mon ange gardien, mais je ne tiens pas à essuyer un quatrième refus.

Il lui jeta un coup d'œil en biais, mais celui-ci resta imperturbable.

- Eh bien je vous remercie de votre considération et soyez assuré qu'au siècle prochain, si je veux changer de secteur, je n'aurai pas oublié vos propositions d'emploi.

Mon petit discours sembla les convaincre car ils hochèrent de nouveau la tête et se réengagèrent dans une discussion avec Talanus et Ysis sur l'augmentation des impôts fonciers à l'échelle nationale.

- Venez, il y a d'autres gens à qui vous devez être présentée.

Ce fut ainsi toute la nuit, un tourbillon de noms et de visages qui me posaient tous et toutes les mêmes questions sur la transition de mon état d'humaine à celui de vampire, sur mon travail d'assistante, ou encore sur ma fierté de côtoyer quotidiennement des personnalités illustres du monde surnaturel.

Je m'acquittais de ma tâche avec professionnalisme et ferveur sans jamais faire de faux pas et à la fin de la nuit, je me réjouissais de sentir que mon entrée chez les vampires était une réussite. On me parlait avec respect et on écoutait mon point de vue. Jamais cela ne m'était arrivé du temps où je vivais à Kentwood. Dire que sans Phoenix, je vivrais encore là-bas à me faire marcher dessus sans vergogne par « Cruella » Angermann... Je lui devais tant...

Mais ce soir, il méritait une bonne paire de gifles !

En effet, en plus de m'avoir abandonnée à mon sort après notre sortie des appartements de nos chefs de secteur, il ne m'avait presque pas adressé la parole à part quand il y était obligé pour me présenter à des vampires importants.

Comment pouvais-je m'enthousiasmer d'être acceptée dans son monde si lui-même me fermait les portes de son esprit ? Son attitude, mise sur le compte du baiser que nous avions échangé, me blessait terriblement. Était-il à ce point dégoûté de cet instant qu'Ysis nous avait forcés à partager ?

J'avais le cerveau en ébullition à force de me poser des questions.

Néanmoins, je les mis de côté le temps d'assurer le spectacle de mon intronisation jusqu'à son terme et offris des sourires aimables et des hochements de tête respectueux à toux ceux qui défilaient devant moi ou qui manifestaient l'envie de me parler.

J'attendais patiemment l'heure de la confrontation.

Elle vint.

*

Lorsque tous les invités quittèrent la grande salle pour rejoindre leurs lieux de repos diurnes et que les serviteurs de Talanus et Ysis commencèrent à ranger, ces derniers nous rejoignirent devant l'estrade où étaient placés leurs trônes.

- Cette soirée fut une réussite. Votre entrée dans le monde des vampires est désormais officielle, Mademoiselle Watkins, dit Talanus en m'administrant une vigoureuse claque dans le dos.

- Aïe. Euh, merci, Talanus. J'ai fait de mon mieux.

J'étais quelque peu interdite par son expression toute amicale en cet instant. Il arrivait à me faire plus peur encore que lorsqu'il se mettait en colère.

- Je suis très fière de vous, ajouta Ysis.

Son regard éloquent signifiait qu'elle englobait ce qui s'était passé pendant la soirée et juste avant. Mouais…

Je m'attendais à ce que Phoenix me félicite aussi et tournai la tête vers lui en souriant, mais mon sourire mourut sur mes lèvres en avisant son air impitoyable.

- Notre chambre est-elle prête, Ysis ? demanda-t-il sèchement.

Si elle fut surprise par son ton, elle n'en montra rien.

- La dix-huit, comme d'habitude. Reposez-vous, tous les deux, vous l'avez mérité.

Il ne prit pas la peine de la remercier et tourna les talons vers l'escalier qui nous mènerait à notre retraite.

- Euh… À demain, dis-je pour rattraper le coup auprès de nos maîtres, avant de courir pour le rattraper.

- Phoenix, je peux savoir ce qui vous prend ?

J'avais tenté de l'arrêter en haut des marches en lui saisissant le bras, mais il s'était dégagé en grognant et avait repris son chemin vers notre chambre. Je le suivis sans rien dire, une dispute dans le couloir aurait risqué d'attirer l'attention.

J'attendis que la porte soit fermée.

- Phoenix, pourquoi êtes-vous en colère ?

Il venait de poser sa veste de smoking sur un porte-manteau ; il irait ensuite dans la salle-de-bain sans me dire un mot.

Avant qu'il ait eu le temps de faire deux pas, je me plaquai contre la porte de celle-ci pour lui barrer le passage et le dévisageai durement.

- Ça suffit. Crevons l'abcès de ce qui s'est passé dans le bureau d'Ysis tout à l'heure comme ça, vous pourrez tourner la page et passer à autre chose !

Ses yeux s'illuminèrent. Oups.

- C'est cela ! Tournons la page rapidement pour vous permettre de nous mettre tous en danger par votre inconséquence !

Le fiel dans sa voix me surprit tout autant que le motif de sa vindicte.

- Je vous demande pardon ?

- Si pour vous, tourner la page, c'est aller se jeter directement dans les bras de Hedayat Javan alors qu'il n'est pas dans le secret de vos origines, c'est que vous êtes stupide en plus d'être imprudente !

- Quoi ?

J'étais tellement choquée par ses accusations que je n'arrivais pas à me défendre. Mais de toute façon, Phoenix n'en avait pas fini.

- Il vous veut dans son lit depuis des mois ! On dit qu'il est doué pour ça, c'est peut-être ce qui explique pourquoi vous l'avez laissé vous tripoter devant tous les vampires de Kerington et d'ailleurs !

- Mais il ne m'a pas tripotée ! m'emportai-je. Vous êtes dingue !

- Oh, je vous en prie ! Toutes les femmes veulent coucher avec ce type pour goûter à son exotisme ! Vous vouliez faire comme elles pour fêter votre entrée dans notre monde ; je sais que les hormones des nouveau-nés peuvent être particulièrement débridées ! Et si vos yeux s'étaient embrasés pendant l'acte, qu'est-ce que vous lui auriez raconté ? Ysis nous a bien dit de faire profil bas si nous voulons éviter que les Grands nous tranchent la tête ! À quoi pensiez-vous, bon sang, en vous affichant avec lui de la sorte ?

Estomaquée par sa bêtise et les raccourcis qu'il s'était imaginés en me voyant dans les bras de Hedayat, je n'en fulminais pas moins de rage.

- Non mais, vous vous rendez compte de ce dont vous m'accusez ? Allez-vous aussi, tant que vous y êtes, me traiter de traînée ? Personne n'a trouvé à redire à mon comportement ce soir à part vous ! Vous devriez avoir honte de me parler ainsi !

- Je sais ce que je dis ! Je vous ai vue avec Hedayat, toute exaltée par ses lèvres sur vos mains ! Je vous ai dit de vous contrôler ! (Il poussa un grondement effrayant) J'aurais dû prévoir qu'en tant que vierge, vous aviez plus de risques d'être engloutie par vos frustrations !

Là, je vis rouge.

VLAM !

La gifle magistrale que je venais de lui administrer le réduisit au silence tandis que je m'exhortais au calme pour ne pas céder à l'envie que j'avais de le réduire en charpie sur le parquet.

On n'entendait plus rien dans la pièce, pas même une mouche voler. L'écarlate de mes yeux enfiévrés devait être de la même intensité que mon aura de rage indignée.

- Comment osez-vous me parler de la sorte alors que tout ce que j'ai fait, c'est de prendre sur moi pour me montrer à la hauteur de vos espérances ?! Avez-vous une idée de ce que j'ai pu ressentir ce soir ?

Il détourna la tête.

- Ayez au moins le courage de me regarder, Aydan.

Fut-ce la mention de son courage ou celle de son prénom qui le poussa à s'exécuter, toujours est-il qu'il me faisait désormais face.

- Je vais vous dire quelque chose. Ce soir, Hedayat s'est comporté comme l'ami que vous, vous n'avez pas été. Il a été gentil avec moi et s'est soucié de moi, quand de votre part, je n'ai reçu que du mépris et de la colère. Quant à ses intentions, croyez-vous que je suis idiote ? Mais après ce qui s'est passé dans le bureau d'Ysis et votre façon de me laisser en plan, vous ne pouvez pas m'en vouloir d'avoir accepté le témoignage d'affection de quelqu'un avec qui il ne se passera jamais rien. (Des éclairs blancs recommençaient à zébrer ses prunelles azurées) Au moins, lui ne m'a pas fait sentir qu'un baiser de moi le dégoûtait !

Les yeux de Phoenix s'illuminèrent, mais j'étais trop furieuse pour en avoir peur.

- C'est ce que vous croyez ?
- Vous avez envoyé votre poing dans ce mur !
- Et alors ?!
- Alors aux dernières nouvelles, on ne fait pas ça lorsqu'on passe un moment agréable ! criai-je, ma patience atteignant ses limites.
- On nous regardait !
- Et alors ?!
- Vous êtes impossible ! s'emporta-t-il.
- Et vous, un crétin ! vociférai-je, hors de moi.

Sans lui laisser le temps de répondre, je fis demi-tour.

- Où allez-vous ?!

Sur le seuil, je daignai me retourner pour lui lancer un regard furibond.

- Je vais dormir là où je serai sûre qu'on ne viendra pas m'insulter et me rabaisser plus bas que terre…

J'allais partir, mais je me retournai une dernière fois pour le crucifier d'une nouvelle réplique.

- On ne sait jamais, en chemin je croiserai peut-être Hedayat qui sera sûrement ravi de m'offrir une place dans son lit ! Pauvre type !

Aussitôt dit, je claquai si fort la porte qu'elle faillit se briser, en même temps que j'entendais hurler rageusement :

- SAM, REVENEZ ICI !

- ALLEZ VOUS FAIRE VOIR ! criai-je, depuis le couloir sans me préoccuper d'éventuelles oreilles qui auraient pu m'entendre.

Je me mis à courir et dévalai l'escalier pour rejoindre le rez-de-chaussée. J'avais mon idée de l'endroit où je voulais me réfugier, lequel n'avait évidemment rien à voir avec la chambre de mon ami oriental.

En chemin, la rage avait laissé la place à une horrible sensation d'étouffement, comme si tous les sanglots qui ne pouvaient plus couler hors de moi s'étaient bloqués au niveau de ma gorge.

Je savais que je ne pouvais pas mourir, pourtant, je détestais cette oppression. Je mis donc à profit mes nouveaux pouvoirs pour rejoindre à la vitesse de l'éclair l'énorme pièce abritant la piscine.

Là, la première chose que je fis, fus de dénicher du papier et un stylo et d'écrire un message que je montrai ensuite aux caméras de surveillance : « Je veux être seule ». J'étais sûre que quelqu'un m'avait vue et j'espérais bien que les gardiens de la villa me laisseraient tranquille.

Ensuite, j'enlevai mes *Louboutins* pour aller me tremper les pieds dans l'eau. Ma dispute avec Phoenix tournait en boucle dans ma tête. Pourquoi s'être mis dans cet état ? Était-ce de la jalousie ? Il semblait être furieux à l'idée que je puisse penser que notre baiser l'avait dégoûté… Bah ! Dans tous les cas, il n'aurait jamais dû me parler comme il l'avait fait. Je l'aimais, certes, mais cela ne l'autorisait pas pour autant à m'insulter.

- Crétin ! pestai-je en donnant un coup de pied dans l'eau qui m'éclaboussa.

Pourquoi n'arrivait-il pas à comprendre ? J'avais pourtant l'impression de passer mon temps à lui adresser des signaux.

Tss… Ysis avait raison ; tant que l'un de nous deux ne se déciderait pas à faire le premier pas, nous ne serions bons qu'à souffrir et nous faire souffrir l'un l'autre…

Mon Dieu… Pourquoi ma vie était-elle si compliquée ?

Je me pris le visage entre les mains et pensai à François et Angela. Dire que pour eux tout était si simple ; ils s'aimaient et comptaient officialiser cet amour en se mariant. Quoi de plus normal ? Je les enviais tant !

Était-ce trop demander que d'être aimée en retour par celui qui remplissait mes pensées ? N'avais-je pas droit au bonheur après tout ce que j'avais traversé ?

Sous l'effet de ces amères réflexions, l'abattement menaçait de m'engloutir, d'autant que je sentais mes paupières s'alourdir de plus en plus.

Il fallait que je me reprenne. De toute façon, je ne pouvais me permettre de m'endormir sur place où je risquais de piquer une tête contre ma volonté.

Je me relevai donc et allai m'allonger sur un transat. Grâce à ma nouvelle nature, je ne souffrais pas du froid donc je ne ressentis pas le besoin de me couvrir avec une des serviettes de bain mises à disposition des baigneurs potentiels.

Même si mes pensées étaient moins sombres, je n'arrivais pas à trouver la paix de l'esprit et ce fut sur une nouvelle boucle de ma dispute avec mon employeur que le sommeil me happa.

*

Au réveil, je crus que je m'étais égarée en plein rêve. Où était la piscine ? Et pourquoi ne dormais-je plus sur mon transat ?

J'évacuai instantanément les dernières brumes de sommeil pour faire l'état des lieux de ma situation.

Ah d'accord.

J'étais de nouveau en robe de nuit de style Ava Gardner et la raison pour laquelle je me sentais si bien en ouvrant les yeux était que j'étais confortablement installée dans le lit de la chambre même que j'avais fuie.

Non seulement on m'y avait amenée contre mon gré en profitant que je subissais le sommeil des nouveau-nés, mais en plus, on avait osé m'enlever mes vêtements pour me faire rentrer dans une nuisette en satin. Et ce « on » n'était pas difficile à identifier.

Je sortis du lit en fouillant la pièce du regard à la recherche de celui que j'allais trucider, mais ce faisant, un papier en tomba. Il avait dû être placé sur l'oreiller à côté du mien et je n'y avais pas fait attention.

Je l'attrapai et le lus :

« Je suis un imbécile, pardonnez-moi. »

Tu parles !

Qu'il soit un imbécile, c'était un fait, mais que je lui pardonne ?! Certainement pas ! En tout cas, pas avant de lui avoir volé dans les plumes, à cet oiseau de nuit de malheur !

Emportée par la colère, je ne mis que quelques minutes à me laver et à enfiler les vêtements qu'on m'avait fournis et qui, si c'était encore possible, aggravèrent ma mauvaise humeur. Si Ysis voulait me montrer son sens de l'humour, elle avait mal choisi son moment !

En guise de robe passe-partout, elle m'avait fait apporter une robe de soirée en soie rouge des plus chics. J'étais sûre qu'elle l'avait choisie pour qu'on me remarque à trois lieues à la ronde et aussi en clin d'œil vis-à-vis de la couleur de mes yeux !

D'ailleurs…

Je vérifiai rapidement dans la glace que le noir était toujours de mise dans mes pupilles avant de me diriger vers le couloir.

En sortant, je faillis me cogner contre Steve, l'un des agents de sécurité ayant eu une promotion récemment et avec qui je m'entendais bien. Il s'apprêtait à frapper à ma porte.

- Oh, Mademoiselle Jones, dit-il en hochant la tête et en rangeant sa main. Je viens vous voir de la part de Phoenix. Hum… Il m'a… euh… demandé de vous prévenir que si vous vouliez le voir, il vous attendrait à la bibliothèque… Seul.

Steve semblait trop mal à l'aise pour n'être qu'un simple messager. Je plissai les yeux en essayant de le percer à jour.

- Pourquoi Phoenix a-t-il fait appel à vous plutôt qu'un autre ?
- Euh…

Un brusque soupçon me fit lui montrer les crocs.

- C'est vous qui étiez de garde pendant la journée au poste de surveillance, n'est-ce pas ? (Il se dandina d'un pied sur l'autre) Et c'est vous qui avez dit à Phoenix où je me trouvais !

Son air penaud très comique n'arriva même pas à me dérider.

- Il ne faut pas m'en vouloir, Mademoiselle Jones. Avec Hedayat et les autres, nous avons respecté votre volonté de rester seule à la piscine, mais une heure plus tard, alors que vous dormiez déjà, Phoenix a déboulé dans un état de rage qui a failli me faire faire dessus. J'ai bien cru qu'il allait tuer Hedayat quand il l'a vu, mais il s'est contenu et nous a ordonné de lui dire où vous vous étiez cachée. Quand on lui a montré votre image sur l'écran, il a fait volte-face et claqué si fort la porte qu'elle s'est brisée en mille morceaux. Je peux vous dire que personne n'en menait large à ce moment-là. Je crois que Hedayat a eu la peur de sa vie et pourtant, il est difficile à impressionner, croyez-moi ! Il vous a transportée ensuite dans ses bras jusqu'à votre chambre et comme je passais devant la bibliothèque tout à l'heure pour aller me coucher, il m'a ordonné de venir vous chercher.

J'avais écouté son discours avec la plus grande attention. Malgré la sympathie que m'inspirait Steve et ses collègues, leurs états d'âme ne m'avaient fait ni chaud ni froid ; tout ce que j'avais retenu, c'était que Phoenix semblait s'être mis dans une rage au moins aussi violente que la mienne. Il semblait s'être calmé d'après le mot…

Pas de chance.

Moi pas !

- Bonne nuit, Steve !

Sans lui laisser le temps de dire autre chose, je le contournai et descendis au rez-de-chaussée pour rejoindre la bibliothèque, en ignorant royalement les regards interloqués et admiratifs des vampires que je croisais dans ma tenue flamboyante. Avec mes cheveux laissés libres qui flottaient derrière moi en conséquence de la vitesse de ma démarche, l'effet devait être saisissant, et personne ne se risquait à se mettre en travers de mon chemin.

Arrivée à destination, je montrai les crocs à un importun qui avait eu l'idée de vouloir lui aussi entrer dans la bibliothèque.

- Entre et je t'étripe !

Le pot de glue se décolla tout de suite et fit marche arrière en s'excusant.

J'actionnai ensuite la poignée, ouvris la porte, et pénétrai dans cette pièce qui aurait dû, en d'autres circonstances, être un lieu de repos. Pour l'heure, elle sentait la confrontation.

Je verrouillai derrière moi avant de toiser l'homme qui venait de reposer son journal pour attraper un verre de sang frais sur la table.

Il se leva et s'approcha de moi, le visage impassible.

- Tenez.

Je le crucifiai du regard. Il reposa le verre en soupirant de dépit.

- Sam, je suis désolé.

Il devait croire qu'avec son air sérieux et ses formules d'excuses, la pilule serait plus facile à avaler. Il se trompait.

- J'ai lu ça, oui. Après m'être réveillée en petite tenue à un autre endroit que celui où je me suis endormie !

- Je ne pouvais pas vous laisser là-bas, ça aurait été indigne de ma part.

- On n'était plus à ça près, vous me direz ! répondis-je, acide. Et je suppose que ça aurait été indigne aussi de me laisser dormir toute habillée !

- Je n'ai pas regardé, si ça peut vous rassurer ! s'exaspéra-t-il en constatant que je ne me calmais pas.

Je ricanai en avançant jusqu'à lui.

- Ah oui, c'est vrai ! Je suis bête, j'avais oublié que je vous dégoûtais parce que je n'étais qu'une traînée !

Ses narines palpitèrent sous l'effet d'une brusque montée de tension. Ses yeux commencèrent à s'éclairer plus que la normale.

- Ne me faites pas dire ce que je n'ai pas dit !

- C'était tout comme ! m'écriai-je.

Il baissa la tête et se passa la main dans les cheveux avant de me regarder de nouveau en face.

- Hier, je me suis comporté comme un imbécile, je le reconnais.

- Il n'y a pas qu'hier si vous voulez mon avis !

Il se redressa, son orgueil froissé par mon insolence. Pour autant, il ne renchérit pas, ce qui était une preuve qu'il regrettait vraiment ce qui s'était passé la veille. Du coup, un pan de ma colère céda face à sa bonne foi, sans pour autant disparaître complètement.

- Pourquoi ? demandai-je, simplement.

Il soupira.

- Ce qui s'est passé entre nous dans le bureau d'Ysis m'a déstabilisé. J'y pensais encore quand nous sommes revenus dans la grande salle, ce qui a fait que je ne vous ai pas vue vous faire happer par cette marée de vampires dévorés par la curiosité. J'étais furieux contre moi-même, mais en même temps fier de vous quand vous avez cassé le bras du type qui vous avait pincé le derrière. Je me serais bien chargé de lui casser le deuxième personnellement, mais Chess et Temple voulaient à tout prix me parler. Dès qu'Ysis m'a ordonné d'aller vous trouver, je me suis mis à votre recherche…

Il fit une pause. Cela me permit d'appréhender ce qu'il venait de m'avouer ; notre baiser l'avait déstabilisé ? À quel point ?

Il reprit son récit :

- Je vous ai vue, de loin, discuter avec Hedayat, et j'ai vu celui-ci vous baiser la main.

Gloups… S'il était là quand je mettais les points sur les « i » de mon séducteur perse…

- Avez-vous entendu nos paroles ?

- Non, il y avait trop de bruit et j'étais trop… Bref, je n'ai rien entendu.

Ouuuuuuuf ! J'avais eu chaud ! Mais… il était trop quoi ?

- Vous croyiez sincèrement que mes hormones de nouveau-né allaient m'amener à vouloir coucher avec Hedayat ?

Il se mordit adorablement la lèvre, j'eus envie de la mordre aussi.

- Sur le moment, je l'ai cru et ça m'a rendu fou furieux.

- Vraiment ? dis-je en tentant de contenir l'affolement général des hormones en question.

Il sourit, d'un sourire de repentir et d'innocence qui me fit fondre comme neige au soleil.

- Vraiment…

Dans ma tête, tout un tas de sirènes se mirent à siffler et hurler « Alerte ! Alerte ! Alerte ! » dans un tintamarre tonitruant.

Je fis un pas en avant sans lâcher mon ange du regard, en savourant le fait que mon mouvement ne passa pas inaperçu et qu'au contraire, il déclencha une nouvelle observation de ma personne, plus lente et plus sensuelle que la première fois. J'aurais même juré que Phoenix s'était attardé une fraction de seconde dans mon décolleté (Ysis avait « oublié » de me donner un soutien-gorge).

D'une voix que je voulus douce et caressante malgré mon envie de lui rugir que je lui appartenais, je lui dis :

- Eh bien, vous n'aviez aucune raison d'être furieux…

L'éclat d'intérêt dans ses prunelles laissa vite la place à quelque chose de plus intime auquel toutes les cellules de mon corps répondirent en vibrant de désir.

- Vraiment ?

Il fit un pas vers moi. Nous n'étions plus qu'à un ou deux centimètres l'un de l'autre. Son masque impénétrable s'effritait de plus en plus et je voyais clairement l'hésitation et l'envie se peindre sur son visage d'ange.

Il fallait que je pousse mon avantage.

- J'ai des désirs… mais pas celui de Hedayat Javan…

Nom de nom ! Ysis avait raison ! Pourquoi n'arrivais-je pas à le lui dire ! Était-ce si dur de prononcer ces simples mots : « Je n'aime que toi » ?!

Bien que ma déclaration ne fût pas exactement ce qu'elle aurait dû être, elle fit de l'effet à mon partenaire qui ferma les yeux un instant, avant de les rouvrir, complètement illuminés.

- Je ne vous mérite décidément pas. J'aurais dû être à vos côtés, or, je me suis comporté comme un être grossier englué dans sa jalousie.

Mes pupilles devinrent rouges.

- Vous étiez jaloux ?

Il fit courir sa main le long de ma joue puis sur mon bras, pour enfin s'arrêter sur ma hanche. J'avais retenu un gémissement de justesse.

- Vous m'appartenez, dit-il d'une voix soudain rauque, suffisante pour déclencher un brasier dans mon bas-ventre.

Quand il m'attira contre lui et que son autre main glissa de ma nuque au creux de mes reins, je me sentais hors de moi-même.

- Je vous appartiens… répétai-je, béatement.

Il se pencha à mon oreille et inspira.

- J'aime l'odeur de vos cheveux et de votre peau…

Je n'osais plus bouger de peur de m'écrouler.

La main qui était sur ma hanche remonta jusqu'à mon décolleté qu'il effleura.

- J'aime cette robe…

Mon Dieu…

Il fallait que je le lui dise.

- Je t'ai…

TOC ! TOC ! TOC !

- PHOENIX ! MADEMOISELLE JONES !

Patatras !!!

Toute ma bulle d'espoir et de bien-être venait d'exploser en mille morceaux. Mon employeur, qui avait été, j'en étais persuadée, sur le point de m'embrasser, venait à nouveau de se refermer comme une huître et s'écarta brusquement de moi comme si je l'avais brûlé au fer rouge.

Sans même m'accorder un regard, il me contourna pour aller ouvrir à la personne qui nous avait interrompus et que ma moitié sombre comme ma moitié raisonnable avaient envie d'éviscérer.

- Jonas, que veux-tu ? demanda sèchement Phoenix.

Le fameux Jonas sembla se ratatiner sur lui-même avec comme l'envie irrépressible de détaler sans avoir délivré son message (option mortelle s'il la choisissait, cela allait de soi).

- Euh… Excuse-moi de vous déranger… Gloups ! (Je l'entendis nettement déglutir, Phoenix avait dû le fusiller du regard) Talanus et Ysis veulent organiser une nouvelle réception dans un mois et demi, un bal masqué. Tous les vampires de la région seront conviés, autant dire qu'il faut qu'on s'organise à l'avance, alors serez-vous des nôtres, toi et ton élève ?

Ses épaules se raidirent à ce dernier mot.

- Oui.

VLAN ! Phoenix lui claqua la porte au nez pour mettre fin à la discussion. À voir sa tête d'enterrement, la nôtre était terminée également. Nous restâmes tous les deux silencieux quelques minutes, dans la conscience amère pour moi et peut-être le soulagement pour lui de ce qui n'était pas arrivé.

Je n'avais pas le courage de tout recommencer.

- Je vais préparer mes affaires pour notre retour à Scarborough, dis-je en me dirigeant vers la porte.

- Sam.

J'avais la main sur la poignée quand il m'arrêta. Je n'osais pas le regarder.

- Vous êtes mon élève, murmura-t-il.

Je retins un nouveau gémissement, de souffrance absolue cette fois-ci.

- Je sais.

Et je quittai la pièce.

En rangeant mon sac dans le coffre de la Camaro un peu plus tard, je repensai à mon retour dans la chambre dix-huit, quand je m'étais enfermée dans la salle de bain pour laisser libre cours à ma détresse d'avoir été une nouvelle fois rejetée. Je m'étais assise contre la baignoire et j'avais laissé mon corps se vider de toutes ses émotions négatives ; cela avait duré un certain temps…

Après, j'avais fini par me relever et faire ce que j'avais à faire, sans plus penser à ce qui avait failli se passer dans la bibliothèque car, de fait, Phoenix, en battant en retraite une nouvelle fois, n'avait pas pris en compte une chose : viendrait le jour où je ne lui laisserais plus le choix.

Chapitre III : Vive les mariés !

*

Les jours et les semaines qui suivirent me permirent de penser un peu à autre chose qu'à ma tentative ratée d'avouer à Phoenix mes sentiments.

En effet, le mariage de François et Angela était prévu dans un mois, le 8 juin, soit quinze jours avant le bal costumé qui se déroulerait à Harper Hill.

Mon patron me laissait du temps libre pour aider Angela à organiser la réception vu que François n'avait aucune idée des modalités d'invitation ou des contenus des menus pour la noce. Le choix avait été fait de confier la tâche du gâteau des mariés à Danny qui fut aux anges en l'apprenant, et qui avait aussitôt fermé son restaurant pour cause de « réflexion intensive » sur le sujet.

Comme nous étions venues en personne, Angela et moi, lui annoncer la nouvelle, Danny m'avait prise dans ses bras en s'exclamant que mes muffins et moi lui avions manqués, puis il m'avait écartée de lui pour mieux m'observer :

- Mazette ! Le Nord te réussit, ma petite Sam ! Tu es… (Il lâcha un sifflement admiratif) fabuleuse. Un peu pâle, mais sublime ! Si j'avais trente ans de moins, tu peux être sûre que je te ferais une cour des plus assidues !

- Hum… Tu m'as manqué aussi, Danny, dis-je, un peu embarrassée.

- Quand Matthew te verra, il risque d'être encore plus mordu de toi qu'il ne l'est déjà. J'espère que tu en es consciente !

Il voulait être aimable, mais sa remarque me fit grincer des dents. Heureusement, Angela était intervenue pour détourner la conversation.

- En fait, Danny, je voulais te demander quelque chose à propos de mon mariage…

Toutes les personnes que j'avais croisées ensuite à Scarborough m'avaient témoigné leur joie de me revoir en si bonne forme. Je souriais à tous, infiniment heureuse d'être parmi ces gens qui m'avaient adoptée comme l'une des leurs.

Ce temps que nous passâmes ensemble, Angela et moi, nous fit énormément de bien à toutes les deux car cela me permettait d'oublier mes tracas quotidiens pour me consacrer au bonheur de ma meilleure amie, laquelle n'arrêtait pas de me remercier de l'aider à gérer son stress en plus de l'aider dans ses préparatifs.

De leur côté, François et Phoenix se chargeaient du côté vampire de la liste des invités, en appelant les convives et en prévoyant un traiteur spécial qui pourrait s'occuper de leur menu sans que ce ne soit trop voyant. Effectivement, cela ferait mauvais genre qu'on se rende compte au moment du toast que le contenu des flûtes à champagne n'était pas le même pour tout le monde.

Talanus et Ysis avaient été conviés, bien sûr, et comme le nombre de personnes présentes ce soir-là dépasserait les capacités de la petite salle des fêtes de Scarborough, ils nous avaient gentiment proposé une de leurs villas de Drake Hill, récupérée avec d'autres après la mort d'Ichimi et Kaiko. Angela, malgré sa modestie naturelle, était comme de nombreuses femmes et avait toujours rêvé d'un mariage de princesse ; c'était ce que des vampires lui offraient.

Évidemment, elle s'était empressée d'accepter la proposition de nos chefs de secteur et avait menacé François des pires sévices s'il ne les remerciait pas dans les règles. Je me doutais que ce dernier aurait préféré une cérémonie plus intime, mais quand je lui en avais parlé, il me garantit que s'il devait en passer par là pour voir sa future femme rayonner de bonheur, ça ne le dérangeait pas le moins du monde. Il était prêt à tout pour faire la joie d'Angela.

Bien sûr, chacun d'eux nous avait demandé, à Phoenix et à moi, d'être leurs témoins, ce que nous nous empressâmes d'accepter. De fait, j'avais accompagné Angela au dernier essayage de sa magnifique robe dans la boutique de mariage du centre commercial de Pembroke.

- Tu es... Il n'y a pas de mots, soufflai-je, en voyant ressortir mon amie de la cabine.

Avec la petite tiare qu'elle s'était choisie, Angela, dans sa robe de mariée, ressemblait à une princesse de conte de fées. Les vendeuses de l'enseigne, comme moi, la fixaient avec les yeux ronds de ceux qui ont l'impression de vivre un instant magique.

Il ne manquait plus que la marraine la bonne fée pour nous faire croire que nous avions définitivement basculé dans un univers enchanté.

- Tu crois que François va aimer ma robe ? demanda-t-elle en souriant timidement.

- Pourquoi poses-tu la question, franchement ? Il va tellement adorer qu'il va en tomber par terre aux pieds du prêtre !

Elle rigola. François était un vampire de trois cents ans, rompu aux batailles les plus sanglantes, mais dès qu'il s'agissait de sa dulcinée, il devenait aussi maladroit qu'un adolescent de quinze ans.

- Tu sais, parfois, j'essaie d'imaginer comment aurait été ma vie si tu ne me l'avais pas présenté... Mais je n'y arrive pas... parce que je ne peux plus concevoir mon monde sans lui.

Son soupir béat me fit sourire. Je savais exactement ce qu'elle éprouvait et elle s'en rappela également.

- Oh... Pardonne-moi, Sam. Toi et Phoenix...

Je secouai la tête, sans cesser de sourire.

- Ne t'inquiète pas. Je suis vraiment heureuse pour vous deux.

Elle s'assit à mes côtés, baissant le volume de sa voix pour que les vendeuses ne nous entendent pas.

- Est-ce qu'il a baissé un peu sa garde depuis ton entrée officielle dans son monde ?

Je haussai les épaules, me remémorant notre entrevue avortée dans la bibliothèque de Talanus et Ysis.

- Malheureusement, devenir vampire et être acceptée par les siens n'est pas suffisant ; il semble que pour lui, former son élève ne soit pas compatible avec un quelconque épanchement sentimental.

- Quel crétin ! Il mériterait que je lui colle une bonne paire de claques pour le remettre sur la voie de la raison !

Son éclat me surprit tellement que je partis en un fou-rire, vite partagé par mon amie. Ces moments avec elle me procuraient une joie si intense que parfois, je regrettais le moment où nous devions nous quitter pour qu'elle retrouve son fiancé adoré, et moi, mon patron compliqué.

Néanmoins, une semaine avant la date, je dus me décommander auprès d'Angela en raison d'une mission à laquelle je ne pouvais me soustraire.

Phoenix avait été chargé de rappeler le bon sens légal à un vampire qui, en visite chez un confrère, avait omis de signaler sa présence sur notre territoire. En bon professeur, mon maître avait décidé de me faire passer ma première épreuve en décrétant que pour une fois, ce serait moi qui jouerais le rôle du grand méchant policier tandis que de son côté, il se bornerait à prendre des notes.

Une fois arrivés dans les quartiers Sud de Kerington, non loin de là où vivait Seamus O'Malley avant son assassinat par le Cercle de Mellindra, j'étais sur des charbons ardents.

Pendant des semaines, j'avais été confinée au château et malgré tout l'amour que j'éprouvais pour Angela, nos sorties ces derniers temps, bien qu'agréables, n'avaient pas pu apaiser le feu dévorant qui me consumait depuis mon réveil d'entre les morts. J'avais besoin d'action.

Mon côté sombre me laissait tranquille la plupart du temps, mais je sentais qu'il était temps que Phoenix se décide enfin à me lâcher un peu la bride sur le cou ou j'allais exploser. Ça me faisait presque peur de l'admettre, mais j'avais besoin de déchaîner la violence qui couvait en moi.

Ça tombait bien ; le vampire auquel nous allions rendre une petite visite « angélique » arrivait tout droit d'Angola, et sa réputation de « mangeur d'hommes », semblait-il, n'était pas usurpée. Il allait me donner du fil à retordre, et j'allais adorer ça…

Évidemment, je m'étais bien gardée de faire part à Phoenix des pensées sanglantes qui me taraudaient depuis qu'il m'avait dit de quoi notre mission retournait et il mit sans doute sur la concentration mon absence totale de conversation dans l'habitacle de sa Camaro durant notre trajet vers la capitale du comté. En vérité, je ne voulais pas lui laisser voir que mes canines étaient déjà sorties sous le coup de l'excitation liée à la perspective d'une bonne bagarre.

Et si Kambale Neto coopérait gentiment et s'excusait humblement de ne pas avoir obéi au protocole de la région ?

Aussitôt, j'obligeai mes lèvres à se repositionner normalement après qu'elles se soient retroussées en un rictus mauvais à cette idée. Non… S'il était comme Phoenix me l'avait décrit, il essaierait de faire honneur à sa réputation de vampire violent sans aucun état d'âme ; et s'il avait l'impression en me voyant qu'il pourrait m'écraser comme de la vermine, il n'hésiterait pas à m'attaquer…

Il aurait une drôle de surprise…

Effectivement, après des jours et des jours d'entraînement intensif, nous devions bien constater, Phoenix et moi, que je surpassais ce dernier en vitesse et en force bien plus que ce qu'un nouveau-né n'était en théorie censé le faire. Avec mon immunité contre l'argent, j'étais devenue terriblement redoutable. Pourtant, je n'avais pas toujours le dessus sur mon mentor car mes nouvelles capacités avaient beau être extraordinaires, je tentais encore de me familiariser avec.

Combien de verres avais-je fait exploser entre mes mains, combien de fois avais-je dégondé les portes du château en les claquant sans mesurer la force de mon geste ? Combien de fois avais-je fait enrager Phoenix en cassant avec deux doigts, la lame d'une épée ou d'un couteau en acier ?

C'était déstabilisant. Et la proximité de l'homme de mes rêves vêtu d'un simple pantalon noir pendant ces séances d'entraînement n'arrangeait rien du tout. J'avais beau faire attention, il y avait toujours un moment où, quand nous nous retrouvions à lutter au corps-à-corps, j'étais plus tentée par l'idée de dévorer mon partenaire de baisers que par celle de lui mettre un couteau sous la gorge pour signifier la fin du combat. Par conséquent, Phoenix me rabrouait souvent en raison de mon défaut de concentration, m'assommant par la suite pendant des heures de sermons sur la nécessité absolue d'éviter toute pensée parasite pendant une lutte à mort. C'était plus dans ces moments-là que j'avais envie de l'étriper. Mais bon… Ça faisait partie du quotidien.

Cette nuit, les conditions seraient différentes, cette nuit, aucune pensée parasite ne parviendrait à me détourner de ma tâche. Kambale Neto n'avait qu'à bien se tenir…

*

- Le vampire que Neto est venu voir s'appelle Bob Karshian. Ils se connaissent depuis quatre cents ans, mais leurs routes se sont séparées quand Karshian a préféré vivre dans le luxe que lui apportaient ses compétences en médecine et son carnet d'adresses comprenant les familles les plus riches de Kerington. Il est chirurgien esthétique.

Je haussai les sourcils.

- N'est-ce pas incompatible avec sa nature de buveur de sang ? Avoir les mains pleines d'hémoglobine tous les jours doit attiser sa soif ! Il serait regrettable qu'en guise de liposuccion, il propose à ses clientes de les soulager de quelques litres de leur fluide vital. Un peu excessif comme cure d'amaigrissement, si vous voulez mon avis !

Phoenix s'esclaffa.

- Il est vrai que je ne vous ai jamais vraiment parlé de cette partie de notre mode de vie. Non, ce n'est pas incompatible, au contraire. Comment croyez-vous que nous parvenons à détourner tant de sang à l'insu des humains ? Certaines cliniques sont entièrement composées de vampires.

Mes sourcils s'élevèrent tant que je me demandais s'ils avaient atteint le ciel ; il rigola.

- Réfléchissez aux avantages : pas de risque qu'un humain évente le Secret, nos frères de race n'ont plus qu'à venir s'approvisionner régulièrement en se faisant passer pour des patients chroniques.

- Personne n'a jamais émis la moindre réclamation ? Après tout, se faire prélever un litre de sang quand on est sur la table d'opération, ce n'est pas rien !

- Rassurez-vous, notre clinique surnaturelle peut se vanter d'avoir les meilleurs résultats de suivi postopératoire du comté et le taux le plus bas d'infections nosocomiales du pays. Nos patients sont traités comme des rois ! La preuve, ils y reviennent !

Quelque peu dépassée par les moyens utilisés par ma nouvelle race pour ne pas être découverte par l'ancienne, je regardai à nouveau la jolie propriété de notre collègue dont les grilles s'ouvraient pour nous laisser passer après que Phoenix se soit identifié à l'interphone.

Pas de doute. À la vue de la grande façade blanche immaculée et des colonnes abritant une pergola aussi richement meublée qu'inutile en raison de la météo peu conciliante, on ne pouvait qu'en conclure que le propriétaire des lieux aimait le luxe et le clinquant. Sacrés vampires !

Elle me faisait bien envie cette maison…

Bref ! Je repris mes esprits et suivis Phoenix, lequel sonna à la porte pour annoncer notre arrivée à notre hôte. Ce dernier ne perdit pas de temps et nous fit entrer avec empressement et surtout avec un sourire crispé.

- Phoenix, Mademoiselle Jones… Je dois dire que je suis ravi de vous accueillir dans mon humble demeure. Que me vaut le plaisir de votre visite ?

Je le dévisageai.

Cet homme, en d'autres circonstances, devait se montrer très sûr de lui et irradier la confiance en soi. Il y avait de quoi puisque sa grande taille et son physique très avantageux devaient plaire à toute la gente féminine. D'autre part, tous les diplômes et les photos en compagnie des personnalités les plus en vue de la politique et du show-business, accrochés au mur de l'entrée, prouvaient à toute personne qui mettait le pied dans sa demeure qu'il était quelqu'un d'important et d'intelligent.

Là, la vue de mon employeur avait suffi à lui ôter sa suffisance ainsi que son sourire confiant.

- Cesse tes ronds de jambe, Bob, déclara simplement ce dernier, faisant trembler notre hôte de peur dans ses bottes et moi de volupté dans les miennes. Tu sais très bien pourquoi nous sommes là.

L'autre avala sa salive et se dirigea vers le salon en nous faisant signe de le suivre.

- Euh… Je t'assure, je ne vois pas de quoi tu parles. Je peux vous offrir un verre, j'ai un caisson réfrigéré derrière le bar.

Il y allait quand :

- Où ?

Cette simple question, véritable mélodie mortelle enrobée de velours, suffit à faire ressurgir mes canines, non seulement en raison de la menace qu'elle recelait, mais également à cause de l'effet sensuel qu'elle me faisait. Patience…

Karshian se servit un verre de sang pour se donner une contenance.

- De quoi veux-tu parler ?

Phoenix soupira.

- Très bien, tu l'auras voulu. Tu connais mon assistante, non ?

Lorsque le regard de notre interlocuteur dériva de son ange à moi, je savourai le petit sursaut de peur qui lui échappa. Non pas que mon attitude était menaçante ! Au contraire, je souriais de toutes mes dents, y compris les plus aiguisées, excitée que j'étais, comme une petite fille qui s'apprête à mordre dans un énorme gâteau à la crème. A priori, la vision que je lui offrais n'était pas des plus rassurantes. Je me demandais pourquoi…

- Euh… oui. Comme tout le monde, ici.

Phoenix me jeta un coup d'œil et je vis une lueur amusée dans ses prunelles quand il avisa mon expression. Il reprit :

- Tu sais que je suis en train de la former pour qu'elle devienne un vampire respecté et soucieux de nos lois… Tu sais à quel point je tiens au respect de l'ordre établi, n'est-ce pas, Bob ?

Visiblement, Karshian voyait où Phoenix voulait en venir car son visage se décomposa.

- Bien sûr…

- Alors tu peux sûrement m'être utile, j'ai besoin que tu m'aides ! s'exclama ce dernier d'un air jovial comme je lui en avais rarement vu.

Là, notre hôte sembla complètement perdu par ce revirement d'attitude. Bien que je ne montrais rien, je n'étais pas plus avancée que lui. Il allait m'autoriser à en faire de la chair à pâté, oui ou non ?!

- T'ai... t'aider ?

- Oui, vois-tu, je sais que ton dernier élève a pris son envol il y a une vingtaine d'années et j'aurais voulu que tu me donnes quelques conseils.

- Je... j'adorerais t'aider.

Son soulagement n'était pas seulement visible, il était aussi quasiment palpable. Alors que la seconde précédente il s'attendait à se faire trucider, il apprenait que l'homme de main le plus redoutable du monde vampirique n'aspirait en fait qu'à recevoir un peu de son immense connaissance et de son intelligence sans limite. Du coup, Karshian retrouva suffisamment confiance en lui pour reprendre une expression supérieure.

Le sourire de Phoenix aurait dû l'alerter...

- Eh bien, ça reste entre nous, mais j'ai quelques soucis à maîtriser la force de nouveau-né de Sam. Tu es passé par là, je suppose ?

L'intéressé se redressa de toute sa hauteur.

- Oh oui. Tu verras, avec le temps, sa force va s'atténuer et devenir inférieure à la tienne. De toute façon, elle est soumise à ton autorité, alors si tu lui ordonnes de se calmer, elle va obéir. C'est normal que les jeunes maîtres aient ce genre de doutes au début, alors ne t'en fais pas.

Le ton pédant de cet homme prétentieux me hérissa le poil, mais je me doutais que ma réaction ne devait en rien égaler celle de mon mentor dont les canines s'étaient encore allongées sous l'effet de l'envie de meurtre que Karshian lui inspirait à l'instant. Enveloppé dans sa vanité, celui-ci n'avait rien remarqué. Dommage...

- Le souci, c'est que sa force m'impressionne et même quand je sais que je dois lui dire de se calmer, je n'y arrive pas. L'autre nuit, quand nous sommes allés interroger l'un de nos concitoyens qui hébergeait illégalement un vampire de passage dans la région, je n'ai pas réagi à temps...

Cette fois, la lumière se fit dans l'esprit de Karshian, dont l'attitude hautaine laissa aussitôt la place à un air paniqué, concentré dans ma direction. Jouant le jeu, je fronçai les sourcils en croisant les bras pour adopter une posture boudeuse.

- Vous ne m'aviez pas dit qu'il n'était pas nécessaire de les écarteler !

Tendu à l'extrême, le mouvement de recul de notre hôte fut stoppé net par la main que mon employeur lui posa sur l'épaule.

- Vois-tu, je sais que je devrais tempérer ses ardeurs, mais son goût pour l'éventration à mains nues peut m'être très utile dans mon travail. Qu'en penses-tu, dois-je me sentir coupable si je laisse mon élève écorcher vif tous ceux qui bafouent la loi ?

Sur ce, je pris mon couteau et fis mine de me curer les ongles avec. J'aurais juré que notre cible verdissait.

- Euh… Eh bien… je… hum…

- Maître, je m'impatiente. Vous m'aviez promis que vous me montreriez comment arracher la peau du dos d'un vampire sans que le sang m'éclabousse !

- C'est vrai, Sam, dit-il en pressant davantage Karshian contre lui, broyant les os de son épaule au passage. Mais il faut pour ça que nous trouvions un vampire contrevenant.

Je tapai du pied par terre pour faire ma capricieuse, puis désignai l'homme qu'il maintenait dans une étreinte de fer.

- Pourquoi ne pas m'exercer sur lui ? Il a l'air d'un contrevenant !

- Quoi ?! Mais non ! Je n'ai rien fait ! C'est pas moi ! s'écria-t-il.

- Allons, Sam, me reprit gentiment Phoenix. Bob Karshian est l'un de nos fournisseurs en sang les plus réputés, il n'oserait tout de même pas jouer double-jeu au risque qu'il en perde sa tête…

- Oui… oui… c'est ça. Je n'oserais pas !

Je fis le geste de me curer les dents avec la pointe de ma lame, ce qui manqua faire capoter notre mascarade parce que Phoenix se retint de justesse d'éclater de rire.

- Et moi je vous dis qu'il n'est pas net ! On n'a qu'à lui arracher les orteils un à un ! S'il reste muet jusqu'au dixième, c'est qu'effectivement, il n'a rien à cacher !

Karshian se retourna vers mon patron, complètement terrorisé. Il s'attendait à un refus de sa part, mais il verdit davantage en le voyant réfléchir à ma proposition.

- Tu ne vas tout de même pas accepter ! J'ai des droits !

- Hm… Ça mérite réflexion… et tu n'as aucun droit, répondit Phoenix en se grattant le menton.

Ce fut à mon tour de réprimer un fou-rire.

- Bon, d'accord, Sam. Je suis curieux aussi de voir ce que ça va donner.

- QUOI ?! NOOON ! hurla Karshian en se débattant comme un diable.

- Vous me l'envoyez ?

- PHOENIX, PITIÉ !

- À trois, comme au basketball, je le fais rebondir d'abord.

- Hihihi ! Je sens qu'on va s'amuser, dis-je en me frottant les mains.

- D'ACCORD, D'ACCORD ! JE VAIS VOUS DIRE OÙ IL EST !

J'allais m'avancer vers lui quand un bruit dans mon dos me fit me retourner brusquement. L'homme que nous recherchions venait de profiter de la diversion que lui offrait son hôte pour s'enfuir par la porte d'entrée.

Sans perdre un instant, je me ruai à sa suite à travers les jardins de la propriété et évitai sans difficulté ses tirs d'arme à feu. Alors qu'il s'approchait d'un arbre dont les hautes branches auraient pu lui servir d'appui pour sauter de l'autre côté du mur d'enceinte, je le rattrapai et lui sautai sur le dos pour le forcer à s'arrêter.

Loin de coopérer, ma cible se débattit et parvint à me décocher un crochet du gauche qui m'envoya rouler dans l'herbe.

- J'ai six-cents ans. Tu devrais retourner à l'école, petite fille.

Entièrement réveillé et galvanisé par le coup reçu, mon côté sombre hurla de joie dans ma tête et démultiplia ma puissance pour donner une bonne leçon à l'arrogant qui avait eu l'idiotie de rester là pour me toiser.

- Et toi, tu devrais te mettre à la page sur les capacités des jeunes vampires, vieux débris !

J'avais conscience, en prononçant ces paroles, que ce n'était pas tout à fait moi qui en étais à l'origine. Toutefois, je n'en éprouvais aucun remords.

Sans crier gare, je lui envoyai ma jambe dans les tibias pour le déséquilibrer, avec succès ; il s'écrasa par terre. Pourtant, il se releva immédiatement pour me donner un coup de poing qui m'aurait, à coup sûr, fait rentrer le nez dans le crâne si je l'avais reçu. Au lieu de ça, j'esquivai et profitai d'une garde trop haute pour le frapper au ventre avec mon pied. Comme je n'avais pas mesuré ma force, il fut projeté contre l'arbre derrière lui, et sous la violence de l'impact, un morceau d'écorce lui tomba sur la tête.

Comme mon côté sombre, j'éclatai de rire. C'était trop drôle !

- Tu vas me le payer !

- Viens, je t'attends ! dis-je en sautillant sur place, à la manière des boxeurs.

Il ne se fit pas prier et me fonça dessus. Avec une agilité extraordinaire, je bondis par-dessus lui de sorte de me retrouver derrière et profitai de son déséquilibre pour lui asséner un nouveau coup de pied dans les côtes.

Il s'effondra au sol, ventre-à-terre.

Une seconde plus tard, mon couteau sous sa gorge, j'étais en position de lui donner la vraie mort.

- Alors comme ça, tu viens dire bonjour à un vieux copain en omettant de commencer par ses chefs de secteur ? Quel malpoli tu fais !

- Arrête… ! Tu as gagné !

Je resserrai ma prise, laissant plusieurs gouttes de son sang s'égoutter dans l'herbe fraîche.

- Quel drôle d'effet ça doit te faire d'être à la place de ceux auxquels tu t'apprêtes à prendre la vie d'habitude... Tu me dégoûtes... Peut-être que je devrais te montrer comment ça fait d'être égorgé. Moi je le sais... C'est très douloureux... mortel, même.

- Pi... pitié...

- Pitié ? Est-ce ce que je suis censée éprouver pour toi qui n'en a aucune envers toutes les personnes que tu tues sans vergogne ?

Je laissai ma lame s'enfoncer un peu plus dans la peau du cou du bourreau que je tenais à ma merci. Un filet de sang s'écoulait lentement sur le sol.

- Désolée... mais maintenant, je suis comme toi... Je ne ressens plus de pitié.

- Sam, non !

La voix de Phoenix résonna dans mes oreilles en même temps que le cri de frayeur et de souffrance de Kambale Neto, alors que le tranchant de mon couteau en argent venait de se frayer un chemin dans sa poitrine (je ne voulais pas tâcher mes vêtements en le décapitant).

Arrivé sur les lieux, il me foudroya du regard avant de m'arracher mon arme des mains. Il la mit dans sa ceinture.

- Pourquoi l'avoir poignardé ?! Il suffisait de lui briser quelques membres pour l'immobiliser le temps d'aller chez Talanus et Ysis !

Non mais, je rêvais ! Il préférait me disputer plutôt que me féliciter ?! Quel ingrat !

- J'ai fait ce que j'avais à faire pendant que vous, vous preniez le thé avec le plasticien des stars !

- J'étais en train de le menotter à la rampe d'escalier ! Cet idiot l'a faite faire en argent.

- Houuuu ! Quel exploit ! Et moi je viens de mettre hors d'état de nuire un assassin qui profite de la misère du monde pour s'en mettre plein les poches et l'estomac ! Excusez-moi du peu ! Je croyais que vous vouliez me mettre à l'épreuve et là, vous m'en voulez parce que je l'ai réussie ?

- Vous vous êtes laissé emporter ! Je vous avais dit de garder la tête froide !

- Et vous m'avez dit aussi de m'arranger pour être impitoyable afin qu'on ne me peigne pas une cible dans le dos !

- Mais là, le but c'était de l'effrayer pour le dissuader définitivement de revenir ici sans se déclarer, pas de le trouer comme une passoire !

- Oh ! Mais vous commencez à m'énerver à la fin ! Je l'ai à peine touché !

Il fronça les sourcils en pointant du doigt la mare de sang à nos pieds.

- Eh bien quoi ?!

- Sam !

- Tout ce scandale pour un poumon perforé et une entaille à la gorge ! Finalement, j'aurais dû suivre mon instinct et lui percer le cœur ! Au moins, vous auriez ronchonné pour quelque chose !

Eh oui ! Malgré l'envie tenace qui me tenaillait de le réduire en cendres pour tous les crimes que ce type avait commis et continuait encore à commettre, je ne m'étais pas laissé aller à écouter les aspirations de mon côté sombre et avais dirigé la lame de mon couteau dans sa cage thoracique de sorte de faire des dégâts non mortels pour un immortel.

Alors m'entendre dire que j'avais perdu la tête quand justement, je l'avais gardée bien froide, ça me révoltait !

- Râââââââââ…. folle à lier… compris… leçon… repars… Angola… demain…

Kambale venait de se réveiller complètement et tentait d'agripper le bas du pantalon de son ange pour ramper jusqu'à lui et sa protection.

- La ferme ! s'écria Phoenix en lui administrant un coup de pied dans les dents. Tu savais parfaitement les risques que tu encourais en venant ici sans t'annoncer. Tu as de la chance qu'on ne m'ait pas donné l'ordre de te tuer car si ç'avait été le cas, je peux te jurer que je t'aurais laissé entre les crocs de mon assistante avec le plus grand plaisir ! Tu ne pars pas demain, tu pars ce soir et à ton retour, tu as intérêt à dire à tous ceux qui seraient tentés de faire du grabuge dans le secteur de Talanus et Ysis que leur ange et son élève les attendent de pied ferme !

Neto cracha du sang avant de réussir à articuler :

- Com... compris.

- Tire-toi. Et si j'apprends que tu n'étais pas dans le prochain avion pour Luanda[1], je te promets que Sam et moi nous ferons un plaisir de nous occuper de ton cas !

J'eus envie de l'applaudir, mais je me retins. Neto prit ses jambes à son cou et s'enfuit dans la nuit sans même prendre le temps de faire ses valises. Pour lui, mission accomplie ! Il restait cependant un petit détail à régler...

- Qu'est-ce qu'on fait pour Karshian ?

- Je m'en occupe. Il faut qu'il comprenne la leçon.

- Comment allez-vous procéder ? demandai-je en lui emboîtant le pas en direction de la maison.

- Parfois, il n'est pas nécessaire de brutaliser un vampire pour lui passer l'envie de bafouer les lois. Regardez, et apprenez.

Il me précéda dans l'entrée et je retins un sourire lorsque j'aperçus enfin Bob Karshian qui tentait en vain de se libérer des menottes en argent avec lesquelles on l'avait attaché aux barreaux de sa rampe d'escalier. Dès qu'il me vit, il redoubla d'ardeur à la tâche, oubliant que c'était complètement inutile.

Phoenix s'accroupit face à lui et lui offrit un sourire qui me fit froid dans le dos.

- Alors comme ça, tu abrites un étranger sans nous le dire... Tu crois peut-être que le fait de fréquenter la jet-set humaine t'autorise à prendre des libertés avec les règles en vigueur dans notre monde...

- Non, je te le promets... Pitié, ne me tue pas !

Mon patron regarda autour de lui.

---

[1] Capitale de l'Angola.

- C'est une bien belle demeure que tu as là… richement décorée… Tu as toujours été attiré par le clinquant et les comptes en banque bien garnis pour mener ta vie grand train.

Il laissa courir un petit silence entre eux qui mit Karshian dans un état de panique généralisée.

- Tu as de la chance, Bob. Aujourd'hui, je ne vais pas te tuer. (L'intéressé lâcha un soupir de soulagement) Mais tu vas devoir revoir ton train de vie à la baisse.

- Quoi ? Que veux-tu dire ?

- Pendant six mois, tu vivras avec les seuls revenus que génère ta clinique ; Talanus et Ysis seront heureux d'économiser quelques milliers de dollars en ne te versant pas pendant ce temps le moindre cent pour l'aide que tu nous apportes concernant les ponctions de sang sur les humains.

- Tu ne peux pas faire ça !

- Je le peux et je le fais. Que ça te serve de leçon si à l'avenir tu décides encore d'accueillir de vieilles connaissances sans qu'elles passent d'abord par Harper Hill pour se déclarer, car la prochaine fois, je serai beaucoup moins clément.

Karshian eut quelques difficultés à déglutir.

- Ok… ok… j'ai compris.

Phoenix se redressa.

- Bien. Maintenant, si tu veux bien nous excuser, d'autres affaires nous appellent.

Il fit mine de partir.

- Quoi ? Mais tu ne vas pas me détacher ? s'écria Bob Karshian.

- Tu es plein de ressources, Bob. Tu y arriveras. Le soleil ne se lève pas avant plusieurs heures…

- Mais… Phoenix !

Vlan ! Il ferma la porte et me suivit vers la Camaro sans montrer le moindre remords quant à l'abandon de celui que nous pouvions encore entendre hurler au secours dans son hall d'entrée.

Cette fois, ma première mission en tant que vampire était réellement accomplie.

*

- C'était extraordinaire ! m'écriai-je après que nous fûmes sortis de la propriété de Bob Karshian. Ces idiots n'ont pas marché, ils ont couru ! On devrait se reconvertir en acteurs de théâtre, vous et moi, vous ne trouvez pas ?

Phoenix s'esclaffa.

- J'ai failli perdre mon sérieux quand vous vous êtes curé les crocs devant Karshian. Je ne m'y attendais pas.

- En tout cas, grâce à votre mensonge, il a vraiment cru que j'avais écartelé deux vampires à moi toute seule. Comme ça, ceux qui seraient tentés de me chercher des ennuis vont y réfléchir à deux fois.

- Je n'avais pas besoin de mentir au bout du compte. La correction que vous avez infligée à Kambale Neto suffira largement à les refroidir. Félicitations !

- À un moment, je croyais vraiment que vous m'en vouliez de l'avoir poignardé. Je ne savais plus si ça faisait partie de notre jeu ou si vous étiez sincère.

Il redevint grave.

- En fait, un peu des deux. Moi aussi, j'ai cru que vous aviez dépassé les limites de la mascarade en lui plantant votre lame dans la poitrine. Heureusement que ce n'était que le poumon ! Vous vous êtes laissé emporter, n'est-ce pas ?

Que dire ? Mieux valait être sincère… au moins un peu.

- Eh bien, je ne vous en ai pas encore parlé parce que j'avais peur de votre réaction.

- Je suis votre Maître, si vous vous posez des questions, vous ne devez pas hésiter à m'en parler, Sam.

La douceur de sa voix me mit suffisamment en confiance pour que je me lance.

- En devenant vampire, je n'ai pas eu l'impression que ma personnalité avait tant changé que ça, pourtant, je dois admettre que pour certaines choses, ma vision du monde n'est plus la même. Ma conscience me travaille beaucoup moins et…

- Et ? m'encouragea-t-il.

- Une part de moi aime la violence et n'aspire qu'à répondre à son appel quand l'occasion se présente. Ce soir, j'ai vraiment eu envie de tuer Kambale Neto.

- Mais vous ne l'avez pas fait.

Phoenix prit ma main dans la sienne. Je m'abstins de lui signaler que ce genre de geste avait également tendance à réveiller mon côté sombre qui emplissait mon esprit d'images de nous deux en train de nous embrasser furieusement sur le bas-côté de la route. La sincérité avait ses limites.

- Non. Je savais que je ne le devais pas.

- Je vous l'ai dit : même si votre émancipation me paraît expliquer votre calme relatif, elle ne peut pas non plus empêcher certaines réactions spontanées spécifiques aux nouveau-nés. Le tout est de parvenir à contrôler vos instincts de prédatrice et ce soir, vous avez prouvé que c'était le cas. Je suis fier de vous, Sam.

Il serra un peu plus ma main dans la sienne, ce qui m'obligea à réguler le tsunami émotionnel qui me submergeait à son contact.

- Si nous allions fêter ça ? Cette petite sortie m'a donné faim.

Je le regardai, surprise.

- Et où irions-nous ? Je doute que les restaurants du coin nous servent le menu que nous recherchons.

- Je connais un club. Le gérant est un vampire très respecté qui sait servir sa clientèle surnaturelle sans que sa clientèle humaine n'ait le moindre doute sur le contenu des verres. Ils sont tous opaques.

Si Phoenix m'avait annoncé que nous allions voir Jésus, je n'aurais pas été autant sur les fesses.

- Vous voulez danser ?

Il se mordit la joue, ses doigts se crispant sur le volant. Peut-être que comme moi, il se remémorait notre danse toute sensuelle pendant que nous traquions les trafiquants chinois dans les discothèques de la ville l'an passé.

- Non.

Dépitée, je tentai une pirouette pour masquer ma déception.

- Ouf, parce que je n'ai toujours pas pris de leçon.

Il serra davantage le volant qui couina de protestation.

- Il m'avait semblé vous voir virevolter sur de la salsa en compagnie de Hedayat, il y a quelques temps.

Je levai les yeux au ciel. Sa jalousie non assumée envers Hedayat me tapait sur les nerfs.

- Vous n'allez pas remettre ça, *maître*. (J'avais volontairement insisté sur ce dernier mot pour lui rappeler notre récente conversation dans la bibliothèque de Talanus et Ysis) Je croyais que ce sujet était clos.

J'entendis nettement ses dents grincer.

- Vous avez raison.

L'atmosphère était en train de se charger d'électricité et je n'avais aucune envie qu'un orage éclate encore entre nous alors je pris sur moi de changer de sujet.

- Est-ce que l'alcool peut nous rendre saoul ?

Gagné. Phoenix se dérida et m'expliqua que pour que l'alcool ait une once d'effet sur un vampire, il faudrait qu'il boive l'équivalent de quatre barriques de vodka d'une traite. Certains avaient essayé ; le résultat avait été désopilant. Un cobaye ivre avait fini par tomber dans un canal et avait coulé comme une pierre au fond de l'eau. Comme il ne pouvait pas mourir, les témoins de la scène s'étaient contentés de s'asseoir au bord de l'eau en prenant des paris sur le moment où il remonterait à la surface. Le type avait finalement reparu une heure plus tard, complètement dégrisé et hurlant à qui voulait l'entendre que son exploit était digne du *Guinness des Records*.

- Avant de vous rencontrer, je pensais que le monde ne pouvait pas être plus fou qu'il ne l'était déjà. Je me trompais…

Phoenix ne put s'empêcher de rire et ce fut de très bonne humeur que nous arrivâmes devant le porche d'un club au titre très évocateur : « Le sanguin ».

Avisant mon air, il crut bon de s'expliquer :

- Joseph Stone, le gérant, a un excellent sens de l'humour.

Je le suivis, sans accorder le moindre regard aux dizaines de personnes pestant contre le fait que nous pouvions entrer sans faire la queue, au contraire d'elles. Fut un temps où cela m'aurait gênée… Là, je n'en avais rien à faire.

À l'intérieur, après qu'on eut mis nos manteaux au vestiaire, une belle femme blonde équipée d'une oreillette Bluetooth, indubitablement vampire, nous salua chaleureusement et nous proposa de nous guider vers le bar où officiait cette nuit-là le maître des lieux.

- C'est un spécialiste des cocktails, me souffla Phoenix sans avoir besoin d'élever la voix vu que malgré le bruit ambiant, je l'entendais parfaitement.

Au bar, notre guide nous quitta après avoir hélé son supérieur qui avisa notre présence en ses lieux.

Du haut de son mètre quatre-vingt-dix, de ses cent kilos de muscles et de ses tatouages aux motifs infernaux répartis sur ses deux avant-bras, Joseph Stone avait de quoi impressionner les fêtards, humains ou non, qui choisissaient de se rendre dans sa boîte de nuit. Pourtant, il fallait rester objectif, le charisme de Phoenix écrasait le sien comme on écrase une fourmi.

- Phoenix ! s'exclama-t-il. Quel plaisir de te revoir !

- Jo. Ça me fait plaisir aussi.

Comme les deux se serraient la main au lieu d'un simple hochement de tête, je supposai qu'ils étaient amis.

- Ça fait un bail que je ne t'ai pas revu dans mon établissement ! Si je ne me trompe, ça remonte à environ deux ans, quand tu sortais avec cette cinglée de fille d'esclavagiste. Comment elle s'appelle au fait… ? Ah oui, Engara !

L'évocation de la relation passée qu'avait eue l'amour de ma vie avec la garce qui m'avait insultée alors que je venais de lui sauver la peau eut un effet immédiat. Je sentis mon sang entrer en ébullition dans mes veines, mes canines sortir d'un coup sec et mes pupilles passer du noir d'encre au rouge profond.

L'œil pétillant de malice, Joseph Stone se tourna vers moi. Évidemment, il en avait fait exprès de sortir cette énormité pour voir comment je réagirais et évidemment, j'avais mal réagi. Et encore évidemment, le seul qui ne s'en était pas aperçu était le principal intéressé, qui avait adressé un froncement de sourcil mécontent à son interlocuteur sur lequel il n'eut aucun effet.

- Vous devez être Samantha Jones.

Il me tendit la main, en gage d'amitié. Allais-je la prendre après ce qui venait de se passer ?

- Enchantée.

Je la pris. Son air satisfait disparut un centième de seconde plus tard, quand au lieu de lui lâcher la main comme le voulait la politesse, je la lui serrai si fort que j'entendis un premier craquement puis un deuxième au niveau de ses phalanges.

Stone ne put se retenir de grimacer de douleur et après trois secondes de traitement intense, je m'autorisai à le libérer.

- Sam…

Phoenix n'en avait pas perdu une miette et me faisait les gros yeux. Je haussai les épaules.

- Je n'aime pas les hommes grossiers, me défendis-je, simplement.

Il soupira, puis regarda son ami qui secouait ses doigts pour faire accélérer le processus de guérison. Ce dernier éclata de rire.

- Ah ça, Phoenix ! On peut dire que tu sais les choisir ! Mais entre nous, je trouve ton assistante beaucoup plus sympathique que ton ex-fiancée !

Il me trouvait gentille ? Curieux pour quelqu'un à qui je venais de broyer les phalanges. Mais bon… Psychologie vampire…

- Sam n'a rien à voir avec Engara, laquelle n'a jamais été ma fiancée.

La fin de sa phrase fut moins aimable, chose à laquelle son interlocuteur ne se trompa pas. Mieux valait changer de sujet !

- Alors, qu'est-ce que je peux faire pour toi ? Tu es là pour motif professionnel ou pour le plaisir ?

- Sam et moi venons de régler la partie professionnelle de notre soirée. Il est temps de passer à l'étape détente. Donne-moi ta meilleure table et deux de tes cocktails dont tu as le secret.

- Aucun problème. Suivez-moi.

Il nous fit traverser l'espace encombré par ceux qui venaient commander au bar et nous guida à l'autre bout de la boîte, dans un endroit plus tranquille, excentré par rapport à la piste de danse principale, où se trouvait une série d'alcôves VIP dans lesquelles on n'entrait que sur invitation. Joseph nous précéda jusqu'à la plus luxueuse, où je m'étonnai de voir la bimbo peroxydée la plus connue de la téléréalité, devenue une star après avoir rompu son quotidien d'héritière richissime d'une chaîne d'hôtels pour aller mettre la main dans le derrière des vaches dans cette émission prônant le retour à la « vie simple ».

Riant à gorge déployée, elle trônait au milieu de ses amis jet-setters aussi imbibés qu'elle de champagne. Comme d'habitude, ce soir-là, elle n'avait pas mis de culotte.

Tss. Si c'était pour voir ce genre d'horreur qu'on m'avait fait don d'une vue extraordinaire, j'aurais préféré être aveugle ! Ou tout au moins que cette poule de luxe ait l'idée que les courants d'air qu'elle ressentait entre les jambes signifiaient qu'elle devait absolument serrer les cuisses dans la minute à suivre ! Non mais ! Quelle vulgarité !

- Désolé de vous déranger, Miss, dit Stone sans paraître le moins du monde impressionné par le regard hautain que lui chargea l'héritière, mais je vais vous conduire dans une autre alcôve, où vous et vos invités pourrez terminer la soirée. Il va de soi qu'un magnum du meilleur champagne vous y attend, offert par la maison.

- Eh ! Quoi ! On est bien là ! Moi je bouge pas mon cul d'ici ! T'as qu'à nous l'amener ici, ton magnum ! Ça te vaudra un pourboire avec lequel tu pourras t'acheter une nouvelle chemise, mon pote !

Habitué au luxe et à la garantie d'être obéi au doigt et à l'œil par l'armée de domestiques que son papa devait avoir à la maison, le freluquet de vingt-et-un ans qui venait de prendre la parole ne mesura pas les risques qu'il venait de prendre. Il se contentait de gonfler le torse, sous les rires appréciateurs de ses petits camarades.

Il n'eut même pas le temps de toucher le verre qu'il s'apprêtait à prendre que Joseph lui saisit le bras et l'envoya s'écraser à un mètre de là, bousculant au passage une table dont les verres se renversèrent sur l'amie d'un vampire qui, outré, empoigna l'importun et l'installa sur ses genoux pour le fesser en rythme avec la musique, dans l'hilarité générale.

Un coup d'œil de Phoenix suffit bien sûr à le faire libérer. Son « agresseur » nous salua courtoisement avant de s'occuper de sa compagne en utilisant avec la plus extrême galanterie sa propre veste pour l'essuyer.

Mon attention revint ensuite sur le petit groupe, définitivement convaincu de nous laisser la place et qui quittait déjà les lieux. Mais au moment où l'héritière passa devant Phoenix, elle se rendit compte de sa beauté incroyable et fit quelques pas de côté pour aller lui parler (ou devrais-je dire l'allumer).

Ni une, ni deux, mon instinct de prédatrice prit le dessus pour protéger ma propriété et avant qu'elle n'ouvre la bouche, je me postai sur sa trajectoire et la crucifiai d'un regard chargé d'une telle menace sur ce qu'elle s'apprêtait à souffrir si elle continuait dans cette voie, qu'elle prit ses talons à son cou pour s'éloigner le plus vite possible.

Je la regardais toujours avec l'envie de la dépecer vivante quand Joseph Stone passa à côté de moi.

- Tout est prêt. Je dirai à Stéphanie de vous amener vos boissons. Euh… Vous pouvez vous asseoir, Mademoiselle Jones.

- Hein ?

Stone s'éloigna en ricanant et je me rendis compte que Phoenix était déjà assis et m'attendait bras croisés contre la poitrine sur le canapé rouge de notre lieu de détente. Je le rejoignis. Du moins…

- Beuh…

- Qu'y a-t-il, Sam ? À vous voir tressauter comme ça sur le divan, on pourrait croire que vous dansez assise, mais je doute que ce soit là le motif de votre drôle d'attitude.

- J'essaie de m'asseoir là où cette cochonne en chaleur n'a pas mis ses fesses molles !

Plus amusé qu'irrité par mon sens de la formule, Phoenix demanda :

- Que vaut ce soudain accès de vulgarité ? Êtes-vous jalouse ?

Aussitôt, je sentis mon sang bouillonner dans mes veines.

- Quoi ?! Moi, jalouse ? Et de quoi serais-je jalouse ? m'écriai-je. Du fait qu'au lieu d'utiliser l'argent familial pour s'instruire et aider les autres, cette fille préfère faire la tournée des boîtes en espérant qu'un beau mâle affublé d'un radar à absence de culotte renifle sa disponibilité ? Peuh ! Excusez-moi de ne pas être jalouse de ça !

Le fait de voir Phoenix éclater de rire n'aida pas à me calmer.

- Allons, Sam ! Je plaisantais ! Je voulais voir si votre transformation n'avait pas altéré votre si charmant caractère, je vois avec soulagement que tel n'est pas le cas.

Je grognai discrètement dans sa direction.

- Vous êtes vraiment énervant.

Cela ne m'empêcha pas de m'installer à côté de lui, tandis que Stéphanie, notre guide vampire, revenait déjà avec nos boissons.

- Et voilà pour vous. Offerts par la maison.

- En quel honneur ? demanda Phoenix.

Stéphanie me jeta un coup d'œil joyeux.

- Joseph dit que la vue de l'héritière s'enfuyant à toutes jambes vaut tous les cocktails du monde.

Je levai les yeux au ciel.

- Remerciez-le pour nous, dit mon patron.

Elle hocha la tête et nous laissa seuls.

- Encore une preuve de votre pouvoir d'impressionner tous les vampires, Samantha Watkins…

- Oh, taisez-vous…

Cette suite inattendue de ma première mission en tant que vampire fut une expérience des plus agréables. Phoenix, détendu, était l'amabilité même et me racontait des anecdotes de sa longue vie pendant que je me régalais à siroter les quatre ou cinq cocktails que j'avais commandés après avoir avalé le premier en trois gorgées. Malgré leur teneur en alcool plus que déraisonnable, je n'en ressentais aucun effet négatif et ce fut donc avec bonheur que j'écoutais l'homme que j'aimais me raconter certains pans de sa longue existence. Je ne sais combien de temps nous restâmes à discuter ainsi, cela n'avait aucune importance.

J'étais avec lui, c'était tout ce qui comptait.

Pourtant, l'aurore approchant à grands pas, il fallut bien se décider à partir et après avoir salué Joseph Stone une dernière fois en le remerciant pour nos consommations gratuites, nous prîmes la direction de la sortie.

- J'ai passé une excellente soirée, merci, *maître*.

Nous venions d'arriver à la Camaro, garée un peu plus loin, dans une petite rue près d'une entreprise d'isolation thermique. J'avais volontairement insisté sur le dernier mot pour le taquiner.

- Mon Dieu ! Que serait mon quotidien sans vos sarcasmes ?

Son air faussement désespéré me fit rire et je lui décochai un petit coup de poing dans l'épaule.

- Aïe ! Cessez de me brutaliser ! Vous êtes une élève très indisciplinée !

- Je suis la meilleure élève dont vous pourriez rêver !

- Sûrement parce que vous êtes la seule pour l'instant !
- Oh !
- Aïe ! Sam ! Cette fois, vous m'avez vraiment fait mal !
- Vous l'avez mérité !
- Et vous, vous méritez une bonne correction !

Nous nous affrontâmes du regard un instant, puis, comme s'il y avait eu un déclic, nous éclatâmes de nouveau de rire. Même si notre hilarité était absurde, elle me regonfla à bloc, si bien qu'aucun doute ne m'assaillit quand je me mis sur la pointe des pieds pour donner à mon compagnon un baiser léger sur la joue.

Aussitôt redevenu sérieux, Phoenix me dévisagea avec une étrange lueur dans le regard :

- Pourquoi ce baiser ?

Je haussai les épaules et lui souris mystérieusement.

- Ai-je besoin d'une raison pour vous exprimer mon affection ?
- Euh… Eh bien…

Profitant de son bégaiement, je poursuivis :

- Je sais qu'en tant que vampire je devrais adopter la tradition des hochements de tête, mais peut-être est-ce dû à ma récente transformation, je préfère vous embrasser sur la joue pour vous remercier de m'avoir fait passer un bon moment. Je trouve cela moins impersonnel.

Soudain, la lueur dans le regard de Phoenix se fit plus intense et son expression, plus sauvage.

- Vous avez raison. Moi aussi j'ai passé une excellente soirée à vos côtés.

Comme il se penchait doucement vers moi, mon cœur se rappela à mon bon souvenir en se mettant, du moins en avais-je l'impression, à rebondir de mes pieds à ma tête comme un ballon de basketball. La seconde suivante, alors que ses lèvres irradiaient ma joue à l'endroit où ils les avaient posées et que mes jambes s'apprêtaient à ne plus pouvoir supporter mon poids, je fermai les yeux pour savourer cet instant.

Une autre seconde et tout mon univers merveilleux se disloqua pour laisser la place au cauchemar.

*

Perdue dans ma bulle féérique, j'eus un moment de flottement entre la sensation que quelque chose venait de cogner ma poitrine et la prise de conscience que l'homme qui m'embrassait juste avant était en train de s'affaisser au sol comme une poupée de chiffon.

Complètement redescendue sur terre, je vis avec horreur Phoenix s'effondrer par terre sur le dos, atteint d'une balle en argent juste au-dessous de la cage thoracique. Cette situation, réplique quasi parfaite de ce qui m'avait amenée à me trancher la gorge plusieurs semaines plus tôt, me mit dans un tel état d'affolement et de rage meurtrière que pour la première fois vraiment depuis mon réveil en tant que vampire, je perdis la tête et autorisai enfin ma part la plus sombre à prendre complètement les décisions qui s'imposaient.

Quelqu'un avait voulu tuer Phoenix.

Il allait payer.

Dans la pénombre ambiante, si quelqu'un était entré dans la ruelle à cet instant, il aurait nettement pu voir deux yeux brillant d'une lueur aussi rouge que démoniaque au-dessus d'une paire de crocs étincelants, promesse d'une mort atroce à qui ils étaient destinés.

- Sam... N'y allez pas... dans cet état...

Phoenix tentait tant bien que mal de se remettre debout, mais la douleur insoutenable le fit tomber à nouveau, galvanisant encore plus mon désir de vengeance.

Me précipitant à une vitesse prodigieuse dans la direction supposée d'où était parti le coup de feu, j'entendis tout de même sa voix rugir derrière moi :

- SAM ! NON !

Un rictus de satisfaction sauvage naquit sur mes lèvres quand, en deux bonds, je parvins à sauter sur le toit de l'entrepôt contenant le matériel d'isolation et qui me permettrait de retrouver notre agresseur grâce à un point de vue en hauteur.

J'étais en chasse, je comptais bien mettre les griffes sur ma proie et en faire de la chaire à pâtée, au sens propre.

De fait, laissant libre-cours à mon instinct, je m'arrêtai pour effectuer le vide en moi et faire appel à toute ma puissance pour la retrouver.

En haut de l'entrepôt qui nous surplombait, j'avais senti un effluve de miel si minime que je ne l'aurais certainement pas senti en temps normal. Là, c'était comme la lumière d'un phare dans la nuit, véritable piste odorante que je me devais de remonter pour parvenir à mes fins. C'est ainsi qu'oubliant bruits, senteurs et battements de cœurs ambiants, je me concentrai sur cette fragrance particulière, effaçant volontairement le monde de mon esprit pour que n'y existe plus que celle-ci.

Quelques minutes passèrent sans que je ne perde espoir. Au contraire, le temps qui défilait ne faisait qu'alimenter mon excitation de prédatrice et je me délectais à l'avance du plaisir que je prendrais à torturer celui qui avait osé s'en prendre à mon amour.

Puis, comme dans un réveil brutal, j'ouvris brusquement les paupières, le regard impitoyablement braqué au loin, sur un point en mouvement qui s'éloignait de plus en plus de la zone du délit.

Libérant un grondement aussi triomphal que bestial, je m'élançai et sautai de toit en toit, usant de toutes les capacités hors du commun que mon statut de vampire nouveau-né me conférait pour rattraper ma cible, une *Viper* rouge dernier modèle, conduite par un vampire qui bientôt, me réclamerait d'être plus mort que vivant… Ce type savait peut-être viser, mais entre son gel douche au miel et son bolide rutilant, il aurait tout aussi bien pu se balader avec un écriteau sur lequel aurait été inscrit « vampire et fier de l'être » et « suivez-moi à la trace » dessus.

Ne pouvant voler, j'avais dû escalader à plusieurs reprises des bâtiments trop hauts pour moi, ce qui aggrava si c'était encore possible une humeur déjà située dans les plus profonds abysses. Malgré le fait que j'avais laissé les rênes de mon corps à mon côté sombre, j'étais suffisamment lucide pour ne pas risquer d'éventer le Secret en opérant un atterrissage de plusieurs mètres sur la voiture de notre agresseur en pleine circulation donc je pris sur moi d'attendre qu'il s'engage dans un coin tranquille afin d'en user à ma guise.

Cela me prit dix bonnes minutes, mais ma patience fut récompensée quand il entra dans les quartiers Est, où il devait sûrement espérer se fondre dans la masse des trafiquants de drogue. Cet imbécile se croyait en sûreté, mais il avait oublié que les quartiers Est étaient une zone de non-droit où les policiers de Kerington n'arrivaient pas à faire respecter la loi. Par conséquent, si quelqu'un s'y faisait trucider, les gens avaient tendance à n'appeler la police qu'une fois qu'ils étaient sûrs qu'il n'y avait plus de danger pour eux ou leurs proches.

Parfait.

Il était à moi.

Arrivé dans une rue déserte, sûr qu'aucun idiot ne viendrait l'agresser ni voler sa belle voiture, l'inconnu en sortit pour se diriger vers un immeuble ancien et délabré où il ne semblait pas y avoir âme qui vive. Je profitai du fait qu'il fouille dans sa poche pour trouver ses clefs et sautai du toit depuis lequel je l'épiais pour me retrouver devant lui.

- Salut, dis-je simplement.

Pris au dépourvu parce qu'il ne m'avait pas entendu arriver, l'homme sursauta et en lâcha ses clefs, mais se reprit en passant la main dans son dos, sûrement pour chercher un pistolet ou un couteau que moi, j'avais déjà en main.

Sans attendre, je lançai mes deux lames qui se fichèrent dans sa gorge pour la première, et à un centimètre du cœur pour la seconde. L'effet fut immédiat, il tomba comme une pierre sur le bitume comme je me matérialisais à la vitesse de l'éclair au-dessus de lui pour l'empêcher de retirer mes armes de ses plaies.

- Si tu bouges ne serait-ce que d'un millimètre, l'argent te percera ce qui te sert de cœur, lui dis-je tout en lui cassant les deux bras et les deux jambes pour lui faire passer l'envie de se défendre.

L'homme hurla horriblement, mais avec mon couteau dans sa gorge, le seul son qu'on eut pu distinguer depuis la rue adjacente aurait été un simple gargouillis informe et dégoûtant qui me fit sourire à pleines dents. Quel délice !

Et quelle satisfaction de voir la terreur absolue se peindre sur son visage exécré lorsqu'enfin il se rendit compte que l'élève dont il avait tenté de tuer le maître, n'aurait pas une once de pitié pour lui.

- Tu es un bon garçon, tu n'as pas bougé.

Je voyais clairement dans ses yeux noirs effrayés le reflet diaboliquement rouge des miens et même si je me demandais si, à terme, j'allais basculer dans la même folie destructrice que mes ancêtres français, à cet instant précis, cette interrogation ne me faisait ni chaud ni froid.

- Tu vas être encore un bon garçon et me dire qui t'a envoyé tuer Phoenix ou je te jure que ta mort sera lente et douloureuse.

Il écarquilla les yeux, semblant peser le pour et le contre, puis, hocha la tête à la positive.

- Ne bouge pas.

Délicatement, je tirai la lame fichée dans sa gorge pour lui permettre de parler, moins par souci de le préserver que de prolonger sa souffrance. J'attendis ensuite que ses cordes vocales guérissent assez pour émettre des sons.

- Je t'écoute.

- Je… n'ai… été envoyé… par personne…

- Mauvaise réponse.

Pour ne pas perdre du temps, je choisis de le poignarder ailleurs et l'aine me sembla un endroit approprié. Cette fois, son cri de douleur résonna abominablement dans l'espace glauque où nous nous trouvions.

- La prochaine fois que tu me mens, je viserai plus au centre. Il paraît que cette douleur est pire que la mort pour un homme. J'en ai déjà fait l'expérience avec un type qui a goûté de mon talon aiguille l'an passé et je t'avoue que j'ai presque envie que tu recommences pour comparer vos hurlements.

Je lui avais parlé comme à un bon camarade, en souriant très aimablement. Ma mère m'avait toujours dit qu'avec un sourire, on pouvait conquérir le monde. Mes visées à court terme étaient beaucoup moins ambitieuses, mais il sembla que ma stratégie avait porté ses fruits :

- D'accord !

- Je t'écoute.

- On… on m'a bien envoyé mais… pas pour tuer Phoenix.

Je fronçai les sourcils, prête à jouer de nouveau avec mes couteaux.

- C'est toi ! C'est toi que je visais ! s'écria-t-il en lisant l'exaspération dans mes yeux.

- Moi ?

- Oui !

Mes canines s'allongèrent encore sous l'effet de la colère.

- Ou tu es un mauvais tireur ou tu n'en as décidément rien à faire de ton appareil génital !

J'avais descendu ma main vers son aine.

- Baisse les yeux ! cria-t-il, paniqué.

- Quoi ?! Fais-toi comprendre mieux que cela, je commence à perdre patience !

- Regarde ton chemisier !

- Eh bien quoi mon chemisier, il… Oh !

Je contemplais, estomaquée, le tissu imbibé de sang avec un trou de la taille d'une balle de fusil en plein milieu d'une poitrine qui aurait dû être réduite en cendres dès l'instant où le projectile l'avait traversée. La lumière se fit enfin dans mon esprit.

- Nom de Dieu…

- Pas Dieu ! Tu es forcément un démon ! s'énerva ma victime, prise d'une soudaine rébellion verbale. Aucun vampire n'a les yeux qui s'illuminent comme les tiens et surtout, je ne rate jamais mes cibles ! La balle t'a percé le cœur ! J'en suis sûr ! Comment as-tu pu survivre ?

Comment ? Bonne question, sur laquelle il faudrait que je me penche sérieusement. En tout cas, l'assassin à ma merci venait de confirmer ce que Phoenix soupçonnait et qu'il ne m'avait pas autorisé à vérifier : j'étais véritablement immunisée contre l'argent.

Bon sang ! N'étais-je née que dans le but d'être un phénomène pour toutes les foires humaines ou surnaturelles du monde entier ?

Il fallait que je me reprenne. Ce n'était pas le moment de s'éparpiller.

- Tu as également blessé Phoenix !

- Évidemment ! Je connais sa réputation, je n'étais pas assez fou pour te tuer et le laisser me courir après. Quand il t'a embrassée, j'ai saisi l'occasion pour faire d'une pierre deux coups !

Je faillis lui faire ravaler ses paroles insolentes en lui arrachant ses crocs, mais je me contins.

- Dis-moi qui veut ma mort.

- Ça ne te servira à rien, aucune preuve ne nous relie l'un à l'autre. Tu ne pourras pas t'en venger sans bafouer nos lois.

Je fis pivoter la lame dans son aine vers son bas-ventre. Il hurla de nouveau.

- Il me suffit d'appuyer plus fort…

Je joignis le geste à la parole, déchirant la chair sans la moindre compassion pour celui qui se mordait les lèvres au sang pour s'astreindre à l'immobilité et ainsi éviter que le couteau dans sa poitrine ne lui déchire le cœur.

- ENGARA ROWE-HARRELL !

Je relevai la main, perçant ma victime de mon regard rouge.

- JE DIS LA VÉRITÉ ! JE LE JURE !

Engara ? Avait-elle appris que j'étais allée à Kentwood après son interdiction formelle pour moi d'y mettre les pieds sous peine de mort ?

- Pourquoi ?

Souffrant toujours atrocement, le tireur prit le temps de rassembler ses esprits avant de me répondre :

- Elle te hait ! Elle n'a jamais tiré un trait sur son passé avec Phoenix et te considère comme une rivale à éliminer. Elle m'a engagé après que Victor Haggis eut échoué à remplir le contrat.

Le souvenir de ma rencontre avec Haggis s'imposa dans mon esprit. Il m'avait dit qu'une personne m'en voulait terriblement et m'avait montré la photo de moi qu'on lui avait donnée. C'était celle du soir où mon patron m'avait emmenée au restaurant le plus prisé de la ville, le *Beaumarchais*. Sur l'image, je finissais de manger avec délice mon plat, sous l'œil mystérieux de mon compagnon.

- Pourquoi ne pas s'attaquer directement à moi ?

- Parce qu'elle craint Phoenix. Elle a peur qu'en te tuant de ses mains, il lui fasse subir les pires tortures qui soient, en sachant qu'il serait dans son droit.

- Et là, pourquoi ne pourrais-je pas lui faire subir le sort qu'elle craignait ?

- Comme je te l'ai dit, tu n'as aucune preuve.

Je lui répondis par un grondement mauvais.

- Erreur. Je t'ai, toi ! Tu iras tout répéter à Talanus et Ysis !

Sa peau prit une teinte blanchâtre, il me cracha au visage.

- Erreur. Tu n'as rien du tout !

Et sur ces derniers mots, il fit un brusque mouvement de côté qui lui enfonça la pointe du couteau dans le cœur. Je n'eus même pas le temps de faire quoi que ce fût et assistai, impuissante, à la transformation en poussière de l'homme que j'avais torturé, mais qui, au final, avait eu le dernier mot de notre confrontation. Il avait préféré se suicider plutôt que d'affronter Talanus.

Écœurée, je m'essuyai le visage et m'assis par terre. L'état second dans lequel je me trouvais quelques minutes auparavant avait laissé la place à un état de calme favorable à une réflexion indispensable pour gérer la suite des événements.

Ainsi donc, Engara avait pris sur elle de me faire éliminer à ses risques et périls si elle était découverte. Sa jalousie maladive avait pris le pas sur sa raison et croyant que son ange et moi avions une liaison, elle avait décidé de rayer définitivement sa rivale de la surface de la terre. Ce qu'elle n'avait pas prévu, c'était que par deux fois, j'avais déjoué ses plans ; la première en étant humaine, la seconde, grâce à mon immunité de phénomène de foire vampirique. D'après ce que j'avais appris dans ma précédente conversation, les volontaires pour exécuter le contrat sur ma tête n'étaient pas si nombreux en raison de la peur que Phoenix inspirait à l'ensemble du monde de la nuit, par conséquent je pouvais espérer un répit, le temps qu'elle trouve un autre volontaire, moyennant finances. Il allait falloir que je m'exerce à terroriser les vampires comme mon patron si je voulais me construire une réputation suffisamment dissuasive pour mettre des bâtons dans les roues du recrutement de cette harpie esclavagiste. N'ayant effectivement aucune preuve de sa forfaiture, le tueur à gages avait raison, je n'avais aucun droit de débarquer chez elle pour lui arracher ses cheveux d'or avec mes dents avant de jeter sa tête aux ordures. Flûte ! Fichue justice !

L'ennui, c'était que Phoenix risquait de ne pas voir les choses de cette façon et de se laisser tenter par une petite entorse au règlement pour définitivement lui régler son compte. Il l'avait dit, ceux qui tenteraient de s'en prendre à moi seraient punis.

Mais là, on jouait dans une autre cour que de simples réflexions sur la tournure de mon postérieur, il s'agissait d'une tentative de meurtre.

En y repensant, je me mis à gronder férocement, mes yeux s'illuminant de rouge à nouveau. Je sentais que j'allais adorer le moment où je tordrais le cou de cette garce d'Engara !

Mais pour l'heure, il fallait attendre, attendre le moment où elle ferait un faux-pas qui sonnerait sa fin. Une fin que je me ferais un plaisir de lui donner...

Bref ! Engara était à moi et comme rien ne nous permettait pour le moment de la mettre devant ses juges, il était inutile que je fasse part de cette découverte à Phoenix. Je ne voulais pas prendre le risque que son attitude protectrice envers moi, sa propriété, ne le pousse à commettre une faute qui entacherait une réputation si durement acquise.

Je me levai donc et allai ramasser les clés de la voiture sous les cendres du vampire-assassin.

Installée confortablement dans mon nouveau moyen de transport, une *Viper* qui finalement me plaisait beaucoup, je fis demi-tour vers les lieux du drame, où j'allais devoir m'excuser avec moult lamentations d'une perte de contrôle qui, en vérité, n'avait jamais été définitive.

*

Je venais à peine de couper le moteur de ma voiture en arrivant dans la rue où j'avais laissé Phoenix que celui-ci manqua en arracher la portière quand il me rejoignit.

Il n'était pas seul puisque James et ses acolytes jumeaux finissaient de nettoyer le sang laissé par leur ange sur le bitume glacé.

- Êtes-vous blessée ? Où étiez-vous passée ?! Et lui, où est-il ? Avez-vous idée du souci que je me suis fait ?! Comment avez-vous osé me désobéir, vous auriez pu vous faire tuer ?! Et qu'est-ce que c'est que cette voiture ?!

Phoenix venait de m'extirper de l'habitacle sans une once de délicatesse et je vis ses narines palpiter de fureur quand il constata le sang sur mes vêtements.

- Ce n'est pas le mien, dis-je pour le rassurer. Je n'ai rien.

Ses pupilles s'embrasèrent aussitôt et il m'emmena à l'écart des nettoyeurs pour parler en toute discrétion.

- Et ça, vous allez me dire que ce n'est rien non plus, sans doute !

Il me montrait le trou ensanglanté sur mon chemisier, juste devant l'emplacement de mon cœur.

- Hum…

Je ne savais pas vraiment quoi dire d'autre.

- Laissez tomber. Nous allons à Harper Hill rendre compte de ce qui vient de se passer. Ysis sera furieuse.

- Non ! m'écriai-je, paniquée. On ne peut pas y aller !

Il ne fallait surtout pas que je me trouve en face d'Ysis car à ne pas manquer, elle voudrait poser ses mains sur mes tempes pour visualiser l'attaque dans son esprit afin de découvrir l'identité du tireur. Le hic était que ce faisant, elle découvrirait aussi qu'Engara était à l'origine du complot contre ma vie, ce que je ne voulais révéler qu'en temps voulu.

- Pourquoi donc ?! s'énerva mon employeur.

- Pourquoi ?

- Oui, pourquoi ?! Sam !

- Euh… (Vite, une inspiration !) Je ne veux pas que Talanus et Ysis sachent que j'ai perdu le contrôle et que j'ai traqué cet assassin pour en faire des confettis !

Phoenix sembla choqué par mes paroles.

- Talanus risque de croire que le sang de mes ancêtres m'a dévoré l'esprit et il voudra protéger Ysis en me dénonçant aux Grands, quitte à perdre son estime ou son amour.

C'était tiré par les cheveux, mais relativement plausible. Ne restait plus qu'à espérer que mon ange accepte cette version des faits.

- Talanus ne ferait pas cela.

- Bien sûr que si. Il n'a jamais été convaincu par le discours d'Ysis sur mon prétendu rôle attribué par la Nuit. S'il pense que je risque de faire tuer sa femme, il n'hésitera pas à prendre les devants pour la sauver, elle. Réfléchissez ! De toute façon, à cause de mon incompétence, on n'a aucune information sur qui était ce type et qui l'avait envoyé me tuer, alors qu'est-ce qu'on va pouvoir leur raconter ? Rien du tout, car nous n'avons aucun élément à notre disposition.

Phoenix sembla réfléchir à cette idée, puis, après quelques secondes de mutisme, il me laissa pour aller voir James et ses collègues.

- Merci pour le sang et le nettoyage. Inutile de vous rappeler que vous ne devrez parler de cela à quiconque.

- Tu sais que tu peux compter sur nous, lui répondit James.

Phoenix hocha la tête.

- Je sais, c'est pour ça que c'est toi que j'ai appelé.

Ils se saluèrent à nouveau et prirent congé. Comme leur camionnette partait déjà, les trois nettoyeurs m'adressèrent un signe de main que je leur rendis en souriant.

- Rentrons. Il faut qu'on parle, Sam.

Cet ordre sec me fit rentrer la tête dans les épaules. Dire que la soirée avait si bien commencé…

Il prit la Camaro, moi la Viper, et je le suivis jusqu'à Scarborough où une nouvelle confrontation désagréable se profilait. Le soleil se lèverait dans trois heures à peine et la fatigue allait rendre les choses encore plus pénibles qu'elles ne s'annonçaient déjà…

- Buvez ça, me dit-il après m'avoir amené du sang frais dans le salon.

Conciliante bien que non affamée, je pris le verre qu'il me tendait et m'exécutai. Ce ne fut qu'après l'avoir reposé sur la table que je pris conscience d'à quel point j'en avais eu besoin.

- Racontez-moi ce qui s'est passé.

Sa voix était posée, mais ses épaules tendues et son regard d'acier me faisaient froid dans le dos.

- Je me suis laissé emporter, avouai-je.

C'était la vérité.

- Jusqu'à quel point ?

Il devait se demander si l'hypothèse que j'avais avancée tout à l'heure, sur ce que pouvait croire Talanus à propos de ma santé mentale, était fondée. Je pouvais le comprendre. Nos vies à tous étaient en jeu dans cette histoire.

- Je n'ai rien fait qui aurait pu mettre le Secret en danger. Personne ne m'a vue à part l'homme qui nous a tiré dessus.

- C'est déjà ça. (Il semblait réellement soulagé) Continuez.

- Mon côté sombre a pris les rênes pendant la traque et a mobilisé des capacités étonnantes, même pour un vampire. À partir d'une simple odeur de gel douche sur le toit de l'immeuble où le tueur s'était posté, j'ai réussi à faire le tri dans tous les éléments parasites ambiants pour en remonter la source. (Phoenix tressaillit de surprise, mais se reprit aussitôt) J'ai suivi sa voiture jusque dans les quartiers Est et j'ai attendu qu'il entre dans une ruelle sombre pour lui sauter dessus.

- Vous avez dit que vous l'aviez réduit en charpie.

Je secouai la tête.

- Pas immédiatement.

Un éclair passa dans les pupilles de mon patron. Mal à l'aise, je me tortillai sur mon fauteuil.

- Je l'ai torturé.

Phoenix se leva d'un bond et commença à faire les cent pas devant moi. Il fallait que je me défende.

- Vous savez que je n'ai pas le goût du sang ! Ce qui s'est passé n'a rien à voir avec mes origines et une éventuelle soif de pouvoir ! J'ai réagi ainsi parce qu'il avait essayé de vous tuer !

- La cible, ce n'était pas moi !

Je baissai la tête.

- Je sais, mais sur le moment, plus rien n'existait hormis vous, gisant à terre avec une balle en argent dans le thorax, et celui qui tenait le fusil. Je ne me suis pas rendu compte que la balle m'avait traversée.

À ces mots, je crus que Phoenix allait de nouveau réduire en morceaux la table de salon en la renversant de colère, mais il se contenta de lui mettre un coup de pied qui la fit glisser à l'autre bout de la salle à manger, heureusement sans dommages.

- En le suivant dans cet état, vous vous êtes mise en danger ! Il aurait pu finir le travail !

Ça par contre, ce n'était pas vrai.

- Non ! J'étais bien plus forte que lui et surtout beaucoup plus rapide. Je ne lui ai laissé aucune chance !

- Ce n'est pas une raison, Sam ! Je me contrefous que vous ayez eu le dessus sur lui ! Ce qui m'énerve, c'est qu'encore une fois, vous m'avez désobéi en vous moquant des risques que vous encourriez !

- Aurais-je dû le laisser s'enfuir après ce qu'il venait de faire ? Si les rôles avaient été inversés, vous auriez fait exactement la même chose, m'emportai-je, excédée.

- C'est sûr, je l'aurais poursuivi ! Mais à l'inverse de vous, j'aurais su garder la tête froide au point de savoir me contenir et de ne pas le tuer avant de lui avoir posé des questions sur le commanditaire de cette tentative d'assassinat !

- Oh ! Excusez-moi de m'être mise en colère parce qu'une personne qui m'est chère a failli finir en cendres sous mes yeux ! Et puis je ne me suis pas contentée de le torturer ! Je lui ai posé des questions !

- Eh bien je suis curieux d'en entendre les réponses !

Là, j'avançais en terrain miné. Phoenix me faisait sortir de mes gonds, mais je ne devais surtout pas lui avouer le fin mot de l'histoire, du moins pas tant que ce ne serait pas le bon moment pour que je me venge moi-même d'Engara. Il fallait que je me calme, donc je repris sur un ton beaucoup moins agressif.

- Il m'a dit la même chose que Haggis, à savoir que le commanditaire me hait au point de me voir morte. Quand j'ai émis l'idée de vous le remettre en mains propres, le type a préféré bouger brusquement, se perçant le cœur avec le couteau que j'avais enfoncé à un cheveu de là pour l'empêcher de s'enfuir.

Phoenix se calma d'un coup lui aussi, et vint s'asseoir à côté de moi en soupirant.

- Il va vraiment falloir régler cette affaire. J'ai peur que la troisième tentative ne soit la bonne.

Je me risquai à poser ma main sur son genou.

- J'ai réussi à lui faire dire que les volontaires pour cette mission ne se bousculaient pas au portillon. Il semble que votre réputation d'être impitoyable envers ceux qui vous manquent de respect à travers moi ait fait le tour du monde surnaturel. Je dois vous dire merci pour ça aussi.

Il prit ma main et la serra, puis il me regarda avec sévérité.

- Ça n'aurait jamais dû arriver, Sam.

Je haussai les épaules.

- Que voulez-vous, tout le monde ne sait pas m'apprécier à ma juste valeur.

Il retira sa main et se leva.

- Ce n'est pas ce que je veux dire. Ce soir, j'ai été imprudent. En voulant vous faire plaisir et en nous accordant ce moment de détente en public alors que votre formation n'est pas terminée, et surtout en sachant qu'on cherchait déjà à vous assassiner, je vous ai mise en grand danger.

Je fronçai les sourcils. Mais qu'est-ce qu'il racontait ? Il n'avait pas à se sentir coupable pour une chose aussi imprévisible.

Il alla se poster devant la cheminée.

- Si j'avais été professionnel, cette balle ne vous aurait jamais touchée…

Profondément blessée par le sous-entendu que je devinais, je me levai.

- Allez au bout de votre idée, Phoenix. Ayez le courage de le dire.

Son dos se voûta un instant, puis il se retourna pour me crucifier du regard et m'asséner sur un ton glacial :

- Si je ne vous avais pas donné ce baiser, rien de tout cela ne serait arrivé.

La colère prit le dessus sur le désespoir. Il croyait peut-être qu'en me repoussant ainsi, il gagnerait la partie et que je m'en irais en larmoyant, toutefois, c'était une véritable guerre que j'avais déclarée à ses réticences sentimentales et à sa culpabilité de m'avoir transformée en vampire. Il avait oublié que je n'étais plus tout à fait la même personne, que j'étais beaucoup plus forte et surtout, incroyablement déterminée, par conséquent je m'apprêtai à lui donner une leçon qu'il n'oublierait pas de sitôt.

Je lui offris un sourire carnassier qui n'avait rien d'aimable quand je me lançai :

- Oh… Phoenix… Comme si ce simple effleurement entre nos lèvres et nos joues avait eu une quelconque conséquence sur ma concentration… C'est absolument ridicule. Si vous m'aviez embrassée aussi furieusement que dans le bureau de vos patrons, peut-être que là… je ne dis pas… j'aurais sûrement été *un peu* troublée…

J'avais volontairement insisté sur le « un peu ».

- … Mais *ça* ! Allons ! Ça n'avait vraiment rien d'exceptionnel !

Au fil de mon discours, je savourais avec un plaisir retors le changement d'expression de Phoenix qui de grave et froide, était passée à quelque chose de plus outrée. Je m'esclaffai même, provoquant un éclair de mécontentement dans les prunelles de celui qui n'appréciait pas du tout que je me moque de lui.

- Allons, quoi ! C'est quand même amusant que vous pensiez qu'un petit bisou de rien du tout ait pu suffire à déjouer votre grande et parfaite concentration de professionnel dans l'âme ! Ou alors c'est que j'ai plus de pouvoir de séduction que ce que je pensais…

Je pris un air faussement étonné et fis descendre lentement mes mains de ma poitrine à mes hanches comme pour m'en assurer, ce qui acheva d'embraser ses pupilles.

- Bref ! Désolée, mais votre excuse ne tient pas la route. Je suis déçue, moi qui pensais que vous étiez capable de voir la vérité en face...

- Et de quelle vérité s'agit-il ? Aimable comme vous l'êtes, vous n'allez pas manquer de me le dire.

Phoenix était à deux doigts d'exploser. Parfait ! Ça t'apprendra à vouloir sans cesse trouver des prétextes pour me tenir à distance !

- Mais certainement... La vérité... Eh bien c'est qu'au lieu que ce soit notre petite accolade pseudo-affective qui vous a déconcentré, vous êtes tombé sur quelqu'un de suffisamment doué pour passer au travers de votre arrogance de croire que vous êtes l'homme le plus parfait au monde.

Je faillis rire aux éclats quand, trop choqué pour prononcer le moindre mot, Phoenix me fixa, les yeux exorbités et la bouche ouverte. Mais je n'en avais pas fini avec lui.

- Ne m'en veuillez pas de ma franchise. Après tout, vous êtes mon maître, si je ne peux pas vous rappeler les leçons que vous m'apprenez, comme celle de ne pas être trop confiant en ses capacités au point de s'aveugler soi-même, eh bien nos relations d'apprentissage risquent d'en pâtir.

Phoenix venait de se prendre le camouflet du siècle, dont chaque mot retentissant de vérité ne pouvait être nié, ce qu'il savait bien, puisque c'étaient les siens. Il ne me restait plus qu'à mettre la cerise sur le gâteau :

- Vous comprenez, vous êtes un modèle pour moi... Mais peut-être ai-je eu tort de vous avoir mis sur un piédestal divin quand en fait, vous n'êtes qu'un homme...

Et à la fin de l'envoi, je touche !

Vlan !

Aydan Mac Kinley, vampire âgé de cinq cents ans au compteur, venait de se faire donner une leçon d'humilité comme ça n'avait pas dû lui arriver depuis qu'il avait suivi les enseignements de son créateur, Finn Jorgensen il y a quatre-cents ans, leçon administrée avec maestria par sa propre création, une femme qui l'aimait, mais qui commençait à en avoir assez de ses hésitations de phobique de l'engagement.

- Je vous laisse, je vais me coucher. La nuit a été rude et demain, Angela et moi nous attaquons aux derniers préparatifs avec l'organisatrice du mariage. J'essaye ma robe entre autres. Nous avons fait privatiser la boutique du centre commercial de Pembroke pour être plus tranquilles et on s'est prévu une soirée entre filles derrière. J'adore ces moments avec elle, loin des hommes, vampires ou non, qui voudraient nous apprendre à vivre et penser...

Phoenix ne réagissant toujours pas, je me retins de m'auto-applaudir et conclus :

- Eh bien, bonne nuit.

Je l'avais laissé seul depuis seulement vingt secondes qu'un long et affreux chapelet de jurons brisa le silence de notre fin de nuit.

*

- Sérieusement ? Tu lui as dit ça ?

Dans le reflet du grand miroir de la boutique de mariage du centre commercial de Pembroke, je pus voir une réplique du sourire carnassier que j'avais servi la veille à mon employeur. Il était du plus bel effet !

- Crois-le ou non, Angela, je n'en éprouve aucun remords.

Elle siffla d'admiration.

- Moi qui pensais que ta transformation en « tu sais quoi » ne t'avait pas tant changée que ça ! Avant, tu en aurais eu des nœuds à l'estomac toute la journée, avec l'envie d'aller courir dans sa chambre pour t'excuser !

- Il était temps que la roue de la frustration tourne et je ne regrette pas de l'avoir envoyée dans les dents de cet handicapé des sentiments !

Angela éclata de rire.

- Vous êtes si bêtes tous les deux ! Vous êtes faits l'un pour l'autre et ça ne vous empêche pas de vous écharper en permanence !

Je fis une grimace.

- Je crois que je serais moins irritable si l'homme de mes rêves se décidait enfin à me voir comme une femme à aimer plutôt que comme une élève à éduquer.

- En tout cas, dans cette robe, tu gagneras des points, je suis prête à le parier. Tu es fabuleuse !

Je regardai à nouveau mon reflet dans la glace. C'était vrai que la teinte rouge sombre de ma robe de demoiselle d'honneur me mettait en valeur, tout comme son décolleté ainsi que sa forme en sirène. Cintrée à la taille jusqu'aux genoux, elle s'évasait ensuite jusqu'à former une petite traîne des plus élégantes. Toutes les retouches étaient parfaites si bien que le tissu retombait exactement où il fallait, donnant à ma silhouette un aspect sensuel sans être sexy.

- Elle est presque trop belle, dis-je.

- Ne dis pas de bêtise, tu es ma demoiselle d'honneur, à ce titre, tu dois être merveilleuse.

- Ça aurait été plus facile si je n'avais pas été ta seule demoiselle d'honneur.

- Je n'ai pas d'amie plus proche que toi et puis, entre nous, j'aurais du mal à convaincre Matthew de l'enfiler pour que tu te sentes moins seule.

J'aurais dû rire de sa plaisanterie, mais l'évocation de Matthew m'occasionna un pincement au cœur.

- Est-ce qu'il va bien ?

C'était la première fois depuis qu'Angela et lui s'étaient réconciliés que je m'autorisais à l'interroger à son sujet. J'avais beau avoir été plus que blessée des mots que nous avions eus, il fallait quand même que je me rende à l'évidence : Matthew me manquait.

Mon amie soupira.

- On ne peut pas dire que ce soit le Nirvana. Il a enfin présenté Richard Harding à Danny et l'entrevue s'est bien passée, mais il se sent coupable de devoir mentir à son père adoptif concernant les raisons de son abandon.

- Que lui a-t-il dit ?

- Une partie de la vérité. Danny avait quelques idées préconçues à l'encontre de Harding et ne comprenait pas pourquoi il avait voulu abandonner un enfant dans un endroit si lugubre, alors pour éviter une éventuelle mésentente entre les deux, Matthew lui a raconté que son père biologique le croyait mort ; ce qui était vrai. Il lui a également parlé de son entreprise de dépannage en électricité, mais c'est tout.

Je hochai la tête, méditant quelle aurait pu être la réaction de Danny si son fils adoptif lui avait raconté que son géniteur l'avait cru mort après qu'il eût mené une guerre contre la race des vampires…

- Je pense qu'il regrette ce qu'il t'a dit.

Ces mots m'extirpèrent de ma rêverie.

- Tu le penses, ou il te l'a dit ? Ce n'est pas la même chose.

- Écoute, tu sais que quand il veut, Matthew peut se montrer l'animal le plus borné de la terre. Pour autant, ce n'est pas non plus quelqu'un de méchant et il sait reconnaître ses torts quand il le faut.

- Au bout de combien de temps !

- Je n'ai pas dit qu'il était parfait. Mais crois-moi si je te dis qu'il a des remords, je le connais depuis que j'ai cinq ans ! Je crois même que je le connais mieux qu'il ne se connaît lui-même, alors fais-moi confiance.

- La question n'est pas là, Angela. Matthew a dit des choses horribles que je ne pourrai pas oublier, et ne me dis pas qu'il ne les pensait pas. Tu sais parfaitement que c'était le cas.

Elle soupira de nouveau.

- Je sais, je lui ai dit à quel point c'était mal.

- Que t'a-t-il répondu ?

- Rien, il s'est muré dans le silence. On n'a pas vraiment reparlé de ce qui s'était passé. De toute façon, c'est entre vous que ça doit se régler.

- Je ne ferai pas le premier pas, dis-je, catégorique.

Matthew m'avait fait trop de mal pour que je lui facilite les choses, même si j'étais de plus en plus disposée à lui pardonner.

- Je pense qu'il le fera, un jour ou l'autre… J'espère bientôt. Ça me rend triste que mes deux meilleurs amis soient en froid l'un avec l'autre, surtout quand ces deux amis vont se tenir à mes côtés quand je vais épouser l'homme de mes rêves.

Touchée par son désarroi, je passai un bras sur ses épaules.

- Écoute-moi. Je te promets que si Matthew se comporte en gentleman à ton mariage et qu'il vient me faire ses excuses pour ce qu'il m'a dit, tout redeviendra comme avant.

Elle me regarda, un éclat d'espérance dans ses yeux.

- Tu es sûre ?

- Oui.

Elle me serra dans ses bras, puis, brusquement, décida de passer à un sujet qui me mit encore plus mal à l'aise que le précédent.

- Sam, et si François changeait d'avis après notre nuit de noces ? Après tout, mes amants se comptent sur les doigts d'une main et j'avoue que je n'ai jamais été très portée sur « la chose ». Ça ne m'a donc jamais dérangée d'attendre que François me demande en mariage, cependant, j'ai peur de ne plus savoir comment on fait et d'être ridicule…

- Sam ? Ça va ? On dirait que tu as avalé de travers.

Plusieurs heures plus tard, je déposai mon amie chez elle. Après notre discussion infernale sur sa nuit de noces pendant laquelle tous les arguments que je lui sortais sonnaient creux à mes oreilles vu que moi-même, je n'avais jamais su comment on faisait (!), nous étions allées manger dans un restaurant de Pembroke avant d'aller au cinéma.

La soirée avait été agréable bien que j'eus quelques regrets en voyant Angela avaler son plat mexicain tandis que je devais me contenter de la regarder. Le film que nous avions choisi correspondait à l'humeur romantique de mon amie puisqu'il s'agissait d'une rediffusion d'un long-métrage avec Sandra Bullock jouant le rôle d'une gentille guichetière de métro aérien tombant amoureuse du frère de celui à qui elle venait de sauver la vie et dont on la prenait pour la fiancée[2]. Je l'avais déjà vu il y a longtemps et à part la mode vestimentaire de l'époque, je n'avais pas regretté. De toute façon, c'était ça ou le chapitre final de *Twilight* qui, vous comprenez pourquoi, ne me tentait pas du tout. C'était fou, alors même que c'était déjà sorti en dvd il y avait de cela plus d'un an, il y avait encore des groupies qui faisaient la queue pour aller le visionner, arborant pour certaines les fameux T-shirts « Team Edward » ou « Team Jacob ». Peuh !

J'avais suffisamment de vampires sous le nez, moi incluse, dans mon quotidien, sans vouloir encore en rajouter. Quant aux loups-garous, bah, pitié ! Je n'aimais ni les poils ni la bave !

Donc j'étais satisfaite de retrouver Sandra Bullock à ses débuts, surtout que j'avais toujours estimé que c'était, avec Rachel Weisz et Kate Winslet, une des plus belles actrices de son temps.

Au happy end, sans même la regarder, je tendis un mouchoir à ma voisine qui espérait bêtement me cacher ses reniflements d'émotion dans sa manche de pull.

Je me moquais encore d'elle en arrivant à Scarborough, à près d'une heure du matin.

- Cesse de rire ou tu ne seras pas ma demoiselle d'honneur !

- Et pourquoi te moques-tu de ma fiancée ? dit une présence que j'avais entendu arriver.

Angela sursauta, mais je me contentai de sourire en allant embrasser François sur la joue. Entre nous, il n'y avait pas de hochement de tête qui tenait.

---

[2] « L'amour à tout prix », 1995.

- François ! Tu m'as fait la peur de ma vie !

- Et tu ne l'a jamais vu devant les fourneaux ! Ça, ça fait peur ! Réfléchis avant de le laisser te passer la bague au doigt ! ricanai-je.

En réponse, je reçus un méchant coup de coude auquel je répondis par un coup de poing dans l'épaule.

- Aïe ! Tu aurais pu me briser l'os, *Xéna* !

- Cesse de geindre, *Caliméro* !

Nous éclatâmes de rire tous les deux.

- Quel drôle d'humour vous avez, vous les vampires…

Angela nous regardait avec un mélange d'affection et de consternation. C'était exactement le genre de réplique que j'aurais pu dire quelques semaines auparavant. Dire que maintenant, c'était moi qui avais un sens de l'humour à la noix.

François me plaqua un gros bisou sonore sur la joue.

- Beuh ! Je ne suis pas contre les embrassades, mais contrôle-toi, ou je vais croire qu'Angela ne te fait pas assez de câlins pour combler ton manque affectif.

Mon ami mousquetaire rigola.

- Tu as touché le point sensible, Sam. Ma fiancée ne me montre jamais assez à quel point elle m'aime.

L'intéressée s'offusqua.

- Comment oses-tu ?!

Sur ces entrefaites, elle se jeta purement et simplement sur son futur époux et l'embrassa férocement.

- Bon, ce n'est pas que je n'ai pas envie de tenir la chandelle, mais il se fait tard, alors je vous laisse.

Ils essayèrent de me souhaiter une bonne fin de nuit, mais avec leurs langues enroulées l'une à l'autre, le résultat ne fut guère compréhensible.

Je les quittai donc sans regret et au lieu de prendre la direction du château, je décidai de bifurquer vers les quartiers Est de Kerington dans l'idée d'utiliser l'une des clés du défunt tueur à gages pour aller fouiller chez lui à la recherche d'éléments pouvant le rattacher à Engara Rowe-Harrell.

Je n'avais pas vraiment donné d'heure à Phoenix, mais même en mettant pied au plancher, je savais que je reviendrais suffisamment tard au château pour devoir lui rendre des comptes.

Arrivée sur les lieux de mon affrontement avec l'homme de main de ma pire ennemie, je n'eus aucune difficulté à effrayer trois types louches qui s'étaient approchés un peu trop près de moi et de ma voiture.

En ouvrant la porte de l'appartement, j'eus la désagréable surprise de constater que non seulement il n'y avait personne dans ce trois-pièces, mais également qu'il n'y avait pas grand-chose non plus dedans. Visiblement, l'homme n'était que de passage dans les environs, comme le prouvait son réfrigérateur contenant le strict minimum de sang qu'un vampire peut ingérer ; il n'y en avait que pour deux jours, tout au plus. C'était logique qu'il ne veuille pas s'éterniser d'ailleurs. Comme j'en avais fait l'expérience, ce type redoutait plus que tout de passer entre les mains expertes en torture de l'ange de la région. À côté, les petites blessures que je lui avais fait subir seraient passées pour des piqûres de moustiques.

Je fis le tour de chacune des pièces de l'appartement à la recherche du moindre indice, mais il me fallut reconnaître que cet homme n'était pas un amateur. Pas un courrier, pas un message téléphonique qui puisse le rattacher à Engara.

Au bout d'une heure, j'abandonnai la partie. Comme je ne pouvais pas contacter les nettoyeurs de Harper Hill, je pris sur moi de faire leur travail afin qu'au cas où un éventuel propriétaire viendrait réclamer ses loyers impayés, il croie que son unique locataire avait préféré mettre les voiles aussi soudainement qu'il était venu ici.

Une heure plus tard, je repartais vers Scarborough à tombeau ouvert, ignorant le compteur et les limites de vitesse afin de regagner au plus vite l'antre d'un fauve qui ne se priverait pas de me rugir son mécontentement à la figure.

*

- Où est-ce que vous étiez passée ?! J'ai réveillé Angela pour lui demander si vous étiez chez elle et imaginez ma stupeur quand elle m'a dit que vous vous étiez quittées vers une heure du matin ! Je me suis fait un sang d'encre, j'ai laissé des tonnes de messages sur votre téléphone ! Vous vous rendez compte que le soleil va bientôt se lever ?!

- Je suis désolée, mon téléphone n'avait plus de batterie.

- Et vous n'avez pas pensé à utiliser un autre moyen de communication pour me faire savoir que vous alliez bien ?! s'écria-t-il, furibond. Je veux savoir ce que vous fabriquiez !

Je pris un air penaud et me dandinai d'un pied sur l'autre.

- Je suis retournée à Pembroke parce que je me suis rendu compte que j'avais oublié…

Il fallait que je trouve quelque chose de suffisamment important pour justifier mon si grand retard.

- Oublié quoi, Sam ?!

- Le collier de Keira, dis-je, soudainement inspirée.

Il ne pourrait pas m'en vouloir pour ça.

- Quoi ?

Effectivement, ma réponse le déconcerta suffisamment pour faire baisser de quelques crans le degré de sa colère.

Je n'eus pas besoin de trop jouer la comédie pour afficher un air coupable car je n'étais pas très à l'aise avec l'idée de lui mentir. Je ne me rappelais que trop bien ce qui s'était passé quand j'avais pris l'initiative de rencontrer le Cercle de Mellindra sans lui en parler. Pourtant, ce désir impérieux de me charger d'Engara personnellement n'était pas seulement dû à l'envie que j'avais de la massacrer, j'avais comme une sorte de pressentiment, une impression fugace que c'était ce qu'il fallait que je fasse.

Mentir était donc la seule option à ce moment.

- Je l'avais enlevé pour essayer ma robe de demoiselle d'honneur et j'ai cru que je l'avais remis, mais en revenant au château, je me suis aperçue que je ne l'avais plus. Ce collier compte énormément pour moi alors je n'ai pas hésité et je suis repartie en direction de Pembroke.

- Vous êtes repartie… pour récupérer mon collier ?

Phoenix semblait partagé. D'un côté il était encore furieux de ma fugue, de l'autre, il était effaré que j'aie pu perdre le dernier souvenir de sa sœur.

En vérité, j'avais refusé de l'enlever, même pour faire mon essayage. Perdre ce collier était impensable pour moi, et c'était donc avec amertume que je servais ce bobard à celui qui en était peiné.

- Je… je suis désolée. Je ne pouvais pas imaginer reparaître devant vous sans lui. Plutôt m'enfuir pour ne jamais revenir que d'affronter votre déception et votre douleur d'avoir perdu le seul souvenir qui vous rattachait à Keira…

Un éclair passa dans les yeux de Phoenix, comme à chaque fois qu'on évoquait sa sœur devant lui. Mon cœur se serra.

- J'ai dû étudier le balai des caméras de surveillance avant de me faufiler dans le magasin pour retrouver mon bien. Personne ne m'a vue, j'en suis sûre.

- Et ça vous a pris tant de temps pour rentrer ?

Je baissai la tête.

- J'avais honte, murmurai-je entre mes dents.

- Pardon ?

- J'avais honte, répétai-je, plus fort.

Phoenix soupira.

- Vous auriez dû m'appeler, dit-il doucement. Je ne vous en aurais pas voulu.

Je lui jetai un regard peu amène.

- Enfin, si, un peu, c'est vrai. Mais au final, je vous aurais pardonné.

Je le fixai, sincèrement étonnée.

- Vraiment ? Mais… ce collier appartenait à votre sœur et…

- C'est seulement un souvenir, Sam, me coupa-t-il. Je n'ai pas besoin de ce collier pour conserver Keira dans ma mémoire. (Il soupira encore) Ma famille a péri il y a plus de cinq cents ans. C'est une blessure que je n'oublierai jamais même si j'ai appris à vivre avec ; tout comme j'ai appris à ne pas ressasser le passé pour aller de l'avant. C'est pour ça que ce collier n'est pas plus important que la personne qui le porte, saine et sauve devant moi.

Une boule se forma dans ma gorge. Ses paroles me touchaient profondément.

- Comme vous ne reveniez pas, j'ai eu peur qu'un autre tueur ait réussi à honorer le contrat sur votre tête et ça m'a rendu fou d'inquiétude.

- Oh…

Sans que je m'y attende, Phoenix m'attira à lui et m'écrasa contre son torse.

- Je ne supporterais pas de vous perdre, Sam.

J'aurais bien voulu me dégager pour le regarder en face, mais il me serrait si fort contre lui que malgré ma force, c'était inutile d'essayer. De toute façon, j'aimais être dans ses bras, là où je me sentais chez moi.

- Pardonnez-moi de vous avoir inquiété.

Il rit et me relâcha un peu.

- Vous savez bien que je vous ai déjà pardonnée.

Comme je n'arrivais pas à reprendre le contrôle des muscles de mon visage qui devaient sûrement témoigner de la véritable adoration que j'éprouvais pour l'homme qui me tenait dans ses bras, je me demandais ce qui allait suivre.

- Hum… Il fait froid et vous devez avoir faim. Venez à l'intérieur.

Il se déroba encore une fois et me précéda dans le château. Soulagée de ne plus avoir à répondre à ses questions, je le suivis jusque dans la cuisine où il me servit un grand bol de sang pile à la bonne température.

- À part ça, votre soirée s'est bien passée ?

Je reposai le bol vide sur la table et m'étirai.

- Nous avons procédé chacune aux derniers essayages, Angela sera la plus belle mariée qui aura jamais franchi le seuil d'une église.

- Et vous ?

- Quoi, moi ?

- Votre robe…

- Ah, oui ! Elle est très jolie, mais ça ne me rassure pas vraiment.

- De quoi avez-vous peur ?

Je haussai les épaules.

- Comme d'habitude, de faire quelque chose de complètement idiot dans l'allée centrale de l'église, comme de tomber par terre et d'être la risée générale.

Phoenix s'esclaffa.

- Vous savez bien que ça n'arrivera pas. Vous n'étiez pas non plus si maladroite que ça quand vous étiez humaine.

- Vous n'êtes pas objectif. Avez-vous déjà oublié la soupière que j'ai réussi à vous renverser sur la tête ? Vous-même n'avez pas réussi à l'éviter !

Il fit une moue dégoûtée au souvenir que j'évoquais.

- Bon, c'est vrai, vous n'étiez pas un modèle d'adresse, mais quand il le fallait, vous saviez maîtriser vos deux pieds gauche.

J'allai ranger le bol au lave-vaisselle, puis, Phoenix et moi prîmes la direction du bureau.

- Je vous trouve bien magnanime. Après ce qui s'est passé ce soir, vous étiez pourtant en droit de m'en vouloir.

Il actionna le livre-clef pour ouvrir le panneau de la bibliothèque dissimulant son lieu de retraite diurne.

- Je n'étais pas d'humeur de toute façon. La déception que m'a causée l'identification de la plaque d'immatriculation de votre Viper m'avait suffi.

- Vous n'avez rien trouvé.

- Rien. Pas même sur le numéro de série de la voiture. Tout ce que je sais, c'est qu'elle a été vendue il y a une semaine à un certain Humphrey Grange dont l'identité est tout ce qu'il y a de plus fausse, bien entendu.

- Avec un peu de chance, après ce second échec, le commanditaire va se retrouver en manque de volontaire pour m'exécuter et devra abandonner la partie.

Phoenix se rembrunit.

- Avec un peu de chance… murmura-t-il.

Sans un mot de plus, il alla dans la salle de bain pour en ressortir plus tard fin prêt pour sa « nuit ». Je pris le relais et en le rejoignant sous les draps, je m'étonnais de le trouver endormi. Je souris en lui voyant cet air paisible et innocent après sa colère de tout à l'heure ; le sommeil lui donnait des allures d'ange du ciel. Pour la première fois, je pus me blottir contre lui sous les couvertures sans avoir peur des conséquences.

Je me sentais bien.

Et je m'endormis.

*

Enfin, le jour tant attendu par nos amis arriva.

Après avoir aidé Angela et François à faire leurs derniers préparatifs, Phoenix et moi étions tombés d'accord pour accorder nos couleurs ; lui en tant que témoin du marié, moi en tant que demoiselle d'honneur de la mariée. De fait, après plusieurs essayages pendant lesquels je dus prendre sur moi pour ne pas baver d'envie devant le torse sublime de mon employeur, le choix fut arrêté sur un costume noir, associé à une chemise bordeaux sombre et une cravate gris anthracite.

Je ne savais pas qui de nous deux était le plus nerveux quant à nos fonctions respectives ni lequel abhorrait le plus l'idée d'être au centre de l'attention générale pendant la cérémonie, mais j'essayais quand même de relativiser les choses en nous répétant que tout allait bien se passer.

C'est ainsi que le jour J, en rejoignant Angela après le coucher du soleil, dans la magnifique chambre de la somptueuse villa prêtée par Talanus et Ysis pour l'occasion, je maîtrisais comme une professionnelle ma panique grandissante. C'était tout de même insensé que je n'hésite pas à me trancher la gorge pour sauver la vie d'un homme alors qu'un simple mariage me donnait la nausée d'angoisse.

- Tout va bien se passer, Sam, me dit mon amie qui était en train de se faire coiffer par (?!) Ysis !!!

Je ne l'avais pas reconnue de dos avec son chignon, elle qui laissait toujours son imposante chevelure noire cascader sur ses épaules.

- Ne serait-ce pas plutôt à moi de te rassurer ? J'ai entendu dire que les futures mariées avaient toujours la trouille avant de s'avancer devant l'autel.

Arrivée à sa hauteur, j'adressai un hochement de tête respectueux à ma chef de secteur, qui me le rendit avec une expression toute guillerette qui me laissa pantoise.

- Oh, je n'ai absolument pas peur. Je n'ai jamais été aussi décidée de toute ma vie.

- Les effets de l'Amour Absolu, intervint la princesse égyptienne. Si vous devenez l'une des nôtres, ils vous paraîtront plus puissants encore que ce que vous ressentez en étant humaine.

- Ooooh… Moi qui croyais que je ne pouvais pas aimer François plus que je ne l'aimais déjà.

Ysis sourit en replaçant une boucle blonde dans le chignon incroyablement compliqué qu'elle construisait.

- Demandez donc à Sam, elle le sait bien.

Alors qu'Angela éclatait de rire devant mon air choqué, Ysis, plus en retenue, se contenta de rattraper un toussotement inutile dans sa main.

De guerre lasse, je fis un geste négligent de la main.

- Oh, et puis zut. Moquez-vous de moi si ça vous chante, je vais enfiler ma robe.

- Pas avant que Sasha s'occupe de votre coiffure et de votre maquillage, m'arrêta Ysis.

- Quoi ? Qu'est-ce qui cloche dans ma coiffure et mon maquillage ?

Je m'étais précipitée vers un miroir pour vérifier que je n'avais pas l'air d'un clown.

- Oh, ce n'est pas mal fait, mais vous admettrez que le mariage de votre meilleure amie est une occasion où vous avez le droit de passer entre les mains d'une professionnelle. Asseyez-vous là ! Sasha !

Sonnée, je ne discutai même pas son ordre et allai m'asseoir sur un siège devant une console illuminée par suffisamment de spots pour me croire en plein jour.

Une seconde plus tard, une vampire paraissant avoir dix-neuf ans se glissa dans la pièce avec un matériel digne des plus grands professionnels de modeling de New York.

- Enchantée, Mademoiselle Jones, je suis Sasha.

- Euh… ravie. Sasha, loin de moi l'idée de vous offenser, Ysis et vous, mais pourquoi n'est-ce pas vous qui vous occupez d'Angela ?

Sasha offrit un sourire béat à sa chef de secteur.

- Parce que c'est ma maîtresse qui m'a tout appris et qu'elle est à même de rendre votre amie plus sublime que toutes les mariées ayant foulé le sol de cette terre.

Je regardais Ysis avec des yeux ronds, moitié sidérée d'apprendre que dans une autre vie elle avait été esthéticienne, moitié estomaquée de la vénération que lui portait sa jeune assistante.

- Cléopâtre aimait que ce soit moi qui la prépare avant ses entrevues avec Jules César.

Elle avait dit ça simplement, j'en ouvris grand la bouche, forcément.

- Waouh ! s'exclama Angela.

- Je n'aimais pas beaucoup César, je le trouvais très arrogant. Il a connu un triste sort, le pauvre.

Triste, c'était le moins qu'on puisse dire ! Se faire poignarder à quarante-quatre reprises par des membres du corps politique au compte duquel figurait son propre fils adoptif ! Ça en aurait énervé plus d'un !

Une fois remise de mes émotions, confortablement installée et profitant du fin doigté de Sasha dans mes cheveux, je décidai d'assouvir ma curiosité :

- Ysis, puis-je vous poser une question personnelle ?

- J'y répondrai si elle me convient.

- Comment avez-vous connu Talanus ?

Bien que toujours concentrée sur le pinceau à paupières qu'elle manipulait avec précision, une lueur de tendresse et de nostalgie s'alluma dans son regard vert.

- Talanus servait déjà sous les ordres d'Octave avant qu'il ne devienne empereur. Celui-ci l'avait chargé de négociations secrètes avec Cléopâtre et Marc-Antoine, son amant, pour que ce dernier déclare enfin sa défaite dans le conflit qui les opposait. L'histoire a retenu que l'un comme l'autre étaient butés, pas qu'entre-temps, la suivante et le général ne pouvaient plus se passer l'un de l'autre.

Complètement happée par ses souvenirs, la pause qu'elle marqua dans son récit fut une véritable frustration.

- Que s'est-il passé ensuite ? l'encourageai-je.

- J'avais fait serment d'allégeance à ma maîtresse, lui, à son ennemi. Notre amour, bien que sincère, était impossible. Ce fut donc avec le cœur écartelé que nous regagnâmes chacun notre terre. Néanmoins, quand la défaite de Cléopâtre fut avérée et qu'elle se suicida, je me sentis libre d'aller le retrouver, où qu'il se trouvait. J'ai donc traversé la Méditerranée au mépris des risques que j'encourais et je ne sais comment, j'ai réussi à retrouver sa villa, à Rome. Malheureusement, mon périple avait eu raison de mes dernières forces et c'est à moitié mourante que je m'effondrai aux pieds du domestique qui m'accueillit. Il aurait pu me laisser là, dans la rue ; il aurait dû le faire d'ailleurs. Mais il avait entendu un jour son maître parler d'une femme à laquelle je ressemblais trait pour trait, une femme qu'il n'avait pu oublier et qu'il était parti chercher en Égypte quelques semaines plus tôt. Angela, ne pleurez pas où je vais devoir tout recommencer !

Je me retins de rire en voyant mon amie renifler peu gracieusement pour enrayer les sanglots de compassion qui lui étaient montés à la gorge au fil du récit de sa coiffeuse millénaire.

- Pardon ! Mais c'est si romantique !

Ysis leva les yeux au ciel.

- Ah, ces humaines… Bref ! Le domestique s'appelait Janus et avait une certaine autorité dans la villa de son maître alors personne ne l'a contredit quand il a décidé que j'allais y rester. J'ai donc patienté des semaines avant qu'enfin, celui qui avait pris possession de mon cœur ne rentre chez lui, couvert de poussière et plus sombre que jamais. Et avant que Janus ait pu lui dire quoi que ce soit sur mon arrivée, Talanus s'était enfermé dans ses appartements en interdisant à quiconque de le déranger, sous peine de mort. Tout le monde me conseilla alors d'être patiente car les menaces de ce dernier n'étaient jamais des paroles en l'air.

- Vous voulez dire que vous avez vécu sous le même toit sans qu'il le sache ? m'étonnai-je.

- Oui. Je n'étais pas vampire à cette époque et je n'aurais pas pu me relever si l'idée était venue à Talanus de m'embrocher à travers la porte tandis que j'y frappais.

- C'est fou, et hmmgnnnn…! intervint Angela qui dut aussitôt se taire parce qu'Ysis lui fermait la bouche pour pouvoir lui mettre du rouge à lèvres.

- Oui, mais ça n'a duré que deux jours. Au troisième, je ne savais pas comment aborder Talanus et j'ai demandé à Janus de m'aider. Je l'ai suivi dans le jardin et me suis cachée derrière un oranger pour mieux les observer. Talanus ne faisait rien de particulier et ses yeux étaient dans le vague quand Janus l'a interpellé :

« *Maître, pardonnez mon intrusion mais...* »

« *Je veux être seul, Janus* »

« *Mais c'est à propos de la femme égyptienne, Ysis, dont vous avez parlé avant de nous quitter.* »

La réaction de celui-ci ne se fit pas attendre. Il saisit Janus par le cou.

« *Je t'interdis de prononcer son nom devant moi ! Elle est morte, tu m'entends ?! Je suis allé là-bas et on m'a dit qu'elle était morte !* »

Comme Janus commençait à étouffer, je voulus me précipiter pour venir à son secours, mais à peine avais-je effleuré le bras de Talanus en lui criant d'arrêter que ses réflexes de militaires agirent pour lui et que je me retrouvai au sol, une dague sortie de nulle part sous la gorge. Heureusement pour nous deux, Talanus était maître dans l'art de la maîtrise de soi et il arrêta son geste avant qu'il ne me soit fatal.

« *Mais... On m'a dit que tu étais morte !* »

« *J'ai tout quitté pour te retrouver.* »

Quand il m'a prise dans ses bras, ce fut l'instant le plus intense et le plus heureux de toute ma vie. Notre maître nous a d'ailleurs transformés ensemble parce qu'il avait compris ce qui nous liait. Maintenant, l'éternité nous appartient.

Il y eut un silence d'abord, puis :

- Oh, non ! Angela !

- Désolée... snif, mais... snif, c'est tellement... snif, romantique !

Cette fois, je n'avais pas envie de me moquer de mon amie libraire. J'étais moi-même bouleversée par le récit de notre narratrice, dont les sentiments absolus pour Talanus reflétaient exactement ceux que je ressentais pour Phoenix, bien que mon amour ne soit pour l'heure pas partagé.

Cette dernière le savait bien et me jeta un coup d'œil compatissant empli de bonté. Je hochai discrètement la tête pour lui signifier que j'étais touchée par son attention. Elle me sourit et se mit à la tâche de réparer les dégâts causés par les larmes d'Angela, tandis que de mon côté, je laissais Sasha s'occuper de mon maquillage.

- C'est magnifique !

Angela et moi venions de nous exclamer de concert en voyant notre reflet dans la glace. Ysis et Sasha avait fait du travail d'orfèvre. Mes cheveux remontés en chignon m'allongeaient le visage, dont cette dernière avait maquillé les yeux pour accentuer leur capacité hypnotique jusqu'à un taux record.

Quant à Angela…

Mon Dieu…

Jamais plus belle ni plus pure créature n'avait foulé cette terre jusqu'à elle. C'était un véritable ange descendu du Paradis pour toucher nos cœurs, impression renforcée par la blancheur de la robe aérienne et immaculée qu'elle venait d'enfiler. Même Ysis la dévisageait avec une profonde et sincère admiration.

- Jésus, Marie, Joseph… murmura Sasha. François va en tomber par terre devant l'autel.

Nous éclatâmes toutes de rire à cette idée. C'était exactement le genre de choses qui pourrait se passer. Notre mousquetaire avait beau être très respecté, il n'en était pas moins de notoriété publique que c'était un grand sentimental.

- Excusez-moi, Mesdames, mais je voulais vous prévenir que l'on commence à placer les invités. Ça va bientôt pouvoir commencer.

C'était l'organisatrice du mariage.

Il fallait reconnaître qu'Ysis avait fait preuve d'une générosité incroyable pour ces noces. Non seulement elle avait insisté pour que la cérémonie ait lieu dans le grand jardin de sa propriété, mais elle avait également repoussé en bloc l'idée que les futurs époux déboursent le moindre cent pour l'occasion. Elle avait également imposé le choix des meilleurs traiteurs, décorateurs et organisateurs de mariage de la région, pour faire de celui-ci un événement inoubliable.

Et comme je jetais un coup d'œil par l'immense baie vitrée de notre chambre, je ne pouvais qu'adhérer aux choix opérés. La nuit n'empêchait pas d'y voir parfaitement bien dans les jardins en raison de toutes les douces lumières blanches qu'on y avait installées. Un tapis blanc recouvrait l'allée centrale pour permettre à la mariée de rejoindre l'autel, sobrement, mais si élégamment décoré de guirlandes lumineuses blanches.

Huit assistants se chargeaient de guider les convives vers leurs places nominatives, chose qui prendrait encore quelques temps étant donné les cent cinquante personnes qui étaient attendues. Je savais que François aurait préféré quelque chose de moins ostentatoire, de plus intime, mais Angela avait toujours rêvé d'un mariage de princesse ; Ysis lui offrait plus encore.

Pour ma part, je n'avais jamais eu ce genre d'ambition. Trouver un homme gentil qui voudrait m'épouser me paraissait à l'époque déjà relever du miracle, alors une petite cérémonie m'aurait parfaitement convenu. Même si ce que je voyais dehors était magique et que je constatais depuis ma transformation en vampire que mon goût pour le clinquant avait tendance à s'affirmer un peu trop, je ne pouvais m'imaginer dans cette situation. Trop de monde… trop de bruit… Je pensais que si ce devait être mon tour, je me contenterais de mes plus proches amis et surtout, du regard de l'homme qui m'aimait. Du regard de Phoenix…

Il était déjà devant l'autel avec François et le prêtre, et portait le costume que nous avions choisi tous les deux.

Il était parfait.

Je soupirai.

- Sam ? Tu es prête ? Nous descendons, m'appela Angela.

- J'arrive.

Mon amour attendrait. Pour l'heure, un autre était sur le point de s'officialiser.

*

- Bon sang, Sam ! Je n'ai qu'une envie, c'est de hurler à ces lambins de se dépêcher de s'asseoir pour que je puisse courir jusqu'à l'autel et embrasser mon mari jusqu'à ma mort.

Ysis et Sasha nous avaient laissées depuis quelques minutes pour regagner leurs places respectives et Angela et moi étions seules en attendant que Danny nous rejoigne après avoir fini de pleurer comme un bébé dans les toilettes de notre hôte. La retenue émotionnelle, ce n'était pas son genre.

- Dis-toi que ces lambins sont des vampires très chatouilleux sur les bonnes manières et qu'en plus, si tu meurs étouffée sous les baisers avant d'avoir dit oui au prêtre, tout ceci n'aura servi à rien.

- Flûte ! Tu as raison. Alors je l'embrasserai sauvagement dès qu'on aura dit oui tous les deux !

Angela ne tenait plus en place et commençait à me donner la migraine avec ses mouvements incessants.

- Fais donc ça. Mais en attendant, tu ferais bien de te calmer ou tu vas transpirer et arriver poisseuse à l'autel.

- Argh ! Tu crois ?

Mon amie alla se jeter devant un miroir pour vérifier sa tenue ainsi que la senteur de ses aisselles.

Je levai les yeux au ciel.

- Entre une mariée dopée et son accompagnateur qui pleure comme une fontaine, on n'est pas sortis de l'auberge !

C'est en prononçant ces mots que j'identifiai les battements de cœur qui se rapprochaient depuis tout à l'heure de notre lieu d'attente.

- Angela ?

Matthew venait de passer la porte d'entrée.

Inutile de préciser à quel point le fait de nous retrouver ainsi, presque nez à nez, après des semaines de silence, était étrange. Passée la première seconde d'embarras, nous nous dévisageâmes chacun avec méfiance. En tout cas, il était hors de question que je fasse le premier pas.

- Hum… Bonjour, Sam.

- Matthew, le saluai-je, glaciale, en lui servant le hochement de tête habituel et impersonnel des vampires.

Il se raidit et je me demandais s'il allait répliquer.

- Jolie maison, se contenta-t-il de dire comme s'il parlait de la météo.

- Elle appartient à deux vampires très généreux.

Le ton sec que j'avais employé ne lui plut certainement pas car ses sourcils se froncèrent, mais encore une fois, il ne releva pas ma pique. De toute façon, il valait mieux que j'évite une confrontation à quelques minutes de la cérémonie de notre amie commune, laquelle arriva en trombe en nous entendant.

- Matthew ! Tu es là !

Elle se jeta dans ses bras.

- Je voulais te souhaiter tous mes vœux de bonheur avant que ça ne commence.

- Oh, je suis si touchée ! s'exclama-t-elle en reniflant.

- Angela, si tu pleures, tu vas non seulement tacher la veste de Matthew, mais tu vas aussi ruiner le maquillage d'Ysis, lui rappelai-je.

- Oh ! Pardon ! Mais je suis tellement heureuse !

Je ne pus m'empêcher de sourire tendrement en la regardant se jeter au cou de Danny qui venait de revenir et qui, en la réceptionnant ainsi, éclata de nouveau en sanglots.

- Sam, je…

Je me tournai vers Matthew en l'entendant parler et fus surprise de son regard sur moi. Aucune colère, aucune amertume, juste de l'hésitation et de l'embarras.

- Il faut qu'on parle tous les deux et…

- Ah, vous êtes là ! C'est déjà suffisamment compliqué à organiser sans que le témoin disparaisse de ma vue à quelques minutes des opérations, vous voulez ma mort ? Suivez-moi !

L'organisatrice de mariage venait de nous interrompre en déboulant dans le hall et en attrapant Matthew par le bras pour le forcer à retourner vers l'autel. Pris au dépourvu par ce général en chef en tailleur Chanel, il se laissa emmener sans faire d'histoire.

Je n'eus pas vraiment le loisir de m'interroger sur ce qu'il avait à me dire car deux minutes après, la musique se mit en marche.

Ysis avait fait venir des violonistes de trois cents ans pour accompagner mes pas et ceux de la mariée vers l'autel. La première mélodie nous signalait que tous les invités étaient en place et que nous devions être prêts, la seconde m'indiquait que je devais m'avancer dans l'allée, et la troisième était la marche nuptiale ancestrale indiquant au futur époux que sa promise venait à lui.

Bien que mon stress avait atteint son niveau maximum, je tentais de le juguler pour imposer à Angela des exercices de respiration lui permettant de se calmer. Comme ça ne fonctionnait pas, je lui resservis une dernière fois l'argument de la transpiration, lequel me permit d'aller accomplir ma tâche l'esprit tranquille.

Du moins…

Au signal, j'étais sortie sur le perron et avais descendu les quatre marches me séparant du jardin. À peine avais-je mis un pied hors des murs protecteurs de la villa que je dus combattre une envie irrépressible de faire marche arrière pour m'enfuir en courant. Toutes les têtes de la très nombreuse assistance s'étaient tournées dans ma direction au début de la mélodie et même en essayant de ne pas y prêter attention, je me sentais horriblement mal à l'aise d'être ainsi dévorée des yeux.

Je n'avais pas à rougir de honte pourtant, puisque les commentaires admiratifs des humains, qu'ils croyaient inaudibles à tort, me confirmaient que mon apparence était tout à fait honorable. Côté vampire, on me regardait aussi, à la différence que les visages de certains qui m'étaient inconnus et qui ne devaient pas appartenir au comté de Kerington, exprimaient une curiosité presque avide. Dans la foule, je reconnus Steve, l'un des gardiens sous les ordres de Hedayat Javan, présent lui aussi. Le premier me fit un petit signe de la main, tandis que le second, me détaillait de la tête aux pieds, un sourire gourmand aux lèvres, un éclat d'envie dans ses prunelles.

J'avançais sans rien montrer de mon trouble et résistais autant que possible à l'appel de la fuite en avant ou en arrière en serrant mon bouquet de fleurs au risque de le broyer. Moi qui croyais que ma transformation avait apaisé ma timidité ! Visiblement, mon moi vampirique abhorrait autant les bains de foule que mon ex-moi humain. C'était trop fort ! Je n'allais quand même pas me laisser faire !

Il fallait que je trouve un moyen de dépasser tout ça et après une courte réflexion, celui-ci m'apparut au final comme le plus évident.

Phoenix.

Malgré la distance qui nous séparait, nos regards s'accrochèrent et tout le reste de mon périple vers l'autel se passa sans que rien d'autre au monde n'existât hormis ces yeux-là.

Je ne répondis même pas au signe de la main de Ginger Wood, ni au hochement de tête de Talanus.

Je ne voyais que lui…

Lui qui me contemplait comme s'il me voyait pour la première fois, lui dont l'expression de dureté indomptable avait laissé la place à cet air innocent et profond qui chaque fois me chavirait l'âme, lui qui ne semblait pas s'apercevoir que François lui avait glissé quelques mots à l'oreille en souriant, lui qui illuminait mon existence par le simple fait de se tenir là, devant moi.

Arrivée à l'autel, heureusement qu'un sursaut de raison me guida à côté de Matthew ou j'étais sûre que j'aurais fini ma route lovée entre les bras du témoin du marié.

D'ailleurs, j'en aurais presque voulu à ce dernier d'être là puisqu'il bouchait mon champ de vision et m'empêchait de voir l'objet de mon adoration.

- Sam, reviens sur terre, s'il-te-plaît.

Ce chuchotement mi-amusé mi-réprobateur eut l'effet escompté et me tira de mon rêve éveillé. Je jetai un œil à Matthew, étonnée par son comportement plutôt affable, mais reconnaissante de son conseil.

Il était temps, la mariée arrivait.

- Ooooooooooooooh….

Après cette unique interjection, plus un bruit ne vint troubler la marche de la fiancée vers l'officialisation de son amour. Tout le monde était subjugué par la beauté irréelle de cette jeune humaine de vingt-six ans, dont le sourire immaculé éblouissait de par l'incroyable bonté d'âme qu'il recelait. Même les vampires, tous pourtant magnifiques, restaient bouche bée.

L'un d'entre eux, évidemment, les surpassait tous.

François était littéralement en état de choc, mais là où cela aurait pu faire rire, cette vision bouleversait plutôt. Tout son être transpirait l'amour, au point que j'eus même l'impression de pouvoir le toucher. Et lorsqu'enfin remis du choc provoqué par l'apparition féérique de celle qu'il aimait, il lui sourit, j'eus l'impression que l'air ambiant s'était réchauffé par la force des sentiments qu'ils communiquaient entre eux silencieusement. C'était comme si les deux parties d'un tout, jusqu'ici séparées, s'apprêtaient à être enfin réunies pour toujours.

C'était… beau. Je ne vois pas comment le dire autrement.

- Snif…

Un coup d'œil par-dessus mon épaule me permit de constater que je n'étais pas la seule à être touchée par ce spectacle.

- C'est juste une poussière, dit Matthew en s'essuyant le coin de son œil droit.

Je ne pus m'empêcher de sourire, surtout en avisant les réactions des autres convives. Côté humain, tout le monde regardait le couple en essuyant ses larmes, ou en se mouchant bruyamment dans le cas de Danny qui devait en être à son deuxième paquet de mouchoirs. Côté vampire, Phoenix avait eu beau me prévenir qu'ils voyaient l'amour comme une faiblesse à fuir, l'émotion de toux ceux présents, y compris les plus impressionnants, était trahie par les petits éclairs lumineux qui zébraient leurs pupilles. Même Talanus n'arrivait pas à masquer le sourire qui lui était naturellement venu.

- Si nous sommes réunis aujourd'hui…

Le prêtre venait d'entamer les paroles rituelles liant Angela et François pour l'éternité. Je suivis chaque moment avec tendresse, m'imprégnant de l'atmosphère d'amour et de bonheur qui nous enveloppait.

- Que les témoins apportent les alliances.

Pour la deuxième fois, je me retrouvai prisonnière des yeux azurés de mon mentor quand nous nous fîmes face avec les anneaux des mariés. À seulement quelques centimètres l'un de l'autre, je ressentais son regard doux comme une caresse, et sa présence comme un cocon de bien-être qui me réchauffait l'âme.

Un coup de coude me fit retrouver mes esprits.

Angela me fixait en se retenant de rigoler et affreusement gênée, je m'empressai de défaire le ruban qui retenait son alliance en or sertie de petits diamants.

Bon sang ! Ce que je pouvais être nouille ! Je n'arrivais même plus à lever les yeux vers Phoenix, encore moins vers l'assistance qui n'avait pas dû perdre une miette du spectacle affligeant que je venais de lui offrir. Ce fut donc avec soulagement que je rejoignis ma place derrière Angela, déjà occupée à énoncer ses vœux avec une ferveur quelque peu altérée par les sanglots qui entrecoupaient ses paroles.

Malgré sa retenue, ceux de François étaient tout aussi bouleversants et achevèrent de faire tomber le self-control de sa bien-aimée à qui je tendis un mouchoir prévu pour l'occasion.

Quand, enfin, le prêtre les déclara mari et femme, je sentis mon cœur se serrer et mes paupières se contracter en réaction aux larmes de joie qui auraient dû couler si je n'avais pas été un vampire.

Leur baiser fut si pur et si beau que tous les convives se levèrent pour acclamer les nouveaux époux.

Applaudissant moi aussi à tout rompre, je me retenais de prendre mes amis dans mes bras pour les féliciter, les laissant savourer leur première étreinte de jeunes mariés.

Je souriais.

Je souriais tant que je me dis que je ne pourrais plus cesser de sourire ainsi jusqu'à la fin de mes jours tant j'étais heureuse pour ceux que je considérais comme mon frère et ma sœur. Lorsque ceux-ci descendirent pour ouvrir la marche vers les festivités prévues dans la salle de réception de la villa, et que Phoenix apparut de nouveau dans mon champ de vision, m'offrant galamment son bras pour les suivre, je baignais dans une plénitude si totale que j'étais sûre que même le soleil ne pouvait rayonner autant que moi.

- Vous êtes incroyablement belle, Sam.

Son compliment, énoncé très bas pour n'être audible que de moi seule, et d'une voix de velours chargée de sincérité et de sensualité, faillit me faire perdre tout contrôle. Je me serais jetée à son cou si :

- Hum… Il faudrait que vous avanciez pour que les convives puissent nous suivre.

Phoenix glissa à Matthew une œillade meurtrière, mais s'exécuta et m'entraîna avec lui à la suite du couple énamouré qui n'avait pas l'air de se soucier le moins du monde de savoir si leurs invités les suivaient ou non.

Sur le chemin, je me repris suffisamment pour cesser de sourire comme une idiote et paraître digne de marcher aux côtés de l'ange du secteur de Kerington. Je me tenais droite et regardais fièrement devant moi en ignorant ma petite voix intérieure qui me hurlait de ne plus me contenter du bras de mon compagnon et de m'emparer de ses lèvres pour le faire mien devant tout le monde.

- C'était une très belle cérémonie, dis-je pour combler le silence entre nous pendant que nous nous dirigions vers la salle de réception.

- C'est vrai, même si je n'ai pas écouté un mot de ce qu'a dit le prêtre.

Je levai les yeux vers lui, surprise, et ce faisant, je remerciai le ciel de ne plus être capable de rougir d'embarras ou d'avoir un cœur en état de s'emballer. Phoenix me regardait avec malice et autre chose que je n'arrivais pas à identifier, mais qui arrivait pourtant à me donner des vapeurs.

Je déglutis pour reprendre une contenance :

- J'ai trouvé son sermon plutôt intéressant, au contraire. D'habitude, les offices religieux m'ennuient profondément, mais là, le père Gauratis a su trouver les mots justes.

- Peut-être avez-vous raison...

Son sourire énigmatique me fit frissonner et je me demandais si je n'avais pas raté un épisode.

Heureusement, nous arrivions enfin à destination et nous fûmes émerveillés par la magnifique décoration des lieux.

Guidés par les choix d'Angela, les décorateurs avaient fait du travail d'orfèvre. Des chandeliers en cristal et des orchidées violettes ornaient des nappes en tissu à la blancheur immaculée. La vaisselle en argent, les verres en cristal et les assiettes en porcelaine agrémentées d'un fin liseré argenté sur leur pourtour étincelaient avec la lumière tamisée des lustres donnant aux lieux un aspect féérique, en parfait accord avec l'apparition magique qu'était Angela.

Le cocktail commença bientôt et chacun alla se servir un verre de champagne. Un service spécial composé de créatures de la nuit tirées à quatre épingles avait été aménagé pour les bénéficiaires des boissons coupées avec du sang.

Des serveurs passaient parmi les invités pour leur proposer des rafraîchissements et Phoenix nous attrapa deux flûtes « spéciales vampires ».

- À François et Angela, dis-je en faisant tinter mon verre avec le sien.

- À vous.

Ma bouche s'assécha immédiatement. Il était temps que j'avale le contenu de mon verre.

- Sammyyyyy !!

Avalant de travers, je me retournai pour accueillir Ginger Wood et sa fille Valérie, laquelle était absolument ravissante dans sa robe-fourreau bleu électrique. Plusieurs hommes s'étaient retournés sur son passage et je vis au visage tout admiratif de Steve, non loin, qu'elle lui avait fait forte impression.

- Bonsoir, Ginger, je suis heureuse de vous revoir.

Sans cérémonie, elle m'attrapa et me serra contre sa poitrine généreuse.

- Pas de chichis entre nous, ma petite ! Danny nous a dit que vous aviez été malade et à chaque fois que vous êtes revenue par la suite à Scarborough, je ne vous ai pas vue. Je me suis fait du souci pour vous ! Dieu que vous êtes époustouflante dans cette robe !

- Maman… Cesse de l'étouffer ! dit Valérie en s'esclaffant.

Même si je ne courais aucun risque de ce côté-là, je n'aimais pas particulièrement que ma vendeuse de bonbons préférée réduise à néant le beau chignon de Sasha en se montrant trop expansive.

- Oh, pardon ma petite Sammy, s'excusa-t-elle en m'écartant avant de se tourner vers mon patron en tendant sa main. Phoenix, c'est ça ?

Ginger avait une bonne mémoire et surtout un penchant pour les commérages plus que prononcé. Si elle se souvenait de Phoenix, c'était parce qu'il était venu lors de ma fête d'anniversaire chez Danny quelques mois plus tôt et qu'elle avait parfaitement compris que Matthew en était jaloux. Je me demandais comment il allait réagir.

- Je suis ravi de vous revoir, vous et votre charmante fille.

Son amabilité m'étonna moins que les deux baisemains qui suivirent et qui déclenchèrent un gloussement chez Ginger et une

217

rougeur de peau ainsi qu'un emballement cardiaque caractéristique chez Valérie. J'aimais bien cette dernière, mais le fait que son corps réagisse aussi instinctivement à la beauté sauvage et charismatique de l'homme de mes rêves m'agaça.

À moi ! s'énerva une voix dans ma tête. Je sentis mes canines pointer, mieux valait que je n'ouvre pas trop la bouche.

Heureusement, nos deux interlocutrices furent appelées un peu plus loin, nous laissant de nouveau en tête à tête, Phoenix et moi.

- Sam, on dirait que quelque chose vous a mise en colère. Vous vous êtes refermée comme une huître tout à coup.

Super. Qu'est-ce que j'allais bien pouvoir dire ?

- C'est juste que j'ai faim.

Quelle nulle !

Phoenix leva les yeux au ciel.

- Travaillez vos mensonges pendant que je vais nous chercher à boire.

- Gnaaa.

Mais il était déjà parti.

Bah ! Autant que j'en profite pour aller adresser mes félicitations aux mariés. La file d'attente me semblait beaucoup moins longue que tout à l'heure.

J'avais fait deux pas quand :

- Sam, peut-on se parler ?

Je n'avais pas entendu Matthew arriver. Bravo ! Pour une assistante d'ange, c'était plus qu'irritant !

- Je t'écoute, dis-je tout de même.

Avec un sourire contrit, il répliqua :

- Pas ici. Dehors, si tu veux bien. Je n'ai pas envie que tout le monde entende ce que j'ai à te dire.

Je me retins de l'informer que ce n'était pas la baie vitrée qui allait empêcher un vampire curieux d'écouter notre conversation.

- Je te suis.

Une fois dehors, Matthew m'emmena à l'écart de la villa, non loin de l'autel des mariés. J'attendis ensuite qu'il se décide à parler puisque muet comme une carpe, il se contentait de me regarder avec un mélange de tristesse et d'anxiété.

- Je voulais m'excuser, Sam.

Je haussai les sourcils, pas franchement sûre d'avoir bien entendu ses paroles malgré mes pouvoirs surhumains. Il n'en fut que plus embarrassé.

- Écoute, je sais que je me suis conduit comme le dernier des crétins et que ce que je t'ai dit au château était impardonnable.

- Effectivement, dis-je durement.

Il se passa nerveusement la main dans les cheveux.

- Ma conduite était inqualifiable, je le sais, je le savais au moment où je parlais, mais j'étais trop fier et surtout trop blessé pour m'arrêter. Je n'arrivais pas à comprendre pourquoi vous m'aviez laissé dans l'ignorance de ta transformation et surtout je n'acceptais pas les raisons qui l'ont rendue nécessaire…

- Matthew…

Son expression triste mais résignée me fit mal au cœur et je sentis ma rancœur contre lui s'atténuer un peu.

- Non, Sam. Laisse-moi aller au bout sans m'interrompre. J'étais furieux… parce que je t'aimais et que cette transformation mettait fin à tous mes espoirs avec toi. Jamais je n'aurais préféré que tu meures au lieu de devenir un vampire, mais je voulais te faire mal au moins autant que tu m'avais fait mal en choisissant de donner ta vie pour Phoenix… donc en choisissant de l'aimer, lui.

Je me crispai en espérant que personne, et surtout pas l'intéressé qui devait à présent me chercher avec mon verre à la main, n'ait entendu ça.

- Matthew…

- Je comprendrais que tu ne me pardonnes pas pour ce que je t'ai fait endurer toutes ces semaines, mais je voulais simplement que tu saches que j'ai fini par comprendre ce qui te liait à ce vampire et que tu n'éprouverais jamais pour moi ce que tu ressens pour lui.

Malgré mon envie qu'il se taise, je le regardais avec compassion ; ces mots devaient être horriblement durs à prononcer. Il poursuivit :

- Même si je t'aime encore et que je crois qu'une part de moi t'aimera toujours, je ne veux pas gâcher notre amitié. Donc si tu es d'accord, j'aimerais qu'on recommence à se faire confiance tous les deux.

Je laissai volontairement le silence peser entre nous. Une part de moi se réjouissait qu'enfin Matthew accepte que les seuls sentiments qu'il m'inspirait étaient de l'amitié, et qu'il ait pris l'initiative de se réconcilier avec moi. Une autre n'arrivait pas à lui pardonner sa cruauté au moment où j'avais eu le plus besoin de lui.

- Ce que tu m'as dit m'a blessée à un point que tu n'imagines pas.

Matthew soupira en secouant la tête.

- Je ne te demande pas de me pardonner tout de suite, je me doute du mal que je t'ai fait.

- Je ne crois pas.

Il haussa les sourcils, un peu étonné par la dureté de ma voix. Je repris plus doucement :

- Je ne veux plus me fâcher avec toi, Matthew. Si tu es capable de m'accepter comme je suis et d'accepter ce que tu représentes pour moi, un ami, je suis prête à te refaire confiance.

Il me dévisagea avec un mélange d'espoir et de culpabilité.

- Mais ce sera la dernière fois, tranchai-je.

Le silence sembla s'éterniser entre nous après cette déclaration, puis :

- Je comprends.

Il me tendit la main, j'y glissai la mienne.

- Il doit te chercher, je te ramène à lui.

Il n'y avait aucune amertume dans sa voix et le sourire qu'il m'offrait était calme et résigné. Je m'autorisai à lui sourire en retour, heureuse de la tournure que venaient de prendre les événements.

Décidément, ce mariage avait vraiment quelque chose de magique.

J'avais retrouvé mon meilleur ami.

*

La suite de la soirée se passa très bien.

Les invités avaient été répartis pendant le repas sur des tables rondes et la place de chacun était indiquée nominativement sur un plan à l'entrée. Ainsi, aucun humain ne se retrouvait mêlé aux vampires présents, lesquels pouvaient déguster leur menu liquide sans qu'on leur pose de questions.

Après mon retour dans la salle de réception avec Matthew, Phoenix était venu à ma rencontre en se gardant de faire des commentaires, mais à la façon dont il avait crucifié mon ami du regard, je me doutais que ce n'était pas l'envie qui lui avait manqué. Ce dernier s'était alors empressé d'aller féliciter Angela et François. Je m'étais retenue de reprendre mon patron sur son comportement parce que je savais que c'était inutile ; non seulement il m'avait prévenue qu'il ne lui pardonnerait jamais de m'avoir traitée comme un monstre après ma transformation, mais aussi que c'était une excuse pour pouvoir le détester à loisir, lui qui ne l'avait jamais apprécié.

Bref, nous étions allés également féliciter les nouveaux époux avant de nous diriger vers notre table, celle des mariés en l'occurrence. Le repas se déroula dans une atmosphère de fête et de gaieté, quelque peu larmoyante quand François s'était levé pour faire un discours de remerciement à l'assemblée présente. C'était un français, il avait l'art de la formule et donc de faire pleurer dans les chaumières.

Talanus et Ysis étaient avec nous, évidemment (ça aurait été mal pris je pense, sinon) et furent d'agréables compagnons de table, chose assez surprenante les connaissant. Le général romain se montrait très galant vis-à-vis d'Angela et sa bien-aimée nous avait régalés de plusieurs anecdotes assez drôles de sa très longue existence. Matthew avait été placé à côté d'Angela et bien qu'il fut mal à l'aise d'être attablé avec une majorité de vampires, dont un qui ne lui adressa jamais la parole, sa conduite fut irréprochable. Bref, ce fut très agréable.

Vint ensuite le moment où les mariés ouvrirent le bal avec une valse très romantique pendant laquelle l'un comme l'autre se dévoraient du regard. L'aura d'amour qu'ils irradiaient était si intense que beaucoup prirent leurs mouchoirs et que je laissai échapper un gloussement en avisant le visage inondé de larmes de Danny, auquel Matthew administrait de petites tapes dans le dos avec un air dépité et amusé.

La musique se fit ensuite plus entraînante et plus moderne, signe que tout le monde était invité à occuper la piste de danse. De nombreuses personnes ne résistèrent pas à cet appel et sans le savoir, les humains se déhanchaient en rythme aux côtés de créatures tout droit sorties de leurs cauchemars.

Deux couples se démarquaient déjà : les mariés, trop occupés à se regarder dans les yeux pour suivre le rythme, dansaient lentement, comme si personne d'autre qu'eux n'existait au monde ; quant à Talanus et Ysis…

- Nom d'un petit bonhomme !

Phoenix partit d'un grand éclat de rire en voyant mon expression ébahie.

- Quoi ? Je ne vous avais pas dit qu'ils étaient des professionnels de toutes les danses de salon ?

Bouche bée, je regardais nos chefs de secteur entamer un rock endiablé au milieu d'un cercle de danseurs humains médusés et admiratifs. C'était comme si j'apprenais que Fidel Castro était un irréductible du *Pictionary* !

- Je n'en reviens pas ! Heureusement que je n'ai pas l'intention de les rejoindre, avec mon sens du rythme, je serais le ridicule incarné comparé à eux !

- Moi qui voulais justement vous inviter pour les prochaines danses, dit une voix dans mon dos, je suis déçu.

J'avais reconnu l'accent perse de Hedayat Javan et surtout entendu les battements de cœur humain qui l'accompagnaient. En me retournant, je vis que le chef de la sécurité diurne était accompagné d'une jeune femme rousse qui semblait-il, à sa façon de me dévisager comme une rivale, n'était pas du tout ravie de ce qu'elle venait d'entendre.

- Il n'y a pas de place pour toi dans son carnet de bal, rétorqua une voix de velours à la tonalité aussi caressante que de l'acide.

Je tournai vivement la tête et foudroyai Phoenix du regard, lequel n'en fut affecté en rien puisqu'il se contentait de fixer son collègue d'une manière explicite : s'il ne passait pas son chemin dans la seconde à suivre, il le mangerait tout cru.

Hedayat saisit le message et me fit une révérence orientale avant d'entraîner sa future maîtresse (à la façon dont elle bavait d'envie en le déshabillant des yeux, surtout en des endroits où elle aurait dû en rougir, elle ne tarderait pas à l'être) vers la piste de danse, non sans avoir murmuré un très bas « Quel dommage ! » qui ne tomba pas dans l'oreille de sourds.

Phoenix gronda imperceptiblement tandis que je m'enfonçais un peu plus dans mon siège en prévision de la dispute qui allait éclater :

- Je peux savoir ce qui vous a pris ? attaquai-je, dès qu'il cessa de contempler Hedayat avec l'envie de l'écarteler.

- J'ai toujours trouvé que ce perse était compétent et intelligent, mais à la façon dont il s'obstine à vous coller ainsi, je crois que je vais devoir réviser mon jugement.

Non désireuse de repartir une énième fois sur le même sujet de dispute, je me levai en soupirant et me dirigeai vers Danny.

- J'ai besoin d'un cavalier, le mien est décidément trop ronchon pour en tirer quelque chose (je savais que Phoenix m'entendait parfaitement et je retins de justesse un éclat de rire en l'entendant gronder de colère) ; est-ce que ça te tente ?

L'intéressé me fixait, stupéfait.

- Je croyais que tu détestais danser ?

Je haussai les épaules.

- Je n'ai jamais pris le temps d'apprendre et mon grand-père adoré a bien tenté de me montrer quelques pas, mais ça fait longtemps qu'il a abandonné l'idée. Donc je me suis convaincue que j'étais une partenaire aussi agréable qu'un boulet de plomb au pied d'un prisonnier et je dois me contenter de rêver de savoir danser au lieu de savourer l'expérience de la chose.

Et toc ! Prends ça, patron esclavagiste !

Matthew croisa les bras avec un sourire diabolique aux lèvres, renforcé par l'assurance que ses paroles suivantes ne pourraient lui valoir de représailles dû au trop grand nombre de témoins.

- On dirait que ton grand-père sait bien profiter de ton ardeur à la tâche, mais qu'en retour il ne s'intéresse pas beaucoup à tes désirs.

En d'autres circonstances, j'aurais vu dans cette réflexion une pique agressive d'un ami jaloux de son rival, mais après notre discussion dans les jardins, je compris que ce n'était pas le cas et qu'au contraire, Matthew tendait une perche à son ennemi lui indiquant que mes désirs en l'occurrence, étaient axés sur lui. C'est pourquoi je ne grondai pas mon ami retrouvé et me contentai de lui faire discrètement signe de ne pas chercher les ennuis en renchérissant sur le sujet. C'était déjà un miracle que Phoenix ne se soit pas levé pour l'assommer devant tout le monde, inutile d'aller davantage chatouiller la bête.

- Alors ? demandai-je à Danny.

Celui-ci se leva d'un bond et après un profond salut, il me tendit son bras.

- Tu parles à l'homme qui a tout appris à Fred Astaire, petite. Suis-moi.

En m'exécutant, je jetai un regard du côté de Phoenix pour vérifier que mon but de l'énerver était magistralement atteint, mais je ressentis une curieuse inquiétude à la vue de son sourire énigmatique, ses yeux suivant mon arrivée sur la piste de danse avec une lueur de revanche qui ne me disait rien qui vaille.

Ce fut donc avec appréhension et une légère déconcentration que je suivis les enseignements de Danny pendant un peu plus de trois chansons, puis ceux de Matthew lorsque mon premier professeur, trop essoufflé (ou désespéré) pour continuer, avait appelé son fils à la rescousse.

- Sam ! Mets-y un peu du tien ! Tu n'es pas du tout dans ce que tu fais ! Aïe !

Son cri de douleur m'avait ramenée sur terre et je m'étais empressée de m'excuser de lui avoir écrasé le pied avec mon talon. Pour ne pas gêner les autres danseurs qui virevoltaient sur de la salsa, on s'était mis à l'autre bout de la piste, près du DJ, mais le résultat fut d'augmenter encore mon trouble puisque Phoenix n'était plus dans mon champ de vision. Il me préparait un coup fourré, j'en étais certaine !

- Ouille ! Sam ! Voilà que tu recommences ! pesta mon cavalier.

- Oh, je suis désolée, Matthew !

- Bon, écoute. On va revenir de son côté pour que tu puisses le voir une fois pour toutes, comme ça tu vas pouvoir me suivre sans risquer de m'estropier à chaque pas !

Passablement irrité, mon ami m'entraîna à sa suite vers le bord de la piste en jouant des coudes pour écarter les autres convives de notre passage. Comme je faisais attention à ne pas marcher sur ma robe, je pus dire merci à mes réflexes de vampire qui me permirent de ne pas lui rentrer dedans quand il se stoppa net devant moi.

- Viens, en fait, on va retourner près de l'estrade du DJ, dit-il en se positionnant de sorte que je ne voie pas ce qui se passait derrière lui.

- Pourquoi ? Les enceintes me massacrent les tympans là-bas, je serai certainement plus concentrée de ce côté !

- Crois-moi, ça vaut mieux qu'on retourne d'où on vient !

Peut-être fut-ce le ton de sa voix ou son empressement à vouloir me faire faire demi-tour qui déclencha une alarme dans ma tête.

- Que fait-il ? dis-je sèchement, mon pressentiment se faisant plus pressant à mesure que les secondes défilaient.

Matthew soupira.

- J'espère que ce qu'Angela m'a dit à propos de ton self-control de nouveau-né est fondé, parce que ça ne va pas te plaire.

- Pousse-toi, s'il-te-plaît.

Le spectacle qui s'offrit à moi me permit de confirmer l'espoir de mon ami. Heureusement, car la flamme de la jalousie qui m'embrasa à cet instant était à ce point gigantesque que si j'avais eu le pouvoir de faire jaillir le feu de mon corps, comme mon illustre ancêtre, mes ennemies se seraient retrouvées carbonisées sur le champ.

*

- Sam ?

Le murmure craintif à mon oreille me rappela que j'étais en plein bal de mariage et que je ne pouvais décemment pas gâcher la fête en arrachant la tête de plusieurs de ses invitées, lesquelles, en grande conversation avec le sale traître qui me servait de patron, ne se doutaient pas qu'une prédatrice les fixait comme des proies à abattre.

Je me repris et réfléchis.

Alors comme ça, Phoenix montrait les crocs à tous les hommes qui s'approchaient de moi de près ou de loin et de son côté, lui-même se permettait de batifoler avec une bande d'humaines trop occupées à baver d'envie devant lui plutôt que d'écouter leur sixième sens qui s'acharnait en vain à les prévenir du danger que l'objet de leurs fantasmes représentait pour elle ?

Je repensai à la scène qu'il m'avait faite après ma cérémonie d'accueil chez Talanus et Ysis. Le salaud !

Il ne perdait rien pour attendre ! Mais dans un premier temps, avant de pouvoir lui voler dans les plumes, il fallait que je me débarrasse de ses fans en délire.

Et quelles fans ! Elles étaient trois, toutes habillées avec des robes affriolantes signifiant leur disponibilité pour la nuit à tout éventuel célibataire intéressé par leur plastique refaite au silicone. Elles portaient sur elles l'intelligence du radis en plus de transpirer l'ignorance crasse des principes de base des bonnes manières, notamment celui préconisant aux femmes d'éviter de sauter sur tout ce qui bouge afin de ne pas être taxées de « filles faciles ».

Je ne voyais que le dos de Phoenix, mais à la façon dont ces femmes s'esclaffaient en bombant le torse pour faire ressortir leurs grosses poitrines, je me doutais qu'il leur offrait une facette charmante de sa personnalité, facette à laquelle, moi, je n'avais jamais droit.

Ça me mettait dans une rage folle, rage qui atteignit son apogée lorsque la plus téméraire, la blonde, qui me faisait penser à Engara (imaginez alors à quel point j'avais envie de la tuer), osa poser sa main sur le bras de son interlocuteur, qui ne fit rien pour s'en débarrasser.

Je poussai un rugissement mental.

Dans mon univers de propriétaire bafouée je ne voyais plus que cette main, que j'avais envie de démanteler os par os.

- Sam… chuchota Matthew encore une fois, si bas qu'aucun humain ni aucun vampire ne pourrait l'entendre. Tu commences à me faire peur.

- Ne t'en fais pas, le rassurai-je après une bonne inspiration m'ayant permis de contenir mon envie de meurtre. Il y a des manières d'agir plus subtiles que de foncer dans le tas.

- Je t'en prie, quoi que tu aies derrière la tête, c'est une mauvaise idée.

Je retroussai les lèvres en mettant une dernière touche à mon plan de bataille.

- Merci pour la danse, Matthew.

Et sans m'occuper de sa réaction, je le quittai…

Phoenix devait sûrement avoir senti mon approche, mais il affecta une fausse surprise quand j'apparus soudainement à son côté, repoussant en même temps la main honnie vers sa propriétaire, qui eut bien de la chance de la retrouver avec toutes ses phalanges.

- Chéri ! lançai-je en lui prenant le bras sans m'autoriser à le lui broyer. Tu étais là, je te cherchais, justement.

Cette fois, la surprise de mon employeur n'était pas feinte. Visiblement, il ne s'était pas attendu à cette entrée en matière.

Sans accorder le moindre regard aux jeunes femmes ni sans lui laisser la possibilité de prendre la parole et le dessus sur moi, j'enchaînai :

- J'ai enfin retrouvé le médicament que t'a prescrit le docteur Stanbruck, la boîte était tombée dans la doublure de mon sac.

Son froncement de sourcils et sa question…

- Quel médicament ?

… me firent lui adresser un méchant sourire, visible de lui seul.

- Tu sais bien… celui contre l'impuissance.

J'entendis un ensemble de ricanements étouffés dans mon dos, c'était le trio infernal. Il me sembla avoir vu un gros vampire joufflu recracher tout le contenu de son verre sur sa voisine aux dents longues également, qui ne semblait pas s'en être aperçue, trop horrifiée par ce qu'elle venait d'entendre sortir de ma bouche.

Ce n'était pas le moment de faire marche arrière, j'avais peut-être gagné la partie avec Phoenix, mais je n'en avais pas encore fini.

Je me retournai vers les groupies et avec une lenteur insupportable pour elles, je les détaillai avec tout le dédain et l'envie de massacre qu'elles m'inspiraient.

Mon expression dut les impressionner car dans un ensemble parfait, elles blêmirent et se ratatinèrent sur elles-mêmes. Ce que je n'avais pas prévu, c'était que ce faisant, j'avais une bonne vue sur les veines qui palpitaient à leurs cous, me donnant une soudaine envie d'y planter mes crocs.

Je ne sais pas vraiment quelle tête je fis à ce moment, mais je me doutais qu'elle ne devait pas être très agréable parce qu'en un éclair, les trois *girls de Playboy* [3] détalèrent aussi vite que leurs escarpins le leur permirent.

Bien que ces allumeuses se soient dispersées aux quatre vents, ce n'était toutefois pas le cas de ma colère, et rassemblant toutes les invectives qui m'étaient venues à l'esprit, je me tournai brusquement pour faire face à l'objet de mon courroux...

... Sauf qu'à peine venais-je de croiser son regard azuré incroyablement doux tandis qu'il était braqué dans la rage du mien, que celle-ci s'y perdit complètement et en oublia les motifs de son apparition. Son sourire, à cet instant, aurait pu faire fondre toute la banquise de l'Antarctique et bêtement, je me sentis fondre aussi.

- Chérie...

Son ton était ironique, mais curieusement joyeux. Ainsi, il n'était pas du tout en colère...

... Mais... je rêvais où il venait de m'appeler « Chérie » ? Je rêvais ! Oui, oui, je rêvais !

- Hein ?

Son rire grave et sensuel me fit frissonner jusque dans des endroits encore inexplorés par aucun homme. Nom de... !

- Si je dois prendre des cachets contre l'impuissance, ceux pour la capacité d'aligner trois pensées cohérentes devraient vous être recommandés. C'était bien trouvé au fait, ça m'a pris au dépourvu.

Complètement décontenancée par son attitude amicale, je ne savais plus comment aborder ce qui m'avait au départ rendue furieuse.

---

[3] Série de téléréalité présentant le quotidien de Hugh Hefner, le fondateur de *Playboy*, et de ses trois petites-amies (toutes blondes aux courbes de rêve) entre 2005 et 2010.

- Moi, ce qui me prend au dépourvu, c'est de voir que vous prenez ça avec le sourire.

Un éclair blanc traversa ses iris et il m'attrapa le menton pour me regarder droit dans les yeux. Je frémis.

- C'était le but recherché en ce qui me concerne, mais j'ai comme l'impression que ceci ne vous a pas plu autant qu'à moi. J'espère que vous n'étiez pas jalouse.

Son sourire en coin me fit comprendre son petit manège, que je trouvais bien retors.

Il avait cherché à m'humilier en montrant que je pouvais me comporter aussi mal que lui lors de mon entrée dans son monde chez Talanus. Pourquoi me rendre jalouse sinon ?

Hors de question de lui donner satisfaction.

- Jalouse, moi ? Et pourquoi, je vous prie ? N'allez pas croire que je ressens le moindre sentiment de propriété à votre égard. Si je suis intervenue, c'est uniquement pour vous empêcher de faire peur à ces idiotes avec vos manières de mâle des cavernes !

Ses yeux se plissèrent, son sourire se fit plus sauvage. Était-il amusé ou irrité ?

- Mes manières de mâle des cavernes semblaient les satisfaire, au contraire. Elles ont plu à beaucoup de femmes en cinq siècles. C'est étrange, vous êtes la seule qui s'en plaigne jamais.

Outrée par tant d'arrogance et surtout par la mention de ses précédentes conquêtes, je sentis la colère me gagner à nouveau.

- Peut-être parce que je suis la seule femme qui doit subir quotidiennement vos sautes d'humeur à répétition, vos entraînements barbares, et votre complexe de supériorité. Prenez garde parce qu'un jour, vous aurez du mal à passer les portes en même temps que votre ego !

Gagné. Il prit la mouche et son sourire s'évanouit comme neige au soleil.

- Il faut bien que j'aie confiance en mes qualités pour supporter une femme qui, humaine comme vampire, a le don d'aller systématiquement chercher la petite bête afin de m'empoisonner l'existence.

Re-gagné. Ma fureur se réveillait.

- Il fallait y penser avant de me vider de mon sang pour le remplacer par le vôtre ! sifflai-je en faisant attention aux oreilles indiscrètes.

À peine avais-je prononcé ces mots que je les regrettai ; j'étais allée trop loin.

Ses yeux passèrent à un cheveu de s'embraser complètement.

- Si c'est pour entendre ce genre de choses, je préfère encore subir les gloussements ridicules des femmes de tout à l'heure.

Il me cloua du regard et même si je savais que j'étais en tort, je ne pus me retenir de dire… :

- À votre guise.

… aussi sèchement que lui.

Phoenix me laissa donc au beau milieu des tables vides et prit la direction des jardins sans un regard en arrière.

Mais qu'est-ce qui m'avait pris ? pensai-je aussitôt qu'il disparut. Je m'étais tellement laissé emporter par ma jalousie que j'avais fini par être cruelle et stupide. Phoenix me proposait un cessez-le-feu et tout ce dont j'avais été capable, fut de ruiner notre belle soirée. Car comment rattraper le coup après ça ? C'était fichu !

Pourquoi n'avais-je pas su me montrer raisonnable pour une fois ?

Je n'aurais pas dû me servir de ma transformation pour gagner une joute verbale inepte. Je n'aurais pas dû jouer avec sa culpabilité.

Ce que j'avais pu être bête ! me dis-je en tombant lourdement sur une chaise, la tête entre les mains.

- Sam ?

Je ne répondis pas, je voulais être seule avec mes remords.

Raté. Quelqu'un s'assit à côté de moi.

- Je t'avais bien dit que c'était une mauvaise idée.

- Matthew, je ne suis pas d'humeur à entendre un « Je te l'avais bien dit » !

- Que s'est-il passé après que tu aies fait fuir ces filles ? Il m'avait pourtant semblé que ça s'arrangeait.

Je me redressai pour lui faire face.

- On s'est disputés… C'est totalement de ma faute.

- Pourquoi ?

- Sans vouloir te vexer, je ne suis pas sûre que tu sois la personne la plus indiquée pour me permettre d'épancher mes vexations amoureuses.

Il pinça les lèvres, mais me prit les mains.

- Ce n'est pas parce que tu m'as dit qu'il ne se passerait rien entre nous que je ne peux plus être ton ami, alors dis-moi ce qui te tracasse.

Jusqu'où pouvais-je être honnête avec Matthew ? D'un côté j'avais besoin de me confier à quelqu'un, de l'autre, il avait beau dire, je ne le considérais pas comme la personne idéale pour ça.

- Je n'ai pas supporté qu'il se moque de moi, éludai-je.

- Que t'a-t-il dit ?

Décidément, il ne lâcherait pas le morceau. Ok, autant se lancer :

- Il y a quelques temps, je lui ai reproché sa possessivité à mon égard et ce soir, il s'est amusé à me prouver que je ne valais guère mieux que lui. Sauf que ce qu'il ne sait pas, c'est que ma possessivité n'a rien à voir avec mon nouveau statut de vampire ; je l'aime et je ne sais pas comment le lui dire sans qu'il me fuie, alors quand une femme essaie de me le prendre, je ressens une intense jalousie et accessoirement, une envie de meurtre.

Matthew haussa les sourcils sur ces derniers mots, l'air réellement inquiet.

- C'est une façon de parler ! m'empressai-je de le rassurer.

Il appartenait au Cercle de Mellindra qui s'était juré de faire cesser les assassinats d'êtres humains par des vampires peu respectueux de la moralité. Ce n'était pas le moment, alors qu'on venait de se réconcilier, qu'il croie que je venais de basculer du côté obscur de la force.

- J'ai eu peur l'espace d'une seconde, dit-il en riant.

Je me retins de le suivre dans son hilarité vu que mon envie de tuer n'avait jamais été une façon de parler.

- Bon, reprit-il plus sérieusement. Et qu'est-ce que tu lui as dit pour qu'il s'en aille comme ça ?

- J'ai utilisé le sentiment de culpabilité qu'il éprouve pour ma transformation afin d'avoir le dernier mot.

Matthew fit la grimace.

- Crois-moi, je déteste ce type et ce qu'il t'a fait, mais j'ai bien peur que tu doives lui présenter des excuses. Tu n'aurais pas dû.

Je laissai retomber ma tête dans mes mains.

- Dieu, ce que ces disputes incessantes peuvent me fatiguer !

Dépitée, j'allais suivre son idée lorsqu'une voix bien connue nous interrompit.

- Si vous saviez comme je suis heureuse que vous vous soyez enfin réconciliés ! Nous voilà à nouveau réunis ! s'écria Angela en tombant à moitié sur moi, trop pompette pour viser correctement la chaise.

Matthew et moi nous composâmes immédiatement un sourire de circonstance pour ne pas gâcher le bonheur de la mariée avec mes idioties.

Elle nous prit chacun dans un bras et serra aussi fort qu'elle le put.

- Gargl ! Ang', tu oublies que je ne suis pas un vampire et que je peux mourir étouffé si tu continues à me serrer comme ça !

- Désolée !

Elle s'écarta vivement en éclatant de rire, puis en hoquetant.

- Je t'avais dit de ne pas abuser de champagne, dis-je, en l'aidant à se remettre droite.

- Hic !

François arriva juste après, arborant une aura de sérénité à toute épreuve.

- Elle n'a bu que trois coupes. Je pense que le stress a dû aider les bulles à agir plus vite. (Il regarda son aimée comme un cadeau du Père Noël ; on aurait dit qu'il n'en revenait toujours pas qu'elle ait dit oui) J'espère que vous passez une bonne soirée.

Matthew me devança pour répondre :

- En fait, j'espérais que tu aurais plus de succès que moi avec Sam pour lui apprendre à danser en rythme. C'est une élève distraite.

Je le fixai avec incrédulité. Qu'est-ce qui lui prenait ? Pourquoi me refilait-il de la sorte à François, un peu comme un gros paquet indésirable ? C'était tout ce qu'il retirait de notre discussion ? Après ce qui venait de se passer, je n'avais pas la moindre envie de danser !

Il fit comme si je n'existais pas et poursuivit :

- Tu es l'homme le plus patient que je connaisse, tu devrais y arriver.

François me sourit avec toute la bonté qui l'habitait.

- De toute façon, je venais vous voir pour inviter Sam à danser. Après tout, c'est grâce à elle que j'ai rencontré ma femme.

Que vouliez-vous dire à cela ? En tout cas pas non ! Pas au risque de vexer le frère que je n'avais jamais eu et qui ne cherchait qu'à me faire plaisir.

- Oh oui, danse avec François, Sam ! Il suffira que tu le laisses te guider et tu t'en sortiras très bien ! Hic !

Si Angela s'y mettait aussi, j'étais sans conteste vaincue d'avance.

- Euh... ok. Mais si je suis trop nulle, tu promets de me reconduire à mon siège.

Le rire grave de François résonna dans mes oreilles.

- C'est juré.

Consternée par la trahison de Matthew, je le laissai m'emmener sur la piste, là où je m'étais ridiculisée depuis le début de la soirée.

Fort heureusement, Angela avait raison et au bout de deux chansons, notre mousquetaire parvint à me faire exécuter plusieurs enchaînements sans que je ne parte à contretemps.

J'avais peut-être des talents extraordinaires pour un vampire, mais pour la danse, je restais une vraie bouse, alors c'était un véritable exploit qu'accomplissait François à cet instant. Jésus Christ n'aurait pas fait mieux, tout fils de Dieu qu'il fût !

Finalement, je ne m'en tirais pas si mal que ça.

Ouais…

Comparée à Talanus et Ysis qui s'étaient lancés dans une série de pas démentiels, je restais une bouse.

J'avisai Angela, un peu plus loin, qui me fit un petit signe de main pour m'encourager tandis qu'elle évoluait avec grâce avec son partenaire que je ne voyais pas, mais que je devinais être Matthew.

À la fin de la chanson, tout le monde applaudit et se congratula en attendant qu'une nouvelle démarre.

Seulement, au lieu d'un nouveau morceau entraînant, ce fut une mélodie douce et romantique qui s'éleva des enceintes du DJ.

C'était l'heure des slows.

Comme il me semblait plus logique que mon cavalier danse avec sa femme, je proposai que nous échangions nos partenaires : je danserais avec Matthew, pendant qu'il retrouverait Angela. Après tout, je n'avais pas besoin de cours pour un slow, il suffisait de se balancer d'un pied sur l'autre en attendant que ça se passe.

Arrivée au milieu de la piste, je compris qu'Angela avait eu la même idée que moi en la voyant me rejoindre.

Toutefois, ce n'était pas face à Matthew que je me retrouvai.

L'homme qui dansait avec mon amie depuis tout à l'heure n'était autre que Phoenix et comme je le soupçonnais franchement, le fait que nous nous retrouvions l'un devant l'autre pendant un slow n'avait rien d'une coïncidence. Le sourire resplendissant de ma libraire préférée était une preuve suffisante de sa perfidie.

En théorie, cette situation aurait pu me plaire. Le problème était que si mon patron était toujours furieux après moi, il n'hésiterait pas à m'abandonner à mon sort en retournant à sa place.

Embarrassée et effrayée à l'idée d'être repoussée, je n'osais pas le regarder quand les mariés nous quittèrent pour savourer leur danse. Peut-être qu'il valait mieux que je commence par m'excuser :

- Phoenix... Je suis désolée pour tout à l'heure, j'ai été stupide et...

La douceur d'un doigt sur mes lèvres me fit m'arrêter.

- Taisez-vous, Sam. Tout va bien.

Il ne me laissa pas le temps de vérifier ses dires et m'attira à lui. Comme dans un rêve, il saisit ma main droite dans la sienne tandis qu'il posait son autre main dans mon dos pour me tenir contre lui.

J'eus l'impression de sentir mon cœur battre la chamade quand il commença à bouger, m'entraînant aussi. En fait nous bougions à peine, mais je ressentais chaque mouvement avec une intensité incroyable. Chaque fois que nos corps se frôlaient, mes cellules se mettaient à vibrer à l'unisson, comme pour me supplier de prolonger le contact.

Pour les satisfaire autant que pour empêcher Phoenix de voir mon trouble, je passai mes bras autour de son cou et enfouis mon visage dans le creux de son épaule. Il ne fit rien pour m'en empêcher et au contraire, resserra son étreinte autour de ma taille comme pour me fondre en lui.

S'il avait eu un souffle, je l'aurais senti nettement sur mon cou, là où ma peau me brûlait du désir de le sentir enfoncer ses canines dans ma chair et de s'abreuver de mon essence pour m'emporter jusqu'aux confins du plaisir.

Ce n'était cependant pas que du désir que je ressentais, ainsi étroitement enlacée contre lui. Tous mes sentiments s'étaient réveillés à son contact et au plus profond de mon être, je sentais le lien qui me rattachait à cet homme. Unique... puissant... éternel...

S'il n'y avait eu personne autour de nous, j'étais sûre qu'à cet instant, je lui aurais révélé que j'étais éperdument amoureuse de lui.

Mais ce n'était pas le cas… alors je me contentai de soupirer de bonheur en savourant les fragrances crépusculaires de son parfum naturel qui, plus encore maintenant que j'étais comme lui, m'envoûtaient au point de me transporter dans une clairière au soleil couchant.

Lorsque ses lèvres me frôlèrent en remontant doucement vers mon oreille, une explosion de chaleur tourbillonna dans mon corps.

- Où voulez-vous dormir, Sam ?

Son murmure déclencha une seconde explosion, plus puissante encore que la précédente et surtout, affreusement localisée au sud de mon anatomie. Que voulait-il dire ?

- Sam… ? susurra-t-il encore, sa lèvre inférieure caressant le lobe de mon oreille.

Dieu tout puissant !

- Avec vous ! haletai-je, comme si je prenais ma première goulée d'air depuis des années.

Il rit et sa main droite remonta le long de ma colonne vertébrale pour aller jouer avec une mèche qui s'était échappée de mon chignon.

- Ce n'est pas ce que je voulais dire.

Horriblement embarrassée à l'idée de ce qu'il avait pu comprendre, je me raidis et m'écartai de lui.

Il ne me laissa pas faire. En une pression, je me retrouvai collée contre son torse.

- Il est évident que vous dormez avec moi.

Son sourire n'avait pas disparu, mais sa voix devenue rauque tout à coup, ainsi que l'étrange lueur dans ses prunelles, trouvèrent un écho auprès de mes cellules qui semblaient vouloir abandonner mon squelette empoté pour aller s'enrouler autour de celui qu'elles voulaient rejoindre.

Elles faillirent se mettre à hurler d'extase lorsqu'il me caressa la joue de la main gauche.

- Le soleil se lève dans un peu plus de deux heures. À moins que vous ne préfériez dormir ici, il va falloir penser à dire au revoir à nos amis pour retourner à Scarborough.

Je jetai un œil par la baie vitrée pour regarder dehors. Le ciel était d'un noir d'encre, mais je ne pouvais qu'attester ses dires puisque mes jambes commençaient à devenir aussi lourdes que du plomb. Mon trouble avait occulté cette sensation désormais familière, mais je pris conscience qu'elle était bien là. Bientôt, le sommeil des nouveau-nés me rattraperait et je m'écroulerais endormie devant tout le monde.

Soit je profitais encore de la soirée et j'occupais avec mon patron l'une des chambres de la villa à notre disposition, soit je partais plus tôt pour retrouver le lit que je partageais désormais avec lui.

J'étais si bien dans ses bras… Et j'avais tellement envie de me réveiller dans notre chambre, avec lui qui me dirait bonjour en me souriant et en replaçant son éternelle mèche rebelle derrière son oreille.

Je voulais les deux ou rien du tout. Il y avait un moyen.

- Je veux rentrer à Scarborough…

Il hocha la tête, mais je n'avais pas fini.

- … par la voie des airs.

Je ne sais si le sourire qu'il m'offrit en réponse comprenait une part de compréhension de mes intentions, mais je m'en fichais.

J'allais savourer le bonheur d'être dans ses bras jusqu'à ce que je m'endorme.

C'était décidément un mariage de conte de fées.

*

- Vous vous en allez ?

Phoenix m'avait tenue contre lui encore deux danses avant de me rappeler que le soleil entamerait bientôt sa course dans le ciel. J'étais si bien que j'avais complètement oublié l'échéance de l'astre du jour. J'aurais voulu que mon cavalier me tienne dans ses bras pour toujours…

- Nous sommes presque les derniers. Le vol vers Scarborough sera plus long que d'habitude, répondit-il à la question de François. Il faudra que je prenne des chemins détournés pour éviter que les travailleurs les plus matinaux n'aient l'idée de scruter le ciel et d'y découvrir *Superman* et *Loïs Lane*.

Je souris à cette évocation. À part le vol dans les airs, nous n'avions rien en commun avec ces deux personnages, toutefois, je me plus à imaginer mon employeur avec une cape et des collants moulants.

- Pourquoi souris-tu, Sam ?

Zut !

- Je… je me disais que ce mariage était vraiment extraordinaire.

- Surnaturel conviendrait mieux, dit Matthew en s'approchant de notre groupe. Je rentre aussi, Angela. Danny a quelque peu forcé sur l'alcool et s'est écroulé sur le siège arrière de ma voiture il y a une heure ; je ne tiens pas à ce qu'il y passe la nuit.

- On devrait plutôt t'aider à le descendre de là pour que vous puissiez tous les deux vous reposer dans une chambre, sans risquer de vous tuer sur la route, m'inquiétai-je.

- Elle a raison, intervint Ysis, accompagnée de Talanus. Il y a assez de place ici pour vous et votre père.

- Ne vous inquiétez pas pour moi. Ça va aller.

Il alla serrer François et Angela dans ses bras, puis, après une brève hésitation en raison de la présence de Phoenix à mes côtés, il en fit de même avec moi avant de s'éloigner en direction du parking.

- Attends ! m'écriai-je alors qu'il était déjà à cent mètres de nous.

Je quittai mes amis pour le rejoindre avant qu'il ne monte dans sa voiture.

- Matthew !

Il referma sa portière et attendit que j'arrive devant lui.

- Oui, Sam ?

- Je ne t'ai pas remercié de ce que tu as fait.

- Pardon ?

Je pris ses mains et les serrai dans les miennes.

- Tout à l'heure, tu as demandé à François de reprendre les leçons de danse là où tu les avais laissées. En toute logique, c'est avec toi qu'Angela aurait dû danser, mais c'est avec Phoenix que je l'ai retrouvée, or, il était fâché après moi et n'a pas bronché quand il a dû être mon cavalier. Alors la seule explication qui me vient à l'esprit, c'est que toi et Angela êtes allés le voir pour le faire revenir parmi les danseurs et l'obliger à me pardonner pour mon égarement.

Les lèvres de Matthew ne formèrent plus qu'une mince ligne sur son visage. Son regard se voila.

- Je ne sais pas ce que tu lui as dit, mais je me doute de ce que ça a dû te coûter de le ramener à moi.

Il détourna la tête et ferma les yeux.

- J'ai pensé que c'était ce qu'il fallait faire. Mais quand je vous ai vus danser tous les deux, si fermement accrochés l'un à l'autre, j'ai failli regretter mon geste.

Je ne savais pas quoi dire, rien ne pouvait apaiser la peine de mon ami, peine dont j'étais responsable malgré moi.

Il me fit face à nouveau, les yeux brillants, mais un éclat de détermination infaillible dans ses iris.

- Je t'ai dit de ne pas t'inquiéter pour moi, j'arriverai à tourner la page et si tu as besoin d'un ami, tu sais que je serai toujours là pour toi.

J'eus l'impression que mes yeux s'embuaient de larmes.

- Merci.

Il déposa un baiser léger sur ma joue et me dit simplement au revoir.

L'instant d'après, il emmenait son père endormi terminer sa nuit dans un lit plus confortable que la banquette arrière de sa voiture.

Une seconde plus tard, une main apaisante se posait sur mon épaule.

- Je suppose que vous avez entendu notre conversation, dis-je sans me retourner, car je savais pertinemment qui était la présence dans mon dos.

- Il a su se montrer convaincant. Je ne lui pardonne pas ce qu'il vous a dit après votre transformation, mais il a regagné quelques points dans mon estime.

Je le fixai, étonnée par sa magnanimité.

- C'est très étonnant de votre part.

Le regard de Phoenix sur moi me troubla.

- Il a dû renoncer à vous parce que vous ne partagiez pas son amour et pour préserver votre amitié, il est allé jusqu'à organiser vos retrouvailles avec son rival. Cela lui donne des circonstances atténuantes pour moi.

J'allais lui demander de préciser son idée sur le rival en question quand la voix de François nous parvint. Il n'avait pas crié et s'était contenté de prononcer nos noms.

- Venez, Sam.

Je le suivis auprès de François et Angela qui nous apprirent que Talanus et Ysis étaient partis donner des ordres pour la gestion du rangement des lieux par les employés diurnes de la villa.

- Nous allons partir, annonça Phoenix avant de féliciter à nouveau son meilleur ami qu'il serra dans ses bras.

Il fit de même avec Angela qui lui décocha un baiser sur la joue qui le prit au dépourvu, et qui me fit éclater de rire.

Ce fut ensuite à mon tour de faire mes adieux aux jeunes époux. L'émotion était en train de me submerger et ce fut avec difficulté que je prononçai ces mots :

- Je te la confie, François. Prends bien soin de ma sœur de cœur.

- Je t'en fais le serment.

J'embrassai encore une nouvelle fois cette dernière et lui murmurai à l'oreille :

- Prends bien soin de mon mousquetaire préféré, et n'oublie pas de lui dire que tu l'aimes jusqu'à ce qu'il s'en lasse.

J'entendis un rire grave derrière moi.

- J'ai bien peur que ça n'arrive jamais.

Je leur souris à tous deux, heureuse à l'idée du bonheur qu'ils allaient vivre ensemble.

- Au revoir.

En les quittant pour rejoindre Phoenix un peu plus loin, à l'écart, la joie se mua en épuisement et j'étouffai un bâillement. Il ne me restait plus beaucoup de temps avant de tomber dans les bras du Morphée des vampires. Moi, tout ce que je voulais, c'était tomber dans ceux de leur ange…

- Êtes-vous prête ?

À me blottir contre toi ? Toujours ! pensai-je. Heureusement que Phoenix ne pouvait pas lire dans les pensées, il aurait été choqué par la multitude de fantasmes dans lesquels il apparaissait. En fait, parfois, je me choquais moi-même.

- Oui, dis-je simplement.

Avec une douceur infinie, il me prit dans ses bras et s'éleva lentement vers le ciel.

C'était la première fois depuis ma transformation que je refaisais l'expérience d'un voyage dans les airs et je constatais qu'en plus de ne plus ressentir de vertige, je pouvais apprécier le paysage en-dessous, qui rapetissait à mesure que nous gagnions en altitude.

Je pouvais voir les lumières de Kerington briller sous mes pieds en une multitude de petits points blancs. Déjà, quelques voitures s'engageaient sur les voies rapides de la ville.

- Comme c'est beau…

- C'est encore plus beau au milieu des nuages.

Phoenix s'éleva encore et je ne pus qu'être d'accord avec lui. Tout était si beau et silencieux, on se serait crus dans un rêve, d'autant que n'étant plus humaine, je ne souffrais plus de la morsure du froid. Ravie par ce paysage onirique, je n'en commençais pas moins à ressentir les effets du sommeil du nouveau-né car mes paupières se firent de plus en plus lourdes.

- J'aime… murmurai-je faiblement, happée de plus en plus par la torpeur qui m'appelait.

Mon transporteur comprit mon état et prit immédiatement de la vitesse pour regagner notre lieu de retraite. Le paysage magnifique de tout à l'heure devint flou, mais je me demandais si ce n'était pas en raison de ma fatigue.

Je dus fermer les yeux un bon moment car quand je repris vaguement conscience, l'homme de ma vie était en train de me déposer avec la plus grande précaution sur le lit qu'il partageait avec moi.

- Phoenix… articulai-je, d'une voix qui me parut affreusement pâteuse.

- Chhhht. Tout va bien, nous sommes arrivés, Sam.

- Je… suis si fatiguée…

Je me sentais repartir à nouveau, son visage n'était plus qu'une ombre floue au-dessus de moi.

- Reposez-vous, je m'occupe de vous mettre au lit.

J'eus vaguement l'idée qu'il fallait que je me sente embarrassée par mon incapacité à me déshabiller seule, mais je ne m'en sentais plus la force. Mon esprit commençait à divaguer et se remémorait les événements précédents dans le désordre.

- Phoenix ?

- Oui, Sam ?

- Vous êtes un bon professeur de danse.

Mon brouillard s'intensifia encore lorsqu'il s'esclaffa, au point que je ne savais plus discerner ce qui relevait du rêve ou de la réalité. De fait, les lèvres douces que je sentis sur mon front me parurent totalement irréelles.

J'avais basculé, c'était évident. Tout était noir autour de moi. Autant dire la vérité dans mon inconscient.

- Phoenix…

- Sam ?

Dans mon rêve, je savourais la sensation de doigts écartant doucement les mèches de mes cheveux qui retombaient sur mon visage. Cela semblait si réel… sa voix était si douce…

- Je vous ai menti…

Je souris en commençant ma phrase. Si je ne pouvais pas être honnête dans mon rêve, quand le pourrais-je ?

La voix s'était tue… Très bien.

- Ce soir, j'étais folle de jalousie…

Même si je n'avais pas prononcé ces paroles en vrai, je me sentis soulagée d'un poids, en même temps qu'une certitude s'imposa à moi.

Dans peu de temps, je rassemblerais mon courage et autoriserais mon cœur à se libérer du secret dans lequel je l'avais enfermé depuis que j'avais découvert pour qui il existait en réalité. Dans peu de temps, je le donnerais de mon plein gré à celui qui en userait à sa guise, puisque tout entière, j'étais à lui.

Mais pour l'heure, je me contentai de sombrer dans la plénitude d'un sommeil réparateur et amplement mérité.

Chapitre IV : Le bal masqué

*

La semaine suivant le mariage de François et Angela fut plutôt calme si l'on excepte la difficulté quotidienne de plus en plus prononcée de réprimer mes sentiments pour Phoenix.

Je ne savais pourquoi, il se montrait étonnamment doux et attentionné envers moi depuis le lendemain de la noce, comme si je lui avais dit ou fait quelque chose qui l'avait touché. De fait, sa propension à me couver du regard ou me couver tout court depuis lors, avait déclenché en moi un espoir de plus en plus prégnant, que j'avais du mal à raisonner. Tout mon être se tendait dans la même simple et obsédante interrogation : Et si… ?

Je ne pensais qu'à lui à chaque instant et dès qu'il s'absentait pour régler quelques affaires avec son supérieur, j'éprouvais presque une véritable torture physique en attendant qu'il revienne.

Par ailleurs, les jours s'écoulant, je me réveillais parfois peu de temps après lui et j'espérais voir rapidement venir le temps où je pourrais enfin ouvrir les yeux en sentant sa présence à mes côtés dans le lit. Cette idée, à chaque fois que j'y songeais, me faisait bouillir le sang en raison des pensées plus que débridées que j'y associais ; je le désirais tant que j'en souffrais.

Et ce n'était pas avec mes discussions avec Angela que cela allait s'arranger !

En effet, j'avais attendu trois jours après son retour de lune de miel à Paris avant de lui demander de ses nouvelles et nous avions convenu de nous retrouver au château pour une soirée shopping au centre commercial de Pembroke, loin de toute oreille vampire indiscrète. Nous avions donc laissé les hommes entre eux et sur le trajet, j'écoutais avec passion sa description de la capitale française et des monuments qu'elle y avait visités avec son mari, en me jurant intérieurement de demander un jour à Phoenix de m'accompagner dans ce pays de rêve, où nous irions suivre les traces des grands hommes ayant bâti qui, la cathédrale Notre-Dame, qui Versailles, ou encore l'arc de Triomphe. J'avais toujours voulu voir la France, mais le destin avait décidé que ce projet devrait être remis à plus tard. Toutefois, je ne désespérais pas d'y aller un jour, d'autant que mon amie m'assurait que visiter Paris la nuit était une expérience qu'elle n'oublierait jamais, surtout aux côtés d'un homme qui pouvait lui raconter des anecdotes encore inconnues des historiens sur ces lieux. François lui avait fait découvrir un monde merveilleux, en dehors des sentiers touristiques habituels, avec un bémol cependant :

- C'est fou ce que ça peut puer l'urine dans les couloirs de leur métro ! Pouah !

Elle s'esclaffa d'ailleurs en me racontant qu'un soir, une bande de jeunes délinquants avaient voulu les détrousser tous les deux.

- Je suppose que François a très mal pris le fait qu'ils t'aient menacée.

- C'est peu dire ! Il les a estourbis en deux minutes !

- J'espère qu'il n'y avait pas de témoins.

- Oh si ! (Je haussai les sourcils ; François n'était pas du genre à mettre en danger le Secret pour une poignée d'imbéciles) Mais ils ont cru qu'il était un spécialiste des arts martiaux alors on s'est bien gardés de les contredire.

Je ricanai. C'était vrai que les humains ne voyaient parfois pas plus loin que le bout de leur nez ! Et je ferais mieux de me taire puisque ça ne faisait pas si longtemps que ça que je ne l'étais plus.

Je me garai sur le parking du centre commercial.

- Bon, par quoi veux-tu commencer ? Chaussures, vêtements, dessous ?

Angela se gratta le menton.

- Hm… Mon séjour à Paris m'a également apporté un complet renouvellement de mon stock de sous-vêtements en dentelles (je faillis rentrer dans une vieille dame en tournant brusquement la tête vers ma compagne) mais j'ai besoin d'un pantalon. Direction *H &M* !

Là-bas, entre deux essayages de jeans, elle rentra carrément dans ma cabine, et ignorant mes protestations ainsi que mes sous-vêtements, elle entreprit de me raconter en détail sa nuit de noces.

J'avais évidemment tenté de la faire taire car je n'étais pas sûre d'avoir envie d'entendre cela, tout comme je n'étais pas sûre que François serait content d'apprendre qu'une tierce personne allait être mise au courant de ses performances au lit.

- Je vais exploser si je ne parle pas à quelqu'un et tu penses bien que je ne vais pas faire ce genre de confidences à Matthew ! De toute façon, j'ai prévenu François que je n'avais aucun secret pour toi !

- N'a-t-il pas son mot à dire lui aussi ? Ne vas pas le gêner en me parlant de ça !

- Je t'adore, Sam, mais là, il faut vraiment que tu arrêtes de te comporter comme si tu avais un manche à balai planté là où je pense !

Sa remarque me laissa pantoise. La si raffinée et si douce Angela, ma sœur de cœur, venait de me traiter de coincée en des termes extrêmement grossiers !

- Angela !

Elle haussa les épaules.

- Tu es une vampire, le sexe ne devrait pas être choquant pour toi !

- Sauf pour une vampire qui n'a jamais encore pratiqué ! C'est embarrassant car je ne sais pas de quoi tu parles ! Tu pourrais y penser !

- Justement, je pense que mes confidences pourraient t'aider avec Phoenix.

- Hein ?

- Quand le moment sera venu !

- HEIN ? bêlai-je, atrocement gênée par la tournure que prenait la conversation.

- Je t'en prie ! En passant te voir ce soir, j'ai bien vu comment il te regardait ! Mes félicitations, Sam ! C'est pour bientôt !

C'en était trop, j'étais tellement mortifiée que je voulus la jeter hors de ma cabine. Le problème fut que mes hormones s'étaient soudainement déchaînées en entendant le discours de mon amie sur la possibilité que mes désirs secrets soient comblés bientôt, et qu'au lieu de lui dire de sortir, je grondai de dépit en constatant les lambeaux du pantalon que je venais de déchirer. Angela s'écroula de son tabouret tellement elle rigolait.

- François m'a parlé de ton petit problème de réactivité hormonale à l'évocation de ton ange de la nuit. Je ne pensais pas que c'était à ce point là !

Elle hurlait encore de rire quand, d'une rude poussée, je l'envoyai rouler dehors, aux pieds de plusieurs clientes médusées par le spectacle que nous leur offrions.

Heureusement que ma nouvelle nature ne m'empêchait pas d'être magnanime ; après moult excuses, je finis par pardonner à mon amie quand elle me proposa de me payer une paire de boucles d'oreille en saphir bleu et argent qui m'avaient éblouies alors que nous passions devant la vitrine d'une bijouterie. Mon nouveau penchant pour le bling-bling et mon reflet dans le miroir avec ces deux beautés avaient achevé de nous réconcilier.

Sur le trajet du retour, je la maudis de nouveau quand elle décida de reprendre la confession de sa nuit de noces là où elle l'avait laissée. Je ne pouvais décemment pas la jeter de notre véhicule en route donc je me résignai à entendre son évocation de son intimité avec François.

À mon plus grand soulagement, elle se contenta de décrire les sensations qu'elle avait ressenties pendant leur étreinte et comment celle-ci avait comblé ses désirs les plus secrets. Ma gêne finit donc par s'envoler pour laisser la place à une réelle curiosité quant à ce qu'on était censé éprouver pendant ces moments-là.

- Ah, Sam ! Je peux te dire que ça n'avait rien à voir avec les autres nuits passées avec mes anciens amants…

Elle en parlait avec des étoiles plein les yeux, comme si elle avait frôlé le Paradis. Je l'enviai soudain.

- Je n'ai eu des rapports sexuels qu'avec trois des garçons avec lesquels je suis sortie et franchement, je m'étais dit que je n'étais pas faite pour cet exercice. J'avais donc peur de décevoir François mais… (elle s'empourpra, chose qui, après ce qu'elle venait de me dire, me surprit) ça a été magique ! Il savait exactement quoi faire et comment le faire pour m'envoyer au septième, que dis-je ! au neuvième ciel !

Je me mordis la lèvre, autant pour ne pas gâcher le souvenir de mon amie par une parole stupide, que pour tenter d'endiguer la poussée de désir inassouvi que le récit de son expérience provoqua en moi.

- Sam ? Ta lèvre saigne.

- Oh.

Et zut !

Je m'essuyai rapidement avec un mouchoir, pestant intérieurement contre mon incapacité à me contrôler au moins le minimum me permettant de ne pas me ridiculiser.

- Te voir rayonner ainsi de bonheur me remplit de joie, je suis heureuse que votre couple fonctionne aussi bien.

Elle ne s'était pas aperçue de la tension qui m'habitait et avait continué sur le sujet de l'Amour Absolu tout le reste du chemin vers le château. Chaque fois qu'elle s'extasiait de la sensualité des lèvres de François ou de la douceur de ses mains, je ne pouvais m'empêcher d'imaginer celles de Phoenix sur ma peau, laquelle, à cette idée, devint si sensible que le moindre frottement de tissu de mes vêtements me donnait des vapeurs. Comment rester concentré quand des tas d'images toutes plus érotiques les unes que les autres ne cessent d'assaillir notre conscience déjà rudement éprouvée par l'incendie couvant dans chaque parcelle de notre organisme ? Facile à deviner…

- Sam ! Tu roules sur la mauvaise file !

… Ce fut un véritable calvaire à supporter.

En rentrant, horriblement oppressée par les vagues de chaleur qui ne cessaient de revenir à l'assaut à chaque fois que je les repoussais, j'avais désespérément besoin de me rafraîchir les idées.

Phoenix et François jouaient aux échecs dans le salon et quand le premier se leva après que le second eût réceptionné sa jeune épouse, qui s'était carrément jetée sur lui pour l'embrasser sauvagement, je me dis qu'une sieste dans le congélateur serait des plus indiquée dans mon état. Comme mon employeur fronçait déjà les sourcils en croyant voir apparaître une certaine lueur rougeâtre dans mes pupilles, je prétextai une soif ardente pour m'éclipser dans la cuisine.

Là, je m'aspergeai le visage sous l'eau froide au moins cinq fois de suite pour me faire retrouver mes esprits, sans succès.

- Sam ? entendis-je une voix incroyablement virile et sensuelle appeler depuis le salon.

Mes canines surgirent à une vitesse jamais encore atteinte auparavant tandis que mes yeux s'enflammaient avec une terrible intensité.

- Merde ! jurai-je atrocement entre mes dents.

Une nano-seconde plus tard, j'avais ouvert le réfrigérateur dans sa partie sanguine et me plaçai juste devant, de sorte de profiter des vapeurs glacées qui s'en échappaient.

Là… Ça faisait déjà effet, je sentais déjà ma température baisser.

Inspire, expire… Inspire, expire… Inspire, expire… Inspire, exp…

Une main se posa sur mon épaule, une légère odeur d'eau de Cologne me chatouilla les narines.

- Sam ?

- ROOOOOOAAAAARRR !

En me retournant pour lui rugir à la figure, j'avais perdu la bataille pour garder le peu qu'il me restait de dignité. Phoenix sursauta et se dépêcha de faire marche arrière, mais trop tard.

J'étais déjà sur lui.

Nous basculâmes tous les deux à terre et j'avais déjà réussi à lacérer tout le devant de sa chemise quand je me retrouvai soudain dans les airs, avant de m'écraser sur la table de la cuisine, la pulvérisant dans le même temps.

Entourée d'un tas de débris, la conscience de mes actes me revint en même temps que mon estomac tomba comme une brique à mes pieds.

J'aimais particulièrement cette table en raison de tous les bons moments que j'y avais partagés avec l'homme de mes rêves. Combien de fois s'était-il assis en face de moi, lisant son journal pendant que je dévorais mes petits plats concoctés par mes soins, et dont il aimait sentir l'odeur à défaut de les goûter ? Combien de fois avions nous ri ici, quand mon estomac enragé se mettait à grogner pour me gronder de ne pas me fourrer assez vite la fourchette dans la bouche ? Combien de fois l'avais-je vu me sourire tendrement, comme nous nous faisions face à cette même table que je venais de réduire en morceaux ?

Affalée sur le dos, j'entendis François et Angela accourir pour voir ce qui s'était passé. J'étais tellement morte de honte à cause de ma réaction viscérale que je restais immobile, incapable de me lever, incapable de soutenir leurs regards à tous.

- Sam...

Cette interpellation craintive me fit grogner de dépit.

- Angela, va dans le salon, c'est plus prudent.

Ils croyaient que je risquais de lui faire du mal.

- Non, dis-je. Ça va.

Ça n'allait pas du tout, mais ça n'avait rien à voir avec une éventuelle crise de violence. Je me levai, lentement, et pris une bonne goulée d'air avant de me retourner vers mes amis.

Et merde...

Je réalisais que je jurais de plus en plus souvent ces derniers temps, mais d'un autre côté, qui pouvait me le reprocher ?

François faisait de son corps un véritable rempart pour protéger sa femme de ma folie, laquelle n'en avait rien à faire d'elle, sans être méchante, mais se concentrait plutôt sur l'homme quelque peu décoiffé qui me dévisageait avec colère, sa belle chemise hors de prix bonne à mettre à la poubelle.

Transpercée par la flèche de sa déception, je me laissai submerger par le dépit et permis aux sanglots qui s'étaient regroupés au fond de ma gorge d'en sortir.

Je me couvris le visage de mes mains dans l'espoir de ne pas trop me donner en spectacle, en vain.

- Oh... Sam.

Angela s'était montrée plus rapide que Phoenix et François et m'entourait de ses bras pour me ramener contre elle et me bercer.

- Sam...

Entendre mon nom prononcé par celui qui, à l'instant, m'avait repoussée si violemment, fit redoubler ma détresse.

Même s'il avait sûrement cru que je l'attaquais, mon patron m'avait à nouveau rejetée ; j'avais l'impression d'être revenue au soir de mes trente ans.

- Viens, on va se trouver un coin tranquille pour parler.

Je la laissai m'entraîner hors de la cuisine, notant au passage qu'elle avait foudroyé Phoenix du regard le plus noir qu'elle avait en stock.

- Où ? me demanda-t-elle, dans le couloir.

- Par ici.

Ce fut à mon tour de l'entraîner là où j'étais sûre que deux ouïes de vampires seraient insuffisantes pour entendre la conversation que nous aurions.

- Waouh ! ne put-elle retenir en voyant la porte de la bibliothèque glisser sur le côté après que j'eusse actionné le livre-clef.

Un vampire ne livrait jamais le secret de sa retraite diurne à la légère. J'avais une confiance aveugle en Angela.

Entre deux sanglots, je lui dis :

- C'est la chambre que je partage avec Phoenix.

Elle me fixa, l'air désappointé.

- Tu la partages ?

- Je n'ai pas le choix tant que je risque de me comporter comme un vampire incapable de se contrôler ; comme tout à l'heure…

- Oh, Sam…

Elle me serra à nouveau contre elle, puis nous fit asseoir sur le lit.

- C'est ma faute, c'est ça ?

Je hochai silencieusement la tête.

- Je suis désolée.

- Je ne t'en veux pas. Comment aurait-on pu prévoir que j'allais perdre la tête à ce point ?

- S'il t'avait embrassée comme il aurait dû le faire depuis longtemps, ce salaud, tu n'en serais pas là !

- Ne parle pas de lui comme ça ! Tu ne peux pas lui reprocher de ne pas me trouver à son goût !

Je ne pouvais pas faire autrement que de le défendre, même si en vérité, j'étais complètement d'accord avec elle.

- Enfin, Sam ! Il n'y a qu'à toi que la vérité échappe ?! Non… en fait ! Vous êtes aussi stupides l'un que l'autre !

- Angela !

- Tu m'as dit toi-même que tu étais décidée à le séduire ! Et quand il montre des signes plus que flagrants de ton succès, tu refuses de les voir et préfères croire encore que tu lui es indifférente. Si c'est en souffrant que tu cherches à te rassurer, c'est que tu as un grave problème !

- J'attends le bon moment et ce n'est pas facile ! Je ne suis pas aussi courageuse que toi ! Tu es contente ?

- Non ! Tu es une vampire, nom d'un chien ! Prouve-le !

- Ne l'ai-je pas déjà prouvé tout à l'heure en essayant de violer l'homme que j'aime ?

- Ce n'était rien d'autre que l'explosion de ta frustration. Si tu veux mon avis, au final, c'est plutôt positif.

Je hoquetai.

- Tu es folle !

- Non, ça te montre qu'à terme, ce sera à toi de faire le premier pas.

- Tu dis n'importe quoi !

Elle devint rouge de colère et m'attrapa par les épaules pour me secouer.

- Et toi tu es vierge, et tu risques de le rester encore longtemps si tu n'y mets pas un peu du tien !

Je ne sais comment dire à quel point je me sentais offensée. La dernière fois qu'on m'avait lancé cet argument à la figure, j'avais giflé mon employeur.

Angela attendait que je me décide à cesser de la regarder avec un visage alternant honte et fureur pour l'abreuver de reproches. Ils ne vinrent jamais.

Je fermai la bouche et m'allongeai. Elle m'imita.

Ce que je n'avais jamais accepté de la part de Phoenix, je ne pouvais que l'encaisser de celle d'Angela. Elle avait raison. Je m'étais promis de le séduire et je ne faisais aucun progrès parce que je réfrénais sans cesse mes élans vers lui. Mon comportement de tout à l'heure s'expliquait par toute cette frustration qui s'était accumulée en moi au fil des semaines, frustration qui avait fini par éclater au grand jour quand mon amie m'avait fait entrevoir les délices que je pourrais vivre entre les bras de l'homme de ma vie si celui-ci consentait enfin à baisser sa garde avec moi. C'était vrai que depuis le mariage de nos amis il se montrait plus tendre, plus souriant, comme s'il avait réussi à faire tomber une barrière invisible entre nous et pourtant, je n'osais toujours pas vérifier ce que cela voulait dire.

Il allait bien falloir que je franchisse mes propres barrières… sinon, ma virginité de trop longue durée allait finir par me transformer en baril de nitroglycérine ambulant.

Je soupirai.

- Si tu savais quelle torture c'est de s'endormir ici, là où je voudrais qu'il fasse de moi une femme à part entière !

- Tu devrais le lui avouer. Qu'est-ce qui peut être pire que ce non-dit entre vous ?

Je fermai les yeux au souvenir de mon anniversaire.

- Qu'il me rejette, murmurai-je.

- Il ne commettra pas deux fois la même erreur.

Angela avait suivi le cours de mes pensées. Je lui souris.

- Ou tu le lui feras payer.

Elle me rendit mon sourire.

- Ça, tu peux le dire !

Nous nous esclaffâmes en même temps.

- Il faudrait peut-être y retourner, dis-je en me levant.

- Pas avant que tu me promettes de ne plus hésiter à le mettre au pied du mur.

J'actionnai le mousquet et la regardai, les crocs sortis, un éclat rougeoyant dans le regard attestant de ma détermination quant à ce qui allait suivre :

- Je te le promets.

*

De retour dans le salon, je m'amusais de voir Angela adresser un nouveau regard meurtrier à mon patron, lequel fronça les sourcils de perplexité.

- Tout va bien, dit-elle. Mais la prochaine fois, évitez de débarquer sans bruit alors que Sam est en train de faire son marché dans votre réfrigérateur !

Phoenix me dévisagea, surpris. Je haussai les épaules, ravie que mon amie, malgré son cœur humain sujet aux battements de cœur frénétiques indiquant la duperie, sache aussi bien mentir. Elle me couvrait ; je l'adorais.

- J'ai cru que vous vouliez me prendre ma nourriture. C'était un réflexe.

Je faillis éclater de rire en le voyant se gratter la tête, abasourdi.

- Mon chien faisait pareil. C'était une vraie terreur pour un caniche ! Tout le monde sait qu'on ne s'approche pas de la gamelle d'un animal prêt à mordre, ça m'étonne que vous l'ayez oublié, vous le maître jedi vampire !

Wa-ouh !

Si je doutais de l'amitié que me portait Angela, j'aurais été rassurée instantanément après cette sortie. En effet, comme giflé par l'insulte, Phoenix réagit immédiatement en se ramassant sur lui-même et en laissant ses crocs s'allonger mortellement.

Bien qu'elle tentât de n'en rien montrer, la peur se lut distinctement sur le visage devenu livide de mon amie, laquelle avait sûrement voulu étouffer les soupçons de mon maître à mon égard en détournant son attention vers elle. Bravo, elle avait réussi !

Phoenix avait désormais envie de la tuer.

François vint immédiatement se placer devant son épouse.

- Je pense que nous avons suffisamment abusé de votre temps. Nous allons partir, Phoenix.

Celui-ci se redressa un peu, sans pour autant ranger ses crocs.

- Cela vaut mieux, oui.

Sa voix glaciale me fit frissonner. Heureusement que la discussion avec Angela m'avait permis de me reprendre complètement.

Elle vint m'embrasser en me murmurant de ne pas oublier ma promesse, oubliant elle-même que malgré la faiblesse des décibels qu'elle envoyait, elle était parfaitement audible pour tout le monde dans la pièce (je vis mon patron froncer les sourcils).

François fit plus attention car quand il me serra dans ses bras, ses mots ne furent entendus que de moi :

- Si tu as besoin de moi, n'hésite pas.

Ils nous quittèrent ensuite, nous laissant seuls tous les deux dans notre château de non-dits.

- Je vais ranger la cuisine, dis-je en m'y dirigeant.

Sur le seuil, je vis un grand espace vide à la place de la pagaille que j'y avais laissée.

- François et moi nous en sommes chargés.

Un muscle se crispa quelque part dans mon corps en entendant cette voix de velours sucrée dans mon dos.

J'ouvris aussitôt la chambre froide et y piochai quatre pochettes de sang pour donner le change. Dans l'histoire, je n'avais effectivement rien mangé depuis trop longtemps et ma gorge brûlante se chargeait de me le rappeler.

Pendant que je réchauffais le sang dans un grand saladier au micro-onde, Phoenix se tenait silencieux dans l'espace de la table, devenu vacant.

- J'aimais bien cette table…

Je levai les yeux au ciel et saisis mon bien quand la sonnerie m'indiqua qu'il était chaud. J'attrapai ensuite une paille dans un des placards et sortis en direction des escaliers. J'avais dans l'idée de finir au mieux ma nuit, confortablement installée dans la bibliothèque, un bon livre entre les mains pour oublier tout ça.

- J'aime aussi vos boucles d'oreille.

Patatras !!

Malgré la distance entre nous, j'avais parfaitement entendu son compliment sur les bijoux que mon amie m'avait achetés pour se faire pardonner de m'avoir vexée. De fait, prise d'une soudaine bouffée de chaleur à l'idée qu'il les avait remarquées et qu'il m'avait trouvée jolie avec, j'en avais laissé tomber mon saladier qui s'était brisé sur le carrelage, arrosant mes pieds comme les murs de mon déjeuner.

Tempêtant contre ma bêtise incommensurable, je ramassais les morceaux de verre quand :

- Je vais m'entraîner un peu, histoire de ne plus commettre le genre de bévue qu'un maître digne de ce nom sait éviter normalement. On se voit plus tard... Nettoyez-moi tout ça.

Sa façon de me défier du regard tandis qu'il répétait l'accusation d'Angela, son sourire narquois comme il désignait le résultat de ma maladresse, ses mains sur ses hanches parfaites dont la peau s'offrait à ma vue du fait qu'il avait enlevé sa chemise lacérée pour la jeter, alors que son pantalon aurait mérité d'être remonté d'un ou deux centimètres...

Ma bouche s'assécha.

Et alors que mes yeux viraient au même rouge que le sang par terre, son sourire s'agrandit tandis qu'il s'éloignait déjà de moi, me frustrant d'une manière inimaginable, comme pour me punir de ne pas avoir dit la vérité tout à l'heure dans la cuisine.

Ce fut donc en le maudissant que j'achevai ma corvée de nettoyage et que je dus tout recommencer pour enfin bénéficier d'un ventre plein.

Plusieurs heures plus tard, considérant que j'avais assez chômé et que mon état d'esprit était suffisamment revenu à la normale, je décidai de suivre l'exemple de Phoenix en passant du temps dans la salle d'entraînement.

J'abandonnai donc l'exemplaire du *Tour du Monde en quatre-vingt jours* que je lisais depuis une bonne partie de la nuit pour aller enfiler une tenue plus adaptée à mon objectif.

Me rappelant la promesse faite à Angela, sans pour autant avoir l'intention de la mettre à exécution ce soir-même, je choisis le débardeur noir et le legging noir les plus moulants de mon armoire et m'attachai les cheveux en queue de cheval pour dégager ma nuque et surtout, pour permettre à celui que j'allais rejoindre de pouvoir admirer les boucles d'oreilles que j'avais décidé de garder. Phoenix voulait jouer ? Pas de souci.

J'admirais mon reflet dans le miroir. Les saphirs bleus des pendants étincelaient autant que les brillants qui les entouraient et encadraient mon visage de manière éclatante et raffinée. Ma tenue mettait mes nouvelles formes en valeur, moulant très avantageusement les parties de mon corps que je voulais offrir à la vue de mon employeur, lequel avait l'habitude de m'entraîner avec des vêtements bien moins flatteurs.

En descendant les escaliers, je sifflotais. L'épisode de la cuisine et du saladier tournait en boucle dans ma tête, mais au moins avais-je réussi à en faire abstraction pour ne pas risquer de virer de nouveau à l'écarlate.

Sur le seuil de la salle d'entraînement, je me figeai.

Phoenix me tournait le dos, et exécutait au ralenti les mouvements d'un enchaînement de jujitsu. Chacun de ses gestes était d'une précision mortelle, faisant appel à la souplesse de muscles que je pouvais voir rouler sous la peau de son torse nu. Son pantalon noir tombait légèrement sur ses hanches, me donnant un aperçu du creux de ses reins.

Oups…

Je n'avais pas fait un pas dans cette pièce que j'étouffais déjà. Mieux valait faire demi-tour.

- Venez par ici, Sam.

Je grinçai des dents. *Inspire, expire...*

Il se retourna et avisa ma tenue... Je manquai défaillir de volupté quand son regard glissa avec une délicieuse lenteur de mon visage à mon buste puis vers mes hanches et mes jambes, pourtant, je redressai le menton, le regard chargé d'un défi qu'il ne tenait qu'à lui de relever.

Évidemment, il se détourna, mais j'aurais juré avoir vu l'esquisse d'un sourire naître sur ses lèvres ce faisant.

Une seconde plus tard, je ne dus qu'à mes réflexes vampiriques de pouvoir rattraper au vol les deux couteaux qu'il venait de m'envoyer en pleine poitrine.

Mon sourire dévoila deux canines étincelantes et aiguisées.

Si tu veux la jouer comme ça, mon grand...

Adoptant les mêmes enchaînements que lui juste avant, je tentais pendant de longues heures de percer sa garde tout en esquivant les coups qu'il m'assénait avec une violence inouïe. J'avais beau être en théorie plus forte que lui grâce à mon hérédité, son expérience le rendait redoutable au combat. Ses mouvements étaient si rapides que même pour moi, ils étaient difficiles à suivre. Pourtant, j'aimais ça.

C'était complètement fou mais... j'aimais me battre contre lui, sentir sa force, sa puissance, le fait qu'il était sans pitié...

En lui rendant coup pour coup, je ne pouvais m'empêcher de humer le parfum de sa peau aussi douce que de la soie.

Bien sûr, cela me valut de finir encore une fois au tapis, un couteau sous la gorge.

- Vous n'êtes pas assez concentrée, Samantha... Quand allez-vous comprendre que l'inattention peut vous coûter la vie ?

Phoenix me surplombait, l'air grave. On aurait dit qu'il était sérieusement inquiet pour moi ; il devait croire qu'au premier combat avec un autre vampire, je risquais de perdre la tête dès les premières secondes. S'il savait !

D'ailleurs…

- Quand vous comprendrez qu'en me battant contre vous, je n'ai aucune chance de gagner.

Il fronça les sourcils, perplexe, mais ne se releva pas pour autant. J'aimais aussi le fait qu'il soit couché sur moi.

- Pourquoi ?

Je me contentai de sourire mystérieusement.

Gagné. Il prit une vive inspiration avant de s'écarter de moi et de se diriger vers le mini-réfrigérateur.

Je me relevai et commençai à m'étirer les bras comme si de rien n'était. Avec mes vêtements moulants, j'espérais que la vue allait satisfaire les sens de mon entraîneur.

Je glissai un œil sur le côté.

Hinhinhin… ricana mon mini-moi diabolique en le voyant utiliser la bouteille d'eau qu'il avait pris pour s'en asperger le visage.

- Vous avez chaud tout à coup ? demandai-je très innocemment.

À l'intérieur, la petite voix de ma conscience me traitait de dévergondée. Je lui répondis de la fermer.

- Je croyais que les vampires n'avaient pas ce genre de problème…

Je venais de me retourner pour exécuter un nouvel étirement quand un coup de pied sur ma jambe d'appui m'envoya m'écraser par terre, le couteau sous la gorge une deuxième fois.

Il se releva ensuite en m'aidant à faire de même, l'air infiniment supérieur.

- Ce sont surtout ceux qui ont la langue trop bien pendue qui ont des problèmes. Pourquoi aimez-vous tant vous jouer de moi, Mademoiselle Jones ?

Phoenix me fixait avec un mélange d'amusement et de consternation. Je souris :

- Parce que c'est facile de vous mettre en colère.

- J'ai l'impression que vous aimez me mettre en colère, est-ce que je me trompe, Mademoiselle Jones ?

Sa voix devint plus grave, plus menaçante.

Je déglutis.

- Non.

- Pourquoi ?

- Parce que je le peux…

Il s'esclaffa, mais sa voix prit une intonation chaude comme la lave qui me brûla tout entière.

- Vous êtes une femme hors du commun, Samantha Watkins.

Cette discussion prenait une drôle de tournure, et ce n'était pas pour me déplaire.

- Vous ne m'appelez plus Mademoiselle Jones ?

Son sourire éclatant et cette lueur tendre que je distinguais dans ses yeux me remua jusqu'au plus profond des entrailles. Dieu ce que je pouvais l'aimer !

- Que préférez-vous ?

Sans hésiter, je lui répondis :

- Sam.

Il effleura du bout des doigts le pendant de ma boucle d'oreille droite en inclinant la tête. Ce fut plus fort que moi, je haletai.

- Sam…

Nom d'un petit bonhomme ! J'eus un mal de chien à convaincre mes pupilles de rester noires.

Il rangea sa main le long de son corps et ferma les yeux une seconde. Puis :

- Le soleil va se lever bientôt. Vous devriez monter prendre une douche et vous mettre au lit si vous ne voulez pas passer la journée sur ce tatami.

Son attitude était si changeante ; un moment il m'envoyait voler dans les airs à coups de pied, un autre il me parlait avec une voix chaude comme le miel, et encore un autre, il m'envoyait au lit, comme une petite fille. Son comportement des derniers jours pouvait me laisser supposer que quelque chose était à l'œuvre, comme un changement qui se préparait, pourtant je ne pouvais déterminer la nature de celui-ci en raison des barrières que mon mentor dressait encore entre nous.

Il avait dû voir mon expression déçue. Je ne pouvais m'empêcher de penser qu'Angela serait extrêmement fâchée si elle avait assisté à cette scène, redite de plusieurs autres ayant abouti au même résultat : le néant.

- J'y vais.

Sans un regard en arrière, je le quittai et pris la direction souhaitée, ployant sous le poids de la frustration. Récemment je m'étais fait la promesse de ne plus lui laisser le choix et j'avais dû la renforcer avec celle que m'avait arrachée Angela de ne plus hésiter à faire le premier pas. Ce soir, après tout ce qui s'était passé, je n'étais pas prête et avais préféré reculer l'échéance.

Patience…

Je me déshabillai rapidement, l'âme entièrement tournée vers l'objet de mon désir et entrai dans la cabine de douche.

Sous l'onde bienfaitrice de la chambre secrète, je laissais mon esprit vagabonder à sa guise en constatant que toutes mes pensées revenaient systématiquement à la même personne. Je haussai les épaules. Bah ! Autant se laisser aller.

Je fermai les yeux en imaginant que Phoenix avait appuyé ses crocs sur ma gorge au lieu de sa lame ; un frisson me traversa de toute part. Surprise par la violence de ma réaction, je compris ses implications. Et si j'osais…

La peau soudain ultrasensible, je fis courir mes doigts sur mes joues, mes lèvres, mon cou, et mes bras, en rêvant que c'étaient les siens qui me caressaient ; un hoquet de plaisir m'échappa. Je voulais tellement sentir son toucher sur moi ! Et si j'osais…

Lorsque mes mains s'aventurèrent sur ma poitrine, je poussai un petit cri étranglé et l'image de ses prunelles azurées zébrées d'éclairs blancs s'imposa à mon esprit, m'encourageant à continuer ce que je n'avais jusqu'ici jamais tenté.

Mais au moment où j'allais passer outre mes dernières réticences en allant plus bas sur mon ventre, j'entendis le bruit caractéristique de la porte de la chambre s'ouvrir.

Nom de Dieu ! Il était déjà remonté ? Depuis combien de temps est-ce que j'étais là ?

Horriblement confuse à l'idée de ce que Phoenix aurait pu surprendre, je m'empressai de me savonner à m'en faire mal pour retrouver les idées claires, n'hésitant pas à me rincer à l'eau froide pour accélérer le processus.

Malheureusement, cela dura un temps assez long et je commençais déjà à sentir mes paupières s'alourdir alors que mon désir brûlant n'était toujours pas canalisé. Le soleil allait bientôt se lever !

On toqua à la porte :

- Sam ? Est-ce que ça va ? Ça doit faire plus d'une heure que vous êtes là-dedans !

Paniquée, je m'empressai d'empoigner le sèche-cheveux en maudissant les effets que l'aube avait sur les nouveau-nés, même émancipés. De fait, la vue de plus en plus brouillée par le sommeil à venir, je parvins tant bien que mal à dompter ma crinière ébouriffée pour ne pas avoir l'air d'un épouvantail en sortant de la salle de bain.

J'allais appuyer sur la clenche quand je réalisai avec horreur que mon pyjama était en boule sur le lit et que je me préparais à apparaître nue devant mon employeur. Je savais que j'allais tomber dans un quasi coma dans la minute à suivre, alors il ne fallait pas que je perde de temps, mais en voulant être rapide, je trébuchai sur mes vêtements sales et me cognai contre le meuble du lavabo dans un grand boum qui me valut d'être interpellée à nouveau par une voix franchement inquiète. Je l'ignorai pour attraper la seule serviette à disposition, m'enrouler dedans en regrettant qu'elle ne couvre qu'à peine mon postérieur, et prendre une grande goulée d'air pour me donner le courage et surtout la force, de rejoindre mon lit en gardant ma dignité et ma conscience.

Évidemment, à peine la porte ouverte, je dus me retenir à la poignée pour ne pas tomber au sol, ce qui n'échappa pas à celui qui m'attendait torse nu juste derrière elle.

- Sam !

Il s'avança pour m'aider, mais je levai les mains pour l'en empêcher, je n'avais pas besoin d'avoir l'air plus stupide encore. Là ! Mon nid douillet n'était plus qu'à un petit mètre de moi !

Cependant, le gouffre de l'oubli ne voulut pas me permettre de l'atteindre car il s'ouvrit dès le premier pas effectué et avant de m'avaler tout entière, il sembla trouver amusant de me permettre de garder une dernière étincelle de conscience pour me rassurer quant à l'issue de ma chute.

Comme je n'avais pas eu le temps de bien serrer la serviette autour de moi, elle s'était détachée pour tomber au sol, avant que je ne suive le mouvement, complètement nue, dans les bras de l'homme qui me réceptionna au vol.

Ce fut donc enveloppée dans le manteau de la plus grande honte de toutes mes existences, humaine et vampire confondues, que je basculai dans le noir infini.

*

- Je veux mourir…

Un rire grave et sensuel me parvint malgré les couvertures que j'avais rabattues sur ma tête.

- Ce n'est pas en vous cachant de moi que vous annulerez ce qui s'est passé à l'aube.

Je sentis le matelas s'affaisser sur ma gauche, signe que quelqu'un s'asseyait à mes côtés. L'instant d'après, on m'arrachait les draps qui me recouvraient.

- Hé !

Phoenix souriait franchement, il tenait un grand bol à la main.

- Petit-déjeuner au lit pour vous consoler de votre dignité perdue.

Je lui grognai au visage, mais n'en saisis pas moins le bol pour en porter le précieux contenu à ma bouche.

Heureusement, en me redressant, j'avais pu constater que je portais un pyjama tout ce qu'il y avait de plus banal et affreux.

- Très bon choix, dis-je pour remercier l'homme qui m'observait avec le sourire narquois qui m'horripilait.

- Je ne dirais pas cela.

Je haussai les sourcils. Que voulait-il dire ?

- Je me suis dit que cette horreur serait efficace pour faire tomber la gêne entre nous, mais honnêtement, si cela ne tenait qu'à moi, cette monstruosité ainsi que toutes ses jumelles seraient déjà à la poubelle.

- Qu'est-ce que vous avez contre la flanelle rose avec des lapins bleus ?

Il leva les yeux au ciel et prit mon bol vide pour le poser sur la table de nuit.

- C'est à se demander si vous êtes réellement une vampire.

- Pourquoi me dites-vous ça ?

Il pointa du doigt mon pyjama trop grand et trop vieux.

- Parce qu'un vrai vampire ne s'abaisserait jamais à se ridiculiser de la sorte.

Offusquée, je repoussai son index.

- Parce que vous croyez que c'est mieux de se ridiculiser en tombant endormie, en tenue d'Ève, dans les bras de celui qu'on… respecte ?!

Je m'étais rattrapée à temps, j'avais failli dire « aime ». Les pupilles de Phoenix flamboyèrent.

- Tout à fait.

Mes crocs pointèrent sur ma langue.

Bon sang ! Ce type avait une façon de moduler sa voix qui arrivait à tous coups à déclencher des réactions thermonucléaires dans mon organisme.

- Hum… Si vous y tenez, après ma douche, je jetterai devant vous mes anciens pyjamas à la poubelle.

- Je pensais plutôt y mettre le feu, susurra-t-il en inclinant la tête sur son épaule.

- Euh… (je secouai la tête pour me reprendre) D'accord, mais je garde les chemises de nuit en coton !

- Sam ! gronda-t-il.

- Je vous rappelle que nous dormons ensemble !

Il me dévoila ses crocs.

- Et alors… ?

- Ben… je… (mon sang commençait à s'échauffer dangereusement) Je ne veux pas qu'il y ait de malentendu entre nous ! Une fois suffit !

Bingo ! J'avais trouvé l'argument qui le doucha définitivement et le fit s'écarter de moi, embarrassé.

Je ne me sentais pas coupable de lui avoir rappelé la fin de ma soirée d'anniversaire, il n'avait pas à se mêler du choix de mes tenues diurnes. Je ne lui avais pas dit que j'aimais de plus en plus la sensation de la soie pour dormir, mais après cette conversation, je me garderais d'autant mieux de le faire.

- Pardonnez-moi. Je me mêle de ce qui ne me regarde pas.

- En effet.

Il fronça les sourcils et se leva.

- Je vous laisse vous préparer. Ysis nous a confié une mission pour cette nuit.

- Ah oui ? De quoi retourne-t-elle ?

- Je vous en dirai plus quand vous serez prête. Ne traînez pas.

Je m'exécutai rapidement et enfilai un tailleur pantalon avec un chemisier blanc au col et boutons noirs. Après un maquillage sommaire, je me fis un chignon rapide et allai retrouver mon mentor dans le salon en tenant un grand sac plastique dans la main.

- Qu'est-ce que c'est ? demanda-t-il en désignant le sac.

Je haussai les épaules en le lui envoyant.

- Chose promise, chose due.

Avisant son contenu de flanelle, il eut un léger sourire. Il se leva et me tendit une feuille de papier.

- Qu'est-ce que c'est ?

- Notre plan de vol.

J'eus un moment de flottement. Je n'arrivais même pas à lire ce qui était écrit.

- Pardon ? Il vous faut un plan maintenant ?

- Pas mon vol, Sam, celui de l'avion, dit-il en rigolant.

- Oh.

Je me disais aussi que cela aurait été légèrement stupide. Mais…

- Attendez, vous avez dit « avion » ?

Je le suivis dans l'entrée alors qu'il allait chercher nos manteaux. Depuis que nous nous connaissions et sachant l'aversion que j'éprouvais pour les voyages dans les airs, Phoenix avait toujours fait en sorte de me trouver une tâche à accomplir dans la région pendant qu'il prenait seul ce moyen de transport afin de régler certaines transactions pour le compte de ses chefs de secteur. Quand je le questionnais à son retour de mission, je lui demandais comment ça s'était passé, mais jamais aucun détail sur le déroulement de son trajet. L'avion et moi étions décidément incompatibles.

- Oui, c'est ce que j'ai dit.

- Et vous avez dit « *notre* plan de vol » ?

Phoenix leva les yeux au ciel et me prit l'écharpe que je tenais sans la voir vraiment pour me la nouer autour du cou.

- C'est également ce que j'ai dit.

- Non.

- Si.

- Je ne viens pas avec vous !

- Si.

- Non !

- Sam ! aboya-t-il. Vous êtes une vampire et je sais voler ! Si l'avion devait s'écraser, nous aurions le temps d'arracher les tôles de la carlingue pour sauter dans le vide sans aucun problème !

Je jurai me sentir nauséeuse.

- Je déteste ça ! Ne pourrais-je pas plutôt rester ici, comme à chaque fois ?

- Non. Vous êtes mon élève, je dois vous instruire sur notre monde. De plus, me montrer seul risque de faire jaser, je ne suis pas censé voyager sans garder un œil sur vous. Il vous faudra faire un effort.

Vaincue par la logique, je lui offris une moue dépitée. Il tourna les talons.

L'ayant rejoint dans le garage, je m'installai sur le siège passager de la Camaro.

- Où allons-nous ?

- À Las Vegas.

- Ysis nous envoie jouer au casino ?

Il s'esclaffa en démarrant la voiture.

- C'est un peu ça. Le propriétaire du *Rosario* est intéressé par un terrain en périphérie de la ville qui appartient à Talanus et Ysis. Il aimerait l'acheter pour y construire le jumeau de son casino.

- Mais combien de terrains possèdent-ils dans le monde ces deux-là ?!

Ce couple de l'Antiquité bénéficiait d'une fortune colossale, je le savais, mais de là à être propriétaires d'un nombre d'hectares équivalent à un petit pays européen, là, je ne le concevais pas.

Nous venions de sortir de l'enceinte du château pour prendre la direction de Kerington.

- Suffisamment pour leur permettre de dépenser sans compter pendant des centaines d'années. Ça sert d'avoir un instinct vous soufflant d'acheter pour une bouchée de pain des terrains dont personne ne veut et qui se révèlent être par la suite de véritables mines d'or, au sens propre comme au sens figuré.

- Ils ont vraiment découvert une mine d'or ?

- Au Burundi, oui.

- Incroyable.

- Comme vous dites. Talanus et Ysis sont extrêmement puissants, ce n'est pas pour rien qu'ils sont respectés et jalousés dans notre communauté.

- Pourquoi êtes-vous si loyal envers eux ?

- Pourquoi me demandez-vous ça ?

- Eh bien, j'ai bien reçu cinq ou six offres de chefs de secteur étrangers qui proposaient d'acheter vos services, mais vous avez toujours refusé. Vous connaissant, je me doute que ce n'est pas une question de puissance pécuniaire, alors pourquoi ?

Il haussa les épaules.

- J'ai rencontré un nombre incalculable de vampires et de nombreux chefs de secteur. Il n'y en a que très peu que je respecte autant que Talanus et Ysis.

- J'espère que je fais partie de cette catégorie, dis-je en lui souriant gentiment.

Il y eut un silence, puis il me jeta un coup d'œil en biais.

- Je vous respecte davantage encore.

Je me mordis la lèvre, émue.

- Merci. C'est pareil pour moi.

Il sourit aussi.

- Merci.

L'aéroport de Kerington était situé en périphérie des quartiers Ouest de la ville. Nous y arrivâmes après un peu plus d'une heure de route, passée principalement dans un silence songeur. Phoenix n'était pas très bavard au naturel, j'avais l'habitude de ce genre de moment. Par ailleurs, avant de faire sa connaissance, je n'avais personne à qui parler alors quelque part, le silence ne me dérangeait pas. Je me laissais bercer par la douce mélodie de Chopin qui s'élevait dans l'habitacle de la voiture et qui transportait mon imagination vers la France du XIXe siècle.

- J'aimerais aller là-bas… murmurai-je comme le panneau indiquait où nous devions bifurquer.

Phoenix resserra ses mains sur le volant.

- Je vous emmènerai, je vous le promets.

Je le dévisageai. Il avait lu dans mes pensées. Comment faisait-il pour me connaître aussi bien ? Étais-je si facile à lire ?

- L'aéroport est juste là.

Je me redressai, coupant court à mes réflexions.

- Je ne suis jamais venue ici, mais je sais que nous ne prenons pas la bonne direction. L'entrée est par là-bas.

Phoenix ignora ma remarque et continua sa route en longeant les pistes sur lesquelles de nombreux avions embarquaient et débarquaient des centaines de voyageurs fatigués.

Je ne comprenais pas où il voulait en venir jusqu'à ce qu'il s'engage dans une partie plus retirée du tarmac.

- Oh, la vache…

Un jet privé n'attendait plus que nous montions à bord pour s'engager sur une des pistes d'envol disponibles et deux personnes se tenaient debout devant l'escalier de l'appareil en nous regardant approcher : le commandant et une hôtesse de l'air.

- Mais pourquoi… ? commençai-je, une fois que Phoenix eût garé la voiture à quelques mètres du jet.

Je fus stoppée par un doigt sur mes lèvres et un sourire malicieux.

- Parce que je le peux…

Il ne resta pas pour voir mes pupilles devenir rouges et sortit de la voiture pour en faire le tour et m'ouvrir ma portière en parfait gentleman, me permettant dans le même temps de reprendre mon souffle.

Pour une première, c'était une première ! Non seulement j'allais pour la première fois mettre les pieds dans un avion, mais pour mon baptême de l'air, j'avais droit à la version luxe de ces engins volants. C'était tout de même un peu extravagant…

Wahouuuu ! Génial ! hurlait une petite voix hystérique dans ma tête, hâtive de se vautrer dans le confort de cet appareil réservé à l'élite.

Hum… Et c'était reparti ; les joies d'être un vampire…

- Sam, allez-vous vous décider à me rejoindre ou resterez-vous plantée là jusqu'à la fin des temps ?

Je m'ébrouai mentalement et courus pour rattraper Phoenix, qui saluait déjà le personnel de bord.

On nous invita à prendre place en cabine et je m'extasiais de l'opulence de la décoration intérieure : rien que du cuir et du bois rare dont les finitions étaient d'une finesse extraordinaire.

- Nous vous conseillons de rester assis jusqu'au décollage. Prendrez-vous une coupe de champagne pour patienter ?

Calée dans l'un des larges fauteuils aux côtés de mon patron, je me sentais si bien que je ne me voyais pas refuser l'offre de cette gentille dame.

Quand elle disparut préparer nos boissons, Phoenix me donna un léger coup de coude.

- Vous buvez pendant le service ? Dans mes souvenirs, cela ne vous a jamais réussi.

- Elle l'a proposé trop gentiment pour qu'on lui refuse ! me défendis-je. Et puis, je vous rappelle que maintenant, je peux boire comme un trou si j'en ai envie, je ne risque pas la gueule de bois.

Il rigola.

- C'est son travail que d'être aimable avec ses riches clients, graine d'ivrogne ! Et si vous dites amen à tout pour ne vexer personne, que ferez-vous quand l'un de nos ennemis vous demandera gentiment s'il peut vous arracher la tête ? Vous irez de vous-même vous agenouiller devant le billot ?

Je lui feulai au visage, ce qui le fit rigoler de plus belle.

- Samantha, la bonne samaritaine !

- Ne vous moquez pas de moi !

Je n'eus pas le loisir de lui montrer les crocs car l'hôtesse revenait déjà avec un plateau portant deux flûtes à champagne, et la bouteille hors de prix allant avec.

- Merci, Madame, dis-je poliment en écrasant de mon talon le pied de mon voisin qui avait recommencé à rire.

Une fois seuls, il me tendit mon verre plein et j'en profitai pour le questionner sur la suite des événements.

- Il ne reste que trois jours avant le bal masqué, cette mission va durer combien de temps ?

- Nous devrions arriver à Las Vegas dans quelques heures. On nous a préparé la suite royale.

- Rien que ça... l'interrompis-je.

- Ce sont eux les demandeurs, pas nous. Bref, Talanus et Ysis ne veulent prendre aucune décision pour le moment, ils m'ont chargé de leur retransmettre la proposition d'achat afin de l'étudier plus en détail ultérieurement. Ils sont trop occupés avec les préparatifs du bal pour se concentrer comme il faut sur cette affaire. Ils ne veulent pas perdre leur avantage sur un coup de tête. Nous irons honorer notre rendez-vous avec Mr Robins puis nous resterons dans la suite toute la journée avant de repartir pour Kerington et Scarborough.

- Qui est Mr Robins ?

- Le très riche propriétaire du *Rosario*. On dit que c'est un vrai requin en affaire.

- Mais vos dents à vous sont bien plus tranchantes.

Il rit.

- C'est vrai.

- Quel sera mon rôle à moi ?

- Le même que d'habitude : ouvrir grand vos oreilles et prendre des notes.

Je fronçai les sourcils, vexée.

- Dit comme ça, j'aurais l'air d'une andouille avec un stylo !

Phoenix me dévisagea, surpris.

- Loin de moi l'idée de vous offenser, Sam. Vous savez bien que je considère que vous faites de l'excellent travail.

Je me renfonçai dans mon siège en bougonnant et en croisant les bras sur ma poitrine.

- Ce que vous pouvez être susceptible ! ricana-t-il.

J'allais lui lancer une réplique bien sentie, mais l'hôtesse revint pour nous demander d'attacher nos ceintures tandis que l'avion commençait à avancer sur la piste.

Nerveuse, les mains tremblantes, j'eus toutes les peines du monde à m'exécuter sous les yeux moqueurs de Phoenix.

- Allons, Sam, tout va bien se passer. N'oubliez pas ce que vous êtes.

Je regardais par le hublot le paysage défiler lentement. D'autres appareils décollaient et atterrissaient plus loin, sans que cela ne me rassure.

- Allez dire ça à tous les vampires qui se sont fait désintégrer dans un crash d'avion !

Il soupira.

- Vous êtes impossible.

Je me tournai vers lui pour lui dire de me laisser tranquille, mais un bruit terrible de moteur me vrilla les tympans, m'obligeant à me boucher les oreilles.

- Qu'est-ce qui se passe ?! m'écriai-je, paniquée, en regardant derrière moi si la queue de l'avion n'avait pas pris feu.

Je vis tout de même le sourire narquois de mon mentor lorsqu'il m'informa :

- Ce n'est rien, nous allons simplement décoller.

Effectivement, moins d'une minute plus tard, nous accélérions de plus en plus vite. Terrorisée, je saisis la main de Phoenix pour la broyer dans la mienne, comme si cela allait suffire à nous empêcher de nous écraser. Je m'étais attendue à une rebuffade amusée, mais au lieu de ça, il me rendit mon étreinte, quoique un peu moins sauvagement.

L'instant d'après, la poussée des réacteurs nous propulsa vers le ciel à une vitesse vertigineuse, m'arrachant un cri de frayeur qui s'acheva dans la veste de Phoenix, sur lequel je m'étais jetée malgré ma ceinture, et que j'agrippais comme une forcenée en même temps que je suppliais Dieu de me garder en vie encore un peu.

Les turbulences cessèrent bientôt tout comme les doigts de fée qui s'activaient dans ma chevelure pour apaiser mes sens affolés par la peur cette fois-ci.

Je me redressai, confuse.

- Je… je suis désolée.

Phoenix me fixait avec cet éclat étrange dans le regard qui me perturbait toujours.

- Pas moi.

Je retins mon souffle en me perdant dans ses prunelles azurées. Je tenais toujours sa veste, nos visages n'étaient qu'à quelques centimètres l'un de l'autre.

- Hum…

Je sursautai quand les battements de cœur allant de pair avec la présence devant nous me parvinrent, et me recalai dans mon siège, gênée.

L'hôtesse fit semblant de rien.

- Vous pouvez détacher vos ceintures, la météo sera bonne tout le temps de votre trajet. Nous estimons votre arrivée à Las Vegas à deux heures du matin. Un hélicoptère vous attendra à votre descente du jet pour vous emmener au *Rosario*. Désirez-vous manger quelque chose ?

- Non merci, dit Phoenix comme s'il n'en avait rien à faire de ce qu'elle venait de nous raconter.

- Si vous avez besoin de moi, n'hésitez pas à m'appeler, je serai juste à côté.

Il ne répondit pas. Elle disparut.

- Que faites-vous ? demandai-je en le voyant se lever.

C'était pitoyable, mais j'avais peur d'être toute seule dans cet engin de mort.

Il se pencha vers moi sans cesser de me clouer de son regard bleuté et je crus un instant qu'il allait m'embrasser. Il se contenta de me retirer ma ceinture.

Idiote ! pensai-je.

Il me tendit la main.

- Venez, j'ai prévu de quoi passer le temps.

Curieuse, je le laissai m'emmener sur le grand canapé en cuir beige et l'observais attraper une télécommande avec perplexité. Que voulait-il allumer ?

J'eus la réponse en voyant l'un des montants en bois de ce salon design s'ouvrir pour laisser en sortir un écran plat dernier cri. Quand il l'alluma, je sentis mon cœur fondre, du coup, je n'eus aucun remords en me blottissant contre lui pour être plus à l'aise, et soupirai de bonheur lorsqu'il passa son bras autour de mon épaule pour me serrer contre lui.

Le générique de *Stargate Sg-1* résonna comme une douce musique à mes oreilles pendant que je me remémorais avec nostalgie notre première séance vidéo. Ce soir-là, il avait fait céder ses premières barrières pour moi.

Comme j'avais hâte que les dernières tombent une fois pour toutes !

*

Après avoir failli défoncer la porte de l'appareil pour en sortir au plus vite une fois l'atterrissage effectué, Phoenix eut l'occasion de se moquer encore de moi quand il dut me pousser de toutes ses forces pour que j'ose mettre un orteil dans l'hélicoptère qui nous emmènerait sur le toit du casino (une tour de trente étages) où nous attendait son propriétaire.

Au premier trou d'air, j'avais hurlé comme une folle et supplié mon patron hilare de nous faire sortir de là grâce à ses pouvoirs. Comme il avait refusé, prétextant que voler au milieu des immeubles serait nuisible à la préservation du Secret, je l'avais maudit copieusement avant de lui tourner le dos.

Malheureusement, ma peur prit le dessus dès la seconde secousse et mettant de côté ma rancœur à son égard, j'avais de nouveau plongé sur lui pour me sentir plus en sécurité. Je savais que c'était stupide vu qu'en cas de crash, je n'avais pas plus de chances d'en réchapper dans ses bras qu'à tout autre endroit de l'habitacle, pourtant, c'était là que je parvenais à maîtriser ma frayeur. Et puis… il me tenait enlacée fermement, son menton frottant sur le haut de mon crâne. Une fois ou deux, malgré le bruit insupportable des pâles du rotor, j'avais cru l'entendre inspirer pour humer l'odeur de mes cheveux, du coup, je m'étais d'autant plus agrippée à lui, profitant de cette proximité imposée.

- Sam, nous arrivons sur le toit du Rosario, dit-il au bout d'un moment.

Une secousse me confirma que nous étions en phase de descente, puis une autre faillit me faire donner à mon employeur le coup de boule du siècle.

- Vous ne pouvez pas faire attention, non ?! Vous voulez nous tuer ou quoi ?! vociférai-je à l'oreille du pilote que je venais de rejoindre à la vitesse de l'éclair et auquel je venais d'arracher le casque et quelques cheveux au passage.

Je ne sais pas quelle tête je devais avoir en lui hurlant ainsi au visage, toujours est-il qu'il blêmit et se mit à trembler comme une feuille.

- Ça suffit, Sam ! Vous allez nous faire crasher si vous continuez à terroriser ce pauvre homme ! gronda Phoenix en m'attrapant par ma veste et en me tirant violemment en arrière.

Vexée, je lui tirai la langue.

Nous nous posâmes sans autre difficulté sur le toit et deux hommes vêtus de smoking vinrent nous ouvrir les portes et nous demander de les suivre.

- Mr Robins vous attend dans son bureau.

- Ne faisons pas attendre Mr Robins, alors, dit Phoenix, glacial. Son temps est sûrement aussi précieux que le nôtre.

Les deux types se ratatinèrent sur eux-mêmes sous le poids de ses yeux impitoyables.

- Euh… Par ici.

Nous les suivîmes dans un ascenseur suffisamment large pour accueillir quinze personnes et le premier appuya sur la touche du dixième étage avant de composer un code spécifique.

Arrivés ensuite à destination, le deuxième toqua deux fois à l'une des cinq portes des lieux.

- Entrez !

À l'intérieur de la gigantesque suite aux nombreuses baies vitrées permettant d'admirer un panorama nocturne des plus lumineux et parmi les plus actifs que j'avais jamais vus, un homme d'une trentaine d'années, blond aux yeux marron, se leva de derrière son immense bureau pour venir nous saluer. Toutes ces proportions énormes… Ce type avait-il un complexe ?

En tout cas, à voir sa démarche assurée, sa carrure d'athlète cachée derrière un smoking *Armani* haute couture, ses cheveux impeccablement coiffés et ses ongles manucurés, j'aurais juré que non. Mr Robins transpirait le luxe et le pouvoir à plein nez.

- Mr Livingstone, je présume. Je suis enchanté de faire votre connaissance, ronronna-t-il de manière pédante en lui tendant sa main.

Son expression se décomposa quelque peu quand il comprit qu'en guise de salutations, il n'aurait droit qu'à un sec hochement de tête.

- Mr Robins, voici mon assistante, Samantha Jones.

Il ne se risqua pas à me tendre la main, mais à la façon dont il se dit ravi de me rencontrer, une lueur de convoitise s'allumant dans son regard, je me sentis en devoir de lui rappeler les bonnes manières.

Je lui tendis ma main, qu'il prit, surpris, et la pressai en dosant ma force de sorte de lui faire assez mal sans toutefois briser ses os.

- Enchantée.

Ma voix avait été plus glaciale encore que celle de mon patron, lequel, après que notre interlocuteur se soit éloigné vers son bureau en essayant de refaire circuler le sang dans sa main, souleva discrètement son pouce pour me faire comprendre qu'il avait approuvé mon initiative.

Nous étions en position de force, et il fallait le rester.

- Je vous en prie, asseyez-vous. Whisky ?

Mr Robins alla se servir un verre dans son bar privé. J'en profitai pour regarder autour de moi. Il y avait dans l'espace que nous occupions un canapé ivoire garni de nombreux coussins, reposant sur un très grand tapis en poils blancs devant une cheminée moderne qui donnait à la pièce un aspect un peu plus engageant que ce que son dallage noir n'en laissait paraître.

Sur le mur en face de moi, il y avait trois grandes photographies encadrées, montrant notre hôte dans des situations avantageuses : lui posant avec un exemplaire du *Times* où son portrait était en Une avec comme gros-titre « Le Businessman toujours gagnant », lui en vêtements de trekking avec ce que je supposais être l'Everest en arrière-plan, et enfin, lui tenant par la queue un énorme poisson qu'il n'avait sûrement pas pêché tout seul.

Phoenix et moi nous regardâmes et levâmes les yeux au ciel en même temps. Encore un spécimen plus attaché à son nombril qu'à celui des autres !

- Non, merci. Mes employeurs m'ont demandé de venir vous voir en personne afin que je leur donne mon avis sur votre proposition à partir de mon ressenti sur votre personne et votre respectabilité.

Je retins un sourire, Mr Robins avala son whisky cul-sec. Il avait sans doute compris comme moi que Peter Livingstone n'avait rien d'un simple intermédiaire et qu'il allait falloir le ménager.

- Vous voulez peut-être voir un exemplaire de mon casier judiciaire ?! ironisa-t-il.

Oups… « Le businessman toujours gagnant » n'était pas le genre d'homme à accepter d'être dominé, lui qui, d'ordinaire, avait le rôle du dominant. Phoenix se pencha un peu plus sur sa chaise. Ça risquait d'être intéressant.

- Voyez-vous, ce ne sont pas vos deux procès pour harcèlement sexuel dont vous êtes ressorti innocenté grâce au brio de vos deux avocats et à votre compte en banque plus que garni qui me donneraient matière à réfléchir, mais plutôt l'enquête en cours vous concernant et vous soupçonnant du blanchiment d'un bon million de dollars appartenant au dirigeant d'un des cartels de drogue de la ville.

Je faillis applaudir à la fin de son discours, d'autant que Robins en était devenu livide.

- Vous êtes bien informé, dit-il d'une voix blanche.

- Je ne fais que mon travail.

- Très bien, alors laissez-moi vous prouver que mes intentions concernant le terrain dont vos employeurs sont les propriétaires sont tout ce qu'il y a de plus honnêtes.

- Je vous écoute.

Pendant près de deux heures, je pris un nombre incalculable de notes pendant que notre éventuel futur partenaire commercial nous faisait la description détaillée avec plans à l'appui du projet immobilier qu'il comptait mettre en œuvre à cet endroit encore non-bâti de Las Vegas. L'expansion de la ville et la recherche de nouveaux terrains constructibles et bien situés avaient fait augmenter la cote de celui de Talanus et Ysis, pour lequel notre ami présent était prêt à débourser plusieurs millions de dollars en plus de ce que son projet allait déjà lui coûter, à lui et à sa banque.

- Hm...

Jusque là, Phoenix n'avait pas prononcé un seul mot de tout l'exposé, alourdissant encore davantage une atmosphère déjà tendue. Robins retenait son souffle...

Ce dernier manqua s'étouffer quand il se leva et enfila son manteau, m'incitant à en faire de même.

- Je vais en référer à mes supérieurs. Bonne nuit.

- Hein ? Mais... Vous ne me dites pas si ma proposition vous intéresse ?

- Je vous ai dit qu'aucune décision ne serait prise ce soir. Nous vous rappellerons le moment venu.

L'autre en eut un hoquet de stupeur. Quelque part, je le comprenais ; ça devait faire drôle de se faire congédier dans son propre bureau.

- C'est que… euh…

- Comment se rend-on à notre suite ? coupa sèchement Phoenix, pour mettre une fin définitive à l'entretien.

Robins fronça les sourcils en cherchant à retrouver l'usage de la parole.

- Prenez l'ascenseur jusqu'au trentième étage et tapez le code 548 BC.

- Merci.

Sans un mot de plus, Phoenix me fit passer devant lui et nous quittâmes les lieux sous les yeux effarés d'un homme qui, sans doute pour la première fois de sa vie, avait vu son beau vernis d'arrogance être piétiné par plus fort que lui.

- J'avoue que je suis admirative, déclarai-je en attendant l'ascenseur. Vous avez mené ce rendez-vous du début à la fin. J'espère qu'après cela, ce personnage aura mis de l'eau dans son vin.

- Vous n'étiez pas mal non plus. J'ai particulièrement apprécié votre poignée de main.

- Ça ne vous avait pas plu avec votre ami du « Sanguin ».

- Lui n'aurait pas cherché à vous mettre dans son lit par tous les moyens.

Sa voix était devenue plus agressive tout à coup. J'en profitai pour l'aiguillonner :

- Parce que je vous appartiens, c'est ça ?

Je souriais, mais la façon dont il me répondit… :

- Précisément.

… en me pénétrant du regard, me fit frissonner des pieds à la tête.

Heureusement, l'ascenseur trouva opportun de signaler son arrivée avec un petit tintement.

Nous entrâmes dans la cabine dans un silence étrange qui dura jusqu'à ce que les portes s'ouvrent au treizième étage, devant un couple d'une vingtaine d'années qui, emporté par les affres de la passion, continuait à s'embrasser furieusement sans s'être aperçu qu'il n'était plus seul.

- Hum, hum...

Phoenix mit fin à ce spectacle en se raclant la gorge. Aussitôt, les deux tourtereaux s'écartèrent l'un de l'autre, rouges de confusion, et s'engouffrèrent dans l'ascenseur avec nous en marmonnant des excuses.

Cela aurait pu être un épisode simplement drôle si ces deux-là, rendus fous par leurs hormones, n'avaient pas recommencé moins de deux minutes plus tard à se peloter dans les coins derrière nous, ignorant ou feintant d'ignorer qu'on pouvait en être choqués.

J'eus soudain besoin d'air.

Les deux amoureux dégageaient une telle aura de sexe que je commençais à sentir ma température corporelle augmenter à mesure que leur désir contaminait le mien. Les nerfs à rude épreuve pendant le laps de temps que nous partageâmes ensemble, je m'appliquais à regarder attentivement chaque détail du boitier de commande de l'ascenseur pour éviter que mon attention ne soit trop captivée par le couple ou par Phoenix, qui s'était réfugié de l'autre côté de la cabine, dans une posture affreusement raide.

Suppliant mes canines de rester à leur place tout comme à mes prunelles de ne pas s'embraser, je comptais les secondes qui nous séparaient de la délivrance.

Je soupirai de soulagement lorsque les portes s'ouvrirent et que les deux excités purent continuer leur effeuillage dans le couloir menant à leur chambre, et enlevai mon manteau pour m'adosser à la cloison et faire baisser mon taux d'adrénaline à un niveau acceptable.

Ce que je n'avais pas prévu, c'était la façon dont Phoenix assista à chacun de mes mouvements…

Ses pupilles dilatées s'enflammèrent brusquement tandis qu'il serrait et desserrait les poings en me fixant d'un air de prédateur affamé.

- Sam… feula-t-il, comme prêt à mordre.

Ma température interne explosa tous les compteurs.

Soudain, il se jeta sur moi.

Phoenix me repoussa brutalement contre la cloison de la cabine et emprisonna d'une main mes poignets au-dessus de ma tête pour me réduire à l'impuissance pendant qu'il s'emparait de mes lèvres avec une violence qui me grisa complètement. Lui rendant son baiser avec passion, je gémis quand il enroula sa langue autour de la mienne et libérai mes mains pour les passer dans ses cheveux.

La force de son désir pour moi se lisait dans l'éclat aveuglant de ses yeux entièrement illuminés comme l'étaient les miens, et quand il me plaqua un peu plus contre la paroi, je passai mes jambes autour de sa taille pour mieux sentir la pression de son corps. Il gronda de satisfaction et arracha plus qu'il ne déboutonna mon chemisier, offrant à sa vue mon soutien-gorge noir.

Je n'eus que le temps de voir ses crocs s'allonger avant que ceux-ci ne plongent sur mon sein droit, m'arrachant un cri d'extase qui dut retentir jusque dans le bureau de Mr Robins, ainsi que des halètements désordonnés dès les premières succions insupportablement érotiques.

Je haletais de plaisir… Je haletais encore…

Bon sang !!! Je haletais !!!

Je rouvris les yeux subitement. Le couple fusionnel était toujours en train de se bécoter dans mon dos et ma tentative pour canaliser mes émotions en pensant à un lac tranquille du Canada s'était soldée par un lamentable échec. Au secours !

Je venais de fantasmer sur Phoenix et moi alors qu'il était à un mètre de distance à peine. Et quel fantasme ! J'en avais encore des vapeurs, c'était comme si tous les os de mon squelette s'étaient liquéfiés dans mon imagination et que celui-ci avait pris la consistance de la gelée, notamment au niveau des jambes. Je tremblais.

Mon Dieu ! Phoenix s'en était-il aperçu ?

Je lui jetai un coup d'œil rapide. Rien dans son attitude ne prouvait que je m'étais trahie si ce n'était sa mâchoire crispée à en exploser et les éclairs dans ses prunelles. Pourvu que cette réaction soit à mettre sur le compte des deux impolis derrière nous !

Au vingt-troisième étage, les portes s'ouvrirent, puis se refermèrent sur des gloussements de plus en plus excités et heureusement vite hors de portée de nos oreilles.

Ouf…

Nous étions à nouveau seuls.

Sans oser regarder mon mentor, j'allai m'adosser à la paroi de la cabine pour retrouver mon équilibre physique et émotionnel.

Un silence tendu s'installa entre nous… jusqu'à ce qu'un changement imperceptible dans l'air ne me mette brusquement mal à l'aise.

L'atmosphère se chargeait d'électricité…

Pour la première fois depuis le départ des deux tourtereaux, je levai les yeux vers Phoenix et manquai m'écrouler sous mon poids.

Il me regardait exactement comme dans mon fantasme, me fixant tel un prédateur allant se jeter sur sa proie, les crocs visibles, des éclairs violents traversant ses iris tempétueux. Mon corps réagit avant mon esprit.

Je me mis à haleter tandis que mes pupilles viraient au rouge profond comme elles étaient braquées vers celui qui occupait toutes mes pensées de jour comme de nuit.

- Sam…

Son grondement bestial et possessif trouva un écho dans toutes mes cellules puisqu'elles se mirent à vibrer toutes en même temps, me faisant frissonner de volupté de la racine des cheveux jusqu'aux ongles de pieds.

- Phoenix…

Comme dans un rêve au ralenti, je le vis faire un pas vers moi et alors que je me redressais pour combler la distance entre nous et me jeter dans ses bras…

… La porte de l'ascenseur s'ouvrit sur un couple de personnes âgées remontant au vingt-sixième étage.

Je fermai les yeux brutalement et me ré-adossai vivement à la cloison pour éviter que le Secret de l'existence des vampires ne soit dévoilé ici. Je supposai que Phoenix avait dû en faire de même.

Que venait-il de se passer ? pensai-je pendant la fin de notre trajet. J'avais imaginé une scène dans mon esprit et elle s'était quasiment déroulée à l'identique dans la réalité. Bon, Phoenix, ne s'était pas jeté sur moi et je ne savais pas si telle était son intention mais… Quand même ! La façon dont il me regardait !

Je me risquai à l'observer en me mordant la lèvre. Il fermait toujours les yeux, comme s'il faisait un terrible effort de concentration et, en raison de sa raideur, son froncement de sourcil était le seul signe attestant que c'était bien un homme et non une statue. D'ailleurs, la vieille dame poussa du coude son mari en le lui montrant du doigt et celui-ci haussa les épaules.

- Au revoir, Madame, Monsieur, nous saluèrent-ils gentiment en nous abandonnant une minute plus tard.

- Bonne nuit, dis-je avec un grand sourire pour excuser le silence de l'impoli qui n'avait pas daigné leur répondre.

Je me rembrunis ensuite car son comportement n'évolua pas jusqu'à notre arrivée au trentième étage. Pire, arrivés à bon port, sa prise de parole acheva de me déstabiliser complètement.

- Il est tard. Allez vous coucher dans la grande chambre, je prendrai la plus petite.

J'en restai bouche bée sur le seuil.

Comme Mr Robins tout à l'heure, je venais de me faire sèchement congédier, le comble étant que lui ne s'était pas fait ordonner de se mettre au lit comme une petite fille ayant commis une vilaine bêtise.

J'aurais voulu demander à mon ange ce qui lui prenait, mais il ne m'en donna pas l'occasion. Il me tourna le dos et partit en direction de sa chambre sans même me souhaiter une bonne nuit.

Ce n'était pas normal. Il m'avait servi tout un argumentaire pour me convaincre de dormir avec lui à Scarborough, en insistant sur le fait qu'en tant que maître, il devait pouvoir m'empêcher d'aller m'abreuver à n'importe quel cou si l'envie m'en prenait subitement, et là, il me plantait au beau milieu d'une suite luxueuse incroyablement belle, tout en haut d'une tour où je pouvais aller croquer qui je voulais sans vraiment craindre le soleil.

Pourquoi ne voulait-il pas dormir avec moi ? L'avais-je mis en colère ? Et pour quel motif ?

J'en avais assez de ses sautes d'humeur !

- Mais enfin qu'est-ce que j'ai encore fait ?! m'écriai-je en sachant qu'il m'entendait parfaitement à l'autre bout de nos deux cents mètres carrés de superficie de détente. Si je vous ai déplu, il me semble que j'ai le droit de savoir pourquoi !

Aucune réponse ne me parvint. Phoenix avait de nouveau dressé un mur pour me barrer l'accès à ses pensées. Une vague de désespoir m'envahit.

Je repensais à ce qui s'était passé dans l'ascenseur et mon amertume parla en un murmure de solitude :

- Quand vas-tu cesser de brandir ces barrières entre nous… ? Je t'attends…

Blessée par son attitude belliqueuse incompréhensible, j'exécutai son ordre et rejoignis la pièce qu'il m'avait attribuée. Je ne fis même pas attention à la décoration, empêtrée que j'étais dans mes doutes et ma rancœur. Je me déshabillai simplement, me glissai sous les couvertures après avoir commandé aux volets de me protéger du soleil de juin et sans attendre ses premiers rayons, je m'endormis sans remords.

*

- Sam, allez-vous enfin cesser de bouder ? Je préfère vous entendre hurler sur le pilote que de supporter encore ce silence assourdissant. S'il-vous-plaît.

Outre le fait que je n'avais pas digéré son comportement de la veille, je m'étais levée du pied gauche à mon réveil si bien que même après notre décollage dans le jet privé qui devait nous ramener à Kerington, je n'avais pas dit un seul mot à mon compagnon. Visiblement, il en avait assez et je savourais de lui rendre la monnaie de sa pièce, lui qui, très impoliment, m'avait plantée en plein milieu d'une chambre grandiose d'une ville mythique, m'empêchant ainsi, en raison d'un moral en berne, d'en profiter pleinement.

- Sam ! s'énerva-t-il.

L'hôtesse de l'air jugea bon de venir sur ces entrefaites nous demander si nous voulions des rafraîchissements et vira à l'écarlate lorsqu'elle se fit sèchement renvoyer dans ses foyers par mon voisin bouillonnant.

- Eh bien je vois que vous n'avez rien perdu de votre amabilité pendant votre sommeil. Moi qui croyais que cela m'était réservé ! Quelle chance de constater que tout le monde bénéficie de votre aura d'amour et de gentillesse !

Ma réplique coula comme de l'acide malheureusement, elle n'eut pas l'effet escompté. Il sourit et ça me mit encore plus en boule.

- Il n'y a rien de drôle !
- Si, j'ai réussi à vous faire parler.
- Humpf !

Je me levai et allai m'asseoir sur le canapé derrière nos sièges.

- Vous êtes insupportable !

Il rigola.

- Et complètement lunatique en plus d'être grossier !

Il fut à mes côtés en un quart de seconde, l'expression sauvage de quelqu'un se préparant à me clouer au pilori.

- Je peux me targuer d'être un modèle de bonnes manières, on ne peut pas en dire autant de vous qui manquez arracher la tête d'un pauvre pilote d'hélicoptère dont le seul tort fut au final d'avoir accepté de vous laisser monter dans son appareil.

Piquée au vif, je relevai le menton :

- Je ne serais jamais montée dedans si *Batman* n'avait pas eu peur de déployer ses ailes d'oiseau de nuit ! répliquai-je.

- Et moi j'ai du mal à croire que j'ai devant moi l'une des créatures les plus puissantes et les plus dangereuses de la planète, si ce n'est la plus puissante et la plus dangereuse en comptant vos origines.

- Laissez mes origines et mon vertige en-dehors de ça ! Hier vous vous êtes montré incorrect envers moi. Ayez au moins l'honnêteté de l'admettre à défaut de vous en excuser !

Ses yeux lançaient des éclairs, sa bonne humeur précédente venait de s'envoler.

- Que vouliez-vous que je fasse ?! Que je vous borde et vous embrasse sur le front ?

Que tu me débordes et que tu m'embrasses tout court, espèce de crétin ! hurla mon mini-moi diabolique, accompagné dans ses vociférations par son alter-égo angélique, aussi outré que lui.

Je les ignorai pour me concentrer sur ma colère :

- Au moins que vous m'expliquiez pourquoi vous m'avez laissée en plan après notre rendez-vous chez Robins !

Il se rembrunit de sorte qu'aucune pensée ne soit lisible sur son visage.

- J'avais sommeil et vous gigotez en dormant.

Je plissai les yeux au maximum.

- Vous mentez, Mr Mac Kinley.

- Et vous, n'avez-vous pas menti quand je vous ai retrouvée la tête dans le réfrigérateur de la cuisine ? Vous n'étiez certes pas en train de faire votre marché comme le disait Angela.

Houlà ! Terrain miné ! Voyant où cette confrontation allait me mener si je continuais sur cette lancée (à ma cuisante humiliation), je décidai de déclarer l'arrêt des hostilités.

- Bon. C'est vrai que j'ai tendance à bouger quand je dors…

Un éclair traversa ses iris pétillant d'humour.

- Et je n'aurais pas dû interrompre votre quête de la poche de sang parfaite.

A priori, nous venions de nous accorder sur un statu quo. Je n'avais aucune envie d'aborder avec lui cet épisode dans la cuisine avant de lui parler des sentiments qu'il m'inspirait et visiblement, il voulait garder pour lui les motivations de son comportement désagréable de la veille.

- Hm. Ok, un changement de sujet s'impose.

- En effet. De quoi voulez-vous parler ?

- Vous ne m'avez toujours pas expliqué les modalités d'organisation et de déroulement du bal masqué.

- Pour l'organisation, je ne vous dirai rien, c'est une surprise. Quant aux modalités, ça va vous plaire, il y a des danses collectives dont une très codifiée et surtout très obligatoire.

- Oh non !

Phoenix ricana.

- Je savais que cela vous ferait plaisir.

- Pourquoi ne pas m'en avoir parlé avant ? Le bal est dans trois jours !

Son air amusé laissa la place à une expression embarrassée.

- Hum… J'ai oublié.

- Vous avez oublié ?!

Mon couinement accusateur me parut horriblement paniqué.

- Je suis désolé, je n'ai pas d'excuse.

- Expliquez-moi au moins de quoi il retourne !

Il se passa une main dans les cheveux.

- Ce n'est pas si terrible. Ce seront des danses de salon, principalement des valses, en l'occurrence.

- Mais je n'y connais rien en danse de salon !

- Ce n'est pas si compliqué.

- Pour quelqu'un qui a eu cinq cents ans pour s'entraîner, c'est sûr, mais moi, je n'ai que trente ans et pas un seul partenaire à l'horizon de ma courte vie.

- Vous oubliez notre danse dans la boîte de nuit. Et votre petit tête-à-tête avec Hedayat Javan chez Talanus et Ysis.

Je me mordis la lèvre. Comment oublier ? La première m'avait grisée au point de m'en faire oublier ma mission, la seconde m'avait dégrisée quand mon patron nous avait surpris avec Hedayat alors qu'il tentait de m'enseigner les rudiments de la salsa.

- Ce n'est pas pareil. Là, tout le monde va nous scruter !

- Mais non, puisque vous serez masquée. Vous pourrez vous ridiculiser autant que vous voudrez !

- Il y a des moments où l'envie me démange de vous administrer un bon coup de pied dans le gras du bas du dos !

Il éclata de rire. Même s'il venait de se moquer de moi, je n'arrivais pas à lui en vouloir vraiment parce que plus que tout, j'adorais le voir laisser de côté son masque d'ange impitoyable pour montrer la facette plus tendre et spontanée de sa personnalité.

Je le couvais du regard et il me surprit.

Immédiatement, il retrouva son sérieux et me fixa intensément, comme s'il voulait me faire avouer tous mes secrets.

- Danserez-vous avec moi ? haletai-je, sous le poids de son regard inquisiteur.

Il changea de nouveau d'attitude en se reculant, le visage fermé.

- Je n'en sais rien.

Je ressentis une immense vague de tristesse m'envahir. J'étais prête à risquer de me ridiculiser devant un parterre d'autres vampires s'il m'avait promis au moins une danse.

- Pourquoi ? dis-je en essayant de ne pas paraître trop déçue.

- Je vais devoir veiller au bon déroulement de la soirée et surveiller certains des convives présents. Je n'aurai pas beaucoup de temps à vous accorder.

Je fis une moue dépitée qui le fit sourire.

- Vous êtes déçue ?

Je haussai les épaules. Bah ! Autant être honnête.

- J'aurais aimé danser avec vous.

Mon Dieu… Merci de m'avoir rendue incapable de rougir, sinon, j'aurais viré à l'écarlate, c'était certain.

- Moi aussi…. (Je sentis mes entrailles se crisper) Mais nous pouvons y remédier tout de suite.

Comme une tornade, il se leva, le sourire jusqu'aux oreilles, et disparut dans le vestibule de l'hôtesse de l'air pour en revenir quelques minutes plus tard, arborant une expression triomphante le magnifiant à un point tel que j'eus l'impression un instant d'admirer le soleil.

Il m'attrapa par la main et me força à me lever.

- Nous allons danser.

- Hein ? De quoi ?

Une douce musique, du Mozart semblait-il, s'éleva autour de nous. Phoenix m'attira à lui et passa son autre main dans mon dos.

- Mais qu'est-ce que vous faites ? glapis-je.

Il leva les yeux au ciel sans que ceux-ci ne perdent l'humour et la gaieté qui y brillaient.

- Je vais vous apprendre la valse. Le temps de ce vol ne sera pas de trop pour vous en faire acquérir les bases.

- Hé !

Il sourit et me pressa plus encore contre lui, m'occasionnant au passage une décharge électrique de 50 000 volts au moins.

- Comptez 1, 2, 3, à chaque fois, en suivant mes pas et vous y arriverez.

Il ne me laissa pas le temps de lui rappeler qu'on n'avait pas assez de place dans le jet pour évoluer sereinement sans craindre de se râper les crocs sur la carlingue et m'entraîna avec lui dans les premiers mouvements de cette danse européenne que je n'avais jamais osé rêver de pratiquer.

Au début, je n'arrêtais pas de m'emmêler et j'avais tendance à lui marcher sur les pieds, mais au fur et à mesure que je comprenais l'enchaînement des pas, je m'en sortais de mieux en mieux, m'autorisant même à sourire à l'homme qui ne cessait de m'encourager en me guidant.

Seulement, après une série de trous d'air qui manquèrent me faire tomber à la renverse, je demandai à Phoenix de stopper là l'exercice.

Il ne m'écouta pas.

Quand la *Valse des Fleurs* de Tchaïkovski nous berça de ses douces sonorités et qu'un nouveau trou d'air plus violent, en raison des turbulences liées à une zone d'orage que nous traversions, nous secoua encore une fois, je fronçai les sourcils en ne sentant plus le sol sous mes pieds et poussai un petit cri de surprise en constatant que celui-ci se trouvait à plusieurs centimètres en-dessous de nous.

- Mais… l'hôtesse va nous surprendre ! Le Secret ! dis-je en regardant paniquée, vers l'endroit où celle-ci se cachait.

Phoenix m'attrapa le menton pour me forcer à le regarder. Ma bouche s'assécha d'un coup.

Ses iris étaient toujours du même bleu aussi profond que l'océan et recelaient un éclat particulier tandis qu'ils m'hypnotisaient.

- Rien à craindre de ce côté-là.

- Ils sont au courant ? murmurai-je, rattrapée par l'évidence.

- Leur famille travaille pour nous depuis trois générations. Les enfants sont assurés de la meilleure éducation et d'un emploi outrageusement bien rétribué à leur sortie d'études, alors ces gens veillent farouchement sur le secret qui leur permet de vivre si bien.

Toujours éblouie par sa beauté, je répliquai :

- Les vampires et le chantage…

Son petit rire de gorge me fit fondre.

- Vous êtes des nôtres maintenant.

Je suis vôtre… étais-je tentée de murmurer, mais il me fit oublier toute pensée cohérente quand il m'entraîna dans un tourbillon magique qui acheva de me donner l'impression d'être *Cendrillon* dansant avec son prince charmant dans son grand château.

Le trajet vers Kerington me parut alors beaucoup plus court qu'à l'allée et en revenant à Scarborough, confortablement installée dans la Camaro, je rêvais encore de ce moment de magie partagée avec l'homme qui ne tarderait plus à savoir comme je l'aimais.

Patience... me murmura la voix de ma conscience, aux anges après ces deux jours passées en compagnie de Phoenix, pendant que je chantonnais paresseusement encore les notes de la musique de Tchaïkovski sans me préoccuper des rythmes modernes qui s'échappaient de l'autoradio.

Au bal...

*

Le soir de la fête, Talanus ayant demandé l'aide de Phoenix pour réguler le flot des invités, nous avions convenu que je le rejoindrais là-bas avec François, qui avait fait briller son 4x4 Porsche Cayenne pour l'occasion.

Bien qu'il lui coutât de laisser sa jeune épouse toute une nuit vu qu'étant humaine, elle n'avait pas le droit d'assister aux festivités, mon ami mousquetaire accepta avec plaisir de me servir de chauffeur et de garde du corps pendant la soirée.

J'avais bien tenté de négocier avec Phoenix pour lui laisser la possibilité de rester avec Angela à Scarborough, mais il n'avait rien voulu savoir et m'avait expliqué que de toute façon, si son maître ne pouvait veiller sur un nouveau-né en continu, un autre vampire désigné par lui devait s'en charger.

- Mais je n'ai pas besoin de chaperon ! Je suis émancipée ! m'étais-je écriée, outrée d'être ainsi infantilisée.

Son regard s'était adouci et il avait repoussé une mèche derrière mon oreille, m'occasionnant un frisson involontaire.

- Et nous ne sommes que très peu à le savoir. De fait, si vous tenez à ce que cela reste ainsi, il vous faut un accompagnateur.

- Mais François…

- Peut se passer de sa dulcinée pour une nuit, m'avait-il coupé. En plus, elle ne sera pas seule puisqu'il m'a dit que Matthew et elle avaient organisé une soirée jeux vidéo.

Je m'étais redressée, affreusement vexée. Non seulement j'étais tenue, en tant qu'élève de l'ange du secteur, d'assister à un bal masqué auquel on me reconnaîtrait facilement à ma maladresse, mais en plus, mais amis allaient s'empiffrer de pop corns en s'éclatant à *Mario Kart* sans moi ! Ce n'était pas juste !

Mon patron me connaissant comme s'il m'avait faite, (d'ailleurs il m'avait faite vampire, hihi-bref !) m'avait cernée en deux secondes.

- Allons, ce ne sera pas si terrible. Quelques politesses aux autres chefs de secteur présents et une ou deux danses ne vont pas vous tuer. Vous avez dit vous-même que François était un bon professeur, et il m'a confié que vous ne vous en sortiez pas si mal.

Comme l'organisation du bal avait pris du retard, Phoenix avait dû se rendre à Harper Hill plusieurs jours pour terroriser l'équipe qui en était chargée afin qu'elle s'active plus vite. Pendant ce temps, paniquée par le genre de danses collectives codifiées qui y seraient pratiquées, j'avais appelé François au secours pour qu'il me les apprenne en un temps record.

- Pas si mal ?! Vous rigolez ! Ce sera un miracle si je me rappelle d'un seul enchaînement ! J'aimerais mieux me cacher dans les toilettes et attendre que ça se passe !

- Et quelle excuse auriez-vous donné à votre disparition ? Une soudaine envie de faire un pipi imaginaire ?

- Ne vous moquez pas de moi !

Cette fois, Phoenix avait éclaté de rire, attisant ma colère d'être ainsi exposée au ridicule.

- En tout cas, si je m'étale devant tous les vampires présents, cela me rassurera de savoir que je ne serais pas la seule à être couverte de honte !

Il m'avait saisi la main pour la porter à ses lèvres et avant de me quitter pour les derniers préparatifs avant le début du bal, il me dit :

- Je sais que vous serez parfaite, comme vous l'êtes toujours. J'ai hâte que ce bal commence rien que pour avoir le plaisir de vous voir dans votre costume.

Quand la porte d'entrée se referma derrière lui, j'étais toujours en état de choc, pas encore remise du feu qu'il m'avait transmis avec ses yeux et surtout, de la brûlure intense de ma main, là où sa bouche s'était posée.

Ce fut donc avec un peu plus d'entrain que j'avais commencé à me préparer, en commençant par profiter d'un bon bain chaud pour me détendre.

Je m'étais ensuite dirigée vers mon armoire pour y prendre des sous-vêtements, sans le moindre remords concernant le choix d'un soutien-gorge blanc à la dentelle finement sculptée et hors de prix, associé à une culotte assortie, dont la dentelle disparaissait aux hanches pour ne laisser visible que son fin élastique recouvert de satin.

J'avais acceptée depuis quelques temps l'idée que ma transformation avait fait de moi une adepte des produits de luxe et je n'essayais plus de me corriger quand je bavais d'envie devant une rivière de diamants dans la grande bijouterie du centre commercial de Pembroke.

Après cette opération, j'allai ouvrir la housse de protection contenant mon costume, envoyé aux frais de Talanus et Ysis. Après avoir vu le déhanché furieux des maîtres du comté de Kerington, j'étais prête au pire, mais je fus agréablement surprise par la sobriété du costume en question.

C'était une robe d'influence grecque antique, légèrement plissée, et avec une ceinture sous la poitrine pour la mettre en valeur. Elle descendait jusqu'aux chevilles et ne poserait donc pas de problème pour me mouvoir.

Quand je l'enfilai, j'eus l'impression d'être drapée dans un nuage. Elle m'allait à la perfection, mettant en valeur mes courbes là où il le fallait, sans pour autant que ça devienne vulgaire car le décolleté, bien que non négligeable, s'arrêtait exactement au bon endroit.

Je me disais que ce n'était pas si mal en fait, quand j'eus l'idée d'aller vérifier que je n'avais rien oublié dans la housse.

Ah…

Il restait bien deux choses : un écrin rouge en velours assez large et la touche finale de mon déguisement… : le masque.

C'était un loup bleu foncé qui, même s'il ne couvrait que les yeux et le nez, honorait bien sa fonction puisque, avec les magnifiques plumes de paon qui le surplombaient, on ne pouvait pas reconnaître mon visage.

Tapageur et très beau. En d'autres temps, j'aurais détesté, mais là, je trouvais cela de la plus suprême élégance.

Je m'assis sur le lit, et posai ma main sur l'écrin en velours sans le vouloir. Qu'est-ce que c'était ?

Je l'attrapai et l'ouvris.

Mon cœur fantôme manqua jaillir de ma poitrine.

D'abord, il y avait une petite note écrite de la main de Phoenix sur laquelle je pouvais lire ceci : « Pour retrouver plus facilement mon Hélène parmi les autres grecques… »

Hélène de Sparte, fille de Zeus, était la plus belle femme de toute la Grèce antique… Mais ce n'était pas la comparaison de ma beauté à la sienne qui me troubla le plus, ce fut la façon dont il en avait fait mention : « Mon Hélène ».

L'adjectif possessif soulignait-il encore une fois le fait que j'étais sa propriété ou sa motivation était-elle plus profonde ?

J'avais peut-être un élément de réponse sous les yeux.

L'éclat des pierres précieuses m'aveuglait presque et avec une précaution infinie, je touchai la rivière de diamants en me demandant si je ne rêvais pas. C'était celle du centre commercial.

Comment avait-il su ? La seule fois où nous y étions allés ensemble dernièrement, j'avais attendu qu'il soit occupé à régler nos achats dans le magasin de films pour aller me rincer l'œil dans la vitrine où elle était exposée. J'avais pourtant fait attention.

Il y avait également deux boucles d'oreilles pour aller avec le collier, et qui rivalisaient d'éclat avec lui. Mon Dieu... Combien cela avait-il pu lui coûter ?

Ce cadeau manifestait-il un autre sentiment que celui d'un maître soucieux du bien-être de son élève ?

Pour la première fois depuis des mois, j'enlevai le collier de Keira. En le portant, j'avais l'impression de dire chaque jour implicitement à Phoenix que je l'aimais de toute mon âme et que je ne le quitterais jamais.

Pourtant, en cet instant, je n'éprouvais aucune culpabilité à déposer ce trésor dans ma boîte à bijoux. Ce n'était pas en raison de sa valeur pécuniaire ou de sa magnificence que je souriais à l'idée de porter cette rivière de diamants, mais en raison de la possibilité que Phoenix me l'ait offerte en gage éventuel d'une affection allant plus loin que de l'amitié. Je ne comptais pas le décevoir, et surtout, je comptais bien le lui demander.

À partir de ce moment, je n'avais plus peur d'aller à ce bal, au contraire. J'avais hâte d'y retrouver celui qui m'avait fait ce cadeau et vérifier par moi-même ce qu'il en était réellement entre nous. Trop d'indices me poussaient à espérer : ce cadeau, son comportement si doux de ces derniers jours malgré ses rares présences au château en raison des derniers ajustements de la fête, sa façon de me regarder dans l'ascenseur de Las Vegas...

Il était temps de tenir la promesse que j'avais faite à Angela comme à moi-même.

Après une heure de maquillage intense et pleinement réussi, ainsi que de derniers préparatifs divers, j'admirais le résultat dans le miroir de l'entrée en attendant que François sonne à la porte.

Mon fard à paupière dégradé en argent et noir ajoutait une pointe de mystère au noir envoûtant de mes yeux, renforcé par le volume accordé à mes cils grâce à un mascara de professionnel et à une touche d'eyeliner en bas.

Mon rouge à lèvres rouge vif tranchait avec le blanc de la robe et les couleurs sombres du masque tandis que j'avais rassemblé une partie de mes cheveux en une coiffure simple mais haute, dont une mèche épaisse bouclée en anglaise s'en échappait volontairement pour descendre sur mon épaule.

C'est en voyant François apparaître dans le hall, puis se figer, ébahi devant mon apparence au point de ne plus être capable de prononcer le moindre mot pendant dix secondes, que je sus…

J'étais prête.

Cette nuit, je jouerais mon bonheur futur.

*

Après avoir félicité François pour son élégance (son costume se résumait à un smocking et à un masque identique au mien en plus masculin, donc sans les plumes), et après m'être une nouvelle fois excusée de l'obliger à jouer les chaperons, nous nous mîmes en route vers la villa des chefs de secteur du comté.

Je m'attendais à voir beaucoup de monde donc je ne me formalisais pas de l'affluence de voitures de luxe qui se dirigeaient toutes au même endroit, attirant l'œil des riverains curieux et admiratifs à la vue de cet incroyable défilé.

Même si je savais qu'entre le parc de plusieurs hectares et l'immense bâtisse recouvrant les activités vampiriques de la région, il y avait de quoi accueillir les occupants d'un stade de foot sans problème, je ne pus m'empêcher de pousser une exclamation incrédule en voyant toutes les voitures occuper l'espace.

L'allée menant à la villa était illuminée à l'aide de lampions blancs disposés sur des poteaux installés pour l'occasion, et reliés entre eux par des voiles immaculés qui traçaient un chemin vers l'entrée.

- Ysis a dû ruiner le compte en banque de Talanus, murmurai-je pour moi-même, plus que pour mon voisin, qui sans être blasé par l'opulence ambiante, semblait y être indifférent.

- Ce n'est pas Ysis qu'il faut blâmer, mais Talanus lui-même.

- Pas vrai ?! m'écriai-je en me tournant vers François, occupé à se garer à côté d'une *Lamborghini* orange vif.

- Il a un côté nostalgique et c'est un moyen pour lui de se souvenir des fêtes grandioses que l'on donnait à Rome.

Je m'abstins de tout commentaire. Si déjà les jardins étaient décorés avec autant de beauté et de souci du détail, je me demandais ce qui se trouvait à l'intérieur. Tant que ce n'était pas la reproduction d'une arène avec des combats de gladiateurs !

Mon interrogation fut vite balayée à la vue des tentures blanches, des statues, des plumes, des vases, et des pétales de rose qui jonchaient le sol. C'était grandiose…

- Mais la salle d'audience ne pourra jamais contenir autant de monde, soufflai-je à mon compagnon.

- Pour ce genre d'événement, ils font construire un pavillon démontable dans le jardin de l'autre côté, capable d'accueillir un peu moins de mille personnes.

- Tu me fais marcher ! m'écriai-je à voix basse, complètement hallucinée par ces proportions. Ils ont lancé les invitations il y a à peine quatre semaines ! Il faudrait des mois pour organiser un tel truc !

François ricana.

- Tu as encore beaucoup de choses à apprendre. Entre autres sur le fait que nos capacités nous permettent de réduire le temps de nos tâches à dix fois celui qu'un humain aurait mis à notre place.

Encore sous le coup du choc, je ne répondis rien.

- Talanus et Ysis ne sont pas obligés de faire dans une telle démesure, mais comme pour les jeux dans les arènes du *Colisée*, ce bal sert avant tout les intérêts économiques et politiques de nos maîtres, à un niveau plus grand que d'habitude, c'est tout.

- Grand comment ?

J'eus peur un instant que sa réponse contienne aussi le mot « Grand », mais avec un « s ». Si c'était le cas, ce n'était pas une bonne idée que j'y participe étant donné le passé commun de mes ancêtres avec les dix vampires les plus vieux et les plus puissants de notre communauté.

- Quelques dirigeants d'Europe et d'Asie. Tu seras contente, il y aura certainement beaucoup de français dans la place ce soir.

- Ah ?

- Le goût pour la danse, les buffets gratuits et surtout pour les femmes qui souhaiteraient découvrir Paris.

J'imitai son sourire.

- Je vois.

- Il y aura aussi le chef du secteur de Beijing avec lequel Phoenix m'a dit qu'ils espéraient nouer des liens commerciaux pour leurs entreprises de textile. C'est un grand amateur de sang frais (il appuya sur ce dernier mot pour me faire comprendre l'idée : frais voulait dire prélevé sur une personne vivante et non consentante) donc le nouveau décret pris par les Grands imposant un passage rapide de la Chine au Grand Changement l'a un peu énervé.

- Énervé comment ?

- Oh, rien d'inquiétant. On sait qu'il aime par-dessus tout le pouvoir et sa vie, alors s'il veut préserver les deux, il n'a pas d'autre choix que de se plier aux ordres des Grands.

J'allais poser une autre question, mais elle mourut sur mes lèvres quand nous arrivâmes à la salle d'appoint qui jouxtait le mur de la villa, comme un prolongement de celle-ci.

Je regardais, émerveillée, l'immense espace dévolu aux réjouissances déjà noir de monde, et contemplais avec un mélange de stupeur et d'humilité tous ces visages que je ne pouvais voir, mais qui, par la fluidité de leurs gestes et leur grâce, me laissaient supposer qu'ils appartenaient à des figures de l'histoire âgées de plusieurs siècles, et qui depuis peu, m'accueillaient dans leur monde incroyable.

Un glaçon courut le long de mon dos quand nombre de ces têtes me dévisagèrent en tentant de m'identifier et je me rappelai à temps de cesser de béer comme une idiote et de prouver à l'assemblée présente que j'avais une digne place parmi elle.

Hochant la tête dès qu'on me saluait, c'est-à-dire toutes les secondes, je me faisais l'effet d'un de ces animaux tout moches qu'on mettait avant sur les plages arrière des voitures et qui bougeaient bêtement la tête au moindre cahot de la route, pourtant, je continuais dans cet exercice, jusqu'à me retrouver dans un endroit tranquille, où, après encore quelques saluts, je pus avoir l'impression de respirer à nouveau.

- Tu as été très bien, me murmura François. Pas un faux-pas.

Attrapant deux coupes de sang sur un plateau que me tendit un serveur sorti de nulle part, je lui en tendis une et répliquai :

- Tu ne devrais pas me complimenter tout de suite, le bal n'a pas encore débuté.

Il trinqua avec moi et avala le contenu de son verre en pouffant.

J'allais faire pareil quand un immense vampire d'au moins deux mètres de haut se fraya un passage jusqu'à moi et me salua.

- Gente dame, si votre compagnon le permet, je souhaiterais que vous m'inscriviez sur votre carnet de bal, s'il n'est pas déjà plein.

Euh ? Ce type à l'accent roumain très prononcé ne savait pas à quoi je ressemblais et m'invitait à danser, tout en s'assurant par sa question de savoir si François était un compagnon de style amant jaloux ou ami compréhensif.

Il me fallut un coup de coude dans le dos pour que je me décide à répondre.

- Euh… C'est un ami (mieux valait être honnête) et euh… je n'ai pas encore de cavalier.

L'homme se redressa en bombant fièrement le torse et en faisant claquer ses talons. Il se pencha ensuite pour me donner un baisemain qui m'amena au comble de l'embarras.

- Vous en avez un désormais. La beauté que je soupçonne derrière votre masque me pousse à avoir l'audace de vous demander de m'accorder les deux premières danses.

Génial. J'avais le chic pour me mettre dans la galère !

- Euh… Ok.

Il me gratifia d'un nouveau baisemain et s'éloigna, à mon grand soulagement.

- Je t'interdis de rire, lançai-je derrière moi d'une voix menaçante.

J'entendis toussoter, preuve que c'était déjà le cas, puis :

- Je n'en ai pas l'intention.

Je levais les yeux au ciel quand soudain, il y eut un mouvement de foule, laquelle laissait le passage à trois personnes, deux hommes et une femme, qui s'avançaient majestueusement au milieu de tous.

Étaient-ce nos hôtes et leur ange ?

- Frères et sœurs, enfants de la Nuit, soyez les bienvenus dans cette humble réception…

Un peu pompeux comme accroche… « Humble réception »… Non mais, quelle litote vaniteuse ! Le type qui jouait Talanus n'y allait pas de main morte avec les effets de style !

En un éclair, j'avais compris que ces gens étaient juste des acteurs, là pour jouer le jeu du thème de la soirée. C'était aussi très malin de la part des maîtres des lieux puisque, sans être identifiés, ils pouvaient évoluer librement parmi leurs convives en écoutant leurs conversations et en espionnant leurs opinions sur eux.

Mieux valait donc tenir sa langue si on avait l'espoir de la conserver.

- … Vous êtes nos invités donc considérez que vous êtes chez vous. Divertissez-vous à loisir, ce soir, le plaisir de la danse est autant de mise que celui des sens.

À voir les deux vampires qui se léchaient déjà le visage en se tripotant de partout près de la porte, je me dis que certains avaient envie de commencer par le plaisir des sens avant le plaisir de la danse. À tous les coups ce devait être Javas et Cassie, ces deux obsédés que Phoenix avait déjà fait déguerpir devant moi parce qu'ils avaient la désagréable tendance à aimer commencer les préliminaires en public.

D'ailleurs, un instant plus tard, la porte s'ouvrit puis se referma à une vitesse fulgurante, et j'avais beau regarder, il n'y avait plus de trace des deux baveux. Mon champ de vision gêné par le nombre de vampires en place ne m'avait pas permis de voir correctement la scène, mais j'étais à peu près sûre que Javas et Cassie venaient de se faire jeter dehors par l'ange de ces lieux.

Immédiatement, j'oubliai ce qui se passait autour de moi et je me mis en quête de le trouver dans la foule, jouant à un « Où est Charlie ? » [4] grandeur nature. J'allais m'avancer vers la porte, mais les musiciens de l'orchestre philarmonique jouant sur l'estrade au bout de la salle commencèrent une polka.

Mon gentil géant ne manqua donc pas de se rappeler à mon bon souvenir et quand je l'informai que je ne savais pas danser ça, il éclata d'un rire de gorge tonitruant et me dit que ça ne lui poserait aucun problème puisqu'il s'arrangerait pour que mes pieds ne touchent pas le sol.

J'eus juste le temps de me tourner vers François en lui montrant les crocs lorsque n'y tenant plus, il se tordit de rire sous le coup de l'hilarité causée par mon humiliation. Mon partenaire m'entraîna avec lui au centre de l'attention générale, toutefois, il était hors de question de le laisser mettre son plan à exécution. Je retroussai mes

---

[4] Série de livres-jeux édité par Martin Handford où le lecteur doit réussir à retrouver un personnage, Charlie, à l'intérieur d'une image.

lèvres en allongeant mes canines lorsqu'il approcha sa main de ma hanche.

- Si vous me soulevez ne serait-ce que d'un centimètre, je vous vide de votre sang devant tout le monde.

Malgré le masque, je vis nettement la lueur de surprise dans son regard vert.

- Et je ne plaisante pas.

S'il croyait le contraire avec la façon dont je le fixais, à savoir comme avec l'envie de lui arracher la tête avec mes dents, il était complètement stupide.

J'avais fait attention à ce que personne d'autre que lui ne puisse m'entendre, mais s'il continuait à rester cloué sur place avec cet air de merlan frit, ça risquait de jaser autour de nous.

- Je vous ai sous-estimée, je crois, finit-il par dire.

- En effet, répliquai-je avec un sourire aussi affable que mortel.

Il hocha respectueusement la tête et me tendit sa main.

- Je vous donne ma parole que je vous guiderai sans vous soulever du sol.

Il tint sa promesse et parvint à me faire tournoyer au milieu des centaines d'invités qui évoluaient à nos côtés. C'était un excellent cavalier qui me donnait des directives chaque fois qu'il sentait que je risquais de me tromper ; ma méfiance à son égard diminua et je le trouvai finalement sympathique. Traian, puisque c'était son nom, me confia qu'il adorait danser et regrettait que la génération actuelle considère la polka comme une danse de *has been*. Après tout, c'était à cette occasion qu'il avait rencontré sa femme.

- Comment s'appelle-t-elle ? demandai-je, curieuse de savoir si son épouse était aussi grande que lui.

- Elle s'appelait Narcisa, elle était magnifique.

Je notai qu'il parlait d'elle au passé. Mieux valait éviter de commettre un impair.

- Vous deviez beaucoup l'aimer.

Il éclata encore de rire.

- Miss, je n'ai jamais autant haï quelqu'un que cette satanée bonne femme ! J'ai pleuré de joie en apprenant que cette garce était morte.

Outre la honte d'avoir encore une fois dit une bêtise, j'étais scandalisée de la façon dont il parlait de celle qui avait partagé sa vie.

Ce fut plus fort que moi, je me montrai agressive.

- Que vous avait-elle donc fait ? Elle n'avait pas demandé la permission avant de se servir un verre de vin dans votre barrique à beuverie ?!

Traian se mit à rire tellement fort que cette fois, les autres danseurs nous regardèrent avec curiosité. J'étais mortifiée.

- Vous savez manier votre langue comme une lame affûtée, Miss. J'aime ça. Certaines de nos femmes vampires sont pires encore que des humaines quand il s'agit d'avoir peur du grand méchant loup. Vous, vous êtes une guerrière, ça se sent.

Je ne comprenais plus rien à cette avalanche de compliments. Ne venais-je pas de l'insulter ?

- Narcisa et moi ne nous sommes pas choisis. Nos parents avaient décidé notre union alors que nous étions au berceau et contrairement à moi, elle n'a pas été éblouie par ma beauté. Je lui ai offert tout ce que je possédais, mais ce n'était pas suffisant pour elle. Non seulement elle ne s'est pas privée de me tromper avec tous les hommes de passage, mais elle a aussi comploté contre moi. J'étais encore humain à l'époque donc je n'ai pas eu le courage de la mettre à mort. Je l'ai enfermée dans une tour de laquelle elle ne pourrait plus sortir, mais elle a séduit son geôlier et l'a convaincu de m'assassiner. Il n'a pas réussi, évidemment, puisque, entre temps, j'étais devenu vampire. Ce fut un de mes premiers repas. (Le sourire nostalgique qu'il arbora en en parlant me fit froid dans le dos) Mais quand j'ai voulu retrouver mon épouse adorée pour rattraper le temps perdu, j'appris qu'elle avait préféré se jeter du haut d'une falaise plutôt que de tomber entre mes mains.

Comme il me souriait de tous ses crocs, je crus bon de dire quelque chose d'aimable.

- C'est une très jolie euh... histoire.

À mon grand soulagement, l'orchestre acheva la dernière note du morceau au même moment et mon cavalier me reconduisit près de François.

- Merci pour ce charmant moment, Mademoiselle Jones.

Je n'eus pas le temps de lui demander comment il m'avait reconnue qu'il s'éloignait déjà avec un mystérieux sourire aux lèvres.

- Traian t'a reconnue ? s'étonna mon mousquetaire.

- Tu sais qui c'est ?

- Bien sûr. Les vampires géants roumains aux bonnes manières ne courent pas les rues. C'est le chef de secteur de Bucarest. D'habitude, il reste avec ses lieutenants et se mélange très peu aux américains. À mon avis, il a entendu parler de toi. Félicitations, Sam, tu viens de te mettre dans la poche l'un des plus hauts responsables d'Europe de l'Est.

Tout ceci était trop bizarre pour moi. J'avais besoin d'un verre.

Je partis en direction du serveur qui zigzaguait avec son plateau et en attrapai un que je bus d'un trait.

Hé ! C'était un cocktail à l'hémoglobine, dans lequel je reconnus également du rhum, du sucre de canne et une pointe de jus d'orange. Un punch au sang ! Délicieux !

Je rattrapai le serveur et lui pris deux autres verres. J'étais sûre que François aimerait ça.

- Voudriez-vous m'accorder la prochaine danse, belle inconnue de mon cœur ?

Je stoppai net en entendant cette voix derrière moi.

- Inutile, moi je sais qui vous êtes et ce ne serait pas une bonne idée.

La voix prit un ton faussement vexé.

- Mais pourquoi ?

Je ris et recommençai à avancer, sans me soucier de mon interlocuteur.

- Parce que ce serait une autre provocation envers une personne que vous n'avez pas vraiment envie d'énerver.

Le rire sensuel de Hedayat Javan m'accompagna tandis que je rejoignais mon ami mousquetaire assoiffé.

- Qui était le type que tu as rembarré ? demanda François qui vida son verre en deux gorgées.

- C'était Hedayat.

- Oh… Tu as bien fait de décliner son invitation.

- Comme tu dis.

- On ne peut pas dire qu'il ait peur du danger. S'il continue à vouloir te séduire de la sorte, il va se retrouver avec un croc en moins.

- Il a fini par comprendre que j'appartenais à Phoenix.

- Ça, mon amie, tout le monde le sait depuis longtemps.

L'éclat amusé de ses prunelles ne m'échappa pas.

- Tais-toi, François.

L'orchestre acheva sa musique sous les applaudissements, mais il y eut un véritable tumulte aux notes suivantes. Toute la salle se préparait à entrer en piste.

Phoenix m'avait expliqué que la danse collective, joyeuse variation de plusieurs rythmes et chorégraphies datant du XVIe siècle au XIXe siècle, était une tradition dans un bal de vampires, et que ceux qui n'y participaient pas étaient plutôt mal vus.

Pour ma part, cela ne me gênait pas vraiment, mais je n'avais pas envie de le mettre en porte-à-faux en restant en arrière. D'ailleurs, où était-il ? Il y avait tellement de monde dans cet endroit qu'il pouvait être n'importe où.

Priant silencieusement pour que je ne me ridiculise pas, je rejoignis mon groupe de grecques, qui attendaient avec impatience le signal du départ en vérifiant leur mise. La façon dont elles se recoiffaient frénétiquement ou se regardaient dans leur miroir de poche me fit me demander si je n'étais pas tombée au milieu d'adolescentes à leur bal de promo.

Ce qu'on entendait en fond sonore n'était que la mise en bouche avant le début de la mélodie, ce qui permettait aux danseurs de se répartir dans l'espace par groupes de cinquante personnes disposées en plusieurs grandes rangées, avec les hommes d'un côté et les femmes de l'autre. En raison du nombre, dès qu'un mouvement de la mélodie se terminait, un groupe laissait la place au suivant et ainsi de suite, afin de permettre à tout le monde de passer. Je savais également qu'à plusieurs reprises, je devrais changer de partenaire avant de terminer la mélodie avec le dernier d'entre eux, dans une sorte de slow amélioré. Avec la chance que j'avais, j'allais encore tomber sur un pervers, je le savais !

Je ne m'étais exercée qu'avec François et l'idée que je risquais de commettre une bévue devant un parterre de personnages ayant eu des siècles pour affiner leur technique me minait le moral.

Mon état d'esprit ne s'améliora pas en voyant toutes les rangées précédant la mienne exécuter chaque pas avec une précision implacable. J'appartenais au dernier groupe, celui qui clôturerait ce moment important de la soirée.

Lorsque mon tour vint, je tentai de puiser du courage dans les yeux de François que je savais être en face de moi, et me lançai dans la mise en application des heures que nous avions passées à revoir tous ces enchaînements. Extrêmement concentrée, je ne lui dis pas un mot, pas même quand il me félicita discrètement. Il me fallut bien toute cette concentration pour ne pas paniquer quand les notes accélérèrent d'un coup pour nous signaler le changement de partenaire.

Je me retrouvai la première fois avec un petit vampire moustachu qui paraissait la soixantaine, mais dont les muscles saillants trahissaient la vigueur qu'il possédait à cet âge humain, puis, la seconde, je manquai m'étaler tête la première en comprenant que je dansais avec Talanus en personne, lequel, sans faire la conversation ni faire l'effort d'être aimable, hochait silencieusement la tête chaque fois que je maîtrisais un enchaînement, signe que je m'en sortais bien (il m'avait reconnue, de fait). La tension qui m'habitait grimpa à son paroxysme lorsqu'il fallut changer de cavalier une dernière fois car cela voulait dire que j'allais bientôt être libérée de cette obligation. Ce n'était pas le moment de se tromper et je redoublai de concentration quand les notes caractéristiques se firent entendre.

Seulement cette fois, si je faillis m'emmêler les talons, ça n'avait rien à voir avec un oubli de pas ou la crainte de Talanus. Non, je faisais face à mon dernier partenaire…

Phoenix.

*

Tout mon univers se résuma soudain à l'homme que je venais de frôler en me plaçant face à lui, et au bref contact duquel j'avais ressenti cette décharge électrique qui ne se produisait qu'avec lui seul. À l'instant où nos regards se croisèrent, il me fallut mobiliser tout mon self-control pour continuer à danser sans trahir le tremblement de terre qui me secouait de l'intérieur.

- C'est vous… murmurai-je béatement, en faisant deux pas vers lui comme le voulait la danse.

- Sam… Vous portez mon collier…

Si sa voix de velours me fit l'impression d'une caresse sensuelle depuis le haut de mon crâne jusqu'au bout de mes orteils, son regard sur moi était si brûlant que je crus sentir mon corps prendre feu. La bouche soudain sèche, je ne pouvais me détacher de ses deux prunelles azurées qui reflétaient sûrement ce que les miennes devaient lui renvoyer : la chaleur de mon désir.

Je n'y pouvais rien, toutes mes cellules s'embrasaient l'une après l'autre à cette façon inédite qu'il avait de me dévisager, comme si enfin, il voyait la femme que j'étais vraiment.

Mon Dieu…

Il était si beau et si sûr de lui que je ne pouvais empêcher mon instinct de me hurler que cet homme m'était destiné.

Je suis à toi !

Je ne pouvais décemment pas le prononcer à voix haute devant l'assistance, mais j'espérais insuffler à mes yeux toute la force de l'amour que j'éprouvais pour lui. Je ne sais pas comment il l'interpréta, mais toujours est-il que je vis ses lèvres frémir et un éclair blanc traverser ses iris tandis qu'il profitait d'un nouveau pas de danse pour frôler ma joue de ses doigts.

- Aydan... soufflai-je en fermant les yeux, transportée par ce simple contact au point de cesser de bouger.

Heureusement, la musique venait d'effectuer un dernier mouvement signalant le moment de passer à la dernière étape de la danse.

J'aurais juré avoir soupiré de bonheur en le sentant me saisir par la taille avec un grondement bas incroyablement possessif, tandis qu'il se débrouillait pour mener la danse pour nous deux. Moi, je n'étais plus capable de penser à autre chose qu'à ses bras autour de moi, à son odeur enivrante, au délice de sentir son menton frotter contre mon front alors qu'il me serrait plus fort qu'il ne l'avait jamais fait. Je me retenais à grand peine de laisser mes mains s'élever pour aller fourrager dans sa chevelure, tout comme je devais me mordre la lèvre pour ne pas laisser échapper les quelques mots fatidiques que je brûlais désormais de lui avouer en privé.

Je t'aime tant...

Perdue dans cette pensée, j'avais laissé mes doigts suivre leur volonté propre et je tressaillis en me rendant compte qu'ils glissaient tout naturellement entre ceux de mon cavalier. Je me raidis, de peur qu'il ne s'échappe, puis soupirai de soulagement et d'une intense euphorie quand au contraire, il les serra avec une vigueur telle qu'encore un peu plus, il m'en aurait broyé les os. Sur mon nuage de plénitude, je ne m'en souciais guère et savourais ce moment de grâce absolue.

L'accélération de notes suivante m'apparut alors comme un supplice puisqu'aux sonorités, je compris que Talanus et Ysis avaient demandé aux musiciens de prolonger l'exercice avec la variante dont François m'avait informée : les hommes du dernier groupe devaient danser avec les femmes du premier.

La souffrance de me séparer de Phoenix fut autant physique qu'émotionnelle puisqu'en obligeant mon corps à reculer là où il n'avait pas envie d'aller, à savoir dans la masse des spectateurs, tous mes muscles s'étaient raidis au point d'en être douloureux. Mais ce qui me faisait chaud au cœur, c'était que mon cavalier avait eu comme moi du mal à me lâcher la main et que son regard toujours brûlant me suivit jusqu'à ma place, ignorant complètement la femme vampire qui venait de se présenter devant lui.

Ce fut donc avec une vive émotion que je rejoignis François, lequel m'accueillit avec un sourire affectueux qui semblait me dire qu'il n'avait rien perdu de ce que son ami et moi avions partagé pendant la danse.

J'en rêvassais encore lorsque la musique reprit, et attendais avec impatience le moment précis où avec cette variante, les derniers danseurs devraient enlever leur masque pour connaître l'identité de leur partenaire. Personnellement, je me fichais comme d'une guigne de la femme blonde avec laquelle Phoenix dansait, tant que je pouvais l'admirer et avoir l'espoir que bientôt, il m'appartiendrait au moins autant que je lui appartenais déjà.

Si j'avais été moins grisée par son comportement envers moi, peut-être aurais-je fait attention à mon système d'alarme interne qui me conseillait de mieux regarder ce qui se passait.

Ainsi, j'aurais pu voir la tension terrible de la mâchoire de mon employeur, signe de la colère sur le point de le gagner. Et j'aurais surtout fait plus attention aux boucles blondes de sa cavalière, dont la beauté que je soupçonnais, m'était aussi familière que sa chevelure...

C'est pourquoi le choc fut si foudroyant à la tombée des masques, au point de me tétaniser tout entière... Pourquoi également, je crus que la terre s'ouvrait sous mes pieds pour aspirer jusqu'à la dernière trace de joie qui m'avait habitée précédemment, ne laissant à la place que la douleur et le désespoir de voir l'homme que j'aimais tenir dans ses bras son ancienne maîtresse et la femme qui voulait ma mort...

Engara.

*

- Merde... jura François à voix basse dans sa langue natale, en découvrant comme moi l'identité de la personne qui se trouvait à la place que j'occupais quelques minutes auparavant.

J'étais à ce point horrifiée et blessée par ce que je voyais que je n'arrivais même pas à en détacher les yeux.

Tout le monde avait enlevé son masque et je pouvais désormais admirer Phoenix comme je l'avais espéré tout à l'heure, mais aussi sa plantureuse et démoniaque cavalière, qui, sachant que son ange ne pouvait pas la repousser dans l'immédiat sans créer un incident gâchant cette soirée cruciale pour la politique de Talanus et Ysis, savourait visiblement son triomphe.

J'avais dit visiblement... J'aurais dû dire de manière ostentatoire et surtout, d'une manière entièrement dirigée vers moi.

À chaque fois que Phoenix se retrouvait dos à moi, elle s'arrangeait pour se coller contre lui et lui murmurer des choses à l'oreille avec un sourire qui m'était clairement adressé. Dès qu'elle pouvait me regarder avec dédain, elle ne s'en privait pas et affichait sur son visage un air de victoire qui me poignardait le cœur, littéralement.

Toutefois, je ne savais pas ce qui me faisait le plus mal. Voir Engara me rappeler avec une cruauté infinie qu'elle et Phoenix avaient été amants, ou que de son côté à lui, je ne voyais aucune réaction de rejet à son encontre. Son expression était redevenue absolument imperturbable et chaque fois qu'il se retrouvait face à moi, il s'arrangeait pour que nos regards ne se croisent jamais.

Comment mon rêve de tout à l'heure avait-il pu basculer aussi vite dans ce cauchemar atroce ? Comment rester là à regarder celui que j'aimais de toute mon âme renouer avec son ancienne maîtresse ?

Tout à coup, une émotion d'une violence et d'une puissance phénoménales éclata en moi, telle une explosion volcanique d'une force hors du commun. Ma vision s'affûta plus encore qu'avec mes capacités vampiriques habituelles et surtout, se teinta d'un rouge aussi profond et intense que le sang qui bouillait désormais dans mes veines comme de la lave en fusion.

Engloutie par ce tsunami de sensations, je parvins tout de même à identifier l'émotion qui était en train de transformer chaque fibre de mon corps en un brasier incandescent désireux de réduire en cendres tout ce qui m'entourait : c'était la haine.

Une haine pure, fondée sur le dégoût de cette fille d'esclavagiste, arrogante, égocentrique, assez lâche pour payer des tueurs à gages plutôt que de m'affronter à la loyale ; une haine surtout fondée sur sa façon de me rappeler les moments intimes qu'elle avait goûtés dans les bras de Phoenix alors que moi, il m'avait toujours refusé l'accès à son cœur…

Cette haine implacable, infernale, était en train de me ravager le corps et l'esprit à mesure que je tentais désespérément de la canaliser et si je ne réagissais pas immédiatement, elle consumerait entièrement mes dernières capacités à être rationnelle dans une foule où le moindre faux-pas en tant que nouveau-né, me condamnerait tout autant que celui que je devais protéger de la folie qui me rongeait.

- Sam ?

Le murmure inquiet de François à ma droite fut l'élément-clé qui m'extirpa suffisamment de mon apocalypse personnelle pour tenter de trouver une porte de sortie.

Déjà, les signes de mon trouble intérieur commençaient à se manifester à l'extérieur. Je n'avais pas besoin qu'on me le dise pour savoir que mes pupilles étaient devenues rouges, même si par chance, elles ne brillaient pas encore, mais en tentant de maîtriser mes émotions, j'avais malgré moi débuté un exercice de relaxation totalement absurde me faisant hausser et baisser les épaules ainsi que serrer et desserrer les poings.

- François… (Ma voix affreusement rauque résonna comme un grognement à mes oreilles) Je suis en train de perdre le contrôle.

C'était l'entière vérité. Même lorsque nous nous étions fait agresser dans la ruelle après notre sortie au « Sanguin », je n'avais pas eu cette sensation que dans les secondes à suivre, ma personnalité et ma raison allaient s'effacer pour laisser toute liberté d'agir à la bête sauvage qui se cachait au fond de moi.

François, heureusement, réagit aussitôt et m'attira par le bras à l'écart, à temps pour que personne ne sache de qui provenait le grondement guttural qui m'échappa. Malgré ça, je pouvais, grâce à un espace libre parmi les spectateurs, toujours voir évoluer l'objet de ma rage, ostensiblement lovée contre son partenaire dont les lèvres pincées au point de blanchir, témoignaient d'une colère contenue somme toute impuissante à égaler la mienne.

De fait, malgré les conseils de mon ami mousquetaire, je faillis bondir en avant tous crocs dehors lorsqu'Engara eut l'audace de lever la main pour caresser la joue de Phoenix, ce dernier l'en stoppant net en saisissant brutalement son bras et en l'obligeant à le laisser à sa place.

Les réflexes de François me sauvèrent car d'une rude poussée, il me plaqua contre le mur et obstrua mon champ de vision en se mettant face à moi.

- Lâche-moi, je vais la tuer, feulai-je.

Ses pupilles s'illuminèrent.

- Regarde-moi, Sam. Si tu fais ça, tu accompliras exactement ce qu'Engara veut que tu fasses.

Un nouveau grondement, plus furieux cette fois-ci, résonna autour de moi, faisant tourner quelques têtes dans ma direction. Par chance, je n'avais pas enlevé mon masque.

- Je sais que tu l'as compris aussi, reprit-il, sans s'occuper des témoins. Si tu attaques Engara maintenant, tu ne feras que prouver à tout le monde que tu n'es pas encore capable de te dominer, tout comme tu prouveras que Phoenix n'a pas su te guider comme il convenait. Pour avoir gâché la fête, Talanus serait obligé de te châtier en public, ce qui discréditerait encore plus sûrement ton créateur, lequel verrait automatiquement le nombre de ses ennemis exploser.

J'avais beau sentir mes muscles hurler du désir de se jeter dans l'arène pour déchiqueter mon ennemie, la dernière parcelle de raison qui me restait parvint à reprendre le dessus grâce au discours de François. Si je jouais le jeu d'Engara pour satisfaire ma vengeance au mauvais moment, je risquais de tout perdre. Je ne pouvais pas le permettre.

- Il faut que je parte d'ici.

François hocha la tête.

- Je te ramène.

- Non, ça va aller. Je crois qu'il vaut mieux que je rentre seule. Donne-moi tes clés et dis à Phoenix que j'ai tâché ma robe et que j'ai dû rentrer. De toute façon, j'ai rempli mes obligations ici, je ne suis pas forcée de rester.

- Tu ne lui feras pas avaler ça.

- Je m'en fiche. Débrouille-toi pour trouver une excuse qui le tienne suffisamment éloigné de moi pour que je me calme.

Il y eut un silence pendant lequel François devait peser le pour et le contre.

- Très bien. Je te laisse un peu d'avance et ensuite je le préviens du motif de ton départ.

Je l'embrassai sur la joue et après avoir jeté mon masque dans l'une des poubelles près de la sortie, quittai les lieux au plus vite, avec l'envie de n'y jamais revenir.

Pied au plancher, il me fallut seulement une heure pour arriver au château de Scarborough. Une fois à l'intérieur, comme souillée par ce dont j'avais été le témoin, je m'étais précipitée dans mon ancienne chambre pour me doucher, avant d'en ressortir en tenue de combat, fin prête pour la séance d'entraînement qui servirait d'exutoire à ma haine.

Je passais des épées aux couteaux, des couteaux aux armes à feu de tous calibres, des armes à feu au sac de sable, que je pulvérisai une nouvelle fois sans que ça soit suffisant à calmer mes nerfs.

Je décidai donc de reprendre trois lames en argent. Une bouffée de rage liée à un souvenir éclair des heures précédentes me fit les envoyer avec une telle force qu'elles passèrent toutes en même temps à travers la cible suspendue au plafond, et se fichèrent dans le mur derrière.

Je venais d'ordonner à mes canines de retrouver leur taille normale quand j'entendis qu'on prononçait mon nom dans le hall de l'entrée.

- En bas, dis-je simplement, sachant que la voix m'entendrait aussi.

Effectivement, moins de dix secondes plus tard, Phoenix apparaissait dans l'encadrement de la porte, son visage n'exprimant pas la moindre émotion. Comment pouvait-il paraître si calme, si neutre dans ce même smoking où tout à l'heure, il me couvait d'un regard qui m'avait fait vibrer l'âme ?

De mon côté, même si la crise était passée, je bouillonnais encore de colère et pour ne rien arranger, avec l'entraînement que je m'étais infligée, je devais ressembler à une sorcière. Je me détournai, plus pour éviter son regard que pour aller chercher le balai vers lequel je me dirigeais.

- Laissez cela.

L'intonation autoritaire de sa voix m'arrêta net. J'attendis qu'il parle le premier, mais il n'avait pas l'air d'en avoir l'intention, se contentant de me fixer sans que je sache à quoi il pensait.

- Il y a du sable partout, dis-je pour meubler un silence qui devenait insupportable.

- Dites-moi ce qui s'est passé tout à l'heure, Sam.

Toujours cette note autoritaire dans la voix… En temps normal, je me serais rebellée et aurais gardé le silence, juste pour l'ennuyer. Mais ce soir, quelque chose dans l'air, quelque chose dans ses yeux m'en empêchait.

L'heure était grave.

- Il ne s'est rien passé. J'ai tâché ma robe et j'ai préféré rentrer plutôt que de vous ridiculiser en public.

Il retroussa les lèvres en un rictus mauvais.

- Ce n'est pas ce qu'on m'a raconté.

Un sifflement rageur sortit de ma bouche.

- Je ne sais pas ce qui m'a pris de croire que François tiendrait sa langue.

Un éclair blanc traversa les iris de mon patron.

- Pour une fois, je suis heureux que ce ne soit pas le cas.

Je ne pus réprimer un ricanement de dépit.

- Je ne vois pas ce qui vous rend heureux. J'ai failli ruiner tout ce que vous avez construit depuis cinquante ans en une seule soirée juste parce que je hais une femme plus que la raison ne peut m'y autoriser.

Phoenix garda le silence et me dévisagea avec dureté.

Bon sang… Dire que deux heures en arrière, j'aurais juré que quelque chose venait de se passer entre nous et qu'il avait enfin fini par baisser sa garde avec moi !

Tout était fichu désormais. Il allait reprendre ses distances et me refuser définitivement son cœur.

Phoenix se retrouva soudain devant moi et me forçait à soutenir son regard en posant ses mains sur mes joues.

Je crus avoir fait un bond dans le temps. Ses yeux n'étaient plus durs ni froids, mais d'un éclat de la même intensité que celui que j'avais pu voir pendant notre danse et qui m'avait transportée jusqu'au Paradis.

- Vous ne m'avez jamais déçue.

Égarée dans l'océan de ses prunelles, je ne pouvais plus réfléchir correctement.

- Mais... Engara...

L'éclat de ses yeux redoubla d'intensité.

- A essayé de vous nuire, mais vous avez été plus forte qu'elle.

- Je....

Il m'interrompit définitivement en déposant un baiser léger sur mon front qui me fit frissonner jusqu'au plus profond de mon être, tandis qu'il me gardait serrée contre lui.

C'est l'heure... murmura une voix dans mon esprit que je ne reconnus pas, mais qui me fit prendre conscience de notre proximité.

Je n'avais qu'à lever la tête pour l'inviter à embrasser mes lèvres... Le ferait-il ? Que ferais-je dans le cas contraire ?

Mes interrogations furent brutalement balayées par un vent de détermination invincible. Comme l'avait dit la voix, il était plus que temps.

Doucement, je levai le visage vers le sien et croyant sentir mon cœur battre la chamade, je le fixai droit dans les yeux, sans aucune équivoque quant à mes intentions.

Aussitôt, ses yeux s'illuminèrent de cette teinte si particulière entre le bleu et le blanc qui, avec sa force et son intelligence, faisaient de ce vampire l'un des membres les plus respectés de notre communauté. Mais pour l'heure, il n'était plus ni ange, ni maître, ni vampire.

C'était juste un homme confronté à un choix.

*

Dans son regard, j'avais l'impression de plonger au cœur d'un abysse océanique aussi magnifique que terrifiant et plus les secondes s'étiraient entre nous, plus je sentais que je finirais par m'y noyer si rien ne se passait.

Phoenix me contemplait toujours avec ses yeux d'acier, il ne faisait pas le moindre geste vers moi me laissant supposer qu'il allait mettre fin à mon supplice et m'embrasser comme tout mon être l'espérait. Sa mâchoire crispée à en exploser me prouvait qu'un tourment intérieur le torturait, était-ce de l'hésitation ?

Les nerfs à vif, je sentis que mes pupilles se coloraient de rouge. Aïe…

Aussitôt, celles de Phoenix redevinrent normales et l'azur merveilleux qu'elles recelaient se chargea d'inquiétude à mon égard.

- Sam, êtes-vous en colère ?

J'eus envie de hurler ma frustration. Il pensait que le changement de couleur de mes yeux avait un rapport avec mes émotions, à juste titre, sauf que dans son cas, la colère était loin d'être le réel déclencheur à cela. Pourquoi ne voulait-il pas le comprendre ? Avait-il déjà oublié l'épisode dans le bureau de Talanus et Ysis ?

Je me mordis la lèvre pour ne pas rugir de douleur, mais le résultat fut que je me blessai avec mes canines et fis couler mon sang, dont quelques gouttes vinrent tâcher mon débardeur.

- J'en ai assez, soufflai-je.

Phoenix fit un nouveau pas en arrière.

- Je crois qu'il vaut mieux que je vous laisse seule, ma présence ne semble pas vous apaiser.

- En effet.

Bien qu'il fut manifestement vexé par ma réplique quelque peu glaciale, il ne chercha pas à aller plus loin.

- Je vous attendrai dans notre chambre.

Lorsqu'il disparut, je souris. Il avait dit *notre* chambre…

C'était bien qu'il me laisse seule, cela me permettrait de faire ce que j'avais à faire avant de le rejoindre et de faire en sorte que *sa* chambre, que j'occupais temporairement, devienne enfin et officiellement *la nôtre*. J'avais un plan.

De fait, après un rangement rapide de la cave, je montai à l'étage dans mon ancien lieu de repos nocturne pour reprendre une douche. Je n'avais pas sué, mais après un exercice sportif aussi intensif que le mien, cela me paraissait nécessaire, autant pour me libérer des dernières tensions qui m'habitaient après l'épisode avec Engara, que pour me donner du courage afin de mettre en œuvre le projet qui m'était venu à l'esprit.

C'est ainsi qu'après un tout petit peu de temps de préparation, j'admirai mon reflet dans le grand miroir face à moi. Habillée pour dormir, j'avais opté pour une longue robe de nuit jamais encore utilisée, en satin couleur ivoire, qui m'arrivait aux chevilles et dont le décolleté, bien que généreux, était d'une élégance classique et sobre. Après les avoir séchés et lissés, j'avais choisi de laisser mes cheveux cascader librement sur mes épaules et je savourais leur fragrance à la framboise, qui, mêlée à la senteur fruits des bois de mon gel douche, me dispensait de vaporiser du parfum sur mon corps.

J'étais prête.

La distance entre ma chambre et le bureau n'était pas énorme, bien sûr, mais à cet instant, elle me parut interminable tant j'angoissais tout en étant impatiente d'y être. Je me rappelais le soir de mes trente ans, quand, dans le même dessein, j'avais pris le même chemin, irradiant la confiance en moi grâce à l'effet de l'empreinte de mon employeur dans mon organisme ; confiance qui avait volé en éclat lorsque ce dernier m'avait impitoyablement repoussée.

Cette nuit, ce serait différent… J'étais différente.

J'étais moi, pour commencer, et surtout je savais ce que je voulais : l'homme qui m'attendait derrière ce panneau coulissant…

Sans aucun tremblement de la main, j'actionnai *Candide* et embrassai la pièce secrète du regard.

Phoenix était bien là, d'une perfection implacable et absolue qui fit chavirer mon âme une nouvelle fois.

Il s'était levé de son fauteuil à mon arrivée et avait posé son exemplaire de *L'attrape-cœur* sur la commode à sa droite, avant de venir à ma rencontre, juste devant son lit. J'avais particulièrement apprécié le frémissement de ses lèvres quand il avisa ma tenue. Je me remémorais la conversation que nous avions eue sur ses critères de bon goût vestimentaire féminin ; il m'avait dit qu'il regrettait que ma génération montre autant de peau à travers ses mini-jupes et ses déshabillés sexy. Là, je savais que je venais de marquer des points ; la proportion de ce qui était caché par rapport à ce qui était visible était idéale pour le séduire.

Je ne pus m'empêcher de sourire en le voyant vérifier dans mes yeux l'état de mon esprit.

- Ils ne sont pas rouges, dis-je simplement.

Il recula d'un pas, un peu embarrassé par son geste, rappelant inexorablement le souvenir cuisant de ma soirée d'anniversaire.

- Hum… Je voulais m'en assurer, après ce qui s'est passé tout à l'heure.

Je souris doucement.

- Même si c'était le cas, vous n'auriez rien eu à craindre parce qu'à chaque fois que ça se produit quand je suis près de vous, cela n'a rien à voir avec la colère.

Il fronça les sourcils, n'osant pas comprendre ce qui était pourtant clair comme de l'eau de roche. Il fallait que je le mette sur la voie.

- Tout à l'heure, à la cave, je n'étais pas en colère contre vous.

J'avais prononcé ces mots avec toute la tendresse que j'éprouvais pour lui, ce qui ne lui échappa pas.

- Sam, il ne faut pas que…

Je posai doucement ma main sur ses lèvres pour lui intimer le silence avant de le fixer avec le même regard brûlant que nous avions échangé pendant le bal.

C'est l'heure, murmura à nouveau la voix dans ma tête. Je n'avais pas besoin qu'elle me le redise...

- Phoenix... Avant toute chose, je veux que vous sachiez que je vous aime... (Ses pupilles s'embrasèrent sur le champ) Ça fait un moment maintenant que je vous aime profondément... En fait, depuis le soir de notre rencontre, mais j'ai mis du temps à le comprendre. Ensuite, j'ai essayé de le cacher car je savais que les sentiments d'une humaine trop émotive ne seraient jamais partagés. J'ai tenté de passer à autre chose, mais rien n'y a fait et puis... je suis devenue vampire. Aujourd'hui tout est clair, je vous aime de toute mon âme et je n'aimerai jamais personne d'autre, dussé-je vivre un million d'années.

Je pris une inspiration, étonnée et en même temps intensément soulagée de lui avoir enfin ouvert mon cœur. De son côté, le feu de ses yeux m'éblouissait par son intensité et tout son corps s'était raidi comme un morceau de bois. Je poursuivis :

- Maintenant, je vous laisse le choix. Soit je regagne mon ancienne chambre et malgré ce que je viens de vous dire, nous continuons à vivre dans l'illusion que nous ne sommes que des amis qui travaillent ensemble, soit vous prenez le risque de vous autoriser à me voir autrement. Dans le premier cas, je serai malheureuse, mais je n'en resterai pas moins à vos côtés, dans le second... Eh bien, nous aviserons.

Ce fut à cet instant, à la fin de mon discours, que l'angoisse me fit serrer les dents à les briser. J'avais tout dit, je m'étais mise à nue devant celui entre les mains duquel reposait mon bonheur futur. Il n'avait qu'un mot à dire pour me faire basculer d'un côté ou de l'autre de la balance, de l'abîme le plus profond de l'Enfer au sommet le plus haut du Paradis.

Mais il ne disait toujours rien...

Comme tout à l'heure, au sous-sol, il ne parvenait pas à régler le conflit qui le dévastait, il n'arrivait pas à prendre sa décision. Le silence s'éternisait et comme précédemment, la peur fit colorer mes pupilles de rouge. Toute ma belle confiance s'était envolée et je commençais à sentir mes jambes trembler en attendant l'issue de son débat intérieur. Qu'allait-il choisir ?

Lorsqu'il baissa la tête et détourna le regard, je compris que l'attente était terminée.

Il me rejetait… encore une fois.

Ravalant un tsunami de souffrance pire encore que celle que j'avais expérimentée pendant le processus de transformation, je me redressai et murmurai… :

- Je comprends.

… avant de me retourner vers la sortie.

Phoenix ne voulait pas de moi, il ne m'aimait pas… Je venais de lui dire que je serais malheureuse dans ce cas, tu parles ! On me précipitait dans la chambre la plus sombre de l'Enfer pour m'y faire endurer les pires tortures pour l'éternité. Car que serait ma vie éternelle sans son amour ? Rien d'autre qu'une voie pavée de souffrance qui ne me laisserait aucun répit.

En levant le bras pour saisir le mécanisme d'ouverture de la porte, je m'attendais à la douleur ignoble qui ne manquerait pas de me terrasser dans la solitude du premier étage.

En tout cas, je ne m'attendais pas à ce que Phoenix stoppe mon geste en saisissant ma main dans la sienne.

Je me figeai, il était juste derrière moi. Que… ?

- Reste.

Un mot. Un seul mot. Et l'espoir, ce sentiment que je croyais ne plus jamais ressentir, venait tout à coup de refaire surface, haletant, attendant une explication qui ne venait toujours pas. Il fallait que je sache.

- Pourquoi ?

Il y eut un silence, lourd, hésitant, terrible. Puis :

- Parce que je ne pourrai pas cacher une minute de plus que je t'aime comme un fou depuis le moment où mon regard s'est posé sur toi, ce soir-là dans la ruelle.

Bouleversée tout autant qu'incrédule par la signification d'une déclaration à laquelle je n'avais jamais osé aspirer, je fixais toujours la porte par laquelle j'étais censée quitter celui qui m'avait rejetée une minute auparavant.

J'étais tellement sous le choc que je n'étais pas sûre d'avoir compris, ni d'avoir bien entendu ses paroles.

Phoenix ne me laissa pas lui demander confirmation.

En un éclair, il me retourna face à lui et j'eus juste le temps de voir ses yeux devenus luminescents, avant que sa bouche ne s'écrase sur la mienne en un baiser dur, qui n'avait rien d'hésitant ou de timoré, mais qui, au contraire, était d'un tel feu et d'une telle passion que j'eus un instant de flottement avant de comprendre ce qui m'arrivait. Phoenix en profita pour forcer le barrage de mes dents et enrouler sa langue autour de la mienne tout en me plaquant un peu plus contre lui grâce à la main qu'il avait glissée derrière ma nuque, l'autre irradiant dans mon dos, là où ma nuisette n'était rattachée que par deux fils de satin si fins qu'ils me parurent inexistants au contact de sa peau sur la mienne.

Mon corps fut le premier à se ressaisir en se transformant en un brasier spontané, et il ne me fallut qu'un autre instant avant de lui rendre son baiser avec toute la violence de mes propres émotions, lesquelles tourbillonnaient si vite dans mon esprit qu'elles s'entremêlaient en un imbroglio totalement incompréhensible : amour, peur de l'avenir, bonheur, incrédulité, restes de souffrance quand j'avais cru qu'il ne voulait pas de moi…

Parmi tout cet amas émotionnel sans queue ni tête, je ne retenais toutefois qu'une chose, celle qui finalement avait le plus d'importance : l'incommensurable joie de chacune de mes fibres, celles de mon corps autant que celles de mon âme, d'être enfin à la place qui était la leur.

Le temps des explications viendrait plus tard.

Cette nuit, je rêvais que l'homme que j'aimais, m'aimait aussi.

Chapitre V : Je t'appartiens

*

Consumée par le désir que Phoenix m'inspirait, j'avais commencé par le toucher au visage, aux épaules, aux bras, comme pour vérifier qu'il était bien réel. Il dut comprendre mon intention car d'un coup sec, il me tira la tête en arrière par les cheveux et en laissant échapper un grondement sourd, il m'embrassa plus sauvagement encore. Loin de me faire mal, sa réaction déclencha une première bouffée de volupté si intense que je passai mes bras autour de son cou pour l'empêcher de revendiquer toute retraite.

Ce fut à mon tour de pousser un grondement de satisfaction primitif.

J'allais m'autoriser à défaire les boutons de la veste de son pyjama, mais Phoenix m'attrapa les bras. Ne sachant pas ce qu'il voulait faire, je n'y opposai aucune résistance et le regrettai aussitôt. En effet, il mit fin à notre baiser en m'écartant doucement de lui, chose qui, en plus de me meurtrir la chair, me fit craindre qu'il regrettait ce qui venait de se passer entre nous. *Non !* hurlai-je mentalement à cette idée.

Heureusement, je crus défaillir de soulagement quand son regard rencontra le mien. Il ne semblait pas vouloir me rejeter, au contraire. La fièvre que j'y lisais me fit plutôt l'effet d'un coup à l'estomac ; j'en étais l'origine…

- Dis-moi que tu es à moi.

Le ton de sa voix devenue rauque reflétait l'humeur de ses yeux. Il n'y avait qu'une seule réponse possible à sa demande.

- À jamais, dis-je dans un souffle.

C'est alors que la fièvre de son regard disparut subitement, remplacée par une innocence renversante renforcée par un sourire n'exprimant que la joie la plus pure qui fût. Jamais je ne l'avais vu aussi beau, aussi merveilleux, aussi proche de la figure d'un ange céleste.

Avec une douceur infinie, il reposa ses mains sur mes joues pour m'attirer lentement à lui, m'offrant le baiser le plus parfait qu'on puisse imaginer, à la fois doux et profond, gage d'un lien entre nous que rien ne pourrait plus jamais défaire. Mon amour pour cet homme irradiait autour de moi en des vagues si puissantes que j'aurais pu en envelopper le monde et je lui rendis son baiser avec toute la force de mes sentiments pour lui.

La terre pouvait s'arrêter de tourner, je m'en fichais. Tout ce que je voulais, c'était que cet instant où je ressentais comme jamais la fusion de nos deux cœurs, dure toujours.

Du moins je pensais le vouloir…

À un moment donné, je dus bien me rendre compte que ce bout de Paradis n'était pas suffisant. Pour moi, le Paradis, c'était Phoenix ; et je le voulais totalement.

Je rompis le contact en reculant légèrement. Ses yeux m'interrogeaient, mais je n'avais pas besoin de mots… Au changement de couleur de mes pupilles, il comprit.

Il me ressaisit par la taille et m'attira tout contre lui. Son autre main glissa ensuite en une exquise caresse de ma joue à mon menton, puis de mon cou à mon épaule.

Ses yeux s'illuminèrent en même temps que les miens comme sa bouche reprenait possession de la mienne, doucement d'abord, puis de manière plus agressive. Dans le même temps, ses doigts défaisant les attaches dorsales de ma robe de nuit déclenchèrent chez moi un frisson de volupté tout autant que d'angoisse quant à ce qui allait suivre.

Lorsque le tissu glissa le long de mon corps nu pour tomber à terre, je ne pus réprimer un réflexe de pudeur et saisie par la gêne d'être ainsi offerte au regard d'un homme, que j'aimais pourtant, je croisai maladroitement mes bras sur mon ventre.

Phoenix les repoussa doucement et s'empara de mes mains pour y déposer un baiser dans chaque paume.

- Tu es magnifique.

Il m'embrassa de nouveau sur la bouche avant de s'occuper de mon cou, tout en me serrant contre lui. Consciente de ma nudité, je commençais à haleter sous l'effet combiné de ses lèvres et de ses doigts parcourant mon dos. J'étais dans la situation que je désirais depuis des mois, mais brusquement, une bouffée d'angoisse concurrença mon désir dans mon esprit, me rappelant que malgré mes trente ans et ma transformation en une créature puissante et dominatrice, je n'avais encore jamais fait l'amour.

Je me raidis malgré moi après un frisson qui me secoua entièrement.

Mon compagnon cessa aussitôt de me dévorer le cou de baisers et me regarda droit dans les yeux, à ma plus grande honte. Mortifiée par mon ignorance, je me mordis la lèvre, qui saigna encore une fois.

Phoenix m'embrassa pour faire disparaître la blessure avant de me regarder à nouveau, une lueur étrange dans ses yeux azur.

- N'aie pas peur.

Je fermai les yeux, atrocement embarrassée.

- Je… ne veux pas te décevoir.

Je sentis sa main caresser mon visage.

- Tu me fais don du plus précieux des présents qu'une femme peut faire à un homme. Je ne suis pas déçu, mais honoré.

Surprise par sa vision de ma virginité, je ne réagis pas immédiatement quand il retira son haut de pyjama, libérant un torse sublime à la peau lisse comme de la soie et aux abdominaux d'acier. Mon corps se reprit plus vite que mon esprit pourtant, et lorsque mues par une volonté propre, mes mains se posèrent d'elles-mêmes sur la poitrine de mon patron, mes doutes précédents furent balayés comme de la poussière au vent.

Phoenix dut le sentir car il sourit et me souleva dans ses bras pour me transporter sur le lit. Là, profitant du fait qu'il me surplombait, il commença par me détailler de la tête aux pieds, comme pour inscrire à jamais dans sa mémoire chaque détail de mon corps offert. Le mélange de désir et de tendresse infinie que je pouvais lire dans ses prunelles me bouleversait l'âme en même temps qu'il déclenchait un nouvel incendie dans chaque cellule de mon organisme.

Jamais je ne m'étais sentie aussi belle qu'en cet instant où je me voyais dans la façon dont il me dévorait des yeux.

- Tu m'appartiens, dit-il encore, de multiples éclairs zébrant ses prunelles déjà luminescentes, avant de venir s'en assurer en possédant ma bouche avec une volonté étourdissante.

Il était au-dessus de moi et je m'étais instinctivement cambrée pour le laisser passer un bras possessif sous mon dos. L'autre avait lentement parcouru la distance entre mon visage et ma cuisse, agrippée fermement, en ayant au passage contourné insupportablement mon sein gauche pour me frustrer davantage.

Rendue impatiente à mesure que ses caresses faisaient monter mon désir de le recevoir en moi, je frottais mon bassin contre le sien, savourant la sensation incroyable de son excitation à travers le fin tissu de son pantalon noir. Au bord de l'extase, je laissais mes doigts courir dans ses cheveux bruns, agrippant et relâchant certaines mèches au même rythme que les vagues de volupté qui m'attaquaient en assauts furieux.

Lorsque sa bouche abandonna la mienne pour s'emparer d'un de mes seins tandis que sa main alla me caresser là où aucun homme n'avait jamais eu accès, je ne me contins plus et laissai échapper un premier cri de jouissance.

Je fus toutefois ramenée sur terre par le plaisir insoutenable que j'éprouvai quand, sans me laisser aucun répit, Phoenix ne se contenta plus d'embrasser ma poitrine, mais commença à en aspirer et en sucer les deux pointes rendues hypersensibles par le traitement implacable et purement sensuel qu'elles subissaient.

Je ne savais plus si je gémissais ou haletais, ni si je prononçais le prénom de naissance ou de vampire de mon compagnon. Je ne voyais même plus le plafond blanc qui me surplombait, seul existait le plaisir incroyable que j'expérimentais.

C'est alors qu'au même moment, il enfonça ses canines dans mon sein droit et deux de ses doigts dans mon intimité.

Je décollai.

Je crus un instant que mon hurlement avait retenti jusqu'à Scarborough tant l'extase qui m'inonda fut extraordinaire. Et c'était loin d'être terminé.

Phoenix continuait ses mouvements de langue et de main sans se préoccuper des grognements tenant plus de la bête fauve que de la femme que je poussais. Si j'avais été humaine, j'étais sûre qu'il m'aurait poussée à la crise cardiaque avant même d'être entré dans le vif du sujet.

Mais je n'étais plus humaine… Et Phoenix était connu pour être sans pitié.

Lorsqu'il se retira des deux côtés, je poussai un cri de protestation, vite remplacé par un nouveau hurlement de plaisir comme ses mains tenaient mes cuisses, qu'il venait de relever sur ses épaules pour m'embrasser l'entrejambe.

Sous l'action de sa langue experte et de ses canines qui frottaient invariablement ma chair la plus sensible, je me cambrai à l'excès, agrippée aux draps dont je venais d'arracher un morceau, et me raidis à mesure que tout mon corps était parcouru d'une vibration aussi mystérieuse que grandissante. Ayant atteint son paroxysme, elle explosa dans mon corps avec une telle violence que je crus que j'explosais aussi en un milliard de petits fragments, et criai à n'en plus finir des mots que je ne reconnus même pas.

Comme je reprenais doucement conscience de ce qui m'entourait, je vis mon compagnon se débarrasser de son pantalon avec une grâce et une fluidité que je ne pouvais qu'admirer malgré la tension soudaine qui m'envahit à la vue de sa nudité.

Une fois seulement, je l'avais vu sans aucun vêtement. C'était le soir du jour de l'an, lorsque je l'avais rejoint à Pembroke pour lui rendre son téléphone et que je l'avais trouvé en compagnie d'une brune en string. À ce souvenir, mes crocs s'allongèrent à une vitesse surprenante, aussi menaçants que les forçait à l'être ma brusque montée de jalousie. *À moi !*

Comme pour le prouver, je n'attendis pas que mon partenaire me revienne doucement et me redressai vivement pour m'emparer de ses lèvres et les faire miennes aussi sauvagement que mon côté sombre le réclamait.

Surpris, Phoenix eut un temps de flottement avant de réagir. Il rigola et me rendit mon baiser avec la même fougue. Seulement, quand mon désir de prouver qu'il m'appartenait se fit plus fort au point de faire briller mes yeux d'un rouge éclatant et de vouloir le repousser sur le matelas, il me saisit les poignets pour m'empêcher de bouger et sans cesser de m'embrasser, il retourna mon projet contre moi, nous faisant basculer de sorte que je me retrouve sous lui.

Mon moi animal ne l'entendit pas de cette oreille et me poussa à mordre sa langue avec un grondement menaçant. Il s'écarta vivement, scrutant mes pupilles écarlates, du sang s'écoulant en un mince filet sur son menton.

Mi horrifiée, mi-satisfaite de ce que j'avais fait, j'étais partagée entre l'envie de m'excuser et celle de lécher le sang sur le visage de mon amant.

Ce que je fis, juste après lui avoir dit ceci :

- Tu m'appartiens.

Ma phrase résonna à mes oreilles comme un rugissement bestial malgré le bas niveau sonore avec lequel je l'avais prononcée et dépitée, j'attendais le moment où Phoenix cesserait de me regarder avec stupeur pour ensuite me dire d'aller me faire soigner à l'asile des vampires.

Encore une fois, sa réaction m'étonna. Il lâcha un nouveau rire, puis me caressa la joue avec une douceur et une tendresse qui firent envoler ma jalousie et revenir mon taux d'adrénaline visuel à un niveau de rouge acceptable. Il sourit à nouveau et murmura :

- À jamais.

Il posa délicatement ses lèvres sur les miennes pour le prouver.

Libérée de toute crainte, je ne me crispai pas quand il écarta mes jambes pour prendre ce que depuis le début, je voulais lui donner.

Et c'est en frissonnant contre sa bouche que je le sentis me pénétrer, avec toute la douceur dont il était capable.

Il avala mon gémissement de douleur quand il s'aventura aussi loin qu'il le pouvait, avant de s'immobiliser pour permettre à mon corps de s'habituer à cette nouvelle sensation.

Il me regarda alors intensément, comme pour mettre mon âme à nu devant lui, cherchant le moindre signe qui lui indiquerait qu'il lui fallait tout arrêter.

Ce ne serait pas nécessaire.

En un sourire, je lui transmis cette béatitude que je ressentais au plus profond de mon être d'être ainsi entre ses bras, liée à lui par cet échange charnel autant que par l'amour qui en était à l'origine.

L'inquiétude qui assombrissait son regard bleu s'estompa immédiatement et sans cesser de me contempler, il débuta un lent mouvement de va-et-vient entre mes cuisses. Je voulus me perdre aussi dans ses yeux pendant qu'il accélérait petit à petit la cadence, mais je fus submergée par tant de vagues de plaisir successives que je rejetai la tête en arrière en abandonnant l'idée de canaliser mes gémissements, qui s'amplifiaient à mesure que la violence de ses coups de rein s'intensifiait.

N'y tenant plus, j'enfonçai mes ongles dans son dos et y imprimai des marques sanglantes. En en prenant conscience, je les retirai vivement avec un glapissement atterré, vite étouffé par un baiser incendiaire de l'homme qui me surplombait :

- Recommence, gronda-t-il en attrapant ma main pour la replacer sur son dos avant de m'étourdir par un nouveau baiser, plus électrisant encore que le précédent.

Je ne me fis pas prier et labourai sa peau sans plus me préoccuper de faire attention à ne pas le blesser, d'autant qu'arrivés à une cadence infernale, ses mouvements de bassin parvinrent à me faire oublier jusqu'à mon nom.

C'est ainsi qu'après un autre assaut au plus profond de ma chair déjà au sommet de l'extase, je poussai un dernier long et puissant hurlement, à la fois grave et aigu, rauque et cristallin, qui envoya ma conscience ravagée par l'orgasme le plus extraordinaire que j'aie jamais connu, aux confins de l'univers. J'eus vaguement conscience qu'un autre cri déchirait l'air tandis qu'une onde se répandait en moi en une douce et chaude caresse, avant que des lèvres au goût de Paradis ne se posent sur les miennes en un baiser d'une pureté belle à en pleurer.

J'étais heureuse.

Je venais de faire un rêve éveillé dans lequel l'homme que j'aimais m'aimait pareillement et je n'avais jamais rien connu de si bon ni d'aussi incroyable de toute ma vie.

J'aurais voulu ouvrir les yeux pour contempler encore une fois l'image de mon rêve, mais cela me fut impossible.

Ce n'est qu'en sentant une nouvelle fois des lèvres frôler mon front puis un drap recouvrir mon corps nu, que je compris que le soleil étendait ses premiers rayons sur le monde réel et que l'obscurité bienfaitrice allait m'engloutir dans les secondes à suivre.

Mon rêve à moi n'était pas terminé, il pouvait continuer dans le sommeil du nouveau-né.

*

En me réveillant le soir suivant, j'eus d'abord l'impression que rien de ce qui s'était passé n'avait été réel. Ce n'était pas possible d'éprouver tant de bonheur...

Pourtant...

Les yeux toujours fermés, je ne pus m'empêcher de sourire au souvenir de la nuit précédente. Tout avait failli mal tourner à cause de la présence d'Engara, mais au final, le dénouement de ce bal masqué fut aussi inattendu qu'extraordinaire.

Non seulement Phoenix avait fait de moi une femme, mais il m'avait également dit qu'il m'aimait. C'était tellement incroyable qu'il fallait que je l'entende à nouveau.

Maintenant.

J'ouvris les yeux et me redressai brutalement dans le lit. La pièce baignait dans l'obscurité, mais je n'avais pas besoin de lumière pour y voir comme en plein jour, par conséquent je constatai avec une énorme déception qu'il n'était ni dans le lit, ni dans la chambre.

- Phoenix ?

Il n'était pas non plus dans la salle de bain. Le plomb dans la porte et les murs empêchait toute communication avec l'extérieur, de fait, pour le trouver, j'allais devoir quitter la chambre. Comme j'étais nue, je défis le drap pour m'en envelopper avant de me diriger vers la sortie. Je n'avais pas envie de tomber sur François en tenue d'Ève, ce serait déjà suffisamment embarrassant de le mettre au courant du nouveau tournant qu'avait pris la relation compliquée de ses deux meilleurs amis.

Prudemment, je m'aventurai dans le bureau en prenant bien garde de maintenir fermement le drap enroulé autour de mon corps.

- Phoenix ? appelai-je de nouveau.

Rien ne se passa, si l'on excepte l'allongement immédiat de mes canines, réagissant aux effluves de sang que je captais depuis la cuisine. Dieu que ça sentait bon !

Je fronçai les sourcils, surprise par la faim dévorante qui me tenaillait subitement et oubliant une seconde l'objet premier de mes recherches, je me dirigeai rapidement vers ma perspective de repas.

Deux pochettes de sang avaient dû être réchauffées au four à micro-ondes pour être à température de consommation, ce qui expliquait l'odeur qui emplissait délicieusement mes narines, mais en mettant le doigt dedans, je compris que cette gentille attention n'était pas récente ; mon breuvage était froid.

Je sentais l'inquiétude me gagner, mais je savais qu'il était inutile que je tente de réfléchir le ventre vide, j'en serais incapable. Je me servis donc aussi du micro-onde et avalai goulûment mon petit-déjeuner. J'eus vaguement conscience que je n'étais pas du tout rassasiée, cependant, la tension qui montait en moi se plaça au premier plan de mes priorités.

Où était Phoenix ?

À mesure que je le cherchais dans tout le château et que je constatais encore et toujours son absence, ma tension se transforma en peur, et après une douche rapide, un habillement sommaire (legging, tee-shirt, pull), ainsi qu'une nouvelle recherche infructueuse dans le jardin et le garage, la peur devint panique.

Il était parti. Mais où ? Et surtout, pourquoi ?

Dans tous les films que j'avais vus, lorsque l'homme disparaissait après avoir passé la nuit avec une femme, ce n'était en général pas bon signe.

Un brusque accès d'angoisse me fit m'asseoir sur la première marche de l'escalier devant lequel je me trouvais.

Je fixais la porte d'entrée du château avec intensité, espérant y voir arriver l'élu de mon cœur qui m'assurerait que son départ était un horrible malentendu, en vain. Je restais désespérément seule.

Il fallait que je me calme et que je sois rationnelle : il n'était pas là à ton réveil ; quoi, tu ne voulais tout de même pas qu'il t'accueille à genoux avec des fleurs et des bonbons, lui, l'ange des vampires le plus respecté du monde ? Il n'était pas au château après que tu te sois donnée à lui ; il avait peut-être eu une urgence… Il ne t'avait pas même laissé un mot pour te dire ce qu'il faisait ; tu espérais peut-être une rédaction sur la façon dont cette nuit avait été la plus belle de son existence ?

Mon Dieu…

Il était déçu. C'était forcément ça, il était déçu et regrettait d'avoir sauté le pas avec moi ! Son absence était sa façon de me dire que je n'avais pas été à la hauteur et qu'il valait mieux mettre de la distance entre nous.

Je me pris la tête entre les mains.

Ce n'est pas son genre… Il m'a dit qu'il m'aimait… Il m'a dit que j'étais belle… Phoenix ne peut pas se comporter de manière aussi atroce…

J'essayais de me rassurer comme je pouvais, mais au souvenir de ma première rencontre avec Engara, ce fut impossible. Cette dernière lui avait reproché de l'avoir abandonnée sans lui avoir donné de nouvelles pendant plus d'un an ; il n'avait jamais vraiment été explicite quant à sa volonté de rompre avec elle. Était-ce le même sort qu'il me réservait ?

Ravagée par le doute et le chagrin, je laissai des sanglots amers m'échapper. Pourquoi m'avait-il fait ça ? Ne valais-je pas mieux qu'Engara finalement pour qu'il me fuie comme elle ?

Je ne voulais pas le savoir. Je ne pourrais pas supporter de l'entendre me dire que nous avions commis une erreur et qu'il vaudrait mieux que nous en restions là. Je ne pourrais jamais oublier cette nuit… Si lui le voulait, alors c'était que nous ne devions plus nous voir.

Le cœur brisé, mais déterminée, je fonçai dans ma chambre et attrapai la grande valise que j'avais récupérée à Kentwood. J'y fourrai sans regarder tous les vêtements que je pourrais emmener, puis tous les souvenirs de mes parents, et refermai violemment le tout avant de redescendre dans le hall pour prendre ma veste.

La clef de la Viper et ma valise dans une main, la poignée de la porte dans l'autre, j'allais sortir quand le battant s'ouvrit, me forçant à faire un pas en arrière.

C'est ainsi que je me trouvai nez à nez avec Phoenix, visiblement surpris de me voir derrière la porte comme il tenait deux drôles de caissons à bout de bras.

- Sam ? Qu'est-ce que tu… ?

Il n'acheva pas sa phrase. En effet, l'expression d'étonnement qu'il affichait une seconde auparavant s'effaça lorsqu'il avisa la mienne, et surtout, la valise que je portais encore. Son visage passa de l'inquiétude à l'horreur glacée en un bref instant.

- Où vas-tu ?

Notre rencontre abrupte m'avait un peu secouée, mais la sécheresse de son interrogation me rappela le motif de ma rancœur tout en la galvanisant.

- Laisse-moi passer. Je m'en vais, c'est tout ce que tu as besoin de savoir.

Mes pupilles se colorèrent de rouge, faisant tressaillir l'homme qui me faisait face, dont l'intention, après avoir posé son fardeau, n'était certes pas de bouger, comme je le compris aussitôt :

- Tu n'iras nulle part tant que tu ne m'auras pas expliqué ce que tu fais avec cette valise.

- Je ne vois pas en quoi ça te concerne, mais je vais te le dire quand même pour que tu t'écartes de mon chemin. Je vais me trouver un autre maître, François fera l'affaire.

- QUOI ?! Impossible ! tonna Phoenix, les yeux exorbités.

Mon statut de nouveau-né m'empêchait de circuler librement dans le monde sans un maître à mes côtés pour canaliser mes pulsions. Finn, le créateur de mon mentor, avait pris en charge Karl

Sarlsberg après qu'Ichimi l'eût abandonné ; je pouvais donc demander à mon ami de me guider sur la voie des vampires tout en m'arrangeant pour ne plus jamais avoir affaire à celui qui m'avait brisé le cœur.

- C'est possible et je le ferai ! Je ne resterai pas une minute de plus ici !

J'avais haussé le ton pour bien me faire comprendre, mais aussi pour canaliser un éclair de souffrance infinie qui s'était frayé un passage dans ma poitrine.

Phoenix me regarda avec un mélange de colère et de dédain qui me crucifia plus encore :

- Dis-moi pourquoi et je te laisserai passer. Après ce qui s'est passé entre nous, j'ai le droit à une explication.

N'en pouvant plus, ma voix se brisa alors que je m'écriais :

- Après ce qui s'est passé entre nous ? Comment oses-tu prendre ce prétexte ?! Après ta disparition de tout à l'heure, tu n'as aucun droit ! Encore moins de me demander des explications, toi qui préfères t'enfuir comme un voleur plutôt que me dire en face que tu ne veux plus de moi ! Quand je pense que j'ai cru sincèrement que mes espoirs seraient comblés un jour ! Je ne peux m'en prendre qu'à moi-même après tout ! J'étais prévenue après la façon dont tu as traité Engara et pourtant, j'ai eu l'idiotie de penser que je comptais pour toi ! Alors je vais te faciliter la tâche et demander à François d'être mon guide, comme ça tu n'auras pas à culpabiliser longtemps d'avoir fauté avec moi ! Adieu !

Je voulus passer, mais il me barra aussitôt le passage, les yeux flamboyant d'une lueur mortellement dangereuse qui ne m'impressionna pas suffisamment pour reculer. Furieuse, je levai plutôt la main pour le frapper et comme la veille, il me la saisit au vol.

L'instant d'après, je me retrouvai dans ses bras, prise dans un véritable étau, tandis que sa bouche s'emparait de la mienne avec une force et une possessivité qui me déstabilisèrent au point que, dans un premier temps, je lui rendis son baiser avec une passion égalant mon désespoir.

Puis je me repris et le repoussai brutalement.

- Arrête ! Ne joue pas avec moi ! criai-je, le regard brûlant d'une colère écarlate.

Contrastant avec ma fureur, Phoenix faisait preuve d'un calme absolu.

- Je t'aime, Sam.

Ces mots auraient dû me faire chanceler de bonheur, mais à l'inverse, ils me tuaient.

- Tais-toi !

Il voulut s'approcher de moi, mais je m'éloignai rapidement.

- Sam ! Écoute-moi.

- Non ! m'écriai-je en mettant mes mains sur mes oreilles et en fermant les yeux. Ne m'approche pas !

- Sam... J'ai commis l'erreur de...

Je n'aurais pas la force d'entendre la suite sans m'effondrer de douleur. Il fallait que je m'en aille, maintenant !

Je tentai de le prendre par surprise et fonçai une nouvelle fois vers la porte, quitte à le bousculer. Malheureusement, il avait dû anticiper mon geste car il m'intercepta et m'attrapa les bras pour me forcer à lui faire face.

- ... de partir chercher du sang en urgence pour étancher ta soif sans savoir si tu te réveillerais avant mon retour.

Je me figeai. Quoi ?!

Phoenix me fixait durement désormais.

- Comment as-tu pu croire que je t'avais abandonnée ? Tu sais bien que pour moi, tu comptes plus que tout au monde !

Paralysée par le sens de ses paroles, je n'arrivais pas à prononcer le moindre mot. J'étais choquée par ce que je venais d'entendre. Ainsi, il n'était pas parti parce qu'il regrettait cette nuit ?

Je l'entendis soupirer.

- J'aurais dû me douter que je n'arriverais pas à te convaincre. C'est ma faute après tout. Suis-moi.

Il ramassa les caissons réfrigérés et attendit que je daigne bouger un orteil pour m'entraîner vers la cuisine, où il prit le temps de ranger les pochettes de sang dans le réfrigérateur en jetant un coup d'œil vers moi entre deux, comme pour vérifier que je n'allais pas m'enfuir en courant. L'aurais-je voulu que j'en aurais été incapable tant j'avais les jambes en coton ; et de toute façon, je ne le voulais pas.

Il m'avait redit qu'il m'aimait. Je voulais bien le croire, mais j'étais complètement perdue. La veille il me disait qu'il m'avait aimée depuis le soir de notre rencontre et après, il me laissait seule, sans un mot. Tandis qu'il s'affairait à sa tâche, j'avais l'impression que ma tête allait exploser en raison de tous les doutes et tous les espoirs qui la comprimaient. Il fallait que cela cesse.

- Bois.

Cet ordre donné d'une voix étrangement douce, me fit réaliser que pendant que j'essayais de ne pas devenir folle, il m'avait préparé un grand bol de sang.

- Merci, mais je…

Je n'eus pas le temps de refuser son offre. Mes canines s'allongèrent et mes pupilles virèrent au rouge juste avant que je ne lui arrache le bol des mains et que j'engloutisse tout son contenu pendant qu'il finissait de ranger les pochettes du deuxième caisson réfrigéré.

Outrée par mes propres réactions, ce fut avec une raideur extrême que je reposai le récipient sur le plan de travail.

Phoenix referma le réfrigérateur et me prit la main.

- Viens.

J'obéis et le suivis jusque dans notre chambre où il m'invita à m'asseoir sur le lit. J'hésitai en repensant à ce qui s'était passé la dernière fois que nous nous étions retrouvés tous les deux au même endroit.

Une main douce sur ma joue mit fin à mon dilemme intérieur. Je ne pus m'empêcher de fermer les yeux à son contact.

- Phoenix…

Il m'attira à lui et déposa un doux baiser sur mes lèvres. Lorsqu'il s'écarta, je l'attrapai par son col de chemise et le forçai à m'embrasser encore, tenaillée que j'étais par un besoin vital de le posséder.

- Sam… dit-il en s'écartant une nouvelle fois, tout sourire malgré mon grondement de frustration. Je passerai volontiers les heures à venir dans tes bras, mais auparavant, il faut mettre les choses au clair entre nous.

Je fronçai les sourcils et m'apprêtai à parler, mais il posa un doigt sur ma bouche pour me réduire au silence.

- Sam, je suis navré que tu aies cru que je ne voulais pas de toi. Avec Engara, j'ai cédé à une pulsion plus qu'à une réelle envie d'en faire ma maîtresse, c'est pourquoi j'ai regretté ma faiblesse quand j'ai appris à la connaître et que j'ai réalisé à quel point elle n'était pas pour moi. Je ne lui ai plus donné de nouvelles parce que, je vais être honnête, je ne voulais pas m'embarrasser d'une conversation déplaisante, mais aussi parce que je savais que celle-ci ne nous mènerait nulle part. Avec toi… (son ton changea, il se fit beaucoup plus doux… plus tendre) c'était différent, dès le départ. Le soir de notre rencontre, j'ai failli te tuer.

Je le dévisageai, perplexe. Ce n'était pas à ça que je m'attendais, comme déclaration d'amour, pouvait mieux faire. Il poursuivit :

- D'après nos lois, tu en avais trop vu et comme l'a dit Heath, j'aurais dû te tuer pour préserver le Secret. C'est pour ça qu'il t'a utilisée contre moi, il voulait gagner du temps pour pouvoir s'enfuir. Je m'apprêtais donc à prendre ta vie pour me lancer à sa poursuite quand quelque chose s'est produit.

Il prit un air songeur.

- Quoi ? demandai-je, curieuse d'entendre la suite.

C'était étrange d'écouter la narration de sa propre histoire d'un point de vue différent, et en même temps fascinant, car Phoenix me parlait enfin de ses sentiments.

- Un rayon de lune t'a illuminée.

- Un rayon de lune ?

Il sourit en y repensant.

- Sur le moment, j'ai pensé que tu étais irréelle tant ta beauté était frappante ainsi baignée par la lumière de l'astre de la nuit. Tu avais beau avoir du sang sur le visage et les vêtements, tu étais magnifique et pour la première fois en cinquante ans, j'ai détesté mon travail. Il fallait pourtant que je t'élimine pour protéger le Secret alors j'ai posé ma main sur ta nuque pour l'incliner et avoir accès à ta gorge, mais ce faisant, tu as ouvert les yeux et tu m'as regardé.

J'avais beau creuser dans ma mémoire, je n'avais pas le souvenir d'avoir vu Phoenix avant mon réveil au château de Scarborough.

- Je ne m'en rappelle pas.

- Tu n'étais pas vraiment consciente, mais ton regard m'arrêta net. Je ne pouvais plus faire un geste, j'étais hypnotisé par la profondeur de tes yeux. (Il rigola) Comme je le suis maintenant quand tu me fixes avec ce feu qui brûle en toi, non parce que tes pupilles sont rouges, mais parce que tu es passionnée et aimante.

Il s'inclina et me donna un autre baiser qui m'embrasa les sens. Je voulus passer les bras autour de son cou, mais il s'esquiva.

- Attends. Laisse-moi te dire la suite.

Je me redressai, attentive.

- Avec le recul, je pense que Léthalée est intervenue pour que je tombe dans le piège dès le premier instant. Bien que tiraillé par l'envie de poursuivre Heath, il était clair que je ne pourrais pas te tuer et je ne pouvais pas me lancer à sa recherche en te laissant dans la ruelle. J'ai donc pris la décision de rentrer à Scarborough en volant pour te soigner au plus vite et décider ce que j'allais faire de toi. Une fois que je me suis occupé de tes blessures, j'ai tenté de réfléchir à ce que j'avais fait. Sur le moment, je ne comprenais pas pourquoi j'avais agi de la sorte et ça me rendait fou parce qu'au plus profond de moi, mon instinct me hurlait que c'était la bonne décision. J'en étais encore à essayer de savoir comment j'allais m'y prendre quand tu t'es réveillée. J'étais sur les nerfs, je ne savais pas comment tu allais réagir. En tout cas, je ne m'attendais pas à ce que tu dégringoles du lit de la sorte (il s'esclaffa tandis que je me mordais la lèvre à ce souvenir ; il redevint sérieux) ni à ce que tu m'invectives comme tu l'as fait. Personne ne m'avait parlé sur ce ton depuis des années, du moins pas sans réaction violente de ma part ; j'ai dû faire un gros effort pour garder mon calme, mais en même temps, je savais que je ne pourrais pas te faire le moindre mal. En sortant de la chambre, je bouillais de rage et en préparant ton repas, je commençais à me dire que tout ça était ridicule. Il ne me fallut qu'une seconde pour changer d'avis... quand je t'ai vu entrer dans la salle à manger vêtue de la robe d'Ysis, et t'arrêter devant la vitrine aux armes. Tu étais belle à couper le souffle... D'autre part, te voir admirer ma collection me donna l'inspiration dont j'avais besoin, j'allais faire de toi mon assistante.

- Tu veux dire que tu as improvisé la tâche que tu m'as confiée ?

J'étais éberluée. Phoenix était un maniaque du contrôle, je comprenais pourquoi cette situation, inédite pour lui, avait dû le perturber.

- Oui, et je n'ai jamais regretté mon choix.

- Pas même quand je ne cessais de me plaindre au début ? Pas même quand tu t'es aperçu que j'avais un caractère impossible ?

- Sache que je n'ai pas douté de toi une seule seconde. J'avais remarqué ton endurance et ta compréhension rapide des enchaînements, tu étais douée sans le savoir et j'ai tout fait pour que tu t'en rendes compte ; y compris te pousser dans tes retranchements quand je t'ai fait croire que j'allais te tuer après notre seconde séance d'entraînement.

Je tiquai.

- Tu me testais ?!

Il me sourit et saisit ma main pour y glisser un baiser léger dans ma paume.

- Il fallait que tu prennes confiance en toi pour me seconder efficacement. J'ai fait ce que je devais faire.

Je lui avais toujours été reconnaissante de m'avoir permis de découvrir le potentiel que je recelais et c'était pour ça que je m'étais d'abord attachée à lui, ignorant les sentiments qui couvaient déjà au plus profond de mon cœur. Cette confession me surprenait, mais finalement, ne changeait rien.

Phoenix reprit :

- Les semaines qui suivirent furent heureuses pour moi malgré le contexte du trafic de sang car j'appréciais vraiment ta compagnie, moi qui vivais seul depuis des centaines d'années. En apprenant à te connaître, je me rendais compte que tu comptais bien plus à mes yeux que les habituels humains qu'on laisse en vie quand ils découvrent accidentellement le Secret, et cet attachement à ton égard me laissait perplexe, surtout pendant nos disputes. Comme je te l'ai dit, je n'ai jamais été très sociable et je n'apprécie guère qu'on se moque de moi, pourtant, tu ne cessais de me faire tourner en bourrique avec un plaisir presque malsain ! Plus d'une fois j'ai eu envie de te tordre le cou, mais je n'aurais échangé ces moments avec toi pour rien au monde car ta présence à mes côtés éclaircissait mon ciel de solitude. J'avais du mal à l'admettre, d'autant que ton envie d'en apprendre plus sur moi me décontenançait, pas tant parce que j'avais peur que tu ne t'attaches trop à moi, que par peur d'avoir trop envie de m'ouvrir à toi. C'est pour ça que j'ai si mal réagi quand tu as découvert que je pouvais voler et c'est pour ça aussi que dès que je me suis aperçu que tu m'avais quitté, je me suis lancé à ta recherche. Je crois que t'avouer sur le quai de la gare que je te considérais comme mon amie me soulagea un peu la conscience.

- Un peu ?

- Eh bien après notre danse dans la boîte de nuit, il m'a paru évident que je n'éprouvais pas du tout de l'amitié à ton égard et que si tu m'avais laissé pour reprendre tes esprits dans les toilettes, moi, j'avais tenté de retrouver les miens assis à notre table. Je ne pouvais pas faire comme si je ne t'avais pas désirée au point d'en oublier l'objectif initial de notre mission.

L'idée qu'il me désirait suffit à faire changer mes pupilles de couleur. Il me sourit tendrement, puis un éclair douloureux passa sur son visage.

- J'ai tenté de t'éloigner par peur de mes sentiments pour toi après notre échange de sang ; ce fut l'une de mes pires erreurs.

Son expression se crispa, accentuant la souffrance de ses traits. Je m'inquiétai :

- Phoenix ?

- Combien de fois ai-je failli te perdre ? Karl a voulu te tuer parce qu'il savait que la douleur de ton absence me terrasserait plus sûrement que s'il me plantait un pieu dans le cœur... Et cet accident...

Nous y étions, il allait enfin m'expliquer ce qui s'était passé le soir du nouvel an. Une part de moi voulait comprendre ce qui l'avait conduit dans les bras de cette garce en string, une autre n'avait pas envie d'en entendre parler, au risque de vouloir la retrouver et lui faire sa fête de manière définitive.

- Si j'étais rentré à Scarborough au lieu de faire preuve de faiblesse avec cette femme, tout cela ne serait pas arrivé.

- Je ne comprends pas.

- Je t'aimais déjà, Sam, mais je ne voulais pas l'admettre en raison de tous les obstacles et de tous les dangers auxquels une relation avec toi nous aurait exposés. Tu étais humaine et donc trop fragile, je ne pouvais pas me permettre de t'aimer au risque que quelqu'un te tue, alors j'ai refoulé mes sentiments. Le soir du nouvel an, je devais régler une transaction avec la directrice d'une banque de Pembroke que je n'avais encore jamais rencontrée. Quand on m'a dirigé vers elle, je me suis immédiatement mis à penser à toi parce que ses traits rappelaient les tiens. À la fin du dîner, nous sommes allés boire un verre au bar pour finaliser notre contrat et alors que je m'apprêtais à partir, elle m'a proposé de prendre une chambre. Je n'éprouvais rien pour elle, mais cette vague ressemblance ne faisait que raviver le désir que tu m'inspirais alors je me suis dit que je pouvais me laisser aller en imaginant que c'était toi que je serrais dans mes bras. Une voix dans ma tête ne cessait de me répéter que je commettais une énorme erreur, mais je ne l'écoutais pas, j'étais décidé à passer un moment agréable et surtout sans importance ni conséquence… (Il ferma les yeux et inspira) Je n'oublierai jamais l'expression de ton visage à ton arrivée, ni comment tu m'as repoussé en raison du dégoût que je t'inspirais. Je ne me pardonnerai jamais ce qui t'est arrivé par la suite.

Sa détresse chassa ma jalousie, il fallait que je le rassure :

- C'était un accident, ce n'était pas ta faute.

- Quand j'ai su qu'on t'avait transportée à l'hôpital et que tu avais failli mourir, j'ai voulu te guérir avec mon sang, mais il y avait toujours quelqu'un pour te veiller. L'attente me rendait fou, je ne sais pas ce que j'aurais fait si Angela ne m'avait pas appelé pour me dire que tu étais tirée d'affaire. En arrivant sur place, j'étais impatient de te revoir et en même temps angoissé à l'idée que tu me haïrais donc quand j'ai vu Matthew à ton chevet, te tenant la main, ça m'a rendu furieux. J'avais beau vouloir mettre de la distance entre nous, une part de moi ne cessait de vouloir tuer ton ami pour l'empêcher de toucher celle qui m'appartenait. D'un autre côté, je savais que si tu décidais de faire ta vie avec lui, je ne pourrais pas t'en empêcher.

- Alors c'est pour ça que tu haïssais Matthew ?

- Je le hais toujours.

- Mais pourquoi ? Pour moi, il n'y a que toi !

Phoenix me regarda comme pour me faire la morale.

- Sam, tu es maintenant autant vampire que moi. Que ferais-tu si une autre femme tentait de me séduire ?

Mes canines sortirent immédiatement et je laissai échapper un sifflement mortellement dangereux. Mon compagnon hocha la tête.

- Tu comprends maintenant pourquoi je ne pourrai jamais m'entendre avec Matthew.

- Mais Matthew a fini par se résigner, ce qui n'est pas vraiment le cas de Hedayat avec lequel tu es, je trouve, plus indulgent.

- Ce n'est pas pareil. Hedayat te désire alors que Matthew t'aime. Pour un vampire, savoir qu'un autre homme désire sa compagne est suffisant pour déclencher son instinct de possession alors imagine ce qui se passe quand ce rival cherche à lui ravir son cœur…

- Je vois.

- Après ta soirée d'anniversaire, j'ai eu énormément de mal à canaliser cet instinct qui me hurlait que c'était ma faute si tu t'étais retrouvée dans ses bras.

Ma soirée d'anniversaire… Elle avait si bien commencé avant de se terminer par l'épisode le plus sombre de ma vie humaine.

- Quand tu m'as rejetée… dis-je.

Je me détournai subitement, rattrapée par le passé. J'apprenais que toute la souffrance que j'avais endurée tous ces mois aurait pu être évitée si Phoenix avait eu le courage de passer outre ses craintes avec moi. Je réalisais aussi que l'horrible dépression dans laquelle j'avais plongé et qui m'avait poussée à vouloir le quitter, m'aurait pu être épargnée s'il n'avait pas été si borné. C'était dur à encaisser.

- Pardonne-moi, Sam, dit une voix de velours dans mon dos. À cette époque, je ne connaissais pas tes sentiments pour moi. Si je l'avais su…

Il ne finit pas sa phrase. Me retournant, je saisis l'occasion :

- Tu n'a pas idée de ce que j'ai enduré à devoir chaque jour taire ma douleur de t'être indifférente pour que tu ne t'aperçoives de rien. J'ai souffert le martyre… inutilement.

De petits éclairs traversèrent ses pupilles.

- Je suis désolé pour ça. Sache que j'ai souffert moi aussi. Te résister ce soir-là fut l'une des choses les plus difficiles que j'ai jamais faites et j'ai même failli me laisser aller. Je me suis repris au dernier moment. (Je tiquai à ces mots et me souvins quand Phoenix avait écrasé ses lèvres sur les miennes avant de me repousser brutalement) Quant à ta décision de me quitter, ce fut le deuxième plus grand choc de mon existence : je n'arrivais pas à y croire et je conservais toujours l'espoir que tu changes d'avis. Cet espoir fut anéanti quand tu as laissé Matthew t'embrasser. À cet instant, je ressentis une douleur comme je n'en avais jamais connue, et une volonté de rompre le cou de mon rival passant par-dessus ce que me dictait le bon sens. Je t'avais poussée dans ses bras, je ne pouvais m'en prendre qu'à moi-même et accepter, mais c'était au-dessus de mes forces alors je laissai la rage me consumer. Si tu n'avais pas été là, nul doute que mon instinct m'aurait poussé à éliminer Matthew.

Sincèrement choquée par son aveu, je ne réagis pas.

- Pour autant, la colère que je ressentais fut vite douchée par notre confrontation ; je n'avais effectivement aucun droit sur toi, comme tu me l'as si bien hurlé au visage. Tu avais entièrement raison et le pire, c'était que j'en avais conscience, mais ma jalousie m'empêchait de l'admettre. Les semaines suivantes, je ne cessais de me demander si tu allais entamer une relation avec ton ami et le fait de ne pas savoir me mettait dans un tel état de nerfs que lorsque tu m'appris ton initiative avec le Cercle de Mellindra et les raisons pour lesquelles tu l'avais prise, j'explosai, littéralement.

La table de salon qu'il avait envoyée se fracasser contre la cheminée me revint en mémoire, tout comme son comportement après cela.

- Tu ne m'as plus adressé la parole.

- J'étais dévoré par la jalousie. Mes pires craintes venaient de se concrétiser.

- C'est pour ça que tu me détestais ? Je croyais que tu avais l'impression que je t'avais trahi au profit des humains.

Il secoua la tête.

- Je ne te détestais pas, cependant, je me sentais effectivement trahi.

- Ta façon de me le faire payer fut difficile à encaisser, même si je l'acceptais.

- Je n'ai aucune excuse. Ysis aurait dû me frapper, je le méritais. Tu venais d'apprendre qu'en d'autres circonstances, j'aurais pu être l'assassin de ta mère biologique et pourtant, tu as décidé de rester à mes côtés pour préserver la paix entre humains et vampires. Tu fus bien plus sage que je ne l'ai jamais été.

Je me penchai vers lui et lui embrassai la joue.

- Ne sois pas trop sévère envers toi-même, lui mumurai-je à l'oreille.

Il frissonna. En lui faisant de nouveau face, j'eus le plaisir de constater que ses yeux étaient devenus plus lumineux que la normale.

- Je t'ai dit tout à l'heure que ton départ constituait le deuxième plus grand choc de ma vie de vampire…

Je comprenais pourquoi il ne parlait pas de sa vie d'humain : son plus grand traumatisme avait été la perte de sa famille, qui plus est, dans des conditions atroces.

- … Le premier s'est produit dans cet entrepôt, quand Bruce Abard nous a attaqués.

Mon cœur se serra d'émotion. Phoenix avait bien failli mourir.

- J'étais prêt à rejoindre ma famille, reprit-il, la voix et le regard enfiévré, j'étais prêt à passer définitivement de l'autre côté… Je n'avais aucun regret, sauf un : ne pas t'avoir avoué mes sentiments quand j'en avais la possibilité. Et il avait fallu que j'en prenne conscience au moment où toute force m'avait abandonné, au point que parler devint impossible… J'espérais toutefois que tu le comprendrais avec le collier de Keira. Pendant longtemps, j'avais fermé mon cœur à toute idée de m'attacher trop fortement à une personne, au risque qu'elle me soit arrachée comme ma sœur et mes parents le furent, mais aux portes de la mort, je compris que depuis le début, depuis cet instant où Léthalée t'avait révélée à moi dans cette ruelle, tu étais la femme qui m'était destinée, celle que j'aimerais de manière passionnée et absolue pour l'éternité. Alors pour la première fois en un demi-millénaire, j'ai eu peur de la Mort…

Son discours me remuait tant l'âme que j'avais du mal à croire que des torrents de larmes ne ruisselaient pas sur mes joues en ce moment. Comment aurais-je pu m'imaginer tout cela ?

Le rire sans joie de Phoenix me ramena à la réalité.

- Néanmoins, en rouvrant les yeux après ton sacrifice, je n'ai jamais autant souhaité qu'Elle m'emporte avec elle. (Il ferma les paupières en fronçant très fort les sourcils) Encore maintenant, alors que tu es là, devant moi, je n'arrive pas à oublier cette image : toi, inerte, presque froide, gisant dans mes bras la gorge tranchée, et baignant dans ton propre sang. Ce cauchemar restera à jamais gravé dans ma mémoire.

- Mais tu n'y es pour rien ! Je l'ai fait pour te sauver et je le referais un millier de fois si nécessaire ! Et puis la question ne se pose plus puisque toi aussi tu m'as ramenée à la vie !

- En vampire, Sam ! J'ai toujours souhaité que tu sois l'une des nôtres, mais je ne t'aurais jamais forcé la main ! Là, je t'ai non seulement pris ta vie mais aussi ton âme !

- Tu n'en sais rien ! Mon âme est peut-être toujours là ! C'est toi-même qui m'as dit un jour que les vampires n'étaient pas tous des monstres, je suis persuadée que ça fait pencher la balance en notre faveur.

- Si tu m'avais laissé mourir, tu n'aurais pas à te poser la question !

- C'était mon choix ! m'écriai-je. Quand vas-tu enfin comprendre que je ne pouvais pas vivre dans un monde sans toi ?! La mort était préférable à l'enfer de vivre alors que toi, tu n'étais plus !

Phoenix se tut, impressionné par ma véhémence. C'était à mon tour d'être honnête.

- Je n'ai compris mes sentiments pour toi que le soir du nouvel an pourtant, il ne m'a fallu que très peu de temps pour me rendre compte que ceux-ci n'avaient rien à voir avec une vague attirance. Ils étaient trop profonds, trop omniprésents... Je n'étais pas encore vampire que tu faisais déjà partie de moi, d'où mon désespoir à l'idée de devoir te quitter. Je ne pouvais plus endurer ton indifférence. Je croyais avoir atteint le summum de la souffrance, mais quand je t'ai vu agoniser dans mes bras, j'ai compris que je me trompais. Te perdre, c'était dire adieu à la lumière pour être jetée en Enfer ; c'est pour ça que je n'ai pas hésité une seule seconde. Les vampires ne sont pas les seuls à éprouver l'Amour Absolu !

J'inspirai, comme pour reprendre mon souffle. Ma tirade m'avait épuisée, je venais de livrer tout ce que j'avais sur le cœur, y laissant désormais une page blanche et immaculée témoignant du fait que désormais, j'étais en paix avec ce que j'étais devenue.

- J'aurais dû mourir, mais tu m'as ramenée près de toi. Peu importe que ce soit en vampire... tant que je peux te voir et te toucher.

Son regard brûlant incendiait toutes les cellules de mon corps, il ne disait toujours rien. Je me risquai à poser mes mains sur sa poitrine avant de m'approcher plus près.

Je lui donnai un baiser tendre qu'il me rendit aussitôt, mais qui eut pour effet d'embraser mes sens à un point critique. Je me fis donc plus pressante et commençai à déboutonner sa chemise tandis que Phoenix passait ses mains sous mon pull.

- Non, Sam ! s'exclama-t-il en se reculant brusquement.

Hagarde, je le dévisageais sans comprendre.

- Si tu continues ainsi, je ne pourrai pas te résister...

- Alors ne me résiste pas ! grondai-je en m'emparant de ses lèvres avec violence.

Mon côté romantique soupirait de bonheur après toutes ces révélations, mais mon moi vampirique en avait assez des mots et réclamait des actes.

Il m'aimait, je l'aimais. C'était assez.

Comme je venais de lui retirer sa veste avec succès, j'entrepris de reprendre la tâche des boutons là où je l'avais laissée, en même temps que je savourais le contact de sa langue qui ondulait contre la mienne en une caresse qui acheva de mettre le feu à tous les pores de ma peau.

J'avais enfin accès à sa magnifique poitrine, mais à peine avais-je commencé à y faire courir mes doigts que deux mains puissantes me saisirent les poignets pour m'écarter à nouveau de l'objet de mon désir.

Les pupilles écarlates, les crocs sortis, je rugis ma frustration.

- Je te veux !

Phoenix me tenait toujours, le désir évident, mais arborant un sourire qui me donna envie de le maudire.

- Pas autant que moi, tu peux me croire. (J'allais lui rétorquer quelque chose de bien senti, mais il me couvrit la bouche de sa main) Laisse-moi d'abord te dire tout ce que j'aurais dû te dire depuis longtemps pour être sûr que tu aies totalement confiance en moi quand je te dis que je t'aime.

- Après tout ce que tu viens de m'avouer, comment pourrais-je ne pas avoir confiance en toi ?!

J'allais l'embrasser encore, mais il me repoussa.

- Sam, j'en ai besoin.

Vaincue, je grondai de dépit, histoire de lui faire comprendre ma façon de penser.

- Bien. Après ta transformation, il n'y avait en théorie plus aucun obstacle entre nous, seulement, je ne savais pas comment la soif de sang t'affecterait et je ne tenais pas à te distraire de ton entraînement ; les premières semaines sont cruciales dans la vie d'un nouveau-né. Je voulais que tu saches te défendre pour pouvoir t'imposer dans notre monde, mais je dois t'avouer que cette noble mission était aussi une excuse pour ne pas me jeter à l'eau. J'avais peur d'être rejeté.

Il s'esclaffa. En effet, j'avais tant haussé les sourcils face à l'énormité qu'il venait de me jeter à la figure que mon expression devait être plus que comique.

- Tu n'étais pas la seule à avoir des doutes concernant la réciprocité de tes sentiments.

Bigre ! Moi qui pensais avoir été une éternelle imbécile, je me rendais compte que la stupidité était un fardeau que nous avions été deux à partager.

- Bref, j'ai fini par comprendre à certaines de tes réactions que je ne te laissais pas insensible.

Je me mordis la lèvre inférieure en repensant à la façon dont je l'avais provoqué à plusieurs reprises, intentionnellement ou non, et à la façon dont je l'avais étreint dans le bureau d'Ysis. Il repoussa une mèche de mes cheveux derrière mon oreille.

- Il était temps que tu le comprennes… ne pus-je m'empêcher de l'aiguillonner.

- En effet. C'est pourquoi j'ai eu envie de tout casser quand je t'ai vue en compagnie de Hedayat lors de ton intronisation, mon instinct de possession s'est décuplé à partir du moment où j'ai pris conscience que tu me désirais également.

- Alors pourquoi ne m'as-tu pas embrassée dans la bibliothèque ?

Il haussa les épaules.

- Je crois que j'avais peur de faire le premier pas.

Je faillis éclater de rire, mais je me retins. Mon amant avait beau avoir cinq cents ans et un tas de conquêtes derrière lui, il avait eu peur de franchir le premier la ligne qui changerait nos deux existences. C'était idiot et… adorable.

- Tu as perdu du temps…

Un nouvel éclair de désir passa dans ses prunelles.

- Je le sais. Je t'aurais tout avoué au bal si…

- Si Engara n'avait pas tout gâché.

Mes pupilles se teintèrent de rouge, mais cette fois, ce n'était pas l'envie de Phoenix qui en était à l'origine, mais celle d'étriper Engara dès que l'occasion s'en présenterait.

- Elle n'arrêtait pas de me regarder avec dédain tout en posant les mains sur toi. J'espérais que tu me regardes pour me rassurer, mais tu n'en as rien fait.

- J'ai vu ce qu'elle faisait et j'ai compris pourquoi elle le faisait. Si je t'avais regardée et que j'avais lu sur ton visage de la détresse, de la colère ou quoi que ce soit d'autre, mon instinct aurait pris le dessus pour te protéger et finalement, c'est moi qui l'aurais punie devant tout le monde. Cela aurait signé notre ruine à tous deux, je ne pouvais pas le permettre.

- François m'a tenu à peu près le même discours. J'avais beau déjà le savoir, heureusement qu'il était là pour m'empêcher de commettre l'irréparable.

- Je crois qu'après cette nuit, je vais devoir présenter un certain nombre d'excuses à François ; il a été parfait.

- Que t'a-t-il dit exactement après mon départ ?

- La vérité.

Je soupirai.

- J'en étais sûre. À quel degré ?

- François et moi sommes amis depuis trois siècles et pourtant, jamais je ne l'ai vu se mettre en colère comme il l'était la nuit dernière. En gros, après m'avoir expliqué ta réaction, il m'a dit qu'il était temps que je cesse d'être stupide et que si je ne comprenais pas maintenant que tu me considérais comme ton compagnon, je ne te méritais pas.

- Les sermons de François sont toujours difficiles à supporter, mais on ne peut pas nier que chaque fois, ils recèlent un fond de vérité.

- Chose que nous éviterons de lui avouer, c'est plus prudent. Bref ! Pour finir, j'ai cru que cette confrontation avec Engara avait complètement gâché notre nuit, ce qui était logique vu le traitement que tu avais infligé à mes cibles et mon sac de sable. Je m'étais donc résigné à remettre la confession de mes sentiments à plus tard… Tu m'as surpris en me précédant dans cette initiative.

- Ta réaction n'était pas encourageante.

- J'ai eu du mal à assimiler tes paroles. Savoir que tu me désirais était une chose, apprendre que tu m'aimais en était une autre. Tu as cru que je te rejetais alors que je prenais simplement toute la mesure de tes sentiments pour moi. Je ne t'aurais jamais laissé partir…

Le cœur léger comme il ne l'avait plus été depuis très longtemps, je sentis un immense sourire naître sur mon visage comme tous les doutes qui m'avaient miné l'existence jusqu'à mon réveil tout à l'heure s'envolaient. Tout était clair désormais.

Phoenix m'avait toujours aimée et mon bonheur ne pouvait pas être plus complet.

Je passai mes bras autour de son cou et le regardai droit dans les yeux.

- Aydan Mac Kinley, je t'aime et te suivrais au bout du monde si tu me le demandais.

Je me noyais dans l'océan de ses prunelles quand il me répondit :

- Je t'aime, Samantha Watkins, et je t'appartiens.

Cette fois, il ne recula pas quand je l'embrassai et nous oubliâmes toute notion du temps, perdus que nous étions dans l'exploration extatique de chaque parcelle du corps de l'autre.

*

- Alors c'était pour ça que tu étais parti si vite au dernier coucher de soleil ?

Phoenix sourit tandis que je reposais mon deuxième bol de sang tout en attrapant le troisième.

- Je me suis rappelé que nos réserves étaient presque vides. Je me doutais que tu aurais très faim en te réveillant alors j'ai foncé au dispensaire vampire le plus proche. Je voulais t'offrir le petit-déjeuner au lit, mais sur ce coup, j'ai été lamentable.

- Finalement je suis heureuse de ne pas l'avoir eu. J'ai nettement préféré ce que tu m'as dit… (je me mordis la lèvre, joueuse) et fait ensuite…

Nouveau sourire, chargé d'une tendresse qui me donna l'impression de sentir des papillons dans mon ventre. J'aurais voulu lui prendre la main, mais un impératif supérieur m'y fit renoncer en grondant : j'avalai avec voracité tout le contenu du bol que je venais de porter à mes lèvres.

Phoenix s'esclaffa en me reversant une nouvelle dose de ma drogue liquide.

- Faire l'amour aiguise davantage notre soif de sang. Étant donné que ton appétit était porté sur autre chose toute la nuit dernière, il était logique qu'en te réveillant ce soir, ton estomac se rappelle à ton bon souvenir.

Je le fixai, outrée et amusée.

- Comme si j'étais la seule en faute ! Qui m'a suivie dans la salle de bain ?!

Les pupilles de mon compagnon s'embrasèrent. Mentionner ce que nous avions fait dans sa douche avait suffi à me faire oublier ma faim, déclenchant d'autres envies en moi que celle du sang. Je me demandais si un jour, je serais rassasiée de Phoenix.

Impossible.

Ses yeux si bleus et si profonds me faisaient chavirer l'âme, j'avais toujours envie de faire glisser mes doigts dans ses cheveux soyeux et surtout, de me blottir nue contre lui pour sentir sa peau si douce caresser la mienne.

- Arrête, Sam.

Sa voix rauque déclencha un frisson de volupté sur tout mon corps.

- Arrêter quoi ?

- Arrête de me regarder comme ça ou je te remmène immédiatement dans la chambre sans attendre que tu aies fini de manger.

Un peu interloquée par sa façon de me dire qu'il me désirait, celle-ci eut pourtant pour effet de ravir mon moi vampirique qui rêvait d'une étreinte non plus placée sous le signe de la tendresse et de l'amour profond comme nous les avions jusqu'ici partagées, mais sous le signe de la sauvagerie la plus brutale qui fût.

Évidemment, je fis taire cette partie de moi ; évidemment, je répondis :

- Je n'ai plus faim.

Aussitôt, les yeux de Phoenix s'illuminèrent à leur maximum et l'instant d'après, il me portait dans ses bras à une vitesse inouïe vers ce qui était devenu, officiellement, notre chambre à coucher…

(…)

Je ne saurais dire à quel moment il nous sembla nécessaire de répondre aux messages téléphoniques de plus en plus nombreux, laissés par nos chefs de secteur, François, Matthew, et Angela, lesquels commençaient à s'inquiéter de ne plus avoir de nouvelles de nous depuis le bal.

Happée par le tourbillon de sentiments et de sensations procurées par ma nouvelle relation avec Phoenix, je ne m'étais pas rendu compte que nous n'avions plus donné signe de vie à personne depuis quatre jours.

Je venais d'effacer de ma messagerie un appel bien senti d'une Angela très inquiète après ce que François lui avait raconté sur la soirée du bal masqué, quand je m'installai à ses côtés dans le canapé.

- C'était Angela.

Il posa son téléphone sur la table basse.

- C'était François.

Il y eut un silence entre nous pendant lequel je me demandais comment aborder la discussion inévitable que nous devrions avoir sur nos amis.

À mon grand étonnement, ce fut lui qui me devança :

- On ne pourra pas éternellement ignorer leurs appels. Il va falloir régler ça.

Phoenix m'avait dit qu'il m'aimait, mais en privé. Allait-il l'assumer devant tous ?

Il se leva et alla chercher quelque chose sur la cheminée. Je n'eus pas le temps de bien distinguer ce que c'était.

- Je vais chez Talanus et Ysis. Je dois leur parler, c'est urgent.

Je me levai.

- Je viens avec toi.

- Non.

Inquiète, je fronçai les sourcils. Pourquoi ne voulait-il pas de moi à ses côtés ? Ne voulait-il pas que ses supérieurs sachent pour nous ? Avait-il peur de se trahir devant eux si je l'accompagnais ?

Son expression se fit plus douce comme il me saisissait les mains.

- Je ne veux pas que tu viennes pour qu'on ne remarque pas un changement d'attitude entre nous…

Blessée, je voulus reprendre mes mains. Il ne me l'autorisa pas.

- … parce que je veux que Talanus et Ysis soient les premiers à entendre que je veux faire de toi ma compagne.

Hein ? Ne l'étais-je pas déjà après ce que nous venions de nous avouer l'un l'autre ?

- Je ne comprends pas.

Il me lâcha pour prendre l'objet qui avait été sur la cheminée et qu'il avait mis dans la poche de sa veste.

- À cause de notre conception compliquée de l'amour, il n'existe pas de cérémonie de mariage entre vampires comme chez les humains. Néanmoins, on peut, par l'intermédiaire du chef de notre secteur, faire une déclaration devant témoins annonçant que le partenaire de notre choix devient notre compagne ou compagnon pour l'éternité, sans retour possible.

Estomaquée, j'avais quelques difficultés à prendre la mesure de ce qu'il était en train de me dire, de fait, lorsqu'il me montra le petit écrin rouge qu'il tenait dans la paume de sa main, je me contentai de le fixer, les yeux exorbités, les genoux sur le point de se liquéfier.

Quand il l'ouvrit, j'y vis une bague en or sertie d'un diamant étincelant.

- Samantha Watkins, veux-tu être ma compagne, aux yeux de tous et pour toujours ?

Je manquai défaillir.

Phoenix avait beau penser que ce n'était pas une proposition en mariage en tant que telle, cela y ressemblait fort.

- Que… ? Je… Tu… Mais comment… ? bafouillai-je, trop hallucinée pour mettre de l'ordre dans ma tête.

Seulement quatre jours plus tôt, j'en étais encore à me demander s'il éprouverait un jour pour moi les sentiments que j'avais à son encontre et là, il me demandait carrément de m'engager avec lui pour l'éternité, et devant tout un public pour en témoigner ! Avais-je vraiment l'homme que j'avais toujours connu sous les yeux ?

- J'ai acheté cette bague à Las Vegas, pendant que tu dormais. Tu voulais que je fasse tomber les barrières entre nous, tu m'attendais… (À mon haussement de sourcils, il me sourit tendrement) Je t'ai entendue… Comme je te l'ai dit, ma décision était prise. Maintenant, j'attends la tienne…

Je secouai la tête. Il avait prévu cette demande alors que je croyais qu'il était en colère contre moi ? Avant même de m'avouer ses sentiments ? Ce n'était pas le genre de chose qu'on faisait à la légère, surtout pour lui. D'abord il n'était pas connu pour faire dans le sentimentalisme, et ensuite, annoncer à tous qu'il était tombé dans les filets de l'Amour Absolu allait tenter tous ses ennemis de vérifier si cela n'allait pas être une faiblesse à exploiter.

Cela ne voulait dire qu'une chose : Phoenix m'aimait au point de tout risquer pour être avec moi.

Un sanglot s'échappa de ma gorge, suivi d'un autre, puis d'un autre, puis d'un autre. Submergée par l'émotion, je n'osais pas me pincer, de peur que ce rêve magnifique ne s'évanouisse.

- Euh… Sam ? Est-ce que c'est un oui ?

Malgré l'amusement perçant dans sa voix, j'y reconnus tout de même une pointe d'angoisse qu'il fallait absolument que je fasse disparaître.

Je me jetai à son cou et l'embrassai avec une fougue dont je ne me serais jamais crue capable, au point de le faire reculer de quelques pas.

Quand enfin je daignai le lâcher, il souriait comme jamais :

- J'en déduis que c'est oui.

- Bien sûr que c'est oui ! Comment pouvais-tu en douter ?! m'écriai-je.

La joie pure et innocente de son sourire le transfigurait et je ne pouvais m'empêcher de le dévorer des yeux pendant qu'il passait la bague à mon annulaire.

- Elle me va parfaitement ! dis-je en admirant le bijou.

- J'ai donné au bijoutier la bague de ta mère, celle que tu mettais de temps en temps. Elle est donc à ta taille.

Je portais rarement des bagues. La seule que j'aimais voir à mon doigt était celle que ma mère adoptive avait eue par mon père, comme cadeau de leur vingt-septième anniversaire de mariage. Ils étaient morts moins d'une semaine après.

- Celle-ci ne me quittera jamais, comme le collier de Keira.

Phoenix prit un air mystérieux.

- Je comptais demander à Angela et François de te tenir compagnie pendant que j'irai faire part de mes intentions à Talanus et Ysis. Tu pourrais simplement la retirer le temps que je revienne. Je ne voudrai rater pour rien au monde la tête que fera François quand nous lui annoncerons la nouvelle.

J'éclatai de rire.

- Finalement, tu es l'homme le plus romantique et le plus espiègle que j'aie jamais rencontré ! On peut dire que tu cachais bien ton jeu !

Je riais encore quand il me saisit par la taille et que par un baiser, il parvint à me faire oublier jusqu'à l'existence du monde qui nous entourait.

- Appelle-les. Je reviens vite.

Phoenix avait mis fin à notre étreinte aussi brutalement qu'elle avait commencé et il me quitta, les yeux embrasés autant que devaient l'être les miens, comme je récupérais du désir incroyable qui avait manqué, encore une fois, me consumer tout entière.

*

- Sam ! C'est nous !

Comme je n'étais pas sûre de pouvoir tenir longtemps face à mes amis sans leur avouer la vérité, j'avais d'abord décidé de passer le temps en regardant un peu la télévision, puis, j'avais appelé chez Angela une demi-heure plus tôt. J'étais tombée sur François qui avait aussitôt commencé à me soumettre à un interrogatoire en règle, mais je l'avais stoppé dans son élan en lui proposant de venir au château. Il avait accepté en grognant et en me prévenant que j'avais intérêt à prévoir de bonnes excuses pour les avoir si longtemps maintenus à l'écart.

Alors que j'allais accueillir mes invités avec un calme apparent et un sourire de bienvenue aux lèvres, à l'intérieur, une voix hystérique que je tentais de ne pas écouter hurlait à n'en plus finir :

- *Je suis fiancéééééééééée !!!!! Il veut faire de moi sa compagneuuuuuuuuhhhh ! Tralalalalèèèèèèèèère !*

J'exultais à l'idée d'annoncer la bonne nouvelle à mes amis, mais j'avais fait une promesse à Phoenix et je comptais bien la tenir. De fait, en allant embrasser Angela et François, je m'étais composée une expression totalement neutre.

- Est-ce que ça va, Sam ? Ça fait des jours qu'on essaie de vous joindre tous les deux ! J'espère qu'il ne vous est rien arrivé de grave ?!

Je retins un sourire en débarrassant mon amie de sa veste. Sa sollicitude me touchait et quelque part, je m'en voulais de devoir les mener en bateau tous les deux le temps que mon (ça me faisait tout drôle de le dire) « amant » revienne de Harper Hill.

- On sera plus à l'aise pour discuter dans le salon. Je nous ai préparé des boissons fraîches.

- Phoenix n'est pas là ? demanda François, un pli au front soulignant son envie de lui dire ses quatre vérités.

- Il est allé chez Talanus et Ysis, mais il a promis de faire au plus vite. Il ne devrait plus tarder.

Tous deux me suivirent jusqu'au salon. À peine assis, Angela passa à l'attaque.

- Bon, qu'est-ce qui s'est passé après que tu aies quitté ce maudit bal et cette pourriture d'Engara ?! Et bon sang ! Pourquoi ne pas nous avoir appelés ?!

Mon amie avait évidemment pris fait et cause pour moi et j'étais incroyablement touchée par le souci que je lui causais.

- J'avais besoin de passer mes nerfs sur quelque chose alors je me suis imposée une séance d'entraînement pendant laquelle j'ai encore pulvérisé le sac de sable de Phoenix.

Ils me regardaient, attendant la suite. Leur expression avide me donnait envie de rire.

- C'est tout ? Tu t'es entraînée ? Et ensuite, qu'a dit Phoenix à son retour ?

- Angela… Elle n'a peut-être pas envie d'en parler, temporisa François.

Quoique… au ton de sa voix, je me doutais que lui aussi avait envie de connaître le fin mot de l'histoire. Cela me rappelait qu'il n'avait pas tenu sa promesse de ne rien dire à son ami de mon état après mon départ ; cela méritait une petite punition.

- Je te remercie au fait, François, d'avoir respecté ton engagement à mon égard et d'avoir tout déballé à Phoenix après que j'aie quitté les lieux, dis-je, glaciale.

Un peu surpris par mon ton et mal à l'aise, celui-ci tenta de se défendre.

- J'ai dit que je dirais la vérité.

Je me penchai un peu pour mieux le crucifier du regard :

- C'était une *certaine* vérité que je voulais que tu lui serves ! Pas *la* vérité !

Il se redressa :

- Tu ne peux pas me le reprocher. C'était ce qu'il fallait faire. En tant que créateur, Phoenix devait être mis au courant du pourquoi de ta réaction.

- Peu importe. Tu n'as pas respecté ta promesse.

Il y eut un silence pesant. Je jouais mon rôle à la perfection et mon mousquetaire perdit de sa superbe. Son épouse lui donna un coup de coude dans les côtes qui le décida enfin à prendre la parole.

- Tu as raison. Je n'avais que de bonnes intentions, mais… tu as raison.

Je me levai et allai vers la cheminée, jetant au passage un coup d'œil au petit écrin rouge que j'avais posé sur le dessus. Mon cœur se gonfla de joie.

- Laisse tomber, ça n'a aucune importance, dis-je en entendant la porte d'entrée se refermer.

Je me retournai, comme le bruit des pas de l'homme de mes rêves se rapprochait. François interpréta mal mon expression enfiévrée car il me demanda, soupçonneux :

- Que t'a-t-il dit ?

La vision de Phoenix, rayonnant de bonheur dans l'encadrement de la porte, me fit complètement oublier la présence de mes amis. Je le savais déjà, mais j'avais besoin de l'entendre :

- Qu'ont-ils décidé ?

François et Angela se retournèrent en même temps vers l'objet de mon attention, lequel n'avait d'yeux que pour moi.

- Ils n'étaient pas surpris, et ils ont dit oui.

Je fermai les yeux une seconde, le temps d'assimiler ses paroles.

- Oui à quoi ? s'enquit Angela.

Un fabuleux sourire naquit sur mon visage comme j'ouvrais l'écrin pour remettre à mon annulaire la bague qu'il préservait, puis me dirigeai vers Phoenix, sans prêter attention aux regards interloqués de nos amis, lesquels n'avaient pas perdu une miette de mes gestes.

Il s'était avancé aussi, de sorte que quand je le rejoignis, il me souleva dans les airs en me faisant tournoyer. L'instant d'après, nous nous embrassions passionnément, oubliant complètement notre public médusé.

Phoenix allait officiellement faire de moi sa compagne, ce qui équivalait, chez les humains, à faire de moi sa femme. D'après ce qu'il m'en avait dit, cet engagement était rarissime, ne serait-ce que par son caractère indissoluble, et cela m'allait très bien. Je ne me voyais pas affronter l'éternité autrement qu'avec cet homme à mes côtés.

Après un dernier baiser, nous nous séparâmes à contrecœur pour affronter nos deux spectateurs qui en étaient encore à béer comme deux idiots en nous regardant.

- Oh ! Mais… Ça alors ! Hiiiiiiiiiiiiiiiiii !

Angela fut la première à se reprendre et nous agressa les tympans avec ce cri atrocement aigu. Elle se jeta sur moi d'abord, puis sur Phoenix, pour nous serrer chacun dans ses bras.

- Alors ça y est ! Tu t'es enfin décidé ! Bon sang, ce que tu en as mis du temps ! s'écria-t-elle en essuyant une larme sur sa joue tout en donnant un violent coup de poing dans l'épaule de mon amoureux.

La joie sincère qu'elle éprouvait pour nous lui faisait oublier la peur qu'elle m'avait confié avoir toujours éprouvé en sa présence, et c'était avec le plus grand sourire qu'elle était finalement passée au tutoiement.

Phoenix rigola :

- J'ai devant moi tout le temps qu'il faut pour me rattraper de ma propre bêtise.

Comme Angela commençait à lui poser tout un tas de questions indiscrètes sur ses sentiments à mon égard, je reportai mon attention sur François, qui semblait avoir encore des difficultés à réaliser qu'il n'était pas en plein rêve.

- Merci, François.

Il me fixa, stupéfait.

- Merci ? Mais de quoi ?

- Tout à l'heure, je te faisais marcher. Je te suis reconnaissante d'avoir dit la vérité à Phoenix sur ce qui s'est passé avec Engara, tout comme je te suis reconnaissante d'avoir tenté plusieurs fois de nous ouvrir les yeux. Tu es un véritable ami.

Je l'embrassai sur la joue. Il se passa ensuite une main dans les cheveux, signe caractéristique chez lui d'embarras.

- Euh… De rien… Je… je suis très heureux pour vous. Sincèrement.

S'il voulut dire quelque chose après, il en fut empêché par sa tornade de femme, qui l'avait rejoint pour que je lui montre ma bague.

- Waouh ! s'exclama-t-elle pendant que François stupéfiait mon fiancé en le prenant dans ses bras pour le féliciter. Quand allez-vous fixer la date du mariage ? Tu as déjà une idée de quelle genre de robe tu porteras ?

Je me crispai, un peu gênée de devoir rafraîchir l'enthousiasme de ma libraire préférée.

- Hum… Je n'aurais pas de robe. (Aussitôt, elle leva les yeux vers moi) Ce ne sera pas à proprement parler un mariage.

Son regard dériva vers Phoenix et se chargea en un centième de seconde de nuages d'orage prêts à foudroyer leur cible.

- Qu'est-ce que c'est que cette histoire ?! Tu portes une bague de fiançailles et tu ne vas pas te marier ?!

J'allais répondre, mais François préféra s'en occuper.

- C'est tout comme, Angela. Chez les vampires, le mariage n'existe pas ; en cause, la peur de l'Amour Absolu et de la perte d'indépendance qu'il suppose. Néanmoins, il est permis d'officialiser le lien entre deux personnes qui se déclarent compagnons pour toujours de sorte de renforcer leur statut dans notre communauté.

- Si je te suis bien, en gros, c'est un moyen d'assumer sa faiblesse et donc de ne pas perdre la face devant les autres vampires. (François hocha la tête en guise d'assentiment) Tu parles d'un romantisme !

Là, François ne hocha pas la tête, il se figea d'horreur. Vu sous cet angle, je ne pouvais qu'être d'accord avec Angela. Même si quelque part, cette déclaration publique équivalait à un mariage, il n'en restait pas moins que cela avait plus une valeur d'arrière-garde que de sacrement d'un amour éternel. Du coup, mon bonheur antérieur s'en trouva quelque peu altéré et je me décomposai.

- Oh, excuse-moi, Sam. Je… je suis désolée, je n'aurais pas dû dire ça.

Phoenix fut aussitôt à côté de moi et foudroya mon amie du regard.

- Bravo ! Pour ce qui est du tact, je pensais que Sam était la spécialiste de mettre les pieds dans le plat, mais toi, tu y plonges tout entière !

La voir se ratatiner sur elle-même alors qu'elle ne cherchait pas à mal me poussa à prendre sa défense.

- Laisse. Ce n'est rien.

Mon compagnon leva les yeux au ciel.

- Non, ce n'est pas rien ! Je voulais te demander aussi de m'épouser à la manière humaine après que nous ayons officialisé les choses chez les vampires, mais la maladresse de ta meilleure amie m'oblige à devoir changer mes plans et te le demander maintenant, de la manière la moins élégante qui soit !

Je le dévisageai, incrédule.

- Tu veux aussi qu'on se marie ?

Je n'en revenais pas ! Deux demandes d'engagement éternel dans la même soirée ! C'était plus que tout ce que j'avais jamais imaginé dans mes fantasmes les plus fous.

- Pour moi, l'un ne va pas sans l'autre. Tu seras ma compagne d'un côté, ma femme de l'autre. Dans tous les cas, nous serons ensemble pour toujours, si c'est ce que tu veux.

- Si c'est ce que je veux ? Tu te fiches de moi ?

J'avais haussé la voix, gagnée par un début d'hystérie. Phoenix ne comprit pas et son expression devint incertaine.

Je l'attrapai par le col de sa chemise et écrasai mes lèvres sur les siennes. Puis :

- Je t'épouse, quoi qu'il arrive.

Il me rendit mon étreinte si fort que je sentis deux de mes côtes se fêler, mais je n'en avais cure. Cela se remettrait en quelques secondes et j'étais trop heureuse pour me soucier de l'état de mon squelette.

Dire que j'avais attendu avec impatience de voir la surprise se peindre sur le visage de nos plus proches amis ! Pour le coup, ça s'était retourné contre moi puisque je n'arrivais pas à croire que tant de bonheur fût possible. Dans peu de temps, je deviendrais Madame Mac Kinley…

Angela me serra dans ses bras, en larmes, en ne cessant de s'excuser pour sa maladresse, et nous félicita pour notre union future. François, tout ému lui aussi, se laissa aller à m'embrasser sur les deux joues tandis qu'il avait de nouveau serré son ami contre lui.

Nous passâmes la suite de la soirée à parler du déroulement de l'officialisation de notre couple vu que n'ayant pris connaissance de cette pratique que quelques heures auparavant, j'avais besoin d'être briefée là-dessus. J'appris donc que le protocole voulait que

Phoenix et moi nous avancions devant nos maîtres pour qu'ils nous questionnent sur la profondeur de notre lien et établir clairement que nous étions l'un comme l'autre soumis à l'Amour Absolu. Puis, nous devrions prononcer les paroles qui nous uniraient pour l'éternité aux yeux de tous les vampires, sachant que chez eux, le divorce n'existait pas. Par cet échange, nous serions considérés comme mari et femme dans le monde surnaturel et ce serait donc à nous, par la suite, de prouver à tous les témoins présents (qui seraient sans doute plusieurs centaines d'après mon ange) que notre acceptation de notre perte d'indépendance ne nous rendait pas moins puissants et dangereux pour autant.

J'avais quelques inquiétudes, évidemment, puisque par sa position hiérarchique, Phoenix s'était fait beaucoup d'ennemis qui rêvaient sûrement d'un moment de faiblesse de sa part pour le tuer. Cet événement risquait de donner envie à nombre d'entre eux de tenter leur chance. Déjà que j'avais un contrat sur ma tête…

Avec tout ça, j'avais laissé de côté la volonté d'Engara de me faire assassiner ; il faudrait tôt ou tard que je règle ce problème, entendu qu'il était hors de question que quelqu'un d'autre se charge d'elle à ma place. Dans mon esprit, le fait qu'elle ait embauché des tueurs à gages pour me liquider était bien moins condamnable que celui d'avoir réussi à blesser l'homme de ma vie, ou encore et surtout, d'avoir couché avec lui et de m'avoir narguée avec ça. Je n'arrivais pas à oublier son comportement lors du bal, en faute, mon côté sombre qui hurlait à la vengeance. Cette fois, je ne le ferais pas taire, au contraire ; dès que l'occasion se présenterait, je comptais bien lui offrir un spectacle de mise à mort qui lui ferait plaisir autant qu'à moi.

Engara me sous-estimait parce que j'avais poussé Phoenix à l'épargner lors de notre première rencontre. Elle savait, bien sûr, qu'entre-temps j'avais changé ; mais elle ignorait à quel point…

Je forçai mes canines à se rétracter pour ne pas que mes amis se rendent compte que mon esprit avait dérivé vers d'autres pensées pendant notre conversation et ce fut en bonne comédienne que j'en repris son cours.

- Ne t'en fais pas, Sam. J'ai toujours eu des ennemis, et je suis encore là…

Phoenix tentait de me rassurer sur ce que j'avais d'ores-et-déjà deviné.

- … Et puis, regarde Talanus et Ysis : leur dernière cérémonie date d'il y a trois cents ans et jamais personne n'a osé les qualifier de faibles.

Je tiquai.

- Leur dernière cérémonie ?

- Oh, ça doit faire la cinquième fois qu'ils renouvellent l'expérience, répondit-il en haussant les épaules.

- Ah ?!

Par le récit d'Ysis et leur comportement l'un envers l'autre, je savais que le lien qui l'unissait à Talanus était très profond. Toutefois, je ne me serais pas doutée qu'ils bravent ainsi tous les préjugés de notre race pour affirmer aux yeux de tous et à plusieurs reprises, leur amour éternel. D'un autre côté, c'était plutôt bien vu car c'était en même temps une piqûre de rappel de leur puissance et de leur volonté à toux ceux qui auraient pu concevoir des doutes à ce sujet.

- Et il me semble qu'ils en sont à leur sixième mariage humain, renchérit François.

- Ah ?! m'écriai-je en même temps qu'une Angela aussi étonnée que moi.

Phoenix reprit :

- Le dernier avait marqué les esprits car pour l'occasion, ils avaient fait venir plus de trois cents chanteurs, danseurs, comédiens, et autres artistes de cirque. Leur domaine débordait de monde. Heureusement qu'on n'avait pas encore inventé l'appareil photo à cette époque. Avec les paparazzis d'aujourd'hui, organiser à nouveau un tel mariage ferait éclater le Secret au grand jour.

- Tu y étais ?

- Oui, ils nous avaient invités avec Finn. Il était, comme moi, de passage dans la région. D'ailleurs, ça me fait penser ; il était au bal l'autre soir.

- Quoi ?! Et tu n'as pas jugé bon de m'en avertir ?

Son maître et créateur, le plus vieux vampire existant sur terre, ayant aussi contribué à lui sauver la vie l'an passé, avait été là pendant le bal masqué chez Talanus et Ysis et il n'avait pas eu l'idée de me le dire ?

- Désolé, mais j'ai été quelque peu absorbé par autre chose que Finn depuis notre retour de Harper Hill…

Son ton doucereux et son sourire narquois auraient dû m'offusquer, d'autant qu'il venait de faire allusion à nos ébats devant nos amis, pourtant, mes crocs trahirent mon état d'esprit puisque, aussitôt, ils s'allongèrent, et mes pupilles devinrent rouges écarlates.

- De toute façon, Finn n'était pas là pour nous. Les Grands lui ont demandé d'essayer de réconcilier le chef de secteur de Beijing avec l'obligation pour lui d'adopter le Grand Changement. Si le plus puissant des vampires chinois parvient à s'y résoudre, il fera des émules et on pourra peut-être l'imposer partout sans déclencher une guerre civile. Finn étant le vampire le plus puissant au monde, c'était l'homme idéal pour le convaincre. Bref, il devait repartir juste après.

De petits éclairs zébraient déjà ses prunelles azurées. Il avait perçu mon humeur…

… Et moi la sienne :

- Pour quelle destination ? demandai-je la voix soudain rauque.

- Afrique.

Il n'entra pas dans les détails, de toute façon, je m'en fichais complètement. Tout ce qui m'intéressait, c'était de voir que ses yeux suivaient chaque mouvement de mon corps et que le sien se raidit lorsque volontairement, je laissai ma langue courir sur mes lèvres pour y lécher la goutte de sang résultant de la blessure occasionnée par une de mes canines.

- Hum… Hum… Peut-être qu'on va vous laisser…

Je sursautai.

Noyée dans mes hormones, ma conscience venait seulement de se rappeler la présence de nos deux amis, lesquels nous regardaient avec amusement, leur expression adoucie par le tendre sourire qu'ils arboraient.

- Vous êtes vraiment mignons tous les deux ! dit Angela en se levant et se dirigeant vers moi. Mais tu m'excuseras, Phoenix, (elle passa mon bras sous le sien en m'obligeant à me lever aussi) une meilleure amie qui n'a pas assouvi totalement sa curiosité est prioritaire sur le fiancé aux abois. Viens, Sam, laissons les hommes entre eux ; ça fait trop longtemps que nous n'avons pas eu de conversation entre filles !

Un peu saisie, mais finalement enchantée par sa proposition, je lui offris un grand sourire et lui proposai d'aller faire un tour avec ma Viper afin d'être sûre qu'aucune oreille indiscrète ne nous entendrait.

Ignorant royalement les protestations de chacun de nos amoureux, elle exprima son accord et m'entraîna avec elle chercher nos sacs.

Nous riions encore comme deux adolescentes lorsque la porte se referma sur deux vampires séculaires à l'expression aussi dépitée que résignée.

*

J'étais ravie. Je ne m'étais pas rendu compte à quel point nos conversations me manquaient jusqu'à ce qu'à l'abri dans mon superbe bolide rutilant à la *Fast and Furious*, nous commençâmes à libérer nos cœurs de tout ce qu'ils recélaient de joie. Avec Angela, on se disait absolument tout et même si au début de notre amitié, je refreinais certaines confidences, cela faisait longtemps, avant même ma transformation, que j'appréciais de pouvoir m'ouvrir à elle en étant sûre de n'être jamais jugée. Elle était exactement tout ce que j'avais rêvé d'une amie lorsque je n'en avais aucune.

- Alors, qu'est-ce que tu ressens maintenant que tu sais qu'il t'aime ?

Je ne sais pas combien de temps je mis à répondre à sa question, éperdue que j'étais à lui livrer jusqu'à la plus petite parcelle de bonheur que j'éprouvais. Dire qu'il y avait moins d'une semaine, j'avais peur d'être rejetée par Phoenix ! Comment la situation avait-elle pu évoluer de manière si positive ?

- Même encore maintenant, alors que je porte cette bague au doigt, il m'arrive de ne pas y croire et de penser que c'est un rêve merveilleux duquel je vais me réveiller ! Et quand je me pince, ça n'arrive pas et je suis encore plus heureuse !

Angela essuya ses yeux pour la douzième fois au moins depuis le début de mon discours. Je m'esclaffai :

- Encore ! Ça, tu vois, je suis contente de ne plus y être soumise ! Il y a de bons côtés à être vampire.

- Alors tu as fini par l'accepter ? demanda-t-elle, redevenue sérieuse.

- Oui, je suis en paix avec cela. Phoenix a fait ce qu'il fallait pour que nous soyons réunis. Même si je n'avais jamais envisagé ce destin, je l'accepte parce qu'il me permet de vivre aux côtés de l'homme que j'aime.

Mon amie tourna soudain la tête vers la vitre. Alarmée, je la questionnai sur l'origine de son trouble. Elle se raidit.

- C'est juste que parfois, je me dis que ça faciliterait les choses pour moi aussi si je devenais un vampire. J'y songe de plus en plus.

Silence. La bombe qu'elle venait de me lancer à la figure avait bien fait son travail. Je restai muette.

- J'aimerais avoir ton avis.

Encore sous le choc, ce fut le grincement sordide qui résonna dans l'air qui me fit réaliser que je serrais bien trop fort le volant.

- À ce point-là ? rigola-t-elle, nerveusement.

Que dire ? Je ne me rappelais que trop bien la souffrance que j'avais éprouvée lors de ma transformation, je n'avais pas envie que mon amie la subisse aussi.

- Je croyais que cette voie ne t'intéressait pas ? éludai-je.

- Elle me terrifiait, et me terrifie toujours aujourd'hui, pourtant, quand je te regarde y évoluer si bien, cela me donne envie de tenter le coup.

Je serrai les dents et m'exprimai sèchement :

- J'espère que ce n'est pas ton seul argument, parce qu'il est plutôt nul, je tiens à te le dire. J'ai souffert l'enfer et pire encore - tu le sais, tu as tout vu - quand mon corps a cessé d'être humain pour devenir vampire. Ensuite, il a fallu que je me fasse à l'idée de tout ce que j'avais perdu : soleil, nourriture, amis... Je ne sais pas si j'aurais supporté la situation si j'avais dû m'éloigner à jamais de toi et de Matthew pour ne pas vous tuer.

- Mais tu n'en as jamais éprouvé l'envie !

- Uniquement parce que l'envie de boire votre sang est moins forte que celui qui coule dans mes veines et fait de moi un phénomène de foire vampire, dont le moindre écart de comportement pourrait me faire perdre la tête et celle de tous ceux ayant cautionné ma transformation ! Crois-moi, c'est lourd à porter. Mais toi ! Si tu deviens l'une des nôtres, tu seras soumise à ta soif et tu souffriras le martyre lorsque François, ton maître auquel tu devras obéissance, t'empêchera, en vertu de son autorité de créateur, d'assassiner des humains dont tu auras l'irrépressible besoin de déchirer la chair ! Tu te vois, en train de planter tes crocs dans la nuque de Matthew ou de Danny ? Et même si ce n'était pas le cas, tu te vois leur tourner le dos à jamais, toi qu'ils considèrent comme une sœur pour l'un et comme une fille pour l'autre ?

Angela baissa la tête en se rongeant les ongles.

- J'ai réfléchi à ça, crois-moi. Pourquoi n'ai-je pas encore demandé à François de le faire à ton avis ? Je te l'ai dit, ça me terrifie. Pour autant, je ne peux pas occulter que lui est immortel, et moi non. Tu avais peur que je manque d'arguments, eh bien voilà le principal : je ne veux pas vieillir avec François jusqu'à ce que ma mort nous sépare ! Je veux vivre avec lui pour toujours, comme toi avec Phoenix !

Le volant toujours broyé entre mes mains, je réfléchis à ces paroles. Angela était la personne la plus humble et la plus dénuée de vanité que je connaissais. Son souhait n'avait rien à voir avec la peur de vieillir, non. Elle voulait vivre son amour pour François sans que le temps n'entre en ligne de compte… Comment pourrais-je l'en blâmer ?

Si j'avais été à sa place et que Phoenix se soit déclaré à moi alors que j'étais encore humaine, nul doute que j'aurais fini par me poser les mêmes questions. Nul doute que j'aurais fini par demander à Phoenix de me transformer…

Et il aurait dit la même chose que François :

- François ne voudra pas, au risque que ça te tue. Tous les appelés ne survivent pas au processus.

Angela me regarda alors, les yeux remplis d'une détermination farouche :

- Et si ta Viper s'enroulait autour d'un arbre maintenant, que se passerait-il ? (Elle ne me laissa pas le temps de répondre) Tu survivrais et pourrais serrer à nouveau l'homme que tu aimes dans tes bras, alors que moi, François n'aurait plus qu'à me choisir un beau cercueil et me pleurer jusqu'à la fin des temps. Je peux mourir demain en traversant la route ou en… (elle secoua la tête) en m'étouffant bêtement avec un os de poulet ! Je ne veux plus de cette épée de Damoclès au-dessus de ma tête, je veux partager la destinée de François, complètement !

La véhémence de son discours me laissa pantoise quelques secondes. Son raisonnement était plus que logique, preuve qu'elle avait passé de longues heures à réfléchir sur le sujet.

- Je ne cherche pas à te dissuader, Angela. Tu es mon amie et je respecterai ton choix, quel qu'il soit. Mais tu dois savoir que cette route est à sens unique et qu'elle peut tout aussi bien s'arrêter brutalement, sans que tu ne revoies jamais François.

- Je sais, Sam. C'est pour ça que je te demande ton avis.

En prenant la bifurcation qui nous ramènerait au château de Scarborough, je soupirai.

- Je vais te donner mon avis. Tu vis peut-être avec François, mais il est loin d'être représentatif de tous les vampires. Tu vas entrer dans un monde empreint de violence et de duperie, où la faiblesse est interdite sous peine de mort, où la moindre incartade à la loi peut te valoir les plus atroces châtiments. Réfléchis à ceci : si tu survis, tu auras certes la vie éternelle aux côtés de l'homme de ta vie, mais également de nombreuses occasions de devoir défendre celle-ci.

- C'est un tableau bien noir que tu peins.

- Je ne fais que dépeindre le monde de la nuit tel qu'il est réellement. N'oublie pas qu'à cause de lui, je suis morte.

Elle déglutit. J'avais volontairement été brutale pour lui rappeler que la voie dans laquelle j'avais évoluée en tant qu'humaine, avait eu un prix. Peu importait que ce fût moi qui avais choisi de me sacrifier pour sauver Phoenix, la vérité étant qu'en intégrant le fil de sa vie, j'y avais perdu la mienne.

- Je suis perdue.

- C'est plutôt une bonne chose, ce n'est pas une décision à prendre à la légère. Il faudra en discuter longuement avec François.

Elle hocha la tête.

- Ce sera la décision la plus difficile de toute mon existence, dit-elle en se perdant de nouveau dans la contemplation du paysage à travers la vitre passager.

Je me retins de dire que ce serait peut-être aussi la dernière. Je chérissais Angela comme si c'était ma propre sœur ; l'entendre ne serait-ce que d'envisager de sauter le pas me terrorisait. Néanmoins, ses arguments étaient tout à fait logiques et le jour venu, si vraiment elle souhaitait nous rejoindre, je la soutiendrais autant que possible dans cette entreprise…

… En espérant qu'elle soit suffisamment forte pour en revenir…

Notre retour au château fut moins gai qu'à notre départ, ce que nous nous empressâmes de mettre sur le compte de la conscience d'un autre futur événement qui ne manquerait pas, à coup sûr, de nous marquer par sa difficulté : l'annonce de mes fiançailles à Matthew.

*

Phoenix m'avait proposé de m'accompagner pour me soutenir dans l'exécution de cette tâche. J'avais refusé, arguant que c'était à moi seule d'assumer cette responsabilité, sans pour autant être dupe quant aux motivations profondes de mon fiancé : même si ce n'était pas son genre de fanfaronner aux dépens d'un autre, le fait qu'il soit à mes côtés pour annoncer notre prochain mariage à son ancien rival ne viendrait que renforcer sa victoire sur lui.

Après notre longue discussion sur ses sentiments à mon égard, je comprenais mieux désormais son attitude envers Matthew, par conséquent je ne lui en voulais pas vraiment de se montrer si possessif ; dans le cas inverse, j'aurais fait la même chose.

Ce fut donc peu après vingt heures que je me garai devant chez mon ami, seule à bord de ma Viper. C'était fou comme je m'étais habituée à cette voiture, tout comme je ne pouvais que constater avec la plus grande honte que j'adorais désormais me vautrer dans le luxe. Phoenix avait éclaté de rire deux jours auparavant lorsqu'à la coupure pub de notre film, il avait changé de chaîne et que nous étions tombés sur un documentaire sur les *Bentley*. À la vue de la *Continental GT* noire qui était présentée, je m'étais redressée à la vitesse de l'éclair, mes pupilles se colorant d'un rouge d'une intensité équivalente à l'envie irrépressible qui m'avait prise de courir mettre ma veste pour aller vider mon compte en banque et me payer ce carrosse. Mon compagnon m'avait alors proposé de me laisser seule avec la télé puisque visiblement, mon corps réagissait plus promptement avec elle qu'avec lui. Associant le geste à la parole, il s'était levé en rigolant, mais à peine avait-il fait deux pas que je grondai furieusement et lui bondis dessus. Déséquilibré, il était tombé par terre, m'entraînant avec lui dans sa chute. Une heure plus tard, comblé tout autant qu'épuisé, il reconnut sans peine qu'il s'était trompé et je lui fis promettre de ne plus jamais me provoquer ainsi... Évidemment, il ne se fit pas prier lorsque ce spot repassa quelques heures plus tard, ce qui, évidemment, me ravit au plus haut point.

Ça aussi, c'était une chose à laquelle j'avais pris goût... Plus que je ne saurais le dire...

- Hum... Sam ? Pourquoi tes yeux sont si rouges ? J'ai fait quelque chose de mal ?

Perdue dans mes souvenirs érotiques, j'avais oublié que j'avais appuyé sur la sonnette et ainsi prévenu Matthew de ma présence.

- Euh... non, rassure-toi. C'est juste que... j'ai un peu faim.

Je vis mon ami hausser les sourcils et me fixer bizarrement. J'émis un petit sifflement rageur.

- Combien de fois faut-il que je te dise que je ne te mangerai pas ?!

- Désolé, mais tu es la première vampire nouveau-né que je vois et d'après ce que je sais, tu devrais être aux abois concernant la nourriture liquide, donc ne m'en veux pas si je me sens mal à l'aise quand tes yeux changent de couleur en ma présence.

Je me gardai bien de lui raconter que la faim n'avait rien à voir avec le changement de couleur en question. Je venais juste de me rabibocher avec lui et j'allais lui annoncer que j'épouserais bientôt son rival ; pas besoin en plus de lui évoquer notre vie sexuelle qui rien qu'en pensée, parvenait à me faire bouillir le sang.

- Tu ne risques rien.

- Même si je mange devant toi ?

- Tu n'as pas encore mangé ?

- Quand tu m'as appelé tout à l'heure, je venais de finir de couper le chorizo. Mais viens, entre.

Je le suivis en haut et le laissai prendre ma veste. Bien qu'inutile en raison des douces températures d'été, j'aimais beaucoup sa couleur bleue indigo et la légèreté du tissu. Tandis qu'il la rangeait dans sa penderie, je humai l'air et fermai les yeux en savourant toutes les délicieuses fragrances que mes nouveaux sens hyper-développés reconnaissaient.

- Jambalaya [5] ?

Matthew émergea du placard et me sourit en disparaissant dans la cuisine. À son retour, il tenait une pleine casserole de ce délicieux plat à base de poulet dont l'odeur parvenait à m'allécher.

- Miam ! m'exclamai-je.

Il s'esclaffa en se servant, puis me tendit sa fourchette avec un air de défi.

- Sans façon, j'ai déjà vu le résultat qu'un morceau de viande peut occasionner à la dignité d'un vampire ayant oublié la base de son alimentation.

Le sourire de Matthew se figea soudain, son regard devenu glacé, braqué sur ma main gauche que j'avais levée pour décliner son offre.

Bon sang ! La bague !

Je voulus la ranger sagement contre moi, mais il fut plus rapide. Je me mordis la langue au sang pendant qu'il contemplait mon annulaire sans dire un mot, ni même prendre la moindre inspiration. Je m'en voulais terriblement d'avoir été si inconséquente ; dire que je voulais d'abord le ménager avant de tout lui avouer !

- Est-ce que ça veut dire que lui et toi, vous… ?

- C'est pour ça que je voulais te voir. Je voulais que tu l'apprennes par moi.

Il n'avait pas encore lâché ma main. J'étais extrêmement mal à l'aise.

---

[5] Recette appréciée à la Nouvelle-Orléans dont les ingrédients de base sont : le poulet, les crevettes, le chorizo, le jambon et le riz.

Lorsqu'il me regarda, enfin, je pus nettement voir la lutte qu'il menait pour se composer un sourire de façade et cela m'affligea.

- Tu n'es pas obligé de faire semblant pour me faire plaisir, Matthew, lui soufflai-je.

Il secoua la tête.

- Quel genre d'ami serais-je sinon ?

Son amertume était palpable même s'il faisait tout pour la cacher. Je ne pouvais pas lui en vouloir.

- Le meilleur dont on peut rêver, achevai-je d'une voix douce.

Il porta ma main à ses lèvres et ferma les yeux.

- Je t'ai dit que tu pourrais toujours compter sur moi et je compte bien tenir ma promesse. (Il les rouvrit et tenta une ébauche de sourire) Je suppose que je dois te féliciter.

- Ce n'est pas nécessaire, dis-je, embarrassée.

- Je crois que si, cela fait bien longtemps que je ne t'ai vue si heureuse. D'ailleurs non, je dirais plutôt que je ne t'ai jamais vue si heureuse.

Ma réponse ressembla plus à un bafouillage informe qu'à une phrase de remerciement.

- Quand ? demanda-t-il.

Je haussai les épaules.

- La cérémonie vampire aura lieu chez Talanus et Ysis et consistera en quelques paroles rituelles destinées à officialiser notre lien devant la communauté tout en protégeant nos arrières. Ce ne sera pas très long donc je suppose que ça ne saurait tarder.

- Charmant…

- Angela a dit la même chose que toi, en plus agressif, m'esclaffai-je. Il y aura bien un vrai mariage auquel tu seras convié, mais celui-ci, nous prendrons le temps de le préparer et surtout, nous limiterons le nombre d'invités.

- Tu as toujours eu horreur de la foule, s'amusa-t-il. Tu te vois en première ligne ?

- Je ferai ce qu'il faudra pour être avec lui.

J'avais soupiré béatement, oubliant malencontreusement que mon interlocuteur ne partageait sûrement pas mon bonheur. Je me raidis, horrifiée à l'idée de l'avoir blessé.

- Excuse-moi.

Son visage n'était que franchise quand il s'exprima :

- Je suis content pour toi, sincèrement.

Comme il me rendait ma main, je le pris par surprise en me levant subitement pour me jeter dans ses bras.

Toutefois, je n'avais pas bien mesuré ma force et celle-ci nous entraîna tous deux à terre.

- Oh ! Je suis désolée ! m'écriai-je en aidant mon ami à se relever, vu qu'à moitié assommé, il n'aurait pas pu le faire seul.

Soudain, il partit d'un grand éclat de rire et au lieu de me disputer, il m'attira à lui, sur le canapé.

Nous restâmes ainsi enlacés pendant plusieurs minutes, lui me serrant de toutes ses forces, moi, en essayant de contrôler la mienne de sorte de ne pas lui briser les os.

Enfin, je pris l'initiative de rompre cet instant en me levant pour aller chercher ma veste.

- Tu pars déjà ?

- Je dois me rendre avec Phoenix à Harper Hill. Nous sommes attendus pour régler quelques détails.

Il se leva aussi et m'accompagna jusqu'à la porte d'entrée en bas de l'escalier.

- Merci, Sam.

Je levai les yeux vers lui, perplexe.

Il m'offrit un maigre sourire.

- D'avoir pris le temps de venir me l'annoncer en personne.

Ne sachant pas quoi faire d'autre, je l'embrassai sur la joue.

- Je reviendrai te voir bientôt.

- Je serai là.

Mon cœur se gonfla de tendresse pour Matthew. Il avait beau être malheureux du fait que je ne pourrais jamais l'aimer, il était prêt à refouler sa souffrance pour préserver notre amitié. Sa bonté d'âme ne cesserait jamais de me surprendre et je le considérais à cet instant précis comme l'homme le plus vertueux que la Terre ait porté.

- Au revoir, dis-je, émue, en passant la porte.

- Au revoir.

L'esprit encore tout occupé par notre conversation, je ne me rendis compte du paysage qui m'entourait qu'une fois de retour devant les grilles du château, et à peine avais-je refermé la porte du garage qu'une voix au timbre de velours me caressa le dos avec la douceur d'une plume.

- Comment ça s'est passé ?

Je me retournai vers Phoenix.

Il portait un pantalon beige avec une veste assortie, une ceinture noire, et une chemise en tissu léger noir, dont les deux boutons du haut n'étaient pas mis. Quelques mèches de ses cheveux bruns voletaient doucement devant ses yeux cachés par des lunettes de soleil inutiles, mais qui pourtant, lui conféraient un sex-appeal aussi remarquable que l'allure remarquablement dangereuse de toute sa personne. Il était…

À moi.

Mon Dieu… J'avais beau avoir vécu quelques minutes auparavant une confrontation difficile avec mon meilleur ami, j'avais beau ressentir encore une certaine culpabilité pour la déception que je lui causais, tout ça venait d'être balayé en un quart de seconde, dès que mon regard s'était posé sur l'homme qui faisait battre mon cœur. Il était si beau que je me demandais encore si je ne rêvais pas son amour pour moi.

Et il était si beau, là, que tout à coup, plus rien ne compta hormis mon désir de me blottir nue contre lui.

- Sam ?

Sentant la pression de mes canines dans ma bouche et la pression douloureusement voluptueuse dans mon bas-ventre, je ne répondis pas et me contentai d'avancer vers lui en ordonnant à mes hanches d'effectuer à chaque pas un mouvement de balancier qui ne pourrait lui échapper. Je n'avais pas mis de vêtements sexys (un T-shirt, un jean et des sandales rouges) mais je savais que ma démarche suffirait à faire dériver son regard sur mes courbes.

- Hum… (Ça fonctionnait) Tu ne veux pas me répondre ? Ça s'est mal passé ?

Arrivée à sa hauteur, je levai les mains pour saisir ses lunettes de soleil. Malgré la perplexité lisible dans ses prunelles, je pouvais nettement percevoir le soupçon dans sa façon de me détailler et ce fut avec le plaisir le plus pervers qui fût que je vis ses narines frémir quand je mis ses lunettes sur mon visage tout en lui caressant le torse, juste avant de prendre la direction du château.

Je n'eus pas le temps d'atteindre la dernière marche du perron qu'il me souleva pour m'emporter à une vitesse phénoménale jusqu'au livre clef qui ouvrirait l'accès au lieu de toutes les passions.

*

Talanus et Ysis ne nous tinrent pas rigueur pour notre retard après mon entrevue avec Matthew. Au contraire, Talanus me témoignait une exceptionnelle sollicitude et se montrait tout à fait aimable quand il répondait à mes questions sur l'organisation de la soirée.

Bien sûr, il ne fallait pas exagérer sa bonne humeur car lorsque l'un des vampires qui travaillait pour lui revint une deuxième fois avec une tasse de sang à la mauvaise température, il commença par lui envoyer ladite tasse sur la tête avant de se lever pour lui fracasser le crâne avec son poing et le menacer de le vider entièrement de son propre sang s'il osait se montrer une troisième fois avec une boisson imbuvable.

Pendant que le serviteur filait ventre à terre, et que je contemplais le général avec l'envie de m'enfuir par l'autre porte dès qu'il ne me regarderait pas, Ysis et Phoenix continuaient à discuter tranquillement de la cérémonie comme s'il ne s'était rien passé.

- Sommes-nous obligés d'envoyer une invitation aux Grands ? demanda ce dernier, visiblement inquiet à cette idée.

- Nous ne nous soustrairons pas au protocole, ce serait le plus sûr moyen de leur signaler que nous leur cachons quelque chose. De toute façon, ils sont très occupés en ce moment avec le passage de la Chine et du Brésil au Grand Changement, je doute qu'ils viennent.

- Cela me soulage, dis-je.

- Ne soyez pas trop optimiste, leurs espions seront là et feront leur rapport, comme d'habitude.

Je me raidis. J'avais oublié que les services de renseignements du G.10 vampirique étaient les plus efficaces et les plus discrets au monde.

- En connaissez-vous quelques-uns ?

Ysis alluma un cigare. Cette pratique me choquait toujours chez elle.

- J'ai longtemps soupçonné Hedayat Javan, mais j'ai fini par me rendre compte que sa fidélité était à toute épreuve, déclara Talanus en se rasseyant lourdement sur son fauteuil.

- Ça peut paraître insensé, mais de mon côté, j'ai quelques doutes sur Javas et Cassie, dit Phoenix.

Talanus éclata de rire.

- Ces deux obsédés ?! Tu n'es pas sérieux !

Mon compagnon haussa les épaules, visiblement non désireux de se lancer dans un argumentaire pour convaincre son chef de ce que lui-même semblait trouver complètement dingue.

- Ce sont eux.

L'intervention d'Ysis stoppa net le rire de son conjoint.

- Quoi, tu as eu une vision ?

- Non, mais l'hypothèse de Phoenix se tient. Ces deux-là étant sans cesse en train de roucouler dans les coins, plus personne ne fait attention à eux et ils se faufilent partout. On ne les prend pas au sérieux parce que tout le monde semble penser que quand ils sont ensemble, ils ne pensent qu'à faire des cochonneries, donc il ne leur est pas difficile d'écouter des conversations ne leur étant pas destinées.

Un long silence accueillit son raisonnement. Wahou ! Décidément, la puissance d'Ysis était impressionnante et fou était celui qui se risquerait à la sous-estimer.

Même Talanus arrivait encore à être impressionné ! Les éclats jaunes dans les pupilles de celui-ci et ses crocs déjà bien sortis me firent comprendre le fil de ses pensées. Un coup d'œil du côté d'Ysis me prouva qu'elle appréciait *très* fortement l'effet qu'elle faisait à son partenaire.

Beurk ! Imaginer mes chefs de secteur dans une position peu catholique me donnait la nausée. C'était comme si je surprenais mes propres parents au lit ! C'était étrange parce que l'un comme l'autre, en âge humain, ne paraissaient avoir que dix ans d'écart avec moi. Par ailleurs, je ne les prenais pas du tout pour ma mère ou mon père, horreur ! Non, je leur vouais un profond respect de par leur fonction et leur personnalité et c'était la raison pour laquelle j'étais toujours déstabilisée quand ils se comportaient normalement, soit en fumant le cigare, soit en savourant un bon verre (à la bonne température), soit en se fixant comme s'ils allaient s'arracher leurs vêtements malgré notre présence à Phoenix et moi.

Mon Dieu… Mais c'était ce qu'ils allaient faire !!!

Toc, toc.

Ouf ! On apportait un autre verre de sang à Talanus. Je soupirai de soulagement en faisant discrètement une grimace à Phoenix, suffisamment expressive pour qu'il saisisse mon sentiment de ce qui avait failli se passer. Il me vit, mais il ne répondit rien étant donné que chacun des deux intéressés était tourné vers lui. Toutefois, à la façon dont il se mordit la lèvre, je compris qu'il réprimait un fou-rire, et à la façon dont il me fusillait du regard, eh bien je compris qu'il me le ferait payer.

Nous passâmes la majeure partie de la nuit à discuter de l'organisation de la cérémonie et de la réception qui s'ensuivrait et j'eus toutes les difficultés du monde à garder mon sérieux quand Talanus, subitement pris de frénésie, commença à m'exposer toutes les idées qu'il avait eues pour la décoration des lieux.

Je faillis m'écrouler de rire quand je vis des étoiles danser dans ses yeux lorsqu'au final, je lui dis qu'ayant toute confiance en ses goûts depuis le bal, je lui donnais carte blanche pour s'occuper du décorum. Ce n'était pas que je ne m'y intéressais pas, au contraire, j'avais hâte d'y être pour qu'enfin, je puisse vivre mon amour pour Phoenix au grand jour parmi ceux de ma nouvelle race. Pourtant, ce n'était pas l'idée que je me faisais d'un mariage et dans mon esprit, la cérémonie à la manière humaine comptait davantage car elle n'aurait pas pour vocation de nous préserver d'éventuels ennemis, mais simplement de nous unir aux yeux de tous nos amis. Je rêvais d'une noce intime, avec uniquement mes amis les plus proches. Je rêvais d'une nuit étoilée, d'une brise légère, douce et agréable, d'une robe simple et surtout, du sourire de l'homme qui deviendrait mon mari quand je m'avancerais vers l'autel pour lui dire en un « oui » des plus fervents, combien je l'aimais.

- Mademoiselle Watkins ?

Le rêve laissa la place à la réalité. Talanus semblait attendre que je lui donne mon avis à propos de quelque chose ayant à voir avec… en fait je n'en savais rien du tout.

- Pardon ?

Je vis Phoenix esquisser un tendre sourire tandis que Talanus levait les yeux au ciel.

- Vous rêvassiez, ma chère.

Je me mordis la lèvre.

- Oups…

- Certaines choses ne changeront jamais, maugréa Talanus.

Ysis s'approcha de lui et l'embrassa sur le front.

- Heureusement…

Comme par magie, le général romain retrouva sa bonne humeur et entreprit de se lancer dans la planification par écrit et croquis des moindres détails de la soirée à venir.

- Une petite chose, intervint Ysis. L'affichage de l'Amour Absolu en public est déjà rare en soi, et d'autant plus lorsque c'est un ange qui est concerné…

- Ou bien des chefs de secteur… l'interrompis-je, gentiment.

Elle ne s'offusqua pas de mon impolitesse, et m'offrit un sourire complice de femme amoureuse. Elle reprit :

- C'est la raison pour laquelle il faut que cette cérémonie reste dans tous les esprits. Plus les vampires présents seront impressionnés, plus ils accepteront votre situation et moins ils auront envie de vérifier votre force à tous deux en s'attaquant à vous.

- Je suppose que pour épater tout ce monde, la superbe décoration de Talanus ne suffira pas.

- Non. Il faut une entrée digne de ce nom.

Je haussai les sourcils.

- Vous ne voulez tout de même pas nous faire arriver sur des chars ! On n'est pas dans les *Hunger Games* ! Quoique vu comment vous nous présentez les choses, cette cérémonie ressemblera plus à un combat de gladiateurs qu'à une annonce romantique.

L'analogie avec la saga de Suzanne Collins fit sourire mon interlocutrice, mais ce fut avec gravité qu'elle me répondit :

- Il ne faut pas se faire d'illusion. L'annonce publique du lien qui vous unit va vous créer des ennemis, mais en fonction de la façon dont vous saurez prouver à tous ce soir-là et les suivants que vous êtes plus puissants encore qu'auparavant, ceux-ci oseront ou pas se déclarer à vous. Donc quelque part, oui, en scellant vos deux destinées, vous entrez dans une arène où les jeux sont mortels et sournois.

Phoenix vint me rejoindre alors que je prenais la mesure des paroles de cette femme qui luttait depuis deux mille ans pour faire accepter son couple et l'autorité de celui-ci parmi ses pairs.

- Il n'y a aucune obligation, on peut faire marche arrière à tout moment si tu le souhaites.

- Parce que tu le voudrais, toi ?

S'il acquiesçait, je n'avais aucune idée de quelle serait ma réaction.

- Bien sûr que non ! (Je réprimai un soupir de soulagement) Mais ce qui compte, c'est ce que toi, tu veux.

Il me regardait avec la même intensité que lors de notre première nuit ensemble, semblant vouloir mettre mon âme à nue pour me forcer à avouer mes peurs les plus secrètes.

- Je te veux, toi.

D'un coup sec, je tirai sur sa cravate et le ramenai brutalement vers moi pour l'embrasser, oubliant la présence de nos deux chefs de secteur.

- Dire qu'elle avait failli te tuer le jour de son entrée dans notre monde parce que tu lui avais mâché le boulot, Ysis !

La réplique de Talanus concernant l'épisode du baiser torride imposé m'amusa plus qu'elle ne m'irrita.

- Ce n'était pas sa faute, si j'avais été moins stupide, elle vous aurait remerciée, dit Phoenix en me caressant la joue.

- Tu es sûrement l'ange le plus efficace que j'ai jamais rencontré, mais effectivement, sur ce coup, tu as été d'une bêtise sans nom. J'ai moi-même été tenté de te secouer pour te faire ouvrir les yeux.

Phoenix stoppa son geste et regarda son supérieur avec un mélange de stupeur, d'amusement, et d'horreur. Son expression était tout à fait risible.

- Trêve d'enfantillages, revenons à nos moutons. (La voix autoritaire d'Ysis fit son effet, nous étions tous redevenus sérieux) Je parlais d'une entrée en matière… Donc si nous laissons de côté l'option des chars, il nous reste… l'effet de surprise.

Je fronçai les sourcils.

- C'est un peu risqué, non ? commenta mon compagnon.

- Hm… Pas forcément, dit Talanus. La vue de leur ange réputé impitoyable s'avançant dans l'espace laissé libre devant nos trônes va faire grande impression, surtout s'il est accompagné par celle qu'il a transformée très récemment. Mon ami, tu devras faire grimper le pouvoir de ton charisme à son maximum et vous ma chère, évitez d'étriper tous ceux qui feront des commentaires qui vous déplairont et cela devrait suffire pour qu'on ne se fasse pas tous tuer.

- Je sais me tenir, tout de même ! m'offusquai-je.

- On verra ça.

- Humpf !

- Même si beaucoup de vampires ont des doutes concernant les raisons pour lesquelles Phoenix nous a demandé de vous transformer, aucun ne se doutera que la cérémonie du lien vous concernera tous deux. J'imagine déjà les mâchoires se décrocher à votre passage, déclara Ysis.

- J'aimerais avoir votre confiance.

La princesse égyptienne darda sur moi un regard perçant et mystérieux.

- J'ai toute confiance en vous.

Un drôle de frisson courut le long de ma colonne vertébrale. Elle ne disait pas tout.

- Très bien, conclut Talanus. Il ne reste qu'un détail à régler. Quand ?

Ce fut Phoenix qui répondit :

- Le plus tôt sera le mieux. Comme ça, nous pourrons pleinement nous consacrer à l'organisation de notre deuxième union, à la manière humaine. Vous êtes conviés, bien sûr.

L'embarras me fit me mordre la lèvre au sang. Mon compagnon avait une façon d'entrer dans le vif du sujet on ne peut plus brutale.

- Eh bien, félicitations, Mademoiselle Watkins. Pour que Phoenix se mette deux fois de suite en pleine lumière, c'est qu'il vous aime au-delà de l'imaginable.

- Euh… merci.

Ysis se leva et se dirigea vers la porte. C'était le moment de prendre congé.

Après avoir rassemblé nos effets, nous quittâmes tous ensemble le bureau pour rejoindre la grande salle. Talanus et Phoenix étaient passés devant et discutaient tranquillement des bénéfices futurs que la location de leurs terrains par Carrick Anderpool allait leur rapporter. J'allais moi aussi franchir la porte du sas lorsqu'Ysis me retint par le bras d'une poigne d'acier.

Malgré l'obscurité de ce petit corridor séparant la grande salle de leurs appartements, j'y voyais parfaitement bien, de fait, un nouveau frisson, plus glacé encore que le précédent, me secoua lorsque mon regard rencontra le sien, vague et inexpressif, comme si sa conscience des choses s'était subitement volatilisée.

- Euh… Ysis ?

Je commençais à me demander si elle ne faisait pas une sorte d'AVC vampirique quand un souvenir remonta à la surface de ma mémoire. Je me rappelais le jour de notre rencontre, lorsqu'elle nous avait dit à Phoenix et à moi que nous étions liés par la Nuit. Elle avait le même regard étrange… Sur le moment, je n'avais pas compris ce qui se passait, mais avec le recul, les événements qu'elle avait annoncés s'étaient produits.

Cela voulait donc dire qu'elle avait une vision.

Et effectivement :

- Tout va s'accélérer bientôt. Plus que jamais, tu devras suivre ton instinct. Parce que c'est toi.

Paniquée par cette assertion débitée d'une voix caverneuse, je déglutis péniblement.

- Moi ?

Soudain, la pression sur mon bras diminua tandis qu'Ysis secouait sa tête pour reprendre ses esprits. Une seconde plus tard, elle me fixait impitoyablement.

- Tu dois absolument écouter les conseils de la Nuit.

- Mais je ne sais même pas de quoi il retourne ! C'est incompréhensible !

- Tu as été choisie.

- Choisie pour quoi ?! Jusqu'ici, ni vous ni personne n'a été capable de me fournir des réponses ! m'énervai-je.

- Léthalée ne t'a vraiment jamais rien révélé ?

- Puisque je vous dis que non !

Ysis se rembrunit et se tourna sur le côté pour réfléchir. J'étais totalement effrayée par ce qui venait de se passer, mais en même temps, frustrée par une étrange sensation que je n'arrivais pas à identifier… comme si quelque chose d'essentiel qui m'échappait aurait dû être dit à cet instant, sans savoir quoi.

- Ça ne sert à rien de spéculer, trancha Ysis, déjà une main sur la poignée de la porte. Nous comprendrons le moment venu. Léthalée ne fait jamais rien au hasard. Le temps nous dira ce qu'elle a prévu pour toi, et par extension, pour nous tous.

- J'ai un drôle de pressentiment, murmurai-je.

Ysis ouvrit la porte en se composant un visage serein à la vitesse de l'éclair, en totale contradiction avec son agitation précédente. J'aurais aimé pouvoir en faire autant, mais avec ce que je venais d'entendre, c'était au-dessus de mes forces.

Les mots qu'Ysis me glissa à l'oreille pendant que nous nous engagions dans la grande salle achevèrent de me laisser un goût de cendres dans la bouche.

- Tout repose sur toi, Samantha Watkins.

*

À notre retour au château un peu avant l'aube, Phoenix se décida à me questionner sur mon silence depuis notre sortie du bureau de nos chefs de secteur. Il avait bien vu que quelque chose n'allait pas et avait dans un premier temps voulu me laisser parler quand je serais prête, toutefois, au bout d'un moment, il explosa. Son inquiétude sincère me poussa à lui avouer ce qui s'était passé dans le sas et malgré son trouble, il avait, comme Ysis, décidé d'attendre de voir la tournure des événements pour comprendre le sens de ses paroles.

Je me doutais qu'il cachait sa nervosité pour ne pas aggraver la mienne et même si cela paraissait égoïste, je l'en remerciais. Phoenix était mon roc, j'avais besoin de sa force pour mobiliser les miennes.

C'est ainsi qu'une semaine plus tard, le moment tant attendu et redouté arriva.

La proclamation du lien aurait lieu dans deux heures à peine, François était déjà arrivé, tout élégant et sérieux, et moi, j'étais encore en train de fixer les portes de mon placard pour déterminer quelle tenue j'allais porter.

C'était pire encore que lors de mon entrée dans le monde des vampires. C'était comme si mon cerveau n'avait plus la capacité d'aligner deux pensées cohérentes.

En plein désespoir, le téléphone sonna.

- Allô ?

- C'est nous !!! hurlèrent deux voix au téléphone.

J'éloignai brusquement mon portable de mon oreille en maudissant mes idiots d'amis de m'avoir percé le tympan droit. J'avais reconnu Angela et Matthew.

- Quel plaisir de vous entendre ! (Malgré la douleur lancinante dans mon conduit auditif, j'étais sincère) Comment allez-vous ?

- C'est plutôt à nous de te demander ça ! Te connaissant, tu dois être folle d'angoisse !

- Tu me connais décidément trop bien, Angela. À vrai dire, je suis tellement perturbée que je suis encore en sous-vêtements dans ma chambre à me demander ce que je devrais porter pour l'occasion. Nous partons dans une demi-heure et à ce rythme, je vais finir par faire mon entrée en soutif-culotte !

Un éclat de rire suivit ma déclaration paniquée.

- Tu es décidément une drôle de vampire, Sam ! (Je m'assis sur mon canapé, déconfite) Mets-toi sur ton trente-et-un sans pour autant en faire trop afin que personne ne se doute de rien.

- Ça ne m'aide pas beaucoup.

Elle soupira.

- Dire que tu avais fait tant de progrès en matière vestimentaire ! Enfin… Heureusement que je suis là ! Enfile ta robe bustier bleu-nuit, celle qui t'arrive au-dessus du genou. Tu te fais un chignon et tu accessoirises avec le collier de Phoenix, les boucles d'oreilles que je t'ai offertes et des escarpins noirs. Pour le maquillage, reste sobre.

Le vent du soulagement me balaya en une seconde.

- Dire que je n'ai même pas pensé à t'appeler !

- C'est pardonnable. Tu ne te rappelles pas comment j'étais juste avant d'avancer vers l'autel ?

Oui… Les gens réagissent différemment face au stress. Moi, j'étais du genre lobotomisée, Angela était plutôt du style hystérique dopée à l'EPO.

- J'ai de la chance d'avoir une amie telle que toi.

J'entendis un bruit étouffé et un beau *« Tu m'as cassé un ongle, tas de briques sans cervelle ! »* quand Matthew arracha le combiné des mains de notre libraire préférée.

- Et moi, tu m'oublies ?!

- Jamais. C'est fou ce que je suis contente d'entendre ta voix !

Effectivement, je n'aurais jamais cru que Matthew m'appellerait pour me souhaiter bonne chance ce soir. C'était décidément un homme extraordinaire.

- Je t'ai dit que tu pourrais toujours compter sur moi et comme désormais je connais tous les aspects de ta vie, je peux te soutenir comme il convient.

Un drôle de reniflement m'échappa.

- Tu pleures ?! s'étonna-t-il.

- Tu sais bien que je ne le peux plus ! me défendis-je.

Il rigola.

- Je suis heureux de constater que ta transformation n'a pas effacé les côtés les plus drôles de ton caractère !

- Hanhanhan… Comment veux-tu que je ne sois pas émue quand tu me sors des trucs pareils ?

- En tout cas, sache que même si Angela et moi ne pouvons pas être présents physiquement pour toi, nos pensées t'accompagneront toute cette soirée.

Il rit encore lorsque deux reniflements disgracieux résonnèrent dans l'appareil.

- Merci, merci pour tout. À tous les deux.

Il y eut un autre bruit de lutte et un « *Tu m'as griffé avec tes ongles, espèce de brute blonde !* », puis j'entendis de nouveau Angela.

- N'oublie pas de nous téléphoner dès que c'est terminé. Nous attendrons toute la nuit s'il le faut.

- Je vous le promets.

Après les avoir remerciés une dernière fois, je raccrochai, plus motivée que jamais pour apparaître belle et forte au bras de l'ange le plus respecté du monde vampirique. Grâce à ma super vitesse et à mes nouveaux réflexes, je pus régler le tout en vingt minutes et admirer le résultat dans mon miroir sitôt fini. Angela était de bon conseil.

Ainsi vêtue, j'étais élégante et belle sans être dans le tape-à-l'œil. J'espérais plaire à Phoenix, c'était tout ce qui comptait au final. De fait, après une vive et surtout très inutile inspiration, je descendis les escaliers pour rejoindre mon futur « prince consort » vampirique et son meilleur ami français.

Quand il m'avisa et qu'il m'offrit un sourire éblouissant de tendresse et d'admiration, je sentis toutes mes craintes s'envoler pour ne plus laisser la place qu'à une authentique et pure joie. Je me précipitai vers lui et il me réceptionna en me faisant tournoyer dans les airs avant de m'embrasser en m'étreignant à m'en briser les côtes.

Je savourais cet instant.

- Hum… Et moi, tu ne m'embrasses pas ?

Phoenix me lâcha en riant et me laissa aller faire des marques de rouge-à-lèvres sur les joues de François.

- Arghh ! Samantha !

- Je te trouve encore plus beau comme ça ! m'écriai-je tandis que notre mousquetaire gagnait déjà la salle de bain pour se débarbouiller.

- Tu es dure avec lui, dit Phoenix avec un sourire qui démentait ses paroles.

- Ça lui fait du bien d'être malmené par une autre femme qu'Angela.

- Je crois que tous les hommes rêveraient d'être malmenés de la sorte.

- Flatteur !

Il se rapprocha et caressa le collier de diamants que je portais.

- Je suis juste réaliste. Tu es magnifique.

Il m'embrassa dans le cou, ce qui me fit frissonner jusque dans des endroits trop intimes pour être mentionnés.

- Si nous n'étions pas si pressés… commença-t-il, d'une voix rauque, faisant virer mes pupilles à l'écarlate.

Les petits baisers qu'il faisait courir sur ma nuque me mettaient dans tous mes états.

- Loin de moi l'idée de vous déranger encore une fois, mais il est temps d'y aller.

François se tenait dans l'encadrement de la porte, légèrement ramassé sur lui-même, comme s'il craignait une attaque de l'un de nous deux pour sa deuxième interruption.

- Tu es prête ? demanda Phoenix.

Je hochai la tête.

- On y va.

Quelques minutes plus tard, à bord de la Camaro, nous quittions la paisible Scarborough pour rejoindre le tumulte d'une villa où la curiosité ambiante à son comble ne tarderait plus à être contentée…

- Ah… ok.

François et Phoenix n'en menaient pas beaucoup plus large que moi en arrivant sur les lieux. Effectivement, la vue de tant de voitures, plus nombreuses encore que pour le bal masqué, avait de quoi étourdir.

- Rassurez-moi, il y a toujours autant de monde pour assister à une proclamation du lien ?

- Euh… commença François.

Phoenix fut le premier à se reprendre.

- C'est juste que la dernière fois que c'est arrivé ici, c'était pour Talanus et Ysis et avant eux, personne n'avait jamais demandé de cérémonie du lien ni dans ce secteur, ni dans celui de Springfield. Autant dire que tous les vampires de la région vont vouloir être aux premières loges.

Je soupirai.

- Promets-moi que notre cérémonie de mariage humain sera intime.

Phoenix me caressa la joue en arborant son éternel sourire narquois.

- Juste deux ou trois… cents invités.

- Hahaha… Lol ! ripostai-je en lui écartant sa main.

- Tu crois qu'ils se doutent de quelque chose ? demanda François.

- Nous verrons bien une fois sur place. Allons-y.

Nous franchîmes la distance qui nous séparait de l'entrée de la villa. À peine avions-nous fait deux pas à l'intérieur qu'une bonne centaine d'yeux acérés se braquèrent dans notre direction. Il me fallut mobiliser tout mon self-control pour masquer l'horrible angoisse qui m'étreignit alors que nous avancions tête haute dans cette marée humaine. Tout le monde s'écartait sur notre passage et nous saluait respectueusement et j'avais beau faire bonne figure en hochant la tête par-ci par-là, je ne pouvais empêcher mes oreilles de capter certains commentaires qui mirent à mal ma concentration.

- *Je trouve ce français vraiment sexy. On dit qu'il s'est marié avec une humaine ? Quel gâchis ! Dire qu'il n'a jamais voulu coucher avec moi !*

Je me mordis l'intérieur de la joue en entendant la remarque du grand vampire chauve que je venais de dépasser.

- *Phoenix fait une drôle de tête, on dirait qu'il va avaler tout cru le premier qui va lui parler. C'est plus fort que moi, ce type me flanque la trouille.*

Là, je retins un sourire.

- *C'est drôle, avant, quand je regardais Phoenix et son assistante, je voyais deux auras distinctes. Là, j'en distingue une unique qui les enveloppe tous les deux avec la même intensité. Soit mon pouvoir débloque, soit ma main au feu qu'ils sont ensemble et que c'est leur Amour Absolu que nous allons reconnaître ce soir.*

Au frisson d'horreur qui me traversa en entendant cela, succéda aussitôt une émotion plus intense et surtout plus dangereuse :

- *Tu as vu comme ils flanquent la nouvelle ? On dirait qu'ils veulent la protéger de nous. C'est peut-être la plus faible des trois.*

C'était le genre de choses que nous voulions à tout prix éviter. Si déjà certains de nos congénères doutaient de ma force et du danger que je représentais, nombre d'ennemis n'hésiteraient plus à se déclarer après l'annonce publique de ce qu'ils considéraient comme le début de la décadence pour un vampire. Il fallait que j'étouffe cela dans l'œuf.

En une fraction de seconde, j'avais rejoint l'homme à l'origine de cette remarque, lui avais planté le couteau que j'avais caché dans mon chignon juste à côté du cœur, et le tenais à bout de bras à une dizaine de centimètres du sol.

Nos témoins directs s'étaient reculés, mais je sentais la présence de Phoenix et de François dans mon dos. Je supposais qu'ils avaient également entendu le commentaire et qu'ils me laissaient manœuvrer à ma guise.

Pas de problème.

Après ce que j'avais fait au tueur à gages envoyé par Engara, ce n'était pas cette petite comédie qui me poserait des problèmes de conscience.

- Que disais-tu, à l'instant ? feulai-je en direction de l'homme au visage de cendres qui me contemplait, terrorisé.

- R... rien.

Je lui laissai voir mes crocs.

- Dernièrement, j'ai tué un vampire exactement dans la même situation que nous vivons maintenant. Il avait eu le tort de me croire faible et a paru surpris en constatant la lame fichée près de son cœur.

Un grand silence régnait autour de moi, tout le monde écoutait et analysait la moindre de mes paroles et le moindre de mes gestes. Je comptais satisfaire mon public.

Lui écrasant un peu plus la trachée de ma poigne, je passai le bout de mes doigts sur le manche du couteau qui dépassait de sa poitrine en savourant son affolement de plus en plus manifeste.

- Le type a bougé quand je le torturais et s'est transformé en poussière, l'imbécile. Tu n'es pas un idiot, toi, n'est-ce pas ? (Il secoua la tête à la négative, complètement paniqué) Tu ne vas pas essayer de te débattre au risque de finir comme l'autre et m'imposer un rapport désagréable alors que je suis venue assister à ma première cérémonie du lien ?

Il secoua encore une fois la tête, et parvint malgré la pression sur sa gorge à murmurer :

- Pi...tié.

- Tout dépendra des prochains mots que tu prononceras.

Avec un effort surhumain, il poursuivit :

- Je te... demande... pardon.

En un éclair, je récupérai ma lame essuyée sur la chemise de ma victime, que j'envoyai s'écraser contre le mur derrière elle, et repartis en direction de la grande salle à grands pas.

Dans mon esprit, j'avais fait ce qu'il fallait pour assurer nos arrières. Toutefois, je n'avais aucune idée de ce qu'en pensait Phoenix étant donné que pour éviter une autre remarque de ce genre, il nous avait devancés, François et moi, pour ouvrir la marche. Sa raideur ne me disait rien de bon, mais en aucun cas je ne m'excuserais d'avoir voulu nous protéger.

Enfin, nous arrivâmes devant Talanus et Ysis.

- Alors, ça fait beaucoup de monde, hein, Mademoiselle Jones ? commença Talanus en souriant.

- Il y a foule, en effet.

- Et encore, il s'en est fallu de peu avant que nous ne comptions un vampire de moins parmi les spectateurs, railla François, d'excellente humeur.

Je lui administrai un méchant coup de coude.

- Pardon ? s'étonnèrent ensemble nos chefs de secteur.

- Sam a poignardé Kagan Carpenter parce qu'elle l'a entendu émettre l'hypothèse qu'elle était faible.

Le timbre de la voix de Phoenix était si neutre que je n'arrivais pas à savoir s'il était furieux ou non contre moi.

Ysis prit la parole.

- Vous avez bien fait. Il est primordial que l'un comme l'autre soyez pris au sérieux par notre communauté de par vos fonctions respectives.

Comme de nombreuses oreilles nous écoutaient, la princesse égyptienne faisait attention à ce qu'elle disait pour ne pas gâcher la surprise. D'un autre côté, même si nous n'annoncions pas notre lien en public, nos fonctions d'ange et d'assistante de celui-ci requéraient que nous ne laissions personne insinuer une éventuelle faiblesse de notre part si nous voulions conserver nos postes et nos têtes encore un peu.

- De toute façon, Carpenter est un sale rat qui passe son temps à comploter. Cette leçon lui fera du bien, dit Talanus.

Je me sentis nettement soulagée, mais le silence de Phoenix à mon côté m'angoissait. M'en voulait-il ?

Je n'eus pas le temps de lui poser la question car Talanus et Ysis l'emmenèrent voir un vampire qui voulait lui parler.

- Ça commence bien…

- Ne t'inquiète pas, Sam. Étant donné les circonstances, c'était la seule option. Il le sait.

- Hm…

- Samantha Jones ! Que vous êtes ravissante !

Cette exclamation langoureuse à l'accent perse dans mon dos me fit plaisir en même temps qu'elle m'exaspéra. Hedayat Javan ne changerait donc jamais. Je me retournai.

J'entendis nettement un claquement de langue énervé provenant de mon ami français. Lui semblait ne tenir que sur une ligne, celle de l'exaspération.

- Bien le bonsoir, Samantha, me salua Hedayat. Alors comme ça, c'est votre première cérémonie du lien ? Comme vous devez être impatiente que cela démarre !

L'éclat d'humour dans ses prunelles et son sourire diabolique ne laissaient plus de place au doute. Il avait deviné.

Un grondement à très bas niveau sonore s'échappa de François en guise d'avertissement. Je me tournai vers lui et fus surprise de constater qu'il était prêt à sauter à la gorge de mon prince persan.

- Du calme, François, lui dis-je. Quant à vous, Hedayat, je suis ravie de vous revoir, j'imagine que vous vous êtes réservé une place de choix *de l'autre côté* de la salle…

J'avais insisté sur l'emplacement géographique pour ne plus avoir sa perspicacité dans les pattes autant que pour éviter que ses compliments à mon égard n'énerve une personne qui revenait déjà vers nous avec un éclat meurtrier dans le regard.

Hedayat sentit le danger et s'empressa de me saluer de nouveau.

- Mais bien sûr, c'est la place parfaite et d'ailleurs, j'y vais de ce pas.

Comme Phoenix arrivait près de moi, il ne put que le voir m'envoyer un baiser de loin, puis se diriger vers Steve dont l'expression laissait supposer qu'il se demandait si son chef n'avait pas perdu la tête ou n'allait pas la perdre dans les secondes à suivre.

Je ne pus me retenir de rigoler…

… Avant de retenir Phoenix par sa veste pour l'empêcher d'aller étriper le chef de sécurité diurne de la villa.

- Laisse-moi, Sam. Cette fois, c'en est trop, il mérite que je lui arrache les crocs.

Heureusement, il avait eu l'idée de gronder suffisamment bas pour que personne d'autre que moi ou François ne l'entende.

Je me plaçai devant lui et le regardai droit dans les yeux.

- Phoenix. Tu sais bien ce qu'il en est.

Il me fixa aussi, comme pour me transpercer de ses prunelles azurées. Puis :

- Je le sais.

Il se détendit, à mon plus grand soulagement, et je me repris juste à temps avant de l'embrasser devant tout le monde. D'ailleurs, lui-même avait failli oublier que nous devions garder nos distances au moins le temps que Talanus nous demande de le rejoindre au centre de la salle.

- Tu m'en veux pour tout à l'heure ? demandai-je quand même.

Il ne m'avait jamais vraiment vu devenir violente. Il savait que ma transformation m'avait désinhibée, mais j'avais peur qu'en sachant à quel point mon côté sombre pouvait être impitoyable, il ne soit dégoûté de moi.

- C'était dangereux, mais tu t'en es tirée à merveille.

Ce n'était pas vraiment ce que j'avais envie d'entendre, mais je m'en contenterais.

- Ça ne te démotive pas ?

Il soupira.

- Sam... Tu sais ce qu'il en est.

Je souris, de nouveau regonflée à bloc pour ce qui n'allait plus tarder à suivre.

Et d'ailleurs...

*

Talanus s'avança pour faire face à tous les convives, lesquels, en voyant la manœuvre, cessèrent leurs conversations dans un ensemble parfait. Un lourd silence était tombé sur la villa, dans quelques instants, notre chef de secteur prononcerait les mots qui m'uniraient officiellement à l'un des vampires les plus craints et respectés du monde.

- Mes frères ! (La voix du général romain tonna dans l'air) Je vous remercie d'être venus si nombreux assister à notre rassemblement, d'autant que ce soir ne sera pas comme les autres soirs ! Ce soir, un événement unique va se dérouler, événement dont vous serez tous les témoins. (Des murmures s'élevèrent parmi la foule) Silence !

Un calme impressionnant régna de nouveau dans la salle.

- Parmi les vampires, il est répandu de croire que les liens qui unissent un homme et une femme, s'ils sont éternels, ne sont que des chaînes dégradantes qui abolissent notre libre-arbitre et ruinent notre indépendance. Ysis et moi croyons qu'au contraire, l'Amour Absolu augmente notre puissance, car outre la multiplication de nos forces par deux, il permet aussi de voir le monde sous un jour nouveau, avec un partenaire pour partager les richesses et les enseignements que celui-ci peut nous apporter. Nous en avons de nouveau la preuve aujourd'hui avec la volonté de deux de nos sujets d'afficher au grand jour ce lien qui les unit.

Cette fois, ce fut une explosion de voix qui résonna autour de nous, toutes omnubilées par la même interrogation : Qui ?

Phoenix me saisit la main et la porta à ses lèvres pour y déposer un doux baiser.

- Es-tu prête ?

Le frisson qui me parcourut le corps à son contact et l'éclair rouge qui traversa mes iris lui donnèrent la réponse. Il me sourit, d'un sourire si débordant d'amour que l'onde de choc faillit me renverser en arrière. Mon Dieu… J'étais prête à tout pour cet homme…

Je hochai la tête.

Personne ne semblait vraiment avoir vu son geste, par conséquent le hoquet de stupeur générale qui secoua l'assemblée, quand nous nous avançâmes main dans la main dans l'espace entre elle et son maître, aurait pu me faire rire si ma conscience n'était pas totalement absorbée par la perfection de mon ange de la nuit.

Nous ne nous souciions pas du nouveau brouhaha qui avait explosé derrière nous, nous étions perdus chacun dans le regard de l'autre en attendant que Talanus se décide enfin à demander le silence. Je me rendais vaguement compte qu'Ysis nous observait avec un sourire d'intense satisfaction sur le visage et un éclat de pure tendresse dans ses prunelles.

- SILENCE !

Depuis ma bulle de bonheur absolu, j'étais tout de même admirative du charisme de ce général romain, capable de rendre muette en une seconde, une assistance composée de créatures dont la soif de sang égalait celle des ragots.

Celui-ci riva ensuite son regard gris sur nous. Les choses sérieuses commençaient.

- Ange Phoenix ! Tu nous as demandé, à Ysis et moi, en tant que tes chefs de secteur, de proclamer devant tous ton amour pour la femme qui est à tes côtés. Est-ce vrai ?

Phoenix courba respectueusement la tête.

- Oui, maître.

- Reconnais-tu, devant l'assemblée ici présente, ressentir l'Amour Absolu pour celle que tu as transformée en vampire après l'avoir choisie comme assistante humaine ?

- Oui, maître.

- Considères-tu, de fait, que tu lui appartiens ?

Un nouveau murmure incrédule s'éleva derrière nous. Personne n'aurait cru que leur ange aurait pu tomber dans les filets de ce sentiment terrifiant.

- Oui, maître, dit-il plus fort, pour faire taire la foule. … À jamais.

La bouffée d'amour qui m'envahit en entendant ces derniers mots, ceux-là même que nous avions échangés dans l'intimité, me transporta aux plus hauts sommets de la joie. Je sentis un immense sourire fendre mon visage comme je regardais celui qui me serrait la main à me la broyer avec l'envie de m'emparer de ses lèvres pour l'éternité.

- Samantha Jones !

Je manquai sursauter en entendant mon nom et m'empressai de tourner la tête vers Talanus, en l'inclinant pour marquer mon respect.

- Ou devrais-je dire, Samantha Watkins.

Cette fois, mon attention se focalisa uniquement sur mon chef de secteur, que je fixais avec stupeur tandis qu'après avoir prononcé devant tous les vampires de la région ma véritable identité, il me considérait avec une sévérité démentie par l'éclat de profond respect que je pouvais lire dans ses yeux.

Incroyablement émue par son geste, à savoir celui de me permettre d'être acceptée dans la totalité de ce que j'étais, je le remerciai en remuant simplement les lèvres, de sorte que personne d'autre que lui ne comprenne mes sentiments. Cela fonctionna, il inclina imperceptiblement la tête vers moi avant de reprendre la parole.

- Reconnais-tu être sous l'influence de l'Amour Absolu dans la relation qui te lie à ton créateur, l'ange de notre comté ?

- Oui, maître.

- Étant nouvelle parmi les nôtres, tu dois savoir que la proclamation que ton amant demande devant tous est à sens unique. Tu seras sa compagne jusqu'à la fin des temps, sans retour en arrière possible. En as-tu conscience ?

- Oui, maître. Et c'est ce que je veux par-dessus tout.

Ma dernière réplique n'était pas très officielle, mais je m'en fichais, tout comme je me fichais des nouveaux murmures dans mon dos, dont certains étaient des expirations admiratives de femmes vampires qui rêvaient, pas si secrètement que ça, de rencontrer aussi l'Amour Absolu. Tout ce qui comptait, c'était la façon dont Phoenix ne pouvait s'empêcher de me caresser du regard, comme s'il n'y avait que nous dans cette pièce.

La voix de Talanus se fit plus douce.

- Est-ce à dire que tu lui appartiens ?

- À jamais.

Notre chef de secteur se concentra alors sur la foule :

- Vous êtes ce soir témoins de leur lien ! Le reconnaissez-vous ?

Comme je n'entendais rien, je pris le risque de me retourner pour voir ce qui se passait et reçus un coup à l'estomac en voyant ces centaines de visages s'incliner pour marquer leur assentiment. C'était incroyable.

- Par ma position de chef des secteurs de Kerington et Springfield, (je regardai à nouveau Talanus) je proclame, ce jour, ...

- ATTENDEZ !!

Ce hurlement, vociféré depuis la masse des invités, me glaça les sangs. Un horrible pressentiment s'insinua en moi comme le souvenir de cette voix ravivait dans mon esprit les traits de celle à qui elle appartenait.

Malgré le fait que tout le monde s'écartait sur son passage, la femme n'était toujours pas visible, toutefois, un coup d'œil vers Phoenix, dont la mâchoire était contractée à en exploser, me confirma mes soupçons, tout comme son arrivée à quelques mètres de nous un instant plus tard.

Engara Rowe-Harrell, richement vêtue d'une robe longue haute couture, nous toisait avec un mépris bien inférieur à la folie profonde et cruelle qu'on pouvait nettement lire dans le feu dévorant de ses yeux.

- Que signifie cette interruption ?! tonna Talanus, dont le feu propre était nettement plus effrayant que celui de notre adversaire.

- ON VOUS A DUPÉS ! cria-t-elle encore, comme si elle n'était pas parfaitement audible depuis l'entrée de la villa.

Engara ne semblait pas impressionnée par la colère flamboyante de son chef de secteur et se contentait de nous montrer d'un doigt que j'eus une soudaine envie de réduire en charpie, tout comme le reste de son corps.

Je lui adressai un grondement bas mais féroce, auquel elle me répondit en me montrant les crocs. J'esquissais un premier pas vers elle quand Phoenix me barra le chemin en se plaçant devant moi.

- Donne-moi une seule raison de ne pas te mettre en pièces, Engara, pour avoir ainsi interrompu notre proclamation du lien !

Elle l'ignora en reniflant de dédain et s'avança vers Talanus, au mépris de tout protocole.

- Cette cérémonie ne doit pas avoir lieu !

- Ce n'est pas à une ex-amante abandonnée et désœuvrée d'en décider ! dit ce dernier, déclenchant quelques rires et gloussements dans le public.

Engara se redressa dignement et foudroya son interlocuteur du regard (chose pas très intelligente) avant de se retourner vers les convives pour les prendre à témoins.

- Cette décision ne m'appartient peut-être pas, effectivement, mais il te revient de faire appliquer la loi des Grands dans ton secteur en punissant toute incartade, quels que soient tes liens avec celui qui est en faute !

Un rugissement effrayant résonna près de moi, précédant une mise en position d'attaque annonciatrice de meurtre à venir.

Talanus semblait prêt à décortiquer Engara pièce par pièce et je m'en réjouissais à l'avance.

- Qu'es-tu en train d'insinuer ? As-tu oublié quel traitement j'ai fait subir à mon meilleur ami ou veux-tu y goûter pour te passer l'envie de remettre ma loyauté envers les Grands en question ?!

À ce moment, j'avalai ma salive, imitant mon ennemie qui avait tout d'un coup nettement perdu de sa superbe. Elle avait compris qu'accuser directement Talanus n'était pas la meilleure des tactiques alors elle changea d'angle d'attaque :

- Ce n'est pas ta loyauté que je remets en question, Talanus ! Mais celle de ton ange !

Le vacarme qui s'éleva soudain m'agressa les oreilles. Tout le monde parlait en même temps, s'étonnait ou hurlait au scandale dans un capharnaüm des plus complets.

Ce fut au tour de Phoenix de s'avancer pour régler son compte à son ancienne maîtresse, et donc à moi de le retenir, bien que cela m'en coûtât. S'il la tuait sans autre forme de procès, il ne ferait que confirmer les soupçons concernant sa trahison. Il fallait prouver son innocence.

- Tu as intérêt à t'expliquer ou je te ferai goûter mes salles de torture ! menaça Talanus. Silence, vous autres !

Lorsque le calme revint, toutes les têtes étaient tournées vers ma rivale, laquelle me fixait avec une sauvagerie n'ayant d'égale que la démence lisible dans ses prunelles.

- Je dois vous informer que j'ai découvert que Phoenix a pris des libertés intolérables avec les pouvoirs que vous lui avez accordés puisqu'en la matière, il s'est senti le droit de transformer son esclave humaine avant même de vous en avoir demandé l'accord officiel ; chose qu'il a faite, non parce que celle-ci agonisait en raison d'une grave maladie, mais parce que sa faiblesse pour elle l'a poussé à bafouer nos lois plutôt que d'accepter qu'elle meure comme tous ceux de sa race !

Rendue muette par le choc que me causait son discours, je ne pouvais même pas ouvrir la bouche pour me défendre. Comment

Engara avait-elle fait pour découvrir la vérité ? Personne n'avait assisté à ce qui s'était passé dans l'entrepôt. Était-ce le bluff d'une femme amère en baroud d'honneur pour entraîner le plus de monde possible dans son malheur ou avait-elle des preuves de ce qu'elle avançait ? Auquel cas, l'issue était claire : Phoenix devrait me tuer pour garantir la loi et en subir lui-même les conséquences. C'était intolérable.

- MENSONGES ! m'écriai-je, sentant mes canines sortir, prêtes à découper en rondelles le visage honni.

Elle me dévisagea, les narines frémissantes.

- Tu oses me traiter de menteuse ? Sache que ma famille a forgé son honneur sur son honnêteté ! Une Rowe-Harrell ne ment jamais !

Ma haine grimpa à cet instant à des niveaux que je n'aurais jamais cru possibles. Il était temps de réagir.

- Ah oui ?! Et tu vas peut-être oser me soutenir que ce n'est pas toi qui as payé deux tueurs à gages pour m'éliminer… ?

Un énorme « Ooooh ! » outré s'éleva autour de nous. Je vis Phoenix se raidir et m'observer avec suspicion. Je l'ignorai et crucifiai du regard celle qui, mal à l'aise subitement, s'était tournée pour voir les gens la montrer du doigt.

Visiblement, nombre d'entre eux n'avaient pas l'air de l'aimer beaucoup.

- Alors ? poursuivis-je avec hargne. Ose me dire que je me trompe en bafouant par là-même la belle réputation de ton nom ! Ose me dire que Victor Haggis n'agissait pas sur tes ordres ! (Nouveaux cris à l'évocation de cet ancien employé banni de la région) Le deuxième type qui a essayé de me tuer t'a clairement désignée quand je l'ai interrogé.

Les picotements sur ma nuque me signalaient que quelqu'un était furieux derrière moi, un quelqu'un auquel j'allais devoir rendre des comptes concernant mon silence sur cette information capitale.

- Et où est ce vampire qui m'accuse ?! cracha-t-elle, sa fierté de nouveau retrouvée. Je ne le vois pas ! Tu n'as aucune preuve ! Il me semble bien que ce sont là les accusations désespérées d'une condamnée à mort !

Le grondement que je lui adressai était chargé d'une telle violence que je m'en étonnais moi-même.

- Parce que toi, tu as peut-être des preuves de ce que tu avances ? Excuse-moi ! Il ne me semble pas t'avoir vue sur mon lit de mort, ni dans les parages quand Phoenix m'a transformée ! (Je lui adressai un sourire moqueur) Il me semble bien que ce sont là les accusations d'une ex hystérique qui n'arrive pas à comprendre qu'elle a été plaquée !

De nouveaux ricanements retentirent derrière Engara, que j'aurais juré avoir vu blêmir sous l'affront.

- Ça suffit ! s'écria Talanus pour réduire tout le monde au silence. Cette mascarade a assez duré ! Que ce soit l'une ou l'autre des parties, vous n'avez aucun moyen de prouver ce dont vous nous assurez !

Un nouveau picotement dans mon cou me fit me retourner, mais cette fois, vers Ysis. Elle me fixait étrangement, comme si elle voulait me faire passer un message. Son hochement de tête quasi imperceptible me permit de le comprendre.

- Ces accusations sont très graves et…

- Je réclame le droit de laver mon honneur par un combat à mort ! coupai-je Talanus d'une voix suffisamment forte pour que tout le monde m'entende dans la villa.

Gagné. Un vacarme assourdissant explosa entre les murs. Ce que je venais de faire était hautement risqué, mais aussi hautement légal, je le savais. Je n'avais pas passé tant de temps à assister l'ange vampire des environs sans étudier les rouages de la législation de son espèce. Dans une impasse comme celle dans laquelle nous nous trouvions, les bonnes vieilles méthodes de brutes non civilisées pouvaient s'appliquer, à savoir un combat à mort où tous les coups étaient permis.

Je jetai un coup d'œil vers Ysis ; elle ne me regardait pas, mais un nouveau hochement de tête acheva de me rassurer quant au bien-fondé de mon initiative.

- Tu es folle ?! Qu'est-ce qui te prend ?! feula Phoenix en me saisissant le bras.

L'air complètement furieux, ses yeux n'exprimaient pourtant qu'une horrible angoisse quant à la suite des événements que je venais de provoquer.

- C'est le seul moyen, dis-je en reprenant mon bras. Même si elle n'a pas de preuves de ce qu'elle avance, Engara a tenté de nous discréditer. Combien d'autres vont essayer d'en faire autant si nous ne leur montrons pas qu'en échange, il y a un prix à payer ! Ce qui s'est passé tout à l'heure avec Carpenter prouve que j'ai raison !

- C'est à moi de régler cette affaire dans ce cas ! gronda-t-il.

- Non ! Elle est à moi ! lui répondis-je en lui montrant mes crocs.

Il me saisit par les épaules.

- Sam ! Elle a plus de deux cents ans !

Je m'écartai vivement de lui.

- Alors comme à toi et à tous ceux ici présents, je lui prouverai qu'il ne faut pas me sous-estimer !

Ses yeux s'enflammèrent sous le coup de la fureur et de l'inquiétude.

- C'est une lutte à mort, Sam ! Si tu perds, non seulement tu n'auras pas retrouvé ton honneur, mais tu auras aussi perdu la vie ! C'est ce que tu veux ?!

- Tu m'as dit il n'y a pas si longtemps que tu avais toujours eu confiance en mes capacités, et voilà que tu doutes de moi ?

- Tu sais bien que ça n'a rien à voir avec ça !

- Écoute, Phoenix ! Tu as depuis longtemps prouvé ta valeur et ta force devant nos congénères, mais il n'en est pas de même pour moi ! Si tu veux que je reste en vie le plus longtemps possible sans qu'on cherche à me peindre une cible dans le dos pour t'atteindre, laisse-moi gagner ce combat !

Ysis intervint.

- Elle a raison, Phoenix. Il le faut. De toute façon, maintenant qu'elle l'a demandé haut et fort devant toute l'assemblée réunie, elle ne peut plus reculer.

Je me tournai vers Engara, qui était en grande conversation avec Talanus. Visiblement, elle ne s'était pas attendue à ce retournement de situation puisque ce dernier était en train de lui assurer que j'étais tout à fait dans mon droit en réclamant un règlement de compte en bonne et due forme.

- Elle ne refusera pas non plus. C'est le seul moyen pour elle de ressortir d'ici sans ternir son nom, déclarai-je.

- Elle ne ressortira jamais d'ici vivante ! feula mon compagnon.

Je me retournai vers lui, nos regards s'accrochèrent. En une seconde, je comblai la distance qui nous séparait pour lui donner un baiser incendiaire et dévastateur dans le but autant de le rassurer, que de montrer à tous et surtout à une personne en particulier, que lui et moi étions les deux mêmes moitiés d'un tout, plus puissant que ce qu'ils pouvaient imaginer. Et dans quelques instants, je leur en donnerais un aperçu mortel.

Phoenix me serra davantage contre lui, dans une étreinte qui m'aurait ravie si elle ne me rappelait pas tout le souci qu'il se faisait pour moi.

Je m'écartai de lui à regret, pour me concentrer sur mon ennemie.

Comme tout le monde, elle avait assisté à notre démonstration d'affection et ce fut en la toisant impitoyablement que je m'avançai vers elle et Talanus.

- Alors, que décides-tu ? Soit tu m'affrontes, soit tu pars d'ici en prouvant à tout le monde ta lâcheté.

Elle offrit à ma vue ses crocs aiguisés et cruels.

- Et rater une occasion de te massacrer devant Phoenix ?! Tu rêves !

Je sentis tous les poils de mon corps se hérisser de jubilation. Mon côté sombre s'emparait déjà de toutes les fibres de mon être pour m'assurer la victoire dans la confrontation à venir.

Oh, ce n'était pas de l'arrogance, croyez bien. Je ne sous-estimais pas du tout mon adversaire et même redoutais de sa part des coups sournois, pour autant, mon instinct me disait que malgré ses deux cents ans d'existence, elle ne serait pas de taille contre moi.

- Très bien, c'est réglé. Comment procédons-nous ? demandai-je à Talanus.

- Que tout le monde s'écarte pour laisser la place aux combattantes ! cria celui-ci.

Aussitôt, un très large cercle se forma autour de nous. J'entendais parfaitement les paroles que certains murmuraient entre eux, dont l'idée récurrente était qu'ils étaient incapables de prédire l'issue de ce duel. Les uns imaginaient que l'entraînement que m'avait fait subir Phoenix ferait pencher la balance en ma faveur, tandis que les autres leur opposaient les deux siècles de vie de ma rivale, assurant à celle-ci une adresse et une expérience supérieures à la mienne.

Notre chef de secteur poursuivit en matraquant de son regard impérial l'assemblée.

- Un combat à mort a été demandé suite aux accusations sans preuve portant atteinte à la dignité de chacune des parties présentes. Pour trancher, il sera établi que la vampire restante se verra lavée de tous soupçons et son honneur sera sauf. (Il se retourna vers nous) Dans le silence imposé par votre lutte, sachez qu'aucune aide ne sera autorisée, ni aucune pitié ne sera accordée. Si l'une d'entre vous tombe, ce sera définitif. Êtes-vous toujours sûres de vous ?

Je hochai simplement la tête.

- Plus que jamais, cracha Engara.

- Qu'il en soit ainsi !

Il recula vers Ysis, François et Phoenix, nous laissant seules au milieu de l'arène improvisée à nous jauger mutuellement, la haine que nous éprouvions l'une pour l'autre presque palpable dans l'atmosphère.

- Que le combat commence !

C'est ainsi que, face à la femme qui voulait ma mort tout comme je voulais la sienne, et dans un silence annonçant l'issue tragique à venir, je laissai libre cours à la créature puissante et sanguinaire que j'étais devenue, épousant mes pouvoirs comme la part sombre qui sommeillait en moi depuis le début et que, pour la première fois, j'autorisai avec plaisir à prendre complètement les rênes de mes actes.

*

Utilisant les techniques de combat rapproché que Phoenix m'avait apprises, je commençai par observer mon adversaire. Comme nous nous tournions autour, je cherchais une faille dans sa garde que je pourrais exploiter.

- Alors, *bébé* ! Tu veux jouer dans la cour des grands ? Je vais t'apprendre ce que c'est que de rester à sa place !

A priori, Engara voulait me provoquer pour me pousser à la faute. Je pouvais tout aussi bien retourner cela contre elle.

- Désolée, mais ta cour à toi ne m'intéresse pas. Je ne vois pas l'intérêt de rester cloîtrée chez moi pendant des siècles avec pour seule compagnie, mon miroir et mon ego !

Certaines personnes pouffèrent.

Elle siffla de rage, mais reprit vite une contenance avec un sourire affreux.

- J'aime beaucoup mon miroir, c'est un cadeau de Phoenix.

Je fronçai les sourcils tandis qu'un goût de sang emplissait ma bouche ; je m'étais à nouveau écorché la langue avec mes crocs.

Son rire mauvais me fit crisper les poings.

- Hahaha ! Alors comme ça, ton petit-ami ne t'en a pas parlé ? Ce miroir n'est pas la seule chose que nous ayons partagé tous les deux d'ailleurs, il me l'a offert après l'une des nombreuses fois où il a partagé mon lit !

Là, un grondement mauvais m'échappa. J'allais réduire cette femme en confettis !

Satisfaite de l'effet que son discours avait sur moi, elle continua :

- Il était insatiable ! Chaque fois que nous faisions l'amour, nous brisions des meubles ! Je ne sais combien d'objets j'ai dû racheter à cause de sa fougue ! Mais tu dois savoir ça, n'est-ce pas ?

Je serrais si fort les dents qu'elles grincèrent perceptiblement. Je savais que Phoenix et Engara avaient eu une liaison, uniquement charnelle d'après ce que le premier m'en avait raconté, toutefois, je ne me doutais pas que celle-ci avait été aussi torride. Mon ennemie avait réussi à trouver une faille dans laquelle elle venait de verser un acide des plus corrosifs.

Depuis que nous nous étions avoué nos sentiments, mon compagnon et moi ne pouvions nous passer des bras de l'autre et avions consommé notre amour à de multiples reprises. Même si j'étais comblée, cette part obscure de moi, chargée de violence, n'arrivait pas à se satisfaire totalement de nos étreintes, incroyablement romantiques certes, mais pas aussi passionnelles qu'elles pourraient l'être, comme si Phoenix se retenait. J'avais déjà réfléchi à la question et en avais conclu qu'il ne voulait pas brusquer ma jeune expérience en la matière, mais plutôt me laisser le temps de développer des désirs qu'il s'emploierait à combler par la suite. Ce qu'il ne savait pas, c'était que mes désirs de lui s'étaient déjà développés à leur maximum et que je rêvais d'une étreinte dans laquelle nous mettrions chacun nos appréhensions de côté pour vivre cette expérience le plus pleinement, et le plus sauvagement possible.

Ma haine grimpant à un paroxysme jusqu'ici inégalé, je ressentis quelque chose d'étrange, comme si l'air ondoyait autour de moi, attendant d'obéir à mes ordres.

- J'ai touché un point sensible, on dirait ! ricana Engara. Tu m'as peut-être remplacée dans le lit de notre ange, mais il semble qu'il n'y ait pas vraiment gagné au change !

Oubliant cette impression étrange pour me reconcentrer sur elle, je retroussai les lèvres, sans cesser de lui tourner autour. Je ne réagis pas non plus quand un grondement menaçant retentit dans mon dos : mon amant se chargeait de faire savoir à son ancienne maîtresse que ses tentatives pour me déstabiliser le rendaient furieux.

Elle allait payer…

Patience…

- Tu vois, notre ami commun confirme ce que je viens de te dire. Dommage qu'il doive garder le silence sinon, il aurait pu te parler de la très belle rivière de diamants qu'il m'a offerte un soir…

Je pensai subitement au collier de pierres précieuses qu'il m'avait acheté pour le bal masqué et que je portais ce soir. Engara l'avait vu et faisait donc exprès de me provoquer là-dessus.

Patience…

Elle ricana une nouvelle fois, en secouant ses magnifiques boucles blondes.

- Tu aurais dû voir la manière dont il m'a ordonné de me déshabiller après que je l'eusse enfilé ! Pour lui, je n'avais pas besoin d'autres vêtements que ce bijou ; je te laisse imaginer ce que nous avons fait par la suite.

Patience…

J'avais l'impression qu'une véritable bête fauve rugissait sa frustration dans mon esprit, désespérant d'attendre encore pour pouvoir bondir et déchiqueter sa proie.

- Tu riras moins quand je t'aurais arraché la langue… dis-je tout de même.

Ma voix éraillée par la tension qui m'habitait m'impressionna de par la promesse qu'elle contenait. Engara ne s'y trompa pas car elle perdit de sa superbe l'espace d'un instant, avant de se recomposer un visage de *Barbie* dégénérée me gratifiant d'un sourire horriblement dédaigneux.

Patience... psalmodiai-je encore, pour calmer la bête qui hurlait désormais dans mon crâne.

- Oh, désolée de t'avoir vexée, ma petite. Je pensais que tu aurais suffisamment confiance en ta hum... beauté, pour supporter mes petites anecdotes de vie commune avec Phoenix. Il me semblait pourtant qu'il aimait les femmes sûres d'elles, n'est-ce pas mon chou ?

Elle commit l'erreur de tourner la tête vers lui.

MAINTENANT ! entendis-je vociférer dans mon esprit.

Immédiatement, mon corps réagit à cet ordre et avec une détente fulgurante, je bondis sur mon ennemie en poussant un rugissement terrible.

L'impact nous fit rouler toutes deux à terre et ce ne fut qu'avec un énorme coup de chance qu'elle parvint à se dégager de moi alors que j'étais sur le point de la décapiter.

Elle se releva immédiatement, les yeux embrasés par la fureur, mais également, chose qui me satisfaisait grandement, par la peur. Il s'en était fallu de peu qu'elle finisse en poussière.

Je n'attendis pas qu'elle prenne le temps de contre-attaquer et fonçai à nouveau sur elle, tous crocs dehors. Seuls ses réflexes la sauvèrent de l'éventration et elle en fut quitte pour se battre avec le soutien-gorge à l'air. Après lui avoir administré un coup de pied dans les côtes suivi d'un uppercut magistralement effectué, je lui sautai de nouveau dessus à une vitesse impossible à suivre pour un œil humain et par les cheveux, dont une poignée me resta dans les mains, je m'appliquais à lui fracasser la tête sur le carrelage de nos hôtes. J'encaissai douloureusement une série de coups de poings dans le ventre, puis mordis Engara à la nuque, faisant couler son sang dans ma bouche. Révulsée à l'idée d'absorber ne serait-ce qu'une goutte de son liquide vital, je n'avalais pas, me contentant de déchirer sa chair en l'empêchant tant bien que mal de se débattre.

Soudain, une douleur terrible irradia dans tout mon crâne tandis que je m'écroulais sur le côté, la vision devenue floue après le coup que je venais de recevoir sur ma tempe gauche. Engara avait profité du fait qu'elle était parvenue à libérer l'un de ses bras pour m'envoyer au tapis. Sans attendre d'être complètement rétablie, je me remis aussitôt debout pour affronter mon adversaire, sa robe blanche *Dolce et Gabbana* totalement recouverte de son sang, sa belle cascade de cheveux blonds vénitien rougie par le traitement que je lui avais infligé.

- Je vais te faire regretter d'être née, salope ! cria-t-elle en chancelant légèrement.

Apparemment, ce n'était plus l'heure des « bébés » et des « petites filles », Engara était passée à l'étape où on s'insulte. Tant mieux !

- Et toi, je vais t'envoyer raconter tes histoires salaces en Enfer, espèce de sale traînée ! dis-je en secouant la tête pour chasser les points lumineux dansant devant mes yeux.

- Tu m'y précéderas, garce !

- Et si tu arrêtais un peu de parler que je puisse te tuer, pétasse ?!

Cette fois, j'en avais vraiment assez, cette femme devait disparaître de ma vie, à jamais.

Je ré-adoptai une position d'attaque en me ramassant sur moi-même, puis, à la vitesse de l'éclair, je percutai avec mes poings mon ennemie qui alla s'écraser quelques mètres plus loin, la chute amortie par les vampires sur lesquels elle avait atterri.

Il était temps que cela se termine.

D'un pas déterminé, je comblai la distance qui nous séparait, et après avoir poussé sans ménagement les gêneurs qui ne s'étaient pas encore écartés, j'attrapai par sa chevelure une Engara encore groggy par le choc. Ignorant ses protestations de douleur, je la traînai derrière moi pour la ramener au centre du cercle.

À la perspective de la mise à mort à venir, l'exaltation de la bête fauve en moi se traduisit par l'apparition de la lueur écarlate qui gagnait en intensité pendant que les secondes défilaient.

Engara fit bien une tentative pour se redresser, mais d'un seul coup de pied qui lui brisa la cage thoracique et lui arracha un horrible cri, je la maintins fermement au sol.

- Pitié… geignit-elle faiblement, et tout le monde l'entendit.

Ignorant les visages tendus autour de moi, je me concentrai sur elle tout en posant un genou à terre.

Son regard implorait ma clémence comme Kagan Carpenter tout à l'heure. Je lui offris un sourire empreint de compassion… trompeuse.

- Je laisse la pitié à Dieu.

La seconde suivante, je plaçai mes mains sur sa tête et arrachai celle-ci de son socle dans un craquement sonore et infâme d'os brisés.

J'avais gagné, mon ennemie était vaincue.

C'est alors que je fixai la masse des spectateurs, dont l'attention horrifiée était tournée vers la décomposition fulgurante de la dernière représentante de la lignée esclavagiste des Rowe-Harrell.

Toujours ramassée sur moi-même, les vêtements et le visage dégoulinants de sang, les crocs luisants d'une menace mortelle, je dévisageais l'assistance, le feu rougeoyant de mes yeux impitoyablement braqué dans sa direction :

- Y a-t-il quelqu'un d'autre pour me défier ? tonnai-je pour que tous m'entendent.

Dans le silence général suivant ma question, je compris que je venais de franchir une nouvelle étape dans ma nouvelle vie de vampire. En vainquant l'une de mes aînées, je venais non seulement de laver mon honneur et celui de mon patron après les accusations portées contre nous, mais surtout, je venais d'adresser un signal fort à l'ensemble de la communauté : ceux qui tenteraient de s'en prendre de près ou de loin à moi ou à l'ange qui partageait ma vie, s'exposaient à périr dans d'atroces souffrances.

Humaine, j'aurais été effarée par ce que j'avais fait…

C'était la première fois que j'étais heureuse de ne plus l'être.

*

- Hum… Sans contestation possible, Samantha Watkins est déclarée vainqueur de ce combat, entendu que les accusations vaseuses d'Engara Rowe-Harrell sont mortes avec elle.

Talanus, bien qu'un peu secoué, eut le mérite de briser l'insupportable silence qui régnait dans la salle depuis une minute et qui alourdissait l'air ambiant. Son intervention me permit aussi de faire revenir mes yeux à la normale, enfin… simplement à une coloration de rouge non lumineuse. C'était déjà bien étant donné l'état de nerfs dans lequel j'étais.

Encore tendue au maximum, j'eus quelques difficultés à reprendre une posture normale. Je guettais encore le moindre mouvement brusque venant de l'assemblée qui aurait pu être synonyme d'attaque. Évidemment, rien ne se produisit hormis la tentative de retraite de vampires spectateurs quelque peu affolés.

Je me tournai vers Phoenix pour chercher sur son visage parfait le soutien dont j'avais besoin. Malheureusement, je crus que mon cœur se liquéfiait dans ma poitrine en voyant l'expression qu'il arborait : c'était un mélange entre la colère et la déception de quelqu'un qui a assisté, atterré, au pire spectacle de toute sa vie.

Je voulus voir en son voisin le réconfort que j'espérais, mais François ne fit pas mine de s'avancer vers moi et se contentait, comme les autres (hormis Ysis qui s'attelait à se servir du champagne avec un sourire à la *Mona Lisa*), de me regarder comme si j'étais une créature étrange et horrifique.

Je ne comprenais pas. N'avais-je pas eu raison avec Carpenter ? En quoi ce que je venais de faire était si terrible ?

Incroyablement blessée, je ravalai un sanglot qui s'était frayé un chemin jusqu'à ma gorge, et entrepris de passer à travers la foule trop heureuse de s'écarter de ma route vers la sécurité et surtout la tranquillité de la chambre numéro dix-huit.

Dès que j'eus passé la porte, je me dépêchai d'aller à la salle de bain pour me laver de tout le sang qui imbibait ma peau et mes vêtements en évitant au maximum de penser à ce que je venais de vivre.

Ce fut difficile dans le sens où je n'arrêtais pas de revoir le visage accusateur de mon compagnon. C'était comme s'il me découvrait. Jusqu'ici, j'avais toujours refreiné en sa présence les élans de mon côté vampirique, réclamant plus de violence au quotidien, que ce soit dans le cadre de l'entraînement que Phoenix m'imposait, ou dans mes ébats avec lui. Quelque part, j'avais toujours eu peur que son amour pour la femme que j'avais été soit désormais gâté par la vampire que j'étais devenue. J'en avais confirmation après ce qu'il m'avait montré tout à l'heure…

Une longue nuisette en satin rouge sombre enfilée à la hâte, je m'assis sur le lit, dos à la porte, pour prendre la mesure de la détresse que cette angoisse provoquait en moi. Et si Phoenix ne voulait plus de moi après ce que j'avais fait à Engara ? Après qu'il m'ait vue enfin sous mon véritable jour… ?

Une horrible douleur, pire que la lame chauffée à blanc qui m'avait rongée après mon anniversaire, me transperça de part en part. Je laissai échapper un gémissement à peine audible tant la souffrance me comprimait la poitrine.

C'est là que la porte s'ouvrit.

- Samantha.

Il n'avait pas employé le diminutif qu'il utilisait en temps normal pour me nommer. Il était en colère.

Je fermai les yeux…

- C'est ma faute.

… Et les rouvris, étonnée par cette entrée en matière.

- Si j'avais su avant ce que tu avais en tête, je ne t'aurais pas laissé t'exposer ainsi.

C'était ça, j'avais raison, il était horrifié par mon comportement pendant mon combat avec son ex-maîtresse, et il allait me quitter.

Je baissai la tête, tentant de canaliser l'affreuse douleur qui m'avait à nouveau transpercée.

- L'information concernant la lueur rouge de tes yeux va se répandre comme une traînée de poudre et il ne faudra pas longtemps avant que les Grands ne viennent ici exiger une explication…

Je me raidis, réalisant soudain les implications de ma confrontation avec Engara. Je n'avais absolument pas pensé au risque que mes yeux me trahissent, provoquant une nouvelle intervention des Grands dans nos vies. J'avais agi stupidement et ma bêtise allait coûter la vie à l'homme que j'aimais. Comment avais-je pu faire une chose pareille ?

Cette fois, je me pliai en deux sous le coup de la souffrance.

- Samantha ? s'inquiéta Phoenix.

Sans me retourner, je tendis la main pour l'empêcher d'approcher. Je ne voulais pas qu'il me voie ainsi.

- Laisse… Je vais bien.

Pas un bruit ne m'indiqua qu'il passait outre ma demande. Quelque part, j'aurais aimé qu'il le fasse.

- J'ai conscience que je nous ai mis dans une situation intenable, dis-je pour rompre le silence qui s'éternisait. Si je n'avais pas voulu me venger d'Engara, rien de tout cela ne serait arrivé.

- Alors c'est pour ça que tu m'as caché que c'était elle qui était derrière les tentatives d'assassinat contre toi ?

Son ton sec et amer me fit frissonner.

- Oui.

- Tu aurais dû me le dire.

Le constat était simple et… impossible à contredire. J'avais tu cette information pour mon bénéfice seul car ma jalousie et mon instinct de protection envers Phoenix m'y avaient poussée.

- Je sais, je me sens coupable.

Après un nouveau silence, il soupira, puis :

- Tu n'as pas à te sentir coupable d'avoir tué Engara.

Un ricanement m'échappa malgré moi.

- Ce n'est pas le cas.

Il était temps de dire à Phoenix la vérité sur moi.

Je me levai et allai lui faire face en tentant de ne pas trembler devant son regard dur.

- Il y a certaines choses qu'il faut que tu saches.

Il fronça les sourcils, ses muscles se raidirent plus encore.

- Depuis que je me suis réveillée en vampire, je ne suis plus la même personne que celle que tu as connue avant. J'ai beau tenter de canaliser certains de mes instincts, je ne peux pas toujours refreiner la violence qui m'habite, surtout quand c'est toi qu'on essaye d'atteindre. Engara voulait peut-être me voir morte, mais elle voulait aussi te voir souffrir et humilié. Je ne pouvais pas le permettre parce que... tu m'appartiens. Ce que tu as vu tout à l'heure n'a rien à voir avec un soudain accès de colère, c'était plutôt l'expression d'un aspect de moi, plus sombre et plus brutal que j'ai tenté jusqu'ici de te cacher, mais qui ne peut pas m'être enlevé. Même si ce côté m'effraie parfois par la brusquerie de ses réactions, je l'accepte car il est une composante de mon nouveau moi, plus impitoyable, plus dangereux que je ne saurais le dire. J'ai changé, Phoenix. L'humaine émotive et soucieuse des autres que tu aimais n'a plus rien à voir avec la femme vampire que je suis devenue. (Des éclairs apparurent dans ses pupilles) Pourtant je t'aime, plus encore qu'avant ma transformation, au point que si tu me disais maintenant que tes sentiments pour moi sont morts ce soir, je te laisserais partir sans rien te reprocher.

Le feu de ses yeux mourut aussitôt. Phoenix me considérait avec un mélange de stupeur et de consternation.

- Tu crois que ton combat avec Engara m'a décidé à te quitter ?

Je ne répondis pas, me contentant de hocher la tête en fermant les yeux pour juguler une brusque montée de souffrance, laquelle achèverait de me dévorer de ses flammes lorsque l'amour de ma vie mettrait un terme à notre relation.

- Comment peux-tu croire ça ?

Je rouvris les yeux, un peu perturbée par sa question. Phoenix me dévisageait toujours avec colère.

- N'as-tu pas compris que le lien qui nous unissait l'un à l'autre dépassait notre nature ?

Il secoua la tête en me voyant le fixer comme une idiote.

- Ce n'était pas ton humanité qui m'attirait, Sam, mais toi ! Et tu as beau dire, tu n'es pas si différente en vampire de ce que tu étais en tant qu'humaine ; la même tête de mule, la même adepte de séries télévisées démodées, la même loyauté envers tes amis, la même capacité à aimer ! Ton sang n'a rien à voir avec celui de tes ancêtres, il ne te rend pas avide de pouvoir, et par bien des côtés, tu es bien plus sage que nombre de vampires centenaires que je connais. Les Grands seront bien obligés de l'admettre !

- Mais tout à l'heure, quand je t'ai regardé, tu…

- J'ai compris que la puissance que tu nous as montré détenir pousserait les Grands à nous rendre visite plus vite que prévu. Mais de toute façon, je me dis qu'à un moment ou un autre, ils l'auraient su. Au moins, là, nous y serons préparés.

- J'ai cru que je te dégoûtais.

- Sam, quand auras-tu vraiment confiance en moi ? Je dois reconnaître que de mon côté, je ne suis pas un modèle puisque j'étais terrifié à l'idée que tu perdes ce combat. Mais au fur et à mesure, j'ai compris que mes craintes n'étaient pas justifiées et je savais que tu gagnerais. Tu m'as impressionné. Tu m'impressionnais déjà en tant qu'humaine, mais depuis que tu es vampire, tu as pris confiance en toi et ton courage m'a d'autant plus attiré. Comprends-moi bien, lorsque tu as tué Engara, ce n'était pas du dégoût que j'ai ressenti, mais de l'admiration et… du désir.

Assommée par son discours, je chancelai également en sentant la douleur qui m'oppressait depuis mon retour dans la chambre disparaître comme si elle n'avait jamais existé. Phoenix m'aimait toujours, même plus encore ! En plus de cela, il admirait mes capacités et la façon dont je m'étais montrée impitoyable avec son ex-maîtresse.

Mes yeux devinrent subitement rouges.

- Me désires-tu maintenant ?

Ceux de Phoenix s'illuminèrent à une intensité inégalée.

- Comme jamais.

La flamme couvant derrière mes pupilles les embrasa tout entières, mes canines s'allongèrent.

- Alors, qu'est-ce que tu attends pour me le prouver ?

Ma voix rauque reflétait parfaitement le désir sauvage que j'avais de lui. De fait, allant à sa rencontre, nous nous jetâmes purement et simplement l'un sur l'autre, moi grondant férocement tandis que plaquée au sol par sa force titanesque, je me démenais comme une folle pour reprendre le dessus sans le vouloir vraiment.

Ce que je voulais…

… N'avait rien à voir avec les images romantiques qu'on peut se faire d'une étreinte avec l'homme qu'on aime. Je n'en avais rien à faire des bougies et de la douceur, non, j'avais faim de lui, faim de ses mains sur moi, faim de sa morsure… Je voulais le dominer tout comme je voulais qu'il me domine, je voulais le faire mien à la façon des vampires. Mon désir de lui était si violent que s'il décidait maintenant de stopper tout, j'aurais été prête à tout casser pour qu'il me revienne.

Un brusque mouvement de jambes et Phoenix se retrouva sur le dos, moi assise à califourchon sur lui, lui arrachant les boutons de sa chemise sans autre forme de procès. Avide d'explorer chaque centimètre carré de sa peau, j'embrassai son ventre en remontant jusqu'à sa poitrine, puis en m'arrêtant sur ses tétons que je titillais de ma langue chacun à leur tour. Une minute après cette opération, j'entendis un grognement avant de me sentir soulevée par les épaules de sorte que mes lèvres soient à la bonne hauteur pour être faites prisonnières de celles de mon partenaire. Il se redressa ensuite pour pouvoir mieux enlever sa chemise en même temps qu'il me donnait un baiser à la fois dur et incroyablement possessif. Ravie, je me plaquai plus encore contre lui, profitant de ma position pour lui planter mes ongles dans le dos et savourer contre lui la sensation extatique de son excitation grandissante.

Je faillis m'étrangler de plaisir lorsqu'il nous releva tous les deux pour me transporter en me tenant par les fesses jusqu'à sa commode, de laquelle il fit tomber d'un revers de main tout ce qui s'y trouvait, à savoir des livres, plusieurs dossiers et une lampe qui alla se briser en morceaux sur le sol.

Là, entre mes cuisses, il lança de nouveau un assaut furieux sur ma bouche qu'il explora impitoyablement de sa langue experte, tandis qu'il déchirait ma nuisette de haut en bas et en un seul geste. Ensuite, il s'attela à me faire crier de plaisir en prenant possession de mes seins par ses mains d'abord, puis avec sa bouche, qu'il utilisa pour en aspirer et en sucer les deux pointes roses qui se tendaient de délice à son contact. Mon désir devint si pressant que mon poing partit tout seul et passa à travers le bois de la commode sans que je m'en rende compte, y creusant un trou des plus disgracieux. Phoenix gronda de satisfaction.

Mais j'en voulais plus.

Une pression du pied plus tard, je l'avais repoussé à l'autre bout de la chambre, contre un mur duquel un tableau tomba pour se fracasser par terre.

Je jubilais véritablement quand il me montra ses crocs et que ses yeux s'embrasèrent de nouveau comme il me regardait le toiser, avec pour seul vêtement, la petite culotte rose que j'avais enfilée à la hâte après ma douche.

- Tu es à moi… feula-t-il dangereusement, en se rapprochant comme si j'étais une proie sur laquelle il comptait bondir.

Ce qu'il fit, en renversant le canapé au passage.

Je me retrouvai donc de nouveau allongée par terre, les bras au-dessus de la tête, maintenus d'une poigne de fer par celui qui me dominait, pressé contre moi en même temps que sa bouche s'abattait sur la mienne pour me montrer qui était son maître. Répondant furieusement à son baiser, j'écartai les jambes et les rabattis sur ses hanches en serrant.

- Je pourrais te briser les os en serrant davantage… murmurai-je après qu'il m'ait laissé reprendre un souffle dont je n'avais pas besoin.

Cette phrase, écho parfait de celle que j'avais prononcée pendant mes premières séances d'entraînement de vampire, le fit sourire.

- J'aurais dû te faire mienne à cet instant, j'ai été stupide.

- Laisse-moi te montrer à quel point ! grognai-je en parvenant à le faire passer sous moi.

En un éclair, son pantalon et son boxer ne constituaient plus un obstacle entre nous, la seule barrière entre nos deux peaux restant ma culotte. Je me plaçai donc au-dessus de lui et après l'avoir embrassé sur le visage et les lèvres, je descendis jusqu'à sa poitrine que je ne pus m'empêcher de goûter encore, avant de continuer mon exploration de son ventre jusqu'à sa chair d'homme. Malgré mon inexpérience, je me laissai guider par mon instinct et par les halètements de plaisir de mon partenaire et m'abandonnai à la volupté qui m'enveloppait pour diriger mes actes à son endroit.

Un instant plus tard, sans que j'aie le temps de me rendre compte de quoi que ce soit, je fus jetée sur le lit à baldaquin, totalement nue. Phoenix ne me laissa pas comprendre comment il avait procédé puisqu'il m'écarta vivement les cuisses et me fit pousser mon premier hurlement d'extase en visitant avec sa langue mon intimité.

Étourdie par l'orgasme, je ne mesurai pas ma force et broyai dans mes mains les montants en bois du baldaquin, qui s'écroulèrent sur le sol en ayant au passage rebondi sur les deux tables de nuit qui les suivirent dans leur route.

J'allais m'excuser, mais un nouvel orgasme me fit oublier jusqu'à la moindre parcelle de pensée cohérente.

Quand mon amant se coucha ensuite sur moi, m'emprisonnant la bouche avec ses lèvres alors qu'il me pénétrait, j'eus l'impression d'être emportée par un tsunami de plaisir et j'enfonçai mes talons dans son dos comme il commençait son mouvement de va-et-vient, d'une lenteur qui me donna envie de hurler ma joie et ma frustration en même temps.

Comme lors de notre première fois, les draps du lit ne résistèrent pas au traitement que je leur infligeais et en tirant ainsi dessus, ils se déchirèrent en plusieurs endroits.

Gémissant de plus en plus fort à mesure que les mouvements de bassin de Phoenix s'accéléraient, j'éprouvai encore cette curieuse sensation qui m'avait prise quand Engara m'avait provoquée. L'air vibrait autour de moi, comme attentif à exaucer un éventuel ordre que je donnerais et…

Mon Dieu !

Un nouvel orgasme me fit perdre le fil de mes réflexions et je fermai les yeux, imaginant que je m'envolais dans les plus hauts sommets de la volupté.

- Sam !

Le glapissement de Phoenix et le bruit de plâtre brisé me firent ouvrir les paupières et l'imiter.

Je n'étais plus allongée sur le matelas moelleux de mon patron, le froid que je ressentais s'expliquait par le plafond sur lequel je reposais et dont plusieurs morceaux s'étaient détachés après notre collision.

Estomaquée, je n'eus pas le loisir de dire ma surprise car immédiatement, l'étrange force qui nous maintenait en l'air disparut, et nous chutâmes tous les deux comme des pierres. Heureusement, Phoenix eut le réflexe d'utiliser ses pouvoirs de lévitation pour stopper notre descente en piqué et nous reposer en douceur sur le lit. Le fracas épouvantable de nombreux objets s'écrasant par terre m'indiqua qu'eux, n'avaient pas eu cette chance.

- C'est toi qui as fait ça ? demandai-je.

- Non, Sam, c'est toi qui nous as emmenés là-haut.

Fronçant les sourcils, je regardai le plafond abîmé, puis l'homme qui, toujours sur moi, me fixait avec une stupeur qui ne pouvait rivaliser avec la force de son désir. Aussitôt, mes yeux s'enflammèrent.

- On verra ça plus tard !

Il m'offrit un sourire dévastateur avant de passer son bras sous mon dos pour reprendre notre étreinte là où nous l'avions arrêtée, mais cette fois à un rythme si élevé que je perdis toute notion du temps et de l'espace qui m'entourait. Au point que lorsque je retirai un morceau de plâtre de sous mes hanches, et que je le jetai au loin, je ne l'entendis même pas exploser le miroir qu'il avait percuté, jonchant le sol d'un nombre incalculable de petits morceaux de verre.

Enfin, arrivée à l'apogée de mon désir, le besoin vital s'imposa à moi de mordre la chair de mon amant, comme cela s'était produit avant ma transformation. Le bref éclair d'hésitation qui me traversa fut vite balayé par le souvenir de notre dernier échange de sang, par conséquent je n'eus aucun remords à enfoncer mes crocs dans la chair tendre du cou de Phoenix alors que celui-ci m'embrassait les cheveux.

Le gémissement de plaisir qui lui échappa me fit aspirer plus fort encore le précieux liquide qui coulait de sa blessure, mais bientôt, je dus arrêter, incapable que j'étais de me concentrer sur ma tâche quand la cadence de ses coups de reins commença à me rapprocher de plus en plus du summum de l'extase, laquelle fut atteinte en un hurlement tenant plus du rugissement de bête fauve que d'un cri d'une femme comblée, dès qu'il planta à son tour ses canines dans ma peau.

Quand Phoenix me rejoignit au septième ciel en jouissant en moi, j'eus vaguement conscience du craquement sinistre du bois du lit avant que celui-ci ne s'effondre purement et simplement.

Il me fallut quelques minutes dans les bras de mon ange pour être de nouveau capable de prononcer un mot.

- Waouh… soufflai-je. C'était… sauvage.

Phoenix s'esclaffa.

- *Tu* étais sauvage… C'est la première fois que je me retrouve à faire l'amour dans les airs avant de réduire le lit en pièces détachées.

Pour la première fois, je jetai un œil aux conséquences de nos ébats.

- Oups…

Tout était sens dessus dessous.

Cette fois, Phoenix éclata de rire.

- Tu peux être fière de toi, au contraire. Je suis sûr que même Javas et Cassie, avec la meilleure volonté du monde, n'ont jamais obtenu de tels résultats ! Et tu avais peur que je n'aime pas cette nouvelle facette de ta personnalité ?!

Je lui administrai un petit coup de poing dans les côtes avant de m'emparer de ses lèvres pour un baiser incendiaire qu'il me rendit avec fougue.

- Tu n'imagines pas les sensations que tu éveilles en moi, Sam… dit-il d'une voix chargée de passion.

À ces mots, mon désir se réveilla aussitôt, à croire qu'il n'avait pas été comblé juste précédemment ! Mes pupilles redevinrent écarlates.

- Montre-moi.

Ce ne fut que deux bonnes heures plus tard, après avoir terminé de réduire le matelas en miettes, que nous décidâmes de rentrer à Scarborough. Après une douche partagée qui dura une bonne demi-heure, nous étions fin prêts pour quitter les lieux.

Phoenix avait enfilé un jean noir, un T-shirt blanc tout simple et un pull ivoire, tandis que j'avais dû me rabattre sur la seule robe restante de son dressing, la moulante que j'avais mise quand Hedayat m'avait servi de guide dans ma visite de la villa. Au regard gourmand que mon compagnon m'adressa quand je l'enfilai, j'étais finalement satisfaite de ma tenue.

Il ouvrit la porte…

… Et tomba nez-à-nez avec Talanus, Ysis et François, dont les mines renfrognées nous indiquaient leur mauvaise humeur à tous.

- Nous vivons l'un des instants les plus dramatiques de notre existence millénaire et vous, vous ne trouvez rien de mieux à faire que de vous enfermer pendant des heures, au mépris de nous comme des invités venus assister à votre cérémonie ratée du lien, tout ça pour copuler comme des lapins ?!

La voix sombre de notre général romain n'augurait rien de bon. Il poursuivit :

- Nous avons ordonné à tout le monde de partir. Nous organiserons une seconde cérémonie de proclamation plus tard, à condition que nous ne soyons pas tous morts d'ici-là. Il faut qu'on parle de ce que nous allons faire avant que les Grands ne débarquent pour nous décapiter.

Phoenix me regarda, puis se tourna vers Talanus.

- Vous avez raison. Il faut qu'on parle.

- Bien alors, allons dans mon bur…

- Mais pas maintenant.

Talanus en resta estomaqué.

- Ma proclamation du lien avec Sam n'a pu être validée, elle a combattu devant mes yeux contre une adversaire redoutable, et l'épée de Damoclès au-dessus de nos têtes risque bientôt de nous les trancher. Nous avons eu notre compte de soucis et j'estime avoir le droit de profiter de ma compagne dans la sécurité de ce qui reste de cette nuit avant d'être rongé par l'inquiétude sur notre avenir dès demain.

Totalement sidérée par ce discours auquel, évidemment, j'adhérais, j'attendais de savoir ce que diraient nos interlocuteurs.

François fut le premier à réagir.

- Phoenix a raison. On aura tout le temps d'établir des stratégies demain, ce soir, ça ne sert plus à rien. Ce qui est fait, est fait.

- Qu'en penses-tu, Ysis ? demanda mon amant.

Phoenix savait que son conjoint se rallierait à son avis.

Ysis était grave et ceci se ressentit plus encore quand elle s'exprima, me procurant une série de frissons glacés jusque dans la moelle de mes os.

- Tout s'accélère. Nous saurons bien assez tôt si nous survivrons à tout cela.

Le silence de mort qui suivit son assertion, dont nous avions bien saisi les implications, nous enveloppa de son horrible linceul.

Puis...

Phoenix me prit par la main et me fit passer devant lui pour aller en direction de la sortie.

- Excusez-nous, mais nous avons un château à dévaster...

Je sentis des picotements d'embarras sur le sommet de mon crâne et un nouveau frisson, plus voluptueux cette fois-ci, beaucoup plus bas.

Et alors que nous descendions déjà les escaliers menant au rez-de-chaussée...

- Nom de nom !

... Nous entendîmes parfaitement l'exclamation mutuellement effarée de François et Talanus, ainsi que l'éclat de rire joyeux d'Ysis tandis qu'ils avaient dû assouvir leur curiosité en regardant l'état de la chambre de leur ange.

Alors malgré la situation horrible et les nouveaux dangers qui se profilaient pour nous tous, malgré la possibilité que j'entrevoyais de perdre l'amour de ma vie, je ris, goûtant avec délice les lèvres de l'homme de mes rêves sur ma main.

La nuit n'était pas terminée.

Pour quelques heures encore, elle nous appartenait.

Chapitre VI : Huis-clos

*

- Concentre-toi, Sam.

- Qu'est-ce que tu crois que je fais ?!

- Tu as pu le faire une fois, c'est donc que tu es capable de recommencer. Il suffit de te concentrer.

- J'aimerais t'y voir ! Et déjà, arrête de me dire de me concentrer toutes les cinq minutes ! Tu me déconcentres !

J'entendis nettement Phoenix soupirer de frustration. Que devais-je dire, moi ? Cela faisait au moins la millième fois depuis le début de la nuit (laquelle touchait à sa fin) que j'essayais de faire bouger une pauvre cuillère sur la nouvelle table de la cuisine et celle-ci n'avait pas esquissé le moindre déplacement ! Si nous ne devions pas anticiper la plus grande menace pesant sur nos têtes avec la venue prochaine des Grands, j'aurais déjà envoyé cette cuillère à travers la fenêtre !

En effet, le lendemain de notre proclamation ratée du lien et après nous être endormis dans les bras l'un de l'autre à l'issue d'une union charnelle aussi sauvage et brutale que grandiose, Phoenix et moi nous étions réveillés dans un état d'esprit beaucoup plus sombre que la veille.

D'abord, il était clair désormais que la lueur écarlate de mes pupilles allait arriver aux oreilles des Grands en Europe de l'Est plus vite qu'un supersonique, et donc que ces derniers allaient paniquer et vérifier par eux-mêmes que ces rumeurs étaient exactes. Après tout, n'avaient-il pas fait en sorte d'éradiquer toute la lignée des frères De Castelcourt pour éviter qu'un autre vampire à la puissance démoniaque ne soit engendré parmi leurs descendants ?

Ça sentait évidemment très mauvais pour ma survie et celle des gens que j'aimais, mais Phoenix semblait confiant sur notre capacité à leur prouver que je n'étais pas atteinte de la même soif de pouvoir que mes terribles aïeux et que donc je ne représentais pas un réel danger pour notre communauté. Enfin… ça c'était avant qu'on ne se mette vraiment à réfléchir sur ce qui s'était passé dans la chambre de Harper Hill, quand, au summum de l'extase, je nous avais envoyés tous deux au plafond, ainsi que tous les objets présents dans cette pièce.

Il n'y avait pas de doute, nous avions un gros problème.

- Allez, Sam ! Tu es certainement la première et la dernière télékinésique que je rencontrerai dans mon existence. Talanus et Ysis ont dit qu'ils nous laissaient un répit ici pour que tu t'entraînes. Montre-nous de quoi tu es capable !

Je lui montrai mes crocs.

Il commençait sérieusement à m'énerver. Non seulement il me rappelait que mon pouvoir était si rare chez les vampires qu'il était presque unique, mais en plus, il rappelait aussi que ceux qui en avaient été dotés avaient tous très mal fini tout comme leur entourage ! Je n'avais pas besoin que Phoenix me répète encore qu'une fois nos dirigeants arrivés et ayant constaté ma puissance, il n'aurait plus l'occasion de rencontrer d'autres télékinésiques puisqu'il serait mort.

- La télékinésie ne m'est pas nécessaire pour t'arracher les yeux si tu continues à me harceler comme ça ! m'écriai-je, furieuse.

Ce fut à son tour de voir rouge.

- Si tu veux qu'on survive à ça, il va falloir que tu arrêtes de râler et que tu suives un peu plus mes conseils ! Tu es télékinésique, c'est sûr que ça ne va pas encourager les Grands à nous garder en vie, mais tu auras au moins la possibilité de te défendre si tu maîtrises suffisamment ton don.

- Me défendre ? Comment ? Je ne vais pas leur arracher la tête d'une seule pensée ! Quant à fuir ! Où veux-tu qu'on aille ? Ils vont nous pourchasser jusqu'à la fin des temps et n'hésiteront pas à torturer nos amis pour nous faire venir à eux !

- Il n'est pas question de fuir, ça ne servirait à rien. Mais comme avec la foule d'hier, tu peux les impressionner avec ta force. S'ils ont conscience de ta puissance et de ta capacité à la maîtriser, ils nous laisseront peut-être une chance, ne serait-ce que pour t'étudier.

- M'étudier ?

- Egire paraissait très curieux à ton égard. Si nous arrivons à le convaincre de ta bonne foi, il pourra peut-être faire plier les autres membres du conseil. Sa parole a beaucoup de poids dans leur cercle.

- Peut-être, mais lui n'a pas vécu l'épisode avec mes ancêtres. On ne lui donnera pas voix au chapitre.

Phoenix haussa les épaules.

- Ça ne sert à rien de spéculer, mieux vaut se préparer autant que possible.

- Hm…

- Ça veut dire : tais-toi et fais-moi bouger cette cuillère.

Je le fusillai du regard, m'exhortant mentalement à ne pas me lever pour lui faire ravaler ses crocs.

- Tu crois que c'est en me mettant en rage que je vais y arriver ? Il me semble que ce n'est pas comme ça que ça s'est produit la dernière fois.

Malgré mon énervement, la lueur de désir que je perçus par-dessus celle de l'exaspération dans les pupilles de mon partenaire fit basculer les miennes vers le rouge.

- Je vois où tu veux en venir, mais s'il le faut, on se privera de cela jusqu'à ce que tu aies réussi.

Là, je vis rouge, mais pour une autre raison.

- Attends. Tu es en train de me faire du chantage sur le sexe ?!

- S'il faut en passer par là pour que tu puisses te défendre, oui.

L'espèce de bête sombre en moi poussa un rugissement de colère. Depuis que nous avions démoli la faïence de la salle de bain, deux miroirs et deux consoles de l'entrée, un pan de sa bibliothèque du rez-de-chaussée ainsi que son bureau en bois rare, celle-ci ronronnait comme un chat repu après la meilleure pâtée de sa vie.

Là, mon compagnon me menaçait de cesser de me donner ce qui illuminait mon triste répit en attendant l'arrivée des Grands : la possibilité de me blottir dans ses bras et plus si affinités. J'étais peut-être sa compagne, mais j'étais aussi une femme libre de me révolter contre sa manière stupide de vouloir me protéger contre mon gré.

Il allait beaucoup trop loin dans le pouvoir sur moi que j'étais disposée à lui accorder. C'était inacceptable, je ne pouvais le tolérer.

Doucement, je me levai, en crucifiant l'intéressé de mon regard enragé. Le grondement de ma bête parvint à se faufiler hors de moi, occasionnant un tressaillement de malaise chez celui-ci.

- Je t'interdis de me faire chanter, encore moins de cette manière. Je ne suis pas l'un de tes esclaves humains.

- Tu sais bien que je ne t'ai jamais considérée de la sorte ! dit-il, outré.

Je fis deux pas vers lui, lentement.

- Tu me manques de respect en me traitant comme si j'étais une nymphomane incapable de réfléchir plus loin que la ceinture de son pantalon ! Pour ton information, j'ai toujours mes deux poignards qui y sont accrochés ! Je crois me souvenir que tu n'es pas immunisé contre l'argent.

- Parce que tu vas me percer le cœur, je suppose ?

Phoenix ricana, ce qui me mit en fureur.

- Je peux très bien te percer autre chose ! Comme ça, tu auras une bonne raison de me repousser !

- Ça te laissera le temps de t'entraîner à faire bouger cette cuillère. Si tu avais été sous mon contrôle, comme tout nouveau-né normalement constitué, on se serait déjà sortis de cette impasse.

Voulait-il vraiment que je perde le contrôle ? Parce que tel que ça partait, ça risquait fort d'arriver.

- Désolée d'être une si grande déception pour la star que tu es ! C'est vrai que moi, je n'ai pas cet énorme melon qui me fait croire que je suis le meilleur en tout.

Loin de paraître affecté par ma remarque, il croisa les bras et me toisa de toute sa hauteur.

- Cette discussion est une perte de temps. Tu me fais perdre mon temps.

J'eus l'impression de me prendre une gifle monumentale en pleine figure, mais celle-ci, au lieu de me blesser, galvanisa l'authentique rage qui déferla en moi à ces mots. Je ne sentais même pas l'air ondoyer autour de moi en attendant l'ordre que je lui transmettrais, tout ce que je voyais, c'était l'homme qui attisait le feu de ma fureur.

- Mille excuses, Votre Majesté. Je sais que votre temps est trop précieux pour être dispensé à mon bien-être alors je ne vous retiens pas près de la gêne que je représente pour vous.

Phoenix leva les yeux au ciel, affichant une expression de profonde déception sur le visage.

- Si c'est pour entendre ce genre de stupidités, je préfère quitter cette pièce. Tu me fais penser à Engara.

Il n'avait pas encore esquissé un pas qu'il se retrouva subitement à un bon mètre du sol, le dos collé au mur du fond de la cuisine, contre lequel il avait été plaqué brutalement par une force invisible le maintenant dans une étreinte impossible à fuir.

Cette fois, je sentais l'air ondoyer autour de moi en des vagues aussi noires que la colère qui me consumait depuis qu'il m'avait comparée à son ancienne maîtresse.

- Comment oses-tu me mettre sur le même plan que cette garce ?!

Phoenix, incapable de parler, tenta de bouger un bras, mais à peine l'avait-il levé de quelques centimètres que par la force de ma volonté, celui-ci se retrouva de nouveau collé à la paroi. Même si j'étais à l'origine de ce phénomène, c'était comme si je n'en avais pas conscience. Tout ce sur quoi je me focalisais, c'était sa tentative de me priver de lui ainsi que sa comparaison avec son ex.

- Si c'est comme ça que tu veux me faire progresser, tu es le professeur le plus nul que j'ai jamais connu !

Je m'avançai, avec l'impression que des griffes avaient poussé à la place de mes ongles et que mes crocs s'étaient encore allongés de dix centimètres. Pourtant, arrivée face à mon compagnon, je lui souris… un peu comme un animal qui va en croquer un autre.

- Tu mérites une punition… et quand j'en aurai fini avec toi, tu ne me menaceras plus jamais de me faire chanter et tu me supplieras de mettre fin à tes souffrances.

Une lueur de peur s'alluma dans les prunelles de Phoenix. Je crois que pour la première fois depuis que nous nous connaissions, je l'effrayais. Il craignait que j'aie perdu la tête comme mes ancêtres et que je le torture…

Il avait raison.

*

En un éclair, je plantai mes ongles sur ses épaules. Le quart de seconde suivant, je fis un geste brutal vers le bas, ayant pour conséquence d'arracher tout le devant de sa chemise noire en même temps que s'imprimaient dans sa chair ensanglantée les sillons tracés par ces derniers. Dix petites rivières rouges s'écoulaient sur son torse meurtri et tâchaient déjà son jean noir.

Phoenix me contempla alors avec les yeux écarquillés quand je sortis mon couteau de ma ceinture et qu'après avoir récupéré un peu de ce précieux liquide sur ma lame, j'entrepris de lécher celle-ci sous son nez, le plus lentement possible.

Puis :

- Tu as de mauvaises manières, mais tu as bon goût.

Je jetai un œil à son torse.

- Dommage… tes blessures ont déjà guéri.

Effectivement, ses capacités régénératives avaient refermé ses plaies juste après que je les lui aie faites.

- On va remédier à ça.

Malgré son immobilité forcée, Phoenix tressaillit devant la menace. Il semblait craindre que je ne l'éventre… Ha !

Il étouffa un grognement de douleur quand je me servis du couteau pour lui faire une nouvelle entaille sur la poitrine, plus profonde que les précédentes.

- Sm….Mmh !! tenta-t-il en se débattant, un accent désespéré dans ses borborygmes.

Peine perdue, il n'avait aucun moyen de se libérer de mon entrave.

Sans regarder ma victime, qui devait s'attendre à ce que je lui arrache le cœur à mains nues, je plaquai mes mains contre sa peau avant de me pencher pour y faire courir ma langue et ainsi récupérer jusqu'à la dernière goutte de son sang duquel je me régalai sans retenue jusqu'à ce que le puits se tarisse après sa guérison.

Lentement ensuite, je remontai vers le cou de Phoenix, que j'agaçai avec mes crocs sans toutefois en percer l'épiderme, avant de me diriger vers sa bouche dans laquelle, sans préambule, je glissai ma langue pour lui faire partager la saveur du nectar que je venais de lui prélever.

En m'écartant doucement de lui, je n'avais aucune appréhension sur la façon dont il me regarderait. Au fur et à mesure de ma remontée gourmande de son torse à ses lèvres, j'avais vu sa poitrine se soulever et s'abaisser violemment, signe d'un trouble manifeste. J'espérais simplement que ce dernier soit aussi puissant que j'en rêvais.

Je fus comblée au-delà de mes espérances.

Si j'avais déjà vu le désir brûler dans les yeux de Phoenix quand je l'embrassais, il fallait admettre que ce que je venais de lui faire vivre avait provoqué chez lui une réaction autrement plus explosive.

J'avais beau ne rien laisser paraître pour montrer que c'était moi qui avais tout contrôle sur lui, sa façon plus que primale de me fixer et l'intensité inégalée de la lumière de ses pupilles me firent me crisper d'une soif de lui viscérale.

Effectivement, dans l'histoire, je n'étais en rien envahie par un accès de violence comme celle qui avait emporté mes ancêtres, et dont Phoenix avait dû croire que j'étais la victime. Du moins… cette violence n'avait rien de négatif, pour ma part en tout cas.

Je voulais que Phoenix paie pour ce qu'il avait osé proposer tout à l'heure et il paierait en subissant le traitement qu'il avait voulu m'infliger. Comme je le lui avais dit, à l'issue de notre séance de torture sensuelle, il me supplierait de lui rendre grâce.

Je me léchai les lèvres de manière ostentatoire, en appréciant sa façon quasi bestiale de suivre chacun de mes gestes. Toutefois, immédiatement après, sa façon de combattre son désir pour reprendre le contrôle de lui-même m'irrita profondément. Il allait voir qu'entre mes mains, il n'y aurait plus de contrôle qui tenait.

Je lui offris un sourire carnassier.

- Tout comme les vampires de Harper Hill, tu m'as sous-estimée. Tu as eu tort de me provoquer.

Il tenta de parler, mais la barrière invisible l'en empêchait toujours.

- Tu disais ? demandai-je en même temps que je le coupais une seconde fois.

Il fit la grimace en ressentant la douleur vive quoique fugace que je lui avais infligée, mais sembla vite l'oublier en constatant que je l'autorisais à s'exprimer.

- Samantha !

Il inspira comme s'il avait manqué d'air :

- Je disais que je m'excusais de t'avoir mise en colère et que je n'aurais jamais dû te pousser à bout.

Le fait qu'il n'emploie pas mon diminutif me fit grincer des dents. Sa manière formelle de s'adresser à moi, comme un négociateur face à un preneur d'otages, était plus qu'agaçante.

- Ta puissance est impressionnante et il faut qu'on en parle au calme, tu ne crois pas ? (Pfff… quel ennui !) J'aimerais que nous prenions le temps de comprendre ton pouvoir et pour cela il faudrait d'abord que tu me repo… oooooOh !... ses !

Pendant qu'il parlait, j'avais recommencé à lui lécher le torse, cette fois en m'attardant sur chacun de ses tétons que je mordillais l'un après l'autre.

- Sam ! s'écria-t-il sur un ton réprobateur gâché par le halètement qui lui échappa.

Je me redressai vivement et l'embrassai avec une voracité que je ne me connaissais pas, même après ce que nous avions partagé la veille, ce qui déjà était, sur le plan des joutes amoureuses débridées, totalement en-dehors des notations habituelles.

Je ne lui laissai pas le temps de me rendre la pareille et jouai de ma lame une troisième fois.

- Bon sang, arrête avec ce couteau, Sam !

Sa voix se voulait tranchante, mais elle ne fit que galvaniser mes mouvements de langue sur sa blessure.

- Tu n'es plus toi-même ! Je t'en prie, Sam ! Arrête… Nom de Dieu ! Ce que tu me fais… !

Je ne pus contenir un sourire ravi en l'entendant perdre la tête après que je me sois occupé de son nombril puis de son pantalon et de son boxer, qui ne constituaient désormais plus d'obstacle entre l'objet de mon attention et moi.

- Non, Sam ! Il ne faut pas que... Argh ! Oui ! N'arrête pas !

Déposant de petits baisers sur chaque aine, je me délectais de le sentir se tendre d'un désir de plus en plus fou en réponse au traitement que je lui infligeais.

Remontant ensuite vers son visage et me plaçant de sorte que mes cuisses l'enserrent sans contact plus pressant, je faillis éclater de rire en voyant la lueur de déception dans ses iris.

- À quoi t'attendais-tu, mon grand ?

- Je...

Là encore, je le pris de court en me blessant volontairement la langue de mes crocs, puis en mettant mes mains sur son visage pour m'emparer de ses lèvres et explorer sa bouche. Nos dents s'entrechoquèrent sous la violence de l'attaque, mais je ne m'en préoccupais pas car sous l'effet de l'échange de sang, la langue de Phoenix vint à l'assaut de la mienne avec une furie incontrôlée qui faillit me faire perdre tout sens commun.

Pour reprendre le dessus, je m'écartai légèrement de lui et commençai à déboutonner mon chemisier avec une lenteur insupportable.

- Quel dommage que tu ne puisses pas me toucher... dis-je en jetant plus loin mon vêtement et en laissant courir mes doigts depuis le creux de mon cou jusqu'à mon nombril.

Je vis Phoenix déglutir et chercher à se libérer de mon emprise, ce qu'évidemment, je n'étais pas disposée à le laisser faire. De fait, d'une rude poussée invisible, il eut droit à un premier rappel à l'ordre qui lui arracha un grognement de colère...

- Sois un bon garçon, le morigénai-je en même temps que j'ôtais mon pantalon et que je le laissais admirer mes sous-vêtements en dentelle rouge, véritable appel au péché.

Son grognement devint glapissement désespéré quand j'entrepris d'enlever mon soutien-gorge :

- Laisse-moi te toucher.

En réponse, je fis en sorte que ses bras se retrouvent au-dessus de sa tête et je lui susurrai à l'oreille :

- Voilà ta punition. Je compte bien te faire gravir la montagne de l'extase sans jamais te permettre d'en atteindre le sommet. (En parlant, je m'étais placée contre lui de sorte de pouvoir le frôler avec mes seins et de sentir entre mes cuisses, à travers le fin tissu de ma culotte, le contact de son excitation désormais à son paroxysme) Je vais te mettre à genoux, cher ange, métaphoriquement parlant...

Il me regardait, les yeux exorbités d'une envie irrépressible de me tordre le cou et de me prendre sur le carrelage dans la seconde. J'exultais.

- À moins que ce ne soit moi qui me mette à genoux en premier...

Juste avant de m'exécuter et de l'emporter dans les affres du plaisir insoupçonné et de la frustration exacerbée, je me régalai de son expression effarée et impatiente quand il comprit où je voulais en venir.

La suite, elle fut comme je l'avais promis. Phoenix haleta, grogna, m'encouragea, se cambra, hurla mon nom, puis me gronda avant de finir par me supplier quand je l'abandonnais systématiquement à la frontière de la jouissance. Je crois que c'était la première fois dans sa vie qu'il était si vulnérable, qu'il n'avait aucun contrôle sur la situation.

Et c'était la première fois de ma vie que si on m'avait traitée de catin dévergondée, je me serais rengorgée de fierté avant de faire une profonde révérence à celui qui m'en aurait qualifiée...

Ce ne fut qu'après un nombre infini de supplications que ma victime fut libérée de sa prison invisible sans que je ne le décide vraiment, puisque mon pouvoir disparut quand mon désir devint plus brûlant que ma volonté de la punir. Par conséquent, à peine

Phoenix avait-il recouvré sa liberté de mouvements qu'il se jeta sur moi à une vitesse vertigineuse et qu'il me renversa sur le sol de la cuisine, en rugissant.

Là, il ne se comporta plus comme le compagnon passionné et aimant que j'avais toujours connu, mais comme le miroir de la bête enragée que j'étais moi-même devenue. Après avoir arraché le dernier élément de tissu qui nous séparait, il me prit exactement comme j'avais vu dans ses prunelles qu'il l'envisageait tout à l'heure quand je le torturais : brutalement, sauvagement, follement.

À chaque assaut dans ma chair, il enfonçait ses canines dans mon cou et aspirait, aspirait, comme s'il voulait me vider de mon sang.

Ce fut à mon tour de hurler.

Loin d'avoir mal, je ressentais que cette étreinte était la conclusion en apothéose de celle que nous avions partagé la veille, l'explosion finale qui achevait de nous lier irrémédiablement l'un à l'autre, tant dans nos facettes les plus positives que dans nos recoins les plus sombres. Je pris conscience qu'il fallait que nous en passions par là pour que nos deux essences soient définitivement mêlées, sans que plus rien ne puisse jamais nous séparer. Nous avions chacun apprivoisé la part d'ombre de l'autre, nous étions désormais un seul être à part entière.

Ce fut en appréhendant cette vérité que je poussai le cri d'extase le plus assourdissant qui ait jamais dû être proféré depuis que le monde est monde, avant de laisser Phoenix s'emparer de mes lèvres pendant qu'il jaillissait au plus profond de moi dans un dernier et ô combien puissant coup de rein.

Passé le long silence qui nous entourait pendant que l'un et l'autre nous retrouvions nos esprits catapultés aux quatre coins de la galaxie, Phoenix m'enveloppa de ses bras et sans un mot, sans un regard aux vêtements en charpie encore éparpillés sur le sol, il me souleva pour m'emmener dans la quiétude de notre retraite diurne. Entre l'explosion de mon pouvoir et notre étreinte décomplexée, je n'aurais de toute façon pas eu la force de me relever et ma tête dodelinait déjà contre son épaule, happée que j'étais par une brusque envie de dormir pendant au moins une année complète.

J'eus tout de même conscience du drap dont il nous recouvrait tandis qu'il s'allongeait nu à mes côtés et qu'il me serrait contre lui de sorte que son menton frôle mes cheveux, comme je positionnais ma tête dans le creux de son cou pour respirer son odeur apaisante.

- Je t'aime, murmurai-je en basculant dans l'oubli.

Je l'entendis néanmoins :

- Tu n'as aucune idée d'à quel point c'est réciproque.

*

En me réveillant au coucher du soleil suivant, je fus surprise par deux choses.

D'abord, je n'avais jamais eu aussi faim de toute ma vie, fût-ce-t-elle humaine ou vampire. Ensuite, Phoenix dormait toujours à côté de moi.

Jusqu'ici, je n'avais jamais réussi à me réveiller suffisamment tôt pour pouvoir profiter de la vision enchanteresse de lui, les traits du visage détendus par un sommeil paisible, lui donnant un air enfantin et innocent qui me bouleversait.

Comme j'aurais aimé pouvoir le regarder ainsi pendant des heures !

Mais mon compagnon avait eu raison la veille. Si je ne tentais rien pour comprendre le fonctionnement de mon pouvoir, j'étais condamnée à le voir subir le châtiment des Grands sans pouvoir le défendre. C'était inadmissible.

En me levant et en me préparant pour le programme que j'avais en tête, je résolus de tout faire pour sauver mon grand amour, y compris à me battre contre les dix vampires les plus puissants au monde. Je ne me souciais pas de mon propre sort, mes amis avaient beau dire, je n'avais guère d'espoirs quant à ma survie. L'épisode des De Castelcourt avait été un trop grand traumatisme pour qu'ils m'épargnent, moi, leur ennemie jurée.

C'était injuste, évidemment, puisqu'à chaque fois que j'avais perdu le contrôle au profit de ma part obscure, je n'avais jamais profité de ma puissance pour faire preuve d'une cruauté gratuite. À chaque fois, je tentais de défendre une personne chère, à chaque fois, je ne faisais que me perdre dans le désir que j'avais pour elle. Mais les Grands se ficheraient de savoir que je n'avais aucune intention de procéder à un coup d'État, tout comme ils se ficheraient de savoir que mes actes n'étaient guidés que par les sentiments d'amitié ou d'amour pour mon entourage, non. Ils ne verraient que le danger que mon sang représentait et après la façon dont j'avais vaincu Engara, ils ne voudraient jamais croire que je n'étais pas une menace pour eux.

J'acceptais mon sort, comme Phoenix avait accepté le sien l'année dernière quand nous n'avions pas encore réussi à déterminer la tête pensante des disparitions d'humains dans le comté. Il avait négocié avec les Grands pour me sauver ; je ferais ce qu'il fallait pour lui rendre la pareille, y compris demander à François de l'enchaîner pendant que je me sacrifierais volontairement en échange de sa vie et de celle de mes amis. Il m'aimait… et je comprenais trop bien les implications de cet amour pour le laisser braver les Grands pour moi.

Après avoir avalé un nombre record de pochettes de sang frais, je sortis dans le jardin et pris le temps de savourer l'agréable brise qui me caressait la peau, comme pour me rassurer dans le bien-fondé de mes précédentes réflexions et résolutions. Je regardai la Lune, qui semblait briller plus que d'habitude et je souris. Il était temps de se mettre au travail.

Je descendis les marches du perron et traversai l'allée gravillonnée pour m'installer sur une couverture dans l'herbe. Une fois assise, je fermai les yeux et me coupai totalement du monde extérieur en faisant abstraction de tous les bruits parasites que mon ouïe vampirique pouvait capter : des oiseaux donnant à manger à leur progéniture dans un arbre de la forêt bordant la propriété, le bruissement des feuilles causé par le vent, l'écoulement du minuscule ruisseau qui serpentait à cinq cents mètres de la route, le hululement d'une chouette qui avait faim...

J'essayais de déterminer quelle émotion était le déclencheur de ce pouvoir de télékinésie hérité du plus puissant et du plus dangereux de mes ancêtres. Je me disais qu'en me remémorant les fois où il s'était manifesté, je parviendrais à identifier la clef qui me permettrait de l'utiliser à ma guise, en gardant ma lucidité.

Voyons... Je me souvenais de l'étrange sensation que j'avais ressentie à plusieurs reprises et qui m'avait interpellée de par son étrangeté et sa soudaine apparition. J'avais eu l'impression, pendant mon combat avec Engara, que l'air autour de moi s'était mis subitement à vibrer en écho avec mes émotions intérieures et qu'il n'attendait que mon ordre pour se déployer là où je le lui dirais. Cela m'avait paru totalement fou sur le moment et ensuite, j'avais été trop absorbée par mon combat pour m'en soucier. Toutefois, un peu plus tard, comme Phoenix et moi nous étreignions, soumis à nos instincts respectifs, je nous avais tous les deux envoyés au plafond ainsi que tous les objets de la chambre après m'être imaginée que je m'envolais au septième ciel. Force m'était de constater que cette même étrange sensation m'avait enveloppée avant que ce phénomène ne se produise. Quant à ce qui s'était passé la nuit dernière...

Chose extraordinaire, je crus rougir. Non pas d'un petit rouge embarrassé et embarrassant après un événement légèrement gênant... plutôt d'une furieuse coloration écarlate marquant un atroce sentiment de confusion alors que je me revoyais me comporter en dominatrice adepte de la punition par la frustration. Mon Dieu... Ce que j'avais dit et (oh, là, là)... fait... Si je voulais me mentir à moi-même, j'aurais pu dire que la colère qui avait explosé en moi, quand Phoenix m'avait comparée à son ex démoniaque et qui avait été à l'origine de la première manifestation concrète de mon pouvoir, m'avait ôté toute conscience de mes gestes. J'aurais pu prétexter que mon comportement n'avait rien à voir avec la personne que j'étais réellement…

Ça n'aurait pas été crédible.

D'une part parce que j'avais déjà dit à Phoenix que j'assumais complètement cette part d'ombre en moi qui me poussait à dépasser mes tabous liés à mon éducation humaine et que je lui avais laissé entrevoir quand, selon ses propres termes, nous nous étions appliqués à dévaster le château après notre retour de Harper Hill. D'autre part, parce que… j'avais adoré cela… et que malgré mon embarras au souvenir de toutes les choses peu catholiques que je lui avais faites, tout mon corps était en feu à l'idée de recommencer, à l'idée de refaire hurler mon nom à mon partenaire comme il l'avait fait la veille, totalement soumis à l'usage dont je décidais que mon corps ferait du sien.

En fait, je me rendais compte que j'étais fière de moi. J'avais beau savoir que Phoenix m'aimait profondément, on n'oubliait pas ses vieux démons si facilement et malgré tout ce que nous avions déjà partagé, je ne pouvais m'empêcher de craindre de ne pas être à la hauteur par rapport à tout ce qu'il avait pu connaître en cinq cents ans. Là, j'avais le sentiment d'avoir définitivement imprimé ma marque en lui, d'avoir scellé notre appartenance réciproque pour l'éternité.

Alors je ne ressentais aucune honte de m'être laissé emporter par ce besoin de lui, comme si l'idée même d'être séparée de cet homme pouvait me réduire en poussière sur place. Phoenix était le centre autour duquel tournait mon existence.

Il était la clef…

Prenant une grande inspiration, je laissai toutes les émotions le concernant couler en moi en un millier de torrents, gonflant et gonflant au fur et à mesure qu'elles grossissaient de par leur nombre et leur puissance infinis. Mobiliser une image de lui dans mon esprit m'aida à faire enfler encore cette inondation des sens : son visage aux traits volontaires, ses yeux bleus magnifiques, ses cheveux rebelles et soyeux, ses mains si fortes et pourtant si douces qui se tendaient vers moi comme pour m'attirer à lui et m'oublier dans la senteur apaisante du parfum de sa peau lisse comme de la soie…

La brise nocturne me caressa de nouveau, me faisant sourire comme l'air environnant se réchauffait étrangement pour m'envelopper dans des ondes duveteuses, dans un cocon de bien-être. Je tendis la main comme pour attraper celle de Phoenix et m'imaginai que nous nous trouvions de nouveau dans la salle de bal de Harper Hill, seuls, et que nous dansions l'un avec l'autre sans que quiconque ne puisse nous interrompre.

Le drôle de bruissement qui s'ensuivit me fit ouvrir les yeux et les écarquiller d'émerveillement devant le spectacle qui se jouait face à moi.

De nombreux pétales s'étaient détachés des bordures de fleurs situés aux pieds du mur d'enceinte de la propriété et s'étaient mêlés à toutes sortes de feuilles pour former deux silhouettes incontestablement humaines, qui s'élevaient dans les airs de droite à gauche, suivant une mélodie connue d'elles seules. J'aurais pu croire que le vent était à l'origine de ce phénomène si la brise précédente ne s'était, pour je ne sais quelle raison, brusquement arrêtée de souffler. Il n'y avait donc qu'une explication.

J'avais réussi pour la première fois à contrôler mon pouvoir de télékinésie. J'en aurais pleuré de joie… jusqu'à ce que :

- Mon Dieu… Sam. C'est si beau.

Ma bulle de concentration explosa en entendant Phoenix un peu plus loin derrière moi et tous les pétales tombèrent au sol. Je ne savais quoi penser en les voyant éparpillés ainsi, sans ordre apparent, alors qu'une seconde auparavant, ils formaient un magnifique ballet coloré virevoltant dans une belle nuit d'été. D'un côté j'éprouvais le regret de la disparition soudaine de tant de beauté, de l'autre, l'amertume de comprendre que cet exploit ne serait pas si évident à réitérer s'il fallait que je parvienne au même état de concentration qu'à l'instant.

Dans tous les cas, je n'en voulais pas à Phoenix de m'avoir rejointe. Les Grands ne tarderaient pas à donner de leurs nouvelles alors je chérissais chaque moment passé avec lui.

- Pourquoi restes-tu loin de moi ? demandai-je en craignant subitement que son retrait ne s'explique par le dégoût de ce que nous avions partagé sur le sol de la cuisine. Quelque chose ne va pas ?

- Hormis le fait que tes capacités extraordinaires vont précipiter notre mort à tous ?!

Un goût âcre envahit ma bouche. Sa façon sarcastique et acérée de me lancer en pleine figure que j'allais être celle qui causerait la fin de tous mes amis me poignarda bien plus que si on s'était appliqué à m'enfoncer cent lames dans la poitrine.

Il secoua la tête et me prit le visage dans ses mains avec douceur.

- Excuse-moi, n'interprète pas mal mes paroles. Je pense seulement que je suis décidément né sous l'étoile de la malédiction. Au moment où je parviens à me réconcilier avec mon existence en rencontrant une femme extraordinaire qui a pris possession de mon être tout entier, au moment où je trouve enfin le bonheur dans ses bras, je dois vivre avec l'idée que bientôt, on va me l'arracher à cause des hasards d'un arbre généalogique et des errements de deux ancêtres qui ont signé l'arrêt de mort de toute leur descendance. J'ai peur, Sam. Ce n'est pas un sentiment dont je suis coutumier et quand il te concerne, cela me terrifie encore plus. Je ne veux pas te perdre, je n'ai jamais eu aussi peur de toute ma vie.

Mon sentiment de culpabilité s'apaisa quelque peu. Phoenix avait raison, dans l'histoire, je n'avais pas choisi mon arbre généalogique, tout comme je n'avais pas choisi d'être dotée d'un si grand et si terrifiant pouvoir. Nous étions maudits tous les deux, à croire qu'en haut, on considérait que nous n'avions pas le droit à notre part de bonheur.

Mes pupilles virèrent au rouge profond, à l'instar de la profondeur de ma détresse à l'idée de l'échéance à venir. Je me blottis dans ses bras.

- Toi et moi, nous sommes liés par un lien plus puissant que l'Amour Absolu lui-même. Je le sais, je le sens, dit-il en me serrant contre lui. Les Grands ne peuvent pas nous enlever cela.

Je fermai les yeux, heureuse de respirer son parfum rassurant.

- J'arriverai à les convaincre.

S'il tentait encore de se persuader qu'il avait une chance de m'épargner, libre à lui. Pour ma part, je préférais sentir le vent nous envelopper en imaginant me trouver avec mon amant dans une magnifique clairière au soleil couchant.

- Wohoooo… Sam !

Je me doutais de ce qui était en train de se passer, par conséquent, pour éviter de réitérer la chute de Harper Hill sans matelas pour nous réceptionner, je me blottis davantage contre Phoenix en entourant sa nuque de mes bras et enfouis mon nez dans son cou, l'esprit tourné vers ma clairière.

En sentant ses caresses dans ma chevelure et ses doux baisers sur ma joue, je compris que lui aussi s'était abandonné à la magie de l'instant. Peu importait que mon pouvoir cesse d'un coup puisque le sien pouvait prendre le relais et faire durer ce moment indéfiniment…

- Sam… Tu es ce que j'ai de plus précieux au monde. S'il t'arrivait malheur, je…

- Chhhht….

Je ne voulais pas entendre ce qu'il ferait si l'on m'exécutait. Je voulais seulement profiter de l'instant présent. Quand mon pouvoir m'abandonna sans crier gare et que Phoenix me serra plus encore contre lui tandis qu'il se chargeait de nous maintenir à une altitude raisonnable, je souris. Je n'étais pas la seule…

Nous restâmes ainsi enlacés encore plusieurs minutes, jusqu'à ce que nos téléphones sonnent pour mettre une fin définitive à la paix que nous avions trouvée.

*

Arrivés à Harper Hill, Phoenix et moi furent surpris du calme qui régnait sur les lieux. D'habitude, il y avait toujours une foule de vampires de passage qui animaient les couloirs de leurs conversations éclectiques, allant du niveau de démocratie en Russie, à la meilleure couleur à adopter pour des porte-jarretelles, mais là, c'était comme si une chape de plomb s'était abattue sur la villa, en même temps qu'elle s'était abattue sur ses dirigeants.

- Tu crois qu'ils savent ? demandai-je à Phoenix en regardant aux alentours, ayant du mal à masquer ma nervosité.

Il me prit la main et la serra. Un courant électrique devenu familier me traversa de part en part.

- Ça m'étonnerait. Ce n'est pas le genre de chose qu'on annonce sans un minimum de préparation.

Je jetai un œil à travers une porte entrouverte donnant accès à la salle de billard toujours bondée en temps normal. Personne.

- C'est tout de même curieux.

Phoenix ne me répondit pas, sa mâchoire crispée indiquait clairement son état d'esprit. Je n'en menais de toute façon pas large non plus. Ce fut donc en silence que nous rejoignîmes les appartements privés de nos chefs de secteur situés derrière la grande salle.

Au moment où j'allais frapper à la porte pour annoncer notre présence, je fus stoppée dans mon élan par mon compagnon qui, brusquement, me saisit par les bras pour m'étourdir d'un baiser qui m'aurait transportée de bonheur si je n'en avais pas senti le goût désespéré. Le cœur soudain comprimé, je le lui rendis avec la même ardeur, mon esprit ayant déjà accepté qu'il n'y aurait de toute façon aucune issue acceptable pour l'un comme pour l'autre.

- Hum…

Phoenix me lâcha à regret quand Talanus, lassé d'attendre notre entrée en nous tenant la porte, se décida à nous interrompre.

- Désolé, mais la situation exige que nous nous réunissions immédiatement.

Sans lâcher ma main, mon ange nous installa sur le canapé de nos hôtes et fixa sans ciller la princesse égyptienne, laquelle nous faisait face avec une gravité dans ses traits que je ne lui avais encore jamais vue.

Talanus vint s'asseoir à côté d'elle et lui prit la main en un geste possessif. Nous tous dans cette pièce avions tout à perdre dans cette histoire. Je ne l'avais pas oublié et je ne pouvais m'empêcher de me sentir horriblement coupable. Le général romain avait raison, la situation était grave, même pire encore :

- Les Grands arrivent, se répéta-t-il après nous avoir appris l'information au téléphone en nous demandant de venir au plus vite à Harper Hill.

- Quand ? demanda Phoenix, sa voix neutre plus effrayante encore que les intonations glaciales qu'il prenait lorsqu'il était en colère.

Les épaules d'Ysis s'affaissèrent.

- Dans deux jours.

- Si tôt ?! m'écriai-je.

J'avais cru naïvement que nous aurions encore un délai me permettant de m'entraîner suffisamment pour que je contrôle mon pouvoir de télékinésie. J'avais réussi un exploit dans les jardins du château de Scarborough, mais je doutais de pouvoir le réitérer sans la concentration qu'il m'avait fallu pour y parvenir. Et puis je voyais mal comment me protéger de la puissance des Grands avec des pétales de fleurs virevoltant et une capacité de lévitation sujette aux crashs à répétition.

J'aurais dû mettre plus de cœur à l'ouvrage plutôt que m'obstiner à vouloir profiter de Phoenix jusqu'au bout. J'avais été égoïste et cela, il risquait de le payer de sa vie. Encore une fois, c'était ma faute. Comment n'avais-je pas prévu que le traumatisme que représentait leur rencontre avec mes ancêtres n'allait pas les pousser à sauter dans le premier avion vers Kerington pour vérifier les atroces rumeurs concernant une vampire nouveau-né aux pupilles aussi démoniaques que la part d'ombre qu'elles cachaient ? Je m'étais voilé la face, et voilà le résultat.

- J'espère que Finn trouvera les mots.

Je fronçai les sourcils en entendant Phoenix prononcer le nom de son créateur.

- Finn ?

- Je l'ai appelé.

- Quand ?

- À mon réveil tout à l'heure. J'ai repensé à ce qui s'était passé l'an dernier et je me suis dit qu'un allié de poids ne serait pas inutile face aux Grands. Je lui ai rapidement expliqué de quoi il retournait et il m'a dit qu'il cessait toutes ses activités pour nous rejoindre.

- Pourquoi ne m'en as-tu pas parlé ?

Mon ton accusateur lui fit baisser la voix.

- Parce que je ne voulais pas gâcher les progrès que tu faisais avec ton pouvoir.

Je réfléchis quelques instants et puis la lumière se fit.

- Je vois. Tu espérais encore avoir une chance de convaincre les Grands de mon inoffensivité avant que mon pouvoir ne se développe, mais après ce qui s'est passé au château, tu as compris que ce serait presque impossible.

Il se tut. J'avais saisi l'idée.

- Et tu crois que Finn pourra nous aider ?

- Il représente un espoir qu'il ne faut pas négliger.

Sa loyauté et sa confiance envers le vampire le plus âgé sur terre étaient touchantes, mais ne faisant pas partie des Grands, je voyais mal comment son père adoptif pourrait faire pencher la balance de leur décision en notre faveur. Toutefois, je me gardai bien de faire un commentaire sur le sujet.

- Mademoiselle Watkins, vous avez réussi à maîtriser votre pouvoir ?

Ysis sembla d'un coup reprendre du poil de la bête. Je haussai les épaules.

- Je ne le maîtrise pas encore, certaines tentatives se sont trouvées couronnées de succès pour un temps très court, c'est tout.

- Il y a peut-être de l'espoir en fin de compte. Nous devons suivre le plan de Léthalée en vous suivant, vous.

- Même si ça nous amène au billot ? grogna Talanus, pas du tout convaincu, tout comme moi d'ailleurs.

Ysis lui caressa la joue et il ferma les yeux, en proie à la douleur en même temps qu'au bien-être.

- Aie foi en la Nuit, Talanus.

- J'ai foi en toi et ça me suffit, dit-il en lui saisissant la taille pour la ramener contre lui et l'embrasser passionnément.

- Hum…

Ce fut à mon tour d'écourter leur baiser avec gêne. Ils étaient quand même beaux tous les deux.

- Que croyez-vous qu'il se passera quand ils seront là ?

Ysis répondit :

- Étant donné la gravité de la situation et le secret lié à celle-ci, je pencherais pour un procès à huis-clos sous couvert d'un prétexte bidon pour éviter que les autres vampires se posent trop de questions.

Phoenix ricana.

- Le fait qu'ils débarquent tous en force est en soi un événement exceptionnel, surtout après une année seulement depuis leur dernière visite. Les interrogations seront inévitables.

- À nous de les gérer au mieux pour qu'on ne soupçonne rien jusqu'à ce que les Grands décident de ce qu'ils vont faire de nous.

- Est-ce qu'ils vont nous enfermer aux cachots ? demandai-je en frémissant.

Mes trois interlocuteurs avaient séjourné quelques temps dans ces lieux où Karl et Ichimi, notamment, avaient été torturés avant d'être exécutés. Ils n'avaient pas très bon souvenir de cette expérience évidemment - Phoenix me l'avait dit - et cela m'avait convaincue que c'était un endroit qu'il me fallait éviter dans la mesure du possible.

Bien sûr, ça n'allait pas être possible d'y échapper !

Un doute s'insinua en moi ; et s'ils nous torturaient aussi ?

Ysis me prit la main.

- Si nous coopérons, ils ne nous tortureront pas, dit-elle, comme si elle avait lu dans mes pensées.

- De toute façon, s'ils veulent préserver les apparences, ils ont tout intérêt à nous laisser libres de nos mouvements… Du moins, au minimum, enchaîna Talanus.

Ça se tenait. Les Grands avaient tout fait depuis des siècles pour cacher la raclée que mes ancêtres leur avaient administrée et qui aurait pu mettre à mal leur autorité sur le monde de la nuit.

- Que ferons-nous ?

- Il va falloir être persuasif, dit la princesse égyptienne. Je sais qu'au moins trois Grands pratiquent toujours le culte de la Nuit. Si nous leur racontons nos expériences avec Léthalée, ils nous accorderont certainement un sursis. Malheureusement, la décision est collégiale. Espérons que Finn saura semer le trouble dans l'esprit des autres.

- Il m'avait semblé qu'Egire était le meneur de la bande. Si nous parvenons à le convaincre lui, les autres suivront peut-être, intervint Phoenix.

Ysis secoua la tête à la négative.

- Ça ne fonctionnera pas pour deux raisons : d'abord, Egire n'a pas vécu la bataille avec les De Castelcourt. Ensuite, ce n'est pas lui le meneur de la bande.

Je haussai les sourcils d'étonnement.

- Pourtant, l'année dernière, c'est lui qui a pris la parole devant l'assemblée et qui a annoncé la décision finale de nous épargner.

- C'est une façade. Les Grands préfèrent qu'on ne sache pas qui est le véritable homme fort de leur groupe afin de préserver l'impression d'unité qu'ils dégagent. Talanus et moi avons fini par le découvrir au bout de six-cents ans, et encore par accident.

- Alors qui est cet homme ?

Ma curiosité avait été éveillée. Était-ce le vampire replet à la voix forte qui avait intimé le silence à la foule venue assister à l'exécution de leur ange l'an passé ? Ou bien le grand type chauve à l'expression maussade ? Ou encore le petit bonhomme à la tête de souris dont j'avais entendu le surnom dans les couloirs de la villa à deux reprises ? (Certains avaient jugé rigolo de lui trouver le sobriquet de *Mickey Mouse*) Quand même pas celui qui ressemblait à un étudiant de vingt-trois ans !

Je n'eus pas besoin de m'interroger davantage.

- Pas un homme, une femme.

Là, j'écarquillai les yeux.

- L'adolescente rousse ?!

Talanus toussota.

- Je l'ai déjà vue égorger un homme qui l'avait qualifiée ainsi. Plus jamais personne ne s'est risqué à prononcer le mot « adolescente » devant elle.

- Mademoiselle Watkins, reprit Ysis, Blodwyn a environ quatre mille ans. Après Finn, elle est la vampire la plus vieille à fouler cette terre et personne n'a jamais su vraiment en quoi consistait son pouvoir à part les autres Grands eux-mêmes.

Je frémis quand un souvenir remonta à la surface de mon esprit.

- Elle m'a regardée droit dans les yeux l'an passé. Ce n'est qu'après qu'elle m'ait jaugée que les autres Grands ont annoncé leur verdict à mon sujet. Peut-être savait-elle déjà qui j'étais, comme vous, vous l'avez deviné, et qu'elle n'a pas voulu me dénoncer…

Ysis fronça les sourcils et maintint un silence pesant entre nous pendant qu'elle réfléchissait.

- Je n'ai soupçonné votre filiation qu'en vous approchant de très près et encore, je n'étais sûre de rien jusqu'à ce que je voie vos yeux changer de couleur en explorant votre esprit. Je connais un peu Blodwyn et je peux vous certifier que la raison pour laquelle elle domine le groupe, c'est parce qu'elle ne vit que pour faire respecter la loi et qu'en conséquence, elle est la plus impitoyable des dix. Ce qui s'est passé au Moyen-âge a failli détruire l'œuvre de plusieurs millénaires, elle ne pourrait tolérer que cela se reproduise. D'autre part, elle est aussi exigeante envers elle-même qu'envers ses collaborateurs, donc je pense que le fait d'être passée à côté de votre ascendance alors qu'elle vous a sondée personnellement va la rendre furieuse. Pour conclure, sans son appui, nous partons avec un handicap de taille.

J'eus envie d'applaudir ma chef de secteur. Elle avait, comme jamais personne auparavant, réussi à faire plonger mon moral en dessous du niveau zéro. Non pas que je concevais de grands espoirs avant, mais là, c'était « la fin des haricots » comme disaient les Français.

- Blodwyn est intransigeante, mais juste. Elle saura écouter nos arguments.

Je regardai Phoenix à la dérobée. Le discours d'Ysis l'avait visiblement ébranlé, mais il persistait tout de même à vouloir croire en la clémence des Grands. Le poids qui pesait déjà sur mes épaules sembla d'un coup m'écraser d'une tonne supplémentaire.

Heureusement, Talanus était plus sage que nous.

- Ça ne sert à rien de spéculer sur ce qu'ils diront. Il vaut mieux s'organiser pour préparer leur arrivée. On ne sait jamais, s'ils voient que nous nous comportons aussi dignement que d'habitude, cela les mettra peut-être dans de bonnes dispositions pour notre procès.

- Tu as raison, mon aimé. On n'aura qu'à laisser courir le bruit qu'ils se sont déplacés pour assister au renouvellement de la cérémonie du lien entre Phoenix et Samantha. Les gens cesseront de se poser des questions et ne verront pas d'inconvénient à se voir exclure de la villa. Ce ne serait pas la première fois que les Grands débarquent chez un chef de secteur en exigeant d'être seuls à occuper les lieux.

Phoenix hocha la tête.

- C'est une bonne idée. Comme ça, nos réputations ne seraient pas mises en péril au cas où nous ressortirions vivants de tout ceci.

Ysis se leva, nous en fîmes tous de même.

- Talanus et moi nous chargeons de tout mettre en place ici. Vous, rentrez à Scarborough. Pendant que Phoenix préparera avec Finn son plaidoyer, vous, Samantha, vous continuerez à vous entraîner à contrôler votre pouvoir.

- En si peu de temps ? Ce ne sera pas suffisant.

- C'est le temps que nous avons.

Je soupirai.

- Très bien, mais une dernière chose. Que va-t-il arriver à François et Angela ? Je ne veux pas qu'on leur fasse du tort à cause de moi.

- Nous dirons qu'ils ignoraient les implications de votre arbre généalogique. Dans un sens, c'est la vérité puisque François ne l'a appris que très tardivement. De toute façon, les Grands ont toujours eu beaucoup d'admiration pour lui, je doute qu'ils veuillent le tuer. Pour eux, il est un exemple que les autres vampires devraient suivre. Par conséquent, son épouse humaine sera à l'abri aussi à condition qu'ils restent à l'écart.

Phoenix soupira à son tour.

- Je connais François, il voudra nous épauler dans cette épreuve.

- Si tu insistes sur le danger que courra sa femme s'il s'obstine à vouloir nous protéger, il renoncera, dit Talanus.

Malgré cette situation dantesque, je me sentis un peu soulagée. Si François, Angela et tous mes amis de Scarborough étaient épargnés, j'aurais au moins la conscience tranquille de ce côté-là.

Phoenix prit ma main et m'entraîna vers la porte. Il était temps de se mettre en route.

- Bonne chance, déclara-t-il simplement en regardant chacun de ses supérieurs.

Talanus hocha la tête, Ysis prit la parole :

- La chance n'a pas sa place ici. Il nous faut suivre le chemin prévu par la Nuit.

Phoenix ne répondit rien et me tira à sa suite. Quant à moi, cette curieuse impression de détenir une information cruciale mais impossible à déterminer s'empara à nouveau de mon esprit, juste le temps qu'une autre sensation, plus désagréable, se fut imposée à celui-ci : une boule d'angoisse pure qui se logea dans mon ventre et dans ma gorge, et qui, si j'avais été humaine, m'aurait consumée, inévitablement…

Pendant le reste de la nuit, je vis très peu Phoenix. En effet, comme je tentais désespérément de faire bouger quelques objets que j'avais sortis dans le jardin pour profiter de l'espace et du calme de celui-ci, mon compagnon s'était empressé de téléphoner à François pour le mettre au courant des derniers événements et lui conseiller de rester à distance de nous jusqu'à la conclusion de cette affaire. Je ne sais pas combien de temps ils restèrent au téléphone, mais je suppose que leur conversation avait duré plusieurs heures.

Notre ami français avait été difficile à convaincre, surtout que j'appris plus tard qu'Angela s'en était mêlée et qu'elle était entrée dans une véritable crise de rage en prenant connaissance de notre destinée future.

Ma meilleure amie si douce et si gentille s'était transformée en une tornade enragée vociférant les pires insanités contre les Grands et mes horribles ancêtres. Cela aurait pu être drôle si ça ne montrait pas à quel point elle était touchée par ce qui nous arrivait. Angela était comme… non. Elle était ma sœur, je l'aimais comme si elle était de mon propre sang et je savais que c'était réciproque, alors je me doutais qu'elle était dévastée à l'idée de ma mort prochaine.

Quant à François… Phoenix me raconta, quand j'allai le retrouver dans notre chambre avant le lever du soleil, que pour la première fois de sa vie, notre mousquetaire avait supplié quelqu'un : lui. J'avais eu du mal d'ailleurs à me faire relater ce qui s'était passé pendant leur conversation car mon ange de la nuit avait sombré dans une sorte de découragement proche de la dépression. Il ne voulait pas en parler, ça l'avait trop secoué.

Heureusement, j'avais fini par le convaincre et il m'expliqua que c'était la première fois qu'ils avaient évoqué ensemble la profondeur de leur amitié. François s'était livré comme jamais et avait confié à Phoenix qu'il le considérait comme son jumeau, plus encore depuis qu'ils s'étaient retrouvés à Scarborough, et qu'il ferait n'importe quoi pour lui.

Phoenix avait été totalement désarçonné par cet aveu. Non pas qu'il ne partageait pas les mêmes sentiments, mais il n'aurait jamais pensé qu'ils soient formulés un jour. Il n'avait jamais été habitué à s'ouvrir aux autres, pas même quand il était humain, pas même avec Keira dont pourtant il avait été le plus proche. Dans sa famille, la vie était trop dure pour s'attarder à s'épancher sur l'amour qu'on ressentait pour les uns et les autres, et plus tard, Finn avait eu beau le considérer comme son fils, il ne le lui avait jamais manifesté autrement que par une affection froide et bourrue.

Mon entrée dans sa vie avait tout bouleversé. Il ne comprenait pas pourquoi je tenais tant à lui, lui qui ne s'en croyait pas digne, alors s'entendre dire qu'il était aimé pour ce qu'il était avait été un véritable choc. Alors qu'il avait encore du mal à y croire, son meilleur ami, auquel il avait toujours préféré Karl (ce qui le faisait encore culpabiliser aujourd'hui), lui avouait qu'il le voyait comme un frère admiré, autant pour ses défauts que pour ses qualités…

Comprendre qu'il avait enfin trouvé une famille unie par des liens plus solides que l'acier, famille qu'il n'avait plus jamais osé rêver d'avoir depuis cinq siècles, l'avait comblé… puis désespéré. Parce que dans deux nuits, il risquait de la perdre pour toujours.

Pour ma part, dans ma liste des premières fois, s'ajouta celle de sa vulnérabilité à cet instant. Phoenix avait toujours été mon roc et le voir ainsi, dévoré par l'angoisse et le chagrin, déclencha mon instinct de protection.

Comme une mère l'aurait fait, je l'avais attiré contre moi et l'avais bercé contre mon sein en lui murmurant des paroles apaisantes. Combien de fois m'avait-il tenue ainsi avant que je ne m'endorme depuis que nous nous connaissions ? Il était normal, voire nécessaire que nous inversions les rôles cette fois-ci. C'est pourquoi, avec une patience infinie, j'attendis que le sommeil l'emporte en lui caressant le visage et les cheveux et en continuant à le rassurer sur notre avenir avec des mots que je ne pensais pas.

Je mentais, je le savais, et je pense qu'il le savait aussi. Néanmoins, à cet instant, nous avions besoin l'un comme l'autre d'oublier la vérité…

Alors malgré le temps qui fuyait, inexorable, nous rapprochant de l'échéance redoutée, nous nous laissâmes emporter par Morphée, sous la seule et unique condition qu'il nous permette de rester ainsi enlacés.

*

À mon réveil, je fus soulagée de voir que mon compagnon avait retrouvé un semblant d'optimisme. Bien que je ne partageais pas l'espoir de ma survie, je préférais le voir concentré sur son argumentaire, assis dans son bureau, une tasse de sang encore pleine et déjà froide posée à côté de lui, que déprimé comme la veille.

J'allai rapidement l'embrasser sur le front pour ne pas le déranger et me dépêchai de me préparer pour m'entraîner dehors. Sur le perron, je jetai un regard mauvais du côté de la Lune, en la maudissant copieusement de s'acharner à me pourrir l'existence et d'apparaître aussi tard en période estivale. Avec la chance que j'avais, il avait fallu que tout ceci arrive en plein mois de juillet, quand les jours rallongeaient, me privant ainsi de la possibilité de m'exercer au mieux à la maîtrise de la télékinésie.

- Pff…

Ma colère se mua en découragement une fois devant les casseroles, le balai, et les objets divers et variés que j'avais sélectionnés pour mon travail en extérieur. Non ! Il fallait que je me secoue si je voulais avoir une chance de sauver les êtres qui m'étaient les plus chers.

J'avais toujours dans l'idée d'obliger les Grands à promettre de laisser la vie à mes amis en échange de la mienne. Je voulais, en dernier recours, si la parole ne parvenait pas à les convaincre, les impressionner avec mes talents, quitte à les menacer de tous les massacrer s'ils ne me donnaient pas satisfaction. Ils auraient tout à y gagner ; la plus grande menace à leur autorité qui acceptait de se faire exécuter à condition que les gens qu'elle aime soient épargnés... c'était un marché honnête ! Du moins j'espérais qu'ils le considéreraient comme tel et surtout, qu'ils tiendraient parole. Enfin... si je n'arrivais pas à faire bouger ce fichu balai d'un centimètre, je n'impressionnerais personne et là, adieu mon plan ! Nom de nom !

Je ne sais combien d'heures j'étais restée là, ouvrant et fermant les yeux pour vérifier que mon don agissait. À un moment, excédée, j'avais attrapé le balai, cassé le manche en bois sur mon genou et lancé tant et si bien les morceaux que ceux-ci allèrent se ficher profondément dans l'écorce du saule pleureur au bout de la propriété. Ça ne m'avait servi à rien, mais je me sentais un peu mieux... mis à part qu'il faudrait que je rachète un balai neuf.

Une rasade de sang plus tard, je me remis en condition et tentai de renouveler mon dernier exploit. Phoenix étant la clef, je visualisai son visage dans mon esprit, traçant le contour de son menton avec mes doigts, caressant ses cheveux ondulant dans la brise nocturne. Je me sentis beaucoup plus calme et m'étonnai de constater l'effet que cet homme avait sur moi, même en pensée. Quand un frôlement d'air me fit frissonner, je sentis le fantôme de mon cœur battre d'anticipation. J'y étais.

Lentement, je cessai de me représenter Phoenix pour visualiser dans mon esprit la couverture sur laquelle j'avais disposé tous mes outils. Un nouveau frôlement fit voleter l'une de mes mèches, il fallait que je persévère. Après la couverture, je revis chaque objet : un vase, une chaussure de sport, la fameuse petite cuillère qui m'avait tant énervée l'autre fois, un seau, un couteau de cuisine, deux casseroles de taille différente.

J'en étais au couteau lorsqu'un nouveau courant d'air me toucha.

Je réagis au quart de seconde.

En poussant un rugissement terrible, je bondis tel un fauve enragé sur la présence étrangère que mon instinct avait sentie derrière mon dos, et dont le déplacement d'air sans aucune commune mesure avec les ondes annonciatrices de mon pouvoir, avait révélée. Je venais de positionner mes deux mains sur la tête de mon agresseur pour la lui arracher lorsqu'une étincelle de raison me fit stopper net mon geste pour deux motifs : le premier était que le vampire qui m'avait surprise ne faisait aucune tentative pour se défendre, le second était que je le connaissais.

- SAM !!! entendis-je hurler alors que je prenais conscience de l'identité de la personne que je chevauchais, les yeux enflammés d'un rouge plus démoniaque que toutes les flammes de l'Enfer réunies.

Phoenix venait d'arriver sur le perron, l'arme au poing, prêt au massacre pour me protéger. Comme moi, il était choqué par la situation.

- Quand vous aurez fini, qui de me regarder avec les yeux qui lui sortent de la tête, qui de tenir mon visage comprimé dans un étau et de m'écraser les genoux, vous pourrez peut-être vous comporter comme des hôtes dignes de ce nom ! grogna Finn, affichant une expression exaspérée assez comique.

- Oups ! m'exclamai-je en vidant aussitôt la place pour permettre au créateur de mon créateur de se lever.

Ce faisant, un cri étranglé m'échappa. Je venais d'apercevoir le manche du couteau de cuisine dépasser de sa cage thoracique.

- Nom de Dieu ! Mais qu'est-ce que c'est que ça ?! s'écria Phoenix tandis que Finn enlevait la lame de dix centimètres qui s'était fichée dans son cœur.

- Eh bien, heureusement pour moi, ce n'est pas de l'argent, dit platement ce dernier. Félicitations, Mademoiselle, personne avant vous n'avait réussi à me loger un couteau à cet endroit, couteau qui, si je ne m'abuse, n'était pas entre vos mains au moment où j'ai atterri derrière vous.

Même s'il me faisait un compliment et que j'aurais dû me réjouir d'être parvenue à faire bouger un objet de petite taille, j'étais totalement morte de honte de l'avoir poignardé. Et si ç'avait été quelqu'un d'autre ? Matthew ou Angela ?

Je n'avais pas réfléchi. J'avais réagi instinctivement.

Dès que j'avais senti la présence en question, je l'avais considérée comme une menace pour Phoenix et avant de me retourner, j'avais pensé que je percerais le cœur à quiconque essaierait de lui faire du mal.

Le résultat était là, et il me regardait avec un drôle d'air, moitié mécontent, moitié admiratif. Au secours.

Je voyais autrement le retour de Finn à Scarborough que par un accueil aussi lamentable.

- Je suis désolée, dis-je, piteusement.

Celui-ci me considéra avec une franche curiosité.

- J'avoue que je ne savais pas vraiment à quoi m'attendre après le coup de fil que m'a passé Phoenix, lequel ne s'est pas vraiment étendu en explications sur ce qui vous arrive. Par conséquent, après cette petite démonstration, j'ai grand hâte d'écouter toute l'histoire qui se cache derrière le rouge de vos pupilles, chère amie.

Je ne sus quoi répondre. Toute ma vie, j'avais été terrorisée à l'idée d'être au centre de l'attention générale et le fait que cela m'était arrivé plusieurs fois face à une foule de créatures cauchemardesques m'avait prouvé que j'étais capable d'y survivre même si j'en détestais chaque instant. Toutefois, j'aurais certainement mieux supporté me retrouver au beau milieu d'un stade de foot à courir toute nue en hurlant des chansons paillardes que de subir l'examen critique de mon « beau-père », dont l'aura de puissance parvenait à me faire trembler comme une petite fille.

- Il serait plus approprié pour les hôtes que nous sommes que l'on te fasse entrer pour te raconter tout ce qui nous est arrivé depuis ta dernière visite.

Finn se gratta le menton.

- Effectivement. J'ai dû laisser toutes mes affaires en plan pour vous rejoindre et ces idiots de l'aéroport ont oublié de refaire les stocks du jet dans lequel je suis venu, donc je ne serai pas contre un bol de sang et un canapé moelleux pour écouter tout ce que vous aurez à me dire. Vous savez comme j'aime les récits détaillés, n'est-ce pas Mademoiselle Watkins ?

Si j'avais oublié ? Ma gorge en feu à la fin des heures du monologue qu'il m'avait imposé pour qu'il comprenne pourquoi les Grands étaient intervenus l'an dernier, était un traumatisme bien ancré dans mon esprit. Finn me faisait tellement peur à ce moment-là que je n'avais osé lui demander ni de me laisser aller boire de l'eau ni aller aux toilettes !

- Hum. Je vous en prie, appelez-moi Samantha… Suivez-moi.

Une fois à l'intérieur, je le conduisis dans le salon où il s'installa avec Phoenix et lui demandai à quelle température il souhaitait boire son breuvage.

- Eh bien, en temps normal je dirais à température ambiante du corps humain, mais maintenant que vous êtes une vampire, le A + que vous recelez ne pourra pas me servir à me régaler.

Il s'esclaffa.

Je l'imitai, plus pour lui faire plaisir que parce que je goûtais son sens de l'humour. Il devait bien s'entendre avec Talanus celui-là !

Je m'exécutai et revins avec un grand bol pour lui, une tasse pour Phoenix et une autre pour moi. Phoenix repoussa la sienne.

- Non, je n'ai pas faim.

Je fronçai les sourcils et lui mis la tasse sous le nez.

- Mange. Je vais avoir besoin que tu gardes tes forces pour m'épauler demain.

C'était un argument blessant puisqu'il rappelait notre situation désespérée, mais efficace. Phoenix me foudroya du regard, ce qui ne l'empêcha pas de saisir l'objet et de boire son contenu d'un trait.

- Satisfaite ? maugréa-t-il.

Je hochai la tête et m'assis dans un fauteuil. Finn n'avait rien perdu de notre échange.

- Alors comme ça, tu as arraché la tête de la dernière des Rowe-Harrell parce qu'elle avait interrompu votre cérémonie du lien ?

A priori, Finn avait décidé de me tutoyer. À sa guise, je n'oserais jamais lui rendre la pareille.

- Il fallait rétablir notre honneur et prouver ce qu'il en coûtait de s'attaquer à l'ange du comté ainsi qu'à son assistante.

- Pourtant ses affirmations étaient vraies d'après ce que m'a dit Phoenix au téléphone. Il t'a transformée sans demander l'accord de ses chefs de secteur. Vous avez transgressé la loi.

Il y eut un silence témoignant d'un certain malaise. Dans l'histoire, c'était on ne peut plus vrai que les tenants du respect de la loi l'avaient eux-mêmes foulée au pied parce que ça les arrangeait. Je n'avais pas de cas de conscience puisque j'étais heureuse d'avoir été ressuscitée finalement, mais cela ne m'empêchait pas de reconnaître que nous avions mal agi.

- J'ai fait ce qu'il fallait pour que ma raison de vivre me revienne. Je le referai, sans hésiter, trancha Phoenix d'une voix froide.

J'étais stupéfaite de sa façon de s'adresser à son père adoptif, comme s'il le mettait au défi de le juger sur sa décision. Finn sembla surpris lui aussi, puis haussa les épaules.

- Je ne te jette pas la pierre. Je prends simplement la mesure de ce qui a conduit les Grands à décider de revenir ici après seulement un an d'absence.

- C'est ma faute, dis-je. En me laissant aveugler par ma haine et en laissant mon héritage décupler ma rage de sang, j'ai ouvert la porte à notre destruction. Ce n'était plus qu'une question de temps avant que l'éclat de mes yeux comme celui de ma vengeance ne parviennent aux oreilles des Grands et les convainquent qu'une descendante de la famille De Castelcourt avait échappé au massacre survenu plusieurs siècles plus tôt en France.

La lueur de curiosité avide se ralluma dans les prunelles de mon interlocuteur :

- Racontez-moi tout.

Il ne nous fallut pas moins de trois heures pour faire le « résumé » de tout ce qui nous était arrivé après son départ, en développant sur le Cercle de Mellindra, et plus particulièrement sur mes origines et l'événement qui avait poussé les Grands à décider que je n'aurais jamais dû vivre. Finn analysait tout, posait des questions sur tout et ne semblait jamais avoir envie de faire la moindre pause. C'était comme un disque dur qui enregistrait une énorme quantité de données. Il avalait, il avalait, sans jamais nous arrêter, sans jamais avoir envie que cela s'arrête. Le seul moment où il montra quelque peu ses sentiments fut lorsque je lui expliquai les soupçons que nous avions conçus à propos du rôle d'espions des Grands de Javas et Cassie. Il m'impressionnait vraiment et je ressentis un véritable embarras quand il me scruta de la tête aux pieds une fois arrivés à l'épisode de mon héritage familial.

- Quand Phoenix m'a dit que tu étais télékinésique, je n'ai d'abord pas voulu le croire car ce pouvoir est excessivement rare et redouté parmi les nôtres depuis la nuit des temps, mais le souvenir que m'a laissé ton couteau est bien tangible. Ma chère Samantha, il semble que tu sois devenue la femme la plus puissante sur terre. Les Grands ont raison de te craindre.

Je n'étais pas sûre d'apprécier son ton, moitié formel comme si tout cela n'avait aucune importance, moitié admiratif, comme s'il y avait de quoi se réjouir de ce qui m'arrivait.

- Leur crainte n'est pas fondée, je n'aspire qu'à vivre en paix, pas à les détrôner.

Finn haussa les sourcils de stupéfaction.

- Je ne suis pas comme mes ancêtres. De toute façon, même si c'était le cas, je ne vois pas comment je m'y prendrais puisque je suis incapable de contrôler ce pouvoir. Ce qui vous est arrivé n'était qu'un accident.

L'expression de Finn devint mystérieuse, indéfinissable.

- Il va falloir travailler là-dessus.

- Qu'est-ce que vous croyez que je fais depuis qu'il s'est manifesté ?! Que je me tourne les pouces ?

Il y eut un silence.

- J'espère que tu sauras mieux tenir ta langue devant les Grands.

Malgré la peur que cet homme m'inspirait, j'allais tout de même lui répondre vertement qu'il n'était pas à ma place quand un bruit à l'extérieur du château nous fit tous dresser l'oreille.

Aux premières paroles échangées par les intrus, je ne pus m'empêcher de sourire tandis que Phoenix secouait la tête de dépit.

- Qui est-ce ? demanda Finn.

- Ils n'ont pas pu s'en empêcher… murmura mon compagnon dont la voix trahissait un mélange d'exaspération et de satisfaction.

Pour ma part, je ne pouvais me permettre de rester aussi calme et je me levai en direction du hall d'entrée dont la porte ne tarderait plus à s'ouvrir d'après les voix que je distinguais.

À peine les personnes auxquelles elles appartenaient avaient franchi le seuil que je comblai en une seconde la distance qui nous séparait pour les étreindre chacune à leur tour, m'attardant un peu plus sur la femme blonde qui s'évertuait à me garder contre elle en pleurant et en me répétant que « Ces salauds ne me feraient rien ».

François et Angela avaient désobéi à la recommandation de Phoenix de se tenir à distance de nous. Plus encore, ils étaient venus avec Matthew, dont la pâleur du visage et les yeux injectés de sang témoignaient de sa profonde indignation quant à ce qui se passait. Il me serra lui aussi très fort contre lui et sentant la présence de mon compagnon dans mon dos, j'eus peur un instant qu'il ne laisse libre cours à son instinct de possession en obligeant mon ami à s'écarter de moi.

Il ne le fit pas.

Au contraire, il alla saluer chacun d'eux et s'autorisa même une poignée de main avec son rival, ce qui me fit béer comme une idiote.

- Malgré tout ce qui s'est passé entre nous, je suis heureux que tu viennes la soutenir.

Je fermai la bouche et les observai. Matthew semblait sur ses gardes, mais il hocha la tête, déterminé. Quant à Phoenix…

J'eus l'impression de retomber amoureuse de lui en cet instant.

Il m'avait confessé haïr Matthew parce qu'il m'aimait et ne s'était retenu de le tuer que parce que cela m'aurait fait de la peine. Ils avaient failli en finir aux mains plusieurs fois et avaient même fini par se battre (enfin… Matthew s'était fait battre), pourtant, son accueil prouvait qu'il souhaitait enterrer la hache de guerre… pour moi.

Une bouffée d'amour fit que mon cœur se gonfla tant je crus qu'il allait exploser hors de moi. J'avais conscience comme jamais auparavant que Phoenix serait le seul et unique homme que j'aimerais de toute ma vie et au-delà, si au-delà il y avait.

Il dut sentir mon regard car il se retourna vers moi après avoir faussement morigéné François sur sa désobéissance, et à la façon dont il me sourit, je compris qu'il ressentait la même chose et que si nous avions été seuls, je me serais jetée à son cou pour m'y suspendre jusqu'à la fin des temps.

Mais pour l'heure, il nous fallait profiter des derniers moments qui nous restaient avec nos amis les plus chers avant l'arrivée des Grands, ce qui m'emplissait de joie en même temps que du désespoir de pressentir qu'au bout du compte, je ne les reverrais jamais.

*

Il était déjà très tard selon les critères humains lorsque François, Matthew et Angela nous avaient rejoints aux alentours de trois heures du matin, ce 09 juillet. Ils avaient argumenté qu'à partir du moment où Phoenix les avait prévenus de ce qui nous attendait, ils avaient considéré que leur devoir était d'être auprès de nous. C'est ainsi qu'ils avaient fini par rompre leur promesse de se tenir à l'écart et avaient emmené Matthew à qui Angela avait tout raconté. Ce dernier s'était également mis dans une colère noire et avait menacé de foncer tête baissée à Harper Hill pour dire aux Grands sa façon de penser. Heureusement que sa meilleure amie avait un cerveau en état de fonctionner et elle avait pu le convaincre de se calmer.

Ils étaient donc venus pour m'encourager à soulever de loin mes cuillères (après ce qui s'était passé avec Finn, mieux valait s'en tenir aux petits objets inoffensifs) et pour aider Phoenix à rédiger son argumentaire. Matthew n'en démordit pas jusqu'à ce que ce dernier finisse par lui tendre son stylo et qu'il lui permette de rédiger une lettre au nom du Cercle de Mellindra dans laquelle il exposait avec un style efficace quoique irrévérencieux, les raisons pour lesquels mes supérieurs et moi devions survivre. Il ne menaçait pas tout à fait de rompre la trêve fragile que nous avions eu tant de mal à édifier entre le Cercle et les vampires (nous ne l'aurions pas accepté) mais il laissait entendre aux Grands que nous tuer reviendrait à priver les deux groupes de leurs meilleurs intermédiaires.

Phoenix ne le montrait pas mais je sentais qu'il commençait à changer d'avis sur Matthew et que, sans pour autant l'apprécier, il le respectait. Cela se voyait à la façon dont il lui parlait... Il lui parlait... sans avoir envie de le tuer, c'était un progrès manifeste. Enfin !

Comme François était plus à même de tempérer les ardeurs littéraires de Matthew que Phoenix, il était resté avec eux dans le bureau et n'avait pas pu résister à l'envie d'écrire lui aussi un mot gentil à mon égard. En le lisant plus tard, je m'étais dit que tous les saints du Paradis avaient de la concurrence sur terre, car mon mousquetaire français était l'être le plus généreux que j'avais jamais rencontré.

Angela avait tenu à rester dans le jardin et se tenait derrière moi, à trois bons mètres de distance au cas où j'aurais fait voler un objet dans tous les sens, et m'encourageait vivement. J'aurais pu être dérangée par ce trouble à ma concentration, mais bizarrement, cela me faisait du bien et m'aidait à me détendre.

Finn se tenait à mes côtés et ignorait royalement les risques de se prendre une casserole sur la tête. Quand je lui avais proposé de s'éloigner par souci de sécurité, il s'était contenté de m'adresser un sourire narquois qui me hérissa bien moins que sa réponse :

- Ne t'occupe pas de moi, contente-toi de réussir là où jusqu'ici tu ne faisais qu'essayer.

J'entendis nettement mes dents grincer quand je les serrai pour m'éviter de laisser échapper une parole désagréable.

Il me fallut quelques instants pour me calmer, ce que me facilitèrent les encouragements de ma libraire préférée. À un moment, mes efforts furent récompensés par l'envolée dans les airs du seau et de la chaussure de sport, ce qui me valut un « Hourra ! » sonore d'Angela et un vague « Enfin… » de Finn.

- Tu as vu ? demandai-je à mon amie en ignorant royalement mon ronchon de beau-père.

- Oui ! C'est incroyable ! Où les as-tu envoyés ?

Je me décomposai brutalement et regardai le ciel.

Rien.

Flûte ! J'étais tellement contente d'avoir réussi à les faire bouger en étant lucide et efficace malgré la présence de spectateurs, que je n'avais pas pensé à garder le contrôle des deux objets.

Un ricanement moqueur me fit me retourner, les yeux déjà rouges à l'idée de la remarque que je n'allais pas manquer d'entendre.

- Est-ce la façon dont tu comptes t'y prendre avec les Grands ? Tu vas les envoyer en orbite autour de la Terre et te tourner les pouces en attendant que la gravité les fasse revenir ? dit-il en s'esclaffant.

Je lui montrai les crocs. Finn Jorgensen était peut-être le créateur de Phoenix et le plus vieux vampire au monde auquel je devais un respect éternel, il n'en restait pas moins que j'avais envie de lui faire ravaler ses paroles.

- Je vous interdis de…

Je n'eus pas le temps de finir ma phrase que l'intéressé se retrouva allongé sur le dos, totalement assommé après que la gravité eut fait son travail comme il avait dit, en faisant en sorte que le seau en métal que j'avais envoyé très haut dans les nuages, lui retombe sur la tête avec la violence d'un boulet de canon.

Mon premier réflexe fut d'aller à son secours, mais quand la chaussure de sport de Phoenix atterrit sur le seau en question qui abritait encore la tête de sa victime, et dont la chute dut l'étourdir encore en raison du fracas épouvantable qu'elle occasionna, j'oubliai mes premières intentions et tombai au sol en hurlant de rire comme jamais auparavant, suivie de peu par Angela qui me tomba dessus en poussant des hennissements incontrôlables et que je ne lui avais jamais entendus.

C'est ainsi que Phoenix, François et Matthew nous trouvèrent, quand à l'approche de l'aurore ils s'étaient dirigés vers la sortie pour voir où nous en étions. Finn gisait toujours assommé et je savais qu'il me haïrait en se réveillant vu qu'au train où allaient les choses, nous serions obligés de le coucher dans notre chambre pendant que le sommeil des vampires succèderait à l'inconscience cependant, je ne pouvais que savourer la drôlerie de la situation, aussi ubuesque que libératrice d'une nervosité et d'une angoisse dont je n'arrivais pas à me départir auparavant.

Alors quand mon compagnon qui vivait dans une plus grande angoisse que moi encore, avisa son maître ainsi, il ne chercha pas à me faire la leçon.

Il se mit à rire lui aussi…

Ce fut donc dans la bonne humeur que nous nous quittâmes, nos amis et nous. Angela versa tout de même une larme que je m'empressai d'essuyer avant de la serrer dans mes bras, Matthew m'embrassa sur le front et m'enlaça à m'en étouffer, François me surprit en passant outre sa timidité avec les femmes et en me serrant contre lui de longues minutes.

Lorsque les grilles se refermèrent, je sentis une énorme brique tomber dans mon estomac. Je venais de dire adieu aux personnes que j'aimais le plus au monde.

Pleurer ne servirait à rien et j'avais dans l'idée de passer le peu de temps qu'il restait avant le lever du jour à autre chose donc sans un mot, je me dirigeai vers Finn et le soulevai d'un seul bras pour le mettre sur mon épaule.

Phoenix ne chercha pas à être galant, j'étais une vampire, pas une femmelette, alors il se contenta de m'ouvrir les portes afin que je puisse déposer mon fardeau dans notre chambre, en veillant à le border correctement.

Une fois la porte de la pièce secrète refermée, je regardai mon compagnon, mes yeux s'étant déjà colorés d'un rouge aussi profond que le désir de lui qui m'animait.

- J'espère que tu n'es pas fatigué, dis-je en levant le menton pour le défier de me dire oui.

Phoenix me fixa, sourit, puis me fit hoqueter de stupeur lorsqu'il se baissa pour me soumettre au même traitement que Finn, c'est-à-dire me transporter sur son épaule jusqu'à mon ancienne chambre où il ne se contenta pas de me border…

*

En m'éveillant le lendemain, je sentis un grand sourire naître sur mes lèvres.

Non pas que j'oubliais que mon procès débuterait dans quelques heures à peine ; nous savions que nous recevrions un texto nous ordonnant de nous rendre à Harper Hill. Non…

La raison pour laquelle je souriais était que Phoenix s'était réveillé avant moi… et qu'il me regardait avec une passion dans les yeux qui me fit frémir comme la veille alors que les brumes du sommeil ne m'avaient pas encore quittée.

- Bonjour, dis-je en passant ma main dans ses cheveux soyeux.

Il la saisit et la ramena vers sa joue. Il ferma les yeux à son contact, puis l'apporta à sa bouche pour en embrasser la paume. Le frémissement devint tsunami bouillonnant à l'intérieur de moi.

- Bonjour.

Sa voix grave et sensuelle fit vibrer chaque cellule de mon organisme et lorsqu'il posa ses lèvres sur les miennes, je fus complètement réveillée. Seul le drap entre nous séparait nos deux corps nus, ce qui me mettait au supplice. Pourtant, était-ce bien sage de nous lancer dans une nouvelle étreinte quand nos téléphones pouvaient se mettre à sonner à tout moment ou que Finn pouvait débouler n'importe quand avec la volonté de m'écraser un seau sur la tête pour se venger de celui qui était tombé sur la sienne la veille ? Ne fallait-il pas que j'utilise ce temps de répit pour m'entraîner encore à contrôler mon pouvoir ?

Lorsque le corps chaud de mon partenaire remplaça le drap qui me recouvrait, lequel avait été lancé au loin, mes questions furent oubliées. C'est ainsi que sans cesser de m'embrasser et sans davantage de préliminaires, Phoenix écarta mes jambes et s'employa à me combler de plaisir jusqu'à ce que mes gémissements effrénés se transforment en cri d'extase au moment où il atteignait lui aussi la jouissance en poussant un rugissement sauvage qui me fit l'effet d'une caresse d'une sensualité hors du commun.

La tête de mon amant reposant sur mon épaule, son bras possessif autour de ma taille, je me sentais étonnamment bien pour quelqu'un qui allait mourir. J'étais… au nirvana.

Du moins jusqu'à ce qui suivit :

- Je ne veux pas te perdre.

L'accent fiévreux et désespéré de sa voix fit éclater ma bulle de bien-être et comprendre que la rage avec laquelle Phoenix m'avait fait l'amour avait pour origine cette peur qu'on me ravisse à lui.

- Tu ne me perdras pas. Ni maintenant, ni jamais.

C'était la vérité. Peu importait que je sois condamnée ce soir, je savais au fond de moi que le lien qui m'unissait à cet homme était plus puissant que la mort.

Il me serra un peu plus et soupira comme pour s'ordonner mentalement de se rappeler qu'il devait être optimiste pour nous deux.

- Parfois j'aimerais être née au XVe siècle en Irlande, dis-je sans réfléchir, et qu'au lieu de croiser la route de Finn ou de Lord Carson, tu me croises, moi.

Il releva la tête et me contempla, ses prunelles azurées zébrées de petits éclairs.

- Qu'aurais-tu fait ?

J'inspirai et laissai mon esprit modeler au fur et à mesure ma réponse.

- Je crois que pour changer, ce serait le soleil qui t'aurait fait me remarquer par une belle journée d'été. Évidemment, je t'aurais ébloui par ma grande beauté et mon doux caractère dès que tes yeux se seraient posés sur moi…

Phoenix souleva ses beaux sourcils et laissa son sourire narquois se dessiner au coin de sa bouche.

- Ton doux caractère ? Et comment aurais-je pu m'en rendre compte en te croisant, belle inconnue ?

- Chut. N'interrompts pas notre première rencontre !

Il s'esclaffa, mais se tut. Je poursuivis :

- Tu aurais tout fait pour que je tombe amoureuse de toi, mais je t'aurais résisté parce que je ne suis pas une fille facile. (Il s'esclaffa encore) Toutes les autres femmes de ton village auraient essayé de te séduire, mais j'aurais été la seule à avoir su capter ton attention.

- Hormis la date, c'est l'exacte vérité.

Je retroussai mes lèvres en un rictus mauvais.

- D'accord, d'accord. Je me tais.

- Bien. Où en étais-je ? Ah oui. Après de longues tentatives infructueuses, tu aurais enfin réussi à gagner mon cœur et ma main et je t'aurais rendu la vie impossible avec la plus grande joie. (Nouveau rire) Bref... (je fermai les yeux, ma voix se fit plus lointaine) nous aurions vécu jusqu'à un âge très avancé pour de simples mortels, suffisamment pour constater à quel point nous avions été heureux ensemble, à élever nos enfants qui, à leur tour, auraient eu leur propre descendance, laquelle nous fatiguerait plusieurs fois la semaine en courant partout dans la maison à chaque visite. Et au soir de notre vie, nous nous serions installés tous les deux sur un petit banc en bois près du potager, et nous aurions goûté la caresse d'un coucher de soleil en faisant un signe de la main à Keira qui, dans la maison d'en face, avec son mari Thomas, auraient eu la même idée.

Mon cœur se serra en achevant ce récit. J'aurais aimé que ce soit vrai.

En ouvrant les paupières, je constatai que je n'étais pas la seule. Mon compagnon m'observait toujours et l'espace d'un instant, je crus que la lueur de ses iris était due à l'accumulation de larmes d'émotion. Je me sentis soudain honteuse :

- Pardon. Je n'aurais pas dû te parler de Keira.

Il me caressa tendrement la joue.

- Ne t'excuse pas. Cette image de nous tous est bien plus belle à imaginer que tout ce que j'ai pu faire jusque-là pour oublier ce qui est arrivé à ma famille.

- Vraiment ?

Il déposa un doux baiser sur ma joue.

- Merci. Je crois que la prochaine fois que tu imagineras notre vie au XVe siècle, je te demanderai d'insister sur nos enfants. J'avoue que je suis curieux.

Mon Dieu… Ce type me faisait perdre tout sens commun quand il me parlait comme ça !

J'attirai son visage contre le mien et laissai tomber la douceur pour le faire basculer de sorte de le chevaucher sans cesser de l'embrasser. Loin de se laisser faire, il se dressa en position assise et me saisit les jambes pour les faire passer autour de sa taille tandis qu'il s'affairait à me mordiller le cou.

La tête renversée en arrière, je m'attendais d'un instant à l'autre à ressentir à nouveau les bienfaits de l'extase sexuelle pour l'apaisement des angoisses, lorsque je me raidis en entendant ceci :

- Comptez-vous faire l'amour jusqu'à notre départ ou serait-ce trop demander d'avoir un peu de compagnie en bas ?! Il me semblait, Samantha, qu'il fallait désormais t'entraîner aux atterrissages !

Un grondement sonore et exaspéré m'échappa en même temps que des picotements de gêne me parcouraient les bras. D'un côté j'enrageais que Finn ose nous interrompre en se plaignant comme un touriste mal élevé, de l'autre, j'étais embarrassée à l'idée qu'il avait entendu tout ce qui s'était passé dans cette chambre depuis le rez-de-chaussée.

Phoenix sourit, mais je lus tout de même une pointe de regret dans ses yeux.

- Finn a raison. Il ne faut pas perdre de temps.

Je me mordis la lèvre. Je ne considérais pas notre étreinte comme une perte de temps ! Un peu énervée, j'allai sélectionner quelques affaires avant d'aller dans la salle de bain. J'attendis que Phoenix ait fini pour descendre, vu qu'encore vexée pour tout à l'heure, je n'avais pas voulu me tenir seule avec son créateur de peur d'être malpolie.

Bien m'en prit puisqu'en arrivant dans le salon, sa façon de me scruter, comme un chien devant un os à ronger, me mit mal à l'aise. Par respect pour Phoenix, qui ne semblait avoir rien remarqué, je me retins de lui signaler l'incorrection de son comportement, mais je ne pouvais m'empêcher de frissonner quand ses yeux se posaient sur moi. Il ne me désirait pas tout de même !

Je dus garder pour moi mes doutes, d'autant qu'il était plus que l'heure de s'entraîner. Pendant un bon moment dans le jardin, je tentais de renouveler l'envoi d'objets dans les airs, mais force m'était de constater que je ne parvenais pas à retrouver ce point de calme en moi qui m'avait permis de mobiliser mon pouvoir, même pour un temps très court. Quelle barbe !

Alors que j'en étais à ce juron interne, je fus ébahie de recevoir soudain dans ma main, l'une des cuillères à terre juste avant.

J'étais tellement sidérée que j'entendis à peine Phoenix me féliciter.

Il fallait que je pousse mon avantage. Fermant les yeux pour me concentrer, j'imaginai que la cuillère repartait doucement vers son lieu d'origine... et les ouvris dès que la main qui la tenait fut vide à nouveau.

- Bravo, Sam ! Cette fois, je crois que tu es sur la bonne voie !

Je rendis son sourire à Phoenix avant de me tourner vers la couverture. Mais où était la cuillère ? En tout cas, pas là où elle aurait dû être.

- Je n'aimerais pas être un de vos ennemis.

Je fronçai les sourcils. Pourquoi Finn disait-il ça ? Je n'allais tout de même pas percer le cœur de mes ennemis avec une petite cuillère ! Je n'étais pas Hannibal Lecter !

Un doute m'envahit et je pivotai de sorte d'avoir le saule pleureur dans mon champ de vision. Ah... Ouais... La cuillère avait rejoint les morceaux de manche à balai au milieu du tronc. Ce n'était pas vraiment le résultat que j'espérais.

- Si vous contrôlez ce pouvoir, vous pouvez être le maître du monde.

Il n'en avait pas assez de me rappeler toutes les cinq minutes que j'étais une trop grande menace pour le pouvoir en place ? Et puis c'était quoi encore cette façon de me regarder ? Son fils adoptif était juste à côté, bon sang ! Il y avait des limites à ma tolérance !

- Non mais, allez-vous arrêter de…

Je ne finis pas ma phrase, une boule de terreur m'en empêchant.

Nos téléphones venaient de sonner.

L'heure était venue.

*

Le trajet vers Harper Hill se fit dans le silence le plus mortel qui fût. Nous avions tous conscience de l'épée de Damoclès qui inexorablement, se rapprochait, au mieux de ma nuque, au pire, de celle des personnes que je chérissais.

Ce que je ressentais… Les vampires pouvaient-ils avoir la nausée ? Toujours est-il que j'avais l'impression que tous mes organes internes poussaient vers le haut pour s'échapper de mon corps en sursis.

Phoenix n'était pas mieux. J'avais déjà vu sa mâchoire se contracter par la tension nerveuse, mais là, je me demandais carrément comment ses os parvenaient à ne pas se transformer en petite poudre sous la pression ; tout comme je me demandais si nous arriverions à destination avant que le volant de la Camaro ne rende définitivement l'âme après tant de mauvais traitements.

Quant à Finn… Je lui jetais des coups d'œil de temps en temps et ce que je voyais me laissait perplexe. Je me souvenais de l'aura de colère qu'il irradiait l'an passé lorsqu'il avait appris la condamnation à mort de son fils adoptif : c'était comme s'il s'apprêtait à carboniser la terre entière avec la seule puissance de sa fureur. Là, je ne captais rien d'autre qu'un léger raidissement des muscles, signe d'une tension contenue forçant l'admiration.

C'était étrange… Sa confiance affichée était-elle simplement liée à sa conviction que je serais la seule à mourir et que son fils serait épargné (si c'était ça, ce n'était pas sympa pour moi) ou savait-il quelque chose que nous ignorions ? Bref, ce type était une énigme ambulante et je ne comptais pas passer le reste du temps qui me restait à vivre à me poser des questions sur ses pensées profondes.

Surtout que nous arrivions…

Gloups… Nous nous engagions dans le quartier sécurisé abritant le domaine le plus luxueux et le plus mystérieux de la région, mystère qui s'épaissit encore quand au lieu des vampires en smoking qui gardaient l'entrée d'habitude, dissimulant habilement leur arsenal aux passants sous leurs vêtements, nous fûmes accueillis par une dizaine de géants aux muscles saillants, portant des gilets pare-balle visibles sous leurs longs manteaux noirs tous identiques, conférant à leurs propriétaires une allure sombre, presque macabre.

L'un d'eux, leur chef, supposai-je, nous fit signe de sortir de notre véhicule et en grand professionnel, parvint à masquer en un temps record la stupeur et l'admiration qui se peignirent sur son visage en avisant la présence de Finn avec nous. Ce dernier ne montra pas la moindre émotion, pas même quand l'un des gardes lui demanda plus poliment qu'à nous de lever les bras pour subir une fouille complète.

- Où sont passés les membres du service de sécurité de Talanus ? demanda-t-il comme si la situation l'ennuyait à mourir.

- Hedayat Javan et ses hommes se sont vus ordonner de rester confinés dans leur salle de repos, sous bonne garde.

Les Grands ne faisaient pas dans le détail. Ils voulaient un huis-clos total et ils n'avaient pas hésité à mettre tout le monde dehors sauf le service de sécurité (indispensable au cas où), lequel avait été mis sur la touche.

- Qu'allez-vous faire de nos armes ?

C'était sûrement une question stupide de ma part, mais j'avais un attachement particulier pour les couteaux en argent qui ne quittaient jamais ma ceinture car ils m'avaient été offerts par mon compagnon et m'avaient sauvé la vie à plusieurs reprises.

- Ça ne te regarde pas, trancha le chef qui observait l'arête affûtée de ma lame et dont la voix masquait mal l'animosité à mon égard.

Malheureusement, mon côté sombre prit sa réponse comme un affront envers ma personne qui, en d'autres circonstances, et par ses fonctions, aurait eu tous les droits de lui faire ravaler sa mauvaise éducation en même temps que ses crocs.

Le sifflement menaçant qui m'échappa fit moins sursauter mon interlocuteur que la vue de mes yeux rougeoyants d'indignation quand il daigna de nouveau m'accorder son attention.

- Tu as de la chance que je sois d'humeur à me plier au protocole ou je t'aurais saigné à blanc avant même que tes camarades aient eu le temps de comprendre ce qui t'arrivait...

- Sam ! grogna Phoenix pour me rappeler à l'ordre.

- J'ai dit que je serai coopérative, pas que je laisserai des idiots me manquer de respect ! rétorquai-je.

- Décidément, je t'admire de plus en plus, ma petite Samantha, déclara Finn sur un ton paternaliste qui me hérissa encore plus.

Le chef des gardes releva le menton de défi et ricana, mais à sa façon de rester loin de moi pour me dire d'avancer avec mon escorte jusqu'à la villa, je compris que je l'avais impressionné. Non mais !

Heureusement, ceux qui nous encadraient se comportèrent mieux et le trajet à pied vers la vaste demeure de nos chefs de secteur se passa sans encombre. Voir la propriété sans une seule voiture garée sur la grande esplanade servant de parking me laissa une drôle d'impression qui se renforça une fois à l'intérieur. Le grand couloir menant à la grande salle qui d'ordinaire était bondé, était désespérément vide. Jamais il ne me sembla aussi long que lorsque nous le traversâmes pour rejoindre notre tribunal, l'écho de nos pas résonnant comme une marche funèbre à nos oreilles.

Enfin, nous arrivâmes à destination...

Aurais-je voulu fuir malgré l'inutilité de cette option que mes jambes, soudain devenues plus lourdes que des blocs de béton, n'auraient pas voulu bouger, et de toute façon, les lourdes portes en plomb de la grande salle étaient en train d'être refermées derrière nous.

Devant, eh bien…

Nous étions bien dans un tribunal. Une grande table avait été disposée en longueur face à nous de sorte que chacun des Grands puisse s'y asseoir et nous observer à sa guise tandis que nous rejoignions Talanus et Ysis sur le banc des accusés qui n'existait pas.

Ils se tenaient debout tous les deux, et n'étaient pas enchaînés comme la dernière fois que nous nous étions trouvés dans cette situation, toutefois, ils portaient les stigmates de longues heures passées dans l'angoisse d'un lendemain funeste. Ils avaient dû subir la présence de nos dirigeants depuis plus longtemps que nous et devaient sûrement connaître l'état d'esprit dans lequel chacun était venu. Ce n'était pas trop difficile de se l'imaginer.

Vêtus du même manteau rouge rappelant ceux des rois de l'ancien temps, ils me faisaient pourtant penser à des magistrats de l'Inquisition, s'apprêtant à condamner au bûcher pour sorcellerie celle qu'ils fixaient avec une haine à peine masquée : moi.

Ça s'annonçait bien…

Je me plaçai près d'Ysis, qui hocha discrètement la tête pour me saluer.

À peine avais-je reporté mon attention sur nos hôtes qu'un cliquetis caractéristique me fit sursauter. Tous les gardes présents dans la pièce venaient de me mettre en joue avec leurs mitraillettes, dans un ensemble parfait.

Egire se leva et désigna ses hommes.

- Vous comprendrez que nous devons prendre certaines précautions au cas où vous tenteriez quelque chose contre nous.

Au ton de sa voix, absent de toute animosité, je compris que le porte-parole des Grands était peut-être l'un des seuls de cette pièce qui ne souhaitait pas particulièrement ma mort. Toutefois, pour le bien de la communauté, il n'hésiterait pas à s'aligner sur l'avis des autres et voter ma fin. Dans tous les cas, le traumatisme laissé par mes ancêtres était trop présent pour que je sois choquée par cet accueil.

J'allais répondre que ça m'était égal quand Finn me devança :

- Tu ne crois pas que si elle avait voulu tenter quelque chose contre vous, vous ne seriez pas là à en parler ? railla-t-il.

J'entendis nettement des dents grincer parmi notre auditoire. Finn ne faisait visiblement pas l'unanimité dans le groupe des sages.

- Que fais-tu ici, Finn ? Le conseil ne t'a pas convié à ce tribunal, grogna Egire, qui trônait au centre de la table.

L'intéressé croisa les bras devant sa poitrine, nullement impressionné par le charisme magnétique de celui qu'il aurait dû vénérer.

- Deux membres de ma lignée sont menacés de mort. Il me semble que c'est un motif suffisant pour éclairer ma venue.

Je le fixai, surprise et un peu attendrie.

Je n'avais jamais vu les choses sous cet angle, mais ayant été transformée par le seul vampire que Finn ait créé, je faisais par conséquent partie de sa « lignée », donc de sa famille. Je me plaisais à l'appeler « beau-papa » dans ma tête (il m'aurait sûrement assommée s'il l'avait entendu à haute voix) car je me considérais comme celle qui partageait la vie de son « fils » ; cela me faisait tout drôle de réaliser qu'en fait, j'aurais dû l'appeler « papy ». Rien que l'idée avait de quoi se rouler par terre en hurlant de rire et malgré toute mon envie de suivre la confrontation de Finn avec Egire pour savoir s'il devait rester ou pas dans la pièce, je ne voyais dans mon esprit que des successions d'images où le vampire le plus respecté de la terre se promenait en déambulateur avec une pochette à urine accrochée à sa ceinture, en crachant avec sa bouche édentée des insanités aux automobilistes pressés qui auraient eu le malheur de le laisser s'engager sur un passage protégé.

Je forçai mon attention à se focaliser sur les Grands plutôt que sur mon « grand-père » et crus voir Blodwyn masquer un sourire. Ce fut tellement rapide que je me dis que j'avais rêvé et comme elle s'appliquait à vouloir désagréablement me passer aux rayons X, je déviai mon examen de ses camarades masculins vers celui qui était à l'autre bout de la table.

C'était un homme de haute stature, dont les pommettes saillantes et les paupières lourdes lui donnaient l'air malade. Son voisin de droite, lui, était plus petit et plus musclé et ses mains jointes sur la table me firent penser à celle d'un boucher dont le passe-temps favori aurait été d'arracher les membres des animaux morts au lieu de les couper proprement. Si je frémis, ce ne fut pas tant pour la vue de ses mains que celle de ses dents taillées en pointes, quand il s'aperçut que je le regardais et qu'il retroussa ses lèvres à mon intention. J'observai plus rapidement les autres à la gauche et à la droite d'Egire : un roux dégarni, un bedonnant à l'air faussement sympathique car je me souvenais de sa façon d'imposer le silence à des centaines de vampires en colère l'an passé, un type à l'allure de mannequin qui ne semblait pas avoir plus de vingt-trois ans à sa transformation plus de dix siècles en arrière, un grand africain chauve, torse-nu sous son manteau, qui portait un collier en os autour du cou, un asiatique paraissant la quarantaine, un autre sexagénaire aux cheveux blancs qui devait être le fameux Mickey Mouse en raison de la taille de ses oreilles, et enfin Blodwyn, la seule femme de ce G. 10 si puissant.

Comme son attention s'était reportée sur Finn et Egire, je pus la détailler à loisir. Sa chevelure bouclée était d'un roux flamboyant et descendait jusqu'à sa taille, ses yeux verts comme la chlorophylle étincelaient d'une intelligence et d'une maîtrise de soi acquises après de trop nombreux siècles à fouler cette terre et à en voir toutes les horreurs, son menton volontaire témoignait de sa confiance en elle tout comme son maintien royal. Alors que sa silhouette menue et sa petite taille lui donnaient dix-sept ans tout au plus, d'aucuns ne pouvaient nier chez elle cette aura de puissance incroyable qui écrasait celle d'Egire comme on le ferait d'une fourmi. Elle avait tout d'une reine… des glaces, évidemment. La petite ridule entre ses sourcils semblait définitive, comme si avant sa mort, cette jeune fille passait déjà son temps à les froncer en déplorant la misère du monde. De fait, malgré son innocence apparente, Blodwyn dégageait une aura de sévérité et de froideur qui aurait fait s'enfuir en courant tous les adolescents assez sots pour se méprendre sur son âge véritable et avoir eu envie d'engager la conversation avec elle.

Je ne sais pas pourquoi, mais je me surpris à la plaindre. Elle devait se sentir bien seule parfois.

Bien sûr, je cessai de la plaindre quand elle tourna vivement la tête vers moi et qu'elle me montra ses crocs comme avec l'intention de les planter tout autour de mon cou.

- Très bien, Finn. Nous acceptons ta présence dans ce procès à huis-clos, à condition que tu ne parles pas pour l'accusée.

- Alors je parlerai pour mon fils.

- Qu'il en soit ainsi.

La question de la venue de mon « beau-père » (c'était mieux que « papy ») venait d'être réglée. Les choses sérieuses pouvaient commencer.

- Samantha Jones ! tonna Egire. Avancez-vous devant nous et déclinez votre véritable identité !

Je jetai un coup d'œil à Phoenix, lequel hocha la tête pour m'encourager, puis m'exécutai. J'aurais dû faire profil bal devant mes juges et parler sans les regarder en face, mais mon instinct me souffla que je n'attirerais pas leur respect en parlant d'une voix mal assurée. Par ailleurs, j'étais fière de mes origines même si eux, la considérait comme maudite. Par conséquent, je relevai le menton et les regardai chacun en donnant ma réponse.

- Je m'appelle Samantha Watkins, fille de Betty et Warren Watkins qui m'ont adoptée après que la femme mourante qui m'a mise au monde et la cofondatrice du dernier Cercle de Mellindra, Vanessa Kane, leur ait demandé de prendre soin de moi tout en me tenant éloignée du monde de la nuit en raison du sang maudit qui coulait dans les veines de mes aïeux depuis le Moyen-âge.

Il y eut un silence. Personne ne devait s'attendre à cette proclamation aussi honnête qu'enflammée de mon appartenance à la lignée des De Castelcourt.

- Savais-tu cela avant ta transformation ?

Egire connaissait déjà la réponse à cette question, c'était évident puisqu'il avait dû parler avec Talanus et Ysis, donc je supposais qu'il voulait vérifier que nos versions concordent.

- Oui.

Un murmure outré s'éleva parmi nos auditeurs.

- Ton créateur le savait-il ?

- Oui.

- Grâce à qui ?

Je voyais où il voulait en venir avec ses questions et cela me mit en colère. Je les fixais tous avec dédain quand mes pupilles devenues rouges les firent sursauter sur leur siège.

- Si vous voulez m'entendre dire que Talanus, Ysis et Phoenix sont responsables de la situation et qu'ils doivent payer pour m'avoir transformée en vampire en connaissance de cause, ne comptez pas sur moi. À mes yeux, ils ont fait preuve à mon égard de bonté et de reconnaissance alors qu'en tout état de cause, étant donné ma filiation avec la créatrice du Cercle de Mellindra dont la vocation était de les détruire, ils auraient dû me haïr. Je ne vous laisserai pas salir leur honnêteté.

Cette fois, un silence de plomb s'abattit sur la salle et je sentis comme une brûlure le regard désapprobateur de Phoenix dans mon dos. Tout le monde semblait suffoqué par mon insolence.

- Comment osez-vous nous parler sur ce ton ?! Ou encore parler d'honnêteté quand tout a été fait pour cacher à nos yeux votre ascendance démoniaque ! cracha le type aux dents de requin.

- C'était seulement le temps de vous prouver que je n'avais rien à voir avec mes ancêtres !

Il se leva et me pointa méchamment du doigt.

- Ah oui ? Nous avons pris en note les arguments listés dans la lettre de votre créateur et de vos amis disant que vous teniez plus de la sainte que du démon qui avait infecté vos parents. Et c'est parce que vous n'avez rien à voir avec vos ancêtres que vous avez massacré Engara Rowe-Harrell en public, je suppose ?!

- Je l'ai tuée à la loyale parce qu'elle avait lancé des accusations risquant de mettre à mal la position de l'ange que j'assiste ! m'énervai-je.

- Ange qui est au demeurant votre créateur et votre amant !

- C'est justement pour cette raison que je ne voulais pas voir le nombre de ses ennemis se multiplier si la rumeur qu'elle lançait se répandait comme la vérité !

Au moment où Blodwyn se leva à son tour, je sus à son sourire effrayant que j'avais gaffé. La froideur et le calme de sa voix quand elle parla me firent dresser les cheveux sur la tête.

- Cette rumeur comme vous dites…, n'en était pas une, n'est-ce pas ? L'accusation contre Phoenix, sur le fait de vous avoir transformée sans l'accord de vos chefs de secteur, n'était pas infondée, je me trompe ?

Je sentis que ça remuait derrière moi. Bon sang ! Phoenix, Talanus et Ysis devaient maintenant avoir autant envie de me tuer que les Grands ! Le sort en était jeté, *alea jacta est* ! Eh bien, tant pis ! Je décidai de jouer franc-jeu jusqu'au bout ; quitte à mourir, autant que ce soit la conscience tranquille.

- Non.

Un autre murmure s'éleva, plus agressif que le précédent.

- Ce n'est pas le plus important, repris-je plus fort pour couvrir leur voix.

Blodwyn sourit tout en me foudroyant du regard. C'était assez paralysant.

- En effet, qu'y a-t-il de plus important que le respect de la loi… ?

Je laissai son sarcasme de côté pour organiser ma défense dans mon esprit.

- Ce n'est pas le plus important car cette autorisation m'aurait été donnée de toute façon.

- Ah oui ? Et pourquoi donc ?

Il fallait que je fasse attention à ce que j'allais dire et surtout à comment j'allais le dire.

- Léthalée.

Tout le monde fronça les sourcils, il fallait vraiment que j'apprenne à parler en public. Ysis prit l'initiative de profiter de la perplexité générale pour se rapprocher de moi.

- Puis-je intervenir, seigneurs ?

Egire fit un geste de la main pour donner son accord.

- Je sais depuis ma première rencontre avec Samantha Watkins qu'elle et Phoenix sont liés par notre mère à tous pour jouer un rôle dans le destin de notre espèce. Elle me murmure ses instructions et je m'emploie à les honorer du mieux que je peux.

L'assemblée des Grands semblait partagée entre l'envie de lui rire au nez et celle de satisfaire sa curiosité. Le jeune blond prit la parole :

- Je te connais depuis mille ans, Ysis, et je ne mets pas en doute tes talents divinatoires. Contrairement à d'autres, je n'ai jamais oublié le culte de notre déesse, par conséquent je veux entendre ce qu'elle t'a dit au sujet de cette femme.

À mon grand étonnement, ses compagnons n'eurent pas l'air surpris par son intervention et se turent pour respecter sa demande.

- Elle m'a dit qu'elle était importante et qu'elle devait absolument vivre jusqu'à l'accomplissement de ce pour quoi elle a été choisie.

- À savoir ?

- Je n'en sais rien.

Les murmures reprirent.

- Tout ce que je sais, c'est que Léthalée *voulait* que Samantha Watkins devienne l'une des nôtres, et ce, malgré le danger représenté par son sang. Oui, je savais qu'elle descendait de la famille De Castelcourt avant qu'elle ne le sache elle-même et j'ai tu cette information capitale. À vos yeux, je suis coupable d'avoir bafoué la loi de notre communauté, je le conçois. Pour ma part, j'ai la conscience tranquille de savoir que j'ai respecté celle de notre mère, dont la volonté est plus importante que tout le reste.

Talanus la rejoignit, drapé dans son charisme sauvage de général menant la bataille de sa vie.

- J'ai une confiance aveugle en Ysis depuis deux millénaires tout comme j'ai confiance en Phoenix depuis notre première conversation il y a deux cents ans. Ce n'est pas maintenant que ça va changer. J'ai vu ce dont Mademoiselle Watkins était capable, et je ne me sens pourtant pas en danger près d'elle, parce que je la connais. Vous feriez bien d'en faire autant avant de la juger à la hâte et de mécontenter la Nuit.

Certains Grands semblaient scandalisés, d'autres déroutés, d'autres hochaient la tête avec conviction : ceux qu'Ysis pensait gagner à notre cause ? En tout cas, le bellâtre blond en faisait partie.

Ce fut au tour de Phoenix de s'avancer.

- J'ai effectivement transformé Sam avant l'accord officiel de mes supérieurs, mais c'était parce que pour la énième fois, elle s'était sacrifiée, elle, humaine, pour me sauver, moi, le vampire qui lui avait volé sa vie. Malgré son ascendance et sans compter mon amour pour elle, elle méritait d'être sauvée de la mort eu égard au courage dont elle avait fait preuve en intégrant notre communauté dont elle a gagné le respect et l'estime. Sans parler du vôtre... Vous ne pouvez dire le contraire, vous qui étiez prêt à l'engager pour vous aider à servir la cause du Grand Changement, vous qui saviez le rôle capital de cette femme dans l'accord historique que nous avons conclu avec le dernier Cercle de Mellindra. (Il inspira, ses yeux étincelèrent) J'ai fait ce que j'avais à faire pour sauver la femme que j'aime, certes, mais elle le méritait bien plus que tant d'autres à qui on a fait cet honneur.

Blodwyn le foudroya du regard. J'eus envie de me recroqueviller dans un coin, mais Phoenix l'affronta avec courage.

- Même si elle risque à tout moment de nous détruire, toi y compris, vu qu'elle est émancipée ?

- Cela n'arrivera pas, pour la simple raison qu'elle l'aurait déjà fait depuis longtemps sinon. Je vois plutôt son émancipation comme une chance d'être acceptée, justement parce qu'elle ne ressent pas l'envie de tuer des êtres humains pour s'en nourrir. Elle n'est pas comme ses ancêtres, elle ne cherche pas le pouvoir.

- Mais ses yeux…

- Ses yeux s'illuminent comme les nôtres en raison d'émotions violentes, coupa-t-il, ce qui ne veut pas dire que la violence ou la haine domine ses actions. Je ne les ai jamais vus plus brillants, plus écarlates que lorsqu'ils étaient enflammés par l'Amour Absolu. Je ne nie pas que ma compagne est puissante, elle est d'ailleurs télékinésique…

- QUOI ?! s'étranglèrent-ils tous.

Oups. Apparemment, Talanus et Ysis avaient oublié ce petit détail lors de leur premier interrogatoire. Sûrement pour m'éviter une exécution sommaire par principe de précaution. D'ailleurs…

Les gardes qui nous entouraient se crispèrent sur leurs armes et je fus certaine que si l'un d'eux tirait accidentellement, la tension était telle que tous se seraient mis à nous cribler de balles au même instant. J'avais la preuve sous les yeux que les vampires ayant eu la chance de « naître » avec mon pouvoir étaient redoutés comme la peste par le reste de la communauté et qu'on préférait les savoir morts que morts-vivants.

- Je n'ai pas terminé ! (Tout le monde se tut, comme si Phoenix avait pris l'ascendant sur le Conseil) Sam ne maîtrise pas encore son pouvoir et je peux certifier que même avec ses capacités étonnantes, elle ne désire que le bien. Laissez-lui une chance de vous prouver que son potentiel n'a rien de destructeur et qu'au contraire, il peut nous guider vers la paix de l'existence que nous avons tant recherchée. Laissez-la vous aider à parachever votre œuvre, le Grand Changement.

Je déglutis, avec l'impression que ma vue se brouillait de larmes. Pas un seul instant Phoenix n'avait essayé de se défendre lui ou ses chefs. Il tentait l'impossible pour me sauver. Ses paroles me touchaient profondément et si les expressions fermées voire ouvertement hostiles des gens qui me faisaient face n'annihilaient pas toute espérance pour ma survie, j'aurais peut-être pu croire que nous avions encore un avenir tous les deux.

Finn trouva que c'était le bon moment pour intervenir.

- Vous m'avez ordonné de ne pas parler pour la compagne de Phoenix, mais je peux parler pour celui-ci. Il y a cinq cents ans, je n'avais pas projeté de transformer qui que ce soit. Cela faisait déjà des milliers d'années que je foulais cette terre et personne ne m'avait paru assez digne de devenir le premier de ma lignée. Quand ma route croisa celle d'Aydan Mac Kinley, en Irlande, (Phoenix tressaillit en entendant son père adoptif employer son véritable nom) et que je vis avec quel courage et quel sang-froid il subit le spectacle du massacre de sa famille, je compris que je tenais à faire de cet homme aux yeux de la couleur de l'océan, mon fils. Je ne l'ai jamais regretté et j'irai même jusqu'à dire que je n'ai jamais rencontré depuis de vampire qui arrive à sa cheville, pourquoi ? Parce qu'il sait faire les choix qui s'imposent quand il le faut et qu'il ne laisse pas de vieilles lois poussiéreuses l'aveugler bien qu'il les respecte. Au contraire, si l'on chante ses louanges d'ange jusqu'à l'autre bout de la planète, c'est que sa façon d'exercer la loi n'est pas figée. C'est pourquoi, au lieu de vouloir le tuer avec sa progéniture, vous devriez passer outre vos peurs et suivre la voie que cet homme a choisie, et que ses propres chefs de secteur ont choisie : cette femme.

Il me pointa du doigt.

- J'ai confiance en mon fils pour faire ce qui est juste. Reste à savoir si vous, vous êtes capables d'en faire autant.

Un grand silence retomba entre nous. Phoenix hocha gravement la tête vers Finn, ses yeux luisant davantage m'indiquant son émotion en même temps que sa main qui broyait la mienne.

Ils m'avaient tous défendue, même Talanus, sans chercher à se sauver eux-mêmes. C'était plus que de la bonté, mais un acte de foi qui me stupéfiait en même temps qu'il me donnait envie de pleurer de frustration. Après un court conciliabule à voix basse pour ne pas être entendus, les Grands se réinstallèrent chacun sur leurs sièges, prêts à annoncer leur verdict, et à la façon de me regarder de Blodwyn et de six autres, j'eus la confirmation que la majorité n'était pas de notre côté. Les paroles de mes amis auraient pu convaincre n'importe qui, c'était donc que leur décision était arrêtée avant même de nous avoir rencontrés, comme je l'avais prévu.

Dans quelques secondes, Egire se lèverait et déciderait de notre mort à tous.

Je devais empêcher ça. *J'allais* empêcher ça.

Il était temps que je parvienne à aligner deux phrases cohérentes et que pour une fois, je trouve les mots justes pour accomplir ce que je m'étais promis : les sauver.

Je m'avançai de sorte de ne plus voir Talanus, Ysis, Finn et Phoenix afin que le choc qu'ils éprouveraient quand j'annoncerais ma proposition ne me tue pas sur place.

- Puis-je dire quelques mots avant que vous ne mettiez un terme à ce huis-clos ?

L'homme aux dents de requin allait refuser, mais Egire le devança :

- Nous vous écoutons.

Je pris une grande inspiration pour me donner du courage.

- Je sais qu'à vos yeux je représente une entorse inacceptable à la loi tout comme j'ai conscience que l'héritage de mes ancêtres maudits vous fait peur. Je voulais simplement que vous sachiez que je ne suis et ne serai jamais comme eux. Je ne désire pas vous renverser, tout ce que je veux, c'est simplement que les gens que j'aime vivent en vous aidant à mettre en place le Grand Changement. J'espérais moi aussi prendre part à ce projet auquel je crois, mais (ma voix chevrota un peu) je réalise que cela ne sera pas possible.

En entendant un grondement d'avertissement dans mon dos, je déglutis. Phoenix ne voulait pas que j'aille plus loin dans ce qu'il soupçonnait être mon intention, ce n'était pas à lui de décider. Je relevai donc le menton et fixai mes accusateurs.

- Si vous devez prendre une vie pour réparer le préjudice fait à votre loi, prenez la mienne, je vous l'offre.

Cette fois, un rugissement retentit derrière moi. Je l'ignorai, comme j'ignorai la lutte qui avait lieu dans mon dos ; Talanus devait être en train de retenir Phoenix de venir me faire taire. Je poursuivis :

- Je ne vous connais pas individuellement, mais j'ai le plus grand respect pour ce que vous vous efforcez de mettre en œuvre et si je sais une chose, c'est que seuls, vous n'y arriverez pas.

Cette phrase fit son petit effet, tous les Grands me dévisageaient en fronçant les sourcils, soupçonneux.

- Vous savez comme moi que vous avez besoin de lieutenants fidèles qui croient en leur travail et qui seraient prêts à mourir en le faisant correctement. Je me doute que vous êtes au courant que tous les chefs de secteur du monde entier s'arracheraient un bras pour avoir un ange comme Phoenix à leur service et j'ai la conviction profonde que si vous n'êtes pas intervenus plus tôt dans notre enquête sur le trafic de sang l'an passé, c'était parce que vous ne vouliez pas vous priver d'excellents éléments dont vous respectiez la loyauté et la personne depuis plusieurs millénaires. Talanus et Ysis gèrent le secteur de Kerington avec une efficacité qui en a fait le plus puissant de tous ceux sur lesquels vous étendez votre autorité et c'est la raison pour laquelle vous leur avez confié celui de Springfield lors de votre guerre avec le premier Cercle de Mellindra. Si vous les tuez, eux comme leur ange, vous perdrez des atouts majeurs dans le jeu de pouvoir qui devra vous conduire à l'avènement d'un Grand Changement mondialement appliqué.

Je vis avec satisfaction la sévérité des visages se muer en une expression plus pensive, comme si les arguments que j'énonçais ouvraient enfin une brèche dans leur armure.

- Imaginez la réaction des vampires de la région quand vous leur annoncerez notre exécution ? Personne ne va comprendre et vous aurez vous-même contribué à créer le chaos que vous redoutez.

- Il suffirait que nous laissions courir le bruit d'une mission dangereuse qu'on vous aurait assignée et de laquelle vous ne reviendriez jamais, dit l'homme à tête de souris.

Un frisson glacé me parcourut l'échine à cette idée. C'était effectivement une solution pour nous liquider en toute tranquillité. *Réfléchis... réfléchis...* Un regard vers Blodwyn me donna l'idée d'un contre-argument.

- L'autorité des Grands repose sur votre capacité à faire appliquer les lois de manière implacable, mais pas seulement. La communauté vampire vous respecte parce que vous n'abusez pas de votre pouvoir, parce que vous êtes justes. Imaginez que le bruit se répande que cette mission n'était qu'un leurre masquant notre exécution ? Comme personne n'est au courant pour ce qui s'est passé avec les De Castelcourt et que Talanus et Ysis ont toujours mené à bien la tâche qui leur a été assignée, on ne comprendra pas votre décision et on commencera à douter de vous.

Je retins un sourire de satisfaction en voyant des plis de contrariété et d'inquiétude se dessiner sur les fronts de tous les Grands, Blodwyn comprise. Celle-ci semblait réfléchir à toute vitesse, les yeux braqués sur Egire, qui n'avait pas l'air plus avancé qu'elle. Même « Face de requin » n'avait plus l'air aussi assuré qu'au début de notre entrevue.

Il était temps de leur donner l'argument qui ferait définitivement pencher la balance de mon côté.

- La loi a été bafouée, certes, et il faut un châtiment. Mais plutôt qu'une punition exemplaire, ne serait-il pas préférable dans le dessein que vous poursuivez, d'en faire quelque chose de sensé ? Je vous offre ma vie, volontairement, en échange de celle de mes amis. La faute repose principalement en ma naissance il y a trente ans maintenant. Tuez-moi et cette faute sera réparée sans que personne ne puisse rien vous reprocher.

La lutte s'intensifia derrière moi, je n'osais toujours pas y jeter un œil. Toutefois, j'entendis nettement un « Non, Sam ! » être hurlé, le son en étant atténué par la main qu'on écrasait sur la bouche de celui qui l'avait proféré.

Pendant que Talanus se chargeait de mon compagnon, aidé de Finn, et que les Grands délibéraient de nouveau, Ysis s'avança à mes côtés.

- Sam…

C'était la première fois qu'elle m'appelait ainsi… Je me mordis la lèvre en avisant son expression dévastée.

- Je lui ai promis de vous protéger, je ne peux pas vous laisser faire ça.

Comprenant qu'elle voulait parler de Léthalée, je lui souris gentiment :

- Elle vous a aussi dit de faire confiance en mon instinct. Là, il me souffle que je fais ce qu'il faut.

Elle laissa échapper un gros sanglot et avant que le choc de son émotion ne me saisisse, elle me prit dans ses bras et me serra très fort contre elle. Au début, j'étais trop sonnée pour lui rendre la pareille, mais après quelques secondes, je m'exécutai. C'était étrange… Ysis ne devait paraître que huit ou neuf ans de plus que moi, mais j'avais l'impression que c'était ma mère qui me berçait et me rassurait… Cette sensation me fit fermer les yeux et oublier l'espace d'un instant où nous étions. L'espace d'un instant, j'étais redevenue une petite fille qui reprenait courage en inspirant le parfum le plus rassurant au monde : celui de sa maman.

L'espace d'un instant seulement…

- Je n'aurais jamais cru dire cela un jour, mais là j'ai envie de maudire la Nuit pour vous avoir choisie en sachant où ça nous mène maintenant. Vous méritiez de vivre heureuse et longtemps.

Mon sourire à Ysis fut cette fois largement forcé.

- Nous avons pris notre décision ! tonna Egire pour nous rappeler à lui et à ses acolytes.

Je tournai rapidement la tête vers Phoenix.

Il ne luttait plus, ceinturé qu'il était par Talanus et bâillonné par Finn, mais il me fixait avec un tel désespoir que je sentis mon cœur se craqueler en un millions de morceaux dans ma cage thoracique.

Peu importait ce qu'Egire allait dire maintenant, il ne pourrait pas davantage me briser que je ne l'étais après avoir trahi les espoirs de Phoenix de me sauver la vie, faisant de la sienne un enfer de solitude.

- Samantha Watkins, pour avoir été transformée en-dehors des règles imposées par la loi et pour être la dernière descendante d'une lignée maudite, vous allez mourir…

Je le savais, mais le verdict m'assomma tout de même. J'avais envie de vomir à l'idée de ma tête sur le billot avant qu'elle ne soit détachée de mon corps par une hache en argent. J'avais beau être immunisée contre ce métal qui ne pouvait me percer le cœur, je voyais mal comment survivre à une décapitation.

Il me fallut inspirer et expirer plusieurs fois pour faire disparaître les points lumineux dansant devant mon champ de vision.

- … Mais après avoir écouté vos arguments ainsi que ceux de vos ardents défenseurs, et après avoir constaté leur justesse, nous avons décidé de laisser la vie sauve à vos co-accusés. François Caron, son épouse humaine et le représentant du Cercle de Mellindra ne seront pas non plus inquiétés. (Il se leva et s'inclina avec respect face à moi, dans la stupéfaction générale) Bien que j'aurais préféré votre survie à votre mort en raison des nombreuses qualités que vous possédez, j'accepte la décision qui a été prise à votre endroit. Je voulais simplement que vous sachiez que ce sacrifice volontaire de votre part fait que nous tous ici, nous vous respectons.

Je marquai un temps de surprise, augmentant encore quand tous les autres Grands hochèrent la tête. Ysis me prit la main.

Je déglutis.

- Quand… ?

Je ne pouvais rien dire d'autre, la boule coincée dans ma gorge m'en empêchait.

- On va vous conduire aux cachots par mesure de sécurité. L'exécution aura lieu dans deux heures.

Je me mordis la lèvre pour ne pas hurler. J'avais les jambes en coton, des frissons glacés dans le dos, la tête qui tournait et le cœur prêt à exploser ; je me serais crue beaucoup plus courageuse face à la mort. Il n'y avait plus rien à faire à part espérer que les Grands tiendraient leur promesse en épargnant l'homme qu'enfin, je m'étais décidée à regarder.

Une immense culpabilité m'écrasa quand nous nous fîmes face et quand je fis signe à Talanus et Finn de libérer leur prisonnier. Nous n'étions qu'à quelques pas l'un de l'autre, mais il irradiait une telle colère que c'était comme s'il était déjà loin de moi, comme si je l'avais déjà perdu. Ses épaules se soulevaient et se baissaient, signe qu'il tentait de se maîtriser… avec difficulté.

- Phoenix…

Je manquai défaillir quand il me transperça de son regard marqué par la douleur de la trahison.

- Comment as-tu pu négocier un accord pareil ?! cracha-t-il.

Je bafouillai une réponse inintelligible.

- COMMENT AS-TU PU ME FAIRE ÇA ?! hurla-t-il sans se préoccuper du fait que nous étions le centre de l'attention générale.

- Je… Je t'ai sauvé ! finis-je par riposter, bien que misérablement.

Je crus m'égarer en plein cauchemar quand mon ange de la nuit commença un ricanement qui se transforma en un rire de dément, un peu comme celui de Jack Nicholson dans *Shining*. Même Finn le scrutait avec étonnement, comme s'il s'attendait à devoir lui passer une camisole de force pour l'emmener voir un exorciste.

- Tu n'en fais toujours qu'à ta tête… reprit-il dans un drôle de murmure. Tu ne m'écoutes jamais, c'est à croire que tu n'as aucune confiance en moi, que tu ne me respectes pas.

Je pris la mouche. Le Phoenix que j'avais sous les yeux était amer et blessant, je ne voulais pas mourir en sachant qu'il pensait ça de moi. Ça faisait trop mal.

- Si tu te souviens bien, j'ai eu confiance en toi bien avant que tu ne t'ouvres à moi. Je t'aurais suivi les yeux fermés jusqu'au bout du monde si tu me l'avais demandé.

- Et pourtant tu refuses de croire en nous !

- Comment peux-tu dire ça ?! dis-je, terrassée par une nouvelle attaque de la lame chauffée à blanc.

Phoenix me fixait sans pitié.

- Et toi, comment peux-tu proposer ta vie contre la mienne en imaginant que j'accepterai ce marché ignoble ?!

Je fronçai les sourcils, un peu perdue. Il continua, les yeux illuminés d'une rage apocalyptique dont j'étais à l'origine.

- Tu m'appartiens, je t'appartiens. L'as-tu oublié ?!

- Bien sûr que non ! Mais contrairement à toi, je ne nourrissais pas l'espoir de convaincre les Grands de me garder en vie ! Tout ce que je pouvais faire, c'était les empêcher de faire du mal aux gens que j'aime, à commencer par toi !

Il secoua la tête.

- Tu ne comprends toujours pas.

Soudainement, il reporta son attention sur Blodwyn.

- Je sais que parmi les vôtres, vous êtes celle qu'on écoute le plus, par conséquent c'est à vous que je demande une faveur.

Blodwyn le dévisagea. Un pressentiment s'insinua dans mon esprit.

- Parle.

- J'aimerais que vous reveniez sur la décision qui a été prise.

Elle rit, d'un rire grinçant insupportable.

- La décision était collégiale, ta compagne mourra.

Phoenix se tenait si droit que j'avais l'impression qu'il avait encore grandi de dix centimètres.

- Je ne remets pas en cause son exécution… mais ma survie.

Aussitôt, un concert de voix choquées s'éleva dans la salle, à commencer par la mienne et par celle de Finn qui ordonna aux Grands de ne pas tenir compte de cette demande ridicule.

Oubliant son aura de fureur, je me précipitai vers lui et agrippai sa chemise en le conjurant de ne pas continuer sur cette voie. Je me sacrifiais pour le sauver, s'il mourait, cela n'aurait pas de sens.

- Tu dois vivre ! Je t'en prie ! Pour moi ! m'écriai-je.

Je m'attendais à ce qu'il me toise avec dédain comme il l'avait fait précédemment, mais il me prit par surprise en m'enserrant contre lui et en plaquant sa bouche contre la mienne avec une violence inouïe. Malgré la situation, je ne pus que lui rendre son baiser avec une force égalant mon désespoir et quand il s'écarta de moi, j'eus l'impression d'être à bout de souffle.

- Pour toi je suis prêt à tout. Mais pas à ça, dit-il simplement.

En me noyant dans ses prunelles azurées, je compris que j'avais commis une erreur en le mettant devant le fait accompli car je réalisais que si nos rôles avaient été inversés, j'aurais réagi de la même façon. J'aurais voulu mourir avec lui.

Comme il me contemplait avec cet amour inconditionnel qui nous liait, je vis qu'il avait remarqué ma compréhension de sa position. Je l'embrassai de nouveau, et me reculai pour lui laisser le champ libre.

- Votre décision, Blodwyn ?

L'intéressée nous avait scrupuleusement observés pendant notre échange et ne parut pas surprise de mon revirement.

- Je n'ai jamais éprouvé l'Amour Absolu et quelque part, en voyant ta réaction ce soir, j'en suis heureuse. Néanmoins, je te respecte, ange, et je t'accorde ta requête.

Finn verdit de rage tandis que Talanus et Ysis restèrent silencieux, le visage grave. Ils comprenaient mieux que personne ce que Phoenix avait demandé.

- Qu'on emmène les accusés au cachot ! ordonna Egire.

Main dans la main, faisant fi de l'explosion de colère du plus vieux vampire sur terre, nous nous laissâmes guider vers le lieu de notre répit, en attendant de rejoindre celui de notre destin.

*

C'était la première fois que je mettais les pieds dans les cachots de la villa. Comme je l'avais imaginé, ils étaient sombres, peu accueillants (logique) et sentaient la peur et le sang. Il y avait une dizaines de cellules, certaines plus grandes que d'autres, toutes agrémentées de chaînes et de carcans en argent, toutes pourvues de barreaux du même matériau permettant aux invités d'avoir une vue grandiose sur tous les instruments de torture accrochés au mur d'en face.

Je frémis en repensant au traitement que Karl Sarlsberg avait subi dans la cave du château de Scarborough, laissé aux bons soins de son père adoptif, Finn, pour lui faire avouer le nom de son créateur. J'avais été obligée de quitter les lieux en courant après avoir vomi dans un seau parce que je ne supportais plus les hurlements et le sang qui me giclait au visage. Avant leur exécution, Karl et Ichimi, qui étaient détenus ici, avaient vu de près les instruments que nous dépassions...

- Entrez là, dit l'un des cinq gardes qui nous escortaient.

J'obéis, suivie par Phoenix.

La cellule était vide. Pas de banc, pas de lit, rien, hormis les chaînes en argent.

- Je suppose qu'il n'est pas nécessaire de vous attacher.

Phoenix foudroya du regard l'homme qui avait parlé, lequel se ratatina sur lui-même.

- Douteriez-vous de notre parole ?

L'homme baissa légèrement la tête en signe de respect.

- Certainement pas.

- Alors laissez-nous. Nous ne tenterons pas de fuir.

La porte se referma en un bruit sourd, puis les gardes s'éloignèrent. Je ne les voyais pas, mais je supposais que plusieurs d'entre eux s'étaient postés devant et derrière l'entrée des cachots.

- Il n'y a plus que nous maintenant.

Je ne savais pas quoi lui répondre alors je me contentai d'aller m'asseoir dans un coin, contre le mur en plomb de la cellule, relevant mes genoux pour poser ma tête dessus et fermant les yeux pour imaginer que tout ceci n'était qu'un horrible cauchemar duquel je ne tarderais plus à me réveiller.

Je le sentis s'installer à mes côtés, silencieusement. Nous restâmes ainsi côte à côte, sans rien dire pendant un bon moment, jusqu'à ce que le besoin de lui devienne trop pressant pour que je continue à l'ignorer. Sans prévenir, je me blottis contre son torse, respirant à fond son odeur crépusculaire si rassurante. Il passa un bras autour de mes épaules et m'embrassa le haut du crâne.

Il s'écoula de longues minutes avant que je ne me décide enfin à rompre le silence que je nous avais imposé pour poser une question idiote, mais nécessaire :

- Tu crois qu'on aura le temps de souffrir ?

À ce stade, ce genre d'interrogation ne servait qu'à s'angoisser davantage, mais comme tout courage semblait m'avoir désertée, il fallait que je la prononce à haute voix pour qu'on me rassure.

- C'est très rapide.

- Tu crois que… ?

Je me tus. J'étais stupide, ou morbide… ou les deux.

- Que veux-tu savoir ?

- Rien. Je suis une idiote.

- Sam…

Il n'avait pas grondé, ni paru excédé. Il attendait…

- Très bien. Tu crois qu'on sera ensemble… après ?

Je ne crus pas nécessaire de préciser les choses, Phoenix comprendrait l'allusion. De fait, je réalisais que je ne savais même pas si lui-même croyait en un « après » et si c'était le cas, de quel côté de celui-ci on nous enverrait. Pour ma part, je doutais qu'on nous envoie au Paradis et je redoutais l'Enfer si c'était pour y subir des tortures pires encore que la douleur de la transformation. Et même si je souhaitais de toutes mes forces qu'on reste ensemble de l'autre côté, s'il y avait la moindre chance pour que l'un de nous échappe aux griffes du Diable, j'aurais voulu que ce soit lui.

Il y eut un silence, puis :

- À jamais, tu te souviens ?

Je fermai les yeux en sentant ses doigts caresser mon cuir chevelu.

- Dire que nous n'avons même pas pu aller au bout de notre cérémonie du lien.

- Je n'ai pas besoin de cérémonie pour te considérer comme ma femme.

Sa voix grave et dure me fit frissonner. C'était quand même dingue d'être capable d'éprouver du désir en plein couloir de la mort ! Je me redressai tout de même.

- Et je n'ai pas besoin de cérémonie pour te considérer comme mon époux.

Nous nous embrassâmes longuement, comme si plus rien n'existait hormis nos deux corps fondus l'un dans l'autre. Je goûtais le parfum de sa peau et la caresse de ses doigts sur la mienne, pour que son toucher s'imprime dans ma chair afin que je l'emporte avec moi jusque dans l'au-delà. Dans le même temps, je gravais chaque détail de son visage parfait dans mon esprit pour que celui-ci ne soit focalisé que sur lui et non sur la hache du bourreau quand il l'abattrait sur ma nuque offerte. Nous parlâmes aussi longuement de nos sentiments respectifs, nous livrant l'un à l'autre jusqu'à ce qu'entre nous ne reste qu'une page vierge de tous les secrets que nous ne nous étions pas encore confiés.

C'est ainsi, blottis l'un contre l'autre, que Talanus et Ysis nous trouvèrent, quand, estimant qu'ils nous avaient laissé suffisamment de temps seul à seule, ils avaient décidé de nous rejoindre pour nous soutenir dans nos derniers instants.

Phoenix vint serrer la main que Talanus lui offrait et reçut avec humilité l'aveu d'amitié de son supérieur, s'exprimant pour l'occasion avec une chaleur inaccoutumée. Pendant qu'ils parlaient, j'avais de nouveau expérimenté, à travers les barreaux, une étreinte maternelle de la part de ma chef de secteur dont l'émotion était trahie par les éclairs lumineux qui zébraient ses pupilles d'émeraude.

- Tout ceci est tellement injuste, souffla-t-elle en reniflant.

Je m'écartai d'elle, pas seulement pour vérifier que je l'avais bien entendu renifler, mais aussi pour qu'elle cesse de me comprimer les côtes à me les exploser involontairement.

- Ce sera à vous de faire en sorte de les aider à rendre ce monde plus juste, lui dis-je. J'ai confiance, vous y arriverez.

Elle me fixa étrangement.

- Vous êtes l'une des personnes les plus sages que j'aie jamais rencontrées, Samantha Watkins. Ce monde ne sera plus si beau sans vous.

Je fus extrêmement touchée par son compliment.

- Merci, Ysis.

Cette fois, ce fut moi qui pris l'initiative de la prendre dans mes bras et elle qui fut prise par surprise. Cette femme était aussi impitoyable que mystérieuse, mais elle me montrait qu'elle pouvait aussi être compatissante et démonstrative avec les personnes qu'elle chérissait et dont je faisais partie.

- Où est Finn ?

La question de Phoenix nous rappela à la réalité. Talanus lui répondit :

- Il essayait encore de convaincre les Grands de vous épargner tous les deux quand nous sommes partis de la Grande Salle. Il me fichait la trouille, il était hors de lui.

Si le vampire qui m'effrayait le plus au monde avait « la trouille » d'un autre que lui, j'avais vraiment de quoi alimenter mes cauchemars.

- Blodwyn ne l'apprécie guère, il y a toujours eu une sorte de concurrence entre eux. Je doute qu'elle se laisse impressionner, même s'il y a de quoi, dit Ysis.

Phoenix hocha la tête.

- C'est gentil de sa part, mais c'est inutile.

Je posai une main sur son bras.

- Ça prouve seulement à quel point tu comptes pour lui.

Il me reprit :

- À quel point *nous* comptons pour lui. Tu fais partie de sa lignée à présent.

Je m'en fichais complètement, mais je lui souris, pour lui faire plaisir.

Notre dernière heure de répit continuait de s'écouler, inexorablement, et bien que je m'exhortais au calme pour mourir dignement, je ne pouvais empêcher mes mains de trembler. Je les avais rangées dans mes poches pour ne pas que ça se voie, mais Phoenix trouva une solution bien plus efficace : il emprisonna l'une d'elle dans la sienne et la maintint ainsi jusqu'à qu'il soit temps qu'on vienne nous chercher.

Quand la porte grinça pour nous avertir que le temps était venu de se dire adieu, mes tremblements s'étaient légèrement calmés, même si mes nerfs restaient toujours à la limite du point de rupture.

Alors que je m'attendais à voir l'un des gardes venir nous ouvrir la porte de notre cellule, ce fut Finn qui nous retrouva, le visage fermé et la démarche souple d'un prédateur prêt à sauter à la gorge de toute victime potentielle. Rien dans son expression ne le laissait supposer, mais je crus déceler en lui un mélange de colère et d'exaltation. Mes capacités vampiriques me permettaient de mieux percevoir les émotions des gens qui m'entouraient, mais celles que je discernais chez Finn étaient tellement contradictoires que je me dis que ma boussole intérieure devait avoir des ratés ; ce qui n'aurait pas été la première fois.

Arrivé à notre niveau, il grogna avant de prendre la parole.

- Il n'y a rien à faire, ils ne veulent rien savoir. Plutôt que d'essayer de passer outre leurs peurs, ils se cachent derrière une règle figée édictée après un drame survenu des centaines d'années plus tôt, et que l'évolution humaine a largement dû contribuer à corriger. Il ne faut tout de même pas sortir d'une grande université pour comprendre que la génétique t'a rendue plus résistante à l'appel du sang que ne l'étaient tes ancêtres ! s'énerva-t-il en me foudroyant du regard, comme si j'étais en faute. Au lieu de faire de vous des alliés puissants, ils préfèrent vous tuer ! Quelle bande de crétins !

Nous frémîmes tous en l'entendant les insulter ; il était sûrement le seul au monde à en avoir le courage alors que des gardes nous écoutaient à cinquante mètres de là.

- Cette Blodwyn est tellement obsédée par ses lois qu'elle tuerait toute notre race pour les faire respecter.

- N'est-ce pas plutôt bon signe ?

Finn fit une grimace qui m'indiqua que j'étais la dernière des gourdes pour avoir osé proférer pareille absurdité.

- Et c'est toi qui me dis ça !

- En tout cas, merci de vous être battu pour nous, maî… (Phoenix se reprit) père.

Son créateur se figea un instant et le dévisagea sans que je ne puisse capter la moindre de ses émotions. C'était vraiment un maître dans l'art de la maîtrise de soi. Peu importait, je captais celles de mon compagnon et je ressentais tout le respect et l'affection qu'il lui transmettait en l'appelant ainsi, peut-être pour la première et dernière fois.

Finn se redressa tout à coup et prit la direction de la sortie.

- Où vas-tu ?

L'intéressé ne répondit rien à son fils et disparut sans un regard en arrière.

- Tu crois qu'il s'en va ? demandai-je, interdite.

- Je crois plutôt qu'il va s'isoler un moment pour se donner la force d'endurer le spectacle de la mise à mort de sa lignée sans paraître faible face aux Grands, raisonna Ysis.

C'était logique. Transformer une personne en vampire était un acte difficile dont les chances de succès étaient peu élevées, d'où l'importance qu'on lui attribuait. En plusieurs milliers d'années, Finn avait eu l'occasion de créer des dizaines de créatures de la nuit, mais il ne l'avait fait qu'avec Phoenix. J'imaginais sans peine comme cela devait lui être pénible. À la différence de moi, il lui survivrait et il devrait vivre tous les jours en sachant qu'il n'était plus. Même si j'avais foncièrement moins d'importance que lui, le fait que Finn ait essayé de parler en ma faveur prouvait qu'il ne me considérait pas non plus comme quantité négligeable. C'était peu, mais déjà beaucoup pour un vampire tel que lui. J'espérais simplement qu'il surmonterait cette douleur et qu'il continuerait à user de sa sagesse pour aider les Grands à appliquer le Grand Changement comme il l'avait fait en dialoguant avec le chef de secteur de Beijing. Nous n'aurions plus l'occasion de lui dire adieu, mais tout avait été dit en ces quelques secondes ensemble. Il n'y avait pas besoin d'en faire davantage.

D'ailleurs, à peine venais-je d'achever cette pensée que la porte s'ouvrit à nouveau. Plusieurs bruits de pas nous indiquèrent que ce n'était pas Finn qui revenait nous voir, mais que c'étaient deux gardes des Grands qui venaient nous chercher pour nous mener devant les haches des bourreaux. Phoenix n'avait pas lâché ma main et j'entrelaçai mes doigts dans les siens.

Il me regarda et me sourit d'un sourire débordant d'amour, un sourire comme je n'avais jamais osé en rêver à l'époque où j'imaginais que je rencontrerais un jour quelqu'un qui m'aime et m'accepte comme j'étais. Phoenix m'avait offert plus que cela et me le montrait en cet instant précis.

Je décidai que ce sourire serait l'image que j'emporterais avec moi à ma mort.

Ce fut la dernière chose que je vis avant que le monde ne s'écroule autour de moi et ne m'entraîne dans le néant.

*

Un bourdonnement aigu dans mes oreilles m'empêchait de reprendre pied dans la réalité, en même temps que mes paupières semblaient être subitement devenues trop lourdes pour que j'espère un jour les soulever.

- *Sam !*

Je grinçai des dents en entendant la voix tenter de couvrir le bourdonnement. Elle ne parvenait qu'à l'accentuer au point de me donner l'impression que ma tête allait se fendre en deux.

- *Sam, ouvre les yeux !*

Est-ce que j'avais remonté le temps au moment où je me réveillais après ma transformation en vampire ? J'entendais les mêmes mots, la même voix de velours…

- Phoenix !

Ma propre voix m'apparut comme un croassement rauque et quand je voulus pousser une mèche de mes cheveux qui avait glissé de ma joue dans ma bouche, je fus surprise de la sensation d'un liquide poisseux me recouvrant les doigts.

J'ouvris les yeux, plus pour repérer Phoenix que pour comprendre ce qui se passait. Il était agenouillé près de moi, sa chemise blanche maculée de sang provenant d'une blessure à la tête qui cicatrisait déjà.

- Mon Dieu ! Mais qu'est-ce qui s'est passé ? Tu es blessé ?

Phoenix m'aida à m'asseoir. J'avais brusquement refermé les yeux pour réprimer une soudaine nausée et faire disparaître les points noirs qui obscurcissaient mon champ de vision.

- Comment tu te sens ? me demanda-t-il sans répondre à mes questions.

- Je…

J'allais dire que j'allais bien, mais en touchant mon visage, je me rendis compte qu'il était barbouillé d'hémoglobine.

- Je crois que quelque chose m'est tombé dessus et m'a cassé le nez.

- On a eu de la chance. C'est toute la villa qui nous est tombée dessus.

- Hein ?

J'ouvris les yeux et fis en sorte que mes paupières restent à leur place et ne se rabattent pas pour m'empêcher de constater par moi-même ce que mon compagnon venait de m'annoncer.

- Mon Dieu...

Il avait raison. La villa nous était littéralement tombée sur la tête. Le plancher du rez-de-chaussée s'était effondré et avait englouti les cellules au fond des cachots. Des débris plus ou moins énormes jonchaient le sol un peu partout et je me demandais comment ce qui restait du plafond tenait encore en équilibre au-dessus de nous. J'arrivais même à discerner le socle du lustre en cristal qui était tombé du plafond blanc de l'étage du dessus ! Ce n'était quand même pas un tremblement de terre, nous n'étions pas à Los Angeles...

Je fronçai les sourcils en regardant Phoenix aider Talanus à dégager Ysis d'un gros bloc de béton qui emprisonnait ses jambes. Dans l'histoire, nous avions dû notre libération à cette masse énorme qui s'était décrochée de ses fondations en emportant avec elle les barreaux de notre prison. Mais qu'est-ce qui s'était passé ? Avant que tout ne s'écroule, nous écoutions les gardes se rapprocher de nous. Pas un craquement n'avait annoncé l'arrivée du désastre. C'était trop soudain.

- Une explosion... murmurai-je, frappée par l'évidence.

Je n'eus pas le loisir de réfléchir plus longtemps à la question car un gémissement provenant de la porte d'entrée des cachots attira mon attention.

Accourant à l'origine du bruit, j'eus un réflexe de recul en constatant la scène affreuse qui s'offrait à ma vue. Sur les deux gardes qui étaient venus nous chercher, un seul était encore en vie.

Du premier je ne voyais que le tronc et les jambes dépasser d'un énorme bloc de béton qui, à la façon dont le sang avait éclaboussé le mur d'en face, laissait supposer qu'il avait réduit sa tête en bouillie. La décomposition éclair avait déjà commencé.

Le second se tordait de douleur comme un des barreaux en argent de la cellule à côté de laquelle il était passé, l'avait empalé au niveau de l'estomac avant de se ficher profondément dans un mur. L'homme crachait du sang et bien qu'il ne mourrait pas de cette façon, la douleur qu'il subissait devait être abominable.

Je sentis mes jambes flageoler, mais heureusement, l'adrénaline était trop omniprésente dans mon corps pour que je reste sans rien faire.

- Je vais vous sortir de là, mais je préfère vous prévenir, ça va faire atrocement mal.

Effectivement, je n'avais pas d'autre choix que de faire « glisser » cet homme le long de la barre métallique qui le martyrisait pour l'en libérer. À cause de la faiblesse liée à l'argent et de la souffrance qu'il n'aurait pas manqué d'éprouver, il n'avait pas pu le faire lui-même.

- À trois, je vous redresse. Prêt ?

Il se contenta de serrer les dents.

- Un, deux, trois !

Un hurlement glaçant me vrilla les tympans.

- Passez votre bras sur mon épaule.

Chancelant, au bord de l'évanouissement, il s'exécuta.

- Je pense qu'il vaut mieux agir comme si on vous retirait un pansement. Enlever vite, pour que ça fasse mal moins longtemps.

J'avais dit ça comme ça, au moment même où l'idée avait germé dans mon esprit. Le type me fixa comme si j'étais folle à lier.

Je ne lui laissai pas le temps de m'insulter et avec ma super-vitesse, je fis en sorte de rejoindre l'extrémité de la barre en une seconde tout au plus. Le blessé n'avait pas crié, il n'en aurait pas été capable de toute façon. Il s'écroula par terre en m'arrosant de sang, comme il en avait badigeonné tout le barreau, en plus d'y avoir laissé quelques morceaux d'intestins et d'autres choses que je ne cherchai pas à identifier.

Phoenix avait assisté de loin à l'opération et après s'être assuré qu'Ysis était saine et sauve dans les bras de Talanus, il me rejoignit.

- Ça va ? dit-il en jetant un bref coup d'œil au barreau et à la victime, dont le trou béant dégoûtant commençait déjà à se refermer.

Je haussai les épaules, un peu déroutée de la façon dont je gérais ce carnage. Normalement, j'aurais déjà dû être à genoux en train d'essayer de vomir pour expurger cette vision d'horreur, mais je pouvais remercier mon côté sombre qui atténuait le choc pour me permettre d'avancer.

- C'était une explosion, dis-je.

Phoenix hocha la tête. Il avait conclu à la même chose que moi.

- Alors, conduite de gaz ou option cauchemardesque ?

Son expression se crispa. Il comprenait parfaitement où je voulais en venir.

- J'ai bien peur que les conduites de gaz aient été vérifiées récemment et que l'option cauchemardesque ne soit la seule plausible.

Je soupirai en allant aider le garde qui venait de reprendre conscience à se relever. Il avait de la chance, les tissus mous de l'abdomen étaient ceux qui guérissaient le plus vite, contrairement aux os. Il ne serait pas en très grande forme, mais au moins, il pourrait marcher.

- Il faut aller voir comment ils s'en sont sortis là-haut. Finn est peut-être mourant.

Un éclair d'angoisse traversa ses iris quand j'évoquai son créateur. Il comptait beaucoup pour lui, il fallait qu'on le retrouve.

J'avisai Talanus qui s'approchait de nous en portant sa compagne dans ses bras. J'eus un mauvais pressentiment. Ce dernier dut voir mon air inquiet et serra un peu plus l'amour de sa vie contre lui.

- Le bloc de béton lui a broyé les os des jambes. Ça guérira, mais pas avant plusieurs heures.

- Je dois… je dois…

Nous reportâmes tous notre attention sur le garde survivant.

- Je dois protéger… mes… maîtres.

Les Grands m'avaient condamnée à mort sans chercher à vérifier que j'étais vraiment une menace pour eux. Ils me considéraient comme une tare dangereuse pour leur espèce, tare qu'il fallait éradiquer pour préserver l'équilibre de la communauté, ou le leur… J'aurais tout aussi bien pu décréter qu'on les abandonne à leur sort finalement.

- On y va, dis-je en ramassant son arme, un gros fusil avec une bandoulière qui me permettrait de le glisser derrière mon dos.

Phoenix dut jouer de sa force pour nous faire passer la grande porte en plomb déjà à moitié dégondée. Derrière, nous trouvâmes plusieurs cadavres calcinés fumant encore, confirmant notre théorie de l'explosion. La porte des cachots nous avait sauvés du souffle de celle-ci.

Il nous fallut de la patience et de la souplesse pour réussir à remonter les escaliers menant au rez-de-chaussée, lesquels avaient été à moitié vaporisés en même temps que nos congénères.

Arrivée en haut des marches avec mon fardeau, je hoquetai d'une surprise horrifiée. De la villa luxueuse que je connaissais, il ne restait que des pans de murs carbonisés, arrosés par l'eau des canalisations qui fuyaient d'un peu partout. Le beau carrelage noir et blanc du couloir principal de nos hôtes était jonché de débris de plafond et d'objets divers et variés provenant de toutes les pièces qui s'étaient écroulées les unes sur les autres. On voyait nettement à travers les trous des cloisons encore debout l'allée gravillonnée qui passait par le petit bois ceinturant le domaine pour le cacher au monde extérieur, et je m'attendais à entendre bientôt les sirènes des camions de pompiers et des ambulances qui se précipiteraient vers un lieu auquel ils n'avaient jamais eu accès auparavant, pour découvrir que c'était un repère des créatures les plus redoutées des cauchemars humains.

Le ciel étoilé nous surplombait, semblant nous saluer de son incroyable beauté alors qu'aucun nuage ne venait le cacher. Les matelots du *Titanic* avaient dû admirer le même genre de ciel avant de se retrouver le nez dans un iceberg. À croire que ça soulageait les cœurs de mourir dans une belle nuit étoilée. Peuh !

Phoenix ouvrait la marche à travers les décombres vers la grande salle où nous supposions que les Grands se trouvaient, en s'arrêtant de temps à autre pour ramasser des pistolets et des couteaux sur les cadavres des gardes que nous rencontrions et qui se flétrissaient déjà. Munies de deux couteaux et de mon fusil, je guettais tout mouvement suspect dans l'ombre pour couvrir les arrières de celui qui avait mécaniquement retrouvé les réflexes de sa fonction d'ange. Je ne pouvais m'empêcher de lui jeter des coups d'œil à la dérobée pour l'admirer.

Sa démarche assurée malgré le danger et la grâce mortelle qu'il dégageait m'impressionnaient tout autant que sa façon de prendre naturellement la tête des opérations. Phoenix était un meneur d'hommes dans l'âme, il avait ça dans le sang, et je l'aurais suivi aveuglément jusqu'en Enfer si l'avait fallu. L'Enfer...

Peut-être que nous y étions déjà. Toute la villa s'était effondrée sur ses fondations détruites à coups d'explosifs.

- Sont-ils seulement encore en vie ?

Je n'attendais pas de réponse à ma question et personne ne me répondit. Nous avancions tous dans l'angoisse de ce que nous allions découvrir. Les vampires sont extrêmement résistants, mais quand plusieurs tonnes de gravats vous tombent sur la tête quand celle-ci n'a pas déjà été réduite en poussière dans l'explosion initiale, on ne peut pas s'attendre à un miracle.

Juste avant d'arriver à la grande salle, nous tombâmes sur un survivant qui s'escrima à pointer son arme sur nous sans se soucier que le bras qui la tenait n'était rattaché au reste de son corps que par quelques tendons.

- Arrête, Milton ! Ils veulent nous aider !

Je n'arrêtais pas de pester intérieurement contre le poids de l'homme que j'aidais à marcher depuis notre sortie des cachots, mais finalement, il nous était bien utile pour éviter qu'on nous tire dessus sans sommation alors que nous n'avions rien à voir avec cet attentat.

Le dénommé Milton accepta que Phoenix l'aide à se relever en l'attrapant par l'autre bras, et s'engagea avec nous jusqu'à notre destination.

On ne sait comment, les grandes portes de plomb de Talanus et Ysis étaient encore debout et nous les ouvrîmes avec précaution en demandant aux gardes des Grands de passer devant pour éviter qu'on se fasse cribler de balles bêtement.

Heureusement, ce ne fut pas le cas même si le mot « heureusement » n'était pas vraiment approprié dans la situation présente.

Le mur séparant la grande salle du jardin situé côté rue était encore entier, bien que percé de trous de plus ou moins grande taille à plusieurs endroits, notamment là où il y avait eu des fenêtres. Il restait un morceau de plafond et de mur près des anciens appartements de mes chefs de secteur et je supposais que c'était ce qui avait sauvé les rescapés qui tentaient de se dégager des débris qui entravaient leurs mouvements.

Parmi eux, je comptai trois Grands : Egire, le bellâtre blond et Face de requin, ainsi que cinq gardes.

Face de requin fit mine de vouloir nous attaquer malgré sa jambe brisée dont l'os dépassait de la chair, mais nos nouveaux compagnons l'en empêchèrent en lui assurant que nous n'étions pas venus pour les achever. Le jeune blond préféra plutôt s'enquérir de la santé d'Ysis et, rassuré par sa voix faible mais déterminée, il écouta comme Egire les arguments de nos sauveurs.

- Je suis resté avec eux tout le temps, ils n'ont pas pu déclencher cette explosion, nous défendit l'homme que j'avais désempalé et dont j'avais oublié le nom.

- Ne sois pas stupide, Eugène ! Ils avaient peut-être des complices ! fit Face de requin.

Je laissai Phoenix et Talanus s'en prendre hargneusement à la bêtise de ce soi-disant sage persuadé de son importance. C'était clair que nous étions d'une intelligence rare de vouloir tuer les Grands en nous retrouvant dans une situation où nous aurions dû mourir aussi. Quel crétin !

Je ne m'en préoccupais donc pas car un mouvement sur ma droite me fit dégainer mon fusil en direction d'un tas de gravas gros comme une voiture. Milton me vit et se plaça aussitôt sur mon flanc pour me couvrir.

- Houlà…

Je remis mon fusil sur mon épaule, et passai une main dans mes cheveux pour les dégager de mon visage. J'avais besoin d'avoir la vue et l'esprit clairs pour gérer ça.

- Maîtresse…

Milton avait plus émis un son étranglé qu'un véritable mot. Je pouvais le comprendre, le spectacle qui s'offrait à nous n'était pas beau à voir.

Blodwyn était coincée à partir des épaules sous le tas de gravas que nous venions de contourner, ce qui me laissait supposer que si nous parvenions à la sortir de là, elle aurait tout le temps de souffrir quand tous les os de son corps mettraient des jours à guérir.

Quant à sa tête…

En plus de se retrouver écrasée, Blodwyn s'était pris un débris sur le crâne, ce qui l'avait ouvert en deux, laissant s'échapper sur le sol quelques morceaux de cervelle et du liquide céphalo-rachidien. Beurk !

Milton s'agenouilla près d'elle et avec une précaution infinie, s'employa à rapprocher les bords de sa boîte crânienne pour les faire cicatriser plus vite. Le processus démarra immédiatement et même si je ne portais pas cette vilaine rouquine dans mon cœur, je fus impressionnée par sa puissance. Toute ado qu'elle paraissait, elle avait la tête dure… un peu comme son cœur… ce qui expliquerait bien des choses…

- Il faut la sortir de là, déclarai-je en mettant les mains sur mes hanches pour prendre la mesure du travail à accomplir. Hé !

Mon cri fit se retourner Phoenix, Talanus et leurs adversaires vers moi.

- Quand vous aurez fini de vous écharper sur notre éventuel rôle là-dedans, vous pourriez peut-être m'aider à sauver Blodwyn.

Egire fut le premier à réagir, suivi de tous les autres. À nous tous, nous parvînmes en quelques minutes à dégager le seul élément féminin du groupe des Grands.

- Il faut qu'on trouve celui qui a fait ça et qu'on le lui fasse payer ! enragea Face de requin.

Je lui décochai un sourire goguenard.

- Alors comme ça, ce n'est plus nous, les terroristes ?

S'il voulut m'impressionner avec son regard chargé de flèches empoisonnées, c'était raté. Il ne me faisait ni chaud ni froid.

- Où est Finn ?

Un frisson glacé me parcourut l'échine. L'interrogation dure mais angoissée de Phoenix me rappela que nous n'avions pas revu son créateur depuis qu'il nous avait annoncé qu'il n'avait pas réussi à nous sauver. Peut-être était-il mort quelque part, sous les décombres…

Le silence se fit, comme pour taire la macabre évidence.

Puis :

- Je suis là, Phoenix.

À travers l'un des énormes trous du mur de la grande salle, je vis mon beau-père s'arrêter de marcher dans la pelouse du jardin duquel il venait. Notre ouïe nous permettait de l'entendre malgré la distance.

- Tu vas bien ? Tu as été éjecté par l'explosion ?

Même de si loin, je vis son sourire affectueux. Le lien d'amour et de respect entre Finn et Phoenix était très émouvant donc il aurait dû me réchauffer le cœur par les sentiments paternels qu'il supposait... Là, je ressentis un profond malaise.

Finn n'avait pas la moindre trace de blessure et ses vêtements étaient aussi impeccables que lorsqu'il les avait enfilés au coucher du soleil. Pas le genre de quelqu'un qui vient d'être soufflé par une explosion...

- Je vais bien et je suis content de voir que toi et ta compagne, vous en êtes sortis.

Il était trop calme, trop... je ne sais pas.

Phoenix fit un pas dans sa direction et, sans savoir pourquoi, je lui bloquai le passage.

- Attends.

Il me dévisagea, perplexe.

- Quoi ?

J'observais toujours Finn, qui s'était arrêté au bord de l'allée gravillonnée qui entourait la villa.

- Je ne sais pas. Quelque chose cloche.

- Combien de Grands sont encore en vie ? demanda ce dernier sans paraître le moins du monde affecté par la situation.

- Ne réponds pas, soufflai-je, de sorte que seul Phoenix m'entende.

Il fronça les sourcils en me prenant visiblement pour une folle.

- Egire, Gant, Ferars et Blodwyn. Blodwyn est blessée.

Je vis nettement une moue de contrariété affecter l'expression neutre affichée jusqu'ici sur le visage de Finn.

- Quelque chose cloche, dis-je encore, plus fort.

- Vous devriez tous me rejoindre ici, dit Finn sans laisser le temps à Phoenix de me parler.

Un violent frisson me secoua. Celui-ci me regarda, puis regarda son père adoptif. Son expression devint subitement méfiante.

- Pourquoi ?

L'autre fit l'étonné.

- Pourquoi ?

- Tu m'as bien entendu. Pourquoi veux-tu qu'on vienne près de toi ?

À découvert, pensai-je. Le mur de la salle était autant une menace qu'une protection pour nous et je ne savais pas pourquoi, je me sentis soudainement beaucoup plus à l'aise à l'idée de rester derrière lui, loin du jardin.

- Tu ne veux quand même pas rester sous un plafond sur le point de s'effondrer.

Son ton, qui se voulait moralisateur mais rassurant, déclencha chez moi une peur irrationnelle qui fit pulser les veines situées dans mon cou. Je déglutis, paralysée.

Phoenix s'aperçut de mon trouble et en une seconde, m'avait entraînée hors de vue de Finn, là où le mur était encore plein.

- Qu'est-ce qui te prend ? dit-il tout bas, pour n'être entendu que de moi.

Je haletais, étouffant d'un affolement dont je ne parvenais pas à comprendre l'origine.

- Ce n'est pas normal.

- Tu as déjà dit ça.

Sa voix était sèche, mais je compris qu'il ne me reprochait rien. Sa tension était due à l'incompréhension de mon comportement. Je ne savais pas quoi lui répondre à part que mon instinct me hurlait que nous ne devions pas mettre un pied sur cette pelouse.

Je jetai un coup d'œil vers nos compagnons rescapés. Tous m'observaient avec étonnement et perplexité. Pourtant, pas un n'avait esquissé de mouvement vers la sortie, comme si leur propre instinct leur soufflait de suivre le mien.

- Il n'est pas blessé, ses vêtements ne sont pas déchirés.

Phoenix devait s'attendre à ce que j'en dise plus, mais j'en étais incapable. Il m'embrassa sur le front.

- Reste là.

Il alla ensuite se repositionner au niveau du grand trou pour faire face à son créateur.

- Comment se fait-il que tu ne sois pas blessé ni même choqué ?

- Que veux-tu dire, fils ?

- Où étais-tu, *père*, quand tout a explosé ?

Il y eut un silence.

- De quoi me soupçonnes-tu au juste ? Ou plutôt de quoi *ta compagne* me soupçonne-t-elle ?

Sa voix s'était faite dure et cassante, loin de la tonalité affectueuse empruntée précédemment.

- De rien. C'est bien là le problème ; comme moi, elle n'arrive pas à cerner tes intentions.

- Ma seule intention à ton égard est de te sauver la vie.

Je vis Phoenix incliner la tête sur le côté. Il étudiait Finn.

- Peut-être, dit-il finalement. Et qu'en est-il des autres ?

Un autre silence emplit l'air. Je sentis mon cœur fantôme battre comme un fou dans ma cage thoracique, m'emplissant les oreilles et l'esprit d'un brouhaha de panique. Il fallait que je me secoue, il fallait que je rejoigne Phoenix.

Je mis toute ma volonté dans l'entreprise d'obliger mes muscles à avancer vers mon objectif. J'y parvins juste avant que Finn ne donne sa réponse :

- Il est temps qu'ils passent la main.

J'entendis nettement le cliquetis des armes qu'on mettait en joue ainsi que les pas feutrés des gardes qui se positionnaient derrière nous pour viser notre interlocuteur dont l'expression sereine me fit froid dans le dos. Tout le monde avait saisi le sens de sa phrase.

Passer la main signifiait tout bonnement la passation de pouvoir et comme il était stupide de penser que les rescapés des Grands accepteraient de céder leur place, on pouvait facilement en conclure qu'ils seraient exécutés dans ce but.

- Tu veux prendre le pouvoir, alors.

La voix de Phoenix était neutre et calme. C'était plus dangereux encore que lorsqu'elle était glaciale. Je n'osais pas imaginer ce qu'il devait ressentir face à ce père adoptif qui lui demandait tout simplement de cautionner un meurtre. Encore une fois, il venait d'être trahi par son entourage le plus proche. Il avait eu beaucoup de mal à se remettre de la fausseté de Karl qu'il considérait comme un frère, alors de la part de Finn…

- Je veux surtout sauver notre monde de la destruction vers laquelle nous entraînent les Grands.

Je fronçai les sourcils. Sa phrase me donnait une impression de déjà vu, ou de déjà entendu plutôt : « *Tu sauveras les vampires de la destruction* ». Qu'est-ce que c'était que cette histoire ?

- Mais qu'est-ce que tu racontes ?! Sans le Conseil et leurs lois, cela ferait des centaines d'années que nous nous serions tous entretués pour le contrôle des humains !

Phoenix serrait tant les poings que les jointures de ses doigts étaient toutes blanches.

- Avant peut-être. Mais il est clair que ce temps est révolu.

- Je ne peux pas croire que ce soit toi qui dises cela. Tu as participé à leur œuvre, tu t'es impliqué dans la rédaction de leurs lois !

Je sentais que mon compagnon perdait son calme. Je pris donc sa main dans la mienne et immédiatement, il ouvrit son poing pour glisser ses doigts entre les miens. Finn n'en perdit pas une miette.

- J'ai soupçonné que le Conseil s'était corrompu quand il t'a condamné l'an passé. Comment pouvait-il décider de tuer leurs meilleurs lieutenants ?! C'était impensable.

- Ils ne pouvaient pas outrepasser leurs droits juste pour les sauver, ils se seraient discrédités ! intervins-je, un peu choquée par son raisonnement.

- Peu importe. Là, n'est pas l'essentiel. J'ai été convaincu de leur trahison quand ils ont imposé l'extension de la zone d'application du Grand Changement. Il n'était pas nécessaire d'être dans leur tête pour entrevoir la suite : son avènement mondial.

Phoenix regarda son père comme s'il avait perdu l'esprit.

- Une trahison ? C'est le Grand Changement qui a permis d'apaiser les tensions entre les factions, c'est lui qui a permis au Secret de perdurer jusqu'à aujourd'hui !

- Je ne nie pas son utilité. Je réprouve seulement son irrévocabilité. Son application à l'échelle mondiale va déclencher une guerre qui nous détruira. Les chefs de secteur de la zone libre sont prêts à se soulever, notre monde est sur le point de basculer à cause de l'entêtement de dix idéologues déconnectés des besoins de leurs sujets. Leur obsession va nous entraîner dans un conflit meurtrier et de par ma position, je me dois de les en empêcher.

Je sentis une vague de colère me submerger et mes yeux se colorer de rouge tandis que la lumière se faisait enfin dans mon esprit quant aux motivations profondes cachées sous ce discours de sainteté.

- Et que venez-vous de déclencher là, maintenant ? Vous croyez peut-être que tous les vampires vont croire à vos boniments et s'agenouiller devant vous pour vous offrir leur liberté et leur conscience sur un plateau ? Ichimi était finalement plus lucide que nous, il vous avait percé à jour en disant que le pouvoir ne vous attirait que pour vous-même ! Si vous avez toujours refusé de faire partie du Conseil, c'était parce que vous ne supportiez pas qu'on discute vos décisions alors vous avez attendu votre heure. Vous attendiez le bon moment pour les renverser, un moment comme celui-ci, où les tensions étaient grimpées à leur maximum en raison du passage de la Chine et du Brésil au Grand Changement. (En même temps que je parlais, je réfléchissais à toute vitesse pour aller au bout de mes accusations dont j'étais certaine de la véracité ; tout se tenait) Tous ces déplacements, ces voyages en Sibérie, en

Amazonie et ailleurs… Vous êtes allé prendre la température pour savoir si votre coup d'état serait accepté et quand Phoenix vous a appelé pour vous parler de notre situation, vous y avez vu une occasion unique de vous débarrasser de vos ennemis sans prendre trop de risques ! Dans les Balkans vous n'aviez aucune chance de venir à bout de leur forteresse. Vous vouliez un empire, vous vous êtes servi de nous pour l'obtenir ici !

Un silence de mort suivit mes paroles. Phoenix me broyait la main sans cesser de fixer son créateur, les mâchoires serrées à en exploser. Les pupilles de ce dernier étaient braquées dans ma direction et zébrées d'innombrables éclairs au point que je me demandais quand ceux-ci allaient sortir de leurs orbites pour m'attaquer, tant ils étaient chargés de colère.

Pourtant, il ferma les yeux, prit une grande inspiration et ce fut avec calme qu'il s'adressa à son fils.

- Joins-toi à moi.

Mon compagnon frissonna, je le sentis, mais c'était trop subtile pour que quelqu'un d'autre s'en soit aperçu.

- Seras-tu notre nouveau leader ?

Finn sembla surpris par sa demande, mais répondit tout de go :

- Il faut un dirigeant fort pour nous préserver du chaos. Le pouvoir nécessite sagesse et expérience et il se trouve que mon âge me les a toutes deux conférées. Je suis donc le mieux placé pour prendre les décisions qui s'imposent.

- Quelles seront-elles ?

Je m'exhortais à ne rien laisser paraître de la tension qui commençait à me rendre folle pour que la stratégie de Phoenix continue de fonctionner. Déjà, profitant de la protection que leur offraient les gardes armés qui visaient Finn et de l'écran que constituait le mur restant de la grande salle, Milton et Eugène avaient commencé à ouvrir une voie discrète pour faire évacuer les Grands pendant qu'il le faisait parler, nous en apprenant le plus possible sur ses intentions à court terme.

- Je compte dans un premier temps faire accepter au reste de la communauté le changement de pouvoir.

- En assassinant vos opposants, je suppose ? grinçai-je, hors de moi.

Finn continuait de m'ignorer. Ça m'énerva encore plus.

- J'ai confiance en l'intelligence de nos congénères. Ils comprendront que mon action était nécessaire pour les sauver.

Mon rageomètre grimpa à des nuances de rouge explosif. Combien de dictateurs s'étaient positionnés ainsi dans l'histoire comme le « sauveur » de leur peuple ? Combien avaient-ils éliminé d'innocents juste pour continuer de les « sauver » ? Comme je m'en voulais de ne pas avoir vu plus tôt la véritable nature de cet homme que seul notre pire ennemi avait réussi à percer. Ichimi avait pris exemple sur Finn pour tisser la toile qui ferait tomber ses rivaux. Seul son modèle y était parvenu.

- C'est donc ton but : nous sauver.

Je risquai un coup d'œil inquiet vers Phoenix. Il n'allait quand même pas gober ses mensonges ?!

- Ça l'a toujours été, contrairement à ce que prétend ta compagne.

- Elle s'appelle Sam et tu peux lui parler directement.

Finn prit une expression repentante très convaincante quand il me regarda :

- Excuse-moi, je ne voulais pas te manquer de respect. Malgré ce que tu sembles penser de moi, sache que je ne te veux aucun mal, au contraire. Je t'estime et j'admire ta puissance. Je serai très honoré si tu utilisais tes capacités pour m'aider à construire un monde meilleur où toi et Aydan vous pourriez vous aimer librement. J'ai besoin de votre soutien pour vous l'offrir… en cadeau de mariage.

Finn disait que son grand âge lui avait procuré de l'expérience. Il avait raison en ce qui concernait l'art de la persuasion. En effet, si mon instinct allié à mon côté sombre, qui savait reconnaître le mal en face de lui, ne me hurlait pas à l'intérieur de ma tête que tout ça n'était que du vent, et si cette même lueur d'avidité que j'avais déjà vue à Scarborough n'avait pas lui dans ses prunelles quand il avait parlé de mes capacités, peut-être aurais-je douté de mes accusations précédentes. Par ailleurs, il jouait sur la corde sensible en nous rappelant qu'officiellement, Phoenix et moi n'étions pas unis l'un à l'autre et que si nous laissions le chaos s'installer en ne le soutenant pas dans sa croisade personnelle, nous n'aurions guère de chances de le faire, car pour sûr, si nous nous en remettions à lui, nous pourrions être ensemble sans nous soucier du lendemain.

Il était presque crédible…

Si moi j'avais été tentée de le croire, qu'en était-il de l'homme à mes côtés qui l'avait côtoyé plus de cent ans et qui se tenait si raide qu'on aurait dit que la pression que son corps subissait finirait par le réduire en poussière.

- Vous n'avez pas vraiment besoin de nous. Vous avez suffisamment d'alliés, sinon, vous n'auriez pas risqué de vous dévoiler maintenant, raisonnai-je.

Je pensais qu'il allait encore esquiver, mais Finn m'étonna en m'offrant cette fois-ci un vrai sourire qui me terrifia.

- Tu es décidément très perspicace, ma jeune amie.

Sans qu'un signal précis ne soit émis par mon interlocuteur, des dizaines de vampires sortirent du bois qui ceinturait la villa. Ils étaient tous armés jusqu'aux dents, depuis les sabres qui pendaient à leur ceinture jusqu'aux bazookas chargés sur plusieurs épaules ; et je ne parlais pas des pistolets et des couteaux que ces hommes, en majorité d'origine asiatique et africaine, devaient porter sur eux. Dans le lot, je reconnus Kambale Neto ainsi que Javas et Cassie, les deux amants dont nous avions fini par soupçonner qu'ils espionnaient nos faits et gestes pour le compte des Grands. Nous avions vu juste, sauf pour le commanditaire. Je supposai que nous leur devions la bombe de la villa. Ils avaient dû faire semblant de copuler dans des coins sombres pour endormir la méfiance des hommes de Hedayat afin d'installer leurs explosifs. Très malin…

Un sifflement haineux se fit entendre dans mon dos. Comme moi, les gardes des Grands avaient pris la mesure de notre infériorité numérique. Si nous nous affrontions, nous n'avions aucune chance. L'aide du service de sécurité de Talanus et Ysis aurait été utile, mais on pouvait supposer qu'on l'avait réduit au silence pour toujours, tout comme les hommes des Grands qui le surveillaient. J'eus un pincement au cœur en pensant que Hedayat Javan avait dû périr avec eux.

Je me doutais depuis tout à l'heure que Finn avait un atout dans sa manche, sinon il ne se serait pas présenté devant nous aussi confiant, mais là… Il avait tout prévu.

- Ce sont tes nouveaux amis ? demanda Phoenix, de sa voix toujours aussi neutre.

- Ces hommes ont compris mon combat et ont décidé de m'aider dans ma tâche.

Et nous vivions au merveilleux pays de Mickey… Non, mais ! Nous croyait-il vraiment si naïfs ?

- Comptes-tu nous exécuter, comme les Grands ?

Finn sembla sincèrement offensé.

- Je te l'ai déjà dit. Je veux que vous vous joigniez à moi.

- Pourquoi ?

- Tu es le meilleur combattant de tous les secteurs réunis et un meneur d'hommes hors pair. Quant à Samantha, une fois qu'elle aura contrôlé son extraordinaire don, elle le mettra au service de mon œuvre. (*À mon service*, traduisis-je, furieuse qu'il envisage ainsi de m'instrumentaliser pour sa gloire personnelle) À nous trois, nous changerons la face du monde.

- Est-ce tout ?

Phoenix semblait toujours aussi calme, mais en sentant l'un de ses doigts tracer des cercles au creux de ma paume, je compris que la tempête ne tarderait plus à éclater.

- Que veux-tu dire ?

- Pourquoi veux-tu tellement que je me joigne à toi ?

- Tu es mon fils. Je te veux à mes côtés.

La réponse était nette, claire et précise bien que courte.

Phoenix stoppa ses cercles sur ma paume et m'écrasa les doigts en pressant ma main. Ignorant la douleur, je vidai mon esprit de toutes ses craintes, laissai l'adrénaline déferler dans toutes mes cellules et contractai tous mes muscles en attendant de passer à l'action.

- Tu oublies un détail, Finn.

L'intéressé perdit de sa superbe. Il paraissait tellement sûr que ses arguments avaient fait mouche sur son protégé que sa remarque le décontenança. Phoenix ferma les yeux, inspira, puis les rouvrit, implacable :

- Je n'ai pas oublié que c'est toi qui m'as tué.

À peine avait-il fini sa phrase qu'il me saisit dans ses bras et partit comme une fusée dans la direction que les Grands avaient prise pendant que leurs gardes ouvraient le feu sur nos assaillants. Un coup d'œil par-dessus l'épaule de Phoenix me permit de voir que ces hommes courageux tombaient les uns après les autres sous les balles en argent tirées par leurs adversaires.

D'autres coups de feu retentissaient plus loin devant nous et je compris que la manœuvre pour écarter les Grands survivants du danger avait été anticipée. Lorsque nous les rejoignîmes, « Face de requin » était en train de jouer à *Wolverine* avec les lames qui lui sortaient des phalanges et qui taillaient en pièces ceux de ses ennemis qui s'étaient décidés à entamer un corps à corps avec lui. Talanus s'était positionné derrière un gros bloc de béton et canardait tout ce qui se trouvait dans son viseur avec succès alors qu'Ysis le couvrait malgré ses jambes cassées en lançant ses couteaux dans le cœur ou entre les yeux de ses adversaires. Egire faisait un rempart de son corps à Blodwyn, toujours inconsciente. Il ne restait plus qu'eux, Milton et Eugène, vu que le jeune blond du Conseil avait fini en poussière à leurs pieds.

- On va se faire massacrer ! m'écriai-je, consciente que nous n'allions plus tarder à être encerclés, et commençant à tirer avec mon fusil dès que Phoenix m'eût déposée à terre.

- Le garage est de l'autre côté. Ils nous en bloquent l'accès. Il faut les repousser ou nous sommes perdus.

À peine eut-il achevé sa phrase que mes yeux virèrent au rouge écarlate et après un grondement de fureur totalement horrifique, je sortis de derrière le tas de débris qui nous protégeait et avançai vers le camp adverse sans me préoccuper des balles en argent qui sifflaient autour de moi et dont certaines m'atteignaient déjà.

- SAM ! entendis-je hurler dans mon dos.

Dans le brouillard de ma transe, je compris que Phoenix allait tenter de me secourir, quitte à se faire tuer. J'étais immunisée contre l'argent, pas lui. C'était maintenant ou jamais.

Avec un nouveau grondement féroce, je mobilisai en un quart de seconde toute ma volonté pour mettre à exécution mon plan. Un nouveau quart de seconde plus tard, tous les hommes qui nous barraient le chemin vers notre chance de salut, à savoir une vingtaine auxquels venaient de se joindre Javas et Cassie, se retrouvèrent dans les airs à deux mètres du sol et eurent juste le temps de voir leurs propres armes se retourner vers leurs cages thoraciques avant qu'elles ne crachent leur feu meurtrier pour leur en déchiqueter le cœur.

Le calme régna subitement sur notre zone, nous permettant d'entendre les derniers coups de feu qui s'échangeaient là où nous avions laissé la garde d'élite des Grands et dont plusieurs membres donnaient encore du fil à retordre aux alliés de Finn.

- La voie est libre, dis-je avec une voix gutturale que je ne pris même pas la peine d'analyser.

Peut-être aurais-je dû. En me retournant pour voir l'état de mes compagnons, je vis qu'ils me regardaient tous avec les yeux qui leur sortaient de la tête. Bon, c'était vrai que j'étais couverte de sang en raison de toutes les balles qui m'avaient percé le cœur et que mes pupilles s'étaient enflammées à leur paroxysme, mais ce n'était pas une raison pour béer ainsi ! J'allais en termes très impolis leur dire ma façon de penser quand le voile rouge habituel se colora de noir et que mes jambes se dérobèrent sous mes pieds.

Phoenix, heureusement, me rattrapa avant que je ne touche le sol.

- Sainte Marie, mère de Dieu ! murmura Egire.

- Ne restez pas plantés là ! Elle vient d'ouvrir une voie d'accès au garage, la moindre des choses, c'est de nous dépêcher d'en profiter ! s'énerva mon porteur.

- Par ici, suivez-moi !

Ma vision obscurcie ne m'avait pas permis de voir Talanus s'élancer droit devant, mais j'avais nettement reconnu sa voix.

- Je ferme la marche ! s'écria Face de requin.

- Avec Eugène, nous vous protégerons, maître ! lança Milton.

Je sentis, en étant secouée dans tous les sens, que Phoenix se mettait à courir et je ne pus m'empêcher de sortir un horrible juron à l'idée d'être un fardeau pour lui. Comme je n'avais pas anticipé d'utiliser mon pouvoir comme je l'avais fait, je n'avais pas réfléchi au dosage de celui-ci et j'y étais allée à pleine puissance. De toute façon, je n'avais pas la moindre idée de comment je m'y étais prise, alors de là à contrôler quoi que ce soit… Résultat, j'avais le nez et les oreilles qui saignaient et le reste de mes membres aussi robustes que de la gelée.

Heureusement, ces effets négatifs semblaient aussi très éphémères car mes forces me revenaient déjà en des picotements sur mes orteils et mes doigts.

Le sort avait décidé d'être joueur puisque ma vue me fut rendue juste à temps pour voir mon arrière-garde exploser, le choc nous éjectant, Phoenix et moi, à plusieurs mètres de là.

Encore sonnée, les hurlements de colère qui suivirent me parvinrent de manière hachée et bourdonnante.

- Tu es fou ! Le maître a dit qu'il voulait ces deux-là, vivants !

- Ce n'est pas eux que je visais, alors fous-moi la paix !

L'écho d'une bagarre s'ensuivit.

Réalisant qu'il n'y avait plus que deux Grands en vie désormais, je parvins à me mettre debout en ignorant les protestations de souffrance de tous mes muscles. Pour sauver Blodwyn et Egire, je ne pouvais pas me permettre d'être faible, donc je tirai sur le bras de mon compagnon pour l'aider à se relever.

- Ça va aller ? m'interrogea Phoenix avec des yeux ronds, se demandant comment j'étais passée si vite d'un état d'extrême fatigue à celui de brute enragée.

- J'ai les jambes qui tremblent encore un peu, mais ça ira, et toi ?

Il jeta un œil derrière lui, avisant les éclaboussures diverses et variées témoignant de la présence d'êtres vivants derrière nous juste avant l'explosion.

- Il paiera.

Il avait annoncé cela sans éclat de voix, sans rien qui trahisse son tourment intérieur. Notre lien était trop puissant toutefois pour que je passe à côté de la vague de haine qui le submergea en pensant à ce que celui qui se considérait comme son père adoptif venait de faire.

Nous n'eûmes pas le temps d'ajouter autre chose car d'autres balles se mirent à siffler autour de nous. Les derniers gardes devaient être tombés, laissant le champ libre à nos ennemis pour nous poursuivre dans les restes de la villa.

Phoenix me prit par la taille, me serra contre lui et j'eus juste le temps de crocheter mes bras autour de son cou avant qu'il ne s'élance en rase-motte à travers les débris, tâchant de ne pas s'offrir en cible facile à ceux qui n'attendaient qu'une erreur de notre part pour nous percer des trous en argent dans le corps.

Comme Talanus et Egire étaient encombrés de leurs fardeaux, ils ne durent leur survie qu'à notre intervention sur le fil. En effet, alors que le général romain s'escrimait à ouvrir la lourde porte du hangar attenant à la villa où de nombreuses voitures de sport étaient stockées, quatre vampires étaient parvenus à se glisser dans leur dos et venaient de se mettre en position pour tous les mitrailler d'un seul coup. Heureusement, Phoenix était rapide et en un éclair, il m'avait laissée me charger de deux d'entre eux avec mes couteaux tandis qu'il décapitait les deux autres à mains nues (il avait dû perdre son arme quand Face de requin était mort).

Un coup de pied plus tard, nous nous engagions dans le garage, prenant dans le présentoir à clés celles que nous supposions appartenir à des bolides, vu que s'échapper en Rolls Royce aurait été élégant mais peu efficace question rapidité.

- Ils vont nous cueillir comme des rats dès notre sortie ! s'alarma Egire, à juste titre.

Il était clair que les troupes de Finn allaient se regrouper et attendre que nous pointions le bout de notre nez hors de cet espace clos pour nous envoyer toute leur artillerie.

- Il faut nous séparer, dit Phoenix. Talanus et Ysis, vous passerez en premier pour nous ouvrir la voie hors d'ici. Egire, vous suivrez de près avec votre véhicule, au milieu, vous aurez plus de chances de survivre.

- Où irons-nous ?

- Avec Talanus, nous avons depuis longtemps paré à une éventualité de ce genre. Il vous mènera en sécurité.

J'aurais dû tiquer sur cette information, mais l'ancien compagnon d'armes d'Auguste n'aurait pas vécu deux millénaires sans garde-fou. C'était plutôt rassurant de savoir qu'un abri nous attendait hors d'ici. Egire dut aboutir au même raisonnement car il enchaîna :

- Très bien, et Blodwyn ?

Je n'avais aucune compétence en stratégie militaire, mais la solution m'apparut avec clarté.

- Nous l'emmenons avec nous. Il faut qu'au moins l'un de vous deux survive. On ne peut pas prendre le risque que vous partiez dans la même voiture.

Ce constat me parut horriblement froid, mais à la façon dont tous hochèrent la tête, je compris qu'il n'y avait pas d'autre choix de toute façon.

- Alors on y va.

Talanus installa Ysis sur le siège passager d'une *Ferrari*. Phoenix alluma le moteur de notre *Porsche* pendant qu'Egire m'aidait à déposer Blodwyn, toujours inconsciente, sur le siège arrière. À la portière, il me fixa un instant, puis, d'une voix douce mais déterminée, il me dit :

- J'ai confiance en vous, Samantha Watkins. Si ça tourne mal, sauvez ce que nous avons construit.

Il ne me laissa pas lui répondre et s'empressa de rejoindre sa *Lamborghini* noire qu'il démarra à peine installé à l'intérieur. Juste à temps…

Nos ennemis venaient d'arriver et commençaient à arroser nos carrosseries de projectiles mortels. Talanus n'attendit pas une seconde de plus, il appuya sur la pédale de l'accélérateur pour démarrer en trombe et démolir les portes électriques du garage qui nous empêchaient de sortir. Egire s'engagea aussitôt à sa suite et je n'avais pas besoin de tendre l'oreille pour entendre les tirs de fusils mitrailleurs et d'armes lourdes tenter de les empêcher de s'échapper. Quand Phoenix fonça à son tour dans le jardin, je me demandais désespérément comment nous pourrions atteindre la rue en un seul morceau, et même après, comment nous arriverions à semer nos poursuivants déterminés à nous détruire. Finn possédait le don de retrouver n'importe quel vampire dans le monde. Au final, notre point de rendez-vous ne serait qu'un sursis ; nous ne serions à l'abri nulle part.

Je me mordis la lèvre en m'agrippant de toutes mes forces à mon siège lorsque Phoenix donna un coup de volant pour écraser un type qui nous visait avec un genre de lance-roquette. Bah ! C'était inutile que je m'inquiète pour notre cachette future, vu que nous ne parviendrions jamais à sortir de là.

Comme en réponse à mes propres doutes, la voiture faillit se renverser lorsqu'un des tireurs nous manqua de peu et je remerciai le Seigneur d'avoir donné plus de patience à mon chauffeur pour apprendre à conduire des décennies auparavant que ce qu'il en avait eu pour apprendre à se servir d'un ordinateur. Je crus aussi avoir des hallucinations quand le type qui nous avait visés se fit purement et simplement décapiter par une silhouette volante qui avait atterri à ses côtés avant de se charger de lui. Pourquoi Finn tuait-il ses propres hommes ? Voulait-il tant que ça nous avoir vivants ?

- Ils arrivent à la grille !

Le cri tendu de mon ange me fit utiliser ma vision accrue de vampire pour discerner la voiture de Talanus qui avait pris de l'avance, esquiver les tirs pour foncer à travers le portail de l'entrée et s'enfuir dans la nuit. Egire suivait de près et seulement quelques dizaines de mètres le séparait de la liberté.

J'allais exprimer ma joie quand une nouvelle explosion fit de mon monde un enfer de tonneaux, de carrosserie pliée, et de douleur.

*

- Phoenix ! hurlai-je, malgré ma mâchoire cassée dont les os se ressoudaient à grande vitesse en même temps que mes côtes.

Je me passai une main sur mon visage pour en enlever le sang coagulé qui me brouillait la vue. La *Lamborghini* d'Egire avait été touchée de plein fouet par un tir de bazooka et comme nous avions presque fini par le rattraper, l'onde de choc nous avait percutés. Pendant notre série de tonneaux, je m'étais cognée la tête contre la vitre passager, m'occasionnant ainsi une fracture du crâne très incommodante. En plus du liquide poisseux qui m'avait coulé sur la figure, j'avais gagné une grosse migraine !

Tout ça n'était rien néanmoins à côté de la panique qui me comprima les membres en réalisant que j'étais la seule à avoir repris conscience dans la Porsche. Tellement terrorisée à l'idée que mon amour ait reçu une balle mortelle, je ne pris même pas la peine de noter que ni lui ni Blodwyn n'étaient redevenus poussières et oubliai mes blessures pour me précipiter hors de l'épave cabossée qui nous servait de véhicule pour en faire le tour et arracher la portière conducteur afin de sortir celui-ci de l'habitacle. Je faillis m'évanouir de soulagement lorsqu'à terre, Phoenix ouvrit les yeux...

... Mais gardai les miens bien ouverts quand, sentant la menace arriver autour de nous, je réagis instinctivement pour protéger celui qui m'appartenait. En un quart de seconde, je sortis Blodwyn à son tour, la jetant purement et simplement par terre pour saisir le bas de caisse de ce qui, dans une autre vie, avait été une rutilante Porsche bleu nuit. L'instant d'après, je sentais les tendons de mes épaules à l'agonie quand j'envoyai celle-ci dans les airs avec une violence inouïe, pour qu'elle finisse sa course sur ceux des hommes de Finn qui avaient eu le malheur de ne pas être assez rapides pour s'en écarter.

Je venais d'aplatir ainsi environ une dizaine de nos ennemis, malgré tout, ils étaient encore une cinquantaine qui fermèrent le cercle sur notre dernière chance de nous échapper. Tous nous visaient et ainsi placée devant l'amour de ma vie, je n'espérais plus le sauver, mais juste faire en sorte qu'on s'acharne sur moi plutôt que sur lui. Après ce que je venais de faire, je me doutais qu'ils s'empresseraient d'annihiler leur plus grande menace en premier, à savoir moi.

- Eh bien, qu'est-ce que vous attendez ?! m'écriai-je d'une voix enragée, perturbée de les voir s'attarder à nous dévisager plutôt qu'à nous mitrailler. Je croyais que vous vouliez tous nous tuer ?!

Aucun ne me répondit.

Ce fut pendant ce silence que Phoenix se mit debout, tenant dans ses bras la dernière des Grands encore en vie, et dont la lente guérison me mettait hors de moi. Dire qu'avec son mystérieux pouvoir, elle aurait peut-être pu nous aider à nous sortir de là ! Phoenix ne pouvait pas nous porter toutes les deux donc si Blodwyn avait eu le don de voler, nous aurions pu quitter les lieux sans autre vampire à nos trousses que le plus vieux et le plus déterminé d'entre eux : ce qui n'aurait pas été une mince affaire, en passant. Bref, nous étions à la merci de nos adversaires.

- Comment tu te sens ? demandai-je à Phoenix, dont le sang sur les vêtements me laissait supposer que l'épisode dans la voiture lui avait occasionné pas mal de fractures à lui aussi.

Il m'offrit un faible sourire.

- Comme quelqu'un qui va mourir avec la femme qu'il aime.

Je le fixai avec l'intention de graver chaque détail de ses traits dans ma mémoire. Il était si beau et si digne, même en se sachant condamné, que je ne pouvais pas m'empêcher de penser que son amour pour moi était irréel tant il était inespéré qu'un homme tel que lui s'intéresse à ma personne.

Je voulais lui dire que je l'aimais, je voulais lui dire que ce temps passé avec lui depuis notre rencontre m'avait transformée à jamais et que je remerciais chaque jour le Seigneur ou la Nuit ou le destin ou peu importe qui, de nous avoir menés l'un à l'autre. Il était ce pourquoi je me levais chaque matin, celui avec lequel je m'endormais, le soleil autour duquel tournait mon existence.

Je ne dis rien.

Quelqu'un requit toute mon attention.

- Pourquoi tant de pessimisme sur vos visages ? Il me semble que vous êtes toujours en vie… grâce à moi.

Je me raidis et me plaçai à côté de Phoenix. Ni l'un ni l'autre n'avions d'armes et j'avais beau essayer de mobiliser ma volonté pour imaginer les têtes de mes ennemis se détacher de leurs corps, aucun miracle ne se produisait. Je ne comprenais même pas comment j'avais fait tout à l'heure pour retourner les mitraillettes contre leurs propriétaires.

- Finn… grinça mon voisin de droite entre ses dents, en voyant ce dernier s'avancer vers nous.

À entendre la haine suinter de la simple prononciation de son prénom, on aurait pu avoir du mal à croire qu'il avait un jour aimé son créateur comme un fils aime son père. D'ailleurs, celui-ci ne s'y trompa pas et sa moue triomphante s'évapora de sa bouche comme neige au soleil.

- Tu portes un bien lourd fardeau, mon fils… dit-il en désignant Blodwyn du menton.

Phoenix raffermit sa prise sur elle.

- Je peux t'en libérer.

- Dis plutôt que tu veux la décapiter pour éradiquer la dernière personne qui te barre l'accès au pouvoir absolu.

- Certaines décisions sont malheureusement nécessaires pour rétablir l'équilibre.

Finn ne niait rien et assumait totalement sa trahison. La rage qui me tenaillait grimpa encore, pourtant, je frissonnai en ressentant encore une fois cette même impression d'avoir déjà entendu cette phrase quelque part, sans savoir où.

- L'équilibre n'était pas menacé, si ce n'est par des barbares passéistes plus intéressés par leur pouvoir personnel que par la survie de leur communauté ! cracha mon compagnon.

- Tu me vois donc comme un barbare passéiste, s'amusa Finn, ce qui fit gronder son fils furieusement.

- Je te vois comme un traître et un assassin !

- Ça me navre que tu me voies ainsi. J'aimerais sincèrement que tu te joignes à moi et à mes hommes.

- Jamais ! feula Phoenix avec tout le dégoût que sa proposition lui inspirait.

Bizarrement, Finn en parut réellement affecté. Son masque d'impassibilité s'était effrité pendant quelques secondes, le temps pour lui d'assimiler le choc d'un refus qu'il n'avait, semblait-il, pas anticipé.

Véritable maître dans l'art de la dissimulation, il reprit contenance à une vitesse fulgurante, impressionnante même, de la part de quelqu'un qui voit sa progéniture se retourner contre lui.

- Tu es mon fils ! aboya-t-il. Je te veux à mes côtés, ainsi que ta compagne !

Comme si lui hurler dessus allait le convaincre ! Phoenix était autrement plus difficile à intimider qu'un gamin de cinq ans devant sa figure paternelle !

- Tu m'as transformé en vampire et appris tout ce que tu savais, mais tu ne m'as jamais appris à renier ma loyauté ! Et celle-ci, en l'occurrence, ne t'est plus acquise depuis que tu t'es acharné à détruire tout ce pour quoi je me bats depuis cinquante ans ! Quant à ma compagne, elle n'a aucune intention de rejoindre les rangs de ceux qui cautionnent les massacres d'humains !

- Plutôt rôtir en Enfer ! crachai-je avec hargne, mes yeux devenus rouges sous le coup de la colère.

Finn serra les poings.

- Si vous n'êtes pas avec moi, vous êtes contre moi ! Et je ne pourrais plus rien pour vous !

Phoenix ricana.

- Ne joue pas les sauveurs d'opérette et ne t'attends pas à ce qu'on te supplie de nous épargner ! Comme l'a dit Sam, plutôt rôtir en Enfer que t'assister dans cette folie !

Un grand silence envahit soudain notre cercle. On entendait seulement au loin les sirènes des véhicules de police et de pompiers qui se frayaient un chemin dans la circulation de la ville, restée dense malgré l'heure tardive. Les voisins avaient dû alerter les secours de l'effondrement de la villa, qui était devenue par la suite un espace de guerre en bonne et due forme. On n'allait pas tarder à voir débarquer toute les unités d'intervention du comté.

Par conséquent, Finn allait devoir prendre une décision.

Ses épaules s'affaissèrent et il soupira.

Il s'était décidé.

- Très bien. Sache, Phoenix, que malgré ton obstination, tu gardes toute mon affection et toi, Samantha, je te respecte et je regrette de ne pas avoir l'occasion de voir tes pouvoirs se développer, mais tu comprendras que je ne peux pas prendre le risque de vous laisser partir et que vous utilisiez tes dons contre moi.

Je relevai le menton, imitant Phoenix qui s'était mis à le toiser avec un dédain des plus blessants pour son destinataire. Quitte à mourir, autant le faire en montrant que nous n'avions pas peur.

Finn soupira une nouvelle fois et se tourna vers l'un de ses hommes.

- Pas de balles en argent, elle est immunisée. Je ne veux pas qu'ils souffrent. Tue-les vite.

Sans attendre que l'autre acquiesce, ni nous jeter un dernier regard, il s'éloigna en direction de la villa.

L'homme qu'il avait désigné donna quelques ordres et nous vîmes tous les vampires détenteurs d'armes lourdes se mettre en position.

C'était étrange, mais je ne me sentais pas effrayée. Comme hors de moi-même, je me tournai vers Phoenix et lui souris.

- À tout à l'heure, me dit-il en me rendant mon sourire.

Finn avait dit que ça irait vite. Il avait ordonné notre exécution, mais au moins, il nous permettait de mourir ensemble et sans trop de douleur ; c'était généreux de sa part, dans un certain sens. Enfin, de là à lui dire merci… il ne fallait pas pousser.

Quand le lieutenant de mon ancien beau-père leva le bras pour que ses sbires se tiennent prêts à tirer, je n'avais d'yeux que pour mon ange de la nuit. Dans une seconde, un nouveau monde s'ouvrirait à nous, fait de lumières ou de flammes ou peut-être de rien du tout… Peu importait, nous quitterions ce monde-ci pour toujours…

Mon heure était encore venue, mais cette fois, je n'avais aucun regret ; il m'aimait.

J'étais en paix…

L'air crépitait autour de mes doigts comme jamais auparavant…

Il y eut un grand bruit et la chaleur insupportable qui m'enveloppa lorsque les bombes explosèrent aurait dû me faire hurler…

Je la sentais, mais elle ne me faisait pas mal …

Non parce que j'étais morte, non. Mais parce qu'au contraire, j'étais bien vivante et déterminée à le rester pour faire en sorte que l'homme à mes côtés, qui ne cessait de tourner la tête de moi à nos ennemis, puis de nos ennemis à moi, complètement abasourdi, soit sauvé.

Trop concentrée pour m'appesantir sur son choc, je ne pouvais toutefois que le comprendre.

Au premier tir, j'étais passée instinctivement devant lui, les jambes fermement plantées dans le sol, les pupilles brillant d'un rouge éclatant, et les bras tendus en avant comme pour repousser un assaillant particulièrement agressif. Sauf qu'en l'occurrence, l'assaillant n'était autre qu'un océan de flammes qui cherchait à nous annihiler avec toute la puissance de sa haine, sans y parvenir en raison du champ de force que j'avais, on ne sait comment, fait jaillir de tout mon corps pour former une sphère protectrice autour de nous.

Voyant l'inefficacité de leur première attaque, nos adversaires parvinrent à passer outre leur incrédulité pour organiser leurs tirs de manière à maintenir un feu nourri. Ils devaient penser que les bazookas ne seraient pas suffisants alors, désobéissant à l'ordre de leur chef, ils utilisèrent les mitraillettes.

Je tins bon. Rien ne traversa.

- Sam ! cria Phoenix pour couvrir le bruit assourdissant au sein de notre bulle de sécurité relative.

Il se plaça face à moi et pris mon visage entre ses mains. Je supposai qu'il avait laissé la dernière des Grands par terre, dans mon dos, et malgré l'énergie que j'employais à rester concentrée pour maintenir ce que, par accident, j'avais déclenché, je ne pus résister à la tentation d'admirer la perfection de ses traits. Il était si proche de moi que si je ne craignais pas que le fait de changer de position n'affaiblisse notre protection, j'aurais passé mes bras autour de son torse pour l'encourager à m'embrasser.

Visiblement, j'étais la seule à avoir ce genre d'idée à un moment pareil.

- Tu saignes !

J'avais vraiment un problème ! Phoenix s'inquiétait pour moi et je n'étais bonne qu'à fixer ses lèvres avec l'envie de m'y abreuver du nectar de son désir. Bon sang !

Concentre-toi ! Concentre-toi !

- Je sais, mais j'ai peur que si je m'essuie le nez, le champ de force ne s'effondre !

Voilà ! Du concret, rien de mieux pour revenir sur terre !

Il me regarda avec des yeux ronds ; j'y lus de la panique. Avait-il peur de moi ?

- Il n'y a pas que ton nez ! Tes oreilles et... tes yeux saignent aussi ! Tu pleures du sang !

Mon Dieu... C'est ce qui s'était produit tout à l'heure à la villa quand mon pouvoir s'était brusquement manifesté à pleine puissance ; mes forces m'avaient quittée juste après. Ça ne voulait dire qu'une chose : je ne tiendrais plus longtemps.

J'allais le lui annoncer, mais tout à coup, une violente douleur à la tête me fit fermer les yeux en gémissant de douleur.

- Sam ! hurla Phoenix alors que je tombais à genoux dans l'herbe.

Aussitôt, le champ de force faiblit et il s'en fallut d'un cheveu pour qu'il ne cède complètement. Par un suprême effort de volonté, j'étais parvenue à juguler la douleur pour repousser les flammes et les balles qui continuaient de le mettre à l'épreuve. Cette fois, je sentais nettement le sang me couler des yeux et des oreilles ; j'en avais même le goût dans la bouche... Tout devint flou.

C'est là que j'entendis les voix.

- *Bientôt, tu devras jouer le rôle pour lequel je t'ai choisie.*

- *Quel rôle ?*

- *Tu vas sauver les vampires de la destruction... Vous rétablirez l'équilibre et sauverez la paix... Mais pas avant d'avoir vécu la période la plus sombre de notre histoire... pas avant de l'avoir tué.*

Je compris que la discussion qui venait d'avoir lieu dans ma tête avait vraiment existé et que la voix brisée à force d'avoir trop crié était en réalité la mienne, quand je souffrais mille morts pendant le processus de ma transformation en vampire. Léthalée était avec moi et malgré son inquiétude pour la race qu'elle avait créée, me parlait avec affection.

Depuis mon brouillard de réminiscence, j'entendis toutefois les hurlements d'angoisse de Phoenix qui, ne sachant pas quoi faire, me secouait les épaules pour me ramener à lui.

- Ouvre… yeux ! Sam… ! … avec moi !

Mon esprit avait du mal à assimiler deux conversations en même temps, tout s'embrouillait.

- SAM !

Je sursautai, et ouvris brutalement les paupières. Phoenix était penché vers moi et ses yeux bleus lançaient des éclairs d'effroi. Les mots sortirent avant même que j'aie pu mettre de l'ordre dans mes pensées.

- Il va tous nous détruire ! Le chaos qu'il a semé va nous mener à l'anéantissement ! Depuis le début elle me l'avait dit !

- Quoi ? Mais de qui parles-tu ?

Une nouvelle salve de projectiles m'obligea à me lever pour raffermir le champ de force. Mes jambes menaçaient de céder sous mon poids, mais je tins bon. Il y avait plus urgent.

- Léthalée ! Elle est venue à moi pendant ma transformation en vampire, elle a prédit ce qui se passerait, mais elle a fait en sorte que j'oublie notre conversation !

La colère vint faire concurrence à l'inquiétude sur le beau visage de mon ange.

- Pourquoi a-t-elle fait ça ?! Si nous l'avions su, nous aurions pu éviter cette situation !

Je secouai la tête.

- Je crois que cette guerre était inévitable, même sans Finn. Les vampires contestataires au Grand Changement auraient fini par se soulever et qui sait ce qui aurait pu se passer ? Je pense que

Léthalée, parmi tous les futurs possibles, a pris le parti de nous faire affronter un ennemi que nous connaissons ! Elle veut nous donner une chance ! En le tuant, nous pourrons faire en sorte que la fracture qui existe entre les factions de vampires soumises ou non aux règles du Grand Changement disparaisse.

- Qu'est-ce que tu en sais ? Finn a déjà gagné la guerre en tuant tous les Grands !

- Ysis a dit que tu devais suivre mon instinct ! Et mon instinct me dit qu'il faut faire confiance en Léthalée. Blodwyn est encore vivante et à elle seule, elle symbolise l'espoir d'un retour à la justice. Si l'information de sa survie se répand, on peut espérer que des vampires fidèles aux Grands vont se rebeller contre le régime coercitif que Finn ne manquera pas d'installer. Il faut la sauver !

- Mais comment ? On ne pourra jamais sortir d'ici !

Un nouvel éclair de souffrance m'arracha un autre gémissement.

- Sam !

Phoenix m'avait rattrapée avant que je ne m'effondre une deuxième fois.

- *Tu vas traverser des épreuves qui te paraîtront insurmontables... Tu accompliras l'ultime sacrifice.*

Un froid glacial m'envahit, comme un serpent s'enroule autour de sa proie avant de la dévorer. En regardant Phoenix cette fois-ci, aucune bouffée de désir ne me submergea car j'eus soudain conscience que le trahir serait la dernière chose que je ferais dans ma vie.

Mon ventre se noua, mon sang se retira de mon visage et le goût de ma salive me fit penser à de la cendre. Les dernières paroles de Léthalée avaient résonné dans ma tête comme les trompettes du jugement dernier, elles m'indiquaient comment sauver la vie de Blodwyn : en sacrifiant la mienne...

J'étais prête à mourir tout à l'heure, ce n'était pas ça le problème puisqu'il était prévu que je quitte ce monde en même temps que l'homme que j'aimais. Ainsi, nous n'aurions pas à survivre l'un sans l'autre dans la douleur d'une vie qui n'en aurait pas été une sans notre âme sœur.

Seulement, la donne avait changé quand les bribes de la conversation que j'avais eue avec Léthalée m'étaient revenues en mémoire. Pour rétablir l'équilibre, il faudrait en passer par une guerre fratricide dans laquelle des centaines, voire des milliers de vampires et d'humains perdraient la vie. De cet épisode le plus noir de l'histoire de la communauté devrait en sortir un futur plus clément, voire rayonnant...

À condition de rassembler une armée pour tuer Finn... Il n'en faudrait pas moins pour venir à bout d'un être tel que lui, rompu depuis des millénaires à toutes les formes de combat, implacable et recelant en lui une puissance parallèle à l'immense savoir qu'il avait accumulé au fil du temps.

Pour vaincre, il nous faudrait du courage et un symbole : Blodwyn serait la bannière pour laquelle tous se battraient, menés par un général romain à la détermination sans faille et encouragés par les visions de sa mystérieuse et charismatique épouse égyptienne.

Avant, Phoenix avait raison, il fallait déjà qu'elle sorte de ce cercle infernal et pour cela, j'étais prête à puiser jusqu'aux tréfonds de mes réserves, jusqu'à accomplir l'ultime sacrifice...

Il fallait être réaliste : j'étais capable de commander au champ de force et aux flammes de libérer un passage pour qu'il s'envole et fuie les lieux aussi vite que possible. Je le sentais, je pouvais le faire. Le problème était que, ne pouvant pas nous porter toutes les deux, Phoenix voudrait forcément revenir me chercher après avoir déposé Blodwyn en lieux sûrs. Si je lui disais, dans l'éventualité où il parviendrait à semer Finn pour cacher notre dernier espoir de le détruire et foncerait à toute allure me rechercher, que je n'aurais de toute façon plus assez de force pour maintenir ma bulle protectrice en place jusqu'à son retour, il ne voudrait pas partir et tous nos espoirs seraient perdus. Il mourrait plutôt que de m'abandonner.

Il n'y avait donc plus qu'un seul moyen : lui mentir.

- Quoi ?! Qu'est-ce qu'il y a ?! s'écria-t-il, nerveux.

Je déglutis péniblement.

- Je peux nous sortir de là.

Son visage s'illumina. Mon cœur se brisa.

- Vraiment ? Comment ?

J'ordonnai à ma voix de cesser ses trémolos pour paraître assurée et sincère.

- Je crois que je peux t'ouvrir un couloir de sortie pour toi et Blodwyn.

Son expression devint subitement suspicieuse.

- Mais et toi ?

Tiens bon, tiens bon ! Continue d'avoir l'air innocente !

- Je tiendrai jusqu'à ce que tu reviennes me chercher.

Phoenix fronça les sourcils.

- Tu continues de saigner, es-tu sûre de réussir à m'attendre ?

La façon dont il scrutait mes prunelles tendait à me prouver qu'il avait des doutes sur mes intentions, mais l'énergie du désespoir me fit soutenir son regard sans ciller.

- Fais-moi confiance.

J'aurais voulu me poignarder en prononçant ces mots, puis en voyant Phoenix hocher la tête. Il me croyait.

Il fallait toutefois que je m'assure d'un dernier point.

- Jure-moi de tout faire pour la protéger jusqu'à ce qu'elle reprenne le pouvoir.

La dernière chose dont j'avais besoin, c'était que Phoenix se suicide après ma mort. Je voulais vraiment que la résistance à venir triomphe de l'oppresseur nouvellement institué et elle n'y arriverait qu'avec des hommes comme lui à sa tête. Malheureusement, peu importait son devoir, il préférerait en finir plutôt que de vivre sans moi. Dans la situation inverse, j'aurais fait le même choix ; je pouvais difficilement lui jeter la pierre.

Il n'y avait donc qu'une solution pour l'en empêcher : l'obliger à tenir une promesse qu'il m'aurait faite.

- Pourquoi me dis-tu ça ?

L'une des qualités principales d'un bon ange était d'être perspicace, et Phoenix était le meilleur ange de tous les secteurs de la planète. Son instinct devait lui souffler que quelque chose ne tournait pas rond dans mon attitude.

- L'avenir dont a parlé Léthalée n'est possible que si Finn meurt et Blodwyn survit. Je dois savoir que je peux compter sur toi pour que le cauchemar qu'on vit tout de suite ne soit que de courte durée. Jure-moi sur le souvenir de ta sœur que tu la protégeras !

Il ne dit rien pendant quelques instants. Mon discours emphatique était quelque peu exagéré puisque la Nuit n'avait rien dit à propos de Blodwyn, mais dans mon cœur, je savais qu'elle était la clef qui nous permettrait de nous unir face au camp adverse. Je me fiais à mon propre instinct.

- Je le jure.

Il écrasa ses lèvres sur les miennes et m'offrit un baiser incandescent, plus brûlant encore que l'enfer qui se déchaînait autour de nous. Quelque part au fond de moi, je sentis quelque chose, peut-être mon âme, se fêler.

Quand il s'écarta pour me regarder une dernière fois, je dus me mordre la lèvre pour ne pas tout lui avouer.

Il alla prendre ensuite Blodwyn dans ses bras et s'éleva à quelques centimètres du sol.

- À plus, bébé, dit-il avec un clin d'œil, pour désamorcer l'horreur de notre situation.

Je souris pour la forme.

- Ne sois pas en retard.

Nos regards s'accrochèrent. J'inspirai.

- Prêt ?

Il hocha la tête.

Je fis en sorte de faire taire ma mauvaise conscience pour me calmer et ressentir chaque fibre de mon corps afin de mobiliser toute la puissance qu'il pouvait encore receler. C'est ainsi qu'au bout d'une minute d'intense concentration, la sensation de crépitement de l'air au bout de mes doigts apparut de nouveau, m'indiquant que je ne pouvais plus, dès lors, faire marche arrière.

Le feu de mes yeux s'intensifia au moment où je levai les bras en l'air et que, comme par magie, les flammes reculèrent suffisamment pour nous laisser voir un bout de ciel étoilé au-dessus de nos têtes.

- MAINTENANT ! hurlai-je.

Le spectacle de cet ange rejoignant le ciel à travers les flammes de l'Enfer, lesquelles n'avaient aucune prise sur lui, me parut incroyablement beau et triste.

Désormais, j'étais seule.

Je n'avais aucune idée de combien de temps encore je disposais avant de finir pulvérisée, mais je décidai que ce délai, je ne le passerais pas à attendre ma fin.

Alliant la force de ma volonté avec celle de mon côté sombre, j'entrepris de tester mon pouvoir en projetant celui-ci en direction de mes ennemis. Une joie animale s'empara de moi quand je vis qu'une partie du feu et des balles qui attaquaient mon champ de force faisait demi-tour pour aller perforer et incinérer leurs propriétaires originels, créant ainsi la panique dans les rangs restants.

Deux fois encore, je parvins à rééditer cet exploit, opérant un carnage qui aurait dû m'horrifier, mais qui, au contraire, ne faisait que m'exalter. Ces hommes méritaient de payer leur trahison.

Le monde de la nuit était en train de basculer dans un chaos dont il serait extrêmement difficile, voire impossible d'en réchapper sans que des milliers d'innocents en perdent la vie.

Alors, même si je ne prenais pas part à cette guerre, j'étais heureuse d'être la première à pouvoir en punir les coupables.

Seulement…

Mon acte de justice avait eu un coût lui aussi : je venais de puiser dans mes dernières forces.

L'ultime instant était arrivé, la Mort allait encore m'ouvrir ses bras, sauf que cette fois, ce serait définitif.

Phoenix devait être suffisamment loin maintenant, et il vivrait pour protéger Blodwyn et honorer sa promesse.

C'était bien.

- Adieu, murmurai-je en fermant les yeux, laissant mes bras retomber le long de mon corps pour que tout s'arrête ici.

La dernière chose que mon esprit emporta en quittant ce monde, ce ne furent ni les cris, ni la chaleur mortelle des flammes qui me happèrent, mais la perfection de deux océans de sagesse irradiant une promesse d'éternité pour celle qui ne demandait qu'à y plonger.

C'était bien.

Chapitre VII : Phoenix

*

Il lui fallut une bonne minute pour reprendre ses esprits et commencer par faire le point sur sa situation pour comprendre ce qui s'était passé.

Personne ne le poursuivait et il n'avait reçu aucune blessure par balle, Blodwyn non plus. Elle gisait à une dizaine de mètres de là, encore inconsciente et en bonne santé en dépit de sa blessure à la tête en pleine cicatrisation et des multiples coupures qu'elle avait sur la quasi-totalité du corps. Lui-même n'en était pas épargné.

Il avait volé au-dessus des nuages à toute vitesse et n'avait percuté aucun avion, ce qui aurait été un comble ! Alors qu'est-ce qui s'était passé ?

Comment s'était-il écrasé dans ce champ de maïs qu'il survolait après avoir laissé la villa de Harper Hill à bonne distance derrière lui, fonçant en direction de la campagne environnante pour trouver un abri sûr pour la femme qu'il tenait dans ses bras ?

Un froid glacial lui enserra les os à mesure qu'un pressentiment funeste le gagnait.

- Sam…

Son murmure fut si bas que le vent l'avait emporté avant même qu'il n'ait résonné à ses propres oreilles.

Depuis cinq cents ans qu'il vivait sur terre, Aydan Mac Kinley avait appris à refouler ses angoisses au plus profond de lui pour ne rien laisser paraître devant ses ennemis. De même, la perte de sa famille l'avait convaincu que son cœur, déjà froid de nature, s'était glacé au point de ne plus pouvoir être touché par quoi ou qui que ce soit.

Il s'était trompé presque deux ans auparavant en rencontrant celle qui allait changer sa vie. Cette jeune femme à l'allure si banale et si peu confiante en elle s'était révélée être la seule personne capable de percer son armure de froideur pour lui montrer à quel point on pouvait se sentir heureux entouré des gens qu'on aime.

Samantha Watkins, contrairement à ce qu'elle pensait d'elle-même, n'avait rien de banal. Pour commencer, elle avait accepté de partager la vie d'un homme qui lui avait volé la sienne, puis, alors que sa nature de prédateur et son comportement peu sociable aurait dû la repousser, elle avait lutté comme une diablesse pour gagner la confiance de celui qu'elle considérait désormais comme un mentor et un ami. Phœnix avait eu beau lutter de son côté contre ses sentiments, cette femme avait un pouvoir sur lui qu'il ne s'expliquait pas et qu'il avait fini par accepter : il l'aimait.

Ce cœur qu'il avait cru desséché après avoir voulu rompre sa solitude en entamant une liaison avec une femme choisie par dépit, chose qu'il avait regrettée par la suite, s'était subitement réveillé après cinq cents ans d'absence émotionnelle pour une créature fragile qui ne lui laissait aucun répit. Jamais personne ne lui avait autant tenu tête, du moins pas sans perdre la sienne ; jamais personne n'avait éveillé à ce point cet instinct de protection s'amplifiant à mesure qu'elle prenait possession de son être ; il n'avait jamais autant eu conscience de la présence d'une autre personne que lorsque cette femme et lui se trouvaient dans la même pièce. Il ne pouvait s'empêcher de suivre chacun de ses gestes, chaque respiration, chaque battement de cils et chaque fois qu'elle le frôlait, tous ses sens s'affolaient. Son cœur, son corps et son âme lui appartenaient.

Et il avait tout fait pour le cacher. Il n'était qu'un imbécile.

Il avait perdu tant de temps à tergiverser qu'il n'en était pas revenu lorsque ce fut elle qui fit le premier pas.

Elle l'aimait aussi. Il se demandait encore s'il le méritait.

Il avait commis tant d'actes répréhensibles, tant de crimes abominables pendant les années où il était soumis à la soif de sang. Il avait voulu s'amender ensuite, chance que lui avaient offerte Talanus et Ysis.

Pendant cinquante ans, il avait accompli ses missions dans l'espoir de racheter le passé en essayant au maximum de préserver des vies humaines trop proches du Secret, comme avec Kiro, mais parfois, il était obligé d'appliquer la règle et ces moments lui rappelaient le poids grandissant de sa conscience…

Jusqu'à ce qu'elle apparaisse dans sa vie.

Contre toute attente, Sam avait balayé d'un revers de main ses crimes passés et lui martelait à longueur de journée qu'il était quelqu'un de bien. Il la croyait folle, mais elle lui ouvrait simplement les yeux sur sa propre folie. Grâce à elle, il avait cessé de broyer du noir et avait cessé de se punir pour ce qu'il avait fait des siècles auparavant. Grâce à elle, il était devenu meilleur.

Contrairement à ce qu'elle pensait, c'était elle qui l'avait sauvé et non l'inverse. Elle était celle qui le guidait sur le chemin de la lumière.

- Sam…

Cette fois, le son de sa voix lui parvint, tendue et mal assurée, comme lui l'était.

En un éclair, il arracha autant de feuillages qu'il pouvait pour en recouvrir complètement le corps de Blodwyn au cas où Finn survolerait les environs à sa recherche. Il voyait nettement se dessiner sur la colline au bas de laquelle il était tombé les enceintes des grands domaines des riches propriétaires qui s'y étaient établis pour y jouir de tout le luxe que le leur permettait leur position, ainsi que le périmètre de sécurité de ce quartier excentré par rapport au reste de la métropole. Le vampire qui l'avait créé et dont il avait hérité le don de voler n'était nulle part en vue, mais Phoenix le connaissait suffisamment pour savoir qu'avec lui, mieux valait ne pas se fier aux apparences.

Il était encore si près ! Il savait qu'il aurait dû se relever et poursuivre son chemin afin de trouver une cachette plus éloignée et plus efficace qu'un champ de maïs pour y dissimuler la dernière des dirigeants de sa communauté encore en vie, mais son instinct lui hurlait de faire demi-tour maintenant.

Le risque que Finn mette la main sur Blodwyn était élevé, il en avait conscience, mais il fallait qu'il le coure pour revenir sur ses pas et chercher celle qui lui avait permis de s'échapper de ce massacre.

Il n'avait pas le choix.

Il décolla à une vitesse fulgurante et perça les nuages dans l'idée d'arriver le plus vite possible à destination. Durant le trajet, son esprit balançait entre la crainte de ce qui allait se passer et les souvenirs qui s'imposaient à lui.

Sam… Tout son être était tourné vers elle.

Il revit leur premier baiser, instant magique dont la perfection s'était inscrite pour toujours dans chaque fibre de son corps. Malgré son inexpérience, elle était la passion incarnée et l'avait entraîné dans un tourbillon de sensations incroyables, plus extatiques que tout ce qu'il avait connu auparavant, au point que c'était comme s'il n'y avait eu personne avant elle.

Il revit le bonheur se peindre sur son adorable visage quand il l'avait maladroitement demandée en mariage et se promit qu'il demanderait à Talanus de terminer de les unir, même sans témoins, dès qu'ils se retrouveraient au point de rendez-vous. Dire qu'Engara avait osé interrompre leur cérémonie du lien ! Si Sam ne l'avait pas devancé, il ne se serait pas gêné pour décapiter cette garce dès que l'occasion s'en serait présentée pour venger cet affront. Il n'en avait pas eu besoin. Là encore, Samantha l'avait surpris en requérant un combat à mort contre sa rivale. Phoenix avait fait une erreur, il n'avait pas vu les changements qui s'étaient opérés en elle après sa transformation et surtout, il n'avait pas saisi l'ampleur de sa haine contre son ancienne maîtresse, par conséquent il n'avait pu l'empêcher de s'exposer au danger autrement plus mortel que représentaient les Grands. Elle s'était mise dans une position intenable. Ce qui ne l'avait pas empêché de la désirer ardemment.

Il avait tout fait pour mettre ce désir de côté pour la préparer à affronter la venue de ceux qui seraient plus difficiles à convaincre de sa survie que la fois précédente, mais il avait échoué... parce qu'il ne le voulait pas vraiment. Ce qu'il voulait, c'était profiter d'elle jusqu'au bout.

Il devait se l'avouer, au fond de lui, il avait toujours su qu'ils la condamneraient, mais il n'avait pas voulu en entendre parler parce que la vérité était trop horrible à concevoir. Il ne pouvait l'envisager alors qu'elle, l'avait déjà acceptée. Son courage l'impressionnait. Elle avait beau être effrayée pendant son procès, elle avait forcé l'admiration de tous, y compris la sienne alors qu'elle l'avait mis dans une rage noire en proposant de donner sa vie de son plein gré pour sauver celle de ses proches. Il aurait été capable de tuer Talanus juste pour qu'il cesse de l'empêcher de la faire taire.

Heureusement, elle avait fini par comprendre que la vie sans elle ne lui serait pas supportable et elle avait accepté un compromis.

Ils auraient dû mourir ensemble, mais les événements avaient pris une tournure plus dramatique encore. Outre la fin d'une institution datant de plusieurs millénaires et l'avènement du chaos, il lui avait fallu encaisser le fait que celui-ci avait été orchestré par celui qu'il avait appris à respecter au lieu de le haïr pour l'avoir tué au XVIe siècle.

Phoenix avait encore des difficultés à penser à Karl sans ressentir encore la souffrance d'avoir été dupé par son meilleur ami, et là, le couteau ne s'était pas contenté de se retourner dans sa plaie, il s'y était encore plus profondément enfoncé, conjuguant l'horreur de la trahison de l'homme qui lui avait tout appris à la souffrance d'avoir été une nouvelle fois poignardé dans le dos par l'un de ses proches.

Heureusement, il y en avait encore sur qui il pouvait compter : Talanus et Ysis, François. Il pensa à son ami français. Il faudrait le contacter le plus vite possible pour lui ordonner de se mettre en sécurité ainsi que toutes les personnes susceptibles d'être utilisées contre lui, à savoir sa jeune épouse, et ses amis de Scarborough.

Il secoua la tête. Ce n'était pas le moment de penser à eux, sa priorité était de sauver la femme qui n'avait pas hésité à se battre pour ceux qui avaient ordonné sa mort.

En effet, Sam avait montré à tous les Grands qu'elle était digne de confiance, ce que même Egire avait reconnu avant de mourir. Elle avait essayé de les sauver alors qu'ils voulaient la voir décapitée, qui d'autre qu'elle aurait pu se montrer si généreuse alors que même lui avait été tenté de les envoyer promener ?

Le vent lui fouettait le visage et limitait son champ de vision, mais il accéléra encore.

Comment allait-elle ? Était-elle toujours à l'abri sous son dôme invisible ?

Il revécut dans sa tête les deux fois où son pouvoir s'était manifesté. Pour chacune, elle avait réagi à une menace directe envers lui, il en était persuadé. Comme ses pouvoirs étaient intimement liés à ses émotions, la violence de celles-ci devaient déclencher sa télékinésie, ce qui expliquait pourquoi elle avait eu l'air chaque fois si surprise de ses exploits. Comble de malchance, il avait fallu que cette puissance lui sape toutes ses forces au point de la pousser dans ses retranchements. Dire qu'elle ne s'était même pas aperçue qu'elle saignait du nez, des yeux et des oreilles !

Était-elle seulement en vie ?

Il ne tarderait plus à le savoir, car déjà, il survolait les premières villas de la colline, laquelle était baignée par la lumière éthérée de l'astre de la nuit dont la surface semblait étrangement zébrée de reflets rougeâtres, comme si lui aussi, avait pleuré du sang…

*

Phoenix volait désormais à basse altitude, en rasant les toits des majestueuses demeures pour ne pas se faire repérer.

Le pressentiment qui le tenaillait précédemment se mua en profond malaise en approchant car un étrange silence régnait sur les lieux. C'était comme si tout Harper Hill s'était vidé de ses habitants, aucun battement de cœur affolé ne venait troubler sa concentration.

Étant donné la bataille qui s'y livrait, c'était logique dans un certain sens que tout le monde ait évacué les lieux, mais Phoenix aurait dû entendre des sirènes de police, ou des tirs d'armes lourdes qui viendraient confirmer que Sam se battait toujours.

Mais… rien.

Il atterrit prudemment à quelques encablures de la propriété de Talanus et Ysis et avança sur le qui-vive, guettant le moindre bruit annonçant qu'il s'était fait repérer par les sbires de Finn.

Il venait de dépasser la villa de la chanteuse qui s'était rasé le crâne plusieurs années plus tôt et qui était venue s'installer ici pour fuir les paparazzis ; il ne restait plus que trois villas avant d'arriver devant celle où il avait officié en tant qu'ange pendant cinquante ans.

Il s'arrêta brusquement.

La résidence secondaire que constituait la demeure la plus proche de lui s'était à moitié écroulée et toutes les fenêtres restantes avaient été soufflées. Pourvu qu'il n'y ait eu personne à l'intérieur… Il n'avait pas le temps de fouiller les décombres à la recherche de survivants. L'esprit paralysé par l'angoisse, il ne parvenait pas à définir la situation, même lorsqu'il vit la maison voisine de celle de ses supérieurs et celle d'en face, totalement détruites.

Jugulant la sombre panique qui montait en lui, Phoenix avançait droit devant, en restant sur ses gardes. Plus que cent mètres et il dépasserait la propriété du voisin pour longer celle de Talanus et Ysis. Plus que cent mètres et il était censé retrouver la femme qu'il avait promis de revenir chercher…

Plusieurs voitures de police et quatre camions de pompiers étaient couchés en travers de la route, leurs occupants ne donnant plus aucun signe de vie. Une force invisible avait fait s'envoler les véhicules qui étaient retombés se fracasser sur le sol.

L'oppression qu'il ressentait dans tous ses muscles s'accentua lorsqu'il passa devant les grilles en fer forgé du domaine, dont celles qui étaient tordues indiquaient qu'elles avaient subi une pression terrible. Par ailleurs, la végétation qui s'y était entassée pêle-mêle et dont une moitié était carbonisée, ne laissait présager rien de bon sur ce qu'elle cachait.

Phoenix prit le parti de rester discret en évitant de s'envoler par-dessus ces obstacles, se contentant simplement de les escalader et de les écarter avec sa force pour s'y frayer un passage.

Quand enfin il poussa le dernier tronc d'arbre qui lui bloquait l'accès aux jardins de la villa dans lesquels il avait laissé sa compagne, il hoqueta de stupeur en réalisant ce qu'il avait sous les yeux.

Là où il y avait eu pendant près d'un siècle une immense demeure à la richesse débordante, entourée d'une végétation luxuriante et soigneusement entretenue, ne restait plus qu'un énorme cratère encore fumant n'ayant laissé autour de lui que de l'herbe calcinée dans un paysage fantomatique de destruction courant jusqu'aux propriétés voisines qui n'avaient pas été épargnées. Seule une explosion d'une ampleur phénoménale avait pu être la cause de ce drame et c'était ce qui expliquait pourquoi il s'était écrasé pendant qu'il s'enfuyait avec Blodwyn : l'onde de choc l'avait atteint de plein fouet et lui avait fait perdre connaissance.

Toutefois, rien de ce qui avait pu se produire ici ne pouvait être plus terrible, plus violent, que l'horreur qui submergea Phoenix en cet instant.

La cause de l'explosion venait de lui être révélée.

Il avait bien vu de quel armement disposaient ses ennemis et rien n'aurait pu causer tant de dégâts. Aucun de ces bazookas n'était capable de souffler tout un pâté de maison, donc une seule personne avait pu déclencher un tel cataclysme.

L'ange des vampires ne s'aperçut même pas qu'il s'était mis à dévaler la pente du cratère sans vérifier qu'aucun tireur embusqué n'aurait pu le prendre pour cible. Il ne voyait même plus le paysage désolé qui l'entourait. Tout ce qu'il voyait, c'était le lieu d'origine de l'explosion, une petite zone de terre plus foncée, de la taille d'un être humain.

Le cœur sur le point d'exploser, il courait comme si sa vie en dépendait ; parce que sa vie en dépendait…

Arrivé sur place, et constatant l'absence d'être vivant dans ce périmètre d'apocalypse, il perdit tout contrôle de lui-même et se mit à l'appeler encore et encore, espérant que de là où elle s'était forcément cachée, elle l'entendrait et accourrait vers lui pour le rassurer en lui disant que tout allait bien et qu'elle n'était pas blessée.

- SAM ! hurlait-il. SAMANTHA WATKINS ! SAM !

Personne ne lui répondait.

- SAM ! SAMANTHA WATKINS, SAMANTHA JONES, SAMANTHA ! s'époumonait-il toujours.

Mais rien ne se passait…

Fou d'angoisse, il s'éleva dans les airs et observa les environs en usant au maximum de ses pouvoirs vampiriques pour la repérer.

Elle était peut-être inconsciente quelque part ! Faire exploser tout le périmètre avait dû la vider de ses forces et elle s'était réfugiée là où elle pourrait récupérer de la prouesse incroyable qu'elle venait d'effectuer ! C'était ça, c'était forcément ça !

Il avait beau fouiller toute la zone de son regard perçant, il n'y avait personne. Il voyait seulement, de loin, une multitude de gyrophares se diriger vers la colline qu'il surplombait ; sûrement les renforts de ceux qu'il avait croisés…

Il chercha partout, fouilla chaque recoin, en vain. Il finit par redescendre à l'endroit de l'impact, cherchant inconsciemment à établir un lien avec elle en se tenant au dernier endroit où elle s'était tenue avant que…

Non ! Il ne pouvait pas le dire !

- SAMANTHA MAC KINLEY !!!

Son cri déchiré s'évanouit quand sa voix se brisa en même temps qu'il réalisait ce que son esprit n'avait pas réussi à formuler juste avant. La vérité venait de lui être révélée dans toute son ampleur et son atrocité.

Phoenix était trop terre-à-terre pour continuer à se voiler la face. L'expérience et la raison lui avaient appris que se leurrer soi-même n'était bon qu'à souffrir davantage. À cet instant, il aurait aimé que ces deux entités ne se soient pas manifestées à lui car ainsi, il n'aurait pas cessé de repousser la vérité, mais c'était trop tard, son cerveau s'était remis à fonctionner pour démêler les événements que ses sentiments exacerbés tendaient à embrouiller.

Sam avait continué avec acharnement à user de ses réserves de puissance pour lui laisser le temps de s'éloigner. La connaissant, elle avait certainement lutté jusqu'au dernier moment, jusqu'au point de non-retour sans savoir ce qui se passerait ensuite, et ce pour lui permettre de tenir sa promesse.

Cette promesse…

Comment avait-il pu se laisser aveugler par la confiance qu'il lui portait ? Sam savait comment ça finirait depuis le début et elle n'avait pas voulu l'en informer ! Comme avec le Cercle de

Mellindra, elle lui avait caché la vérité ; comme lors de cet épisode, elle l'avait fait pour ne pas le perdre, quitte à ce qu'il la haïsse pour ça.

Ses yeux dérivèrent sur le cercle sombre dans lequel il se trouvait. Il eut l'impression que son cœur et son âme formaient désormais deux entités distinctes et que chacune suivait son regard avec la même lucidité horrifiée.

Personne ne pouvait survivre à ça.

Elle s'était sacrifiée pour la seconde fois et en l'engageant à respecter sa promesse, elle s'était assurée qu'il ne puisse la rejoindre là où elle était.

Là où elle était…

Brusquement, le flot de données de son raisonnement se tarit et il aboutit à la conclusion de ce qu'il n'arrivait pas à accepter.

Samantha était morte dans cette explosion, emportant avec elle tous ceux qui avaient tenté de les détruire, peut-être même Finn.

Samantha était morte.

Il était seul désormais, jamais plus il n'entendrait le son de sa voix, jamais plus il ne sentirait la caresse de ses doigts sur sa peau, jamais plus il ne pourrait oublier l'horreur du monde en se perdant dans ses baisers.

Sa lucidité lui permit d'entrevoir une nouvelle vérité : il était le Phoenix des vampires de Kerington, mais de ces cendres-là, il ne se relèverait jamais.

Ceci appréhendé, il tomba à genoux…

… et hurla.

FIN DU TOME III

Prochainement

SAMANTHA WATKINS OU LES CHRONIQUES D'UN QUOTIDIEN EXTRAORDINAIRE

Tome 4 : GUERRE
(1ère partie)

Extrait

De plus en plus, la proximité de ses compagnons le mettait mal à l'aise et il préférait s'isoler pour regarder les chaînes d'informations au cas où l'on signalerait de nouveaux meurtres d'humains inexpliqués ; ou alors, il étudiait encore et encore les cartes et les données collectées par les diverses cellules de résistance du pays. Cela lui occupait l'esprit… un peu.

En général donc, il préférait être seul en-dehors des moments où tous se réunissaient pour parler de l'évolution du régime de Finn, grâce aux informations échangées entre les résistants qui s'étaient organisés en réseaux un peu partout dans le monde et qui gonflaient au fur et à mesure que la répression anti-opposants s'accentuait. Tous avaient reconnu l'autorité des vampires de cette villa dès qu'ils avaient fait savoir que Blodwyn avait survécu. La prophétie de Sam s'était donc réalisée. La dernière des Grands était le fanion qui leur permettait de s'unir contre l'oppresseur sans dissensions entre leurs rangs, et depuis six mois, cela leur avait permis de regrouper, dans tous les pays du globe, plusieurs milliers de réfractaires à l'autorité d'un seul homme.

Cela aurait dû le réjouir mais à mesure que le temps passait et l'éloignait de son objectif final, la capacité à se montrer sociable de Phoenix fondait parallèlement à l'impatience qui l'envahissait de plus en plus. Parfois, en plus de ses cauchemars sur la mort de Sam, il rêvait qu'il tenait Finn entre ses mains et qu'il lui faisait payer sa forfaiture au prix fort, et quand il se réveillait et qu'il constatait que depuis juillet, ils n'avaient pas encore bougé un seul petit doigt contre son autorité, cela le rongeait de l'intérieur.

L'immobilisme ambiant assombrissait son humeur déjà au plus bas et plusieurs fois, il avait surpris Talanus et François lui jeter des regards inquiets, ou tout simplement cesser leur conversation à son arrivée. Il savait ce qu'ils pensaient et pour que cela s'arrange, il n'y avait qu'un remède.

Il avait besoin d'action.

À défaut de se donner la mort, il voulait pouvoir l'apporter.

Il n'aurait plus à attendre longtemps…

Découvrez la suite dans
Samantha Watkins ou Les chroniques d'un quotidien
extraordinaire,
Tome 4 : Guerre (1ère partie), d'Aurélie Venem.

Remerciements

À tous ceux qui apprécient les aventures de cette héroïne pas comme les autres.

À Marlène « Mimi », incontestablement fan n°1, dont les encouragements me vont droit au cœur.

À Rachel Berthelot pour la création de la couverture.

Table des matières

Aurélie Venem

ISBN : 978-2-9543721-2-9
Imprimé par Amazon Createspace.
Dépôt légal : Juin 2014.